MENG FAN HUA WEN JI

·孟繁华文集·

新世纪文学论稿之文学思潮

M E N G　F A N　H U A　W E N　J I

人民文学出版社

图书在版编目(CIP)数据

新世纪文学论稿之文学思潮/孟繁华著. —北京:人民文学出版社,2017
(孟繁华文集)
ISBN 978-7-02-012459-6

Ⅰ. ①新… Ⅱ. ①孟… Ⅲ. ①文艺思潮—研究—中国—当代 Ⅳ. ①I209.7

中国版本图书馆 CIP 数据核字(2017)第 038770 号

责任编辑 付如初
装帧设计 李思安
责任印制 王景林

出版发行 人民文学出版社
社　　址 北京市朝内大街 166 号
邮政编码 100705
网　　址 http://www.rw-cn.com

印　　刷 北京玺诚印务有限公司
经　　销 全国新华书店等

字　　数 270 千字
开　　本 890 毫米×1290 毫米 1/32
印　　张 15.375 插页 3
版　　次 2018 年 4 月北京第 1 版
印　　次 2018 年 4 月第 1 次印刷

书　　号 978-7-02-012459-6
定　　价 60.00 元

自 序

1978年初中毕业十年后，我考取了东北师范大学历史系。东北师大历史系非常著名，尤其是世界上古史研究，享誉海内外。入学后，给我们78级上课的，恰恰是世界上古史的权威专家林志纯先生。林先生是福建人，一口浓重口音的福州普通话。出生于1910年的林先生，1978年已经68岁了。他个头不高，但非常挺拔。上课时他没有讲义没有教案，手里举着一支粉笔便走向讲台。林先生讲的是亚述学。作为一个初中都没有毕业的学生，听一个顶级专家用福建普通话讲从未听说过的学问，其情形可想而知。

我觉得自己难以完成学业，于是便有了强烈的转到中文系学习的想法。那时的大学不允许随便转系，我也经历了非常曲折的转系过程。最终还是如愿转到了中文系。我这样叙述从历史系转到中文系的过程，说到底还不是遇到林先生而“知难而退”——78级历史系的同学除了我都学得很好，而且有许多人在历史学领域取得了杰出成就。现在想来也真是对不起林老先生了。

说到底，转系还是个人兴趣使然。一个初中生大概也只能对文学感兴趣——因为可供选择的兴趣实在太有限了。那时东北师大的中文系也是名系。著名学者杨公骥、蒋锡金、孙晓野、何善周、孙中田等都在那里任教。1982年从东北师大中文系毕业后，我分配到了北京中央广播电视大学中文系任教，从那时起就成了当代文学的专业教师。

中央广播电视大学和普通院校差别很大，教师基本是组织教学，聘请国内各学科造诣较高的学者做主讲教师，本校教师做的应该是教辅一类的工作。但这个工作有很大的好处，就是可以直接接触本学科最好的老师。谢冕教授、洪子诚教授、刘锡庆教授等，就是我在电大组织课程时开始接触的。在组织“当代作家谈创作”课程时，也就是1983—1984年期间，我也有机会先后见到了晓雪、流沙河、周克芹、刘宾雁、刘绍棠、李国文、张弦、李准、叶文玲、汤吉夫、路遥、雷抒雁、张抗抗等著名作家，这些当然使我对当代文学有了另外一种有趣和更加直观的感受。

1989年，我到北京大学做访问学者两年，然后考取了北京大学中文系谢冕先生的博士研究生。谢先生以“批评家周末”的沙龙形式教学，既是上课也是讨论。洪子诚老师以及陈晓明、王宁、韩毓海、旷新年等学者，都参加过这个沙龙。这个沙龙坚持了十年，在圈子里有很大的影响。谢先生被称为北大民主的象征，科学的象征是严家炎先生。谢先生民主、宽容，但做起事来极为认真。他除了组织学生上课讨论之外，还先后组织出版了大型丛书或书系多种，有的大型书系我以“跑龙套”的身份参与了部分组织工作。这些经历对我来说非常重要。到北大学习，使我对包括当代文学在内的学术工作有了完全不同的认识。客观地说，我的学术生涯是从进入北大开始的，或者说，是老师谢冕先生改变了我的人生。

北大博士研究生毕业，我分配到了中国社会科学院文学研究所文艺理论研究室工作。后来到当代文学研究室工作并担任了研究室主任、博士研究生导师。社科院文学所是国家最高文学研究机构，研究条件、学术气氛和研究水准在国内都堪称一流。我的主要学术著作和文章，大都是在文学所完成的。至今我仍然非常怀念那个时代的文学研究所。

张炯、樊骏、杜书瀛、陈骏涛、董乃斌、赵园等学术前辈，既是各研究领域著名的学者，同时也是从事学术工作的榜样；汪晖、陈晓明、蒋寅、许明、吕微、李洁非、陈福民、靳大成、彭亚非等同事风华正茂，他们的学术热情和学术抱负，都曾深刻地影响着我。

后来，我受聘于沈阳师范大学，任特聘教授、中国文化与文学研究所所长，工作至今。沈阳师范大学不是名校，但它是一所充满朝气、给人以希望和鼓舞的大学。学校给我的学术空间和特别支持，我深怀感激。

当代文学研究，一直是一个备受议论的学科，甚至是一个只可意会的、受到"歧视"的学科。任何人都可以对当代文学说三道四，只因为它"没有学问"。但是，事情远非如此。是否"有学问"不在于研究对象，而在于对研究对象的见识和见解。不是说研究与历史有关的、越是古老的学科就越有学问，研究当下的就没有学问。事实上，研究与历史有关的学科，也一定要与当下建立联系。这就是克罗齐说的"一切历史都是当代史"。当代的理论、问题、知识等，都潜移默化地融进了对历史的阐释和处理之中；同样的道理，如果没有"上游"学科的知识、没有西方的理论和创作知识，想做好中国当代文学研究和批评，几乎是不可能的。如果是这样的话，不屑于中国当代文学研究和批评的人，显然有偏见，是一种对中国当代文学学科缺乏了解的表现。我这样说，并不是强调研究当代文学比研究其他学科更重要，而是说，客观地看待一个学科和它的研究者，可以使我们少犯或者不犯常识性的无聊错误。

我从事当代文学研究和批评三十多年，陆续发表了几百万字的文字。文集是从这些文字中编选出来的。我知道，纸质媒体虽然是全媒体的一部分，但它的弱势地位和边缘化趋势已无可避免。纸质媒体加上文学批评这个行当，二者合在一起，其命运不难想象。当然我也知道，学术活动在任何时代都不可能大红大紫，那也不是学者工作的目标。我们不必神圣化文学批评的重要性，同时也不必妄自菲薄。世事沉浮万物消长，在一切未果的时候，我们不妨将眼光稍稍放远一点，历史自会显示出事物应有的价值。

以上是我从事当代文学研究、教学和批评工作的简单履历，无甚新意。

非常感谢人民文学出版社能够接受出版这套文集。尤其感谢责任编辑付如初博士，她的认真负责让我非常感动。她的工作避免了文集中的一些问题。感谢我的父母、家人，感谢我的老师、学生和朋友们。正是因为他们，红尘滚滚的人间才如此可爱，枯燥的学术活动才值得用一生去追求和从事。

2016年9月22日于北京寓所

目　录

简短的前记

这三卷本的《新世纪文学论稿》，是我研究、评论21世纪中国文学创作现状的部分文章。作为一个文学批评家，多年来，我一直关注、追踪中国当代文学的发展，并尽可能比较快地写出评论文章表达我的看法。21世纪的中国文学处在一个充满悖论的文化背景上：一方面，百年来的现代白话文学为新世纪的文学创作提供了丰富的经验，使这个时段的文学一开始就处在相当高的水准上，复杂而丰富；一方面，由于来自多种文化、特别是大众文化的冲击，百年来成熟的现代白话文学也必然在绚丽的时刻开始凋零。这个凋零与文学创作真实的状况没有关系。与之相关的是，任何一种成熟的文学形式必然要为新的形式所取代。也正因为如此，在中国对新世纪文学的评价毁誉参半。

这种情况，让我想起了日本著名批评家柄谷行人在《日本现代文学起源》中文版序言中说的话："我写作此书是在1970年代后期，后来才注意到那个时候日本的'现代文学'正在走向末路，换句话说，赋予文学以深刻意义的时代就要过去了。……因为人们几乎不再对文学抱以特别的关切。这种情况并非日本所特有，我想中国也是一样吧：文学似乎已经失去了昔日那种特权地位。不过，我们也不必为此而担忧，我觉得正是在这样的时刻，文学的存在根据将受到质疑，同时文学也会展示出其固有的力量。"也正因为如此，我认为文学在中国回到了它确切的位置。

关于"新世纪文学"的研究，与我现在所在的沈阳师范大学中国文化与文学研究所和《文学争鸣》杂志社有关。2005年我们在沈阳师范大学联合召开了“新世纪文学与文学的新世纪”学术研讨会，“新世纪文学”被正式命名，近年来这一研究已成“显学”或热点。当我们对一个时代的文学难以命名的时候，时间的概念也许是最好的选择。此前，我曾陆续出版过《文化批评与知识左翼》《坚韧的叙事》《文学革命终结之后》等论文集。这次，我将自己多年研究、评论新世纪文学的文章系统地整理出来，使其分别集中在“文学现场”“文学思潮”和“作家作品”三个主题上。这样会更便于读者以及同行了解我对新世纪文学的基本看法。对新世纪文学的认识和心情，正如我在一篇文章中说的那样：“新世纪文学”在不同的议论中悠然走过了十多年的历史，十多年的历史发生了什么？会有不同的叙述。但在我看来，更重要的是“新世纪文学”十多年的时间之光，照亮了我们此前未曾发现或意识到的许多问题，当然也逐渐地照亮了“新世纪文学”自身。从最初的对“新世纪文学”这个概念的质疑，逐渐转化为对当下文学，也可以理解为对近些年来文学价值认知的讨论，这是时间之光照亮的一部分问题。无论持有怎样的观点，有一点可以肯定的是：“新世纪文学”需要做出价值认知的判断。但目前讨论因各种因素的制约，所达到的水准还不高，还仅仅限于情感态度和立场方面。但是，透过这些表面或感性的表达，其背后隐含的根本性问题，应该是我们对“回到确切位置”的文学现实如何认识、对文学的未来是否还怀有期待？我耐心地观望考察这个时代文学的发展变化，作为一介书生，这大概是我唯一能做的事情。

对当下文学的疑虑或焦虑，隐含了对文学“轰动”或“突变”还怀有期待，换句话说，就是对那种石破天惊式的文学革命的震撼性还怀有期待。每次文学革命都引发了审美地震，也一次次地将文学推向了社会历史的前台。但是，在20世纪80年代末期，文学的“轰动效应”已被宣布失去，当后现代主义的“文学革命”业已完成之后，文学革命的道路基本终结。文学未来的路开始处于不明或彻底的开放，这种景况也从一个方面表达了“现代性是一项未竟的事业”的判断。当然，这只是事情的一个方面；另一方面，中国社会并没有完成“最后的定型”，一切还处于“不确定性”之中。文学是这个时代和社会的表意形式，不同的文学观念和声音，一定会有助于或影响它的最后定型。

我感谢《文艺报》《文艺研究》《文艺争鸣》《当代作家评论》《南方文坛》《小说评论》《当代文坛》以及其他专业学术刊物多年来对我的友情和支持，这些文章大多是通过这些刊物发表的；感谢陈晓明、程光炜、陈福民、贺绍俊、张清华等身处学院的朋友；感谢李敬泽、阎晶明、吴义勤、施战军、何向阳等批评界的朋友。多年的交流和友谊，使我在这个红尘滚滚的时代倍感温暖不再孤单。

“新世纪文学”的经典化与当代性

“新世纪文学”在不同的议论中悠然走过了十年，对“十年的历史都发生了什么”会有不同的叙事。但在我看来更重要的是，“新世纪文学”十年这束时间之光，照亮了我们此前未曾发现或意识到的许多问题，当然也逐渐地照亮了“新世纪文学”十年自身。从最初的对“新世纪文学”这个概念的质疑，逐渐转化为对当下文学、也可以理解为对近些年来文学价值认知的讨论，这是十年时间之光照亮的一部分问题。无论持有怎样的观点，有一点可以肯定的是：“新世纪文学”十年需要做出价值认知的判断。但目前讨论因各种因素的制约，所达到的水准还不高，还仅仅限于情感态度和立场方面。但是，透过这些表面或感性的表达，其背后隐含的根本性问题，应该是对“新世纪文学”十年的当代性或经典化问题的认识。这既是一个对文学现实的认知问题，也是一个文学观念和批评的理论问题。

关于文学经典化的问题，我曾在不同的场合中表达过，特别是在几次编写中国现当代文学史的现场讨论中。我认为，文学史的编写，就作品而言，一是要确立文学经典；一是要注意文学史经典。所谓文学经典，就是经过历史化之后、经过时间淘洗，经受了时间检验的优秀作品。用佛克马的话来说，“文学经典”是指一个文化所拥有的，我们可以从中进行选择的全部精神宝藏；①所谓文学史经典，是指在文学发展过程中产生过重要影响、但本身并不具有经典性的作品。如果不讲述这样的作品，文学史的叙述就不能完成。在当代文学领域，就“十七年”而言，它的“经典化”已经初步实现，虽然其间经历过“再解读”，但“三红一创保山青林”（《红日》《红岩》《红旗谱》《创业史》《保卫延安》《山乡巨变》《青春之歌》《林海雪原》）被普遍认为是“十七年”带有鲜明社会主义文学特征的文学经典；而《我们夫妇之间》《达吉和她的父亲》等，只是“文学史经典”。这样的作品虽然不具有经典性，但通过对这些作品的评价，我们才能讲述清楚社会主义初期阶段需要的是什么样的文学。社会主义初期阶段的文学是一个“试错”的过程，或者说，刚刚跨进共和国门槛的部分作家、特别是来自“国统区”的作家，并不明确如何书写新的时代，并不了解文学实践条件究竟发生怎样的变化，因此，在“试错”的过程中，制度化地建构起了文学规约和禁忌。还有一点值得注意的是，在“十七年”时期，文学界有绝对权威话语权的拥有者。比如周扬，他对某部作品的肯定或否定，对该作品在文学史上的地位或价值的评价，就有了基本的依据；比如茅盾，如果没有他对《百合花》的肯定，不仅不能终止对《百合花》的质疑或批评，而且《百合花》在它的时代究竟是怎样性质的作品，恐怕还是个问题。除此之外，西方经典文学的尺度和对我们的影响、不同时期的阅读趣味和意识形态要求、不同的文学奖项的颁发、不同的文学选本、一个时期对某些文学倾向的倡导等，都会直接影响到我们对文学经典的指认或认同。这样看来，“新时期”三十年来文学经典的难以确立，重要的原因就不仅是时间问题，是“历史化”程度不够的问题，同时，也与没有绝对权威的认定以及上述提到的诸多因素都有不同程度的关系。因此，在各种当代文学史著作中，对三十年来文学经典的确认都采取了谨慎的态度；一方面这是正确的，另一方面也是不得已而为之。

中国文学经典的确立，在全球化的语境中，并不仅仅是中国文学研究者和批评家的事情。这个过程并不是线性的按照现代历史发展的逻辑展开的，它的变化的全部复杂性并不完全在我们的想象和实践中。一个突出的例证是夏志清的《中国现代小说史》，他的许多判断对重写中国百年文学史产生过重要影响。也正是在他的影响下，学界对中国现代文学作家作品的评价发生了重大变化。过去张爱玲、沈从文和钱锺书在中国现代文学历史叙述中的地位，与鲁郭茅巴老曹比较起来并不那么重要。但夏志清的《中国现代小说史》在中国大陆得以传播之后,许多人接受了他的看法。对夏志清的接受不只是抬高了张爱玲、沈从文和钱锺书在文学史上的地位,同时也引发了对现代文学史上主流作家的重新评价。这个现象呈现出的问题是,对中国现代文学经典化的过程,已经不是中国文学自己的事情,国际汉学界对中国文学史研究的介入,极大地改变了中国现代文学经典化的进程和格局,它使"经典化"的问题进一步复杂化。一方面,它使现代中国文学逐渐被国际社会所注意,他们的评价带来了国际背景并提供了另一种参照;另一方面,文学评价也为另一种意识形态所掌控,带来了文学评价的"对峙"格局。一个典型的事例是,并不阅读中国当代小说的德国汉学家顾彬在2006年对中国当代文学发表"垃圾"说。[2]这一评价在国内批评界引起了轩然大波。问题不在于顾彬语出惊人的评价,在此之前,国内文学界内外对当代文学的诟病在大小媒体上早已屡见不鲜,但批评界充耳不闻坦然处之。问题在于为什么一个外国汉学家对中国当代文学的负面评价,使文学界难以接受。这件事情使我们联想到20世纪80年代文学界的一个口号:"让中国文学走向世界"。这是一个祈使句,在这样的表达中,我们总会感到这是一个文学弱势国家内心的失落或不自信。或者说,中国文学自觉地将自己设定在世界文学的总体版图之外,并表达了能够融入世界文学总体格局的强烈愿望;但是,2010年1月14日,由北京师范大学文学院、美国俄克拉荷马大学孔子学院、美国《当代世界文学》杂志社,在北京师范大学文学院联合召开的一次会议则被命名为"中国文学海外传播"。在这个陈述句中,"中国"是陈述主体,"向海外传播"既是方向也是意志,它的坚定是不能动摇的。这是"21世纪是中国的世纪""东方文化向西方输出"的想象在文学上的表达。但是,在这样的表达中我们可以看到,25年间中国和中国文学发生了怎样的变化。虽然我们已经获得了某种意义上的主体性,但是,通过顾彬"垃圾"说事件表明的是,当代文学的评价和经典化与国际背景有了密不可分的关系。

对现代文学、六十年或近三十年来文学经典的确认尚且如此，对十年来文学经典指认的困难可想而知。因此，对当下文学或近十年来文学的评价，用我们过去理解的“经典”标准就不大合适了。我们更需要面对的是十年来文学的“当代性”问题。这个“当代性”是指文学的总体状况改变了“时间的总体化”逻辑，而是以一种不确定性和非逻辑化的方式在发展运行。许多文学因素以突如其来的方式改变了现代性时间总体化的预设，使本来就扑朔迷离的文学现状变得更加复杂。而恰恰是这种复杂的“整体性”构成了当下文学状况的丰富性和“当代性”特征。那么“新世纪文学”十年究竟发生了什么或者是如何发生的，我以2009年长篇和中篇小说的状况为例来展开讨论。一方面，长篇和中篇小说创作出现了许多值得注意和评论的新的趋向和作品，为当代文学提供了新的本土经验；一方面，“当代性”包含了更为广阔和丰富的内容，包括已成为“历史”的文学也在不同力量的支配下，强行进入了当代并构成文学当代性的一部分。

如前所述，夏志清对张爱玲的举荐所产生的影响，在2009年并没有成为过去。张爱玲的《小团圆》在2009年的出版，不仅是“张爱玲热”的延伸和提示，同时也以“事件化”的方式，加剧了“新世纪文学”当代性的复杂性。2009年4月，北京十月文艺出版社出版了张爱玲的《小团圆》，据悉，首印三十万册顷刻销售一空。出版宣传指出：“《小团圆》以一贯嘲讽的细腻工笔，刻画出张爱玲最深知的人生素材，在她历史中过往来去的那些辛酸往事现实人物，于此处实现了历史的团圆。那余韵不尽的情感铺陈已臻炉火纯青之境，读来时时有被针扎人心的滋味。故事中男男女女的矛盾挣扎和颠倒迷乱，正映现了我们心底深处诸般复杂的情结。”它的出版，被称为“全球三千万张迷翘首企盼”的事件，于是一时间里“张迷”们奔走相告。《小团圆》将经久不息的“张爱玲热”推向了高潮，并被中国图书评论学会评选为“2009年十大图书”。张爱玲在大陆的阅读几经起伏，但通过电影《色·戒》和《小团圆》，可以肯定的是，她的“经典性”被最大化的同时也已经品牌“透支”。因此，在图书出版“策划化”的今天，她强行进入“当代”就远非是一个文学事件。

《废都》的初版距今已经十四年过去，它无论以哪种形式重新出版，都是一个重要的事件，都会引起读者和文学界极大的兴趣和关注。无论1993年前后《废都》遭遇了怎样的批评，贾平凹个人遭遇了怎样的磨难，都不能改变这部作品的重要性。我当年也参与过对《废都》的“讨伐”，后来我在不同的场合表达过当年的批评是有问题的，那种道德化的激愤与文学并没有多少关系。在“人文精神”大讨论的背景下，可能任何一部与道德有关的作品都会被关注。但《废都》的全部丰富性并不只停留在道德的维度上。今天重读《废都》及它的后记，确有百感交集的感慨。在其他场合，包括在文学会议或文学讲座上，我都曾表达过：《废都》一定会被重新评价。这个看法，是源于对文化环境的分析和对《废都》的重新认识获得的。如上所述，在1993年前后——社会大转型的年代，道德化标准还是文学批评的标准之一。《废都》中的性描写的不合时宜是不难想象的。但是，经过十几年之后，这部作品的全部丰富性才有可能重新认识。《废都》的重要我觉得主要体现在两个方面：一、作为长篇小说，它在结构上的成就，至今可能也鲜有出其右者。长篇小说是结构的艺术，很多长篇小说写不好，不是作家没有才华、没有技巧和生活，主要是对长篇小说文体的理解有问题，也就是对长篇结构的理解有问题。但《废都》在结构上无论作家是否有意识，都解决得很好。二、小说在思想内容上得风气之先：贾平凹最早感受到了市场经济对人文知识分子意味着什么。可以说，这个阶层自现代中国以来，虽然经历了各种变故，包括他们的信念、立场、心态以及思想方式和情感方式，但从来没有经历过市场经济大潮的冲击。这个冲击对当代中国人文知识分子来说，实在是太重大了。贾平凹感知了生活变化对他们精神世界的改变，于是才有了庄之蝶。1993年以来，长篇小说我们能记住几个人物？但我们都记住了庄之蝶。更重要的是贾平凹对庄之蝶的态度。我们不能说贾平凹对他的主人公是欣赏的，他只是用小说的方式呈现了他。庄之蝶最后的命运说明了贾平凹的态度。在那个时代，迷惑、困顿的不只是贾平凹，我们都不是先知，都在困惑和迷惘中。也正是这个困惑和迷惘成就了作家的创作，却使批评陷入了迷途。《废都》的重新出版只是提供了我们重新阅读和评价这部作品的机会。更重要的是，“庄之蝶心态”在今天知识阶层的普遍性，我们可能会体会得更为充分，它提供了知识阶层精神当代性的一个范本。

当然，新世纪文学更值得关注的是本土经验的积累。在现代性的时间总体化逻辑中，“新”是一个重要指标，“新”不仅清楚地标示了时间的变化，而且在理论上容易概括和掌握。但是进入新世纪之后，文学的变化除网络文学这个新媒体催发的文学形式之外，传统意义上的文学变化的步伐越来越缓慢。文学形式革命虽然仍有可能性，但经过20世纪80年代旋转木马式的追新浪潮，形式革命已疲惫不堪。因此文学的变化呈现的是渐进性而非激进式的，这种缓慢的变化不易被粗糙的批评所察觉。而有些批评甚至连认真考察的愿望都没有。我仍以2009年的小说创作为例。长篇小说如宗璞的《西征记》、苏童的《河岸》、阿来的《格萨尔王传》、高建群的《大平原》、方方的《水在时间之下》、张翎的《金山》等都受到了普遍的好评。但在文学的当代性可供谈论的可能还是刘震云的《一句顶一万句》和曹征路的《问苍茫》。一个写历史；一个写当下。刘震云写历史并没有写“大历史”，没有执行“史传传统”的路线，甚至历史的背景都相当模糊。他书写的是两代人与“说话”的关系，说话是小说的核心内容。我们每天实践、亲历和不断延续的最平常的行为，被刘震云演绎成惊心动魄的将近百年的难解之谜。历史叙事大多是国家民族或是家族叙事，历史在这里是一个依托：没有历史就不能展开叙事。但在刘震云这里，“去历史化”表现在这只是一个关于个人内心秘密的历史延宕，只是一个关于人和人说话的体认。对“说话”如此历尽百年地坚韧追寻，在小说史上还没有第二人。无论是杨百顺出走延津寻女，还是牛爱国奔赴延津，都与“说话”有关。“说话”是一种交流，但更是一种“承认”。夫妻之间的关系，除了生理需要、传宗接代之外，

"说话"就是最重要的形式。但老高和吴香香私通前说了什么话,吴摩西一辈子也没想出来;章楚红要告诉牛爱国的那句话最后我们也不知道,曹青娥临死也没说出要说的话。没说出的话,才是"一句顶一万句"的话。当然,那话即便说出来了,也不会是惊天动地的话。在小说中一定要这样表达,只是小说的技法而已,这和《红楼梦》中黛玉临死也没说出宝玉如何、《废都》中的有许多空格没有什么区别。需要破译的恰恰是已经说出的话,分析普通人在日常生活中的"说话"是如何形成政治的。这些普通人是中国最边缘或底层的群体,在葛兰西的意义上他们是"属下",在斯皮瓦克的意义上他们是"贱民",他们是"沉默的大多数",是没有话语权利的阶层。他们在日常生活中的言说被排除在历史叙事之外,是刘震云发现了这个群体"说话"的历史和隐含其间的伦理、智慧、品性等,最根本的是,说话就是他们的日子,他们最终要寻找的还是那个能说上话的人。刘震云虽然写的是历史,但他是通过当代发现了历史,发现了人性的普遍性。人与人内心真正的隔膜是被当代人更深刻地体悟和发现的。

反映当代生活并以文学的方式参与当下公共事务,最有影响的作品应该是曹征路的《问苍茫》。多年来,曹征路站在改革开放的最前沿地带,密切关注着30年来中国大地上发生的这场改变国家民族命运的社会大变革。他的作品不是那种花团锦簇、莺歌燕舞式的时代装饰物,也不是貌似揭露、实为迎合的所谓"官场文学"。他陆续发表的《那儿》《霓虹》《豆选事件》以及长篇小说《问苍茫》等,在以"现场"的方式表现社会生活激变的同时,更以极端化的姿态或典型化的方法,发现了变革中存在、延续、放大乃至激化的问题。在这个意义上,曹征路承继了百年来"社会问题小说"的传统,特别是劳工问题的传统。不同的是,现代文学中包括劳工问题在内的"社会问题小说",是民主主义、社会主义在中国传播的背景下展开实践的,它既是五四时代启蒙主义思潮的需要,也是启蒙主义必然的结果。在那个时代,"劳工神圣"是不二的法则,劳工利益是启蒙者或现代知识分子坚决维护或捍卫的根本利益。但是,到了曹征路的时代,事情所发生的变化大概所有人都始料不及,尽管“人民创造历史”“工人阶级”“社会公平”“人民利益”“劳动法”“工会”等概念还在使用,但它们大多已经成为一个诡秘的存在。在现代性的全部复杂性和不确定中,这个诡秘的存在也被遮蔽得越来越深,以至于很难再去识别它的本来面目或真面目。无数个原本自明的概念和问题,在忽然间变得迷蒙暧昧甚至倒错。于是,便有了这个“天问”般的迷惘、困惑又大义凛然的《问苍茫》。

我还想指出的是,新世纪以来文学成就最大的是中篇小说,这是一个不大引人注意的文体。它的整体成就我在其他场合论述过。在2009年的中篇小说创作中,我尤其需要谈到晓航的《断桥记》。[③]这是一部发生在城乡连接处的小镇的故事。小镇在中国是一个独特的存在:小桥流水、青石小路、淑女雅士、贞节牌坊……都是中国文化的奇观。既有静谧的传统生活,又与都市一箭之遥,文化深厚又不事张扬。文学中的鲁镇、乌镇、天回镇,都是如此。《断桥记》中落玉川虽然历史不长,但它的小镇属性与悠久历史的小镇并没有区别。在这里上演的故事意味深长,让人唏嘘不已。在《断桥记》中,传统就是诗意。不仅落玉川的自然地貌一山一水如此,被传统文化熏陶出来的人亦如此。落玉川的缔造者龙秋泉和他的女儿龙姗姗被描绘出的形象就是想象的传统符号。“现代”文明虽然也文质彬彬、温文尔雅,但这个文明的背后似乎总与阴谋联系在一起。我更感兴趣的是晓航在这个纯属虚构的故事里,对传统与现代的态度。

新世纪以来,包括乡土文学、女性文学、都市文学甚至“官场小说”,都不同程度地提供了本土经验,即使是不那么成功的经验,一起构成了新世纪文学的当代性。无论是成功或不成功,都不应是对新世纪文学简单的价值判断,而应该是我们讨论问题的起点:这些作品或现象为什么会是这样。因此,在文学的当代性正在发生或生成过程的时候,在它还没有经过历史化或经典化过程的时候,轻率地否定新世纪文学的价值,就不仅是不恰当,而且是不负责任的一种行为。当然,在为新世纪文学做出辩护的时候,我并不是认为它不存在问题,没有问题的文学时代是不存在的。但是,这需要在整体肯定新世纪文学价值的基础上来讨论。

原载《文艺争鸣》2010 年 3 期

注释:

① 佛克马、蚁布思:《文学研究与文化参与》,北京大学出版社 1996 年 6 月版,第 50 页。

②《中国作家、批评家集体反击顾彬》,金羊网 2006 年 12 月 17 日;另:2010 年 1 月 14 日在北京师范大学召开的"中国文学海外传播"学术研讨会上,作家李洱说,在顾彬和他的交谈中,顾彬说,他"从来不看中国当代小说"。一个不读中国当代小说的汉学家说"中国当代文学是垃圾",可见其不负责任到了什么程度。

③ 晓航:《关于〈断桥记〉》,中国作家网,2009 年 10 月 16 日。

新世纪十年：中篇小说论要

2011年的春天，北方持久干旱，日美、韩美在联合军演，日俄南千岛群岛主权之争不断升级，埃及、利比亚局势动荡，中国动用陆海空力量撤离人员，从欧洲左派领袖到国内精英，密切关注世界政治格局变化；在国内，“两会”即将召开，代表们已经启程陆续抵京，“十二五”是政治生活的核心话题；在文化领域，电视媒体更感兴趣的是“春晚”或赵本山及弟子们，其他媒体关于“春晚”及赵本山小品的口水战业已拉开帷幕；这一时段最具号召力的电视连续剧，是邓超、张嘉译、董洁联合主演的《你是我兄弟》。在日常生活领域，关于文学的话题几乎完全消失，这就是文学在这个时代的遭遇。当然，被我们描述出的肯定是这个时段生活的表面，大众传媒不那么关心人的精神世界。这个时代的精神生活已经潜隐到生活的最深层。如果是这样的话，日常生活不再谈论文学无可厚非。无论我们怎样强调当今文学的重要性、强调某个文体取得了怎样的艺术成就，都不能改变文学已然“小众化”的事实。文学与飞涨的物价、与攀升的房价、与不断枯竭的资源、与环境污染和不安全的食品比较起来，远不重要。但是“小众”也在证明终究有人还需要文学，关于文学的真相终还需要有人说出。这也正是我们坚持研究和讲述文学的最后理由，尽管是如此的勉为其难。

“十年”是一个时间计量单位，十年可以看出文学的发展和变化。而且多年来《文艺争鸣》一直倡导和坚持“新世纪文学研究”，并取得了蔚为大观的成果。中篇小说作为一个文体，代表了十年来高端艺术的成就，总结它的成就和问题，对了解这个时代的文学意义重大。需要说明的是,一篇文章远不可能穷尽十年中篇小说的全部成就和问题,挂一漏万在所难免。

一、乡土中国

乡土中国依然是新世纪中篇小说最重要的书写对象。刘庆邦、毕飞宇、胡学文、葛水平、孙惠芬、温亚军、郭文斌、张学东等,是这个领域的重要作家,他们的作品构成了这个时代中篇小说的主力阵容。

新世纪以来毕飞宇先后发表了《青衣》《玉米》《玉秀》《玉秧》《家事》等作品,使他无可争议地成为当下中国这一文体最优秀的作家。《玉米》应该是他最具代表性的作品,在百年中篇小说史上,也堪称经典之作。《玉米》的成就可以从不同的角度评价和认识,但是,它在内在结构和叙事艺术上,在处理时间、空间和民间的关系上,更充分地显示了毕飞宇对中篇小说艺术独特的理解和才能。

《玉米》的时间是玉米情感"疼痛的历史"。经验表明,人在生理上感觉到身体的哪个部分、关注哪个部分,哪个部分就出了问题。在情感愿望上也是一样。王连方的妻子施桂芳生下"小八子"后,有一种"松松垮垮"的自足和"大功告成后的懈怠",连续生了七个女儿的"疼痛的"历史的终结,"小八子"是疗治施桂芳唯一的"良药"。从此她就从王家和大王庄作为"话题"的处境中解放出来。甚至不是这个"话题"主角的玉米,也有了一种扬眉吐气和"深入人心"的喜悦,她是替母亲"松了一口气"。但是,"小八子"的到来却没有终结玉米"疼痛的历史"。父亲王连方与大王庄多个女性的不正当关系,仍然是玉米的痛楚,她为母亲和这个家感到疼痛。因此"玉米平时和父亲不说话,一句话都不说。个中原委王连方猜得出,可能还是王连方和女人的那些事"。玉米不仅不和父亲说话,而且"背地里有了出手"。那些和王连方不干净的女人,玉米就是她们的"克星",她抱着"小八子"站在有些人家的门口,用目光羞辱和蔑视那些和王连方上过床的女人,于是这些女人对玉米几乎闻风丧胆。这些举动是玉米为母亲“复仇”,也是疗治自己“疼痛”的手段。

当然,这还不是玉米的切肤之痛。玉米真正的疼痛是其个人的情感史。彭家庄箍桶匠家的“小三子”是个飞行员,叫彭国梁,在彭家庄彭支书的介绍下,和玉米建立了“恋爱关系”。尽管是一个扭曲畸形的年代,但玉米还是经历了短暂的爱情幸福。与彭国梁的通信,与彭国梁的见面,使玉米内心焕然一新。爱情改变了玉米眼前的世界,因王连方和那些女人带来的疼痛也得到了缓解。彭国梁的来信,“终于把话挑破了。这门亲事算是定下来了。玉米流出了热泪”。玉米不仅为自己带来了荣耀,也为王家和王家庄带来了荣耀。但爱情的过程仍然伴随着苦痛,不只是思恋的折磨,还有玉米文化的“病痛”。她只读过小学三年级,“那么多的字不会写,玉米的每一句话甚至是每一个词都是词不达意的。又不好随便问人,这太急人了。玉米只有哭泣”。于是,“写信”又成了玉米挥之不去的隐痛。彭国梁终于从天上回到了人间,一瓶墨水、一支钢笔、一沓信封和信笺以及灶台后的亲密接触,玉米幸福得几近昏厥。但玉米还是没有答应彭国梁的最后要求,她要守住自己的底线。彭国梁又回到了天上。幸福是如此的短暂。更让玉米难以想象的是这几乎就是玉米一生的全部幸福。

王连方近乎疯狂的婚外性行为终于迎来了报应,他触了高压线,秦红霞是现役军人的妻子。王连方被“双开”了。王连方四十二岁出门远行学油漆匠。王家从此家道败落,不幸接踵而来。先是玉秀和玉叶惨遭蹂躏,接着是彭国梁的飞机越飞越远直至没了踪影。最后,玉米把自己交给了一个五十多岁即将丧妻的公社革委会的郭副主任。心气高傲、曾经如花似玉的玉米,就这样经历了自己惨痛的情爱历史。对她来说,一切都没有开始,但一切已经结束了。她此后将要经历的生活,就这样无声无息地融入了可以想象的无论是大王庄或其他任何地方。《玉米》的社会土壤是腐败的,但作为文学土壤又是坚实的。毕飞宇就在这坚实的文学土壤上塑造了玉米。他将玉米情感疼痛的历史书写得悠长而悲怆,就像利刃缓慢划过皮肤,绽放的是带血的花朵;他在一个虚拟的空间——战机飞翔的天空,和一个切实的空间——大王庄的世俗世界,为玉米的虚幻想象和现实的处境提供了进退自如的广阔天地;软弱麻木的民间社会,展现了权力的力量和它坟墓般的幽暗。玉米从自强、自尊、多情到妥协、无奈和冷漠的心路历程,使我们看到的是——“现代”对乡村中国来说还是多么的遥远。也正因为如此,毕飞宇仅凭《玉米》便可独步文坛。

葛水平与乡土生活有关的中篇小说,都是以“原生态”的方式,在缓慢流淌的物理时间里,充分展示了太行山区“贱民”生活的残酷和困窘,揭示了在极端化的自然和社会环境中,在简单又原始的人际关系中,社会最底层和最边缘群体的生存状态和精神状态。在她舒缓从容波澜不惊的叙述背后,她的作品聚集了强大的情感力量,表达了她对文学独特的理解,同时也表达了她坚韧不拔的文学意志和勃勃雄心。因此,葛水平是近年来批评界关注和议论最多的作家之一。

《甩鞭》的故事发生在新中国成立前后。王引兰是晋王城里李府的一个丫头,十六岁时不堪李老爷和太太的凌辱,鼓动送炭人麻五带自己逃离了李府,然后被麻五娶了做妾。《甩鞭》中的主体地位是变化的:麻五的存在,男人是主体,但王引兰因其千娇百媚和处女身,一直受到麻五的宠爱。要种油菜便种油菜,要吃酸的给酸的,要吃甜的给甜的。于是作家有了这样的议论:“男人有些时候是很听话的,他的听话是需要一个不听话的女人来媚惑他,就像他的财产要女人来挥霍一样,历史只是女人对男人的调教。”这是女人对男人的征服,历史上这样的故事不胜枚举。但落实到王引兰这里也许还勉为其难。从大户人家走出的女人,终有一些不同,也正是这些不同才让麻五神魂颠倒。但大历史的发展却不是女人调教出来的。土改运动让“地主”麻五一命归天。麻五的死,与大历史有关,但更与男人对女人的争夺有关。《喊山》的历史又切近一些,它应该是当下生活的一部分。岸上坪的韩冲和发兴媳妇琴花有男女私情,而且是交换关系充满了庸俗气,是经不得事情的,因此乏善可陈。果然,当韩冲因麻烦来借钱时,琴花与丈夫沆瀣一气夫唱妇随果真断了韩冲的念想。

但这却并非闲笔，它是反衬后面男女情缘的。新来的人家男人名腊宏，带着个哑巴媳妇和孩子。腊宏突然被韩冲炸獾的雷管炸伤死去了。孤儿哑母今后的日子可以想象。《喊山》是一部充满了浪漫气息的小说，韩冲和哑巴红霞没有身体接触，但这里的两性关系比身体接触过的韩冲与琴花要动人得多。红霞是因为韩冲开口说话的，当韩冲被警察带走的瞬间，一句“不要”刻骨铭心，甚至比哑女的“喊山”还要动人。

生死，是葛水平小说反复出现的主题和场景。生离死别阴阳两界是人生必须面对的大限。但葛水平的小说里，生死大多与男女关系有关。在葛水平的男女、生死的背后，最为动人的还是情义。恶人心里积聚的是怨恨、憎恨和仇恨，恨最后一定导致暴力和死亡。情义是恨的相反一极，它是善的情感表达，是动人心魄的温暖和爱，是“恨”的化解力量。情义在女性那里要更多更充分。男女、生死和情义，是最要紧的文学元素，没有这些关系、场景和情感，文学就无以存在。葛水平以自己独特的经验和想象，在生死、情义中构建了说不尽的男女世界。于是，那封闭、荒芜和时间凝滞的山乡，就是一个令人迷恋的朴素而斑斓的精神场景，那些性格和性情陌生又新鲜，让人难以忘记。

二、小镇风情

城市的周边是城乡交界地带的小镇。中国的小镇因其千变万化而别具韵味。但也正因为处于城乡交界处，在中国城市不断膨胀和乡村萎缩得到更多注意的时候，小镇风情依旧，却只能在怀乡者的乡愁和旅游者“窥秘”时被光顾。因此，当代文学的小镇景观一直不如现代文学发达。值得注意的是，一旦文学坐落于小镇的时候，它焕发的光彩竟如此令人震动或震惊。

鲍十的小镇一直呈现着温婉的暖色，他对日常生活的叙述总是透露着生活的某些原生状态，这与他的小说和历史建立的关系有关。

他的小说也有苦涩的味道，比如《痴迷》《我的父亲母亲》等。但鲍十没有意识形态上的怨恨，他的价值观总是与人的善恶有关。《芳草地去来》写了一个省城“支教”的青年教师高玉铭，在单位不得志被领导下放到基层。但在芳草地中学高玉铭省却了许多省城的烦恼，他和小镇中学的老师学生相处得很好。因此，当两年“支教”期满后，高玉铭决定放弃省城重新回到了芳草地中学，最直接的原因是他刻骨铭心地爱上了校长的女儿高卉。高玉铭很像这个时代的“多余人”或“零余者”，也与80年代回城后的知青重返乡村或精神还乡的小说多有相似。不同的是，高玉铭不是柔石《二月》中的萧涧秋，不是因同情或怜悯与一个乡村女教师的爱情赐予；也不是因在城市找不到位置迫不得已地返回乡村的《本次列车终点》中的陈信，或《南方的岸》中的知青们。高玉铭的选择是主体性的选择，是对官场文化、琐屑情爱生活厌倦后的选择。这种选择说是道家文化也好，说是返璞归真回归自然也好，总之，是高玉铭自己做主的选择。事实的确如此，一个能够坚持个人内心价值并不妥协的人，自觉边缘化于小镇，也许是最好或最后的选择。

温亚军的小镇就不这样温婉和多情了。近年来，温亚军的小说，特别是中篇小说日趋成熟。他写的都是寻常百姓人家，都是普通的日常生活。但日常生活也有紧要处，也有生存或心理迈不过去的门槛。在《赤脚走过桑那镇》中，几个人物就都面对着必须要迈过的门槛：镇长必须完成县里捕杀所有狗的任务，不然就不能向县里交代。方大牙必须杀掉最后一只狗，尽管那是小学校长、无数官员姘头的哈巴狗。不然，不仅镇长不会兑现为他找媳妇，而且还拿不到捕杀狗的酬金。方小妮一定要嫁给补鞋的老头蒋连省，不然就还要在娘家寄人篱下。但故事的最后我们看到，恰恰是最无辜的孩子聂瓜瓜承担了所有的后果，他还是因为舅舅方大牙捕杀了校长的哈巴狗被开除了。小说中苦难气息漫长无边，赤脚走过桑那镇的孩子聂瓜瓜在眼前久久伫立。就在这样压抑无望的气氛中，温亚军还能够从容地描写景物和雕刻人物。

三、都市风景

对当下的城市生活，我们都有一个悖论性的感受：一方面，城市化进程空前迅速，城市人口急遽膨胀；一方面，我们并没有整合出当下的城市文化经验，不知道究竟如何表达我们对当下城市生活的真切理解。因此，当“官场小说”退场之后，城市生活在文化表达中仅仅剩下了空洞的时尚符号。这时我们发现，与城市生活有关的，大概只存活了两个故事：一个是重新回望历史，在略有感伤或怀旧的情调中，寻找或建构城市曾有的风韵或气息，在想象中体验城市曾有的丰富和多情；一个是对城市新阶层——农民工悲情生活的再现，对城市现代性过程中“与魔共舞”的呈现和书写。这两个故事虽然都不能表达当下城市真正的文化经验，却在提供城市文学经验的同时，也从一个方面改变了城市文学的苍白。

须一瓜城市题材的小说写得复杂，我们必须用心阅读，假如错过某个细节，阅读过程将会全面崩溃，或者说，遗失一个具体的细节，阅读已经断裂。另一方面，须一瓜的小说还有明显的存在主义的遗风流韵，她对人与人之间的难以理解、沟通和人心的内在冷漠麻木，有持久的关注和描摹。《第三棵树是和平》是一篇扑朔迷离的小说，它有精密的细节构成的内在逻辑。犯罪嫌疑人发廊妹孙素宝的杀夫案似乎无可置疑，她年轻漂亮却无比残忍，她的杀夫与众不同，她肢解了丈夫，而且每个切口都整齐得一丝不苟，就像精心完成的一个解剖作业。法官对这样一个女人的不同情顺理成章。但年轻的法官戴诺却在办案过程中的细微处发现了可疑处，这个备受摧残的女人并不是真正的凶手，她是一个真正的受害者：不仅在日常生活中她没有尊严，即便在丈夫那里她也受尽凌辱。丈夫被杀后她被理所当然地指认为杀人凶手。但通过一个具体的细节，法官发现了真正的案情。小说虽然以一个女性的不幸展开故事，但它却不是一个女性主义的小说。它是一个有关正义、道德、良知和捍卫人的尊严的作品。对人与人之间缺乏怜悯、同情和走进别人内心的起码愿望，作家表达了她挥之不去的隐忧。《回忆一个陌生的城市》，有须一瓜一贯的后叙事视角，没有人知道事情的结果甚至过程，即便是当事人或叙述者也不比我们知道的更多。于是，小说就有与生俱来的神秘感或疏异性：因车祸失去记忆的“我”，突然接到了外地寄来的自己多年前写的日记，是这个日记接续了曾经有过的历史、情感和事件，最重要的是1988年9月我制造的那起“三人死亡、危机四邻的居民区严重爆炸案”。“我”决定重返失去记忆的陌生城市调查这起爆炸案。当“我”置身这座城市的时候，“我”依然断定：“是的，我没有来过这里。”这注定了是一次没有结果的虚妄之旅，荒诞的缘由折射出的是荒诞的关系。一些不相干的人因这起事件被纠结在调查的过程中，但彼此间没有真正的理解和沟通，甚至连起码的愿望都没有。存在主义的遗风留韵和荒诞小说的叙述魅力，在《回忆一个陌生的城市》中再次得到呈现。

迟子建的《起舞》是一篇精致而充沛的小说。她奇巧的构思和张弛有致的情节，将20世纪上半叶一直到改革开放时期哈尔滨的万种风情，展示得万花纷呈。她在讲述情感传奇的同时，也展示了普通人面对现实时的勇武和决绝。“情”是《起舞》的起点也是归宿。哈尔滨的“老八杂”就这样幻化为坦率的人格和达观的性格。跌宕的故事和多种文化的交融将《起舞》装扮成北国都市的俏丽佳人。与迟子建的《起舞》大异其趣的，是深圳青年女作家吴君的《亲爱的深圳》。吴君曾因长篇《我们不是一个人类》受到文坛的广泛关注。许多名家纷纷撰文评论。一个新兴移民城市的拔地而起，曾给无数人带来那样多的激动或憧憬，它甚至成为蒸蒸日上日新月异南方的象征。但是，就在那些表象背后，吴君发现了生活的差异性和等级关系。作为一个新城市的“他者”，底层生活就那样醒目地跃然纸上。《亲爱的深圳》，对城市打工生活的表达达到了新的深度。一对到深圳打工的青年夫妻——程小桂和李水库，既不能公开自己的夫妻关系，也不能有正当的夫妻生活。在亲爱的深圳——到处是灯红酒绿红尘滚滚的新兴都市，他们的夫妻关系和夫妻生活却被自己主动删除了。吴君发现了中国农民偶然遭遇或走向现代的艰难。民族的劣根性和农民文化及心理的顽固和强大，将使这一过程格外漫长。可以肯定的是，无论是李水库还是程小桂，尽管在城市里心灵已伤痕累累力不从心，也很难再回到贫困的家乡——这就是“现代”的魔力：它不适于所有的人，但所有的人一旦遭遇了“现代”，就不再有归期。这如同中国遭遇了现代性一样，尽管是与魔共舞，却不得不难解难分。

晓航的《一张桌子的社会几何原理》，是我所见到的最具城市意味的小说。许多年来，我们还没有整合出被普遍认同的城市文化经验。但晓航的这篇作品，却一眼可以读出当下都市的味道，虽然情节或人物都略显夸张——那个“未来学家”谢斌、手机制造商宋城，都是出色的幻想型演说家。鼓动或舆论的力量，出色的狂热分子的言辞，总会平息更多的“群氓之族”的冲动情绪，足以让他们销声匿迹神灭。对“未来”怀有期待的“理想主义者”，对那些乌托邦的鼓噪者真诚地着迷，对与未来有关的人与事都兴致盎然。“每个人都有乌托邦梦想，这是人类的一大特点，是中性的。但是这个特点不能被无限放大，特别是不能把单纯的想象直接放到社会实践层面来无限制的执行，那会造成一种整体的疯狂”。小说在揭示现代生活纷乱迷离无从把握的同时，塑造了一群现代病患者。小说在理性与感性的缝隙游刃有余，既是一出生动幽默的情景剧，也是一出苍凉迷茫的悲剧。在整体构思和语言上，晓航的小说如在空中飞翔，上下翻飞，有万千气象。晓航书写的城市文化经验在当下有特别重要的意义。

四、新人民性

文学的新人民性是一个与人民性既有关系又不相同的概念。“人民性”的概念最早出现在19世纪20年代。俄国诗人、批评家维亚捷姆斯基在给屠格涅夫的信中就使用了这一概念，普希金也曾讨论过文学的人民性问题。但这一概念的确切内涵，是由别林斯基表达的。它既不同于民族性，也不同于“官方的人民性”。它的确切内涵是表达一个国家最低的、最基本的民众或阶层的利益、情感和要求，并且以理想主义或浪漫主义的方式彰显人民的高尚、伟大或诗意。应该说，来自于俄国的人民性概念，有鲜明的民粹主义思想倾向。此后，在列宁、毛泽东等无产阶级革命导师以及中国五四运动时期的文学家那里，对人民性的阐释，都与民粹主义思想有程度不同的关联。我这里所说的“新人民性”，是指文学不仅应该表达底层人民的生存状态，表达他们的思想、情感和愿望，同时也要真实地表达或反映底层人民存在的问题。在揭示底层生活真相的同时，也要展开理性的社会批判。维护社会的公平、公正和民主，是“新人民性文学”的最高正义。在实现社会批判的同时，也要无情地批判底层民众的“民族劣根性”和道德上的“底层的陷落”。因此，“新人民性文学”是一个与现代启蒙主义思潮有关的概念。

北北是新世纪声名鹊起的小说家，她的书写对象都是来自底层的“小人物”。《王小二同学的爱情》里的王大一、蓝彩荷、肖虹、肖君；《有病》里的陆多多、王二颂；《寻找妻子古菜花》里的李富贵、古菜花、奈月等。对底层人群生存状况和心理环境的关注，是北北小说最动人的地方。这些人物，一方面表达了底层阶级对现代生活的向往、对现代生活的从众心理；一方面也表达了现代生活为他们带来的意想不到的后果。王小二只有八岁就会写情书，王大一因现代资讯的影响怀疑王小二不是自己的儿子，为了报复妻子蓝彩荷而北上做生意，与肖虹、肖君姐妹同居，期待这两个如花似玉的北国姑娘给他生一个自己的儿子，结果酿出了一出让人啼笑皆非的悲喜剧；《有病》中的陆多多如果没有现代都市欲望的诱惑，她也不会得最时髦的艾滋病。北北在她的小说中注入时代内容的同时，仍然以一种悲悯的情怀体现着她对文学最高正义的理解。我们在儿童王小二的经历中，在王大一的“现代愚昧”中，在路多多惨遭不幸的短暂生涯中，在王二颂本能、素朴的“剪不断、理还乱”的人性矛盾中，在李富贵寻妻、奈月坚贞的爱情中,读到了久违的震撼和感动。北北以现代的浪漫、幽默和文字智慧,书写和接续了文学伟大的传统。她提供的悲悯情怀,以及对文学正义的坚持和重新书写,为文学提供了新的活力。北北的小说始终关注人的心灵苦难,日常生活的贫困仅仅是她小说的一般背景,在贫困的生活背后,她总是试图通过故事来状写人的心灵债务。《转身离去》叙述的是一个志愿军遗孀芹菜卑微又艰难的一生。短暂的新婚既没有浪漫也没有激情,甚至丈夫参加志愿军临行前都没有回头看上她一眼。这个被命名为"芹菜"的女性,就像她的名字一样微不足道,孤苦伶仃半个世纪,她不仅没有物质生活可言,精神生活同样匮乏得一无所有。她要面对动员拆迁的说服者,面对没有任何指望和没有明天的生活,她心如古井又浑然不觉。假如丈夫临行前看上她一眼,可能她一辈子会有某种东西在信守,即便是守着一个不存在的婚姻或爱情,芹菜的精神世界也不致如此寂寞和贫瘠;假如社会对一个烈士的遗孀有些许关爱或怜惜,芹菜的命运也不致如此惨不忍睹。因此,"转身离去",既是对丈夫无情无义的批判,也是对社会世道人心的某种隐喻。

陈应松多年来深居简出,往返于神农架山区。他的"神农架系列"小说引起了极大的反响。《松鸦为什么鸣叫》《望粮山》《豹子最后的舞蹈》《马斯岭血案》《太平狗》等作品,以绝对和极端的方式书写了苦难的凄绝。《豹子最后的舞蹈》中,孤独地行走于山中的豹子,几乎没有藏身之地,笼罩在豹子周围的是一种灭顶的绝望。豹子的苦难可以找到施加的对象,但如同豹子般绝望的人物伯纬,也在最后舞蹈,却找不到施加的对象在哪里。能把苦难写到这样的绝对和极致,是陈应松小说的力量所在。

对现实生活的关注以及在文学界引发的争论,是文学创作和批评介入公共事务的典型事件。争论仍在继续,创作亦未终止。曹征路对工人阶级的生存状况关注已久。2005 年,他的《那儿》轰动一时。我在《中国的文学第三世界》一文中对《那儿》曾有如下评价:曹征路的《那儿》是一部正面反映国企改革的力作。它的主旨不是歌颂国企改革的伟大成就，而是意在检讨改革过程中出现的严重问题。国有资产的流失、工人生活的艰窘，工人为捍卫工厂的大义凛然和对社会主义企业的热爱与担忧，构成了这部作品的主旋律。当然，小说没有固守在“阶级”的观念上一味地为传统工人辩护，而是通过工会主席为拯救工厂上访告状、集资受骗，最后无法向工人交代而用气锤砸碎自己的头颅，表达了一个时代的终结。工会主席站在两个时代的夹缝中，一方面他向着过去，试图挽留已经远去的那个时代，以朴素的情感为工人群体代言并身体力行；一方面，他没有能力面对日趋复杂的当下生活和“潜规则”。传统的工人阶级在这个时代已经力不从心无所作为。小说中那个被命名为“罗蒂”的狗，是一个重要的隐喻，它的无限忠诚并没有换来工会主席的爱怜，它的被驱赶和千里寻家的故事，感人至深，但它仍然不能逃脱自我毁灭的命运。“罗蒂”预示的工会主席的命运，可能这是当下书写这类题材最具文学性和深刻思想性的手笔。如果是这样，我认为《霓虹》堪称《那儿》的姊妹篇，它同样令人惊心动魄。不同的是，那个杀害下岗女工（也是一个暗娼）的凶手终于被绳之以法，但对那个被杀害的女工而言已经不重要了。对我们来说，重要的是在这篇作品中，我们看到了一个从生活到心灵都完全破碎了的女人——倪红梅全部的生活和过程。她生活在人所共知的隐秘角落，但这个公开的秘密似乎还不能公开议论。倪红梅为了她的女儿和婆婆，为了最起码的生存，不得不从事最低贱的勾当。但她对亲人和朋友的真实和朴素又让人为之动容。她不仅厌倦自己的生存方式，甚至连自己都厌倦，因此想到死亡她都有一种期待和快感。最后她终于死在犯罪分子的手里，只因她拒绝还给犯罪分子两张假钞嫖资。

在这一文学现象中，青年作家胡学文的《命案高悬》是特别值得重视的。一个乡村姑娘的莫名死亡，在乡间没有任何反响，甚至死者的丈夫也在权力的恐怖和金钱的诱惑下三缄其口。这时，一个类似于乡村浪者的“多余人”出现了，他叫吴响。村姑之死与他多少有些牵连，但死亡的真实原因一直是个谜团，各种谎言掩盖着真相。吴响以他的方式展开了调查。一个乡间小人物——也是民间英雄,要处理这样的事情,其结果是可以想象的。于是,命案依然高悬。当然,《命案高悬》并不是一篇正面为民请命的小说。事实上,作品选择的也是一个相当边缘的视角:一个乡间浪者,兼有浓重的流氓无产者的气息。他探察尹小梅的死因,确有因自己的不检点而忏悔的意味,他也有因此在这个过程中洗心革面的潜在期待。但意味深长的是,作家"并非记忆中的暖意",却是通过一个虚拟的乡间浪者来实现的。或者说,在乡村也只有在边缘地带,作家才能找到可以慰藉内心的书写对象。世事似乎混沌而迷蒙,就如同高悬的命案一样。但这些作品却以睿智、胆识和力量洞穿世事,揭示了生活的部分真相。

对底层生活的关注,逐渐形成了一股巨大的文学潮流。刘庆邦的《神木》《到城里去》、李洱的《龙凤呈祥》、熊正良的《我们卑微的灵魂》、迟子建的《零作坊》、吴玄的《发廊》《西地》、杨争光的《符驮村的故事》、张继的《告状》、何玉茹的《胡家姐妹小乱子》、胡学文的《走西口》、张学东的《坚硬的夏麦》、王大进的《花自飘零水自流》、温亚军的《落果》、李铁的《我的激情故事》、孙惠芬的《燕子东南飞》、马秋芬的《北方船》等一大批中篇小说,这些作品的人物和生存环境是今日中国的另一种写照。主人公或者是穷苦的农民,工人,或者是生活在城乡交界处的淘金梦幻者。他们有的对现代生活连起码的想象都没有,有的出于对城市现代生活的追求,在城乡交界处奋力挣扎。这些作品从不同的方面传达了乡土中国或者是前现代剩余的淳朴和真情、苦涩和温馨,或者是在"现代生活"的诱惑中本能地暴露出农民文化的劣根性。但这些作品书写的对象,从一个方面表达了这些作家关注的对象。对于发展极度不平衡的中国来说,物质和文化生活历来存在两种时间:当都市已经接近发达国家的时候,更广阔的边远地区和农村,其实还处于落后的17世纪。在这些小说中,作家一方面表达了底层阶级对现代性的向往、对现代生活的从众心理;一方面也表达了现代生活为他们带来的意想不到的复杂后果。底层生活被作家所关注并进入文学叙事,不仅传达了中国作家本土生活的经验,而且这一经验也必然从一个方面表现了他们的价值观和文学观。这不仅使新世纪的中篇小说接续了现代文学“社会问题小说”的传统,也使文学具有了一种新的人民性。

五、边缘经验

边缘经验,是指在潮流之外或被遗忘或被遮蔽的文学资源。文学是一个想象和虚构的领域。它除了对现实的直接经验做出反应和表达之外,对能够激发创作灵感的任何事物、任何领域都应当怀有兴趣。有些经验虽然是间接的,但一旦被当下的经验所激活,就有可能放射出意想不到的艺术光华。这种情况在百年文学的历史上不胜枚举。

韩少功的《报告政府》无论对新世纪文坛还是对他个人来说,都是一部重要的作品。多年来,韩少功对传统的小说形式似乎感到绝望,他一直在寻找小说绝处逢生的可能性。而重新正面创作的中篇小说《报告政府》,对文坛来说,它所涉及的领域鲜为人知,一墙之隔划分了两个世界,生与死、善与恶、正与邪等,是我们基本的认知或了解,那是一个神秘和令人难以想象的所在。但韩少功所书写的监狱景观远远超出了我们的想象。那里的残酷、丑恶甚至血腥不仅仍在暗中上演,而且也有超级智慧、绝顶聪明在极限的环境里表现得淋漓尽致。更重要的是,即便是十恶不赦罪大恶极的人,其内心深处仍有人性乃至良心的复杂存在。对韩少功个人而言,自“寻根文学”开始,他对文学可能性的探索深怀迷恋,但略有夸张的“先锋”和前卫姿态曲高和寡。《报告政府》大概是他为数不多的从“正面”挑战小说的创作。在这个把握难度极大的小说中,在对分寸、火候和节奏的掌控中,韩少功再次证实了他锋芒锐利的小说才能。

马晓丽的《云端》,应该是新世纪最值得谈论的中篇小说之一。说它重要有两个原因:一是对当代中国战争小说新的发现;一是对女性心理对决的精彩描写。当代中国战争小说长期被称为“军事题材”，在这样一个范畴中，只能通过二元结构建构小说的基本框架。于是，正义与非正义、侵略战争与反侵略战争、英雄与懦夫、敌与我等规定性就成为小说创作先在的约定。因此，当代战争小说也就在这样的同一性中共同书写了一部英雄史诗和传奇。英雄文化与文化英雄是当代“军事文学”最显著的特征。《云端》突破了“军事文学”构筑的这一基本框架。解放战争仅仅是小说的一个背景，小说的焦点是两个女人的心理“战争”——被俘的太太团的国民党团长曾子卿的太太云端和解放军师长老贺的妻子洪潮之间的心理战争。洪潮作为看管“太太团”的“女长官”，有先在的身份和心理优势，但在接触过程中，洪潮终于发现了她们相通的东西。一部《西厢记》使两个女人有了交流或相互倾诉的愿望，共同的文化使他们短暂地忘记了各自的身份、处境和仇恨。但战争的敌我关系又使她们不得不时时唤醒各自的身份记忆，特别是洪潮。两个女性就在这样的关系中纠缠、搏斗，间或地推心置腹甚至互相欣赏，她们甚至谈到了女性最隐秘的生活和感受。在这场心理战争中，她们的优势时常微妙地变换着，一波三折跌宕起伏，但这里没有胜利者。战场上的男人也是如此，最后，曾子卿和老贺双双战死。云端自杀，洪潮亦悲痛欲绝。有趣的是，洪潮最初的名字也是云端，那么，洪潮和云端的战争就是自己和自己的战争，这个隐喻意味深长。它超越了阶级关系和敌我关系，同根同族的内部厮杀就是自我摧残。小说在整体构思上出奇制胜，在最紧要处发现了文学的可能性并充分展开。战争的主角是男人，几乎与女性无关。女性是战争的边缘群体，她们只有同男人联系起来时才间接地与战争发生关系。但在这边缘地带，马晓丽发现了另外值得书写的战争故事，而且同样惊心动魄感人至深。这是一篇可遇不可求的优秀之作。

六、重返浪漫的文学

没有经过浪漫主义文学的洗礼、没有经过大规模的浪漫主义文学运动，应该是百年中国文学最大的缺失。我们也有过浪漫主义文学，但这个“浪漫主义”前面是有修饰语的。比如“革命的浪漫主义”“社会主义浪漫主义”等。这与法国、德国的浪漫主义文学是非常不同的。但是进入新世纪以后，我们发现，与过去我们所经历的浪漫主义不同的浪漫主义文学潮流，正在悄然生长。它们对人性、爱情、历史以及内心欲望的另一种表达，都是不曾遭遇的。

叶舟先后写过《目击》《羊群入城》等名篇。叶舟的小说是心在云端笔在人间的小说，是丽日经天惊雷滚地的小说；他的小说有诗意但更有关怀，他的关怀不只是人性、人物命运或技巧技法，更重要的是他在追问、质疑、批判中有终极关怀。这个终极关怀，就是对人类普遍价值的守护。现在，我们读到的这篇《姓黄的河流》就是这样一部小说。

《姓黄的河流》在结构上层峦叠嶂迷雾重重。它有两条线索：一条是叙述者艾吹明与妻子迟牧云的婚姻危机；一条是德国人托马斯·曼——李敦白扑朔迷离的家世和命运。国人的婚姻危机是辅线，德国人的家世是主线。国人的婚姻危机虚伪而混乱；德国人的家世深沉而苦难。当然，这不是妄自菲薄长他人志气灭自己威风。叶舟在这里无非是讲述两个故事，在比较中表达人性中最珍贵、高贵的情感和情怀，并借此传达他对人类普遍价值的理解和守护。衣衫褴褛的李敦白一出现是在黄河边上，他要自己修一只独木舟，然后顺着黄河一直漂下去。他要用黄河水洗去姐姐的罪恶。这个故事不仅千回百转九曲回肠，重要的是叶舟借用这个故事表达了人类应该恪守的基本价值。无论是沃森还是克拉拉，他们都饱受苦难和屈辱，但他们不是以恶报恶、以怨报怨，而是以高贵的无疆大爱处理了那些难以逾越的万重关口：他一次次地化解了仇怨，一次次地筑起了爱意无限的高原。与艾吹明和妻子迟牧云虚伪的婚姻相比较，那就是天上人间。这当然是叶舟对异国文化和文明的一种想象，但在我看来，这个故事发生在哪里并不重要，重要的是叶舟发现了在红尘滚滚心无皈依的时代，还有这样的故事和讲述的可能。因此，在当下的小说创作中，《姓黄的河流》是一个奇迹，尽管它难以改变我们面对的一切。但是，无论哪个时代，只要有高贵和诗意的声音在隐约飘荡，我们就有勇气朝向那个方向——让我们一起祝福李敦白吧，祝他早日抵达他的彼岸。

原载《文艺争鸣》2011年4期

文学革命终结之后

——新世纪中篇小说的“中国经验”与讲述方式

当下的文学状况告知我们:“后现代主义”的文学革命业已完成之后,文学革命的道路基本宣告终结。文学未来的道路走向了“千座高原”——没有方向,也到处都是方向。但是,文学革命的终结并不是文学的终结。新世纪以来的文学不仅仍在发展,而且中篇小说代表了这个时代文学的高端成就:浪漫主义文学暗流涌动,文学与政治的关系正在重建,多样化的讲述方式构建了一个没有主潮的文学时代。“中国经验”的出场和多样的讲述方式,就这样构成了新世纪中篇小说的斑斓景观。但是,无论这个时代再产生多少优秀的文学作品,都不可能再有石破天惊的效果。这是因为,与资源短缺、环境污染、就业紧张等问题比较起来,文学被关注的程度已大为降低。但是,文学对人类社会久远和渐进的影响不会因此改变。

对当下文学的疑虑或焦虑,隐含了对文学“轰动”或“突变”的期待,换句话说,对那种石破天惊式的文学革命震撼性的期待。在文学发展历史的描述中,文学内部的革命,基本是在现代性的框架内展开的:浪漫主义、现实主义、现代主义、后现代主义,这种“递进式”的文学革命不断改写文学的面貌和发展路向。每次革命都引发了审美地震,也一次次地将文学推向了社会历史的前台。但是,在20世纪80年代末期,文学的“轰动效应”已被宣布失去,当后现代主义的文学革命业已完成之后,文学革命的道路基本终结。文学未来的路向开始处于不明或彻底的开放，这种景况也从一个方面表达了“现代性是一项未竟的事业”的判断。但这只是一个方面，另一方面，我们还需意识到：我们正处在一个并未“完全定型的社会”，文学表达的各种声音或情感，“多少有助于影响最后的定型——哪怕极为轻微的影响。至少到目前为止，历史仍在大幅度地调整。所谓的‘中国模式’可能是一个有待于论证的提法，但是，‘中国经验’这个概念无可争议。‘中国经验’表明的是，无论是经济体制、社会管理还是生态资源或者传媒与公共空间，各个方面的发展都出现了游离传统理论谱系覆盖的情况而显现出新型的可能。现成的模式失效之后，不论是肯定、赞颂抑或分析、批判，整个社会需要特殊的思想爆发力开拓崭新的文化空间。这是所有的社会科学必须共同承担的创新职责”①。文学当然也在行使这样的职能，参与社会历史的建构或重构。

在这样的背景下，客观地观察当下文学，就会看到不同的文学风景。我曾在不同的场合表达过这样的看法：评价一个国家、一个民族、一个时期的文学成就，首先要着眼于它的高端成就，如英国文学与莎士比亚，法国文学与雨果，印度文学与泰戈尔，俄国文学与托尔斯泰，美国文学与海明威，日本文学与川端康成，中国文学与鲁迅等。只有看到这些高端的文学成就，我们才有可能评价一个国家、民族或不同时期的文学。那么，讨论文学革命终结后的新世纪文学，我们首先应该看到的是代表这个时代高端文学成就的中篇小说。虽然其他文体和形式也取得了重要成就，但是，多年来，中篇小说的“数量之多、质量的相对稳定，都是其他文体难以比较的。20世纪80年代初期以来，中篇小说在大型文学刊物的推动下，有了突飞猛进的发展，中篇小说的创作积累了丰富的经验，它的容量和传达的社会与文学信息，使它具有极大的可读性；当社会转型、消费文化兴起之后，大型文学期刊顽强的文学坚持，使中篇小说生产与传播受到的冲击降低为最小。文体自身的优势和载体的相对稳定，以及作者、读者群体的相对稳定，都决定了中篇小说在物欲横流时代获得了绝处逢生的机缘。这也是中篇小说能够不追时尚、不赶风潮，能够以‘守成’的文化姿态坚守最后的文学性成为可能。在这个意义上，中篇小说很像是一个当代文学的‘活化石’。当然，从来没有一成不变的‘不变’，这个‘不变’是指对文学信念的坚持和对文学基本价值的理解。在这个前提下，无论中篇小说书写了什么，都不能改变它文学性的基本性质。因此，新世纪以来，中篇小说成为各种文学文体的中坚力量并塑造了自己纯粹的文学品质。”②而“中国经验”的出场或有意无意地集中表达，证实了这一看法并非虚妄。

一、暗流涌动的浪漫主义文学

中国自新文学诞生以来，没有经历大规模的浪漫主义文学的洗礼。特殊的历史境遇，使其一诞生就承载着苦难和实用的诉求。这一点与19世纪的法国和德国的浪漫派文学大异其趣。欧洲19世纪文学是浪漫主义领衔主演的。当雨果的《欧那尼》在巴黎上演的时候，青年追随者在里佛里街的拱廊上写满了“维克多·雨果万岁”。幕布一升起，一场暴风雨就来临了：剧场人声鼎沸，要费九牛二虎之力才能收场。后来，勃兰兑斯在《十九世纪文学主流·法国的浪漫派》中写道：“作为一出戏剧，《欧那尼》是极不完美的；它是抒情性的作品，是雄辩的作品，包含很多夸张的成分。但是它却有一个十分重要的优点，那就是，一个独立而卓越的人类灵魂在这里得到了无拘无束、淋漓尽致的表现。……作者本人，他的天才，他的局限，他的性格，他的全部过去——他对于自由和权威的见解，他对于荣誉和高贵的见解，他对于爱情和死亡的见解，全部倾注在这部作品中了。……《欧那尼》是七月革命时期鼓舞了法国青年的精神的真髓；他是整个法国的形象，而从浪漫主义的眼光看来，它已扩大成为世界的形象了。”③这样的文学革命是如此的激动人心，但与我们这个时代说来，它只可想象而难再经验。

在“五四”时代追求个性解放的文学中，浪漫主义如电光石火稍纵即逝。在当时的历史语境下它没有、也不可能形成文学主潮。没有受过浪漫主义文学洗礼是百年中国文学的一大缺憾。但在新世纪的中篇小说中,浪漫主义虽没有形成革命般的潮流,却如暗流涌动,浪漫主义的文学元素越来越多地呈现在中篇小说中。

迟子建的《起舞》④是一篇精致而充沛的小说。其奇巧的构思和张弛有致的情节,将20世纪上半叶一直到改革开放时期哈尔滨的万种风情,展示得万花纷呈。在讲述情感传奇的同时,也表达了普通人面对现实时的勇武和决绝。"老八杂"这个市井之地,在表面的世俗生活背后,也因久远而埋藏无数鲜为人知的故事:一个女工在舞会上与"老毛子"意外发生关系,生下的"二毛子",历尽人间羞辱,女工一生枯守,至死不悔;丢丢敢为万人先,不仅嫁给"二毛子",而且敢于为民众、也为自己守护那个仅存的理想与生存的家园。《起舞》有刻骨铭心的爱情,也有齐耶夫可以理解的偷情,"情"是《起舞》的起点也是归宿。"老八杂"就这样幻化为坦率的人格和达观的性格。跌宕的故事和多种文化的交融将《起舞》装扮成北国的俏丽佳人。

鲁敏作为"70后"作家,近年她的中短篇小说有相当高的声誉。《逝者的恩泽》⑤是一篇构思缜密、想象奇崛、苦涩凄婉又情调浪漫的小说。无论趣味还是内在品格,在当下的中篇小说中都可谓不可多得的上品。小说可以概括为"两个半男人和三个女人的故事"。那个不在场但又无处不在的"逝者",是一个重要的人物,一切都因他而起。小镇上一个风流倜傥、有文化有教养的男人,被两个年龄不同的女性所喜爱,但良缘难结;一个八岁的男孩,"闻香识女人",患有严重的眼疾。一个女人是"逝者"陈寅冬的原配妻子红嫂,另一个是他们的女儿青青,还有一个就是"逝者"的"二房"——新疆修路时的同居者古丽。这些人物独特关系的构成,足以使《逝者的恩泽》成为一篇险象环生、层峦叠嶂的作品。值得注意的是,这些通俗文学里常见的元素,在鲁敏这里并没有演绎为爱恨情仇的通俗小说。恰恰相反,小说以完全合理、了无痕迹的方式表达了所有人的情与爱,表达了本应仇怨却超越了常规伦理的至善与大爱。红嫂对古丽的接纳，古丽对青青恋情的大度呵护与关爱，青青对小男孩达吾提的亲情，红嫂宁愿放弃自己乳腺疾病的治疗而坚持医治达吾提的眼疾；古丽原本知道陈寅冬给红嫂的汇款，但从未提起……这一切使东坝这个虚构的小镇充满了人间的暖意和阳光。在普通生活里，那些原本是孽债或仇怨的事务，在鲁敏这里以至善和宽容做了新的想象和处理。普通人内心的高贵使腐朽化为神奇，我们就这样在唏嘘不已、感慨万端中经历了鲁敏的化险为夷、绝处逢生。这种浪漫和凄婉的故事、这种理想主义的文学，在当下的文学潮流中有如空谷足音，受到普遍赞誉而当之无愧。

鲁敏另一篇《纸醉》⑥，情节在年轻人的心事上展开，在没有碰撞中碰撞，在无声中潮起潮落，时有惊涛裂岸，时如微风抚柳。一家里的两兄弟同时爱上了一个女孩：开音、大元的一曲笛声、小元的几个故事，都是项庄舞剑，意在沛公。在寻常的日子里，笔底生出万丈波澜。最后，还是"现代"改变了淳朴、厚道、礼仪等乡村伦理，乡村中国的小情小景的美妙温馨，在大世界的巨变面前几乎不堪一击，轰然倒塌。当然，鲁敏还不是一个纯粹的"乡村乌托邦"的守护者。她对乡村的至善至美还是有怀疑的，哑女开音的变化，使东坝的土地失去了最后的温柔和诗意。小叙事在大叙事面前一定溃不成军。就作品而言，我欣赏的是鲁敏对细节的捕捉能力，一个动作或一个情境，人物的性格特征就勾勒出来。大元爱着开音，他的笛声是献给开音的，但总是"等开音低下头去剪纸了，他才悄悄地拿出笛子，又怕太近了扎着开音的耳朵，总站到离开音比较远的一个角落里，侧过身子，嘴唇噘住了，身子长长地吸一口气，鼓起来，再一点点慢慢瘪下去。吹得那个脆而软呀，七弯八转的，像不知哪儿来的春风在一阵一阵抚弄着柳絮。外面若有人经过，都要停下，失神地听上半晌"。小元也爱着开音，但他心性高远，志气磅礴，上了高中以后，"小元现在说话，学生腔重了，还有些县城的风味，比如，一句话的最后一两个字，总是含糊着吞到肚子里去的，听上去有点懒洋洋的，意犹未尽的意思。并且，在一些长句子里，他会夹杂着几个陌生的词，是普通话，像一段布料上织着金线,特别引人注意。总之,高中二年级的小元,他现在说话的气象,比之伊老师,真可谓青出于蓝而胜于蓝了,大家都喜欢听他说话,感到一种扑面而来的'知识'"。这些生动的细节,显示了鲁敏对东坝生活和人物的熟悉,其敏锐和洞察力令人叹为观止。

如何通过小说表达我们对20世纪80年代的理解,就如同当年如何讲述抗日、"反右"和"文化大革命"的故事一样。在20世纪80年代初期的中国文坛,"伤痕文学"既为主流意识形态所肯定,也在读者那里引起了巨大反响。但是,当一切尘埃落定,文学史家在比较中发现,真正的"伤痕文学"可能不是那些爆得大名的作品,而恰恰是《晚霞消失的时候》《公开的情书》《波动》等小说。这些作品把"文化大革命"对人心的伤害书写得更深刻和复杂,而不是简单的"政治正确"的控诉。也许正因为如此,这些作品才引起了激烈的争论。近年来,对20世纪80年代的重新书写正在学界和创作界展开。就我有限的阅读而言,蒋韵的《行走的年代》[7]是迄今为止在这一范围内写得最好的一部小说。它流淌的气息、人物的面目、它的情感方式和行为方式以及小说的整体气象,将20世纪80年代的时代氛围提炼和表达得炉火纯青,那就是我们经历和想象的青春时节:它单纯而浪漫,决绝而感伤,一往无前头破血流。我读这部小说,就如同1981年读《晚霞消失的时候》一样激动不已。那代人的青春时节就这样如满山杜鹃,在春风里怒号并带血绽放。

新世纪中篇小说的这一倾向,在讲述方式上是浪漫主义的,但它的经验则是中国的。无论是哈尔滨的"老八杂""二毛子"还是那场具有传奇性的舞会,都只能发生在中国;而鲁敏的"小镇风情"和小镇上的故事,它的色彩、情调和所有的文化符号,无论是文化记忆还是依然存在的现实,都明确无误地承载着"中华性";蒋韵的20世纪80年代叙述也是典型的中国的20世纪80年代,那里的如诗如画以及感伤感慨,只有我们才感同身受,心领神会。

二、历史调整时期的文学与政治

政治与文学的支配与被支配的权力关系在80年代被终结之后，这个问题已经不再被注意。这里大概有两个潜在的心理因素在起作用：一是在文学与政治的关系式里，文学充满了挫败感和惨痛记忆，文学的依附性使它一直卑微地存活。这个历史过去之后，没有人愿意再触及这曾有的伤痛；二是这似乎已经是一个自明的关系，文学是一个自由、独立的领域。去政治甚至消灭政治不仅是文学家的幻觉，他们更愿意作为一种新的文学实践条件。但是，文学与政治的关系并没有因此而解除，并没有因这两种心理因素的暗示而不存在。因此，文学作品中的政治从来就没有退场。尽管"个人写作""解构宏大叙事"等口号和实践改写了中国文学的路向，但这种去政治本身就是一种政治。更重要的是，政治在现实生活中的支配关系并没有、也不可能结束，它渗透在日常生活的各个领域和角落：

> 种种实质性的不平等无论如何都不会从世界和国家里消失；它们只会转移到另一个领域里去。它们可能脱离政治领域而在经济领域集结起来，但它们之所以离开，是因为它们现在在另一个领域获得了新的、远远更富于决定性的重要性。在表面的、肤浅的政治平等的条件下，当一个领域里的实质性不平等占了上风（例如今天的经济领域），这个领域就将取得对政治的支配权，这是不可避免的。任何对政治理论的反思都会看到，当今经济学支配国家和政治这个可悲的、受人诟病的现实，其背后真正的原因正在于此。无论在什么地方，不平等概念都作为一个连带性概念制约着平等概念，而一旦对具体差别漠不关心的平等概念摆脱了这种制约，并在事实上控制了某个人类生活领域，这个领域就失去了它的实质性，另一个体现着不平等的无情力量的领域，就会把它笼罩在自己的阴影中。⑧

新世纪中篇小说关于乡土、官场、底层、历史等题材的书写，都与政治有千丝万缕的关系。这也从一个方面回应了所谓当下中国文学没有进入公共论域、文学没有担当、作家没有良知的无端指责。在这一方面，长期以来被议论的“底层写作”最有代表性，也被认为是自1993年“人文精神讨论”以来，唯一进入公共论域的文学现象。它提出的问题是改革开放成果如何被全民共享，关注改革发展过程中底层生活、特别是农民和农民工、下岗工人、城乡边缘处群体等的生存处境和精神处境等问题。代表性作品有曹征路的《那儿》《霓虹》，刘庆邦的《神木》《哑炮》，北北的《寻找妻子古菜花》《家住厕所》，胡学文的《命案高悬》，陈应松的《马斯岭血案》《望粮山》，葛水平的《喊山》，李铁的《工厂的大门》《点灯》，吴君的《亲爱的深圳》《菊花香》，马秋芬的《蚂蚁上树》《朱大琴，请与本台联系》等。

李铁对传统产业工人的生存状态和精神状态持久地关注，但他的小说不是“工业题材”。“工业题材”是个似是而非的概念，似乎国务院有多少个部门就有多少种题材。文学没有能力处理诸如工业、农业、军事乃至计划生育的问题，这些问题充其量只是文学创作的背景。文学最终还是人学。李铁创作的背景是工厂，但他从来都在写普通人和他们的日常生活上下功夫。《点灯》⑨写得苍凉甚至凄惨：工人赵永春家境贫寒，谈了六个对象，无一成功。最后“入赘”给了“长在一个胡同里的”二十八岁的王晓霞。“嫁”到女方家里，赵永春的日子可想而知。但事情并没有那么糟糕，当科长的岳父非常热情，每天晚饭一定要赵永春陪其喝酒，以至于本来不会喝酒的赵永春酒量陡涨。还算平静的日子被大舅哥因房屋搬迁回到父母家而打破。忍无可忍的赵永春用极端的方法强行入住了不属于他的房子。好景不长，妻子王晓霞患了尿毒症，在自己母亲去世不久也撒手人寰。这时，岳父每晚请他喝酒的谜底才揭开：他知道女儿身体有病，不想他们房事频繁。但患难夫妻在窘迫的日子里恩爱有加，赵永春要回家为病危之际的王晓霞取寿衣时，王晓霞用气若游丝的声音告诉他楼道黑，别忘了把灯点上。“点灯”是有故事的。赵永春当初并没有那么爱王晓霞。他有自己的女性标准,比如白丽丽。后来发现楼上的张女郎更符合他的标准。于是,每当张女郎下班将要进楼的时候,赵永春都为她将灯点亮,他只能做这么多。事实上,他最后也没有越雷池一步。当赵永春回到家里,看到昏黄的门灯,心头又闪过了张女郎,但仅仅是一闪而已。

小说还是写到了苦难,不写苦难还能够写底层什么呢?但李铁的不同就在于,在苦难的另一头,底层人的善良、相互温暖的真情谊,仍然动人无比。在情谊日趋淡漠的当下生活中,李铁打捞出的是人性中弥足珍贵的东西。

吴君一直在深圳打捞她的故事和人物,并深情款款,兴致盎然。《菊花香》[10]中的主人公王菊花是外来打工者,就要三十岁了还是单身一人。这时王菊花的焦虑和苦痛主要集中在情感和婚姻上。工厂里不断涌入"80后"或"90后"的打工妹,这些更年轻的面孔加剧了她的危机和焦虑。这时的王菊花开始梦想有间属于自己的宿舍,有一个属于自己的独立空间。王菊花不是城里的、有女性意识的"主义者",也不会读过伍尔芙。"自己的一间屋"不是象征或隐喻,她是为了用以恋爱并最后解决自己的终身大事。为此她主动提出到公司的饭堂那个只有一个女工的地方上班,这样她便可以有间单人房间了。那个曾经的仓库被王菊花粉刷一新后,仍然让她感到温馨满意。就是这样简单的空间,让一个身处异乡的女孩如此满足。读到这里,我仿佛感到读《万卡》时的某种情感在心里流淌。

马秋芬的《蚂蚁上树》为她带来了极大的声誉。她对建筑工地上民工生存现状和未来命运的关注和书写,使她多年后重出江湖就站在文学的潮头和高端。《朱大琴,请与本台联系》[11]延续了她对底层普通人关注的文学立场。不同的是,她不再刻意书写这个群体难以为继的生存苦难,而是将视角投向了更难以捕捉的精神领域——他们的精神遭遇和境况。

小说中一直流淌的是城市永不消歇的喧嚣与躁动,冯主任、楚丹彤、翁小淳等,都沉浮于都市纷乱又可以安全自转的轨迹。他们办儿童艺术团、组织大型电视节目、奋不顾身地为朋友也为交换而救场。都市深处的生活场景就这样掩藏于钢筋水泥的森林和霓虹灯的阴影处。作为一个外来务工者、一个普通的家庭清洁工的朱大琴，对这样的都市生活和场景一无所知。她原本就是一个城市的“他者”，一个不得不闯入城市谋生活的人。但一场意外的救场活动，使朱大琴终于和这座城市建立了“内在联系”。楚丹彤在朋友翁小淳的请求下，答应写一首儿童朗诵诗《在爱的阳光下》。在与朱大琴的闲聊中楚丹彤找到了灵感，在“征求”朱大琴“意见”时，她在诵读中看到了朱大琴涌出的泪水。那首诗将农民工孩子受到的教育和成长过程，以极度夸张的修辞作了极端化的表达，农民工和他们的子女仿佛生活在天堂，他们拥有着城里人应有的一切，而那一切都是城里人给他们提供的。没有识别能力的朱大琴，在这种充满煽情的文字里怎能不感激涕零。演出果然空前成功，嘉宾和观众泪光闪闪，连楚丹彤自己都被感动了。翁小淳为了做一笔“更大的买卖”，为了提高收视率，不惜让楚丹彤找人“编观众来信”。朱大琴成为“观众来信”的“执笔者”。电视台在为自己“造势”的宣传中，因为朱大琴的“突出贡献”，要奖励她一台电视机。于是就有了“朱大琴，请与本台联系”的故事。当然，朱大琴最后也没有拿到那个电视机，因为节目一期一结算，那期节目早就封账了。朱大琴反复被利用，反复成为装点城市“人性化”的道具和装饰品，除了被欺骗的泪水，一无所获。

小说没有着眼于进城务工者惨不忍睹的生存状况和永无尽期的苦难叙事。小说将朱大琴在城市遭遇的精神盘剥和尊严践踏，淋漓尽致地书写出来。在生存艰难的背后，朱大琴们还在承受着另外的鲜为人知的精神苦难。他们内心卑微的希望在城市规则那里转瞬即逝。在这个事件中，同学、同事、朋友等关系群是最大的赢家：翁小淳的三十万落实了，楚丹彤的节目在电视上畅行无阻，冯团长的“小星星艺术团”也在电视上“多给时段”。他们共享资源相互利用，用时髦的话叫“双赢”。他们密切结成的社会关系网、公共资源正在以不同渠道和形式被瓜分。行业垄断和行业权力资本在“合理”“合法”

地被兑换成金融资本。但这一切与朱大琴们没有任何关系。都市合谋榨取了他们最后的资源,一切都顺理成章,朱大琴还要含着眼泪表达她的感激和理解。在我看来,《朱大琴,请与本台联系》开辟了“底层写作”的新思路,它的深刻性将这一题材的创作提高到了新的高度。“底层”从生存苦难的写作中被“解放”出来,但他们的精神苦难更触目惊心。朱大琴所经历的城市生活于是就可以被理解为一个精神事件。

如前所述,中国正在经历前所未有的历史调整,在这个调整过程中问题最大的,莫过于改革开放的成果没有被全民共享。社会分层和贫富差距越来越大的事实,使作家不能不面对这个现象。当作家表达这个社会现象的时候,他们回到了现代文学史上“社会问题小说”的讲述方法:用现实主义反映或再现当下的社会问题,一时蔚为大观。无论如何,这是自 1993 年“人文精神”大讨论后,十多年来唯一走进公共论域的文学现象。仅此一点,这个文学现象就功莫大焉。

三、没有主潮的文学时代

新世纪中篇小说在整体上呈现的是“中国经验”,但这个经验是由不同的个人经验汇集而成的。或者说,无论这些作品表达了怎样的情感和故事,它都属于中国的。尽管我们可以整合或归纳出一些具有普遍性的文学现象或倾向,但并没有形成类似 80 年代的文学潮流。当我们走进新世纪中篇小说内部的时候,我们发现,许多具有很高艺术水准的作品,很难将其纳入到某一现象中讨论,而且这样的作品越来越多。因此,这是一个没有主潮的文学时代。

袁劲梅是远居海外的作家,她的写作资源与本土作家明显不同。从查建英《丛林下的冰河》开始,对两种文化的比较是这种身份作家常见的思路。《罗坎村》[12]就是在两种文化之间,以文学的方式对一个根本性或永恒性的命题,做了哲学的思考和论证。小说开篇引用了约翰·罗尔斯《正义论》中关于正义的论述——“正义是社会制度的最高美德,就好像真理是思想体系的最高美德。正义是灵魂的需要和要求。”——为题解,然后发生在美国一个华人家庭的“虐待子女案”进入我们的视野。有趣的是,小说在描述这个案件的过程中,比照了中国的家族宗法制度。在对比中探讨了中美文化的差异性和司法、伦理、社会公正等诸多差异。应该说,小说更多地意属西方现代民主制度,对美国司法的公正性肯定的同时,也对其僵化和教条颇有讽喻;在批判中国传统文化劣根性的同时,亦对罗坎村为表意形式的中国文化领悟于心。此外,小说还涉及了全球化时代个人身份认同、宗教信仰、专制制度等诸多问题。值得肯定的是,这些抽象的观念在小说中不仅具体可感,而且生动无比。小说的尖锐性、大气象,在2008年的中篇小说中几无出其右者。但小说触摸的问题本来更适于理论探讨,当用形象来表现的时候,难免有概念化的痕迹。

孙惠芬生活在城市,但她的小说多半书写乡村。这既与她的文化记忆有关,也与城市文化至今尚未整合出有效的经验有关。《致无尽关系》[13]书写的血缘和家族关系,与流行歌曲《常回家看看》制造的虚假温情形成了鲜明的对比。现代性的过程早已将家族、血缘神话拆解得四分五裂分崩离析。“过年”团圆的习俗只是民间表达亲情最后的形式,如果这个形式也瓦解了,乡村中国的整体性就彻底解体了。《致无尽关系》恰恰在这个关节点上发现了问题,并产生了深刻的质疑。与这些“无尽关系”的接触,不是盼待中的发自内心的喜悦、快乐或心心相印的亲情。那种应酬、不得已的感受与社会其他应酬几乎没有差别,内心的真实想法是尽快结束。但这个现实没有人正视,它是被虚假维护却再也不能整合的文化幻觉。这个秘密一旦被戳穿,我们不仅大吃一惊:这是我们要求的生活吗?那曾经千百年叙述的家族关系真的变成了这个样子吗?这“无尽的关系”究竟带给了我们什么呢?“底层写作”事实上所展示或呈现的问题是非常不同的。《致无尽关系》在民间文化层面上所要表达的可能要丰富得多。

林那北的《唇红齿白》[14],秘密在当代家庭内部展开:一对双胞胎姐妹阴差阳错地嫁错了人,本来属于杜凤的男人娶了杜凰,这个名曰欧丰沛的人官场得意无限风光。但在风光的背后,杜凰与其分居多年。在杜凰出国期间,欧丰沛诱奸了有求于他的杜凤。杜凤一次染上性病,矛盾由此浮出水面。杜凤丈夫李真诚不问妻子问妻妹,妻妹杜凰平静地帮助姐姐疗治。但此时的杜凰早已洞若观火掌控事态:虽然分居多年,但欧丰沛仍然惧怕杜凰从实招来。对杜凤"始乱终弃"的欧丰沛没了踪影,自惭形秽的杜凤只能选择离异。小说对当下生活的失序状态深入到家庭内部,或者说社会结构中最小的细胞已经发生病变,欺骗、欲望几乎无处不在,任何事情都在利益之间展开,最亲近的人都不能信任,家庭伦理摇摇欲坠危机四伏。不仅杜凤走投无路,杜凰、欧丰沛、李真诚又有什么别的选择吗?林那北在不动声色间将弥漫在空气中的虚空、不安、无聊或无根的气息,切入骨髓地表达出来,特别是对生活细节的处理,举重若轻,不经意间点染了这个时代的精神际遇。

新世纪作为高端成就的中篇小说,可圈可点的作品随处可见。无论对当下小说作出怎样的评价,重要的是我们需要走进当下小说内部,认真检视到底有没有好作品。这些好作品是在什么意义上被我们认为是好的。如果这个表达能够成立的话,那么,在我看来,"中国经验"的出场和多种多样的小说讲述方式,就这样构成了新世纪中篇小说的斑斓风景,并当之无愧地创造了新世纪文学的高端成就。

原载《文艺研究》2011 年 8 期

注释:

① 南帆:《文学批评正在关心什么》,中国作家网,2011 年 3 月 30 日。

② 孟繁华:《一个文体与一个文学时代》,载《人民文学》2008 年增刊。

③ [丹麦]勃兰兑斯:《十九世纪文学主流 · 法国的浪漫派》,李宗杰译,人民文学出版社 1988 年版,第 29—36 页。

④ 迟子建:《起舞》,载《小说选刊》2007 年第 11 期。

⑤ 鲁敏:《逝者的恩泽》,载《芳草》2007 年第 2 期。

⑥ 鲁敏:《纸醉》,载《人民文学》2008 年第 1 期。

⑦ 蒋韵:《行走的年代》,载《小说界》2010 年第 5 期。

⑧ 张旭东:《全球化时代的文化认同——西方普遍主义话语的历史批判》,北京大学出版社 2006 年版,第 341—342 页。

⑨ 李铁:《点灯》,载《小说选刊》2009 年第 3 期。

⑩ 吴君:《菊花香》,载《芒种》2010 年第 1 期。

⑪ 马秋芬:《朱大琴,请与本台联系》,载《人民文学》2008 年第 2 期。

⑫ 袁劲梅:《罗坎村》,载《人民文学》2008 年第 12 期。

⑬ 孙惠芬:《致无尽关系》,载《小说月报》2009 年第 1 期。

⑭ 林那北:《唇红齿白》,载《北京文学中篇小说月报》2008 年第 8 期。

没有文学经典的时代

当文学被无数次地宣告死亡之后,2003 年美国批评家希利斯·米勒再次访问了北京,他在带来的新作《论文学》中,对文学的命运作了如下表达:"文学的终结就在眼前,文学的时代几近尾声。该是时候了。这就是说,该是不同媒介的不同纪元了。文学尽管在趋近它的终点,但它绵延不绝且无处不在。它将于历史和技术的巨变中幸存下来。文学是任何时间、地点之任何人类文化的标志。今日所有关于'文学'的严肃思考都必须以此相互矛盾的两个假定为基点。"这确实是一个悖论,一方面我们为文学的当下处境忧心忡忡,为文学不远的末日深感不安和惊恐;另一方面,新世纪文学日渐奇异和灿烂的想象,又为文学注入了前所未有的活力和魅力。

现代小说的诞生在中国已近百年。四部不列、士人不齿的"小说",其地位的改变缘于现代小说观念的提出。这一点,梁启超的《论小说与群治之关系》大概最有代表性。小说地位的提高及其再阐释,背后隐含了那一代知识分子对建立现代民族国家强烈而激进的渴望。于是,小说成了开启民智最得心应手的工具,小说带着通俗易懂的故事传播了小说家希望表达的思想。这一现代小说传统在 20 世纪大部分时间里得以延续,并成为 20 世纪思想文化遗产重要的组成部分。

这个小说传统在后来的一段时间里遭到了质疑,普遍的看法是,20 世纪激进的思想潮流培育了作家对"宏大叙事"的热情;培育了作家参与社会生活的情感需求。这一传统形成的"主流文学"压抑或压制了"非主流"文学的生长,因此也是文学统一风格形成的重要前提和土壤。如果从文化多元主义的角度出发，从文学生产和消费的多样性需求出发，这一质疑无疑是合理的。但一个有趣的现象是，这个争论在今天已经没有意义，或者说，文学传统及其解构者孰是孰非都不能解决小说生死存亡的现实和今后。就现代长篇小说而言，其成熟的标志无论是《子夜》还是《财主底儿女们》，他们都是从社会问题出发的，但它们都取得了伟大的艺术成就。当吁求的多元文化在今天可以部分地实现的时候，长篇小说创作的整体水平可以说已经达到了百年来的最高水平。这个时候我们可能会发现，包括长篇小说在内的叙事文体的衰落，显然并不来自小说创作的内部问题。

新世纪以来，虽然有《白银谷》《沧浪之水》《能不忆蜀葵》《丑行或浪漫》《花腔》《石榴树上结樱桃》《兵谣》《桃李》《经典关系》《龙年档案》《抒情年华》《无字》《银城故事》《大漠祭》《张居正》《解密》《作女》《大秦帝国》《漕运码头》《白豆》《水乳大地》《我们的心多么顽固》《狼图腾》《英格力士》《人面桃花》《妇女闲聊录》《天瓢》《圣天门口》《秦腔》《空山》《笨花》《生死疲劳》等一大批很好或艺术性很高的长篇作品，但小说在今天社会文化生活结构中的地位，仍然不令人感到鼓舞。因此，在我看来，一个令人悲观又无可回避的问题是，包括长篇小说在内的叙事文学的辉煌时代就要终结了。在中国文学发展的历史上，每一文体都有它的鼎盛时代，诗、词、曲、赋和散文都曾引领过风骚，都曾显示过一个文体的优越和不可超越。但同样无可避免的是，这些辉煌过的文体也终于与自己的衰落不期而遇。于是，曾辉煌又衰落的文体被作为文学史的知识在大学课堂讲授，被作为一种修养甚至识别民族身份的符号而确认和存在。它们是具体可感的历史，通过这些文体的辉煌和衰落，我们认知了民族文化的源远流长。因此，一个文体的衰落是不可避免的，它只能以“历史”的方式获得存活。今天的长篇小说同样遇到了这个问题。也就是说，无论如何评价近百年的中国现代长篇小说创作，无论这一文体取得了怎样的成就，它的辉煌时代已经成为历史。它的经典之作通过文学史的叙事会被反复阅读，就像已经衰落的其他文体一样。新的长篇小说可能还会大量生产，但当我们再谈论这一文体的时候，它还能被多少人所认知，显然已经是个问题。

当然，如果把包括长篇小说在内的文学地位的下跌，归结于市场和利益的驱动是不准确的。这一说法的不可靠就在于，市场可能改变作家的创作动机，但在现代中国，许多作家也是靠稿酬生存的，鲁迅的收入大多是稿酬。这些靠稿酬生活的作家与市场有极其密切的关系，但并没有因市场的存在而改变大师的创作动机，也没有因市场的存在而失去他们大师的魅力。另一方面，市场的诱惑又确实可以改变作家的目标诉求。利益也可以成为一个作家创作潜在或明确的目标。因此，小说的衰落与其说是与市场的关系，不如说是与接受者的趣味变化的关系更大。现在，对鲁迅及其那一代作家有了不同的评价及其争论，不同的评论我们暂不评说，但有一点可以肯定的是，鲁迅的意义和价值，其人格成就可能大于他的文学成就。鲁迅的魅力不仅仅来自他对现代小说形式把握的能力，不仅仅来自他娴熟的现代小说艺术技巧，更来自于他的文化信念和坚守的人格。也正因为如此，他才能在小说中表达出他的悲悯和无奈。他是在市场化的时代用一种非市场的力量获得尊重和信任的。当代中国的知识分子，在不间断的政治批判运动和不间断的检讨过程中，独立的精神空间几近全部陷落。当政治挤压被置换为经济困窘之后，检讨也置换为世俗感慨。当希望能够维护知识分子最后的一点尊严的时候，推出的也是陈寅恪、顾准等已经作古的人。因此，作家人格力量的萎缩和文化信念的丧失，才是当代小说缺乏力量的重要原因之一。

另一方面，消费文化的兴起和传媒多样化的发展，也终结了长篇小说在文化市场一枝独秀的“霸权”历史。科学技术主义霸权的建立，是带着它的意识形态一起走进现代社会的。虽然我们可以批判包括网络在内的现代电子传媒是虚拟的“电子幻觉世界”，以“天涯若比邻”的虚假方式遮蔽了人与人的更加冷漠。但在亚文化群那里，电子幻觉世界提供的自我满足和幻觉实现，是传统的平面传媒难以抗衡的。它在通过“开放、平等、自由、匿名”的写作空间的同时，也在无意中结束了经典文学的观念和历史。因此，现代传媒的发展和多元文化、特别是与科技手段相关的消费文化的兴起，是文学不断走向式微的原因和条件。

事实上，关于文学命运的预言和争论，几十年前在西方就已经开始。20 世纪 80 年代初期，英国两所举世闻名的大学——牛津大学和剑桥大学，由师生们发起了一场激烈的争论，争论的问题是："英语文学"教学大纲应包括什么内容？它的连锁反应便是对文学价值、评价标准、文学经典确立的讨论。激进的批评家发出了"重新解读伟大的传统"的吁请；而大学教授则认为："传授和保护英国文学的经典是我们的职责。"这一看似学院内部的争论，却被严肃传媒认为"一半是政治性的，一半是学术性的"。

类似的讨论在西方其他国家也同样存在过。而事实上，文学经典的确立与颠覆从来也没有终止过。文学史，从某种意义上也可以说就是经典的确立与颠覆的历史，经典的每次危机过程也就是经典的重新确立的过程。经典的危机与确立，引发的原因显然不只人们对经典作品的认同有歧义。按照我们传统的理解，经典就是不同领域里的权威性著作；按照佛克马的理解，"经典"是指一个文化所拥有的我们可以从中进行选择的全部精神宝藏。但这样的理解又可以追问出无数个问题：比如，认定权威性或"精神宝藏"的标准是什么？由谁来认定？这一认定出于何种意图或目的？这些追问在经典危机的时代不仅咄咄逼人，同时也具有难以抗辩的合理性。但如果认为这样的追问是不能置疑的，那么围绕经典的讨论就变成了另一个问题，即还有没有经典？要不要经典？经典危机和确立的历史，一方面表明了这些追问的合理性；一方面也表明了它的时段性。永恒的经典是不存在的，没有休止的追问也会使追问本身变成假问题。

重新发现的乡村历史

——世纪初长篇小说中乡村文化的多重性

当代中国社会发展的不平衡性,不仅为政治学家、经济学家所发现,在他们的表达中越来越急切和尖锐,而且它同样被文学家强烈地感知。在不同的文学作品中,城市和乡村的巨大反差以形象的方式被表现得越来越突出。这种反差和不平衡,不只是城乡的空间物理距离,或者是城乡现代化水平和物质生活的天然差距。而是说,在整体上仍然是欠发达的中国,乡村潜隐的文化问题可能仍然是中国最本质、最具文化意义的问题。进入21世纪以来,应该说是中国现代化进程不断加快速度的时代,中心城市与发达国家和地区的差距不断缩小,发达国家和地区享受的物质、文化生活,在中心城市几乎已经无所不有,发达国家的生活图景似乎指日可待。但是,中国最广大的乡村甚至还没有告别"前现代"的生活,在极端化的地区,由于土地征用、环境恶化等因素的制约,生存境况甚至比现代化的承诺之前还要恶劣。因此在当代中国,一直存在着两种文化时间:一种是都市快速奔涌的现代化时间;一种是乡村相对稳定和变化缓慢的传统时间。这两种文化时间在表面上是城乡之间的差别,但在近期小说创作表达出的文化精神来说,却是"前现代"与现代的矛盾或冲突。或者说乡村对现代化的渴求,具有历史的合目的性,但乡村在现代化过程中遇到的危机、矛盾,也从一个方面表达了现代社会发展过程的整体危机和矛盾。这与中国还没有完全蜕尽乡村传统的文化形态现状有关,当然更与文化传统延续、接受和导致的文化统治有关。因此,当下小说创作所揭示、表现的问题,也就具有了民族精神史和文化史的意义。

一、乡村身份和精神危机

在现代中国,对乡村的表达一开始就是犹疑和不确定的。比如在鲁迅那里,阿Q、华老栓、祥林嫂等农民形象,他们是愚昧、病态和麻木的,这些"前现代"的人物形象蕴含了鲁迅对国民性的批判诉求。但是,在鲁迅的《社戏》《故乡》《少年闰土》等作品的表达中,乡村的质朴、悠远和诗意又跃然纸上,它几乎就是一首韵味无穷的古老歌谣;在沈从文的笔下,湘西乡村生活几乎就是田园牧歌式的世外桃源,那里既粗俗又纯净,既寂寞静穆又趣味盎然;到赵树理那里,由于第一次塑造了中国乡村健康、生动的中国农民形象,乡村的神话在建设现代民族国家的意识形态叙述中进一步得到放大。因此,对乡村中国的颂歌几乎就是当代中国的主题曲。特别是在20世纪中国文学的历史叙述中,由于农村对中国革命的意义,对农民、乡村的歌颂甚至就是道德化的。因此,一方面,中国乡村文化的全部复杂性和多样性,在近一个世纪文学历史叙述中得到部分揭示的同时,却在当下的文化语境中越发显得扑朔迷离。或者说,由于时代的变故,乡村文化由于在全部文化传统中的稳定性,它显示出了多重的功能和可能。

乡村身份在革命话语中是一个可以夸耀的身份,这个身份遮蔽了鲁迅曾经批判的劣根性,而只是抽取了它质朴、勤劳以及和革命天然、本质联系的一面。当代文学的经典作品几乎都是农民或者农民出身的军人。知识分子阶层被排斥的主要依据也是因为他们和农民巨大的心理和情感距离。但是,接近现代社会之后,乡村身份遭遇了危机。如果说50年代初期萧也牧的《我们夫妇之间》,试图在精神和情感迈进"现代"还为时过早而遭到了压制的话,那么,30多年过后,1982年路遥的《人生》的发表则适时地反映了乡村进入现代的精神危机。但是,遗憾的是由于路遥把同情完全偏移于乡村姑娘巧珍一边,对高加林走进"现代"的要求诉诸批判,并明确告知只有乡村乌托邦才能拯救高加林,使他的小说仍然流于传统而未能成为一个具有现代意义的小说。但是,更值得我们注意的是,小说和电影与读者、观众见面之后,社会舆论几乎众口一词地偏向了巧珍而斥责高加林。如果说那一时代的美学原则还含有鲜明的道德化意味的话,那么,进入新世纪之后,我们在表现乡村文化的作品中,却明确地感知了乡村文化的真正危机。

城市现代化建设的全面展开,使农村过剩的劳动力大量地涌进了中心城市,他们成了城市强体力劳动的主要承担者或其他行业的"淘金者"。但是走进城市只是农民的身体,事实上城市并没有也不可能在精神上彻底接受他们。城市因"现代"的优越在需要他们的同时,却又以鄙视的方式拒绝着他们。因此,走进城市的乡村文化是小心翼翼甚至是胆怯的。城市的排斥和乡村的胆怯构成了一个相反的精神向度:乡村文化在遭遇城市屏蔽的同时,那些乡村文化的负载者似乎也准备随时逃离。

刘庆邦在近期的小说中,格外关注乡村文化与城市文化的冲突。《到城里去》和《神木》表达的都是农民与"现代"关系的焦虑、困苦和绝望中的坚忍与挣扎。《到城里去》甚至成了一种战斗的姿态,城里仿佛就是农民改变命运唯一的归宿,是前现代向现代过渡的唯一途径,但是这个途径是那样漫长和遥远;《神木》还是一群"走窑汉",是社会边缘的弱势群体。社会生活的变化以及新的世风,对离开土地的底层人同样有观念和心理上的影响,作家在凄楚的故事中,令人惊心动魄地展示了人与人之间具有时代特征的关系变化,与同一阶层的关系、与老板的关系以及与欲望之间的关系,都被作者不动声色地表达出来。但其间流淌的那种沉重和无奈,表达了作者对底层生活深切的理解和同情。特别是十五岁的孩子走出"小姐"房间后的号啕哭声,尖锐地揭示了乡村文化危机的无可避免。

青年小说家吴玄的《发廊》和《西地》也是表现乡村危机的小说。西地本来没有故事,它千百年来就像停滞的钟表一样,物理时间的变化在西地没有任何痕迹。西地的变化是通过一个具体的家庭的变故得到表达的。如果按照通俗小说的方法解读,《西地》就是一个男人和三个女人的故事,但吴玄要表达的并不只是“父亲”的风流史,他要揭示的是“父亲”的欲望与“现代”的关系。“父亲”本来就风流,西地的风俗历来如此,风流的不止“父亲”一个。但“父亲”的离婚以及他的变本加厉,却具有鲜明的“现代”色彩:他偷卖了家里被命名为“老虎”的那头牛,换回了一只标志现代生活或文明的手表,于是他在西地女性那里便身价百倍,女性艳羡也招致了男人的嫉妒或怨恨。但“父亲”并没有因此受到打击。他在外面做生意带回来一个女人。“带回来”这个说法非常有趣,也就是说,“父亲”见了世面,和“现代”生活有了接触之后,他才会把一个具有现代生活符码意义的女人“带回”到西地。这个女人事实上和“父亲”相好过的女教师林红具有对象的相似性。林红是个“知青”,是城里来的女人,“父亲”喜欢她。虽然林红和“父亲”只开花未结果,但林红和李小芳这两件风流韵事,却从一个方面表达了“父亲”对“现代”的深刻向往。“现代”和欲望的关系,在“父亲”这里是通过两个女性具体表达的。但最终“父亲”仍然与现代无缘而死在欲望无边的渴求中。这个悲剧性的故事在《发廊》中以另外一种形式重演。故事仍然与本土“西地”有关。妹妹方圆从西地出发,到了哥哥生活的城市开发廊。“发廊”这个词在今天是个非常暧昧的场景,它不仅是个美容理发的场所,同时它和色情总有秘而不宣的关系。妹妹和妹夫一起开发廊用诚实劳动谋生本无可非议,但故事的发展却超出了我们的想象:发廊因为可以赚钱,他们就义无反顾地开发廊;当做了妓女可以更快地赚钱的时候,方圆居然认为也没有什么不好。贫困已经不只是一种生存状态,同时它也成了一种生存哲学。妹夫李培林死了之后,方圆曾回过西地,但西地这个贫困的所在已经不能再让方圆流连,她还是去了广州,还是开发廊。城市对乡村文化来说虽然对立,但“现代”的巨大诱惑和对其不能遏制的渴望,是乡村文化悲剧的双重引力。

2004年年初,人民文学出版社出版了作家邵丽的长篇小说《我的生活质量》。在读过了许多“官场小说”之后,再读邵丽的《我的生活质量》,我相信有过官场经历和官员身份的人,既可能心情舒畅也可能忧心忡忡。原因是,在过去的官场小说中,官场几乎就是人性的墓场:尔虞我诈、欺上瞒下、鱼肉百姓、贪污腐败,最后,或者亡命天涯或者苦海余生。这些小说在“反腐败”的主流话语或生活的浅表层面,确实获得了固若金汤的依据。但它的文学性始终受到怀疑,总让人感到文学力量的欠缺。这与这些小说对官场生活追问得不彻底、对人性深处缺乏把握的能力是大有关系的。我们在这些小说中看到的还只是官场奇观,或者是夸大了的畸形黑暗的生活。邵丽的小说《我的生活质量》,也描摹或书写了官场人生,但这不是一部仅仅展示腐败和黑暗的小说,不是对官场异化人性的仇恨书写。在某种意义上,这是一部充满了同情和悲悯的小说,是一部对人的文化记忆、文化遗忘以及自我救赎绝望的写真和证词。

小说的主角王祈隆,是一个传统的农家子弟,他在奶奶的教导下艰难地成长,终于读完大学,并在偶然的机遇中走上仕途。他并不刻意为官,却一路顺风地当上了市长。这个为世俗社会羡慕角色的背后,却有许多不足为外人道的人生苦衷和内心的煎熬。他恶劣的生活质量不是物质的,而是精神和心灵的。一个人的生活质量或幸福与否,不是来自外在世界的评价,外在的评价只能部分地满足一个人的虚荣心和成就感。特别是一个人的虚荣心和成就感已经获得满足的时候,其他方面的欠缺就会强烈地凸显出来。王祈隆的生活质量之所以成为问题,就在于他已经实现的社会地位、社会身份和未能忘记的文化记忆的巨大反差。王祈隆先后遇到了几个青年女性:旧情人黄小凤、妓女戴小桃、大学生李青苹和名门之后安妮。如果小说只写了王祈隆与前三个女人的关系,也就是并无惊人之处的平平之作。王祈隆的欲望和对欲望的克制,与常见的文学人物的心理活动并没有本质区别。但邵丽的过人之处恰恰是她处理了王祈隆与安妮的情感过程。

王祈隆与安妮都是当下的“成功人士”、社会精英,按照一般理解,他们的结合是皆大欢喜情理之中。但面对安妮的时候,王祈隆有难以克服的心理障碍:他脚上的"拐"——那个"小王庄出身"的标记,是他深入骨髓的自传性记忆。这个来自底层的卑微的徽记,即便他当上市长之后仍然难以遗忘,难以从心理上实现他的自我救赎。他见到安妮就丧失了男性功能,而面对相同出身的许彩霞他就勇武无比。文化记忆的支配性在王祈隆这里根深蒂固并不是他个人的原因,哈布瓦奇在《论集体记忆中》区别了"历史记忆"和"自传记忆"两个不同的范畴。他说:历史记忆是社会文化成员通过文字或其他记载来获得的,历史记忆必须通过公众活动,如庆典、节假日纪念等才能得以保持新鲜;自传记忆则是个人对于自己经历过的往事的回忆。公众场所的个人记忆也有助于维系人与人的关系,如亲朋、婚姻、同学会、俱乐部关系,等等。无论是历史记忆还是自传记忆,记忆都必须依赖某种集体处所和公众论坛,通过人与人的相互接触才能得以保存。记忆的公众处所大至社会、宗教活动,小至家庭相处、朋友聚会,共同的活动使得记忆成为一种具有社会意义的行为。记忆所涉及的不只是回忆的"能力",而且更是回忆的公众权利和社会作用。不与他人相关的记忆是经不起时间销蚀的。而且,它无法被社会所保存,更无法表现为一种有社会文化意义的集体行为。哈布瓦奇的集体记忆理论强调记忆的当下性。在他看来,人们头脑中的"过去",并不是客观实在的,而是一种社会性的建构。回忆永远是在回忆的对象成为过去之后。不同的时代、时期的人们不可能对同一段"过去"形成同样的想法。人们如何建构和叙述过去在极大程度上取决于他们当下的理念、利益和期待。回忆是为现刻的需要服务的。①

"回忆"当然也是一种社会资源和争夺的对象。在过去的历史叙事中,农民因在革命历史中的巨大作用,这个身份就具有了神圣和崇高的意味。但在当下的语境中,在革命终结的时代,农民可能意味着贫困、打工、不体面和没有尊严、失去土地或流离失所。它过去拥有的意义正在向负面转化。这样,农民——尤其是带有"小王庄"标记的农民,在王祈隆这里就成为一种卑微和耻辱的象征,面对安妮这个具有优越的文化历史和资本的欲望对象的时候,王祈隆就彻底地崩溃了,他不能遗忘自己小王庄的出身和历史。这是王市长的失败,也是传统的乡村文化在当下语境中的危机和失败。因此王祈隆与安妮就成为传统与现代冲突的表意符号,他们的两败俱伤是意味深长的。

二、蛮荒之地的精神史

当代小说对乡村文化的重新发现和表达,肇始于“寻根文学”。韩少功、郑万隆、阿城、贾平凹、王安忆等作家对乡村文化的重新书写,使我们发现了乡村文化的另一种历史。作为一种文学潮流或运动,“寻根文学”似乎早已过去,但“寻根文学”留下的思想遗产却仍在乡村文化的不断书写中发挥着影响。

2003 年,人民文学出版社出版了林白的长篇小说《万物花开》,这似乎是林白为数不多的乡村题材的长篇小说。这部长篇林白似乎是在飞翔中写作,她独行侠般地天马行空。《万物花开》和她此前的作品相比,是一部变化极大的作品。这里没有了《说吧,房间》的现实主义风格,也没有了《玻璃虫》亦真亦幻的写实加虚构。这是一部怪异甚至是荒诞、完全虚构的作品。小说的人物也由过去我们熟悉的古怪、神秘、歇斯底里、自怨自艾,也性感,也优雅,也魅惑的女人变成了一个脑袋里长着五个瘤子的古怪男孩。窗帘掩映的女性故事或只在私密领域上映的风花雪月,在这里置换为一个愚顽、奇观似的生活片段,像碎片一样拼贴成一幅古怪的画图。瘤子大头既是一个被叙述对象,也是一个奇观的当事人和窥视者。王榨这个地方似乎是一个地老天荒的处所,在瘤子大头不连贯的叙述中勉强模糊地呈现出来。我们逐渐接触了那些只会说出人的本能要求的各式人物,他们是杀猪的人,是制造土铳的人,是没有被命名的在荒芜中杂乱生长出的人物。这些人物在原初的生活场景中或是粗俗的打情骂俏,或是人与兽共舞。那些难以理喻毫无意义的生活在他们那里兴致盎然地过着。人的最原初的要求在这里成为最高正义甚至是神话，他们的语言、行为方式乃至兴奋的焦点无不与这个要求发生关联，它既是出发点也是归宿。这个类似飞翔的写作，没有为我们提供一个完整的故事，也没有一条清晰可辨的情节线索，它留给我们的恰似散落一地不能收复的石玉相间的珠串。

有趣的是，小说附录有“妇女闲聊录”及“补遗”。这个“闲聊录”以“仿真”的形式记录了王榨发生的真实事件。所谓事件同样是一些琐屑得不能再琐屑的生活片段，同样是细微得不能再细微的日常符号，但在小说中却有了“互文”的作用：正文发生的一切，在“闲聊”中获得了印证，王榨的人原本就是这样生活的。在我看来，这是林白一次有意的艺术实验和冒险。她与众不同的艺术追求需要走出常规，需要再次挑战人们的想象力和艺术感受力。在这种挑战中她获得的是飞翔和独来独往的快感，是观赏万物花开的虚拟实践。她面对的是乡村古老或亘古不变的精神史，是具象的模糊表达形式上真实的一次有效实践，它可能更需要艺术勇气和胆识。

张炜是书写大地的当代圣手，也是这个时代最后的理想主义作家。在他以往的作品中，乡村乌托邦一直是他挥之不去的精神宿地，对乡村的诗意想象一直是他持久固守的文学观念。这一“张炜的方式”一方面延续了20世纪中国文学的民粹主义传统；一方面也可理解为他对现代性的某种警觉和夸张的抵抗。但是，从《能不忆蜀葵》开始，张炜似乎离开了过去城市与乡村、理想与世俗僵硬的对立立场，而回到了文学的人本主义。

他的长篇小说《丑行或浪漫》，是一部典型的人本主义的本文：一个乡村美丽丰饶的女子刘蜜蜡，经历重重磨难，浪迹天涯，最终与青年时代的情人不期而遇。但这不是一个大团圆的故事。在刘蜜蜡漫长的逃离苦难的经历中，在她以身体推动情节发展的过程中，我们发现了“历史是一个女人的身体”。刘蜜蜡以自己的身体揭开了“隐藏的历史”。在传统的历史叙事中，当然也包括张炜过去的部分小说，中国乡村和农民都被赋予了强烈的意识形态色彩：乡村是纤尘不染的纯净之地，农民是淳朴善良的天然群体。这一叙事的合法性如上所述，其依据已经隐含在20世纪激进主义的历史叙事之中。但《丑行或浪漫》对张炜来说是一次空前的超越。尽管此前已有许多作品质疑或颠覆了民粹主义的立场，但张炜的贡献在于：他不再从一个既定的理念出发，不是执意赞美或背离过去的乡村乌托邦，而是着意于文学本体，使文学在最大的可能性上展示与人相关的性与情。于是，小说就有了刘蜜蜡、雷丁、铜娃和老刘懵；就有了伍爷大河马、老獾和小油矬父子、“高干女”等人。这些人物用“人民”“农民”“群众”等复数概念已经难以概括，这些复数概念对这不同的人物已经失去了阐释效力。他们同为农民，但在和刘蜜蜡的关系上，特别是在与刘蜜蜡的“身体”关系上，产生了本质性的差异。因此，小说超越了阶级和身份的划分方式，而是在乡村文化对女性“身体”欲望的差异上，区分了人性的善与恶。在这个意义上，乡村历史是一个女人的身体。在小说的内部结构上，它不仅以刘蜜蜡的身体叙事推动情节发展，而且在一定程度上敞开了乡村文化难以察觉的隐秘历史。特别是对小油矬父子、伍爷大河马等形象的塑造，显示了张炜对乡村文化的另一种读解。他们同样是乡村文化的产物，但他们因野蛮、愚昧、无知和残暴，成了刘蜜蜡凶残的追杀者。他们的精神和思想状态，仍然停留于蛮荒时代，人最本能又没有道德伦理制约的欲望，就是他们生存的全部依据和理由。

值得注意的是，张炜在这里并没有将刘蜜蜡塑造成一个东方圣母的形象，她不再是一个大地和母亲的载意符号。她只是一个东方善良、多情、美丽的乡村女人。她可以爱两个男人，也可以以施与的方式委身一个破落的光棍汉。这时的张炜自然还是一个理想主义者，但他已不再是一个乌托邦式的理想主义者。他在坚持无产阶级文学批判性的同时，不止是对城市和现代性的批判，而首先批判的是农民阶级自身存在并难以超越的劣根性和因愚昧而与生俱来的人性“恶”。对人性内在问题的关注，对性与情连根拔起式的挖掘，显示了张炜理解乡村文化和创造文学所能达到的深度。

阎连科的长篇小说《受活》刚一出版，在批评界就引起了强烈的震动。他以狂想的方式在当代背景下书写了乡村另一种蛮荒的精神史。《受活》的故事几乎是荒诞不经的，它像一个传说，也像一个寓言，但它更是一段我们熟悉并且亲历的过去：故事的发生地受活庄，是一个由残疾人构成的偏远村落，村民虽然过着听天由命的日子，但浑然不觉其乐融融。女红军茅枝婆战场负伤掉队流落到这里后，在她的带领下，村民几乎经历了农村革命的全过程。但在“圆全人”的盘剥下，受活庄仍然一贫如洗。茅枝婆最后的愿望就是坚决要求退社。小说另一条线索是总把自己和政治伟人联系在一起的柳鹰雀副县长带领受活庄人脱贫的当代故事。苏联解体的消息，让他萌生了一个极富想象力的致富门路——从俄罗斯买列宁遗体，在家乡建立列宁纪念堂，通过门票收入致富。为筹措“购列款”，柳县长组成了残疾人“绝术团”巡回演出……这虽然是个荒诞不经的故事，但这个故事却会让人联想到汤因比对《伊里亚特》的评价：如果把它当作历史来读，故事充满了虚构；如果把它当作文学来读，那里却充满了历史。在汤因比看来，一个伟大的历史学家，也一定是一个伟大的艺术家。阎连科是一个文学家，但他却用文学的方式真实地反映或表现了那段荒诞历史的某个方面。如果从故事本身来说，它仿佛是虚拟的、想象的，但那些亦真亦幻、虚实相间的叙述，对表现那段历史来说，却达到了“神似”的效果，它比真实的历史还要“真实”，比纪实性的写作更给人以震撼。这是艺术想象力的无穷魅力。

对历史的书写，就是对记忆的回望。那段历史在时间的意义上是“现代”的，但在精神史上，它仍然是蛮荒和荒诞的，对这段荒诞的历史，阎连科似乎深怀惊恐。不只阎连科，包括我们自己，身置历史其间的时候，我们并没有察觉历史的残酷性，我们甚至兴致盎然并且真诚地推动它的发展。但是，当历史已经成为陈迹，我们有能力对它做出反省和检讨的时候，它严酷和惨烈的一面才有可能被呈现出来。当它被呈现出来的时候，惊恐就化为神奇。这个神奇是杰出的艺术表现所致的。我们发现，在小说中阎连科汪洋恣肆书写无碍，但他奔涌的想象力和独特的语言方式,并不是为了求得语言狂欢的效果,恰恰相反的是,那些俗语俚语神形兼具地成为尚未开蒙的偏远和愚昧的外壳,这个独特性是中国特殊性的一个表意形式。尤其是中国广大的农村,在融入现代的过程中,它不可能顺理成章畅行无阻。因此,《受活》在表达那段历史残酷性的同时,也从一个方面表达了中国进入“现代”的复杂性和曲折性。阎连科对历史的惊恐感显然不只是来自历史的残酷性和全部苦难,同时也隐含了他对中国社会发展复杂性和曲折性的体悟与认识。

当然,阎连科不是历史学家和社会学家。但是,作为一个文学家,在表现那段历史的时候,他在某种意义上甚至比历史学家和社会学家为我们提供的还要多。“茅枝婆”“柳县长”“绝术团”“购列款”,可能不会发生在真实的历史和生活中,但它就像这本书夸张的印制一样,让我们心领神会、心照不宣地回到了历史记忆的深处,同时也认识了我们曾经经历的历史的真相。阎连科曾经写过《耙耧山脉》《耙耧天歌》《日光流年》《坚硬如水》等优秀作品,他的苦难感和悲剧感在当下的文学创作格局中独树一帜。但是,可以肯定地说,《受活》因对乡村蛮荒精神史的逼真再现,从而使他走进了中国当代最杰出作家的行列。

三、抵抗现代的权力意志

现代文明的诞生也是等级社会衰败的开始。现代文明所强调和追求的是赫尔德所称的“本真性”理想,或者说我们每一个人都有一种独特的作为人的存在方式,每个人都有他或她自己的尺度。自己内心发出的召唤要求自己按照这种方式生活,而不是模仿别人的生活,如果我不这样做我的生活就会失去意义。这种生活实现了真正属于我的潜能,这种实现,也就是个人尊严的实现。但是,乡村文化遭遇了现代文化之后,它因家族宗法制度和等级观念培育的“权力意志”并没有妥协和再造。因此,乡村文化和家族宗法制度中的权力意志就和“现代”构成了对峙甚至抵抗关系，在本质上它是反现代的。

20世纪末，作家李佩甫发表了长篇小说《羊的门》，这部作品的发表在批评界引起了强烈的反响。这部小说是对包括中原文化在内的传统乡村文化重构后，对当下中国社会和世道人心深切关注和透视的作品，它是乡土中国政治文化的生动画图。呼家堡独特的生活形式和一体化性质的秩序，使呼家堡成了当下中国社会政治生活的一块“飞地”，它既实现了传统农业社会向现代文明转化的过程，使农民过上了均等富庶的生活，同时又严格地区别于具有支配性和引导性的红尘滚滚的都市文明。它是一片“净土”，是尚未遭到现代文明污染的“世外桃源”。从消灭剥削、不平等的物质形式来说，那里已经完成了解放的政治；但从权力与资源分配的差异性来说，从参与机会与民主状况来说，那里又没有从传统和习俗的僵化生活中解脱出来。他是现代的，又是传统的；它的井然有序是文明的，而那里只有一个头脑，表明了它又是前现代的。呼家堡就是这样一个复杂、奇特的不明之物，它是传统和社会生活遭遇了现代性之后，产生的具有中国特色的社会生活场景。但它的非寓言性显然又表达了作者对当下中国社会生活的某种理解和洞察。

呼家堡的主人呼天成，是一个神秘的、神通广大和无所不能的人物，是一个大隐于野又呼风唤雨式的人物。在社会生活结构中，他的公开和合法性身份是中国共产党基层组织的负责人，但他的作用又很像旧式中国的“乡绅”，他是呼家堡联系外部社会和地方统治的桥梁，但他又不是一个“乡绅”，呼家堡的一切都在他的掌握之中，他是呼家堡的“主”，是合法化的当家人，是这块土地不能缺少的脊梁和灵魂，他所建立起来的权威为呼家堡的民众深深折服，他对秩序和理性的尊崇，使他个人的统治也绝对不容挑战和怀疑。呼家堡的生活方式是呼天成缔造的，在缔造呼家堡生活方式的同时，呼天成也完成了个人性格的塑造。这个复杂的、既有乡村传统又有现代文明特征的中原农民形象，是小说取得的最大成就。

事实上，呼天成是多种文化交互影响、特别是政治文化影响的产物，因此他是一个矛盾的复合体。乡村文化在民间有隐形的流传，它不是系统的理论，它是在生活方式和人们的心理结构中得以表达的，其中实用理性、随机应变等文化品格在民间如影随形，呼天成的性格基调就是由这种文化品格培育出来的。它的土壤就是中原文化（乡村文化）中盲从、愚昧、依附、从势以及对私有利益的倚重。从这个意义上说，中原文化也就是中国乡村农民文化。呼天成的王朝统治正是建立在这样的文化基础上的。它的经典场景就是用一“贼”字对几百口人的震慑：

> 一个“贼”字使他们的面部全部颤动起来，一个“贼”字使他们的眼睛里全都蒙上了一层畏惧。一个“贼”字使他们的头像大麦一样一个个勾下去了。一个“贼”字就使他们互相偷眼望去，相互之间也突然产生了防范。那一层一层、看上去很坚硬的人脸在一刹那间碎了，碎成了一种很散很无力的东西……

这个场景启示了呼天成，他对书上说的“人民”有了新的理解，也启发了他统治呼家堡的策略，通过向孙布袋“借脸”、通过开“斗私”大会让妇女“举手”等政治行为，呼家堡民众的尊严感、自主性、自信心就完全被剥夺了，呼天成不容挑战的权威也就在这个过程中建立起来。值得注意的是，呼天成不是我们在一些作品中常见的腐败的村干部，也不是横行乡里的恶霸，而恰恰是一个修身克己、以身作则的形象。他不仅在一个欲望无边的时代，将激情逐出了“私化”领域，以自我阉割和超凡的毅力克制了他对秀丫的占有，而且即便是他的亲娘，也不能改变他“地下新村”的统一安排，一个命定的数字就是他亲娘的归宿。究竟是什么塑造了呼天成的“金刚不坏之身”？或者说我们究竟应该如何评价呼天成“公”的观念、集体信仰和他的道德形象以及民众对他的信任抑或恐惧？在呼天成那里，他拥有的权力使他可以视统治对象为“贱民”，他在权力和“贱民”的镜像关系中获得了统治的自信。这种权力意志使他难以走向以民主为表征的现代而止步于遥远的乡村文化传统。

董立勃《白豆》的人物和故事,也许并不是发生在典型的乡村中国,但边陲军垦的生产、生活方式,是中国乡村文化的另一种延伸和接续。那里的等级、权力关系是以另一种形式表现出来的。《白豆》的场景是在空旷贫瘠的“下野地”,人物是农工和被干部挑了几遍剩下的年轻女人。男人粗陋女人平常,精神和物质一无所有是“下野地”人物的普遍特征,一如我们常见的乡村经典场景。无论在任何时代,他们都是地道的边缘和弱势的人群。主人公白豆因为不出众、不漂亮,便宿命般地被安排在这个群体中。男女比例失调,不出众的白豆也有追逐者。白豆的命运就在追逐者的搏斗中一波三折。值得注意的是,白豆在个人婚恋过程中,始终是个被动者,一方面与她的经历、出身、文化背景有关;一方面与男性强势力量的控制有关。白豆有了自主要求,是在她经历了几个不同的男人之后才觉醒的。但是,白豆的婚恋和恋人胡铁的悲剧,始终处在一种权力关系之中:吴大姐虽然是个媒妁角色,但她总是以“组织”的名义给年轻女性以胁迫和压力。她以最简单,也是最不负责任的方式处理了白豆和胡铁、杨来顺的关系之后,马营长死了老婆,马营长看上了白豆,就意味着白豆必须嫁给他。但当白豆遭到“匿名”的强暴之后,他就可以不再娶白豆而娶了另一个女性。

胡铁不是白豆的施暴者,但当他找到了真正的施暴者杨来顺之后,本来可以洗清冤屈还以清白,但一只眼的罗“首长”却宣布了他新的罪名。也就是说,在权力拥有者那里,是否真的犯罪不重要,重要的是权力对“犯罪”的命名。胡铁在绝望中复仇,也象征性地自我消失了。在《白豆》里,权力与支配关系是决定人的命运的本质关系。但是,如果把白豆、胡铁的悲剧仅仅理解为权力与支配关系是不够的。事实上,民间暴力是权力的合谋者。如果没有杨来顺图谋已久的“匿名”强奸,如果没有杨来顺欲擒故纵富于心计的阴谋,白豆和胡铁的悲剧同样不能发生,或者不至于这样惨烈。因此,在《白豆》的故事里,权力和暴力,是人性的万恶之源。在乡村文化的结构里蕴含着权力意志和权力崇拜："万般皆下品，惟有读书高"，但"学而优则仕"才是真正的目的。入朝做官"兼济天下"不仅是读书人的价值目标，也是人生的最高目标。要兼济天下就要拥有权力。对于更多的不能兼济天下和入朝做官的人来说，权力崇拜或者说是权力畏惧，就是一种没有被言说的文化心理。这种政治文化是一个事物的两面，它们之间的关系越是紧张，表达出的问题就越是严重。

在迈向"现代"的过程中，经过"祛魅"之后，乡村文化蕴含的历史多重性再次被开掘出来。如果说50年代机器隆隆的轰鸣打破了乡村的宁静，乡村文化对现代文明还怀有羡慕、憧憬和期待，乡村文化与现代的冲突还没有完全显露出来的话，那么，进入新世纪以后，有声和无声的现代"入侵"和诱惑，则使乡村文化遭遇了不曾料想的危机和困境。但是就在乡村文化风雨飘摇的时代，重返自然却成为"现代"新的意识形态。那么，在追随"现代"的过程中，乡村文化的永远滞后就是难以逃脱的宿命吗？这显然是我们尚未明了的文化困惑。

注释：

① 徐贲：《文化批评的记忆和遗忘》，《文化研究》第一辑，天津社会科学院出版社2000年版，第111页。

文学主流溃散后的乡土叙事

——近年来中国乡土文学的新变局

乡土文学或农村题材,是百年中国文学讲述的主要对象。因此,百年来中国文学的主流就是与乡土有关的文学。这与中国乡土社会的性质是同构关系。但是,2012 年对于中国社会人口结构来说,则是一个石破天惊的年代,从这一年开始,中国城市人口首次超过了乡村人口,乡土中国的性质开始发生了转折性的变化。这一现象不能不影响到文学创作。我发现,在这则重要消息公之于世之前,当下文学创作已经悄然地做出了调整和改变。这就是,乡土题材的作品越来越稀缺,与城市相关的题材占有越来越多的份额。这种变化不仅在数量上,更重要的是,即便是书写乡土题材的作品,也难以表达或反映乡村的主流生活,破碎凋敝的乡村在这个时代仿佛只是剩余的故事,感伤哀婉的情绪弥散其间。2012 年,可以说是中国文学内部转型的标志性年代——乡土文学作为百年中国主流文学的现象已经成为过去。

当然,敏感的作家在近年的小说创作中,越来越切近地表达了这个过程的不可避免。我们从孙惠芬的《上塘书》、贾平凹的《秦腔》《高兴》阿来的《空山》、刘震云的《我叫刘跃进》《一句顶一万句》《我不是潘金莲》等作品中,明显感到了乡村文明不断崩溃的过程,那里透露的各种信息,几乎都是乡村中国地壳裂变的声音。还不止这些,在非虚构文学、怀乡散文等诸多文体中,破败的乡村呼之欲出;已经蔓延将近十年的“底层写作”,几乎用写实的方法记述了农民工或其他打工阶层的生存状况和精神际遇。如果说“底层写作”的初始阶段，作家还重在讲述底层苦难故事的话，那么近年来这一写作现象发生了重要的变化。比如深圳青年作家毕亮，他在表达城乡交界处底层人生存境况的时候，更多地注意到了这个群体的心灵和精神状况，这才是需要文学处理的。《铁风筝》是一篇情节曲折的小说，那里既有写实也有悬疑。小说的外部场景没有更多的变化，失明的男孩、失去丈夫的妻子、失去女友的单身汉、失去行动能力的父亲和悲苦的母亲，这些元素是小说的外部条件，它确实构成了苦海般的画面。但是，毕亮着意表达的不是这些。面对生不如死的杨沫，马迟送给杨沫的是具体的春风拂面般的暖意，那是马迟对杨沫失明的孩子张特发自内心的爱。这里不是英雄救美，也不是王子与灰姑娘。这里当然有马迟对杨沫的男人和女人的想象关系，但马迟的行为超越了这个关系，马迟是一个心有大爱的男人。小说情节扑朔迷离，但毕亮仍慷慨地用了较大篇幅讲述马迟与张特的见面和交往，尽管短暂却感人至深。

《外乡父子》写尽了一个男人的艰难，也写尽了一个男人对父亲的孝顺和对女儿的爱，同样写尽了一个男人心理与身体的寂寞。外乡人女人离异，他打工也需带着无人照料的父亲，中风的父亲没有自理能力，但他会把出租屋和父亲收拾得干净利落。他唯一的念想是自己的女儿，当他听到女儿要来看他时，他节日般的心情与平时的愁苦形成了鲜明的比对，他给女儿做木马玩具，和年轻的店主谈曾经的人生理想。后来他成了一个贼，被工业区的保安打得半死，打瘸了一条腿。然后他说要回广西老家看女儿，此前他说女儿在越南。小说不只是写这个外乡人“捉摸不定的神情”，这个神情的深处是他捉摸不定微茫的希望。内心的枯竭并非《外乡人》的写作之意，一个女儿的存在，临摹的凡·高《向日葵》的设置，使一个无望的男人绝处逢生，使一篇灰暗的小说有了些许暖意。他的《消失》讲述了一个失恋的男人。失恋后他每天能做的事就是喝啤酒，他只能生活在回忆中，生活在过去。他讲述的朋友的生活就是他自己的生活，后来租房的女孩在书柜发现的“马牧”“杜莉”的情书证实了这一点。是什么让这个80后男人如此颓废和绝望？当然不只是失恋。没有了工作就没有了生活的前提，这是娜拉故事的男生版。房间里飘忽的那种味道应该是一个象征——那就是生活的味道，这个男孩的生活就这样烂掉了。但是，生活毕竟还要继续，新的爱情还会生长，这个房间的味道就会改变。毕亮是近年来异军突起的青年小说家，他对留守儿童的书写，对城里外乡人的描摹，都给人留下了深刻的印象，他让我们看到了80后一代作家的另一种风采。值得注意的是，毕亮的小说极其简约，甚至有简约主义的风范，无论人物、场景还是故事。但这还只是技术层面的事情。我更关注的是毕亮对这个领域叙事倾向的改变，这就是由悲情向温暖的改变，由对外部苦难的书写向对心灵世界关注的改变。

"底层写作"，是近一个时期最重要的文学现象，关于这个现象的是是非非，也是近年来文学批评最核心的内容。这一写作现象及其争论至今仍然没有成为过去。在我看来，与"底层写作"相关的"新人民性文学"的出现，是必然的文学现象。各种社会问题的出现，直接受到冲击和影响的就是底层的边缘群体。他们微小的社会影响力和话语权力的缺失，不仅使他们最大限度地付出代价，而且也最大限度地遮蔽了他们面临的生存和精神困境。也许正是因为这一状况的存在，"底层写作"才集中地表达了边缘群体的苦难。但是，过多地表达苦难、甚至是知识分子想象的苦难，不仅使这一现象的写作不断重复，而且对苦难的书写也逐渐成了目的。更重要的是，许多作品只注意了底层的生存苦难，而没有注意和发现，比苦难更严酷的是这一群体的精神状况。毕亮的小说从某种意义上改变了这个倾向。于是，底层写作在这种努力下就这样得到了深化，于我们说来，这毕竟是一个令人鼓舞的文学症候。

胡学文是今天乡村中国生活的重要讲述者，也是几年来底层写作重要的作家。他的《隐匿者》也可以看作是书写底层生活的小说。《隐匿者》的故事一波三折非常复杂：三叔开着三轮车在皮城建材市场受雇拉货，返程时有人想搭车。途中三叔停车在路边不远处小便，一辆大车把三叔的三轮车撞翻，将搭车人撞死——

> 等交警赶到并询问那个和车一样面目全非的死者是三叔什么人时，三叔说是自己侄子。三叔说他起初并不是有意撒谎，他吓坏了，不知那句话是怎么滑出嘴的。他意识到，想改口，却不敢张嘴。怕交警说他欺骗，怕他也得担责任——毕竟，他拉了那个人并收了他的钱。交警并没有怀疑，又问了些别的情况，三叔都回答上了。
>
> 后来的事，三叔说根本由不得他。他就像一只风轮，不转都不行。现在，一切都处理完了。车老板赔三叔一辆新车，给了白荷二十万。

故事从这里开始，侄子范秋的命运也从这里开始改变——他是一个已经“死亡”的人，他的“骨灰”已经被带到老家埋葬。他与妻子白荷躲到皮城，只能是皮城的一个隐形人。但事情远没有结束：老乡赵青偶然发现了这个秘密，不断地向范秋借钱勒索，范秋怕事情败露只能忍气吞声委曲求全。赵青对范秋的隐忍得寸进尺变本加厉，忍无可忍的范秋只能对赵青诉诸武力，并以赵青的方式还治其人之身。赵青反倒心怀恐惧举家逃避。为了改变命运，范秋踏上了寻找真正死者的漫漫长途。途中遇到疯子拿刀砍人，他勇敢地将疯子制服，却无法去领取“见义勇为奖”；他冒充杨苗失踪的丈夫去安慰她的公公婆婆；以为找到了真正的死者，但是，想要归还那20万块钱时，却发现杨苗的丈夫已经回来……车祸使那个“莫名”的遇难者真的不存在了，但20万赔偿金让范秋这个真实的主体成了“隐匿者”。“隐匿者”改变了所有的社会关系——夫妻、父女、叔侄、个人与社会、生者与死者等等。这仅仅是三叔偶然的口误吗？当然不是。三叔下意识的撒谎从一个方面表达了当下的社会风气和世道人心。因此，与其说胡学文机敏地讲述了一个荒诞不经的故事，毋宁说他敏锐地感受到了当下社会的道德和精神危机。

刘庆邦是书写乡土中国的圣手。他也是一位多年来坚持中短篇小说创作的作家。不同的是，许多书写乡土中国的作家仍然固守于他们过去的乡村经验，而对当下中国乡村的巨大变化没有能力做出表达。而刘庆邦恰恰是密切关注当下中国乡村变革现实的一位作家。《东风嫁》是写乡村姑娘米东风嫁人的故事。婚丧嫁娶是乡土小说常见的题材和场景，这些场景最典型也最集中地反映了乡土中国的生活与文化。但是，米东风的嫁人却不是我们惯常见到的媒妁之言父母之命，也不是乡村新青年的自由恋爱。这与米东风的经历有关。米东风进城后做了风尘女子，她用身体赚的钱为父母在家乡盖起了两层的小楼，但父母终觉得女儿的营生不是正路，硬是把她从城里赶回了乡下。父亲米廷海不断为米东风寻找对象，但是，所有的青年听说是有过"鸡"的名声的米东风，避之唯恐不及。米廷海只好一再降低标准，最后恳求村长介绍了一个名叫王新开的青年。王新开虽然人高马大，但干不成事，只会喝酒打牌，家境也十分困窘。但米东风到了这步光景也只好认命。重要的不是米东风嫁人的过程，而是米东风嫁人之后。米东风嫁到王家后，确有洗心革面之意，"她是带着赎罪的心情接受到来的日子"的。但是，米东风的"小姐"经历，成了王家公婆和丈夫虐待她的口实，她受尽了侮辱和践踏，不仅每天战战兢兢看着公婆和丈夫的眼色，承担了全部家务，甚至失去了人身自由。丈夫王新开动辄拳脚相加，米东风的日子可想而知。最后她萌生了逃跑的念头。就在米东风绝望无助的时候，另一个在隐秘处的人物出现了，这就是王新开的弟弟王新会。王新会在家里没有地位，是家里可有可无的人物。在他看来只有这个嫂子把他当人看。于是，在米东风最危难的时候他放走了米东风，自己悬梁自尽了。

这显然是一出惨烈的悲剧。令人震惊的是，从五四运动的启蒙到改革开放的今天，乡村中国的某些角落的观念没有发生任何革命性的变化。对一个有过过错女性的评价，仍然没有超出道德化的范畴。他们不能理解，当他们用非人的方式对待米东风的时候，自己是一个怎样的角色。因此，"底层的沦陷"在《东风嫁》中得到了远非夸张的表达。刘庆邦的这一发现,使他对今日中国乡村生活、特别是精神状况的表达,达到相当的深度。

陈应松多年坚持书写底层的路线,使他成为这一领域的代表性作家。在这一领域展开小说创作的作家,他们关注底层人的生活和命运,在这里寻找文学资源的努力是绝对应该得到支持的。因此,我一直关注并支持这一创作倾向和潮流。陈应松不仅多年来一直没有分散他关注底层的目光,而且日渐深入和尖锐。这篇《无鼠之家》不仅仍然是他熟悉的乡村生活,而且他将笔触深入到了一个家庭的最隐秘处:阎国立是一个以卖"三步倒"鼠药为生的农民,他因家有特效鼠药,所以是一个"无鼠之家"。在燕家湾卖鼠药时遇见了燕家大女儿燕桂兰,并亲自为自己的儿子提亲。穷苦人家的燕桂兰不日就自己去了野猫湖阎国立家,谎称再买些鼠药,实则实地查看阎国立家境及未来丈夫阎孝文究竟是一个怎样的人。燕桂兰对阎家及未来丈夫都满意,婚事就这样定了下来。不久燕桂兰就被阎孝文用大红轿子抬进了阎家。农家日子倒也寻常,但时日久了阎家发现燕桂兰的肚子还是"没有动静",这就惊动了阎家老少。事情出在十三年前的一个夏天:燕桂兰的母亲得了脑溢血,但阎家没有人愿意夜里陪燕桂兰去燕家湾,阎国立只好骑单车亲自送燕桂兰。这个路途不仅艰险,更重要的是阎国立知道了阎孝文没有生育能力,他得了一种叫作"浓精症"的病,此前小说曾交代:

> 阎孝文生于七十年代初,是野猫肆虐最严重的时候,也是农药使用最严重的时候,而且都是剧毒农药,像乐果、甲胺磷、甲拌磷、对硫磷等。农药因雨水大量地流入堰塘,加上阎国立等回乡知青开始研制杀猫的毒药,一些试验器皿的洗刷和试验尾水也流入堰塘,周围一些人家的吃水都在此塘,因而那几年几家出生的伢子都有一股农药味且爱躲门旮旯儿。直到后来一个县里来的驻队干部发现此水已不能饮用,便要求周围住户到野猫湖挑水食用。自阎孝文之后的他的两个妹妹,才恢复了自然的花容月貌,身上也就有了莲荷清香。

阎孝文的病显然与他长期与农药接触有关。但事已至此，阎国立决不能让自己断了后。他思来想去以及和燕桂兰的单独接触，他决定“代儿出征”，燕桂兰在家照顾母亲几个月的时间里，阎国立经常在燕家湾过夜，燕桂兰终于怀上了阎家的血肉。于是阎圣武终于出生了。这是一个不伦之恋的结果，更糟糕的是阎圣武出生后，阎国立仍长久地霸占燕桂兰，并致使燕桂兰多次堕胎流产，乃至得了宫颈癌而且已经晚期。绝望的燕桂兰终于道出了阎圣武是阎国立的而不是阎孝文儿子的惊天秘密。阎家此时的生活秩序和心理环境可想而知。燕桂兰最后悲惨地死去；阎孝文用砖头砸死了阎国立然后逃之夭夭，是阎孝文的大妹妹报了案，砖头上有阎孝文的指纹，结果已经不言自明。这显然也是一出悲剧，旧文化与新科技是这出悲剧的合谋制造者：没有传宗接代的旧观念，就不会有阎国立和燕桂兰的不伦之恋；如果没有化学农药的长期毒害，阎孝文就不会得“浓精症”而失去生育能力并为父亲阎国立提供机会。小说写得触目惊心又意味深长。

乡村中国这些“剩余的故事”确实从一个方面表达了中国乡土文明巨大的变迁和转型。而且从本质的意义上来说，无论我们是否愿意，我们想象的乡村的诗意或田园牧歌，就这样无可避免地陷入了不能挽回的境地。这是现代性的后果，我们必须要面对——这用“好或不好”简单的价值判断是难以解释的。另一方面我们也看到，对乡村寄予期待的文学想象仍然存在。几年前周大新的《湖光山色》、关仁山的《麦河》等，都对中国乡村变革寄予乐观的期待，他们的讲述同样有热情的读者。而且，即便到了 2012 年，怀有这样期待的作家仍然存在，袁志学就是这样的作家。

从身份的意义上说，袁志学还是个农民，是一个业余作家。这时我们会讲出许多关于农民、业余作家如何不容易、如何艰难坎坷的话。但这些话没有价值，这里隐含的同情甚至怜悯，与一个作家的创作没有关系，只要评价一个作家的创作，其标准和尺度都是一样的，这和评价一个大人和一个孩子不同；另一方面，身份在文化研究的意义上有等级的意味，或者说，一个农民、一个业余作家还不是“作家”，这里隐含着一个没做宣告的设定——“承认的政治”，或者说作家是一个更高级的阶层或群体，起码袁志学现在还没有进入这个阶层或群体，还没有获得“承认”。但是这个设定是“政治不正确”，它有明显的歧视嫌疑。如果我们认真的话，首先需要质疑的是，这个“等级”是谁构建的？这个“承认”是谁指认的？过去加上一个身份——比如“工人作家”“农民作家”，那是意识形态的需要，那时作为修饰语的“工人”“农民”与当下的意义并不完全相同。因此，在我看来，评论他的长篇小说《真情岁月》与我们评价其他作品的尺度是完全一样的。

如果是这样的话，我首先认为《真情岁月》是一部优秀的长篇小说。这部小说对堡子村前现代日常生活的描摹，对生活细节的生动讲述，对堡子村艰难变革历程的表达，特别是对那个渐行渐远、变革后堡子村的难以名状的感伤或留恋，显示了袁志学对乡村生活及其变革的真切理解和感知。当他将这些生活用小说的笔法表现出来的时候，他就是一个现实主义作家。从底层成长起来的作家的处女作，大抵都有自叙传性质，大抵是他们个人经历的艺术概括或演绎。袁志学的《真情岁月》也大抵如此。小说从堡子村“清汤寡水的日子度日如年”的年代写起，那个年代，村里人“都眼角深陷，饿得皮包骨头，他们期盼能将洋芋煮熟后饱饱吃上一顿那才是福分呢，如同进了天堂一般。”堡子村和所有的村庄一样，虽然已经是 70 年代，从互助组、合作社到人民公社，在这条道路上的探索已经 30 多年，但是，中国共产党和广大农民在这条道路上并没有找到他们希望找到的东西。堡子村“清汤寡水的日子”为这条道路作了形象的注释，这为当代中国的乡村变革提供了合理性的前提和依据。当然，堡子村不是中国发达地区的“华西村”或“韩村河”，这些村庄的变化因地缘优势和强大的资本支持，可以在很短的时间内发生变化，从前现代进入现代的进程被大大缩短。但是堡子村不是这样，作为一个边缘的欠发达地区的村庄，它的变化是缓慢和渐进的。这个变化是从有了“新政策”开始的。堡子村有了电、有了第一台电视机,陆续有人捏起了瓦,有人磨起了面,村里有了第一眼机井,等等。但是真正改变堡子村生活面貌的,还是“农村电网改造”和“退耕还林”,这时堡子村家家户户都在自己家的水井里下了一寸的水泵,将水用泵抽了上来,抽到了自个儿家的水缸内,结束了用辘轳吊吃水的历史。这个变化当然是巨大的。但是,堡子村的历史变革,应该说只是小说的背景,小说要处理的还是堡子村人的心理、精神状态的巨大变化。小说通过陈家三兄弟陈大、陈二、陈三,王生辉、乔怀仁、海生、强子、顺来、敏子、陈二家的四蛋儿以及刘二喜和齐小凤的不同命运,展示了堡子村从前现代进入现代的历史过程。陈家兄弟、王生辉等这代人,无论物质生活还是精神面貌,事实上都还处于“原生态”的状态。那种生存状态与周克芹的《许茂和他的女儿们》、古华的《爬满青藤的木屋》里的乡村生活和人物的精神状态没有区别。但是,到了海生、强子这一代,堡子村才真正发生了革命性的改变。新一代在现代文明沐浴下,真正改写了堡子村的文明史。最简单的例子是刘二喜与齐小凤的婚姻关系。刘二喜对齐小凤没有起码的尊重,他对两性关系的痴迷和混乱,与现代文明没有任何关系。但是,到了敏子和顺来这一代,他们的爱情关系应该是小说最为感人的段落。袁志学通过这样的比较,已经形象地表达了堡子村翻天覆地的内在变化,表达了堡子村真正走上了现代文明之路。它与物质生活有关,但更与人的精神世界的改变有关。

作者为了表达堡子村的变化,曾刻意写下了这样一段:

> 一条宽阔平坦的油路修进了堡子村,沿“街道”一直修进了村西北角的小学,早年建起的戏楼又被拆除了,新盖的比原来更阔气更雄伟的戏楼和堡子村的村民娱乐室、党员活动室、村卫生室一起,以一派琉璃之色坐落在村外一处宽敞地里,整个地面用红砖铺了,村里人再不怕看戏时下雨一脚泥、天晴一身土,舒舒服服将身子丢在戏场子里,看着省城的大剧团在台上演歌舞、唱秦腔,比吃肉喝酒更带劲儿。为了保护城墙这文化遗产,四方的

城墙都用砖包了，村口二面的城门墩子按照原来人们能记起的老样子重新建设，那砌的青砖的个头大得让村里人惊讶，砖缝子用白色勾勒，看上去感情就好像和电视里的长城的样子差不多。整个村子经过了这样修整打扮，越发显得和谐，聚集的有了神韵，真真正正成了一道亮丽的风景钻进人们的眼里。

这是小说最失败的地方。这和新闻稿没有区别。堡子村的历史变化，已经通过村庄的物质生活和人的精神变化表达出来了，再用这种没有任何表现力的方式直白地说出，实在没有必要。这是袁志学今后创作需要改变的地方。

另一方面，在具体的表现上，《真情岁月》还有可圈可点的方面，比如景物描写。我们经常在小说中读到这样的段落：

黑黝黝的山川轮廓，笼在雾一般的水墨色里，月儿虽然已经上来，但像是谁用暗红的画笔轻细地勾勒出的一点弧线，如只蚯蚓静静地爬在这幅水墨色的景致中，不注意看根本发现不了它的存在，整个堡子村集体在山上的忙活尚未平静，点点凝重的黑色在一抹水墨的轮廓中动弹……

天空一片瓦蓝，风和日丽，草尖上、柳树上已经透出小巧的一点绿，不注意根本发现不了它的存在，堡子村小学校园中琅琅的读书声萦绕在空中，构成了一幅带有音乐旋律的和谐春暖图。

青杨绿柳，和风细雨，满山绿意浓，遍地草花香，五月这道亮丽的风景来了。

就在豌豆角挂满豆蔓，给人们炫耀它的快成熟的那份金黄色的得意，蓝莹莹的胡麻花微笑着彰显它的振奋和热烈，满山充溢着花和绿的香的六月六日的这一天清晨，天是那样蓝，云是那样淡，白杨绿柳静静地立着，空气中飘浮着庄稼的清香，太阳下花草带露、晶莹剔透。

现在的小说不大注意景物描写，这是不对的。景物描写不仅使小说的色彩、节奏的处理发生变化，调节读者的阅读心理，同时也使小说的文学性得以体现和强化。

再比如乔怀仁去世时有这样一段文字:“村外的庄稼地里多了一个挂满白色的新坟。丝丝凉风拂过,坟茔上的纸微微起动,似乎载不动那沉重欲碎的伤痛,代表不了那很久以来就抹在心头的一缕哀怨,鸟儿在坟的上空飞去,一声鸣叫,似乎也在为离世的人传着追随来了的情。杯杯薄酒祭奠坟前,阵阵哭声回绕山谷,来时匆匆去时淡淡,人生似梦只在朝夕。”这里既有景物、场景描写,也有对人生的万般感慨。语言显然借助了明清白话小说的笔法。但是,在袁志学这里,这些景物描写又大多出现在章节的开头,这使小说又缺乏变化,有一种格式化或不断重复的感觉。这个问题只要稍加处理很容易做到。

还值得提及的,是袁志学对乡村中国现代性的直觉感受。这就是,现代性是一把双刃剑,它带来新的景观和气象,但是,现代性的问题也如影随形不期而至。小说最后有这样一段叙述:

> 他(海生)和强子爬上了厚厚的土城墙,守望这一片村子,海生的心久久不能平静。小时的那段梦依然那样清丽,然而就在倏忽间顺来整个家庭中的那一张张面容都已经离自己远去了,那没有前墙的院落静静地留在村子里,在一片红墙新瓦的房舍中显得孤寂和冷漠,墙头屋顶的荒草在冬风中瑟瑟抖动,诉说着一段悲壮凄婉的生命历程。

这是怀旧,但是,贫穷寂寥的过去为什么还让这些有过童年记忆的青年怀念。这从一个方面证实了现代性不是万能的,它可以创造新的物质和精神生活,但是人的需要显然还有超出这个承诺的许多东西。因此,小说也无意识地表达了在当下的环境中,乡村中国的未竟道路。

乡村文明的崩溃和以都市文明为核心正在建构的新文明的崛起,决定了百年来作为主流文学的乡土叙事的衰落。在社会学的意义上,这一变化意味着当代中国文化真正的转型,这一转型决定了文学的变局。现实生活是文学创作的依据，离开了这个现实，文学的虚构或想象就是空穴来风。但是，一如我多次表达过的那样，乡村文明的崩溃并不意味着乡土文学的终结。这也正如封建社会末期产生了伟大作品《红楼梦》一样，有才能、有历史洞察力的作家，还会写出伟大的与中国乡土文明有关的大作品。

怎样讲述当下中国的乡村故事

——新世纪长篇小说中的乡村变革

2010年,《人民文学》发表了梁鸿的非虚构文学《梁庄》,在文学界引起了巨大反响。在这部"非虚构"作品中,梁鸿尖锐地讲述了她的故乡多年来的变化,这个变化不只是"十几年前奔流而下的河水、宽阔的河道不见了,那在河上空盘旋的水鸟更是不见踪迹。"①重要的是,她讲述了她看到的为难的村支书、无望的民办教师、服毒自尽的春梅、住在墓地的一家人等。梁庄给我们的印象一言以蔽之:就是破败——破败的生活、破败的教育、破败的心情。梁庄的人心已如一盘散沙难以集聚,乡土不再温暖。更严重的是,梁庄的破产不仅是乡村生活的破产,而且是乡村传统中的道德、价值、信仰的破产。这个破产几乎彻底根除了乡土中国赖以存在的可能,也就是中国传统文化载体的彻底瓦解。

可以说,现代性的两面性,在《梁庄》中被揭示得非常透彻。这倒不在于作家对前现代怀旧式的抒情。我们更关心的是中国走向现代的代价。现在,我们依然在这条道路上迅猛前行,对现代性代价的反省还仅仅停留在书生们的议论中。应该说,作为"非虚构"的《梁庄》,梁鸿书写的一切肯定是真实的。三十年的改革开放取得了巨大成就,但是,改革开放的成果没有被全民共享,发展的不平衡性已经成为一个突出的问题。因此,找到诸如"梁庄"这样的例子不是一件困难的事情。另一方面,我们发现在虚构的小说中,讲述变革的乡村中国虽然不及《梁庄》尖锐,但观念的分化已是不争的事实。这些不同的讲述是乡村中国不同现实的反映,同时也是中国作家对乡村中国未来发展不同观念的表达。

一、乡村中国"整体性"叙事的瓦解

乡村中国整体性叙事发生于20世纪40年代,也就是乡土文学转向"农村题材"之后。这一现象的出现,与中国共产党建立现代民族国家的目标密切相关。农民占中国人口的绝大多数,动员这个阶级参与建立现代民族国家的进程,是被后来历史证明的必由之路。于是,自延安时代起,特别是反映或表达土改运动的长篇小说《太阳照在桑干河上》《暴风骤雨》等的发表,中国乡村生活的整体性叙事与社会历史发展进程的紧密缝合,被完整地创造出来。此后,当代文学关于乡村中国的整体性叙事几乎都是按照这一模式书写的,《创业史》《山乡巨变》《三里湾》《红旗谱》《艳阳天》《金光大道》等概莫能外。"整体性"和"史诗性"的创作来自两个依据和传统:一是西方自黑格尔以来建构的历史哲学,它为"史诗"的创作提供了哲学依据;一是中国文学的"史传传统",它为"史诗"的写作提供了基本范型。于是,史诗便在相当长的一个历史时段甚至成为评价文艺的一个尺度,也是评价革命文学的尺度和最高追求。

但是,这个整体性的叙事很快就遇到了问题,不仅柳青的《创业史》"文革"后难以续写,而且20世纪80年代周克芹的《许茂和他的女儿们》,率先对这个整体性提出了质疑:在这个整体性的道路上,人们并没有找到他们希望找到的东西,许茂和他的女儿们无论精神还是物质,依然一贫如洗,这个整体性显然不再被选择。改革开放以后,随着明星村庄的不断涌现,中国农村改革道路似乎一览无余前程似锦。但是,事情远没有这样简单。2004年,孙惠芬发表了长篇小说《上塘书》②。《上塘书》以"外来者"视角描绘了一个被称为"上塘"的村落的社会生活和变化。孙惠芬的叙述非常有趣,如果从章节上看,她几乎完全是"宏大叙事",从上塘的地理、政治、交通、通信到上塘的教育、贸易、文化、婚姻和历史。不知底细还以为这"上塘"

是考证出来的哪朝哪代的事情。但是,这一"宏大叙事"确实别具匠心:一方面,乡村中国哪怕细微的变化,无不联系着中国社会发展的历史进程,乡村的历史并不是沿着传统的时间发展的;一方面,"宏大叙事"在具体的叙述中,完全被上塘的日常生活所置换。上塘人向往以城市为表征的"现代"社会和生活,因此,"往外走"就成了上塘的一种"意识形态",供出的大学生要往外走,供不出大学生的也要往外走,"出去变得越来越容易","不出去越来越不可能"。在上塘生活了一辈子的申家爷爷,为了跟孙子进城,提前一年就开始和上塘人告别。但是,当他们进城之后,他们不能随地吐痰,不愿意看孙媳妇的脸色,只好又回到了上塘。那个想让爷爷奶奶见识一下城里生活的孙子,也因与妻子的分歧梦里回到上塘却找不到自己的家了。这些情节在作者看来也许只是故事的需要,是叙述的需要,但无意间揭示了乡村和现代两种文化的尖锐对立,乡村文化的不肯妥协,使乡村文化仍然固守于过去而难以进入"现代"。勉强进入"现代"的乡村子孙却找不到"家园"了。

上塘的"地理"为上塘描绘了它的文化地图,于是,上塘的政治、交通、通信、教育、贸易、文化、婚姻和历史,无不和国家建立起了看见或看不见的联系。乡村原本是重要的,这不仅在于它和中国革命的天然联系,是中国革命最基本的力量和根据地,同时,中国最重要和基本的问题,都是缘于乡村而发生和提出的。但是,革命胜利之后,这个无论是文学还是革命都被看作是家园的所在,却经常被作为"代价"而付出。上塘也是如此,"水"对于上塘的重要几乎和生命一样,乡亲邻里的矛盾也多因水而发生,但是,在缺水的日子里,城里不能没有水,上塘却被断了水。上塘的"大叙事"都是在日常生活的"小叙事"中被体现出来的,小说不负有说明历史的义务,但小说却可以发现历史。上塘这个地图上都难以标出的村落,却在作家的笔下呈现出了"现代性"的巨大矛盾,这个矛盾不仅是上塘的困惑,同时也是社会发展遭遇的巨大矛盾和困惑。《上塘书》的叙述给人以深刻的印象。小说几乎没有一条贯穿始终的情节或主线,作家笔之所至信手拈来，上塘生活的片段构成了上塘的过去和现在。文字也是白描式的，它不是水漫堤坝一泻千里，而是不急不躁和风细雨，一点一滴地渗透到上塘的土地和人心。但在不露痕迹的两种叙事中，我们确切地看到了乡村文化的两难处境。

乡村叙事整体性的碎裂，在阿来和贾平凹的小说中最为突出。读过阿来的《尘埃落定》之后，再读《空山》[③]会觉得这是一部很奇怪的小说。《尘埃落定》是一部英雄传奇，是叱咤风云的土司和他们子孙的英雄史诗，他们在壮丽广袤的古老空间上演了一部雄赳赳的男性故事。也是从前现代走向现代的浪漫历史。但《空山》几乎没有值得讲述的故事，拼接和连缀起的生活碎片充斥全篇，在结构上也是由六个不连贯的篇章组成。它与《尘埃落定》是如此的不同。《随风飘散》是《空山》的第一卷。这一卷只讲述了私生子格拉和母亲相依为命毫无意义的日常生活，他们屈辱而没有尊严，甚至冤屈地死亡而浑然不觉。如果只读《随风飘散》我们会以为这是一部支离破碎很不完整的小说片段，但是，当读完卷二《天火》之后，那场没有尽期的大火不仅照亮了自身，同时也照亮了《随风飘散》中格拉冤屈的灵魂。格拉的悲剧是在日常生活中酿成的，格拉和他母亲的尊严是被机村普通人给剥夺的，无论成人还是孩子，他们随意欺辱这仅仅是活着的母子。原始的愚昧在机村弥漫四方，于是，对人性的追问就成为《随风飘散》挥之不去一以贯之的主题。

天火是发生在机村的一场大火。但这场大火更是一种象征和隐喻，它是一场自然的灾难，更是一场人为的灾难。那漫天大火的背后，有各种表演的嘴脸，在政治文化的支配下，“运动”不是改变了人性，而是催发了人性的恶。自然的“天火”并没有也不可能给机村毁灭性的打击，但自然天火后面的人为“天火”，却为这个遥远的村庄带来了更大的不测。那个被“宣判”为“反革命”的多吉，连撒尿的权利都被剥夺了，他为了维护个人做人的尊严，不让尿撒在裤子里，以免被后人耻笑，但他不能，他能够做到的只有舍身跳进悬崖。那个多情的姑娘央金，“在这短短的几天里，她的世界真是天旋地转，先是被莫名的爱情而激情难抑，继而又被抛进深渊，这还不够，从色嫫措涌出来的湖水差点夺去她的生命，当她从死神手中挣扎回来……已经是救火战场上涌现的女英雄了”。于是，这个女英雄脸上出现了一种“大家都感到陌生的表情”：她神情庄重，目光坚定，望着远方。这也是这个时代的电影、报纸和宣传画上先进人物的标准姿态。多吉的命运和央金的命运是那个时代人物命运的两极，一念之差，或者在神秘的命运之手的掌控下，所有的人，既可以上天堂也可以下地狱。这是自然天火造成的吗？

《空山》的写作在当下文学的处境中是一个奇迹。这部小说需要慢慢阅读。它不是消费性的文字，它不那么令人赏心悦目一目十行，但它确实是一篇多年潜心营造的作品，它将一个时代的苦难和荒谬，就蕴含于一对母子的日常生活里，蕴含于一场精心勾画却又含而不露的“天火”中。这时我们发现，任何一场运动，一场灾难过后，它留下的是永驻人心的创伤而不仅仅是自然环境的伤痕。生活中原始的愚昧，一旦遭遇适合生长的环境，就会以百倍的疯狂千倍的仇恨挥发出来，那个时候，灾难就到来了。《空山》讲述的故事就这样意味深长。机村琐碎生活的叙述与《尘埃落定》宏大的历史叙述构成了鲜明的比较。仅仅几年的时间，历史主义在阿来这里已烟消云散化为乌有。

贾平凹是这个时代最重要的作家之一，他已经完成的创作无可置疑地成为这个时代重要的文学经验的一部分。他的备受争议、毁誉参半恰恰证实了他的重要：他是一个值得争议和批评的作家。在我看来，无论对贾平凹的看法有多么不同或差异，有一点可以肯定的是，贾平凹几乎所有的长篇创作，都是与现实相关的题材。二十多年来，贾平凹用文学作品的方式，密切地关注着他视野所及变化着的生活和世道人心，并以他的方式对这一变化的现代生活、特别是农村生活和人的生存、心理状态表达着他的犹疑和困惑。值得注意的是，在贾平凹的早期作品中，比如《浮躁》《鸡窝洼人家》《腊月·正月》《远山野情》等，虽然也写了社会变革中的矛盾和问题，但这些作品总还是洋溢着不易察觉的历史乐观主义。即便是《土门》《高老庄》这样的作品，仍能感到他对整合历史的某种自信和无意识。

但是到了《秦腔》[④]，情况发生了我们意想不到的变化。在他以往的作品中都有相对完整的故事情节，都有贯穿始终的主要人物推动故事和情节的发展。或者说，在贾平凹看来，以往的乡村生活虽然有变化甚至震荡，但还可以整合出相对完整的故事，那里还有能够完整叙事的历史存在，历史的整体性还没有完全破解。这样的叙事和理解，潜含了贾平凹对乡村中国生活变化的乐观态度甚至对未来的允诺性的期许。但是，到了《秦腔》这里，小说发生了重大的变化：这里已经没有完整的故事，没有令人震惊的情节，也没有所谓形象极端个性化的人物。清风街上只剩下了琐屑无聊的生活碎片和日复一日的平常日子。再也没有大悲痛和大欢乐，一切都变得平淡无奇。“秦腔”在这里是一个象征和隐喻，它是传统乡村中国的象征，它证实着乡村中国曾经的历史和存在。在小说中，这一古老的民间艺术正在渐渐流失，它片段地出现在小说中，恰好印证了它艰难的残存。疯人引生是小说的叙述者，但他在小说中最大的作为就是痴心不改地爱着白雪，不仅因为白雪漂亮，重要的还有白雪会唱秦腔。因此引生对白雪的爱也不是简单的男女之爱，而是对某种文化或某种文化传承者的一往情深。对于引生或贾平凹而言，白雪是清风街东方文化最后的女神：她漂亮、贤惠、忍辱负重又善解人意。但白雪的命运却不能不是宿命性的，她最终还是一个被抛弃的对象，而引生并没有能力拯救她。这个故事其实就是清风街或传统的乡村中国文化的故事：白雪、秦腔以及“仁义礼智”等乡村中国最后神话即将成为过去，清风街再也不是过去的清风街，世风改变了一切。

《秦腔》并没有写什么悲痛的故事，但读过之后却让人很感伤。这时候，我们不得不对“现代”这个神话产生怀疑。事实上我们在按照西方的“现代”在改变和塑造我们的“现代”，全球一体化的趋势已经冲破了我们传统的堤坝，民族国家的特性和边界正在消失。一方面它打破了许多界限，比如城乡、工农以及传统的身份界限；另一方面我们赖以认同的文化身份也越来越模糊。如果说“现代”的就是好的，那我们还是停留在进化论的理论。《秦腔》的感伤是正对传统文化越来越遥远的凭吊，它是一曲关于传统文化的挽歌，也是对“现代”的叩问和疑惑。这样的思想贾平凹在《土们》《怀念狼》等作品中也表达过。如果是这样的话，我同时也不免踌躇：《秦腔》站在过去的立场，或怀旧的立场面对今日的生活，它对敦厚、仁义、淳朴等乡村中国伦理文化的认同，是否也影响或阻碍了他对“现代”生活的理解和认知，对任何一种生活的理解和描述，都不免片面甚至夸张。《秦腔》的“反现代”的现代性，在这个意义上也是值得讨论的。因此，面对“现代”的叩问和困惑，就不只是《秦腔》及作者的问题，对我们而言同时也是如何面对那个强大的历史主义的问题。

二、乡村中国“整体性”叙事的重建

孙惠芬的《上塘书》、贾平凹的《秦腔》、阿来的《空山》等作品的发表预示了乡村中国整体性叙事已经彻底崩解，乡村中国似乎就是一个支离破碎的叙述对象。但是，乡村中国的全部复杂性并不掌握在任何人手中。2006 年，周大新《湖光山色》⑤的出版，就对乡村中国重新做了整体性的叙事：改革开放 20 多年的历史，也是中国乡村生活被不断书写的历史。在这个不断书写的历史中，我们既看到了最广大农村逐渐被放大了的微茫的曙光，也看到了矛盾、焦虑甚至绝望中的艰难挣扎。《湖光山色》的故事也许并不复杂，它讲述的是改革大潮中发生在“楚王庄”里的故事。主人公暖暖是一个“公主”式的乡村姑娘，她几乎是楚王庄所有男性青年的共同梦想。村主任詹石蹬的弟弟詹石梯甚至自认为暖暖非他莫属。但暖暖却以决绝的方式嫁给了贫穷的青年旷开田，并因此与横行乡里的村主任詹石蹬结下仇怨。从此，这个见过世面性格倔强心气甚高的女性，开始了她漫长艰辛的人生道路。但这不是一部兴致盎然虚构当代乡村爱恨情仇的畅销小说，不是一个偏远乡村走向温饱的致富史，也不是简单的扬善惩恶因果报应的通俗故事;在这个结构严密充满悲情和暖意的小说中,周大新以他对中国乡村生活的独特理解,既书写了乡村表层生活的巨大变迁和当代气息,同时也发现了乡村中国深层结构的坚固和蜕变的艰难。因此,这是一个平民作家对中原乡村如归故里般的一次亲近和拥抱,是一个理想主义者对乡村变革发自内心的渴望和期待,是一个有识见的作家洞穿历史后对今天诗意的祈祷和愿望。

主人公暖暖无疑是一个理想的人物,也是我们在理想主义作家中经常看到的大地圣母般的人物:她美丽善良、多情重义,朴素而智慧、自尊并心存高远。楚王庄的文化传统养育了这个正面而理想的女性。暖暖给人印象最为深刻的,不是她决然地嫁给旷开田,不是她靠商业的敏感为家庭带来最初的物资积累,不是她像秋菊一样坚忍地为开田上告打官司,也不是她像当年毅然嫁给开田一样又毅然和开田离婚,而是她为了解救开田委曲求全被村主任詹石蹬侮辱之后,虽然心怀仇恨,但当詹石蹬不久人世之际,仍能以德报怨,以仁爱之心替代往日冤仇,甚至为詹石蹬送去了医治的费用。这一笔确实使暖暖深明大义的形象如圣母般光芒万丈。在传统的阶级对立的表达中,仇恨和暴力是我们最常见的人际关系,对暴力的崇尚是源于快意恩仇的冤冤相报。仇恨和暴力转换的美学传统至今仍没有彻底根绝。在这样的美学原则统治下,当然不会产生冉阿让或聂赫留朵夫这样的人物。但到了暖暖这里,可以断定的是,即便在传统的批评框架内,周大新为我们提供的,也是一个崭新的人物和崭新的人伦关系。这一超越性的创作震撼人心。

《湖光山色》对人性复杂性、可能性的表达是小说值得称道的另一个方面。詹石蹬在任村主任期间,是一个典型的横行乡里的恶霸。在楚王庄“他想办的事没有办不成的”,他“想睡的女人,没有睡不成的”。他城府极深,几乎把权力用到了无以复加的地步。他对暖暖的迫害让人看到了人性全部的恶。他不仅因农药事件拘留开田、在查封楚地居等行为中体验到了权力带给他的快感,而且还利用权力两次占有了暖暖的身体,“性与政治”在詹石蹬这里以极端的方式得到了体现。在楚王庄他有恃无恐,他唯一惧怕的就是失去权力。只有在“民选”的时候,他才会向“选民”们表示一下“谦恭”。詹石蹬的作为使暖暖们也意识到,楚王庄要过上好日子,自己要过上安稳生活,必须把詹石蹬选下去。暖暖拉选票的方式在一个民主社会也未必是合法的,但在乡村中国暖暖的做法却有合理性。詹石蹬被村民选下去之后,再也没有气焰可言。但他为报复暖暖,还是将他与暖暖发生关系的事情以歪曲的方式告诉了后来楚王庄的“王”——旷开田。这是导致暖暖婚姻破裂的开始,詹石蹬内心深处的阴暗由此可见。但是,当他绝症在身不久人世的时候,暖暖不计恩怨情仇,不仅看望了詹石蹬而且送去了用作治疗的费用。詹石蹬尽管已经丧失了语言功能,但还是让人抬着他去看望了伤后的暖暖,并带来了一包红枣。这个细节如果以恩怨情仇的方式来看的话,可能不那么动人,但对于詹石蹬来说却在末日来临的时候发生了人性的转变。作家通过詹石蹬不仅揭示了人性的复杂性和恶的一面,而且他坚信人性终有善的一面。

作为一部书写乡村中国的小说,作家所追寻、探讨的历史和现实深度,更体现在旷开田这个人物上。这是一个乡村中国典型的青年农民形象。他曾是一个普通的,小农经济时代目光短浅、胸无大志的农民,也是一个遇事无主张、很容易满足的农民。就在他一文不名的时候,暖暖以超出楚王庄所有人想象的方式嫁给了他。他是在暖暖的温暖、启发甚至是教导下成长起来的。暖暖不仅是他的妻子、恩人,同时也是他成长的导师。当他是楚王庄普通农民的时候,他对暖暖几乎没有任何异议言听计从,并且发自内心地爱着暖暖。他不是那种阴险、狡诈的坏人。但是,当暖暖联合村民将他选上村主任之后,他逐渐发生了变化。他曾和暖暖玩笑地说:“将来我就是楚王庄的‘王’。”这不经意的玩笑却被后来的历史所证实。他不仅专横跋扈为所欲为,不仅与各种女人发生两性关系,同时也不再把暖暖放在心上。对经营方式的分歧,对暖暖与詹石蹬发生关系的怨恨等,终于导致了两人婚姻的破裂。

有趣的是，楚王庄两千三百多年前曾是楚国的领地，为了抵御秦国的入侵，楚国臣民修筑了楚长城，但当年的楚文王赀却是一个飞扬跋扈骄奢淫逸的君主。两千多年过后，暖暖在楚王庄用湖光山色引进资金创建了“赏心苑”，为了吸引游客，又命名了“离别棚”并上演以楚国为题材的大型节目《离别》，演出人员达 80 人之多，可见规模和气势。当初让刚被选举为村主任的旷开田饰演楚文王赀，旷开田还推辞，但演出几次之后，旷开田不仅乐此不疲甚至无比受用。这时的旷开田已经下意识地将自己当作楚王庄的“王”了。他不仅溢于言表而且在行为方式上也情不自禁地有了“王”者之气。他对企业的管理、对妻子的情感、对民众的态度以及对情欲的放纵等等，都不加掩饰并愈演愈烈。最后终于也到了飞扬跋扈横行乡里的地步，与詹石蹬没有什么区别。从楚文王赀到詹石蹬和旷开田，中国乡村的专制或统治意识几乎没有发生本质性的变化。詹石蹬和旷开田虽然是民众选举出来的村主任，但在缺乏民主和法制的乡村社会，民选也只能流于一种形式而难以实现真正的民主。在这样的环境里面，无论是谁，都会被塑造成詹石蹬或旷开田。小说始于“水”又止于“水”，这当然不是一个简单轮回的隐喻，也不是对乡村变革具有某种神秘色彩的解释。但可以肯定的是，周大新在这个有意的结构中，一定寄予了他对中国传统文化特别是中原农村文化某种深思熟虑的、具有穿透性的思考。在这个意义上，《湖光山色》所做的努力和探索应该说是前所未有的。楚王庄的“湖光山色”终将在“招商引资”、在赏心苑按摩小姐以及薛传薪“现代”管理和拜金主义的冲击下褪尽它最后的诗意。就社会形态而言，楚王庄既不是过去的也不是现代的，它正处在一个进退维谷的两难境地。或者说，楚王庄就是今日中国广大乡村的缩影，艰难的蜕变是它走进现代必须经历的。暖暖的愿望在乡村中国还很难实现，暖暖的理想是作家周大新的“理想”，是周大新的期待和愿望。如果这个看法成立的话，《湖光山色》在本质上是一部浪漫主义小说。

2010 年出版的《麦河》[6]，是作家关仁山继《天高地厚》《白纸门》等长篇小说后，又一部表现当下中国乡村生活的长篇小说。关仁山是一位长久关注当代乡村生活变迁的作家，是一位努力与当下生活建立关系的作家，是一位关怀当下中国乡村命运的作家。当下生活和与当下生活相关的文学创作，最大的特点就是它的不确定性，不确定性也意味着某种不安全性。如果是这样的话，这种创作就充满了风险和挑战。但也恰恰因为不确定性和不安全性，这种创作才充满了魅力。关仁山的创作几乎都与当下生活有关。我欣赏敢于和坚持书写当下生活的作家作品。

《麦河》是表现当下乡村中国正在实行的土地流转政策，以及面对这个政策麦河两岸的鹦鹉村发生的人与事。实行土地流转是小说的核心事件，围绕这个事件，小说描绘了中国北方乡村的风情画或浮世绘。传统的乡村虽然在现代性的裹挟下已经风雨飘摇，但乡村的风俗、伦理、价值观以及具体的生活场景，并没有发生革命性的变化，这就是我曾经强调过的乡村中国的"超稳定文化结构"。但是，乡村中国又不是一部自然发展史，现代性对乡村的改变又几乎是难以抗拒的。因此，乡村就处在传统与现代的夹缝中——面对过去，乡村流连忘返充满怀恋；面对未来，乡村跃跃欲试又四顾茫然。这种情形，我们在《麦河》的阅读中又一次经验。有趣的是，《麦河》的叙述者是由一个"瞎子"承担的。三哥白立国是个唱大鼓的民间艺人，虽然眼睛瞎了，但他对麦河和鹦鹉村的人与事洞若观火了如指掌。他是鹦鹉村的当事人、参与者和见证者。三哥虽然是个瞎子，但他心地善良，处世达观，与人为善和宽容积极的人生态度，给人留下了深刻的印象。在某种意义上他是鹦鹉村的精神象征。但作为一个残疾人，他的行动能力和处理外部事务的局限，决定了他难以主宰鹦鹉村的命运。他唯一的本事就是唱乐亭大鼓。但是这个极受当地农民欢迎的地方曲艺，能够改变鹦鹉村贫困的现实和未来的命运吗？因此，小说中重要的人物是曹双阳。这是一个我们经常见到的乡村"能人"，他见多识广、能说会道，曾经和黑道的人用真刀真枪震慑过黑石沟的地痞丁汉，也曾经为了合股开矿出让了自己的情人桃儿。这是一个不安分、性格极其复杂的人物,也是我们常见的乡村内心有“狠劲”的人物。他是当上“麦河集团”的老总以后重新回到鹦鹉村土地上的。他希望村民通过土地流转加入“麦河集团”,实现鹦鹉村的集体致富。所谓土地流转是指土地使用权流转,土地使用权流转的含义,是指拥有土地承包经营权的农户将土地经营权(使用权)转让给其他农户或经济组织,即保留承包权,转让使用权。也有的地区将集体建设用地可通过土地使用权的合作、入股、联营、转换等方式进行流转,鼓励集体建设用地向城镇和工业园区集中。其要点是:在不改变家庭承包经营基本制度的基础上,把股份制引入土地制度建设,建立以土地为主要内容的农村股份合作制,把农民承包的土地从实物形态变为价值形态,让一部分农民获得股权后安心从事二、三产业;另一部分农民可以扩大土地经营规模,实现市郊农业由传统向现代转型。

土地对农民是太重要了。历朝历代只有处理好土地问题,乡村中国才有太平光景。对于农民来说,土地分下来容易合起来难。但土地流转不是合作化运动,它是充分自由的,可以流转也可以不参加流转。对乡村中国来说这当然是又一种新的探索。就鹦鹉村而言,由于曹双阳的集中管理和多种经营,鹦鹉村已经呈现出了新的气象,农民的生活和精神面貌发生了显著的变化。当然,长篇小说是写人物命运的。围绕麦河两岸土地流转这个“事件”,《麦河》在描绘冀北平原风俗风情的同时,主要书写了鹦鹉村民在这个时代的命运和精神状态。曹双阳是一个“能人”,但也诚如桃儿所说,这是一个患了“现代病”的人,他被金钱宰制,现代人所有的问题他几乎都具备。但他最终还是回到了土地,对土地的敬畏最终成就了这个能人。瞎子三哥的眼睛最后得以复明,这当然不是他说的“因果论”。但这个“大团圆”式的结局还是符合大众阅读趣味的。这个人物是《麦河》塑造的最成功的人物,他是乐亭大鼓的传人,是一个民众喜闻乐见的人物。在他身上我们才得以感受典型的冀北风情人物。应该说,就这个乐亭大鼓将《麦河》搅动得上下翻飞风情万种。可以肯定的是,关仁山对三哥这类民间人物和乐亭大鼓相当熟悉。他身边的苍鹰是个“隐喻”，这个鸟中之王，因为飞得高才看得远。三哥与苍鹰“虎子”是相互的对象，用时髦的话说，他们有“互文”关系。

《麦河》中桃儿这个人物我们在《九月还乡》中似乎接触过。她是一个来自乡村的卖淫女，但做过这类营生的人并非都是坏人。桃儿自从回到鹦鹉村，自从和瞎子三哥“好上”以后，我们再看到的桃儿和我们寻常见到的好姑娘并没有不同。她性情刚烈，多情重义。她不仅爱三哥，而且最终治好了三哥的眼疾使他重见光明。这里当然有一个观念的问题。自从莫泊桑的《羊脂球》之后，妓女的形象大变。这当然不是作家的“从善如流”或庸俗的“跟进”。事实上妓女也是人，只是“妓女”的命名使她们必须进入“另册”，她们在本质上与我们有什么区别吗？未必。桃儿的形象应该说比九月丰满丰富得多。如果说九月是一个从妓女到圣母的形象，那么桃儿就是一个冀北普通的乡村女性。这个变化可以说，关仁山在塑造乡村女性形象方面有了很大的超越。

中国的改革开放本身是一个“试错”的过程，探索的过程。中国社会及其发展道路的全部复杂性还没有被我们全部认识。它需要全民的参与和实践，而不是谁来指出一条“金光大道”。事实证明，在过去那条曾被誉为“金光大道”的路上，乡村中国和广大农民并没有找到他们希望找到的东西。但麦河两岸正在探索和实践的道路却透露出了某种微茫的曙光。但这一切仍然具有不确定性，双阳、三哥、桃儿们能找到他们的道路吗？我们拭目以待。

三、在“溃败”和重建之间的犹豫不决

与看到“整体性”的溃败和以理想主义的方式重建整体性不同的，是游离于两者之间的第三种叙事态度。这种叙事并不明确地反对或赞成当下中国乡村的变革方式，但在讲述方式上隐约透露了他们迟疑矛盾、犹疑不决的情感心理。这个矛盾一方面是小说人物在

城乡之间的尴尬处境和无辜无助决定的;一方面则是作家对乡村中国发展道路犹豫不决的态度决定的。贾平凹的长篇小说创作,大多与现实保持着密切的关系,特别是乡村中国现代性的问题。但是,值得注意的是,贾平凹的小说又不那么现实。在他的小说中,总是注入了他丰富的个人想象和个人经验,尤其是个人的心理经验。他那不那么现实的感觉或个人经验的加入,恰恰是小说最具文学性因素的部分。

《高兴》⑦是贾平凹第一次用人名做书名的小说。按照流行的说法,《高兴》是一部属于"底层写作"的作品。刘高兴、五富、黄八、瘦猴、朱宗、杏胡等,都是来自乡村的都市"拾荒者"。生存困境和都市的诱惑,使这些身份难以确定的人群开始了都市的漂泊生涯。他们维持生计的主要手段是拾荒。但是,面对中国最底层的人群,贾平凹并不是悲天悯人地书写了他们无尽的苦难或万劫不复的命运。事实上,刘高兴们虽然作为都市的"他者"并不是城市的真正主人,但他们的生存哲学决定了他们的生存方式。他们并不是结着仇怨的苦闷的象征,他们理解生活的方式艰难也坦然。坚强的女人杏胡在死了丈夫之后,她为自己做的计划是:一年里重新找个男人结婚,两年里还清一半的债务,结果她找到了朱宗结婚,起早贪黑地劳作真的还清了一半的欠债;她又订计划:一年还清所有的债,翻修房屋。两年后果然翻修了房屋还清了所有的债。然后她再计划如何供养孩子上大学、在旧院子盖楼、二十年后在县城办公司等。她说:"你永远不要认为你不行了,没用了,你还有许多许多事需要去做!"她认真地劳作,善良地待人,也敢于和男性开大胆的玩笑。杏胡的达观、乐观和坦白的性格,可能比无尽的苦难更能够表达底层人真实的生存或精神景况。

当然,刘高兴还是小说主要表达的对象。这个自命不凡、颇有些清高并自视为应该是城里人的农民,也确实有普通农民没有的智慧:他几句话就搞定了刁难五富的门卫,用廉价的西服和劣质皮鞋就为翠花讨回了身份证,甚至勇武地扑在汽车前盖上,用献身的方式制服了肇事企图逃逸的司机等，都显示了高兴的过人之处。但高兴毕竟只是一个来城里拾荒的边缘人，他再有智慧和幽默，也难以解决他城市身份的问题。有趣的是，贾平凹在塑造刘高兴的时候，有意使用了传统的“才子佳人”的叙事模式。刘高兴是落难的“才子”，妓女孟夷纯就是“佳人”。两人都生活在当下最底层，生活是否有这样的可能并不重要，重要的是贾平凹以想象的方式让他们建立了情感关系，并赋予了他们情感的浪漫特征。他们的相识、相处以及刘高兴为了解救孟夷纯所做的一切，亦真亦幻但感人至深。我们甚至可以说，刘高兴和孟夷纯之间的故事，是小说最具可读性的文字。这种奇异的组合是贾平凹的神来之笔，它不仅为读者带来了巨大的想象空间，也为作家的创作提供了许多可能。但是，也正因为是“才子佳人”模式，刘高兴和孟夷纯之间才没有发生“嫖客与妓女”的故事。他们的情感不仅纯洁，而且还被赋予了更高的精神性的价值和意义。贾平凹显然继承了中国古代白话小说和戏曲的叙事模式，危难中的浪漫情爱是最为动人的叙事方法之一。还值得注意的是，小说几乎通篇都是白描式的文字，从容练达，在淡定中显出文字的真功夫。它没有大起大落的情节，细节构成了小说的全部。我们通常都认为，小说的细节是对作家最大的考验，一个作家和一部作品，最精彩之处往往在细节的书写或描摹上。《高兴》在这一点上所取得的成就，应该说在近年来的长篇小说中是最为突出的。《废都》之后我们再没见到这样的文字，但在长篇小说进退维谷之际，贾平凹坚定地向传统文学寻找和挖掘资源，不仅为自己的小说创作找到了新的路径，同时也显示了他“为往圣继绝学”的勃勃雄心和文学抱负。

当然，《高兴》显然不只是为我们虚构一个“才子佳人”的浪漫故事。事实上，在这个浪漫故事的表象背后，隐含了贾平凹巨大的、挥之不去的心理焦虑，这就是：在现代性的过程中，中国农民将以怎样的方式生存。他们被迫逃离了乡村，但都市并不接纳他们。当他们试图返回乡村的时候，也仅仅是个愿望而已。不仅心难以归乡，就是身体的还乡也成为巨大的困难。五富的入土为安已不可能，他只能像城里人一样被火化安置。“高兴们”暂时留在了城市，也许可以生存下去，就像他们的拾荒岁月一样。但是，那与他们的历史、生命、生存方式和情感方式休戚与共的乡村和土地，将会怎样呢？他们习惯和熟悉的乡风乡情真的就这样渐行渐远地无可挽回了吗？因此，《高兴》虽然将情景设置在了都市，但它仍然是乡土中国的一曲悲凉挽歌。

《吉宽的马车》[8]讲述的是孙惠芬眼中的城与乡。这也是作家孙惠芬一直坚持书写的方向。作品讲述了一个懒汉的爱情故事。20世纪90年代中期，所有乡下男人都进城当民工的时候，吉宽依然留在乡下优哉游哉赶着马车，成为歇马山庄公认的懒汉。而一个叫许妹娜的山庄女孩，在城里打工时被小老板看中，让她回家等他娶她。可是青春等不住，许妹娜回家办嫁妆时，与赶马车的吉宽相爱了。但是许妹娜还是嫁走了，吉宽却再也无法在乡下怡然地待下去，弃马丢车开始了远离土地和自然的漂泊之旅。懒汉进城引出了装修老板、酒店小老板、普通民工等农村进入城市的各色人物的心路历程。他们经历着挫折、辛酸、精神上的磨难，而城市依然不属于他们。同时作品从一个乡村懒汉的视角，隐含批判的笔触写出了城市边缘人的另类生活。

《吉宽的马车》中的每个人似乎都有一个顽固的进城情结，这种“向城求生”的情结又扩展为一种强烈的几乎成为他们宿命和宗教的“向外”情绪。正是这种执拗而又不可遏制的情绪展现出乡下人渴望变革的行动和实现自身现代化的方式和努力。进城其实就是逃离乡村进入到城市中，在他们的想象中，城市就是能够挽救他们自身的地方。现代化的大众传媒极尽各种所能传播着现代城市的符码。衣着光鲜的俊男靓女，驾驶着闪烁金属质感光泽的香车宝马，利用现代科技衍生的便利迅捷的通信工具，穿梭于流光溢彩的写字间中，这一切构筑了一种优雅品质与效率至上兼顾的生活方式。这些符号化的影像在表达城市与乡村巨大反差的同时，也在塑造着一个关于城市的梦幻般的神话。事实上，真实的城市生活场景已经退居幕后，传媒中表达的“城市”与乡村相对的概念，它超越了形而下的地理位置，城市就像前方的明灯，让乡下人心中始终涌动着“现代性”的冲动和幻觉，给他们带来内心的骚动和渴望。在中国，乡村和都市不仅仅像西方那样以农村的城市化表明了中国现代化的进程，它还有特有的城乡二元结构模式，人为的城乡结构模式，使得农村和都市不仅仅体现了传统和现代的分野，而且还造就了极端复杂的心态，在这种乡村和城市的相互凝望中，充满了丰富的文化密码。城与乡的差异意味着两种完全不同的生活方式，两个完全不同的世界，因此进城意味着转折和起止。歇马山庄的人为了进城，为了心中不断涌动的幻觉，不惜低三下四，丧失尊严。吉宽对许妹娜的百般呵护和疼爱也不能留住她进城的脚步，许妹娜明知小老板拈花惹草的劣性但还是在乡亲们羡慕的眼神中义无反顾地嫁进城。在歇马山庄人的眼中城市意味着一种天然高于乡村的生活形态，“进城”几乎成了歇马山庄的一种“意识形态”。对城市的向往，在这里转化为他们痴迷甚至不可想象的宗教式的追求。

作家显然懂得变革对乡村的意义，她清楚地知道现代化的脚步已不容得停留和固守，所以面对黑牡丹、许妹娜、三哥这些人物看似荒唐、不可理解的行为，作者既没有道德化的声讨指责，也没有启蒙、理性的批判；摹写乡下人在城市中遭到的不公正待遇时没有把矛头转为对城市义愤填膺的批判；讲述乡下人在城市中野蛮阴暗的行径时也没有美化粉饰。作家借吉宽之口传达的既有乡下人的哀痛与幻灭，也有都市人的躁动与失落。乡村在中国文学的叙述中，一直就是一个不断被改写和遮蔽的暧昧之地，既可以作为或启蒙或大地般崇拜的对象，也可以作为民族寓言的表征，其寓言大于真实，意义大于形象。其实剥离出这种生存的真实，看到进城才是农村人世世代代挥之不去的光荣和梦想，才是一个中国现代化与最广泛的个体生命联系的命题，所以进城主题在当下语境中就别具意义了。

仅仅作为一厢情愿的“进城”远不是想象中那么简单。城市在盘剥了乡下人的体力与淳朴之后，并没有给予他们想要的尊严与梦想，黑牡丹为了留在城市甚至不惜出卖自己的亲生女儿，许妹娜遭到丈夫的蹂躏毒打监禁也坚决不离婚，林榕真屈死他乡，甚至农村出身进城落户多年的大哥也被毫不留情地驱逐了。虽然这个情节的设置有作家刻意用力的痕迹，但在真实的生活中城市棚户区住民的生活质量甚至更悲惨。城市的光怪陆离与弱肉强食超出乡下人的想象和心理经验，也直接威胁着城市人的生存。也许是预见了涉足这个“矛盾的旋涡”可能遭遇的困难，孙惠芬以一种并不高昂的语调讲述这个关于底层的故事。小说的结构是一个底层文学基本的叙事模式：农民离乡进城，在城市受尽盘剥，女的出卖肉体，男的出卖体力，最后被驱逐，但作者回避了底层叙事惯用的高调情绪或代言立场。

在小说的结尾，走出去的乡下人又回到了出走的乡下。光鲜的衣着、气派的车队以及车上满载的丰厚的物质，似乎证明了吉宽和黑牡丹都算得上衣锦还乡荣归故里。黑牡丹在众人的羡慕和认可中终于换来了清白的名声；乡亲们众星捧月般的礼遇也足以说明今日的“我”——成功的老板——已绝非彼时只能赶马车的懒汉吉宽。可是在欢闹的缝隙依然留下了无法挽回的苦涩。为什么黑牡丹回乡而不能回家？为什么看见倒置房，吉宽遭遇的只是“不期而至的悲伤”？归来的是人，归不来的是心。“乡愁，但已经无根。”无根，在文化的意义上，它征兆着传统价值准则、道德体系的崩溃，在社会学意义上，它意味着社区的瓦解，生活共同体的溃散。这就是乡土、乡下人不得不接受的现实宿命。所以，黑牡丹连夜走了，“我”只能在喝醉之后才能“看到天上的星星和银河”，“看到树上的鸟空中的云”，“听到嘚嘚嘚的马蹄声呼啦啦的风声”，才能听到自己编的歌儿。今日的乡土和乡下人亦如雅努斯神的两副面孔，乡土的诗意只能是存在于记忆中的感怀，现代的秩序更没有预留乡下人的位置。何处才是乡下人的归途，这是作品留给我们最大的困惑。

2010 年，刘亮程发表了《凿空》。《凿空》不是我们惯常理解的小说。它没有可以梳理和概括的故事和情节，没有关于人物命运升降沉浮的书写，也没有刻意经营的结构。因此与其说这是一部小说，毋宁说这是刘亮程对沙湾、黄沙梁—阿不旦村庄在变动时代心灵深处感受的讲述。在刘亮程的讲述中,更多呈现的是场景,人物则是镶嵌在场景中的。与我们只见过浮光掠影的黄沙梁—阿不旦村不同的是,刘亮程是走进这个边地深处的作家。见过边地外部的人,或是对奇异景观的好奇,或是对落后面貌的拒之千里,都不能理解或解释被表面遮蔽的丰富的过去,无论是能力还是愿望。但是,就是这貌不惊人的边地,以其地方性的知识和经验,表达了另一种生活和存在。阿不旦在刘亮程的讲述中是如此的漫长、悠远。它的物理时间与世界没有区别,但它的文化时间一经作家的叙述竟是如此的缓慢:以不变应万变的边远乡村的文化时间确实是缓慢的,但作家的叙述使这一缓慢更加悠长。一头驴、一个铁匠铺、一只狗的叫声、一把坎土曼,这些再平凡不过的事物,刘亮程津津乐道、乐此不疲。虽然西部大开发声势浩大,阿不旦的周边机器轰鸣,但作家的目光依然从容不迫地关注那些古旧事物。这道深情的目光里隐含了刘亮程的某种拒绝或迷恋:现代生活就要改变阿不旦的时间和节奏了。它将像其他进入"现代"生活的发达地区一样,人人都将被按下了"快进键","把耽误的时间抢回来"变成了全民族的心声。到了当下,环境更加复杂,现代、后现代的语境交织,工业化、电子化、网络化的社会成型,资源紧缺引发争夺,分配不平衡带来倾轧,速度带来烦躁,便利加重烦躁,时代的心态就是再也不愿意等。什么时候我们丧失了慢的能力?中国人的时间观,自近代以降历经三次提速,已经停不下来了。我们需要的是时刻看着钟表,计划自己的人生:一步到位、名利双收、嫁入豪门、一夜暴富、35 岁退休……[9]没有时间感的中国人变成了最着急最不耐烦的地球人,"一万年太久,只争朝夕"。这是对"现代"人浮躁心态和烦躁情绪的绝妙描述。但阿不旦不是这样。阿不旦是随意和惬意的:"铁匠铺是村里最热火的地方,人有事没事喜欢聚到铁匠铺。驴和狗也喜欢往铁匠铺前凑,鸡也凑。都爱凑人的热闹。人在哪扎堆,它们在哪结群,离不开人。狗和狗缠在一起,咬着玩,不时看看主人,主人也不时看看狗,人聊人的,狗玩狗的,驴叫驴的,鸡低头在人腿驴腿间觅食。”这是阿不旦的生活图景，刘亮程不时呈现的大多是这样的图景。它是如此平凡，但它就要被远处开发的轰鸣声吞噬了。因此，巨大的感伤是《凿空》中的“坎儿井”，它流淌在这些平凡事物的深处。

阿不旦的变迁已无可避免。于是，一个“两难”的命题再次出现了。《凿空》不能简单地理解为怀旧，事实上自现代中国开始，对乡村中国的想象就一直没有终止。无论是鲁迅、沈从文还是所有的乡土文学作家，他们一直存在一个不能解释的悖论：他们怀念乡村，他们是在城市怀念乡村，是城市的“现代”照亮了乡村传统的价值，是城市的喧嚣照亮了乡村“缓慢”的价值。一方面他们享受着城市的现代生活，一方面他们又要建构一个乡村乌托邦。就像现在的刘亮程一样，他生活在乌鲁木齐，但怀念的却是黄沙梁—阿不旦。在他们那里，乡村是一个只能想象却不能再经验的所在。其背后隐含的却是一个没有言说的逻辑——现代性没有归途，尽管它不那么好。如果是这样，《凿空》就是又一曲对乡土中国难以挽留的挽歌。

三种讲述，是乡村中国在历史大调整时代“三种不同的现实”，当然也是三种不同的逻辑。它千姿百态万花纷呈，这就是新世纪以来小说中讲述的当下乡村中国。

注释：

① 梁鸿：《梁庄》，载《人民文学》2010 年第 9 期。

② 孙惠芬：《上塘书》，人民文学出版社 2004 年版。

③ 阿来：《空山》三卷本，人民文学出版社 2009 年版。

④ 贾平凹：《秦腔》，作家出版社 2005 年版。

⑤ 周大新：《湖光山色》，作家出版社 2006 年版。

⑥ 关仁山：《麦河》，作家出版社 2010 年版。

⑦ 贾平凹：《高兴》，作家出版社 2007 年版。

⑧ 孙惠芬：《吉宽的马车》，作家出版社 2007 年版。

⑨ 见《新周刊》2010 年 7 月 15 日。

知识分子的“背叛”“出走”与“死亡”

——新世纪文学中的知识分子

当代中国对知识分子的形象书写，《青春之歌》建立了最初的思想规范和成长模型，这个规范的影响一直延续到80年代初期。我们在“反思文学”中看到的“右派知识分子”凯旋后所表达的“九死未悔”的信仰，事实上是林道静身份重建、思想再生的某种延续。他们经历了苦难，但苦难不能改变他们的思想信仰，或者说，恰恰是苦难更加坚定了他们需要守护的某种东西。这种“知识分子写作”的问题，在当代文学史的著作中已经得到了部分的清理。

知识分子作为被叙述对象不断地得到书写，特别是在社会转型的时代，对知识分子的触动会更加敏感。一个有趣的现象是，自20世纪90年代初《废都》出版后，或者说自庄之蝶出走之后，长篇小说中知识分子的“背叛”或出走的现象正前赴后继蔚为大观，他们成了新的“零余者”或“多余人”。这一现象我们在阎真的《沧浪之水》、张炜的《能不忆蜀葵》、张抗抗的《作女》、莫怀戚的《经典关系》、张者的《桃李》、王家达的《所谓作家》、董立勃的《米香》等大量作品中都可以看到。在文学观念已经分化的时代，为什么这些作家不谋而合地都选择了“背叛”或出走来放逐或处理自己的人物？知识分子为什么要再次踏上不知所终的人生之旅？这显然是一个值得我们阐释和分析的新的问题。

一、知识分子的“背叛”

在长篇小说中，知识分子面对现实特别是面对革命的矛盾、犹疑或彷徨的心态，在路翎的《财主底儿女们》中得到了最为充分、集中和真实的表达。但他们并不是一个“背叛者”的形象，于现实和心灵来说都是如此。知识分子背叛的典型形象，是红色经典《红岩》中的甫志高，他的小资产阶级知识分子的情操、趣味以及最后变节，在政治观念的支配下，得到了合乎逻辑的展开。但在80年代的文学叙事中，知识分子受难但政治节操坚定，改写了他们的动摇与不洁。这一叙事的真实性后来遭遇了难以辩解的质疑，而使其文学价值大打折扣。进入新世纪以来，知识分子的形象被重新书写，情感和节操的变节乃至“背叛”，使这个群体或阶层的形象令人触目惊心，他们的灵魂的复杂性和文学的丰富性相得益彰地得以揭示。

董立勃自《白豆》出版以来名声大噪。他身不由己地成了当下最抢手或最走红的作家之一。对一个作家来说，这是一件幸事还是一个苦难，可能只有作家自己能说清楚。现在看来，起码有一种煎熬是董立勃必须承受的。据我所知，《白豆》之后，他相继又写了两部和下野地有关的长篇小说，一篇是《静静的下野地》，一篇是我们要谈论的这部《米香》。一个作家要在同一题材上不断地深入开掘，讲出新的故事，写出新的人物，说出新的意思，这是相当困难的。这种自己提出然后又要超越的挑战，因为困难而变成煎熬。作家对自己有了新的要求，读者当然也希望作家能超越《白豆》。这两种期待的压力之大，作为局外人也可想而知。不久前，董立勃在这双重压力之下出版了他的新作《米香》。这部小说无论从题材还是背景，无论从人物还是故事，与《白豆》都有不难察觉的血缘关系——它们都孕育于遥远的下野地，它们都与人性、欲望、权力、暴力和那个特殊的历史时代密切相关。但是，《米香》作为下野地的另一个故事，它确实实现了董立勃对自己超越的期待。作为一个读者，在为作家感到庆幸的同时，也发现了其间的艰难、用力和几近极限的疲惫。

如果说，《米香》仅仅写了米香的单纯、美丽和献身、被骗后的放纵，这个故事除了时代环境不同外，也并无太多的新鲜之处。但是《米香》的不同凡响，就在于小说同时也书写了一个被命名为宋兰的女性。这两个女性命运、性格的对比，使《米香》在同样平实的叙述中，焕发出了小说几缕灿烂而意想不到的光芒。宋兰来自上海，是一个"支边"青年，米香是因家乡水灾逃难到下野地；宋兰有文化，能读《钢铁是怎样炼成的》，米香几乎大字不识。但是命运并没有按照她们身份的等级来给予安排。宋兰被牧羊人老谢强暴之后，还是嫁给了这个粗俗的土著。老谢塑造自己老婆的本土方式，主要是诉诸暴力，就在宋兰将被塑造的时候，她逆来顺受的性格发生了革命性的变化。在忍无可忍生不如死时，宋兰挥刀斩杀了老谢的爱犬阿黄，并以同样暴力的方式，改变了或者"颠覆"了老谢的暴力。从此，两个人的世界相安无事，相亲相爱双双感到过上了好日子。就在上海知青可以返回上海的政策颁发的时候，宋兰依然不为之心动，依然和老谢相依为命生活在她本不热爱然而又不能割舍得下野地。

米香的命运完全不同了。米香是小说的主角，在作家的设计中，她的命运理所当然地要曲折复杂。她虽然出身低微，是一个"盲流"，但她心性高，生得一副好皮囊，有浪漫天性，爱知识分子。这一出身和性格的矛盾，注定了米香悲剧性的命运。从人物自身来分析，米香无论出身如何，她完全有选择个人生活和爱情的权利。但是由于米香一定要爱有知识分子气质的许明，甚至不顾世俗社会的种种非议委身于他，结果她被欺骗了。许明在前途、功名和爱人之间选择了前者而抛弃了米香。这个毁灭性的打击彻底改变了米香，她同样无所顾忌地放纵自己的肉体，她试图以此来对抗或报复自己不公正的遭遇。这个放纵使米香虽然"过得比下野地任何一个女人都快乐"，但米香再也找不到自己想要的东西了。因此，米香才是下野地悲剧的真正主角。

除了时代的原因之外，酿成米香悲剧的直接原因是小说中的一个配角——“知识分子”许明。套用一句老话说，“性格即命运”。在小说中，米香应该是宋兰的位置，而米香的性格、浪漫和趣味也应该是宋兰的。但她们的性格阴差阳错地被作家置换了，于是她们都承担了本不属于她们命运的人生。偶然性和绝对化的书写，是《米香》最引人注目的地方。如果没有偶然性，就没有两个女人倒置的命运；如果没有绝对化，米香和宋兰的人生就不会这样震撼人心。她们都以绝对化的方式改变了自己。米香热爱知识分子使许明有了可乘之机，这个谦卑懦弱的知识分子是我们常见的形象，“始乱终弃”的叙事原型也是小说基本的结构方式。但这个知识分子在情感上的背叛却构成了米香悲剧具有决定性的偶然因素。如果没有许明的背叛，米香不会以放浪形骸的方式对待人生和身体。许明的背叛原因很简单，他曾是一个落难的“公子”，米香在最危难的时候爱上了他，米香的给予创造了一个不死的许明，但在“功名”面前，许明选择了“功名”而放弃了爱情。这个故事可能并不新鲜，但在新世纪作家仍以这个原型结构故事，则从一个方面表达了他对这个群体的怀疑或不信任，许明的历史不只是知识分子的前史，他们的故事在今天还在上演。

如果说《米香》中的许明是情感上的背叛，那么阎真《沧浪之水》中的池大为，就是知识分子节操和特立独行精神的背叛。当然，《沧浪之水》的丰富性和复杂性，可以从许多角度进行解读，比如知识分子与文化传统的关系、特权阶层对社会生活和精神生活以及心理结构的支配性影响、在商品社会人的欲望与价值的关系、他者的影响或“贱民”的心理恐慌等等。这足以证实了《沧浪之水》的创造性和它所具有的极大的文学价值。但在我看来，这部小说最值得重视或谈论的，还是在市场经济条件下对知识分子心态、选择的透视和关注，是它对知识分子在外力挤压下潜在欲望被调动后的恶性喷涌，是在与现实对话中的被左右与强迫认同，并因此反映出的当下社会承认的政治和尊严的危机。

小说的主人公池大为从一个清高的旧式知识分子演变为一个现

代官僚，其故事框架也许并没有超出于连式的奋斗模型，于连渴望的上流社会与池大为心向往的权力中心，人物在心理结构上并没有本质区别。不同的是，池大为的向往并不像于连一样出于原初的谋划。池大为虽然出身低微，但淳朴的文化血缘和独善其身的自我设定，是他希望固守的“中式”的精神园林。这一情怀从本质上说不仅与现代社会格格不入，与现代知识分子对社会公共事务的参与热情相去甚远，而且这种试图保持内心幽静的士大夫式的心态，本身是否健康是值得讨论的，因为它仍然是一种对旧文化的依附关系。如果说这是池大为个人的选择，社会应该给予应有的尊重，但是，池大为坚持的困难并不仅来自他自己，而且来自他与“他者”的对话过程。

现代文化研究表明，每个人的自我界定以及生活方式，不是来自个人的愿望独立完成的，而是通过和其他人“对话”实现的。在“对话”的过程中，那些给予我们健康语言和影响的人，被称为“有意义的他者”，他们的爱和关切影响并深刻地造就了我们。池大为的父亲就是一个这样的“他者”。但是，池大为毕业七年后，仍然是一个普通科员，这时，不仅池大为的内心产生了严重的失衡和坚持的困难，更重要的是他和妻子董柳、厅长马垂章、退休科员晏之鹤以及潜在的对话者儿子池一波已经经历了漫长的对话过程。这些不同的社会、家庭关系再造了池大为。特别是经过“现代隐士”晏之鹤的人生忏悔和对他的点拨，池大为迅速地时来运转，他不仅在短时间里连升三级，而且也连续搬了两次家换了两次房子。这时的池大为因社会、家庭评价的变化，才真正获得了自我确认和“尊严感”。这一确认是在社会、家庭“承认”的前提下产生的，其“尊严感”同样来源于这里。

于是，小说提出的问题就不仅仅限于作为符号的池大为的心路历程和生存观念的改变，事实上，它的尖锐性和严峻性，在于概括了已经被我们感知却无从体验的社会普遍存在的生活政治，也就是“承认的政治”。加拿大学者查尔斯·泰勒在他的研究中指出：一个群体或个人如果得不到他人的承认或只得到扭曲的承认，就会遭受伤害或歪曲，就会成为一种压迫形式，它能够把人囚禁在虚假的、被扭曲和被贬损的存在方式之中。而扭曲的承认不仅为对象造成可怕的创伤，并且会使受害者背负着致命的自我仇恨。拒绝“承认”的现象在任何社会里都不同程度地存在，但在池大为的环境里已经成为一种普遍的存在。被拒绝者如前期池大为，他人为他设计的那种低劣和卑贱的形象，曾被他自己内在化，在他与妻子董柳的耳熟能详的日常生活中，在他与不学无术浅薄低能的丁小槐丁处长、与专横跋扈的马厅长的关系中，甚至在下一代孩子的关系中，这种“卑贱”的形象进一步得到了证实。不被承认就没有尊严可言。池大为的“觉醒”就是在这种关系中因尊严的丧失被唤起的。现代生活似乎具有了平等的尊严，具有了可以分享社会平等关注的可能。就像泰勒举出的例证那样，每个人都可以被称为先生、小姐，而不是只有部分人被称为老爷、太太。但是这种虚假的平等从来也没有深入生活内部，更没有成为日常生活支配性的文明。尤其在我们的社会生活中，等级的划分或根据社会身份获得的尊严感，几乎是未作宣告、但又是根深蒂固深入人心的观念或未写出的条文。

现代文明的诞生也是等级社会衰败的开始。现代文明所强调和追求的是赫尔德所称的“本真性”理想，或者说我们每一个人都有一种独特的作为人的存在方式，每个人都有他或她自己的尺度，统一的“圭臬”已经死亡。自己内心发出的召唤要求自己按照这种方式生活，而不是模仿别人的生活，如果我不这样做我的生活就会失去意义。这种生活实现了真正属于我的潜能，这种实现，也就是个人尊严的实现。但是，在池大为面对的环境中，他的“本真性”理想不啻为天方夜谭。如果他要保有自己的“士大夫”情怀和生活方式，若干年后他就是“师爷”晏之鹤，这不仅妻子不答应，他自己最终也不会选择这条道路。如果是这样，他就不可能改变自己低劣或卑贱的形象，他就不可能获得尊严，不可能从“贱民”阶层被分离出来。

于是，“承认的政治”就这样在日常生活中弥漫开来。它是特权阶级制造的，也是平民阶级渴望并强化的。在池大为的生活中，马垂章和董柳是这两个阶级的典型，然后池大为重新成为下一代人艳羡的对象或某种“尺度”。读过小说之后，我内心充满了恐慌感，在今天的社会生活中，一个人将怎样被“承认”，一个人尊严的危机怎样才能得到缓解？知识分子在今天要坚持独立的精神立场，不背叛自己的心灵或超越现实的诱惑，显然还没有完成。

二、知识分子的“出走”

在20世纪的小说叙事中，知识分子的出走是一个经典性的场景。面对庞大的家族宗法制度和黑暗的社会现实，他们无法忍受又无可奈何，于是，不知所终的“出走”就成为许多作家处理知识分子命运的惯常手段。确实，知识分子究竟要走向哪里，没有人知道。林道静大概是一个例外，她虽然开始也是出走，但找到了“归宿”，因此她也成为中国“类成长小说”的第一位主人公。

新世纪开始，中国知识分子开始了新的“远足”。在许多小说中，“出走”是我们常见的以知识分子为主人公小说的结局。不同的是，他们不是受社会或他人的逼迫，而常常是一种自我放逐，一种宏大抱负幻灭后或是为了某种乌托邦假想而远走他乡。知识分子在这个时代的无力或不合时宜被再度证明。

莫怀戚的《经典关系》，是一部写普通人生活的小说，普通人的小说就是写日常生活的小说。但《经典关系》的普通人还是有区别的，它主要的叙述对象是一群可以称为“知识阶层”的群体——它的主要人物都是有高等教育背景的人。在当下的小说创作中，可能有两种题材最为引人注目：一种是年轻人，他们被称为“七十年代”，一种是“成功人士”，他们位高权重。这两个群体被表达出的生活方式和思想观念，都是令人触目惊心的。在不断的文学叙述中，我们会误以为社会生活的变化只限于这些特殊的群体或阶层。但是，读过《经典关系》之后，我们才有可能在作品中被告知，我们所生活的这个时代，确实发生了我们意想不到的变化。或者说，那不被注意的社会群体的日常生活的变化，才是真正的变化。

在以往的舆论或意识形态的表达中,“知识阶层”和他们坚守的领域,一直有一层神秘的面纱,他们在不同的叙述中似乎仍然是中国最后的精神和道德堡垒,他们仍然怀有和民众不同的生活信念或道德要求,他们仍然生活在手造的幻影当中。但事实上,在20世纪80年代中期,知识分子内部的变化就已经开始发生。不同的是,那时知识分子的“动摇”或变化还不是堂而皇之的,他们是怀着复杂的心情离开校园或书房的。进入90年代之后,曾经有过关于知识分子经商的大讨论。有识之士对知识分子经商给予了坚决的支持。现在看来,这场讨论本身就是知识分子问题的反映:这个惯于坐而论道的阶层总是纳于行动而敏于言辞。但对于勇敢的年轻人来说,他们没有顾忌地实现了自我解放,他们随心所欲地选择了自己喜欢的职业,同时也就选择了新的价值观念。如果说,1905年以前士大夫阶层死抱着从政做官不放,是那个时代的价值观念问题的话,那么,今天的知识阶层死抱着书本不放,其内在的问题并没有本质的不同。当社会提供了身份革命条件的时候,这个犹豫不决的群体总会首先选择观望,然后是指手画脚。

《经典关系》中的人物不是坐而论道的人物。他们无论是主动选择还是被动裹挟,都顺应了时代潮流,在他们新的选择中,重建了新的“经典关系”。经典关系,事实上是日常生活中最常见的关系,它是夫妻、父子、翁婿、师生、情人等血缘和非血缘关系。但人在社会生活结构中的位置发生变化之后,这些关系也就不再是传统的亲情或友情关系,每种关系里都隐含着新的内容,也隐含着利害和危机。“关系”是在欲望、金钱、利益的控制下,或者说是在自己的意愿之外重新建立的。在这种新的关系中发现“故事”,是作者非同寻常的艺术眼光。20世纪以来,我们就是生活在不同的“故事”当中,从“狂人”的故事、“阿Q”的故事、到“白毛女”的故事、“王贵李香香”的故事、到“林道静”的故事、“阿庆嫂”的故事、到“乔厂长”的故事、“废都”的故事等,每种故事都浓缩了我们生活的环境,都类似“镜像”一样,让我们既身置其间,又窥视到了我们的真实处境。“经典关系”

所具有的“镜像”作用，就这样与上述“故事”类似到了这样的程度。或者说，我们的生活仿佛是不真实的，而“经典关系”的生活比我们正在经历的生活还要真实得多。在《经典关系》的生活中，我们才有可能发现生活已经发生了什么，它虽然触目惊心，虽然惨烈、残酷，但我们必须面对它。

在作者构造的“经典关系”中，那个地质工程师的岳父东方云海处于中心的位置，但这个“中心”是虚设的。在脆弱的家庭伦理关系中，他的中心地位只是个符号而已，在实际生活中他真实的地位是相当边缘的，他难以参与其间。虽然儿女们还恪守着传统的孝道，但他已经不可能再以权威的方式左右他们的生活。他选择了自尽的方式结束自己的生命，与王国维结束自己的生命没有区别，他意识到了这个时代与他已经格格不入。茅草根、南月一以及东方兰、东方红、摩托甚至茅头，他们仿佛在故事中是叙述中心，但他们都不是中心。在故事中每个人都是以自我为中心，那个十岁的毛孩子，为和父亲争夺“姨妈”，甚至不惜开枪射杀他的父亲，使英俊父亲的眼睛只剩下了“一目半”。这个以“自我”为中心的“经典关系”一经发现，它的戏剧性、残酷性，我们在惊讶之余也不寒而栗。

这时，我们就不得不再一次谈论已经沦为陈词滥调的“现代性”。因为除此之外我们很难作出其他解释。现代性就是复杂性，就是一切都不在我们把握控制之中的历史情境。我们试图构造的历史也同时在构造着我们。谁也不曾想到，自以为是随遇而安的茅草根会被学生兼情人“裹挟”进商海，谁也不会想到东方红会那样有城府地算计她的姐姐，当然也不会想到茅草根的欲望会是那样的无边，最后竟“栽”在自己儿子的手中。“经典关系”是复杂的，但又是简单的。说它复杂，是人们必须生活在诸种关系中，没有这些关系也就失去了利益，欲望也无从实现；说它简单，是因为每个人都是以自我为中心。他们虽然良心未泯热情洋溢生机勃勃，但在这种危机四伏的关系中，谁还有可能把握自己的命运呢？茅草根以排演《川江号子》为由逃离了“经典关系”的网络，他似乎对艺术还情有独钟，但事实上茅草根同样是一种出走方式。唯利是图的经济"主战场"并非是他的用武之地,他只能以出走退回到他应该去的地方。

张抗抗的《作女》是一部奇异的小说。主人公卓尔是这个时代年轻女性的"运动"先锋,也是这个时代以求一呈的冒险家。我们不知道卓尔为什么要"作",她的"作"用世俗的眼光看来是难以作出解释的。她有稳定的工作、有稳定的收入、有良好的教育背景。她完全可以平静地对待生活,找个爱人安分守己地过日子。但这一切恰恰是卓尔厌倦或不屑的。我们不知卓尔要什么,我们知道的是卓尔就是要"卓尔不群"与众不同,在自我想象中不断构造自己不知所终的人生之旅。

卓尔"作"的欲望是一种普遍的欲望,不同的是,不是所有的人都敢于像卓尔那样"作",或者有条件去折腾。时代环境的相对宽松以及商业主义霸权的建立,调动或膨胀了人们潜隐的但又所指不明的躁动感,没有任何一个时代像今天这样让人既蠢蠢欲动又方位不明,每个人都有要做点什么的欲望但又不知究竟做什么,卓尔是放大了的我们每一个人。这是社会世俗化运动带来的必然后果,20 世纪 90 年代以后的小说,已经将这种后果描述得万花纷呈,特别是在知识阶层,卓尔只不过是个集大成者而已。因此,卓尔的欲望是超性别的欲望,无论男性女性,也无论是想象还是实践。在这个意义上说,这不是一部女性主义的作品。

我们分析卓尔的不安分,大概来自一种可能:就是为了自由的逃亡,她不能容忍任何来自世俗世界的束缚,她希望想做什么就做什么。卓尔在某种意义上实现了自己的期许,她辞了《周末女人》杂志的职务以后,开始了她"作"的旅途。但任何自由都是有限度的,绝对的自由是不存在的。我们发现,卓尔每一次异想天开的折腾,都不能离开她和周边的关系,特别是和三个男人的关系。通过卓尔的视角可以看到,老乔、卢荟、郑达磊这三个男人,事实上是三个不同的符号,他们分别和性、文明、金钱相关。如果这一指认成立的话,那么卓尔的折腾或"作",就始终与她的欲望联系在一起,也就是说,卓尔与其说要自由,毋宁说她什么都想得到。她确实部分地体验了自由的快乐:她可以随心所欲地到任何地方,可以心血来潮地与陌生人做爱,可以让爱她的男人招之即来挥之即去,可以通过自己的想象把握展示自己才能的机会……但结果她还是什么也没有得到。自由的代价只有卓尔自己知道,她会为去南极的资金发愁,会在夜深人静的时候因孤独而独自饮泣,在小说的最后,卓尔还是无可奈何地将自己放逐了,她完成的只是一场不知所终的“作女”运动。

卓尔的再次出走是意味深长的,20 世纪以来,在中国任何一个变动或转型时期,都不乏卓尔式的人物。他们要特立独行,要与世俗社会势不两立。但他们不会被社会所容忍,或者说社会不是为任何一个个人准备的。社会的意识形态是一个人进入社会的通行证,也就是说,一个人在什么样的程度上认同了意识形态,也就决定了一个人在什么样的程度上进入这个社会。20 世纪以来的“卓尔们”之所以屡战屡败,就在于他们没有取得这样的“通行证”。在一个身份社会里,卓尔抛弃了身份,她不但不要社会身份,而且不要家庭身份,她不要工作、不要丈夫、不要孩子,这是一种不作宣告的革命,对于社会来说,她之所以不被容纳,是因为她潜隐着某种令人不安的东西。但这也正是卓尔作为小说人物的成功。她内心的欲望是我们每一个人都有的欲望,但她比我们每一个人都强烈、勇敢,她集中了这个时代共同的想象并敢于实践,因此卓尔的“绝对化”恰恰是一个“典型”人物。当这个人物出走和我们告别的时候,我们记住并会怀念她。

三、知识分子的“死亡”

知识分子的死亡或背叛在西方早已被宣布。这一判词表达的是对知识分子的失望乃至绝望,是与对知识分子社会职能的理解相关。法国思想家朱里安·本达认为:知识分子其活动不是追求实际目的,而是从事艺术、学问及形而上学的思维,即追求达到获得超越的善那种愉悦的人类某个阶层。本达对知识分子职能的理解与康德和葛兰西是大体相似的。但是本达试图把一种永远的价值和冥想作为一种职责交给知识分子却遭到了指责。事实上,对知识分子背叛或死亡的指认,大都来自于对知识分子这一职能的理解。世纪初长篇小说的知识分子之“死”,虽然不是理论上的分析,但却是一个明确无误的隐喻。

青年作家张者的《桃李》可以看作是新《儒林外史》或新《围城》。《儒林外史》虽然尖刻,但也从一个方面表达或揭示出了这个阶层内心的问题。如果说在科举时代,入朝做官被知识阶层普遍认为是人生价值实现的话,能否做官就是他们最大的焦虑。1905 年科举制度终结之后,逐渐产生了现代知识分子,现代知识分子最明显的标志之一就是身份革命,他们可以做官,也可以不做官,可以当教师、报人、自由作家等,因此身份革命对知识阶层来说,是一个巨大的心灵的解脱。但这个解脱并不是说知识阶层不再有问题了。《围城》说的就是现代知识分子的故事。无论是《儒林外史》还是《围城》,都尖锐地讽刺了知识阶层存在的问题,揭示了他们内心世界的另一个方面。这也成为中国现代小说的非主流传统。主流传统是知识分子与“革命”的关系的问题,比如“革命文学”、比如路翎的《财主底儿女们》;50 年代知识分子的问题是思想改造的问题,80 年代“归来”的一代被叙事为如何保持了政治“贞节”的问题,就像婚姻一样,虽然怀里有“休书”,但仍然是“贞洁”的。主流传统引领了知识分子写作潮流之后,非主流的传统几乎断流,后来我们在李晓的《继续操练》中隐约又看到了知识分子卑微的愿望和有趣的景观。

进入 20 世纪 90 年代之后,校园知识分子的焦虑并没有得到缓解。《桃李》用非常幽默的方式,也可以说是《儒林外史》或《围城》的方式,揭示了当下知识分子的内心问题。这对后发的现代化国家是普遍的:首先面对的问题就是压抑过后的没有节制和边界的欲望释放。知识分子的欲望和社会的普遍欲望并没有本质的区别。当然小说是一种想象和虚构,但这种非写实的方式,却从一个方面透露了知识阶层真正的问题。《桃李》中的导师邵景文和弟子们的故事,就是当代世俗化运动中典型化了的故事。

这是一部非常有趣的小说,是一部超越了雅俗界限的小说。在当下严肃文学或通俗文学构成争论甚至对立的情况下,《桃李》提供了一个超越性的本文。也就是说,小说既可以写得好看,同时又具有深刻的思想内涵,不同的读者可以读出不同的东西。这就是小说的丰富性。如果分析起来,小说提供的多种符号是非常复杂的:教授、博士生、硕士生、老板、小姐、贫困的农民、恶霸乡里的干部;还有一夜情、弄假成真的爱情、死于非命的凶杀等。现代性就是复杂性和矛盾性。校园应该和社会保持一定的距离,因为大学是民族的精神堡垒,保持一定的距离,是大学保有自己独立性的一个前提条件。但红尘滚滚的今日中国,社会上存在的一切,大学几乎都不缺少,有的甚至表达得更充分。《桃李》虽然幽默,但它的尖锐性仍然清晰可辨。它无情地撕去了斯文的面纱,为我们展示了一个曾经神秘、神圣、净土般领域的虚假和矫揉。被学生称为"老板"的博士生导师邵景文,在这个时代好像恰逢其时,他意气风发志得意满。作为一个新时代的教授,精英知识分子和世俗世界所期待的一切,他都得到了。他开放、豁达,和学生关系融洽,因其学术地位和掌控的学院政治,他如鱼得水。但他也确实是"玩大了",最后,他的身体几乎像筛子一样地被情人捅了一百零八刀,而且每个刀口里都放了一枚珍珠。邵教授之死完全缘于他个人膨胀的欲望,当他不再履行知识分子职能,完全成为一个商人的时候,他的死亡就是知识分子的死亡。

与邵教授之死不同的,是王家达的长篇小说《所谓作家》中的作家胡然之死。在商品社会里,作家的光环正渐次褪去。这一现象的出现,不只源于社会价值观念的深刻变化,同时也与历史赋予作家的某中"神密"和荣誉有关。但当价值观念发生变化和作家的"解秘"过程业已实现之后,作家便不再是原来想象的作家。《所谓作家》也正是在这样的背景下产生的一部奇异的小说。应该说这是一部非常好看的小说,围绕作家胡然产生的一系列悲喜剧,不仅生动地描述了作家群体在这个时代尴尬的命运,塑造了性格迥异的作家形象,而且以苍凉、悲惋的基调为这个群体状写了一曲最后的挽歌。胡然、野风等短暂的生涯，以及他们或与风尘女子为伍，或用“文学权力”获得生命欢乐的满足与失意，事实上还都没有超出当下世风和消费主义的深刻影响，作家光环的褪落或者将作家还原为世俗世界的普通人，以及他们在“高雅”面纱掩盖下的心灵世界，彻底摧毁了作家现实生活与精神世界的最后一道防线。而围绕一篇文章构成的古城事件和作家们的最后命运和归宿，也似乎成了这个时代没落知识分子群体的缩影。

小说深刻地营造了胡然之死的社会环境和个人心理。他的主要精力是周旋于田珍、章桂英、杨小霞、沈萍四个女人的关系中，而他身边的古城艺术界的“四大名旦”以及渗透于古城每一个角落的文化和生活气息，都使人如再次重临“废都”一样。小说虽然也有概念化的问题，比如对见利忘义、水性杨花的女性的刻画，无论是性爱场面还是移情别恋，还只限于社会对类型化女性的一般理解，还没有上升到人物性格的层面，而对农村妇女田珍的始乱终弃和最后重修旧好，也示喻了一个知识分子与人民和土地的寓言，在这一点上，作家仍没有超越20世纪以来激进主义的思想潮流。但是，作品对旧式文人的刻画和批判，对他们趣味、情怀以及对待女性态度的否定，都达到了一定的深刻性。如果说邵景文之死是在当下世风支配下的欲望之死的话，那么胡然之死就是被时代抛弃的结果。这个时代不再为胡然们准备他们想要的一切。对他们而言，生存和精神的破产是迟早的事情，他们是旧文化最后的遗老遗少。因此，胡然的之死也是作家放逐或抛弃旧文化遗民的一种形式。

新世纪知识分子在小说中的形象：“背叛”—“出走”—“死亡”，这一过程很可能是一种巧合，或者是我们的一种“结构”，但它却从一个方面无意识地表达了这个阶层仍然没有解决的“身份”、归宿和精神漂流的问题。时代的发展使人文知识分子失去了曾经有过的优越，他们的不适和内心的不强大，使他们或是与社会、时代格格不入而被放逐和抛弃，或是最后走向死亡。如果是这样的话，那么这个阶层解决如何融入社会和自身角色的问题，其道路仍然是漫长的。

边缘文化与“超稳定文化”

——当下长篇小说创作中的两种倾向

一、边缘文化的重新书写

小说创作的普遍性危机，正在被我们所经历。这个危机的形成除了小说这种形式走过了它的鼎盛时期，必然要为其他形式——包括高科技制作的虚拟空间和其他娱乐形式所替代之外，更与现代人日复一日格式化和不断被复制的生活有关。我们已经没有新的经验可供书写。因此，当代文学从发生那天开始，所经历的是一条集体经验、个人经验再到感受性的道路。当作家不能提供新的写作经验的时候，表达感受就成为小说勉为其难的出路。

大概也正是缘于这一背景，小说从文化边缘地带和地域性知识中获取灵感和想象的现象才普遍发生。无论这是否能够成为一条小说的救赎之路，但可以肯定的是，这个策略延缓了小说之死的时间。我们发现在当下的小说创作中，边缘性、地域性的知识和经验被普遍的表达。比如阿来《空山》中机村的传说、铁凝《笨花》中“窝棚”的故事、贾平凹《秦腔》中的秦腔、范稳《悲悯大地》中的藏传佛教等等。作家从这些具有超稳定的文化结构中找到了他们希望找到的东西。在日常生活经验日趋匮乏的时代，重返历史，不仅适应了全球主流话语即保护口传与非物资文化遗产的呼声和潮流，而且也缓解了作家经验枯竭的危机。传说、神话等民族文化遗产，是边缘文化的一部分。在现代性的过程中，诱导享乐的大众文化的合理性被不断强化，传说、神话等作为过去的文化被不断遗忘。但是,“民歌、寓言和传说……在某些方面是一个民族的信仰、情感、感觉和力量的结果。一个人信仰因为他不知道,他想象因为他看不见,他受到自己诚实而单纯并且尚未发达的人性的激励。这实际上是历史学家、诗人、批评家、语文学家的一个大题目”。①过去的历史题材的小说创作,对正史的演绎充满了兴趣和热情,这与西方自黑格尔到斯宾格勒建构的历史哲学和本土的“史传传统”的巨大影响有关,而对包括传说、神话在内的民间文化的认识和发掘普遍缺乏兴趣。

苏童的《碧奴》是由三十多个国家共同参与策划的出版活动的一种。它是对“孟姜女哭长城”传说的重新书写。在当下的生活环境中,要想找到孟姜女的故事几乎是不可能的,也只有文化的童年时代才有可能出现如此浪漫和悲怆的情感故事。有趣的是,这个故事的男主人公被隐匿起来,他只是碧奴的一个想象,一个情有所系的乌托邦。也正因为如此,碧奴的决绝和坚忍的悲剧才感天撼地成千古绝唱。当然,作为资料极端匮乏的一个传说,我惊叹苏童的想象力和虚构能力。小说不仅用魔幻的方法将眼泪写到了极致,为碧奴最后哭倒长城做了有力的渲染和铺垫。重要的是,苏童用他奇异的想象和对民族文化的理解,将碧奴终于送到了长城脚下。这个过程大概是《碧奴》的紧要处。苏童说“孟姜女的故事是传奇,但也许那不是一个底层女子的传奇,是属于一个阶级的传奇”。这句自白非常重要。孟姜女时代的底层阶级如果可以类比的话,大概就是今天的农民工。按照过去阶级论的解释,这个阶级是最富于革命精神的。事实也的确如此,从陈胜吴广的大泽乡起义一直到社会主义革命政权的建立,农民阶级与革命的天然联系成为一个最大的神话。但在《碧奴》这里,这个阶级与我们惯常的理解发生很大的变异。孟姜女去长城的路上所遇到的羞辱、恐怖和困难,大都来自于同一阶级。乡兵、蒙面客、门客、车夫、痨病患者、卖糖人、假罗锅等等,这些人属于碧奴同一阶级,但这些人从来没有给碧奴任何帮助甚至倾听碧奴的述说。同一阶级的复杂性在碧奴去大燕山的路上被呈现出来。因此，送碧奴到长城脚下的过程，才显示了苏童的过人之处。

顾颉刚认为，与其说孟姜女故事的本来面目为民众所改变，不如说从民众的感情与想象中建立出一个或若干个孟姜女来，因为民众的感情与想象中有这类故事的需求，孟姜女的故事才得到凭借的势力而日益发展。他还注意到这个故事中民众和士流的思想分别，认为民众的东西，一向为士大夫阶级所压服。②但苏童的《碧奴》以当代的方式延续了这个民族传奇，作为“士大夫阶级”的苏童对这个传奇作了全新的诠释。当然，苏童也借助这个传奇延续了他的小说生涯。无论是全球性的对非物质文化遗产的救助行为，还是一个中国作家有意的写作策略，我都认为苏童“向后看”的意愿正确无比。在不断合理化的现代性过程中，地域性的经验和知识尤其显得重要。这是保有文化多元化的前提和保证。

当代小说在题材上的“当代性”，显示了作家对现实生活介入的热情和勇气，这当然是一种特别值得肯定的创作取向。但是另一方面，也在一定程度上反映了当代作家想象力和虚构能力的欠缺。虽然也有许多历史题材的作品发表，但更多的是革命历史题材。而对民族文化、风情、习俗等有能力书写的作家屈指可数，这确实反映了当代作家对民族传统文化的隔膜和陌生。对传统生活的书写，是发掘、检讨或继承传统的一部分。T. S. 艾略特正确地指出：“历史意识不仅与过去有关，而且和现在有关。历史感迫使一个人在写作时不仅在内心深处装着他自己那一代人，而且还要有这样一种感觉：从荷马开始的整个欧洲文学，以及包含在其中的他本国的文学是并存的，并且构成了一种并存的序列。这种历史意识，这种既是无时间的、又是有时间的、又同时是无时间和有时间的意识，使一个作者具有传统性。它也使作者最确切地意识到他在时间中的位置和他自己的当代性。”③

进入当代中国之后，包括生活情趣在内的传统的民间生活已不再被表达，那种生活先在地被指认为与当代生活是格格不入的。但事实远非如此。萨义德在讨论艾略特关于将过去、现在和将来联系起来的观点时,虽然指出了他的理想主义问题,但却承认了他中心思想的正确,这就是:"我们在阐述表现过去的方式,形成了我们对当前的理解与观点。[④]"青年作家徐名涛的长篇小说《蟋蟀》,是一部对传统文化和生活集中书写的作品。在当下长篇小说创作的整体格局中,《蟋蟀》肯定是一个例外,我们难以判断它是一个什么样的题材,也不能肯定它究竟要言说什么。可以肯定的是:这是一部离奇而怪异的小说,是一部情节密集又悬疑丛生的小说,它是一部关于过去的民间秘史,也是一部折射当代世风和私密心理的启示录。它在各种时尚的潮流之外,但又在我们时时更新却又万古不变的文化布景之内。故事的时间和背景都隐约迷离,我们只能在不确切的描述中知道,这是一个发生在清末民初期间、巢湖一带的姥桥镇陈家大院和妓院翠苑楼里的故事。大院的封闭性、私密性和妓院制度,预示了这是一段陈年旧事,它一旦被敞开,扑面而来挥之不去的是一种陈腐霉变的腐烂气息。这种气息我们既熟悉又陌生,既心向往之又望而却步:妻妾成群的陈天万陈掌柜、深怀怨恨的少东家陈金坤、风情万种的小妾阿雄、禀性难改的小妾梅娘、表面儒雅心怀叵测的义子王世毅、始终不在场但阴魂不散的情种秦钟以及一任管家两任知县等,各怀心腹事地款款而来。

这是两个不同的场景,一个是私人化的宅院,一个是公共化的妓院。但这两个不同的场景却隐含了共同的人性和欲望,在无数的谎言中上演了相似的爱恨情仇。陈家大院的主人陈天万陈掌柜一生沉迷斗蟋蟀,他的生死悲欢都与蟋蟀息息相关,在爱妾与蟋蟀之间他更爱蟋蟀,但他必须说出更爱小妾阿雄;小妾梅娘与少东家有染,与知县两情相悦,与义子王士毅有肌肤之亲并最终怀孕;王士毅表面儒雅但与妻子豆儿同床异梦,对收留他的义父陈掌柜的两个小妾虎视眈眈以怨报德;管家表面忠诚但对陈家家产蓄谋已久韬光养晦……但这一切都被谎言所遮蔽。院墙之外虽然传言不绝街谈巷议,但大院昏暗的生活仍在瞒与骗中悄然流逝。然而死水微澜终酿成滔天大浪,陈家大院更换了主人,那个只有母亲而父亲匿名的孩子,虽然身份暧昧，但因眉眼、提蟋蟀罐走路姿态和对蟋蟀的痴迷，使人们有理由相信了那就是陈掌柜的孩子。邻里释然大院宁静，但这个被命名为司钊的孩子，许多年过后，无论他的父亲是谁，可以肯定的是，他是又一个陈天万。他一定会承传陈家大院——也是中国传统生活中最陈腐却又魅力无边的方式。这个意味深长的结尾，也使《蟋蟀》成为一部"意味"深长的小说。

在故事的结构方式上，《蟋蟀》有两条明暗交织的线索：一条是长颚蟋的被盗；一条是秦钟的神秘之死。这两条线索几乎掌控了陈家大院所有人的心理和精神生活，所有人的恐惧和快乐无不与这两个秘密相关。秦钟不散的阴魂不仅笼罩在陈家每个人的心头，甚至惊动了两任知县。每每提及秦钟命案陈家上下便魂不守舍讳莫如深，其实这个令人惊恐的事件水落石出时并不那么复杂，但它却是提领小说的灵魂；陈掌柜虽然不至于玩物丧志，但他对蟋蟀的迷恋最终还是走向万劫不复，长颚蟋的被盗终于让陈掌柜心无所系一命归西。《蟋蟀》中的文化与传统中国的主流文化既有关系又有区别：达官贵人对享乐的迷恋与陈家大院在本质上是一样的，但他们同时也有或兼济天下或独善其身的情怀或抱负。不同的是，陈家大院作为颓废的民间文化，所散发的仅仅是无可救药的腐烂气。这种文化犹如风中的罂粟，摇曳中的凄美惨烈背后隐藏着致命的绝杀。我惊讶徐名涛对这种文化气味的熟悉、提炼和掌控能力，他对享乐的体悟和对颓唐之美的拿捏，既令人觉得不可思议，又让人忍俊不禁并生发出强烈的好奇心理和兴趣。这是东方奇观，也是华夏文化大地上的"恶之花"。

地理上的边缘，也常常是文化的边缘地带。所谓"天高皇帝远"而不在文化中心的视野之内。但20世纪80年代中期以来，处在地理边缘的青藏高原或者说藏传佛教文化，几乎成了文学题材的圣地。在这片不断被传诵的圣地上，不断绽放着神奇的文学雪莲——马原、扎西达娃、马丽华、阿来、范稳、安尼宝贝等作家，用他们的神来之笔不断述说着在这里发现的神奇故事。尽管如此，雪域高原仿佛依然悠远静穆深不可测，它的高深一如它久远的历史，在高贵的静默中放射着神秘、奇异、博大和睿智的光芒。事实上，高原的神奇显然不只是它的自然地貌风光风情，它更蕴含在像风光风情一样久远的历史文化中。谁接近或揭示了高原文化的秘密，谁才真正走进了高原的深处。

《悲悯大地》是作家范稳继《水乳大地》之后创作的又一部表现藏区历史文化的长篇小说。它不是格萨尔王式的英雄赞歌，不是部落土司的勇武传奇。它是一个藏区文化的“他者”试图透过重重迷雾，感悟和理解藏区文化的一部小说；是一个执着的文化探险家铤而走险坚忍跋涉发现的文化宝藏；是一个富有想象力的文学家构建的一个悬念不断层峦叠嶂的文学宫殿；是一个揭秘者在雪域云端追踪眺望看到的两个世界。因此，这部可以称为中国的《百年孤独》的作品，不仅具有极大的文学价值，而且具有较高的文化人类学的价值。小说表达的是一个藏人的成佛史，它以极端的想象描述了藏人阿拉西——洛桑丹增成佛的艰难而残酷的过程，并在这个过程中展现了教徒如何超越世俗世界进入宗教世界。我们不能回答或理解宗教对一个人的感召或吸引，因此也不能回答或理解阿拉西——洛桑丹增为什么花费了七个春秋、经历了世俗人生不能忍受的身体和精神的磨砺长跪山路去拉萨朝拜。但洛桑丹增高山雪冠般的尊严、意志和失去了所有的亲人所表达出的坚忍、悲悯，让我们在震惊不已的同时也被深深打动。那个神秘的世界距我们是如此的遥远，但令人心碎的洛桑丹增仿佛就在眼前。他终于找到了属于自己的佛、法、僧的“藏三宝”。《悲悯大地》动人心魄的魅力，就在于通过洛桑丹增成佛的过程展示了世俗世界不能经验也难以想象的另一个世界。漫长的朝拜路途，恰似藏区缓慢的宗教文化时间，因浓重而凝固，因缓慢而千年万年。当然，如果没有母亲、妻子、兄弟的“后援”，这个成佛过程是不能实现的。这个难以用世俗价值解释的故事，在雪域高原却有着坚实和稳固的文化基础。众多的喇嘛、上师以及各种仪式、民歌等等，藏区独特的宗教文化气息在小说中弥漫四方挥之不去。因此，是范稳以他对滇藏交界处和澜沧江两岸藏区文化的独特理解,真正走进了雪域高原的纵深处。

当然,作为一部杰出的文学作品,《悲悯大地》对世俗世界的描绘同样精彩绝伦。寻找世俗世界快刀、快枪、快马"藏三宝"的达波多杰也经历了难以计数的屈辱和磨难,他也找到了心仪已久的"藏三宝"。但他的仇怨、贪婪、世俗欲望并没有改变,苦难对他不是一心向善的磨砺,而是越发激起了他复仇、怨恨和仇杀的心理。达波多杰在和洛桑丹增的比较中,深刻地表达了两个世界的难以跨越。兄弟共妻的阿拉西、玉丹和达娃卓玛的婚姻温暖而凄楚,他们的礼让谦恭使这奇异的婚配充满了高原的诗意。这独特的爱情最后终结于朝拜路上,不仅使朝拜更加悲壮,而且也使这美丽的爱情悲剧充满了宗教色彩;但郎萨家族的兄弟却上演了叔嫂通奸的故事。达波多杰与嫂子贝珠的身体接触虽然被书写得干柴烈火惊心动魄,但千娇百媚的性爱背后隐藏的阴谋和杀机,可能更令人触目惊心。在世俗世界,即便是一个女人,一旦被权力或贪欲所掌控,她因野心而释放出的人性之恶可能会更加疯狂而无所不用其极。女人倾其所有要对象化的东西,她将不计后果。范稳对世俗世界的理解虽然没有在本质上超出我们的阅读经验,但他生动的描绘在更深刻的意义上留在了我们的印象中。贝珠用多年的牢狱代价换取了她的梦想,但她不能拥有幸福也是意料之中的。小说不仅有宗教和世俗两个世界的对比,而且在世俗世界中也有白玛坚赞和都吉、阿拉西和达波多杰,达娃卓玛和贝珠等的多种比较,使小说充分呈现了人性的丰富性和复杂性。

我还惊异于作家在小说中对魔幻现实主义的成功借鉴。20世纪80年代中期加西亚·马尔克斯的《百年孤独》在中国翻译出版之后,这个创作方法曾盛极一时。它山之石可以攻玉。许多当今名重一时的作家几乎都曾借鉴或模仿了这位来自拉丁美洲作家的创作方法,当然也包括书写藏区历史文化或当代生活的作家。但是,值得注意的是,每一种创作方法显然不只是个技术性的问题。事实上,它是对一个民族、一个族群、一个文化共同体历史传统和生活方式的文学理解。它是以极端甚至夸张的方式，试图在本质的意义表达出这个文化共同体的特殊性。当然，这个特殊性也只有在世界多元文化格局形成之后才有可能获得承认。因此，这个现象既是民族的，同时也是政治的。有趣的是，虽然我们可以明确无误地指认作家范稳借鉴了魔幻现实主义的方法，但我认为他是那样驾轻就熟水到渠成，毫无牵强生硬或临摹之感。小说中，传说与魔幻的现实无处不在：冰雹将软弱的东西打进一尺深的土地里；神巫斗法，豹子吃蟒蛇；骡子"勇纪武"可以与人对话；达娃卓玛与豹的搏斗；死去的玉丹轮回为守护的花斑豹，孩子危机时刻，花斑豹从天而降救出了豺狗嘴里的孩子；财主轮回为蛇仍是守财奴；人身分离上身依然说话；寻找"藏三宝"的达波多杰沦陷女儿国；等等。这些魔幻或超现实的情节，是作家奇异的想象，它可以因此获取诸多质疑。但在我看来，恰恰是这些超出我们经验的想象，才会在本质的意义上深刻有力地表现出高原藏区的历史和文化。这些想象未免夸张，但生活在传说和超验世界的民族群体，也唯有如此才能更形神兼具地表达出那种文化的奇异、悠远、神秘和博大。这既是文学的修辞需要，同时更是那种历史文化被表达的需要。在这一点上，范稳的努力使他得到了自己需要的东西。

小说虽然是描写"一个藏人的成佛史"，但同样在经验之外的作家范稳的诉求还是可以猜想的。他试图借助一种文化表达他对彼岸世界的理解和对现实世界的企盼或祈祷，一如他在《水乳大地》中所表达的思想和愿望。小说中的成佛故事我们难以做出价值判断，那种仁忍、悲悯，比苍天还博大宽广的心灵世界，除了让我们震撼、感动之外，几乎无话可说。但他对现实的世俗世界的揭示还是让我们看到了作家的焦虑和不安。他希望世间能够和平相处，希望人与人能够有更多的悲悯弥漫心灵。当然，这仅仅是文学家的想象。事实是没有任何一种宗教能够拯救人类，即便同是宗教，也还存在着"文明的冲突"。只要打开地图，战火和敌视就会在不同地区或狼烟四起或磨刀霍霍。但是，播撒的悲悯总有一天会化解、超越人类的仇恨，让人间布满福音。也许，这就是作家在高原深处发出的最后的祈祷和祝愿。

二、乡村中国的“超稳定文化”

文学确有属于它永恒的主题，这个问题已经而且还将被千百遍地谈论。比如对爱情、正义、善与美、英雄、勤劳等的歌颂，对邪恶、丑陋、怨恨、战争、贪婪等的批判等。这些在文学创作者和接受者那里已经获得了普遍的认同。但这些抽象的概念必须附着于具体的行为和文化方式才有可能得到具体的表达。在我看来，不同地区、种族、群体中，那些具有“超稳定”意义的文化结构，对族群的生活方式、行为方式、思维方式以及道德准则具有支配、控制功能的文化结构，就是文学应该寻找和表达的永恒的主题。这种具有“超稳定”意义的文化，虽然也处在不断被建构或重构之中，但在本质上并不因时代或社会制度的变迁发生变化。

这一“超稳定”的文化结构，在乡村中国表达得最为充分。百年中国文学史上，乡村中国一直是最重要的叙述对象。在现代文学起始时代，乡村叙事是分裂的：一方面，穷苦的农民因愚昧、麻木被当作启蒙的对象；一方面，平静的田园又是一个诗意的所在。因此，那个时代对乡村的想象是矛盾的。乡村叙事整体性的出现，与中国共产党建立现代民族国家的目标密切相关。农民占中国人口的绝大多数，动员这个阶级参与建立现代民族国家的进程，是被后来历史证明的必由之路。于是，自延安时代起，特别是反映或表达土改运动的长篇小说《太阳照在桑干河上》《暴风骤雨》等的发表，中国乡村生活的整体性叙事与社会历史发展进程的紧密缝合，被完整地创造出来，“乡土文学”从这个时代起被置换为“农村题材”。此后，当代文学关于乡村中国的整体性叙事几乎都是按照这一模式书写的，“史诗性”是这些作品基本的，也是最后的追求。《创业史》《山乡巨变》《三里湾》《红旗谱》《艳阳天》《金光大道》《黄河东流去》等概莫能外。“整体性”和“史诗性”的创作来自两个依据和传统：一是西方自黑格尔以来建构的历史哲学,它为"史诗"的创作提供了哲学依据;一是中国文学的"史传传统",它为"史诗"的写作提供了基本范型。于是,史诗便在相当长的一个历史时段甚至成为评价文艺的一个尺度,也是评价革命文学的尺度和最高追求。但是,这个整体性的叙事很快就遇到了问题,不仅柳青的《创业史》难以续写,而且 80 年代以后,周克芹的《许茂和他的女儿们》以"生活真实"的方式,率先对这个整体性提出了质疑。陈忠实的《白鹿原》对乡村生活"超稳定结构"的呈现以及对社会变革关系的处理,因远离了整体性而使这部作品具有了某种"疏异性"。在张炜的《丑行或浪漫》中,历史仅存于一个女人的身体中。这种变化首先是历史发展与"合目的性"假想的疏离,或者说,当设定的历史发展路线出现问题之后,真实的乡村中国并没有完全沿着历史发展的"路线图"前行,因为在这条"路线"上并没有找到乡村中国所需要的东西。这种变化反映在文学作品中,就出现了难以整合的历史。瓦解和碎裂的整体性叙事被代之以对"超稳定文化"的书写,这是当前表现乡村中国长篇小说最重要的特征之一。

铁凝的《笨花》,也是一部书写乡村历史的小说。小说叙述了笨花村从清末民初一直到 20 世纪 40 年代中期抗战结束的历史演变。但是,值得注意的是,国族的历史演变更像是一个虚拟的背景,而笨花村的历史则是具体可感、鲜活生动的。因此可以说,《笨花》是回望历史的一部小说,但它是在国族历史背景下讲述的民间故事,是一部"大叙事"和"小叙事"相互交织融会的小说。它既没有正统小说的慷慨悲壮,也没有民间稗史的恣意横流。"向家"的命运是镶嵌在国族命运之中的,向中和以及他的儿女向文成、取灯以及向文成的两个儿子,都与这一时段的历史有关系。但是,他们并没有、也不可能建构甚至成为这段历史的"缩影",尽管在向中和和取灯的身上体现了民族的英雄主义。小说真正给人深刻印象的,还是笨花村的日常生活,是向中和的三次婚姻以及笨花村"窝棚"里的故事。因此,《笨花》在这个意义上也可以看作对"整体性"的逆向写作。

笨花村棉花地里的"窝棚",是小说中的一个经典场景。它像一个暗夜笼罩的舞台:既有心神不定看花的男人,也有心情像棉花一样盛开的拾花的女人,既有游走的"糖担儿",也有喑哑的糖锣。无数个窝棚既扑朔迷离又充满诱惑,它是笨花村一道独特又暧昧的景观。它是笨花村的风俗,也是笨花村的风情。在这个场景里出入了与笨花村相关的各种人等,在笨花村,它是人所共知的公开的秘密。它像一个男女之事的"飞地",也是一个诱惑无边的肉体与棉花的民间"交易所"。但笨花村似乎习以为常,并没有从道德的意义上评价或议论它。除非在矛盾极端的时候,偶尔骂一句"钻窝棚的货"。但是,"窝棚"里的交易却在最本质的意义上表现着人的性格、秉性和善与恶。西贝牛、小治、时令、"糖担儿"、向桂、大花瓣、小袄子等,都与窝棚有不同的关系。甚至取灯最后也被日本鬼子糟蹋、杀害在窝棚里。

窝棚仅仅是小说大舞台中的一个角落,与窝棚有关的人物也不是小说中的主要人物。但在这个暗夜笼罩的角落里,小说以从容不迫的叙述,通过小人物照亮了过去许多抽象或不证自明的观念。比如"人民""民众""群众"等,他们被指认为与革命有天然的联系,而且神圣不容侵犯,他们是不能超越和置疑的。但在《笨花》中,他们既可以钻窝棚,也可以上学堂,既可以不自觉地参与抗日,也可以轻易地变节通敌。那个被命名为小袄子的年轻女孩就是一个典型。她不同于她的前辈向喜向中和,也不同于她的同代人取灯。她既没有旧式人物的民族气节,也没有新式人物的革命理想。她只是一个普通人,她在动荡年代只希望能够求得生存,但最后她还是被处决了。这样的人物也被动地参与了笨花村历史的书写。

《笨花》是一部既表达了家国之恋也表达了乡村自由的小说。家国之恋是通过向喜和他的儿女并不张扬但却极其悲壮的方式展现的;乡村自由是通过笨花村那种"超稳定"的关于"窝棚"的乡风乡俗表现的。因此,这是一部国族历史背景下的民间传奇,是一部在宏大叙事的框架内镶嵌的民间故事。可以肯定的是,铁凝这一探索的有效性,为中国乡村的历史叙事带来了新的经验。

当全球化、现代性、后现代性等问题在都市文学中几近爆裂的时候，我们会发现，真正具有巨大冲击力的小说，还是存在于对乡土中国的书写和表达中。原因并不复杂：一是当下中国最广大的地区仍然是没有发生本质变化的农村，这个本质性的变化，不是说乡村的物质生活仍处在原始状态，仍是老死不相往来的封闭或自足的状态，而是说在观念层面，即便在表面上有了“现代”的震荡或介入，“乡村”对“现代”的既向往又抗拒、既接受又破坏的矛盾，仍然是一个普遍的存在；二是在现代中国，对乡村的叙事几乎是“追踪式”的，农村生活的任何细微变化，都会引起作家强烈的兴趣和表达的热情。这就为中国的农村题材文学积累了丰富的经验，也正是这一极端本土化的文学形态，建构了一种隐约可见的“文学的政治”。但是，那种“超稳定”的乡村生活的表意形式或文化结构，如宗教、仪式、婚娶、娱乐、庆典乃至两性关系等风俗风情，则超越了时代甚至社会制度而延续下来，它强大的生命力远远在我们的想象之外。

在赵剑平的《困豹》中，权力支配关系在乡村日常生活中的表达是赤裸的。在当下心浮气躁的文坛，一个肯花 17 个寒暑创作一部长篇小说的作家，不能说绝后但应该是空前的，我们不得不对一个身处边地作家如此耐心深怀敬意。如果站在经济学的角度，赵剑平投入的时间成本实在是太高了。文学生产虽然不能用投入产出来衡量，但可以肯定的是，文学对时间的占有确实是必需的。它是一个严肃作家对自己的要求，也是对文学应该负有的严肃责任。

《困豹》是一部描写当下中国偏远乡村生活的小说，是一部借助生态环境的危机，表达或示喻乡村中国生存困境和精神困境的小说，是一部以独特和深刻的方式阐释中国问题和矛盾的小说，是一个在中国生活腹地的作家以极端和绝对的方式，抛弃了颂歌和赞美诗，以敢于说出真相的决绝创作出的杰作。在当下的文学语境中，如何以文学的方式正确地阐释中国，几乎是所有作家面对的共同困惑。我们必须承认，在发达地区，在中心城市，中国发生的变化有目共睹。在全球范围内，经济增长的一枝独秀和综合国力的不断壮大令世人瞩目。在东部沿海地区和内地发达城市，发达资本主义世界所有的图像在这里应有尽有。因此，当下中国被描述为已经进入"后现代"也并非耸人听闻。但是，中国的特殊性就在于它发展的极度不平衡性。由于历史、地域和经济发展战略等原因，中国最广大的地区仍然处于相当落后的状态，特别是落后地区的乡村，由于可耕土地不断萎缩、劳动力不断流入城市、封闭的环境对发展的制约等因素，使这些地区还停留在过去的水平上，那里的生活状态并没有发生根本性的变化。因此，落后地区、特别是乡村中国，可能更本质地表达着当下中国的问题和矛盾。这些看法不仅真实地存在于现实生活中，而且在大量描写乡村生活的文学作品中，同样触目惊心。

《困豹》或许可以被理解为一部表现"生态失衡"的作品，就如作家陈应松《豹子最后的舞蹈》一样。如果我们将《困豹》中为数不多的与动物有关的章节独立地拼接起来，这个看法是成立的。老豹子"疙疤老山"被现代文明追赶得几乎无立锥之地，它疲于奔命只为能够求得生存，在食物链早已断裂的年代，它不得不铤而走险殃及人类，然后人类更以十倍的疯狂和仇恨猎杀这个稀有的存在。它甚至找不到同类的异性伴侣，只能和一个被命名为"黑宝"的公狗相依为命，当黑宝被乱枪打死之后"疙疤老山"却生下了一个非豹非狗似豹似狗的怪物。这些情节或隐喻在小说中确实重要，它是作家以超验的想象对现实世界的另一种书写。因此，这些文字在小说中就不是可有可无的。但是，《困豹》毕竟不是一部专事描写动物生存状态的小说。在小说中，像"疙疤老山"一样处于生存困境和精神困境的是木家寨无数无奈无望的乡亲，是试图改变他们命运又束手无策无计可施的令狐荣和木青青。封闭甚至是与外界隔绝的木家寨，虽然在经济和生存状态上的时间几乎是凝固的，世风代变这里却以不变应万变，日常生活已接近破产；但不正之风却像瘟疫一样迅速地侵袭了这里：考试作弊、吸毒、拐卖妇女、强行绝育、隐瞒伤亡人口数字等等。许多场景惨不忍睹，特别是强制女性节育的场景既冠冕堂皇又惨绝人寰。镇政府的领导曹绍成要打一场"计划生育的歼灭战"，于是姑娘媳妇都被集合到小学的操场上。曹领导的讲话是:“我把丑话说在前面啦!镇人民政府这次下了很大的决心,你们也看见了,上上下下都动员起来了,就是要打一场计划生育的歼灭战,小学校就这么一个院子,四面都是围起来的,只要属于计划生育对象,今天有不听招呼的,就休想离开。”人群中“好多还是没有出阁的姑娘”,于是“惊场了”:

> ……可怕的事情发生了。这些疯狂的女流之辈踏着残垣断壁,潮水一样漫上街头。听不见胜利大逃亡的欢呼,只有奔生奔死的恐惧,与生俱来的恐惧。而这种原始的恐惧,也是盲目的恐惧,却像酵母一样,立刻在乡街上膨胀……人推着人,人追着人,人挤着人,人抓着人。一个人跌倒了,一拨人跟着被绊倒了。被死亡驱赶着的人群又潮水一般漫上来,踩着人,踢着人,拼命地往前冲……整个乡街痛苦地扭动着,颤栗着,嚎叫着,挣扎着。终于,这条独肠子街在一个薄弱的地方被胀破了,轰的一声响,几幢又低矮又古老的木屋在狂潮巨浪中晃了晃,便倒在地上。烟尘扑腾着,疯狂的人们一脸的血,一脸的泪,又踏着废墟往前冲……⑤

镇里的干部和外乡集调的手术队员还愣在那里的时候,一切都已经发生并结束了。这个场景是乡村中国人心破产的极端和典型的写照。可以想象,在这种统治和被掌控的环境里,民众的生存状态可想而知。因此,恶劣环境并不仅仅是物质的贫穷和自然环境的险恶,乡村中国“超稳定”的权力关系依然如故。这样,我们也能够理解为什么出走的姑娘再也不愿意回到家乡。

与此相关的是小说中两个主要人物——令狐荣和木青青。令狐荣是典型的乡村知识分子,他以教书为业,勤勤恳恳兢兢业业。他在乡里有很好的口碑和形象,但书生的懦弱终使他一事无成。他历尽千辛万苦寻找被拐骗的姑娘,但这个曾是自己学生的女性却不愿和他返回家乡。这个踏上漫漫长途千里寻人的故事,本来是一个既善且美的故事,但故事的结局却大大超出了我们的预料:令狐荣的举动在这个时代变得不仅荒诞而且迂腐,不仅被学生轻易“解构”而且被乡政府曲解。于是,这个乡村知识分子就成为一个怪模怪样不可理喻的古旧人物。从北京毕业返乡的木青青经历了一场大的政治风波之后,再也没有80年代大学生的那种高傲和狂放,也没有了启蒙知识分子的精神优越。他虽然后来也做了镇领导,但既未成家又未立业,他是这个时代令狐荣的身份接续者。他虽然不遗余力地推动集镇建设和改革,但他能够实现自己的愿望吗?他最后和烧掉了自己工厂的藤子双双离开家乡到南方下海。这是木青青试图以改变身份来反抗自己的命运,也试图超越令狐荣命运的决绝选择。在这一点上,知识分子确实有比一般民众优越的条件,但知识分子也只有实现身份变革才有实现独立精神空间的可能。这不仅为五四时代所证实,同时也为改革开放的时代进一步证实。因此,木青青的选择事实上是在重复他的前辈们宿命式的道路。

我惊异于赵剑平对当下知识分子存在状态和心态的真实刻画与书写。百年来知识分子英姿勃发、雄心大略、坐而论道、舍我其谁的气概和面貌已经荡然无存了。似乎他们实现个人价值的可能性只有下海经商,只能孑然孤旅。这也是一个“困豹”式的群体——既难以立足于生态艰难的世俗社会,也没有确切的精神宿地。因此,《困豹》不仅是豹子“疙疤老山”困境的描绘,同时也是对乡村中国和知识分子阶层生存困境和精神困境的真实书写——这既是赵剑平阐释中国的一个方法,也是赵剑平对乡村中国真实的呈现和最后的追问。

当下长篇小说的创作对边缘文化的意属和对“超稳定”文化的再发现,既是对都市复制式生活经验的反抗,也是对小说即将没落的再次救赎。都市的欲望已经删除了许多历史记忆,但是,“传统或乡民的概念,对照其对应的一面现代性而言,只是明月半弦。因此,被归于传统文化的那些特征是随着特定的理论家对自己社会的关注反向变化的”。[6]因此,当这一文学现象逐渐成为潮流的时候,其隐约可见的诉求确实是意味深长的。

注释：

① 德国神学家家赫尔德语，转引自户晓辉《现代性与民间文学》，社会学科文献出版社 2004 年 8 月版，第 87 页。

② 户晓辉：《现代性与民间文学》，社会科学文献出版社 2004 年 8 月版，第 125 页。

③ [以色列]爱德华・W. 萨义德：《文化与帝国主义》，生活・读书・新知三联书店 2003 年版，第 2 页。

④ 同上，第 3 页。

⑤ 赵剑平：《困豹》，人民文学出版社 2006 年 5 月版，第 331—332 页。

⑥ [以色列]约翰・R. 霍尔、玛丽・乔・尼兹：《文化：社会学的视野》，商务印书馆 2002 年 8 月版，第 83 页。

“文化乱世”中的“守成”文学

——新世纪中篇小说观察

2007年刚刚到来,大小媒体的文化狂欢是对2006年的文化记录与描述:十大关键词、十大文化事件、十大狂言、十大流行语、十大新闻、十大危机、十大语录、十大评选、十大明星、十大策划、十大丑闻、十大谎言等纷纷出笼;全民博客、恶搞、选秀、低胸无罪、抱抱团、“梨花体”、潜规则、学术梦工厂、裸诵、作家富豪排行榜等是被描述的核心事件。在这样的文化记录中,一个“文化乱世”的形象就被建构或塑造出来了。当然,在“注意力经济”的背景下,各路媒体以这样的策略“创意”出的大合唱,其诉求是不难想象的。如果我们沿着媒体“导向”的思路去评价当今文化生活的话,一个绝望的末世似乎不再遥远。应该说,这种被建构或塑造出的“文化乱世”的图景,在满足狂欢欲望的同时,却也极大地影响了社会对文学的评价。强势媒体在调动“从众”文化心理的同时,也淹没了不能进入大众媒体的其他文化现象。因此,大众传媒并没有为多元文化的建立提供支持和可能,它在彰显一种文化,也在排斥或挤压另一种文化。

在所有的文化都被娱乐化和事件化的时候,真正的文学因难以被娱乐化和事件化,就必然成为大众传媒排斥和挤压的对象。一个有趣的现象是,一方面现今的文学体制遭到强烈质疑,一方面恰恰是现今文学体制中的刊物在支撑着严肃文学的发展。如何评价这种现象是另外文章的话题,这里所要谈论的是,在娱乐文化淹没一切的新世纪,真正的文学不仅依然存在,而且以“守成”的姿态处乱不惊并取得了高端的艺术成就。在我看来,评价一个时代的文学,应该着眼于它的最高成就，这就像英国有了莎士比亚、俄国有了托尔斯泰、印度有了泰戈尔、日本有了川端康成、美国有了惠特曼、中国现代文学有了鲁迅等一样。如果将目光投向红尘滚滚的日常文化生活，可以说，任何一个国家的文化或文学都将会叙述出另外一种历史。但正因为有了这些伟大的文化或文学巨人，这些国家的文化和文学才被确认为典范而难以超越。

在新世纪的文学中，我认为中篇小说大概是最有可能代表这个时代高端文学成就的文体之一。20世纪80年代以来，中篇小说在大型文学刊物的推动下，有了极大的发展，为中篇小说的创作提供了丰富的经验；而中篇小说的容量和它传达的社会与文学信息，使它具有极大的可读性；大型文学期刊顽强的坚持，使中篇小说生产与流播受到的冲击降低为最小限度。文体自身的优势和载体的相对稳定，以及作者、读者群体的相对稳定，都决定了中篇小说在“文化乱世”中获得了绝处逢生的机缘。这也是中篇小说能够不追时尚、不赶风潮，能够以守成的文化姿态坚守最后的文学性成为可能。“守成”这个词在这个时代肯定是不值得炫耀的，它往往与保守、落伍、传统、守旧等想象连在一起。但在这个无处不变、无时不变的时代，“不变”的事物可能显得更加珍贵。这样说并不是否定“变”的意义，突变、激变在文学领域都曾有过革命性的作用。但我们似乎从来没有肯定过“不变”或“守成”的价值和意义。不变和守成往往被认为是“九斤老太”，意味着不合时宜和潮流。但恰恰是那些不变的事物走进了历史而成为经典，成为值得我们继承的文化遗产。在这个意义上，中篇小说很像是一个当代文学的“活化石”（短篇小说在这个意义上也可以成立）。当然，从来没有一成不变的“不变”，这个“不变”是指对文学信念的坚持和对文学基本价值的理解。在这个前提下，无论中篇小说书写了什么，都不能改变它的基本性质。观察新世纪的中篇小说，它的守成特征可以在以下的表达中得到证实。

一、文学的新人民性

对当下文学诟病最多的，大概就是文学与现实关系的问题。最具代表性的是在《思想界炮轰文学界：当代中国文学脱离现实》的综合报道中的“愤怒声讨”。“思想界”的学者认为：“中国主流文学界对当下公共领域的事务缺少关怀，很少有作家能够直面中国社会的突出矛盾。”“最可怕的还不只是文学缺乏思想，而是文学缺乏良知。”“在这块土地上，吃五谷杂粮长大的小说家中，还有没有人愿意与这块土地共命运，还有没有人愿意关注当下，并承担一个作家应该承担的那一部分。”①这些批评，如果是针对那些面对消费市场的一般文学读物或畅销书，是能够成立的，但如果面对的是当下文学创作的整体，只能说“思想界”对当下文学所知甚少。事实上，能够代表当下文学高端艺术成就的作品，恰恰很少走进公共领域甚至“思想界”专家的视野。真实的情况是，新世纪以来，中篇小说对中国现实生活或公共事务的介入，已经成为最重要的特征之一。对底层生活的关注、对普通人甚至弱势群体生活的书写，已经构成了新世纪中篇小说的新人民性。

当然，在商业霸权主义掌控一切的文化语境中，中国社会生活的整体面貌不可能在文学中得到完整的呈现：乡村生活的乌托邦想象被放弃之后，现在仅仅成了滑稽小品的发源地，它在彰显农民文化中最落后部分的同时，在对农村生活“妖魔化”的同时，遮蔽的恰恰是农村和农民生活中最为严酷的现实；另一方面，都市生活场景被最大限度地欲望化，文学并没有提供真正的都市文化经验。两种不同的文化在商业霸权主义的统治下被统一起来，他们以“奇观”和“幻觉”的方式满足的仅仅是文化市场的消费欲望。这一现象背后隐含的还是帝国主义的文化逻辑。“历史终结”论不仅满足了强势文化的虚荣心，同时也为他们的进一步统治奠定了话语基础。但是，事情远没有这样简单。无论在世界范畴内还是在当下中国，历史远未终结，一切并未成为过去。西方殖民主义对第三世界的压迫,被置换为跨国公司或跨国资本对发展中国家的资本和技术的统治,冷战的对抗已转化为资本神话的优越。强权与弱势的界限并没有发生本质的变化。这一点,在西方左翼知识分子和第三世界知识分子的批判中已经得到揭示。在当下中国,现代化的进程"与魔共舞",新的问题正在形成我们深感困惑的现实。但是我们发现,在消费意识形态的统治下,还有作家有直面现实的勇气。在他们的作品中,我们发现了中国当下生活的另一面。由于历史、地域和现实的原因,中国社会发展的不平衡性构成了中国特殊性的一部分。这种不平衡性向下倾斜的当然是底层和广大的欠发达地区。面对这样的现实,我们在强调文学性的同时,作家当然有义务对并未成为过去的历史和现实表达出他们的立场和情感。在这个意义上说,作家在表达他们对文学独特理解的基础上,同时也接续了现代文学史上"社会问题小说"的传统。

北北是新世纪声名鹊起的小说家,她的书写对象都是来自底层的"小人物"。《王小二同学的爱情》里的王大一、蓝彩荷、肖虹、肖君;《有病》里的陆多多、王二颂;《寻找妻子古菜花》里的李富贵、古菜花、奈月等。对底层人群生存状况和心理环境的关注,是北北小说最动人的地方。这些人物,一方面表达了底层阶级对现代生活的向往、对现代生活的从众心理;一方面也表达了现代生活为他们带来的意想不到的后果。王小二只有八岁就会写情书,王大一因现代资讯的影响怀疑王小二不是自己的儿子,为了报复妻子蓝彩荷而北上做生意,与肖虹、肖君姐妹同居,期待这两个如花似玉的北国姑娘给他生一个自己的儿子,结果酿出了一出让人啼笑皆非的悲喜剧;《有病》中的陆多多如果没有现代都市欲望的诱惑,她也不会得最时髦的艾滋病。北北在她的小说中注入时代内容的同时,仍然以一种悲悯的情怀体现着她对文学最高正义的理解。我们在儿童王小二的经历中,在王大一的"现代愚昧"中,在陆多多惨遭不幸的短暂生涯中,在王二颂本能、素朴的"剪不断、理还乱"的人性矛盾中,在李富贵寻妻、奈月坚贞的爱情中，读到了久违的震撼和感动。北北以现代的浪漫、幽默和文字智慧，书写和接续了文学伟大的传统。她提供的悲悯情怀，以及对文学正义的坚持和重新书写，为文学提供了新的活力。北北的小说始终关注人的心灵苦难，日常生活的贫困仅仅是她小说的一般背景，在贫困的生活背后，她总是试图通过故事来状写人的心灵债务。《转身离去》叙述的是一个志愿军遗孀芹菜卑微又艰难的一生。短暂的新婚既没有浪漫也没有激情，甚至丈夫参加志愿军临行前都没有回头看上她一眼。这个被命名为"芹菜"的女性，就像她的名字一样微不足道，孤苦伶仃半个世纪，她不仅没有物质生活可言，精神生活同样匮乏得一无所有。她要面对动员拆迁的说服者；面对没有任何指望和没有明天的生活，她心如古井又浑然不觉。假如丈夫临行前看上她一眼，可能她一辈子会有某种东西在信守，即便是守着一个不存在的婚姻或爱情，芹菜的精神世界也不致如此寂寞和贫瘠；假如社会对一个烈士的遗孀有些许关爱或怜惜，芹菜的命运也不致如此惨不忍睹。因此，"转身离去"，既是对丈夫无情无义的批判，也是对社会世道人心的某种隐喻。

陈应松多年来深居简出往返于神农架山区。他的"神农架系列"小说引起了极大的反响。《松鸦为什么鸣叫》《望粮山》《豹子最后的舞蹈》《马斯岭血案》《太平狗》等作品，以绝对和极端的方式书写了苦难的凄绝。《豹子最后的舞蹈》中，孤独地行走于山中的豹子，几乎没有藏身之地，笼罩在豹子周围的是一种灭顶的绝望。豹子的苦难可以找到施加的对象，但如同豹子般绝望的人物伯纬，也在最后舞蹈，却找不到施加的对象在哪里。能把苦难写到这样的绝对和极致，是陈应松小说的力量所在。

对现实生活的关注以及在文学界引发的争论，是文学创作和批评介入公共事务的典型事件。争论仍在继续，创作亦未终止。曹征路对工人阶级的生存状况关注已久。2005 年，他的《那儿》轰动一时。我在《中国的文学第三世界》一文中对《那儿》曾有如下评价：曹征路的《那儿》是一部正面反映国企改革的力作。它的主旨不是歌颂国企改革的伟大成就,而是意在检讨改革过程中出现的严重问题。国有资产的流失、工人生活的艰窘,工人为捍卫工厂的大义凛然和对社会主义企业的热爱与担忧,构成了这部作品的主旋律。当然,小说没有固守在“阶级”的观念上一味地为传统工人辩护,而是通过工会主席为拯救工厂上访告状、集资受骗,最后无法向工人交代而用气锤砸碎自己的头颅,表达了一个时代的终结。工会主席站在两个时代的夹缝中,一方面他向着过去,试图挽留已经远去的那个时代,以朴素的情感为工人群体代言并身体力行;一方面,他没有能力面对日趋复杂的当下生活和“潜规则”。传统的工人阶级在这个时代已经力不从心无所作为。小说中那个被命名为“罗蒂”的狗,是一个重要的隐喻,它的无限忠诚并没有换来工会主席的爱怜,它的被驱赶和千里寻家的故事,感人至深,但它仍然不能逃脱自我毁灭的命运。“罗蒂”预示的工会主席的命运,可能这是当下书写这类题材最具文学性和深刻思想性的手笔。如果是这样,我认为《霓虹》堪称《那儿》的姊妹篇,它同样令人惊心动魄。不同的是,那个杀害下岗女工(也是一个暗娼)的凶手终于被绳之以法,但对那个被杀害的女工而言已经不重要了。对我们来说,重要的是在这篇作品中,我们看到了一个从生活到心灵都完全破碎了的女人——倪红梅全部的生活和过程。她生活在人所共知的隐秘角落,但这个公开的秘密似乎还不能公开议论。倪红梅为了她的女儿和婆婆,为了最起码的生存,不得不从事最下贱的勾当。但她对亲人和朋友的真实和朴素又让人为之动容。她不仅厌倦自己的生存方式,甚至连自己都厌倦,因此想到死亡她都有一种期待和快感。最后她终于死在犯罪分子的手里,只因她拒绝还给犯罪分子两张假钞嫖资。

在这一文学现象中,青年作家胡学文的《命案高悬》是特别值得重视的。一个乡村姑娘的莫名死亡,在乡间没有任何反响,甚至死者的丈夫也在权力的恐怖和金钱的诱惑下三缄其口。这时,一个类似于乡村浪者的“多余人”出现了,他叫吴响。村姑之死与他多少有些牵连,但死亡的真实原因一直是个谜团,各种谎言掩盖着真相。吴响以他的方式展开了调查。一个乡间小人物——也是民间英雄，要处理这样的事情，其结果是可以想象的。于是，命案依然高悬。

胡学文在谈到这篇作品的时候说：

> 乡村这个词一度与贫困联系在一起。今天，它已发生了细微却坚硬的变化。贫依然存在，但已退到次要位置，困则显得尤为突出。困惑、困苦、困难。尽你的想象，不管穷到什么程度，总能适应，这种适应能力似乎与生俱来。面对困则没有抵御与适应能力，所以困是可怕的，在困面前，乡村茫然而无序。
>
> 一桩命案，并不会改变什么秩序，但它却是一面高悬的镜子，能照出形形色色的面孔与灵魂。很难逃掉，就看有没有勇气审视自己，审视的结果是什么。
>
> 堤坝有洞，河水自然外泄，洞口会日见扩大。当然，总有一天这个洞会堵住，水还会蓄满，河还是原来的样子——其实，此河非彼河，只是我们对河的记忆没变。这种记忆模糊了视线，也亏得它，还能感受到一丝慰藉。我对乡村情感上的距离很近，可现实中距离又很遥远。为了这种感情，我努力寻找着并非记忆中的温暖。②

这段体会说得实在太精彩了。表面木讷的胡学文对乡村的感受是如此的诚恳和切实。当然，《命案高悬》并不是一篇正面为民请命的小说。事实上，作品选择的也是一个相当边缘的视角：一个乡间浪者，兼有浓重的流氓无产者的气息。他探察尹小梅的死因，确有因自己的不检点而忏悔的意味，他也有因此在这个过程中洗心革面的潜在期待。但意味深长的是，作家“并非记忆中的暖意”，却是通过一个虚拟的乡间浪者来实现的。或者说，在乡村也只有在边缘地带，作家才能找到可以慰藉内心的书写对象。世事似乎混沌而迷蒙，就如同高悬的命案一样。但这些作品却以睿智、胆识和力量洞穿世事，揭示了生活的部分真相。

有一种还没有浮出水面但却潜隐已久的看法在暗中流传，这就是，文学更应该是精神层面的东西，它与人的生存状况没有关系，生存的幸与不幸并不能决定文学的存在。这个看法如果前面半句是对的话，那么后面这半句就是不折不扣的胡言乱语。这种伪“精神贵族”的装腔作势也不是从他们开始，鲁迅先生早年批判的那一路人可以看作是他们的始祖。文学是关注和处理精神事务的领域，但是，任何精神都不是玄想和空穴来风。特别在中国，关乎生存、关乎正义、关乎良知的问题，在文学中并没有得到彻底解决。有些人可以关心“纯精神”“纯文学”的问题，但你不能阻止或批评别人关注或关心现实问题。更何况我不知道他们那个“纯精神”“纯文学”指的究竟是什么，是不是只有发生在“知识分子”那里的事情才是精神的？是不是只有他们关心的问题才是精神的？是谁设置了这种权利关系或等级关系？这种假贵族、伪中产的面孔，事实上要建构的是一种中产阶级的意识形态的合法性甚至是统治性。他们可以在咖啡屋里的烛光下空谈“精神”和“文学”，但别人也有权利关心底层人的生存状况和苦难。在他们看来，关注现实和关注精神是完全对立的，是不能兼顾的。我不知道关注现实的问题、生存的问题为什么就不在他们要谈论的那个精神范畴内。

在中国当下，不仅存在城市与乡村的巨大差别，同时也存在两种不同的文化时间。在发达的中心城市，我们可以将文化时间概括为“现代”“后现代”，那里的生活方式表面上与发达资本主义国家确实没有什么差别，健身房、咖啡屋、酒吧、超市、影楼、星巴克、星级酒店和高级文化活动。但在乡村特别是偏远的老少边穷地区，民众没有条件享受这一切。那里的生产方式、生活方式和17世纪并没有本质的改变。这种传统的生活方式不仅使人们仍然生活在“过去”，而且这种生活方式也培育了他们的情感方式和思维方式。他们认为生活在那种虽然落后但熟悉的环境中是安全的，甚至是有价值的。夏天敏的《飞来的村庄》是一个有着魔幻现实主义外壳的现实主义小说。一次意外的山体滑坡，将“望云村”从一个落后的边远地区挪移到了一个发达的地区，这种因“自然”力量的不可抗拒，使“望云村”瞬间实现了从前现代向现代的过渡。它像梦幻一样不真实。真实的是它的行政隶属关系发生了变化。有趣的是,曾经管辖的行政单位和现在实际隶属的行政单位,都表示了对望云村的关怀。不仅来了领导,也送来了渡过难关的金钱和物资。但事实上,两个行政单位都不愿意再接管这个落后的村落和贫困的人群。领导各怀心事,原来的行政区希望这个村庄留下来,现在的行政区希望他们回去。村民表决的结果是回到过去。这个结果意味深长。村民对故土、乡情、亲情的迷恋,从一个方面表达了中国农村从前现代向现代转换的艰难。民间意识形态的力量,对偏远农村来说仍然具有巨大的不可抗拒性。他们甚至拒绝发展,拒绝向现代迈进。对前现代的这种迷恋,是对现代的恐惧,是对不熟悉生活方式的一种逃避。因此,夏天敏在批判官僚主义和行政腐败的同时,也批判了中国农民那种守旧的惰性和愚昧麻木的国民性。

与这个小说在精神上有联系的是《贴在大山上的邮票》。电影放映员刘超民已经退休,在城里过上了富足安逸的日子,但他就是觉得好像生活里缺了些什么。于是他想起了自己曾经有意思的生活,那就是在山里放映电影的日子,这是一种生活认同,当然也是一种文化认同。你可以说这是一种怀旧、是对前现代的怀恋,但老刘显然有他的道理。如果老刘的方式可以指责的话,那么为什么中产阶级和资产阶级到乡村过田园生活不仅没有遭到指责,反而成为一些人艳羡的对象。于是他又扛起了放映机,又来到了山里,免费为乡亲们放电影。他意想不到的是,这种非经营性的活动,也要受到行政部门和工商部门的干预,这种干预不是因为别的,乡干部认为老刘没把他们放在眼里:一个外来人居然可以不和他们打任何招呼,想干什么就干什么。于是,工商部门到了放映现场,农民观众和工商干部发生了冲突。那个场景非常有意思,工商干部虽然人少,但拿着话筒,农民人多但靠自己的嗓音。人少的反而有声势,人多的只能靠身体。他们最后的抵抗也是“把我们全抓去”吧。用自然的身体对抗“现代”的结果是可想而知的。这个场景深深地刺激了老刘,没有人明白这是为什么。事实的确如此，老刘想象的那个曾经的山村已经不是过去的山村，现代行政管理的弊端在偏远的山村也不能幸免。

《只有一个好人的村庄》，讲述的也是前现代与现代冲突的故事。它应该是望云村的前史。那里有民间传奇、西南响马和土匪。类似部落酋长的廖叔廖吉祥，曾带领村民以抢劫过日子。但他又像“犯人李铜钟”，在村民因饥饿而生死攸关的时候，一个“抢”字救了村民。但他曾经收养的义子背叛了他，养子长生对象征“现代”的干部制度充满了渴望，他无比荒唐地谄媚邀宠，甚至不惜伤害养父，在人性与欲望之间，他选择了后者。但在生死攸关的时刻，是养父廖叔慷慨赴死救下了长生。这个故事感人至深。廖叔的多情重义虽然具有浓重的民间性质，但难道说那不是属于“精神范畴”的事件吗？

我注意到，夏天敏在书写当下中国农村生活的时候，批判的锋芒没有犹豫地指了制度存在的问题，特别是那些作威作福的“山大王”似的干部。另一方面，他也以“怒其不争，哀其不幸”的心情，在表达农民生活和精神苦难的同时，也批判了隐含于中国民间传统中的落后的习俗和惰性。他对“现代”“传统”这样的概念都是怀有质疑的。他的概念和话语虽然仍在启蒙主义的框架之内，但需要我们思考的是，他究竟为我们当下的文学带来了什么。文学不负责解释和证明一切，它只负责对生活的呈现、感受和理解。虽然夏天敏在艺术上还有值得商榷的问题，比如对乡村生活“同质化”的理解，使他的小说在总体氛围上缺乏变化，结构也大同小异。但由于他对中国乡村生活、特别是滇东北地区农村生活的熟悉和了解，他的小说在漫长凝滞的文化云雾中艰难地展开，在当下文坛不仅独树一帜，而且充满了力量。这就是我们给予他支持的理由。

对底层生活的关注，逐渐形成了一股巨大的文学潮流。刘庆邦的《神木》《到城里去》、李洱的《龙凤呈祥》、熊正良的《我们卑微的灵魂》、迟子建的《零作坊》、吴玄的《发廊》《西地》、杨争光的《符驮村的故事》、张继的《告状》、何玉茹的《胡家姐妹小乱子》、胡学文的《走西口》、张学东的《坚硬的夏麦》、王大进的《花自飘零水自流》、温亚军的《落果》、李铁的《我的激情故事》、孙惠芬的《燕子东南飞》、马秋芬的《北方船》、王新军的《坏爸爸》等一大批中篇小说，这些作品的人物和生存环境是今日中国的另一种写照。他们或者是穷苦的农民，工人，或者是生活在城乡交界处的淘金梦幻者。他们有的对现代生活连起码的想象都没有，有的出于对城市现代生活的追求，在城乡交界处奋力挣扎。这些作品从不同的方面传达了乡土中国或者是前现代剩余的淳朴和真情、苦涩和温馨，或者是在“现代生活”的诱惑中本能地暴露出农民文化的劣根性。但这些作品书写的对象，从一个方面表达了这些作家关注的对象。对于发展极度不平衡的中国来说，物质和文化生活历来存在两种时间：当都市已经接近发达国家的时候，更广阔的边远地区和农村，其实还处于落后的17世纪。在这些小说中，作家一方面表达了底层阶级对现代性的向往、对现代生活的从众心理；一方面也表达了现代生活为他们带来的意想不到的复杂后果。底层生活被作家所关注并进入文学叙事，不仅传达了中国作家本土生活的经验，而且这一经验也必然从一个方面表现了他们的价值观和文学观。这不仅使新世纪的中篇小说接续了现代文学“社会问题小说”的传统，也使文学具有了一种新的人民性。

二、日常生活中的人与人性

应该说，对极端化或绝对化的生活状态的表达相对容易，因为那里隐含着不易察觉的、先在的道德和立场的优越。而激愤、抗争以及同情等情感因素，特别容易得到读者的认同和掌声。这与20世纪以来我们的文学经验和读者的接受习惯有关。但是，对日常生活，对每个人都熟悉的生活状态，对不因时代、环境和制度而改变的、也就是“超稳定文化结构”中的人与人性的表达，就要困难得多。这就是越是熟悉的生活、越是司空见惯的状态，越难以表达。文学是处理人类精神和心灵事务的领域，表达日常生活中的人与人性，是文学的宿命，如果不放弃或牺牲文学，不改变文学的书写对象或范畴，那么，对人和人性的表达就永远是文学的困惑和焦虑。这一点,恰恰是文学和娱乐文化最大也是最后的区别。新世纪的中篇小说对日常生活中的人和人性的书写,留下极为丰富的经验。

毕飞宇的中篇小说使他在文学界获得了极高的声誉。他的《青衣》《玉米》《玉秀》《玉秧》等,以男性视角对女性、特别是对农村女性生存状态和心理状态的状写与描摹,几乎达到了登峰造极的地步。其中,《玉米》的成就名满天下,在"非典"肆虐时期,《玉米》一时洛阳纸贵。《玉米》并没有一波三折或惊心动魄的故事。它的成功恰恰是在波澜不惊的日常生活中,呈现出的超稳定文化结构中的乡村伦理秩序。权力与性、女性贞操与传宗接代、认同与复仇等,是隐含于《玉米》背后的文化力量。玉米的父亲之所以过着乡村的"帝王生涯",想睡哪家女人就睡哪家女人,就是因为他掌控着乡村权力;一旦权力旁落,他不仅丧失了对"性"的占有,甚至自己的女儿也成为乡民复仇的对象;玉米的未婚夫彭国梁虽然掌握现代最尖端的科学技术,成为一名荣耀乡里的飞行员,但仍然不能逃脱乡村超稳定文化的规训,他对玉米贞操的质疑与乡间邻里并无区别。也正是这些隐形的文化秩序和伦理规约,使玉米以"自虐"的方式完成了最后的悲剧。毕飞宇对乡村女性存在状态和文化心理的想象,成为新世纪中篇小说关于人性写作的绝唱。

须一瓜的中篇小说创作在新世纪取得的成就,令人刮目相看。她对人性复杂性的理解使她的小说扑朔迷离。那是一种狂欢节化的小说,她在一种多音齐鸣的形式中既表达了她对人性理解的与众不同,也表达了她对小说极端智慧的理解。《地瓜一样的大海》是受到普遍重视的小说。小说以少年张小银的视角观看了当下社会的人与事,少年张小银是一个公开的窥视者:小学教师的无知和霸道,福利院长的虚荣、虚伪,市长的装腔作势以及媒体的虚假等。通过张小银的视角,我们被明确地告知,问题少年恰恰是社会问题的一个缩影:小说中任何一个职业,在社会结构中都演化为一种权力角色,对任何事物的判断不是缘于事物本身,而是权力对事物的指认和利用,权力是社会生活无处不在的主体,社会的统一性是在权力宰制下完成的。与这个统一性不同的是小说中出现的多种声音:张小银作为叙事者,以一个少年的视角客观地呈现了她的见闻,她要应对陌生的世界和生活,当她孤独无助的时候,她和一个假想者对话,和虚拟的"一个真正的神"对话。这个存在主义式的处理,真实地表达了一个"少年漂泊者"的现实和心理处境。那个"真正的神"并不能回答她在现实中遇到的问题。

张小银生活在一个最社会化的场所,吸毒、三陪、灯红酒绿纸醉金迷,这是一种常见的堕落、充满了腐烂味道的生活。在这种非主流的腐烂生活里,却生长出了璀璨的"恶之花"。爱弥丽吸毒、坐台、用肉体换毒品,是被社会抛弃或不齿的人。她很复杂,但又有很真实的一面,她利用未成年的张小银冒险为她买毒品,但同时也保护或呵护着这个弱者。正是在她的保护下,张小银才免于成为"瘾君子"和过早地走向妓女生涯。如果说张小银还有社会救助和爱弥丽的关爱的话,那么爱弥丽则是一个彻头彻尾的无助者。这里,爱弥丽的"善",构成了一种"妓女美学",它是小说的又一种声音。这个"异类"虽然自戕自虐,与社会道德格格不入,但她的真实、善,与主流社会的虚伪,与身份社会的装腔作势所构成的对比,使爱弥丽在美学的意义上获得了胜利。与统一的社会结构不同的是,爱弥丽的声音在小说中是独立的,她同样是一个主体。于是,《地瓜一样的大海》就出现了多种不同的声音,即作为社会主体的权力的声音、作为小说主体的张小银的声音以及爱弥丽的声音,这多音齐鸣构成了小说复杂的内涵。

与《地瓜一样的大海》叙事结构相似的是《蛇宫》。这是一篇令人毛骨悚然望而生畏的作品。想起晓菌和印秋五千小时与蛇共舞的漫长日子,足以令人不寒而栗。但《蛇宫》值得注意的同样是两种齐鸣的声音:在蛇宫里,是晓菌和印秋对虚无意义的无望守候。对那个没有任何价值的意义,与其说她们在实现它毋宁说她们希望尽快终结它。每天对那个匿名探望者望眼欲穿的盼望,证实着她们对现实生活和"意义"世界的态度。蛇宫外的探望者讲述的同样也是一个

"故事",抢劫究竟发生在美国大片里还是讲述者自身已经不重要,重要的是他们都生活在一个牢笼中,一个是被命名的,一个是尚未命名的。探望者最后也进了蛇宫,进了蛇宫也没有逃脱死亡的命运。蛇宫内外的两个世界被置换成两种欲望,其意味特别酷似"围城"。

须一瓜城市题材的小说写得复杂,我们必须用心阅读,假如错过某个细节,阅读过程将会全面崩溃,或者说,遗失一个具体的细节,阅读已经断裂。另一方面,须一瓜的小说还有明显的存在主义的遗风流韵,她对人与人之间的难以理解、沟通和人心的内在冷漠麻木,有持久的关注和描摹。《第三棵树是和平》是一篇扑朔迷离的小说,它有精密的细节构成的内在逻辑。犯罪嫌疑人发廊妹孙素宝的杀夫案似乎无可置疑,她年轻漂亮却无比残忍,她的杀夫与众不同,她肢解了丈夫,而且每个切口都整齐得一丝不苟,就像精心完成的一个解剖作业。法官对这样一个女人的不同情顺理成章。但年轻的法官戴诺却在办案过程中的细微处发现了可疑处,这个备受摧残的女人并不是真正的凶手,她是一个真正的受害者:不仅在日常生活中她没有尊严,即便在丈夫那里她也受尽凌辱。丈夫被杀后她被理所当然地指认为杀人凶手。但通过一个具体的细节,法官发现了真正的案情。小说虽然以一个女性的不幸展开故事,但它却不是一个女性主义的小说。它是一个有关正义、道德、良知和捍卫人的尊严的作品。对人与人之间缺乏怜悯、同情和走进别人内心的起码愿望,作家表达了她挥之不去的隐忧。《回忆一个陌生的城市》,有须一瓜一贯的后叙事视角,没有人知道事情的结果甚至过程,即便是当事人或叙述者也不比我们知道的更多。于是,小说就有与生俱来的神秘感或疏异性:因车祸失去记忆的"我",突然接到了外地寄来的自己多年前写的日记,是这个日记接续了曾经有过的历史、情感和事件,最重要的是一九八八年九月我制造的那起"三人死亡、危及四邻的居民区严重爆炸案"。"我"决定重返失去记忆的陌生城市调查这起爆炸案。当"我"置身这座城市的时候,"我"依然断定:"是的,我没有来过这里。"这注定了是一次没有结果的虚妄之旅,荒诞的缘由折射出的是荒诞的关系。一些不相干的人因这起事件被纠结在调查的过程中，但彼此间没有真正的理解和沟通，甚至连起码的愿望都没有。存在主义的遗风留韵和荒诞小说的叙述魅力，在《回忆一个陌生的城市》中再次得到呈现。

吴玄的《西地》，讲述的是叙事主人公家乡西地发生的故事。叙事人“呆瓜”在这里似乎只是一个“他者”，他只是间或地进入故事。但“呆瓜”的成长历程却无意间成了西地事变的见证者：西地本来没有故事，它千百年来就像停滞的钟表一样，物理时间的变化在西地没有得到任何反映。西地的变化是通过一个具体的家庭的变故得到表达的。不幸的是，这个家庭就是“呆瓜”自己的家。当“呆瓜”已经成为一个“知识分子”的时候，他的父亲突然一纸信函召回了远在城里的他，原因是他的父亲要离婚。这个“离婚”案件只对《西地》这篇小说十分重要，对西地这个酋长式统治的村落来说并不重要。“呆瓜”的莅临并不能改变父亲离婚的诉求或决心，但“呆瓜”的重返故里却牵动了情节的枝蔓并推动了故事的发展。

如果按照通俗小说的方法解读，《西地》就是一个男人和三个女人的故事，但吴玄要表达的并不只是“父亲”的风流史，他要揭示的是“父亲”的欲望与“现代”的关系。“父亲”本来就风流，西地的风俗历来如此，风流的不止“父亲”一个。但“父亲”的离婚以及他的变本加厉，却具有鲜明的“现代”色彩：他偷卖了家里被命名为“老虎”的那头牛，换回了一只标志现代生活或文明的手表，于是他在西地女性那里便身价百倍，女性艳羡也招致了男人的嫉妒或怨恨。但“父亲”并没有因此受到打击。他在外面做生意带回来一个女人。“带回来”这个说法非常有趣，也就是说，“父亲”见了世面，和“现代”生活有了接触之后，他才会把一个具有现代生活符码意义的女人“带回”到西地。这个女人事实上和“父亲”相好过的女教师林红具有对象的相似性。林红是个“知青”，是城里来的女人，“父亲”喜欢她。虽然林红和“父亲”只开花未结果，但林红和李小芳这两件风流韵事，却从一个方面表达了“父亲”对“现代”的深刻向往。“现代”和欲望的关系,在“父亲”这里是通过两个女性具体表达的。

迟子建的《第三地晚餐》以冷峻悲凉的笔触,从一个方面撕开了都市华丽的面纱。都市生活是今天社会生活结构的中心,但《第三地晚餐》避开了红尘滚滚的中心画面,它从一个鲜为人知的生活渠道揭示了生活的荒诞性和戏剧性。“第三地”应该是一个与心灵或归宿有关、与寄托或渺小的愿望有关的隐喻。情感上的隔膜让一对夫妻都有难言之隐,他们在“第三地”不期而遇:要求做一顿晚餐的人和愿意免费为人做一顿晚餐的人,竟是夫妻双方。当一切释然的时候,丈夫却没有吃上这顿晚餐而撒手人寰。这个荒诞的悲剧显示了迟子建艺术地把握当下人性的荒诞性和无助感的能力。她的持久创造力更是令人叹为观止。比较《第三地晚餐》,更为残酷的是叶舟的《目击》。表面上恩爱有加的夫妻,却隐藏着巨大的秘密。妻子不惜长跪街头苦苦寻找丈夫死亡的目击者,然而,丈夫的意外死亡竟缘于一次偷情之后。李小果、李佛、王力可以及死者之间的关系扑朔迷离。除了当事人之外几乎没有人清楚他们的情感和欲望。但是,真正的悲剧也许不是死者,而是在隐秘之情背后的活着的女人。死者的妻子才是悲剧真正的主角。

此外,叶弥的《明月寺》、方方的《水随天去》、徐坤的《年轻的朋友来相会》、吴玄的《同居》、杨少衡的《秘书长》、张殿全的《青春散场》、吕不的《如厕记》、周卉的《好好活着》、陈家桥的《人妖记》、程青的《十周岁》、李铁的《花朵一样的女人》、刁斗的《哥俩好》、晓航的《努力忘记的日落时分》、孙春平的《怕羞的木头》、徐则臣的《西夏》、钟晶晶的《我的左手》、荆永鸣的《白水羊头葫芦丝》、北北的《右手握拍》、王松的《福升堂》、腾肖澜的《蓝宝石戒指》、苏童的《弃婴记》、蒋韵的《心爱的树》等,在揭示和表达人性的多样性和复杂性方面,都提供了独特或新鲜的经验。在注重艺术“意味”的同时,对社会生活和精神世界、心灵世界的关怀,仍然是这些作品的基本特征。每个作家的经验不同,题材或叙述对象不同,但可以肯定的是,这些作品都通过生活的表象并洞穿表象试图揭示出隐含于表象背后的人性或世道人心。表象不仅仅是一种只可感知和可见的存在，同时它也是一种精神事件和现象。这种动机和努力，使中篇小说在关于人性的表达上不仅气象万千，而且坚持和强化了它的艺术力量。

三、边缘经验的发掘与想象

边缘经验，是指在潮流之外或被遗忘或被遮蔽的文学资源。文学是一个想象和虚构的领域。它除了对现实的直接经验做出反应和表达之外，对能够激发创作灵感的任何事物、任何领域都应当怀有兴趣。有些经验虽然是间接的，但一旦被当下的经验所激活，就有可能放射出意想不到的艺术光华。这种情况在百年文学的历史上不胜枚举。

韩少功的《报告政府》无论对新世纪文坛还是对他个人来说，都是一部重要的作品。多年来，韩少功对传统的小说形式似乎感到绝望，他一直在寻找小说绝处逢生的可能性。而重新正面创作的中篇小说《报告政府》，对文坛来说，它所涉及的领域鲜为人知，一墙之隔划分了两个世界，生与死、善与恶、正与邪等，是我们基本的认知或了解，那是一个神秘和令人难以想象的所在。但韩少功所书写的监狱景观远远超出了我们的想象。那里的残酷、丑恶甚至血腥不仅仍在暗中上演，而且也有超级智慧、绝顶聪明在极限的环境里表现得淋漓尽致。更重要的是，即便是十恶不赦罪大恶极的人，其内心深处仍有人性乃至良心的复杂存在。对韩少功个人而言，自“寻根文学”开始，他对文学可能性的探索深怀迷恋，但略有夸张的“先锋”和前卫姿态曲高和寡。《报告政府》大概是他为数不多的从“正面”挑战小说的创作。在这个把握难度极大的小说中，在对分寸、火候和节奏的掌控中，韩少功再次证实了他锋芒锐利的小说才能。

迟子建的《世界上所有的夜晚》，虚构了一个魔术师意外死亡的故事，死亡就是止步。世界上没有比死亡更令人恐惧和不可接受的了，但死亡又是不可拒绝的。迟子建没有渲染死亡的神秘及其细节，死亡对死去的人已经没有意义，所有的伤痛和压力是需要向死而生的人面对的。女主人公——魔术师的妻子的哀痛可想而知，但暗夜并不止笼罩在女主人公一个人的心头。于是，死亡幻化为一个凄美的想象，坚忍而决绝。

青年作家葛水平在新世纪异军突起，她的作品大都是中篇小说。她对底层生活的熟悉，对普通人生存和心灵苦难的体察感同身受。《浮生》即"活人"，现代或后现代的时间远没有流淌到西白兔村。"天下原本是一片太平"的呼喊，却不能改变一个青年被炸得天女散花般的命运。杨少衡的《该你的时候》的魅力，不仅是作家对官场生活、规则的熟悉，重要的是他提供的新的写作经验。官场奇观曾被反复书写，新的模式化人所共知。但杨少衡却在表象背后波澜不惊地发现了官场更为复杂的矛盾和机制，它更令人惊心动魄。

我之所以强调当下的中篇小说"守成"于边缘地带，除了上述分析过的作品之外，还有一些作品在传统的创作题材遗漏的角落发现了广阔的空间。

马晓丽的《云端》，应该是新世纪最值得谈论的中篇小说之一。说它重要有两个原因：一是对当代中国战争小说新的发现；一是对女性心理对决的精彩描写。当代中国战争小说长期被称为"军事题材"，在这样一个范畴中，只能通过二元结构建构小说的基本框架。于是，正义与非正义、侵略战争与反侵略战争、英雄与懦夫、敌与我等规定性就成为小说创作先在的约定。因此，当代战争小说也就在这样的同一性中共同书写了一部英雄史诗和传奇。英雄文化与文化英雄是当代"军事文学"最显著的特征。《云端》突破了"军事文学"构筑的这一基本框架。解放战争仅仅是小说的一个背景，小说的焦点是两个女人的心理"战争"——被俘的太太团的国民党团长曾子卿的太太云端和解放军师长老贺的妻子洪潮之间的心理战争。洪潮作为看管"太太团"的"女长官"，有先在的身份和心理优势，但在接触过程中，洪潮终于发现了她们相通的东西。一部《西厢记》使两个女人有了交流和相互倾诉的愿望，共同的文化使她们短暂地忘记了各自的身份、处境和仇恨。但战争的敌我关系又使她们不得不时时唤醒各自的身份记忆，特别是洪潮。两个女性就在这样的关系中纠缠、搏斗，间或地推心置腹甚至互相欣赏，她们甚至谈到了女性最隐秘的生活和感受。在这场心理战争中，她们的优势时常微妙地变换着，一波三折跌宕起伏，但这里没有胜利者。战场上的男人也是如此，最后，曾子卿和老贺双双战死。云端自杀，洪潮亦悲痛欲绝。有趣的是，洪潮最初的名字也是云端，那么，洪潮和云端的战争就是自己和自己的战争，这个隐喻意味深长。它超越了阶级关系和敌我关系，同根同族的内部厮杀就是自我摧残。小说在整体构思上出奇制胜，在最紧要处发现了文学的可能性并充分展开。战争的主角是男人，几乎与女性无关。女性是战争的边缘群体，她们只有同男人联系起来时才间接地与战争发生关系。但在这边缘地带，马晓丽发现了另外值得书写的战争故事，而且同样惊心动魄感人至深。这是一篇可遇不可求的优秀之作。

魏微这些年来声誉日隆。她的小说温暖而节制，款款道来不露声色。在自然流畅的叙述中打开的似乎是经年陈酒，味道醇美不事张扬，和颜悦色沁人心脾。读魏微的小说，酷似读林海音的《城南旧事》，有点怀旧略有感伤，但那里流淌着一种很温婉高贵的文化气息，看似平常却高山雪冠。《家道》和《云端》异曲同工。许多小说都是正面写官场的升降沉浮，都是男人间的权力争斗或男女间的肉体搏斗。但《家道》却写了官场后面家属的命运。这个与官场若即若离的关系群体，在过去是"一人得道鸡犬升天"，如果官场运气不济，官宦人家便有"家道败落"的慨叹，家道破落就是重回生活的起点。当下社会虽然不至于克隆过去的官宦家族命运，但历史终还是断了骨头连着筋。《家道》中父亲许光明原本是一个中学教师，生活也太平。后来因写得一手好文章，鬼使神差地当了市委秘书，官运亨通地又做了财政局局长。做了官家里便门庭若市车水马龙，母亲也彻底感受了什么是荣华富贵的味道。但父亲因受贿入狱，母亲便也彻底体会了"家道败落"作为"贱民"的滋味。如果小说仅仅写了家道的荣华或败落,也没什么值得称奇。值得注意的是,魏微在家道沉浮过程中对世道人心的展示或描摹,对当事人母亲和叙述人对世态炎凉的深切体悟和喟叹。其间对母子关系、夫妻关系、婆媳关系、母女关系及邻里关系,或是有意或是不经意的描绘或点染,都给人一种惊雷裂石的震撼。文字的力量在貌似平淡中如峻岭耸立。小说对母亲荣华时的自得,败落后的自强,既有市民气又能伸能屈审时度势性格的塑造,给人深刻的印象。她一个人从头做起,最后又进入了"富裕阶层"。但经历了家道起落沉浮之后的母亲,没有当年的欣喜或得意,她甚至觉得有些"委顿"。

还值得圈点的是小说议论的段落。比如奶奶死后,叙述者感慨道:"很多年后我还想,母子可能是世界上最奇怪的一种男女关系,那是一种可以致命的关系,深究起来,这关系的悠远深重是能叫人窒息的;相比之下,父女之间远不及这等情谊,夫妻就更别提了。"如果没有对人伦亲情关系的深刻认知,这种议论无从说起。但有些议论就值得商榷了,落难后的母女与穷人百姓为邻,但那些穷人"从不把我们当作贪官的妻女,他们心中没有官禄的概念。我们穷了,他们不嫌弃;我们富了,他们不巴结逢迎;他们是把我们当作人待的。他们从来不以道德的眼光看我们——他们是把我们当作人看了。说到他们,我即忍不住热泪盈眶;说到他们,我甚至敢动用'人民'这个字眼。"这种议论很像早期的林道静或柔石《二月》里的陶岚,切不说有浓重的小"布尔乔亚"的味道,而且也透着作家毕竟还涉世未深。

除了"戏说"之外,严肃的历史在当下的文化生活中一直处于边缘地带,人们对那些陈年旧事兴味索然。但历史永远是小说家感兴趣的领域。历史不能重现,但小说家对历史叙述的好奇心理以及想象历史的冒险愿望,决定了他们一次次地重返过去。这些重写也好、戏仿也好,都是一个解构或重构历史的过程。在中国,历史叙事是相当重要的。小说的"史传传统"即便在今天也深入人心。就像人们宁愿相信《三国演义》是历史而《三国志》不是历史一样。在当代中国历史叙事、特别是大众文化中的历史叙事,是建立社会主义文化领导权的重要策略。正是在大众文化的历史叙述中,民族国家和社会主义的形象才得以呈现并确立。但历史本来就是叙事的一种,叙事就难免有虚构的成分。也正因为如此,对历史的再叙事才成为可能。叶广芩的《广岛故事》、陈昌平的《汉奸》、董立勃的《风吹草低》、朱秀海的《出征夜》、刘连枢的《半个月亮掉下来》、严歌苓的《拖鞋大队》、麦家的《刀尖行走道》等,从慈禧太后到抗日战争,从军垦兵团到"文化大革命",从异国他乡到军机解密,作家对历史的艺术想象力在这里得到有力的确证。当然这是虚构的历史故事,这些故事,有的是作家的个人记忆,有的仅仅是一道历史的风景。但值得注意的是,这些作品并不是将尘封的过去作为奇观来重新展示,也不是怀有倒置历史的勃勃野心和价值判断,而在虚构的历史中着意挖掘和表现历史的劫难、人在历史过程中的无力无助、身不由己以及人性的复杂性和多样性。历史在这里只是一个背景,在特殊的历史场景中,人性出其不意或偶然的举措和选择,体现出的恰是人性的无限可能性和丰富性。不同的是,对这种边缘经验的叙述,和过去曾一再放大的唯一的历史叙述已经完全不同了。

新世纪中篇小说的"守成性",使这一文体也更加趋于理性。时尚写作引领风潮,与时尚文化的青春性比较起来,中篇小说显然是一种更为成熟的文学文体。文体和人的状态有很大的相似性,青春需要张扬甚至疯狂,剩余的力比多才会有去处;中老年可能需要守成或传统一些。这不仅使社会心理取向不至于失衡,也符合各自的身份和形象。因此在我看来,就当下文化生产与文学创作的情况而言,并不是通俗与严肃、时尚与经典、大众与精英的界限越来越模糊,鸿沟已经跨越,而是越来越壁垒分明,越来越不能通约。时尚文化是一条灵敏的"创新之狗",它一路狂奔不日翻新唯恐不能引领新潮。而严肃的文学创作则在貌似"守成"的状态中,仍然凝视着普通人的生存状态、探询处理着人类的精神事务,对人性、人的心灵这个幽深和具有无穷"解"的神秘所在,充满了热情和试错的勇气。

也正是包括中篇小说在内的文学的守成性,才使得文学在惊慌失措的“文化乱世”中，最大限度地坚持了文学的艺术性，为人类基本价值尺度的维护作了力所能及的承诺。在当下的文化语境中这不能不说是一个奇迹。尽管对文学的各种非议和诟病已成为时尚的一部分，所幸的是，真正的作家并不为之所动。他们在诚实地寻找文学性的同时，也没有影响他们对现实事务介入的诚恳和热情。在过去不长的时间里，批评界曾讨论过“纯文学”的问题，这个问题迅速地不了了之，已经证实了它是否是一个真问题。我自然不知道什么是“纯文学”，但我知道百年来文学界讨论的重大问题从来就没有“纯”过，因为与文学相关的重大问题似乎都在文学之外。那些似乎要将问题“屏蔽”起来，在圈子里自我玩赏的企图，就这样结束了。在我看来，新世纪的中篇小说大概也不符合“纯文学”的度量标准。因为除了与语言或形式相关的所谓“纯文学”的问题之外，它们所涉及的内容实在要广泛得多。特别值得我们注意的是，新世纪的中篇小说在彰显、强调文学性的同时，也以“守成”的姿态实现了许多方面的重要突破。

注释：

①《思想界炮轰文学界：当代中国文学脱离现实》，《南都周刊》2006 年 5 月 20 日。

②《北京文学·中篇小说月报》2006 年 8 期。

生存世界与心灵世界

——新世纪长篇小说中的苦难主题

自新文学诞生起,苦难叙事一直经久不衰。但苦难在文学叙事中的功能是非常不同的。在鲁迅那里,阿Q、祥林嫂、华老栓等苦难形象,寄予了鲁迅意在启蒙的思想诉求;在白毛女、杨白劳、朱老忠、李勇奇们的苦难里,隐含了苦难/革命的逻辑关系,受压迫者只有革命才能翻身做主人,才能脱离苦难。因此,在革命文学的苦难叙事中,总是伴随着革命暴力的发生。暴力美学在红色文学中的合理性,就是缘于对苦难的仇恨,仇恨孕育了暴力。因此,对压迫者无论诉诸怎样的暴力甚至肉体消灭,都被视为合理的。我们在红色经典中,读到最流畅、激烈和震动的文字,几乎都和暴力革命相关。苦难叙事是20世纪初期至今一直绵延不绝的基本主题之一。当然,我们的苦难主题和西方基督教的苦难主题是完全不同的,这是另外一个复杂的问题,这里姑且不论。进入新世纪以来,"苦难"主题仍是长篇小说创作的基本主题之一。我们在阎连科的《受活》、林白的《妇女闲聊录》、刘庆邦的《平原上的歌谣》、董立勃的《米香》、摩罗的《六道悲伤》、王刚的《英格力士》、熊正良的《别看我的脸》、文兰的《命运峡谷》等大量长篇小说中,都读到了与生存或心灵相关的苦难叙事。不同的是,这些苦难不是在为暴力美学寻找或建立合理性依据,而是从不同的方面以文学的方式展示或再现了人类的生存与精神处境。这不同的苦难是现实世界和心灵世界触手可及的矛盾或困境,无论我们是否经历了类似的苦痛,可以肯定的是,这些作品不同程度地因苦难叙事给我们以震惊或震动,它们也不同程度地改写了20世纪以来文学的苦难主题史。

一、属下无言[1]

近年来,我们不再讨论文学真实性的问题,因为这已经是一个常识,常识就应该是自明的。但是,文学真实性的问题并没有解决,它经常或隐或显地出现在我们评价文学作品的尺度和标准中。这时我们就会发现,每个人对文学真实性的理解并不完全一致。当然也没有必要求得一致。但是,在对真实性不同的理解中,究竟哪种真实性更接近于文学的真实,究竟在哪种真实观指导下产生的文学作品更有文学魅力?这一问题的提出,是缘于读到最近由春风文艺出版社出版的阎连科的长篇小说《受活》。《受活》的出版首先受到挑战的就是我们对真实性的理解。

《受活》的故事几乎是荒诞不经的,它像一个传说,也像一个寓言,但它更是一段我们熟悉并且亲历的历史:故事的发生地受活庄,是一个由残疾人构成的偏远村落,村民虽然过着听天由命的日子,但其乐也融融。女红军茅枝婆战场负伤掉队流落到这里后,在她的带领下,村民几乎经历了农村革命的全过程。但在"圆全人"的盘剥下,受活庄仍然一贫如洗。茅枝婆最后的愿望就是坚决要求退社。小说另一条线索是总把自己和政治伟人联系在一起的柳鹰雀副县长带领受活庄人脱贫的故事。苏联解体的消息,让他萌生了一个极富想象力的致富门路——从俄罗斯买列宁遗体,在家乡建立列宁纪念堂,通过门票收入致富。为筹措"购列款",柳县长组成了残疾人"绝术团"巡回演出……这虽然是个荒诞不经的故事,但这个故事却会让人联想到汤因比对《伊里亚特》的评价:如果把它当作历史来读,故事充满了虚构,如果把它当作文学来读,那里却充满了历史。在汤因比看来,一个伟大的历史学家,也一定是一个伟大的艺术家。阎连科是一个文学家,但他却用文学的方式真实地反映或表现了那段历史的某个方面。如果从故事本身来说,它仿佛是虚拟的、想象的,但那些亦真亦幻、虚实相间的叙述，对表现那段历史来说，却达到了“神似”的效果，它比真实的历史还要“真实”，比纪实性的写作更给人以震撼。这就是艺术想象力的无穷魅力。

对历史的书写，就是对记忆的回望。那段历史是荒诞的，对这段荒诞的历史，阎连科似乎深怀惊恐。不只阎连科，包括我们自己，身置历史其间的时候，我们并没有察觉苦难的残酷性，我们甚至兴致盎然并且真诚地推动它的发展。但是，当历史已经成为陈迹，我们有能力对它做出反省和检讨的时候，它严酷和惨烈的一面才有可能被呈现出来。当它被呈现出来的时候，惊恐就化为神奇。这个神奇是杰出的艺术表现才能所致。我们发现，在小说中阎连科汪洋恣肆书写无碍，但他奔涌的想象力和独特的语言方式，并不是为了求得语言狂欢的效果，恰恰相反的是，那些俗语俚语神形兼具地成为尚未开蒙的偏远和愚昧的外壳，这个独特性是中国特殊性的一个表意形式。尤其是中国广大的农村，在融入现代的过程中，它不可能顺理成章畅行无阻。因此，《受活》在表达那段历史残酷性的同时，也从一个方面表达了中国进入“现代”的复杂性和曲折性。阎连科对历史的惊恐感显然不只是来自历史的残酷性和全部苦难，同时也隐含了他对中国社会发展复杂性和曲折性的体悟与认识。

当然，阎连科不是历史学家和社会学家。但是，作为一个文学家，在表现那段历史的时候，他在某种意义上甚至比历史学家和社会学家为我们提供的还要多。“茅枝婆”“柳县长”“绝术团”“购列款”，可能不会发生在真实的历史和生活中，但它就像这本书夸张的印制一样，让我们心领神会、心照不宣地回到了历史记忆的深处，同时也认识了我们曾经经历的历史的真相。通过《耙耧山脉》《耙耧天歌》《日光流年》《坚硬如水》等优秀作品我们认识了阎连科，他的苦难感和悲剧感在当下的文学创作格局中独树一帜。但是，可以肯定地说，《受活》的写作，从某种意义上超越了他的从前。

受活庄的苦难是一种政治文化造成的苦难，但承受苦难的受活庄人却不能表达他们对苦难的感受和认知。“属下”无言是因为他们没有话语权力。如果说受活庄人是普通民众而不能言说的话,那么摩罗的《六道悲伤》的主人公知识分子张钟鸣,同样是不能言说的。知识分子因"知识"而拥有"权力",但他们权力的合法性必须是"授予"的,他们可以被授予这样的权力,他们当然也可以被剥夺这样的权力。

摩罗以往的文字似乎介于理论和创作之间,是一种"超文体"的写作。这一文体使摩罗的文字别具一格而在青年读者群体那里格外地受到欢迎。他的《耻辱者手记》《自由的歌谣》《因幸福而哭泣》和《不死的火焰》,就是这样的著作。自《因幸福而哭泣》和《不死的火焰》发表之后,摩罗沉默了很长时间。数年之后,摩罗发表的却是一部长篇小说。它被命名为《六道悲伤》。我们惊异的不只是摩罗文体的转变,当然还有摩罗驾驭文学形式的能力。但是,我们发现,这虽然是一部虚构的文学文本,但在思想和精神层面,摩罗并没有、当然他也不期待实现某种大起大落的峰回路转,他内心的期待和恪守的精神信念依然如故。这是一部充满了苦难意识的小说,是一部充满了血腥暴力而又仇恨和反对血腥暴力的小说,是不用启蒙话语书写的具有启蒙意义的小说,是具有强烈的悲剧意识而又无力救赎的悲悯文字,是一个非宗教信仰者书写的具有宗教情怀的小说,因此,他是一个知识者有着切肤之痛吁求反省乃至忏悔的小说。对摩罗而言,他实现了一次对自己的超越,对我们而言,则是一次魂灵震撼后的惊呆或木然。目睹这样的文字,犹如利刃划过皮肉。

如果从小说的命名看,它很像一部宗教小说,佛陀曾有"六道悲伤"说,但走进小说,我们发现它却是一个具有人间情怀的作家借佛陀之语表达的"伤六道之悲"。小说里有各色人等,"逃亡"的知识者、轿夫出身的村书记、普通的乡村女性、"变节"的书生以及芸芸众生和各种屠杀者。作品以知识分子张钟鸣逃亡故里为主线,以平行的叙述视角描述了在特殊年代张家湾的人与事。张钟鸣是小说的主角。这个出身于乡村的知识分子重回故里并非衣锦还乡,自身难保的他也不是开启民众的启蒙角色。在北京运动不断并即将牵连他的时候，他选择了希望能够渡过难关可以避风的张家湾。但是，张家湾并不是他想象的世外桃源或可以避风的平静的港湾。风起云涌的运动已经席卷全国，张家湾当然不能幸免。于是张钟鸣便目睹亲历了那一切。

有趣的是，张钟鸣是小说的主角，但却不是张家湾的主角。张家湾的主角是轿夫出身的书记章世松。轿夫在当地的风俗中是社会地位最为卑贱的角色，是革命为他带来了新的命运和身份，在张家湾他是最为显赫的人物，是君临一切的暴君和主宰者。但是，当他丧妻之后，他试图娶一个有拖累的寡妇而不成的时候，他内心的卑微被重新唤起，民间传统和习俗并没有因为革命而成为过去。于是，他的卑微幻化为更深重的仇恨和残暴。当然，小说的诉求并不只是揭示章世松这一符号化的人物，而是深入地揭示了产生章世松的文化土壤。在小说中，给我们留下印象最深的应该是红土地的血腥和屠杀。开篇传说中的故事似乎是一个隐喻，鲜血浸透了张家湾的每一寸土地，任何一寸土地都可以挖出一个血坑。被涂炭和屠杀的包括人在内的生灵，似乎阴魂不散积淤于大地。而现实生活中，屠杀并没有终止。我们看到，小说中宰杀牛、猪、狗、蛤蟆、打虎等场景比比皆是。有一个叫张孔秀的人：

> ……人高马大，无论站在村子里什么地方都不像一个人而像一头巨兽。但是他面容仁和，目光厚道，腮帮上长着一对小姑娘式的小酒窝，说话微笑之间，小酒窝就在脸上不断浮动漂移，变化出各种表情，有时显得温顺，有时显得友善，有时显得羞怯。他说起话来更让人感到吃惊，常常像一个大病初愈的老太太一样虚声低气，轻得让人无法听清。那么大的个头和那么小的声音联结在一起，老让人觉得难以相信。
>
> 可是每次当他杀猪时，只要杀猪刀上手，立时神气饱满、声音洪亮，脸上的微笑和酒窝不翼而飞，腮帮子扭成疙瘩，眼睛闪烁着凶光，叫人不寒而栗。等到一头猪身首异处、肝胆分离、血迹洗尽、刀斧入箱，他脱下油腻腻的围裙一扔，马上杀气消失，光

彩丧尽，重新变回原来的样子，声音憋闷柔弱，眼光和善仁厚。

张孔秀是个“职业杀手”，他杀猪是一种职业，他只对屠杀有快意和满足，除此之外，他对这个世界没有别的热情和兴趣。这反映了一种文化心理。而其他杀手杀狗、杀牛、杀蛤蟆的场景有过之而无不及，他们剥皮、破膛乐此不疲。小说逼真的场面描写，让人不寒而栗。这些场景成为张家湾的一种文化，它深深地浸透了这片土地，也哺育了章世松残酷暴戾的文化性格。作者的这种铺排，一方面揭示了章世松文化性格的基础；一方面也通过场景描述揭示了这种文化性格即冷硬与荒寒普遍存在的可怕。因此，摩罗表面上描述了暴力和血腥的场景，但他非欣赏的叙述视角又表明了他的反暴力和血腥的立场，他对被屠杀对象的同情以及人格化的理解，则以非宗教的方式表达了他的悲悯和无奈。

暴力倾向和对暴力的意识形态化，是现当代文学创作的一个重要特征。由于20世纪独特的历史处境和激进主义的思想潮流、革命话语合法性的建立，“革命的暴力”总是不断得到夸张性的宣喻。主流文学同样血雨腥风血流成河。一个人只要被命名为“敌人”、命名为“地富反坏右”，对其诉诸任何暴力甚至肉体消灭都是合理的。这种暴力倾向也培育了对暴力的欣赏趣味。章世松不是一个个别的现象，但摩罗通过这个人物令人恐惧地揭示出了民族性格的另一方面。表面上看，章世松是一个乡村霸主，他对政治一无所知。但小说通过他和几个女性的关系，我们可以发现，统治就是支配和占有，在这一点上性和政治有同构关系。章世松统治了张家湾，但由于他卑微的出身和生理缺陷（腋臭），使他难以支配占有两个寡妇：一个是有拖累的寡妇，一个是丧夫的许红兰。他以为自己是村书记，是政治文化的掌控者，完全可以实现对异性的掌控。但他失败了。这个挫折构成了章世松挥之不去的内在焦虑。他对现实的掌控事实上只是意识形态的而不是本质性的。但是他的焦虑却在意识形态层面变本加厉。张钟鸣们在这一紧张中的处境便可想而知。

张钟鸣的还乡，对知识分子的身份和处境来说是一个隐喻。对于民众来说，这个阶层曾有过极大的自信和优越，他们是启蒙者，是愚昧、麻木、茫然和不觉醒的指认者和开蒙者。但是，许多年过去之后，特别是启蒙话语失败之后，知识分子发现了自己的先天不足和自以为是。《六道悲伤》突出地检讨了知识分子先在存有的问题。张钟鸣为了避难还乡了，他受到了不曾想象的礼遇不是因为他是一个知识分子，而是作为一个归来的游子与过去有过的历史联系。许红兰与他的关系是童年记忆的重现，也是特殊处境的精神和身体的双重需要。但是，在张钟鸣和许红兰的关系上，却出现了两个超越了张钟鸣想象的不同后果。首先是与章世松构成的紧张关系。当章世松勾引许红兰不得而被张钟鸣占有之后，张虽然获得了短暂的胜利，但他身体和精神的满足必然要以同样的方式付出代价。他的港湾同样也是他的祭坛，他还是没有逃脱被批斗、被羞辱的命运。

张钟鸣的命运和性格使我们的心情矛盾而复杂。在社会生活结构中，在特殊的历史时期，他是弱势群体中的一个，他自身难保，更遑论责任使命了。这有他可以理解的一面；但是，他也毕竟是知识分子群体中的成员，对任何时代，他也应该负有担当的责任或义务。然而张钟鸣在主动地放弃了这一切的时候，却在避风的港湾实现了与女性的欢娱。这样，张钟鸣的方式就不再令人理解或同情。这当然与摩罗对中国知识分子性格和社会历史角色的理解有关。在摩罗以往的写作中我们知道，他对俄罗斯文化和俄罗斯知识分子充满了憧憬和热爱。他热爱别林斯基，热爱杜波罗留勃夫，热爱赫尔岑，热爱十二月党人和他们的妻子。但是，当他回到本土审视自己阶层的时候，他深怀痛苦和绝望。像张钟鸣、常修文们，在冷硬与荒寒的环境中，如何能够有社会担当的能力，对他们甚至怀有起码的期待都枉然。在一个时期里，这个阶层因为掌控了话语权力，他们曾夸张地倾诉过自己遭遇过的苦难。但那里没有任何动人和感人的力量。这和俄罗斯文学在苦难中不经意表达和流露的诗意、圣洁和纯粹的美学精神相去甚远。那些号称受过俄罗斯文学哺育和影响的作家，甚至连皮毛都没有学到。他们以为呻吟就是苦难，自怜就是文学。摩罗对此显然不以为然,他甚至无言地嘲笑和讽刺了这些自诩为文化英雄的真正弱者。

二、启蒙遗风

我们读到的另外一种苦难,是发生在20世纪60年代前后的一场天灾人祸,天灾是连续三年的自然灾害,人祸是"苏修"与我们交恶。小说在这样的历史背景上,讲述了发生在平原上普通百姓的苦难故事。这个苦难在百姓那里并没有什么特别的震惊,它就像历史上发生过的自然灾害一样,饿死的人已经司空见惯,但并没有出现"犯人李铜钟的故事",撬开生产队仓库的人也只是偷几把发霉的红薯叶或芝麻;活的欲望虽然也使一个黄花姑娘用几个苦馍就换为新娘,但仍有一种气节、坚忍和顽强在平原上无声地流淌。那个勉强称为主人公的魏明月,死了丈夫,一人抚养六个孩子,坚强地度过了苦难岁月。这是作品未被言说或潜隐的主旨。极度的饥饿使平原仿佛失去了声音,人们只有默默地忍受或等待。没有暴动和革命,唯一能够表达人与人之间文化关系的,就是那"平原上的歌谣"。这些歌谣充满了民间性,它朴实、平易、诙谐而无逻辑。但它是平原人民的精神寄托,是平原人民在苦难岁月言说和交流的形式,尽管它没有具体的所指和意义。但是,也正因为如此,"平原上的歌谣"无论是对小说的命名还是对作品而言,就有了一种深长的"意味"。它像一段段没有联系的绵长旋律,时断时续地飘扬在平原苦难的上空。

当然,命名为"歌谣"的这部小说,是一部很不抒情的作品,刘庆邦本来就无意诗化那透彻骨髓的苦难,他没有空洞地抒发人民战胜苦难的豪情壮志,没有刻意书写人民的深明大义。他要真实地展现人们在绝望中的挣扎:一头病牛的死亡,在"卫生"的名义下被埋葬。但饥饿的人们还是在夜晚分享了它,吃了牛肉的人批斗没有吃的人,不卫生的人批斗了"卫生"的人,本末倒置甚至比饥饿还要可怕。苦难也使人的本性暴露无遗,平原上,既有"秃老电"这样的恶人,穷凶极恶地乘人之危，既灭绝人性地摧残偷红薯的人，也惨绝人寰地虐待、摧残他用苦馍换来的媳妇红满；既有因饥恶自身难保而难以维系亲情的食堂炊事员，也有无能为力的公社书记，当然，还有魏明月这样在艰难时世中坚决把孩子拉扯成人的伟大母亲。

这混杂的生活和声音，就是特殊年代平原上混乱无序的歌谣，它因散乱而没有主旋律，既不高亢也不雄伟，人人自危又惊恐麻木，一切只能听天由命。因此，《平原上的歌谣》的苦难，不是意在启蒙的苦难，不是为革命寻求依据的苦难，因此，这里没有知识分子的优越，也没有暴力美学。它是展露人性的苦难，是在苦难中寻找人性中既是本能也是剩余——但却振聋发聩的爱与善。在苦难无边又漫长无望的日子，爱与善之光哪怕只是一闪，就会照亮因苦难而黑暗的世界，就会幻化为巨大的心灵的力量，让绝望的生命因此而顽强地生长。这就是《平原上的歌谣》中苦难叙事的功能，刘庆邦提供了一种新的苦难叙事范型，这也许就是他这部小说在艺术上最大的贡献。

与刘庆邦现实主义地表达生存苦难不同的，是林白以“仿真”方式完成的《妇女闲聊录》。仿真技术的发明，使技术主义霸权如虎添翼。它不仅可以“真实”地提供立体的三维空间，展示关乎未来的想象；而且在艺术领域，任何一位最伟大的大师，其作品通过它的处理都可以批量的生产，将珍贵的、唯一的艺术以低廉的价格走进千家万户。“廉价”解构了珍贵，于是，博物馆和收藏家的优越在仿真技术面前手足无措目瞪口呆。仿真是平民的节日，是技术主义霸权的里程碑。仿真技术也从一个方面启发了作家的灵感，作家也可以以仿真的形式展开他们的文学叙事。口述实录小说和我们现在要谈论的林白新近发表的长篇小说《妇女闲聊录》，就可以看作一部以仿真术书写的小说文本。

《妇女闲聊录》确切地标明了“闲聊”的时间、地点和讲述者的姓名，这一交代所暗示的是它的“真实性”。真实性在这里不是现实主义的写作原则和批评尺度，作家已不期许现实主义的文学奖章。它是作为一种文学叙事策略被林白愉快地使用的，它获得了意想不到的奇异效果。一方面,作家借助那个被名为“木珍”的妇女之口,实施了一次有声有色的话语狂欢,一次为所欲为的话语实验;一方面,林白在实验中获得了前所未有的心理快感。这一判断我们可以在以诗的形式书写的小说题记中得到证实:

为什么要踏遍起千湖之水
为什么要记下她们的述说
是谁轻轻告诉你
世界如此辽阔

在阅读林白小说的经验中,还从来没有发现她的心情是如此轻松和舒展。《一个人的战争》《说吧,房间》《玻璃虫》《万物花开》等长篇小说,都负载着作家沉重的思考和对深度意义的期待。这些小说或是凝重或是迟疑,她不吐不快又疑虑重重心事重重。这一春风得意和丽日明天的心情,是林白发现了文学“仿真术”之后获得的。谁都知道,“闲聊”的“妇女”是木珍,但记录者是作家林白。那貌似真实的叙述,在作家“后记”的自白中暴露了它的秘密:“《妇女闲聊录》是我所有作品中最朴素、最具现实感、最口语、与人世的痛痒最有关联,并且也最有趣味的一部作品,它有着另一种文学伦理和另一种小说观。”②作家的心情决定了作品的叙述语调和修辞风格。《妇女闲聊录》以拼贴和散点的方式结构作品,它没有故事主线,没有贯穿小说始终的人物。它是借一个农村妇女的“闲聊”来呈现木珍/林白视野所及的底层民众生活和心灵世界的。“闲聊”为作家带来了空前的叙事自由,她信马由缰无所顾忌信手拈来,自由带来了自信的愉悦和书写的快感。

在木珍的叙述中,有一个难以解释的悖论:在现代化的过程中,王榨村似乎处于一种夹缝之中,村民们生存于前现代的状态中,但对现代生活又充满了饥渴。结果,前现代的乡村伦理和平静的生活被打破了,但现代的生活却又不属于他们。王榨村一如既往的贫困,以打斗娱乐、以偷情为快、卖妻子、医治不起疾病夫妇双双投河、六年级的学生还不会加减法、日用品多有假货……但在木珍的叙述中，她没有忧愁也不是倾诉苦难，她平静如水如同讲述别人的故事，而且在讲述中似乎还有一种话语的快意。这当然是林白对小说的期待，也是她对底层民众因日久积累而麻木的一种理解，一种前现代的生存状态在后现代的书写方式中得到了阐释和表达。

民众并不是生活在意义世界中，世俗生活本身就是他们“意义”的全部，但这个世俗生活对作家林白来说却重要无比，发现了这一点，她就重新“感到山河日月，千湖浩荡”。[③]评论家贺绍俊说：在急剧变化的世界面前，作家“亲身体会到伴随着社会秩序瓦解而带来的文学话语大厦濒临倒闭的危机，因此他们需要寻找到阐释世界的另一套话语系统”。这方面比较成功的，林白就是其中一个。而林白阐释王榨村民众生活时，表达的是一种民间世界观。“这种叙述所构造起来的世界显然不同于既定文学叙述中的世界。既定文学叙述中的世界服从于公理和逻辑，而公理和逻辑代表着社会的权威。但在木珍的叙述中，公理和逻辑遭到了蔑视，王榨村的人以自己的世界观处理日常生活。”[④]这一看法是非常有见地的。民众的日常生活并不是按着既定逻辑展开的，在木珍/林白展示的乡村中，它既是经过作家剪裁的，同时也是一种以仿真的原生态表现的，民间世界观在作家的话语框架中得到了应有的重视。因此，在阅读这部作品的时候，我们常常不知道究竟哪些是来自木珍的叙述，哪些是作家刻意修剪和提炼的。重要的是作家林白在杂乱无序的生活片段中发现了文学性，在木珍的讲述中，王榨生活的丰富性得以充分地展现，生老病死、家长里短、情爱性事等交替出现，它琐屑、枝蔓甚至不值一提，但民众的日常生活就是如此，他们习以为常并乐此不疲。对民众生活麻木而不自觉的揭示，是启蒙话语或启蒙文学的重要特征。《妇女闲聊录》虽然不是意在启蒙，唤起民众对生存处境的清醒认识，但小说对王榨村人生活状态客观性的描述，也确实体现了启蒙文学的遗风流韵。

三、精神涅槃

在我的阅读经验里,《英格力士》这部小说大概是自铁凝的《没有纽扣的红衬衫》之后,最具冲击力的集中书写中学生"问题"的小说,是第一次以"过来人"的身份言说特殊年代中学生活和心理经验的小说。如果说《没有纽扣的红衬衫》还仅仅限于代际观念冲突,展示的还仅仅是那个时代青少年个性意识萌发觉醒的话,那么,《英格力士》则以校园/社会问题的方式,向我们展示了那个时代中学生教育和学生苦难心理令人震惊的残酷性。在这部作品里,我们看到的已不只是观念的冲突,而是教育者和被教育者的彼此隔膜和尖锐的对峙,是两种文化难以兼容的巨大冲突,是两种意识形态和文化观念不能逾越的巨大障碍,或者说,文明与愚昧的两种文化冲突,已经形成了一个令人难以承受的心灵的巨大隐痛。

这是一部成长小说。成长小说在中国历来不发达,已经被命名为"经典"的《青春之歌》《欧阳海之歌》等作品,不是成长小说。那里讲述的主人公的故事好像也是关乎成长的。但他们都是在导师的教导下——意识形态的"规训"中完成人生观念和价值观念的。成长小说不是这样。这一类型化的小说是通过主人公自己在成长中遭遇的失败、挫折逐渐成长并形成对世界和他人看法和价值观念的。在这个意义上说,《英格力士》就可以被认为是一部严格意义上的成长小说。主人公刘爱,与父母、校长、范主任等父辈构成了尖锐的矛盾和冲突,这是一种不能化解和调和的矛盾与冲突。他有强烈的反抗和"弑父"倾向;但他却热爱英语老师王亚军和维语老师阿吉泰。因此,《英格力士》和当下在不同文字中见到的中学生活是非常不同的。当下的中学生活也有反抗,课堂、家庭不再是接受教育的场所,而是集体叛逆,与教育者战斗、周旋的战场。课堂上下,老师与同学各行其是,仿佛只有身份的差别而不再是施教与受业的关系。那里没有亲切也没有渴望,没有倾心的交流也没有真挚的关切;在家里,学生欺瞒家长、家长威胁恫吓学生。于是，校园失去了宁静，家庭失去了祥和，在学校与家庭之间，是他们大显身手也是大打出手的地方。他们或是吸烟、喝酒、恋爱、捉弄老师、考试舞弊、撕榜甚至找小姐，小小年纪就已经成为“顽主”。他们心灵苍白如纸，生活既无理想也无动力。如果仅从这些现象上看，他们确实是一群无可救药的“垮掉的一代”，但王刚的叙述却远要深刻和有意味得多。

小说的第五页有一句话：“童年的忧郁经常远远胜过那些风烛残年的老人。”这句话如流星划破天山的暗夜，给人心头猛然一击的同时，也照亮了被暗夜包裹和遮蔽的天山和童年的心灵天地。这句话奠定了小说的整体基调。刘爱生活在一个知识分子家庭，父母都是工程师，他们喜欢苏联音乐和歌曲，他们知道在精神生活最困难的时代如何体贴和照顾自己的心灵世界。但是，在对待孩子和外部世界压力的时候，他们几乎是无知的白痴和懦弱的奴隶。他们逆来顺受，沾沾自喜，然后是母亲偷情父亲容忍。他们将一切不如意和怨恨都倾泻在对孩子的塑造和教育过程中。但他们却没有一天走进过孩子的心灵世界。童年的忧郁就是这样远远胜过那些风烛残年老人的。刘爱有父亲母亲，有老师和同学，但他却更像一个孤独无助的漂泊者和流浪儿，他也因此离家出走，当这个家与他没有意义的时候。

刘爱喜欢阿吉泰老师，因为阿吉泰老师长得漂亮。我们都曾经喜欢漂亮的女老师，尤其是漂亮又和蔼脸上充满阳光的女老师。她们曾是我们童年的偶像或暗恋的对象。但谁都知道那是一种精神依恋或“恋母情结”所致。包括刘爱在内的男同学都喜欢阿吉泰，当然与她的漂亮和她对同学的平等有关。但刘爱喜欢英语老师王亚军却并不完全一样。王亚军在那个时代完全是一个“另类”，他衣着得体、谈吐文雅、生活和教学一丝不苟。他向往和崇尚西方文明，他甚至每天用香水。在那样一个时代这意味着什么是不言而喻的。但他理解刘爱，这个年轻的孩子甚至成了他唯一的朋友。王亚军内心的孤独可想而知。王老师得到同学的爱戴不只因为他自尊自爱的形象，也不只因为他教给孩子们英文歌曲，让他们肤浅地体悟另一种文化的新奇和魅力，更因为王老师在一个权力结构的社会环境里，他平等和温暖地与同学交流，使忧郁胜过老人的童年有了临时的精神依托和避难所。因此，王老师代表的另一种文化，与当时的流行文化或霸权文化构成了无可避免的冲突，他一定为他所处的时代所不容。刘爱选择了他，但不能向他学习，甚至模仿也不被允许。一个属于未来的主人选择了属于未来的文化，在两种文化矛盾冲突的时代，他们都必须付出代价。

《英格力士》不只是童年苦难的控诉书或忏悔录。作为一部文学作品，它所体现出的文学性，是尤其值得谈论的。它的修辞诙谐、幽默是表面的，它通过具体的细节走进了那个时代的历史，走进了一代童年的心灵世界。文学性就是将属于精神和心灵层面的困难、茫然、困惑、孤苦、寂寞、无助、无奈等，写到绝对和极端。这个绝对和极端不一定是面对断涯或绝路的处理，不一定是生死的选择。它是在特定的环境里将这些问题在心理和精神层面深入而广阔地展开，让主人公的绝望或生不如死或凤凰涅槃。刘爱和王亚军所处的环境以及他们内心的压抑、绝望被王刚写到了极致。因此这是一部具有极强的文学性的小说。另一方面，小说在讲述那个可能是亲历的故事的时候，叙述语调帮助或强化了人物的心灵苦难，就像遥远的天山，高山雪冠也寂寞无边，犹如融化的雪水涓涓流淌却撞击人心。

当然，小说也有牵强或人为的痕迹。比如刘爱和阿吉泰在防空洞的遭遇，充满了戏剧性。坍塌的防空洞是对虚荣母亲秦萱琪的一种嘲讽，是对她光荣心的最大嘲弄，它险些成了埋葬自己儿子的坟墓。但阿吉泰和刘爱的绝处逢生在这里不让人感动，它就有问题了。而且这个情节和小说的整体结构关系并不大。当然，这一小小的缺憾并没有、也不会影响《英格力士》的艺术成就和我们对它由衷的喜爱。

当文学被无数次地宣告死亡之后，2003 年美国批评家希利斯·米勒再次访问了北京，他带来的新作《论文学》中，对文学的命运作了如下表达："文学的终结就在眼前，文学的时代几近尾声。该是时候了。这就是说,该是不同媒介的不同纪元了。文学尽管在趋近它的终点,但它绵延不绝且无处不在。它将于历史和技术的巨变中幸存下来。文学是任何时间、地点之任何人类文化的标志。今日所有关于'文学'的严肃思考都必须以此相互矛盾的两个假定为基点。"⑤这确实是一个悖论,一方面我们为文学的当下处境忧心忡忡,为文学不远的末日深感不安和惊恐;另一方面,包括苦难主题在内的新世纪文学日见奇异和灿烂的想象,也为文学注入了前所未有的活力和魅力。

注释:

① 加亚特里·查克拉沃尔蒂·斯皮瓦克:《属下能说话吗》,见罗钢、刘象愚主编《后殖民主义文化理论》,中国社会科学出版社 1999 年版,第 157 页。

② 林白:《后记:世界如此辽阔》,《十月·长篇小说·寒露卷》,2004 年,第 100 页。

③ 同上。

④ 贺绍俊:《叙述革命中的民间世界观》,《十月·长篇小说·寒露卷》,2004 年,第 101 页。

⑤ 金惠敏:《图像增殖与文学的当前危机》,载《中国社会科学》2004 年第 5 期。

总体性的幽灵与被“复兴”的传统

——当下小说创作中的文化记忆与中国经验

传统文化,是当代中国文化与文学研究的一个巨大“情结”,在不同的历史阶段,“继承”或“弘扬”传统几乎是不变的、永远“政治正确”的口号。因此,对当代中国文化与文学来说,它具有“元话语”性质。但是,传统究竟如何继承,或者究竟什么是我们的文化与文学传统,又一直是困扰我们和悬而未决的问题。毋庸置疑,对传统的尊重或继承永远是必要的。但是,在我们对待传统的问题上,一直有一个挥之不去的潜在诉求:只有与传统联系在一起,才能够确定我们的文化身份,这就是民族性。在过去的理论表达中,只有民族的才是大众喜闻乐见的,才是中国作风和中国气派的;在当下全球化的语境中,只有民族的才是世界的,也只有民族的,才能够保证国家文化安全而抵制强势文化的覆盖或同化。应该说,这两种理解的功利性诉求所建构起的意识形态,在不同的历史时期都有它的历史合理性。但是,传统文化显然不只存在于功利性的意识形态的表达中。事实上,在现代性追求的过程中,社会求新求变的激进演化,总体性的传统文化已经无从表达。在我们感受到的生活中,到处是钢筋水泥的森林和与国际接轨的新近时尚,特别是以电视、网络为中心的新型媒体,几乎彻底改变了我们认知和感受世界的方式。那个总体性的传统日渐淹没于红尘滚滚的现实世界中。

另一方面,传统又确实是我们的文化母体。无论社会以怎样激烈的方式发生变化,总体性的传统还是幽灵般地支配着我们的思维方式和行为方式。即便在文学活动中,我们熟知了再多的西方理论或创作方法,文化传统还是顽固地存活下来。在近期的小说创作中,文化传统的“复兴”成为一个令人瞩目的现象,这就是体现在当下小说创作中的民间文化、文人趣味和乡村的世风与伦理。

一、神秘事物与民间文化

通过对新世纪小说创作的观察和分析,我曾提出了“边缘文化与超稳定文化结构”的看法。这一看法的提出,是缘于大量的小说创作对过去被我们忽略、甚至批判乃至抛弃的文化资源,重新得到关注并注入了新的理解。这一现象的出现,一方面与西方强势文化的挤压有关;一方面与作家对本土文化新的理解有关。在西方强势文化的挤压和“形式的意识形态”的诱导下,我们的文学焦虑不安,在急于获得西方承认的心理诉求下,只能“跟着说”。这个结果伤害了中国文学的自尊心。于是,从本土文化寻找文学资源就成为作家自觉的意识并逐渐形成潮流。《白纸门》就是在这一潮流中意识和特点鲜明的作品。

> 腊月的雪,疯了,纷纷扬扬不开脸。烈风催得急,抹白了一片大海湾。白得圣洁的雪野里零零散散地泊着几只老龟一样的旧船。疙瘩爷把腿盘在炕头,屁股上坐着一个红海藻做的圆垫子,烤着火盆,吧嗒着长烟袋,眯着浑黄的眼眸瞄了一眼门神,把目光探到窗外。荒凉海滩上压着层层叠叠的厚雪,撩得他猛来了精神儿。他心理念叨打海狗的季节到了。他别好徒弟梭子花送给他的长烟袋,挺直了腰,拧屁股下炕,从黑土墙上摘下一只明晃晃的打狗叉。叉的颜色跟大铁锅一个模样。他独自哼了几声闰年谣,拎起拴狗套,批上油脂麻花的羊皮袄,戴一顶海狗皮帽子,甩着胳膊,扑扑跌跌地栽进雪野里。

这是关仁山长篇小说《白纸门》开篇描绘的一个场景。这个场景与其他地域日常生活场景的差异性显而易见:这是冀北海滨雪莲湾的冬季,一个略有萎靡无所事事的渔民在火盆边吸烟袋。当他看到海滩上的积雪被烈风抽打的时候,职业的敏感使他顿时精神抖擞,然后便跌跌撞撞地栽到雪野里去了。值得我们注意的是,在这个开篇的叙述中,有几个独特的关键词是我们不熟悉的:红海藻、门神、梭子花、大铁锅、闰年谣等等。事实上,在《白纸门》的“引子”《鹰背上的雪》中,这样的关键词出现了 49 个,而这 49 个关键词也恰恰是《白纸门》49 个章节的标题。我们不免疑惑,那已经给了注释符号的类似词条式的关键词,到最后作者也没有给出我们可以理解的注释,也没有作出任何说明性的文字。这是作者的有意地遗漏还是无意地故弄玄虚?

这是一部表现当下农村日常生活的小说,但日常生活仅仅是作家现有经验的文学化呈现。比如当下农村改革的状况,变革的农村在向什么样的方向发展等等,但我们看到的这些现实的生活在小说中更像是一个“由头”,更像是要通过这些“现实的生活”表达一种非现实的东西;这也是一部表现人性的小说,但这个人性不是我们惯常看到的人与人交往中流露出的善与恶,也不是在突发事件、在戏剧化的场景中所表达的人性极端化的心理或行为。而是所有的人性似乎都被纳入了一种“规训”的掌控之中,一种超自然的力量使人性有了顾忌或敬畏,为所欲为在雪莲湾难以大行其道。

小说似乎是以麦家祖孙三代人——七奶奶、疙瘩爷和重孙女麦兰子的生活和性格展开故事的,但它又不是一部家族小说。这个家族与雪莲湾的民俗风情有密切关系,甚至可以说,“麦家”的历史就是雪莲湾的历史,麦家的风俗影响或塑造了雪莲湾的文化或生活方式;小说的空间在雪莲湾,但雪莲湾的时间源头却是不可考的久远历史。这个历史仍然与麦家有关:“古时候发海啸,雪莲湾一片汪洋,七奶奶的先人会剪纸手艺,平时就在门板上糊上剪纸钟馗,家家户户进水,唯独七奶奶先人家里没进海水。这下就把白纸门传神了,家家户户买来白纸,请七奶奶先人给剪钟馗,明眼人一看,雪莲湾家家户户都是一色白纸门了。”与门文化有关的还有,谁家男人死了,要摘下左扇白纸门随同下葬,女人走了要摘下右扇白纸门下葬,新人入住要重新换上门,贴上七奶奶剪的白纸钟馗。雪莲湾的风俗就这样延续下来。这大概是小说对《白纸门》唯一作出注释的"词条"。其他没有作出注释的"词条",都隐含在雪莲湾的生活词典里。也许在作者看来,民间生活的秘密是只可意会不可言说的,而这个不可言说的有意"省略",恰恰是小说的高明之处。

疙瘩爷和七奶奶是《白纸门》的主要人物,也是雪莲湾"旧文化"的守护者和象征。疙瘩爷不仅面对社会生活严格恪守公平原则,认为公平本身就是对尊严的捍卫,而且在与动物的厮杀搏斗中,也要以公平的方式对待。他杀猎海狗不用现代的火枪,而是用"打狗叉"。他的理由一是祖传的规矩,一是不能干断子绝孙的蠢事。但当他面对"现代"的时候,疙瘩爷不仅不能阻止年轻人的火枪,甚至他也难以左右自己。当他当上村干部之后,他雅努斯式的犹疑和茫然,也出现在他被民间古旧文化熏陶过的沧桑面孔上。传统遭遇了"现代",传统的无能为力是因为"现代"的无所顾忌。七奶奶虽然敢于出头为村里讨债,但讨回的钱却让村书记买了轿车,"小吕子"书记虽然被绳之以法,但七奶奶的"规矩"还能够制约多少人或多长时间呢?因工厂的污染,雪莲湾大片红海藻"走了",七奶奶竖起她的白纸门,但七奶奶能够挽留红海藻吗?因此,《白纸门》表达了传统与现代的文化冲突,表达了现代没有边界发展的困惑和隐忧,当然,它也检讨了百年来对传统文化彻底排斥、抛弃乃至毁灭的后果。

因此,《白纸门》给人印象最深的,就是它对民间文化或民俗民风的呈现与描绘。它像"箴言"或"咒语",它不能改变现实却预言了现实。我们可以说它是"迷信"、是非理性,但它却是雪莲湾的民间信仰。民间信仰,是对超自然力的信仰而形成的观念以及在观念统治下形成的态度和行为。这种超自然力,既包括人格化的力量(如神灵),也包括非人格化的力量(如法术)。一般来说,民间信仰缺乏统一的神系、固定的组织以及统一的教义,因而在形态上同制度化的宗教有较大差异,并因此而长期被人们普遍以"迷信"相称,来强调它与科学的对立,特别是与狭义“宗教”(高级宗教)的区别。但其实在本质上,它同各种高级宗教是一致的。从客观的经验来看,或者说,从科学的角度来看,它们均属于非理性的范畴。在人类学、民俗学当中,与制度化的宗教相对,民间信仰常被称作“普化宗教”。对于中国的民间信仰,有些学者又常常称之为“民间宗教”,并且把它看作中国民众自己的宗教。[①]文化人类学或民间文化研究专家正确地指出了“民间信仰”的功能或价值。而《白纸门》重返民间文化,重新表达对神秘事物的敬畏和顾忌,意义显然重大。

关仁山是著名的“现实主义冲击波”的代表性作家,他创作的《大雪无乡》《九月还乡》《天高地厚》等作品,在主流批评那里获得了很高的评价和声誉。《白纸门》与他以往的作品相比,发生了极大的变化。他在谈到自己这部作品的时候说:“作家没有明确的民间立场也就没有明确判断生活的尺度,价值观念也难确立。经过这些年的思考,我认为现实主义作家确立民间立场十分重要。建立民间立场,即确立自己的独立精神。从《白纸门》的创作,我有意识向民间立场迈了一步,尽管有点儿为难,可能还会丢掉一些利益,但还是值得的。”[②]在他的独白中,我们确实感到了他转变的艰难甚至犹疑。但他毕竟实现了超越自己的“突围”。

就小说而言,我唯一不满足的,是小说在现实与传统之间还没有建构起无碍的内部关系,还没有达到不露痕迹地统一或融合,它们之间总像隔着还没跨越的沟堑。因此,那些传统的民风民俗就像庙会一样,有“策划”的味道。这种情况是否与作家的直接经验不够有关呢,还是与传统渐行渐远痕迹难寻有关?我不能断言,但总是觉得在那些地方还没有“焊接”好。但无论如何,在一个没有敬畏和顾忌的年代,关仁山在乡村中国超稳定的文化结构中,重新打捞出了尘封已久的陈年旧事,重新将被压抑的民间文化呈现在我们的阅读中,使我们对“神秘的事物”有了新的认识和感知。仅此一点,他就功莫大焉。

杨黎光的《园青坊老宅》很像是一部家族小说。但它不是家族小说。它是终结了生活于老宅中两个居民群体、反映时代历史风云变幻的社会历史小说：家族历史在老宅中终结，前现代或欠发达时代的民居生活，在老宅被付之一炬时也同时终结。但这是一个令人喜忧参半的故事。表面波澜不惊，但内部阴沉、危机四伏的家族时代永远地成了历史；喧嚣热闹、纷乱杂居的生活也即将成为历史。这两个时代的终结，都是中国社会历史巨变的象征，也应该是历史的表征。但是，当老宅化为灰烬的时候，“几乎所有老宅人都回来了，大家围着这堆废墟不发一言”。这本应该是一个进入新时代的庆典仪式，但它的场景却充满了凭吊般的感伤，成为一个告别仪式。

老宅的消亡，就是历史的消亡。作家在表达对这段历史消亡时的心情是复杂的。一方面，老宅中蕴含着许多鲜为人知的秘密。比如类似志怪式的各种故事：“狐仙”、有声音的骨灰盒、能吞鸡的巨蛇、阴沟爬出的乌龟等。有的是人为的装神弄鬼，有的是民间神秘文化；同时，老宅中的也有齐社鼎和梅香五四式的凄美动人的爱情故事；有几十年被认为是“狐仙”的一心要找到齐家浮财的谢庆芳，有满足于占小便宜的张和顺，破落公子程基泰，文物贩子钱启富，倒卖难民服装的杜媛媛，酒鬼曹老三，寡妇何惠芳和新青年成虎等。这些人的出身、教养，人生和命运，都千差万别。他们生活在老宅的时候，老宅曾是难忘爱情、热闹生活的集聚地，但老宅也曾是悲剧或悲苦命运的发源地。但这就是曾有过的生活。它存在的时候，老宅人可能意识不到它的意味。一旦消失，老宅人仿佛就和历史失去了联系。这就是老宅人为什么当老宅化为灰烬的时候、新生活即将开始的时候，反倒没有也不能欢呼雀跃弹冠相庆的原因。也是作家内心矛盾迷茫百感交集、欲说还休欲言又止的原因。

小说将不同的人物会聚到老宅，他没有将老宅写成传统的家族小说，也没有将其写成单一的大杂院，而是将两者交织在一起。书写了两种完全不同的生活。齐家老宅的家族宗法关系严明有序，但它却扼杀了齐社鼎和梅香美丽的爱情，这时的老宅应该死去；大杂院时代，捉襟见肘的条件使邻里没有私密生活，矛盾百出，老宅也应该死去。但是，历史没有也不会为老宅人提供至善至美的生活。那种凄美哀婉的爱情和既爱又恨的邻里生活，就这样永远地成为过去。所以，老宅人和叙述者究竟要生活在过去，还是生活在可以想见的现实与未来，实在是个说不清楚的事情。这就是现代性的两难。

小说对齐社鼎和梅香爱情的书写和神秘故事的书写，是其中最有光彩的段落。这种爱情在现代文学中，在巴金的小说或曹禺的戏剧里都曾出现过。男女主人公的刻骨铭心和天各一方，是浪漫主义小说常用的手法。但在浪漫主义消失的今天，这个故事仍然楚楚动人。那些神秘文化本来是人为的，但作为一种想象的超自然力量，虽然不同于作为民间信仰的"普化宗教"，但作为一种文学元素，它有效地控制了小说的节奏和情节的发展变化。同时，它也是我们理解民间世俗生活的重要依据。小说最后，成虎去深圳，很酷似当年新青年的出走。新青年的出走是实在没有出路，作家必须以放逐的方式处理。但成虎似乎没有必要。老宅没有了，一个时代没有了，这对老宅所有的人都是一样的。老宅人的历史也结束了，但是他们没有走。所以成虎的出走却使小说没有走出五四时代感伤小说的旧路数。

对传统民间生活的书写，是发掘、检讨或继承传统的一部分。T. S. 艾略特正确地指出："历史意识不仅与过去有关，而且和现在有关。历史感迫使一个人在写作时不仅在内心深处装着他自己那一代人，而且还要有这样一种感觉：从荷马开始的整个欧洲文学，以及包含在其中的他本国的文学是并存的，并且构成了一种并存的序列。这种历史意识，这种既是无时间的、又是有时间的、又同时是无时间和有时间的意识，使一个作者具有传统性。它也使作者最确切地意识到他在时间中的位置和他自己的当代性。"③

进入当代中国之后，包括生活情趣在内的传统的民间生活已不再被表达，那种生活先在地被指认为与当代生活是格格不入的。但事实远非如此。萨义德在讨论艾略特关于将过去、现在和将来联系起来的观点时，虽然指出了他的理想主义问题，但却承认了他中心思想的正确，这就是"我们在阐述表现过去的方式，形成了我们对当前的理解与观点”。[4]青年作家徐名涛的长篇小说《蟋蟀》，是一部对传统文化和生活集中书写的一部作品。在当下长篇小说创作的整体格局中，《蟋蟀》肯定是一个例外：这是一部离奇而怪异的小说，是一部情节密集又悬疑丛生的小说，它是一部关于过去的民间秘史，也是一部折射当代世风和私密心理的启示录。它在各种时尚的潮流之外，但又在我们时时更新却又万古不变的文化布景之内。故事的时间和背景都隐约迷离，我们只能在不确切的描述中知道，这是一个发生在清末民初期间、巢湖一带的姥桥镇陈家大院和妓院翠苑楼里的故事。大院的封闭性、私密性和妓院制度，预示了这是一段陈年旧事，它一旦被敞开，扑面而来挥之不去的是一种陈腐霉变的腐烂气息。这种气息我们既熟悉又陌生，既心向往之又望而却步：妻妾成群的陈天万陈掌柜、深怀怨恨的少东家陈金坤、风情万种的小妾阿雄、秉性难改的小妾梅娘、表面儒雅心怀叵测的义子王世毅、始终不在场但阴魂不散的情种秦钟以及一任管家两任知县等，各怀心腹事地款款而来。

这是两个不同的场景，一个是私人化的宅院，一个是公共化的妓院。但这两个不同的场景却隐含了共同的人性和欲望，在无数的谎言中上演了相似的爱恨情仇。陈家大院的主人陈天万陈掌柜一生沉迷斗蟋蟀，他的生死悲欢都与蟋蟀息息相关，在爱妾与蟋蟀之间他更爱蟋蟀，但他必须说出更爱小妾阿雄；小妾梅娘与少东家有染、与知县两情相悦、与义子王士毅有肌肤之亲并最终身怀六甲；王士毅表面儒雅但与妻子豆儿同床异梦，对收留他的义父陈掌柜的两个小妾虎视眈眈以怨报德；管家表面忠诚但对陈家家产蓄谋已久韬光养晦……但这一切都被谎言所遮蔽。院墙之外虽然传言不绝街谈巷议，但大院昏暗的生活仍在瞒与骗中悄然流逝。然而死水微澜终酿成滔天大浪，陈家大院更换了主人，那个只有母亲而父亲匿名的孩子，虽然身份暧昧，但因眉眼、提蟋蟀罐走路姿态和对蟋蟀的痴迷，使人们有理由相信了那就是陈掌柜的孩子。邻里释然大院宁静，但这个被命名为司钊的孩子，许多年过后，无论他的父亲是谁，可以肯定的是，他是又一个陈天万。他一定会承传陈家大院——也是中国传统生活中最陈腐却又魅力无边的方式。这个意味深长的结尾,也使《蟋蟀》成为一部“意味”深长的小说。

在故事的结构方式上,《蟋蟀》有两条明暗交织的线索:一条是长颚蟋的被盗;一条是秦钟的神秘之死。这两条线索几乎掌控了陈家大院所有人的心理和精神生活,所有人的恐惧和快乐无不与这两个秘密相关。秦钟不散的阴魂不仅笼罩在陈家每个人的心头,甚至惊动了两任知县。每每提及秦钟命案陈家上下便魂不守舍讳莫如深,其实这个令人惊恐的事件水落石出时并不那么复杂,但它却是提领小说的灵魂;陈掌柜虽然不至于玩物丧志,但他对蟋蟀的迷恋最终还是走向万劫不复,长颚蟋的被盗终于让陈掌柜心无所系一命归西。《蟋蟀》中的文化与传统中国的主流文化既有关系又有区别:达官贵人对享乐的迷恋与陈家大院在本质上是一样的,但他们同时也有或兼善天下或独善其身的情怀或抱负。不同的是,陈家大院作为颓废的民间文化,所散发的仅仅是无可救药的腐烂气。这种文化犹如风中的罂粟,摇曳中的凄美惨烈背后隐藏着致命的绝杀。我惊讶徐名涛对这种文化气味的熟悉、提炼和掌控能力,他对享乐的体悟和对颓唐之美的拿捏,既让人不可思议,又让人忍俊不禁并生发出强烈的好奇心理和兴趣。这是东方奇观,也是华夏文化大地上的“恶之花”。

二、小说修辞与文人趣味

在现代知识分子阶层形成之前,中国舞文弄墨的人被称为“文人”。文人就是现在的文化人。幕僚、乡绅等虽然也有文化,也可能会有某些文人的习性,但他们的身份规约了他们的生活方式和情感方式,他们还不能称为文人。就像现在的官员、公务员、律师、工程师、教师等,虽然也有文化,但他们是政治家或专业工作者,也不能称为文人。在传统中国,“文人”既是一个边缘群体,也是一个最为自由的群体。他们恃才傲世,放浪不羁,漠视功名,纵酒狎妓等无所不为。这种行为方式和价值观都反映在历代文人的诗文里。五四新文化运动之后,这一传统被主流文化所不齿,它的陈腐性也为激进的现代革命所不容。因此,小说中的传统“文人”气息在相当长的一个时段里彻底中断了。20 世纪 90 年代以后陆续发表的贾平凹的《废都》、王家达的《所谓作家》等,使我们又有机会领略了小说的“文人”气息。庄之蝶和胡然虽然是现代文人,但他们的趣味、向往和生活方式都有鲜明的传统文人的印记。他们虽然是作家,也有社会身份,但他们举手投足都有别于社会其他阶层的某种“味道”:他们有家室,但身边不乏女人;生活很优裕,但仍喜欢钱财;他们谈诗论画才华横溢,但也或颓唐纵酒或率性而为;喜怒哀乐溢于言表。

如果说《废都》《所谓作家》等作品的人物,还残留着旧文人习气和趣味的话,那么,青年作家李师江的《逍遥游》,则是一部表达了现代文人气的小说。

李师江是这个时代的小说奇才。最初读到李师江的小说是《比爱情更假》和《爱你就是害你》。当时的直觉是李师江是这个时代最大的文学“异数”之一。他的小说和我们曾经习惯了的阅读经验相去甚远。这两部长篇小说,题材和叙述方法上有某些相似性,但都是非常好看的小说,他的题材几乎都与当下特别是他那代人独特的生活方式和处境相关,与他观察世界的方式和话语方式相关,在社会与学院的交接地带,过去被认为最纯粹的群体所隐含的或与生俱来的问题,被他无情地撕破。知识分子群体,无论是青年还是老年,他们中某些人的琐屑、无聊、空洞和脆弱,都被他暴露得体无完肤。他的残忍正是来自于他对这个群体切身的认识和感知。在只有两个人存在的时候,生活尚未展示在公共领域的时候,人没有遮掩和表演意识的时候,本来的面目才有可能被认识。李师江处理的生活场景,有大量的两个人私密交往,这时,他就为自己创造了充分的剥离人性虚假外衣的可能和机会。在他的作品中我们不仅看到了不曾被揭示的灵魂世界,而且看到了更年青一代自由、松弛和处乱不惊的处世态度。因此在今日复杂多变的生活中,他们才是游刃有余的生活的主人和青春的表达者、解释者。

《逍遥游》延续了李师江一贯的语言风格:行云流水旁若无人,出人意料又在情理之中,幽默智慧又奔涌无碍。它不是“苦情小说”,但表面的“逍遥”却隐含了人生深刻的悲凉,它不是“流浪汉小说”,但不确定的人生却又呈现出了真正的精神流浪。在漂泊和居无定所的背后,言说的恰恰是一种没有归属感的无辜与无助。这种评价虽然也可以成立,但好像太“西方”。其实,小说的微言大义都是“被阐发”出来的。如果我们从另一个角度阐释这部小说的话,我认为这是一部当代的“文人小说”。活跃在小说中的人物,既不是古代“为万世开太平”的官僚阶层,也不是“以天下为己任”的现代知识分子,他们不名道救世,不启蒙救亡。他们只是社会中的一个边缘群体,既生活于黎民百姓之中,又有自己的趣味和交往群体。他们落拓但不卑微,我行我素但有气节,大有明清之际文人的风采。作品中的李师江、吴茂盛等有各种让人不能接受的习气和生活习惯,无组织无纪律,言而无信不拘小节。但他们又都多情重义、热爱生活和女人。他们没有稳定的生活,似乎也不渴望更不羡慕“成功人士”。他们更像是生活的旁观者,一切都可遇不可求,虽然漂泊动荡为生存挣扎,但也随遇而安得过且过。他们经常上当受骗但决不悲天悯人自艾自怜。生活仿佛就在他们放肆的话语中成为过去。李师江、吴茂盛们没有宏大抱负,大处不谈国家社稷小处不谈爱情。这些事情在他们看来既奢侈又矫情。因此李师江笔下的人物都很放达,很有些胸怀。这就是小说的“文人”的气质,评论李师江小说的文字,都注意到了他很“现代”的一面,这是对的,但他对传统文化的接续和继承似乎还没有被注意。

在李师江这里,小说又重新回到了“小说”,现代小说建立的“大叙事”的传统被他重新纠正,个人生活、私密生活和文人趣味等,被他重新镶嵌于小说之中。作为作家的李师江似乎也不关心小说的西化或本土化的问题,但当他信笔由疆挥洒自如的时候,他确实获得了一种自由的快感。于是,他的小说是现代:因为那里的一切都与现代生活和精神处境相关。他的小说也是传统的:因为那里流淌着一种中国式的文人气息。

贾平凹的长篇小说创作,大多与现实保持着密切的关系,特别是乡村中国现代性的问题。但是,值得注意的是,贾平凹的小说又不那么现实。在他的小说中,总是注入了他丰富的个人想象或个人经验,尤其是个人的心理经验。他不那么现实的感觉或个人经验的加入,特别是文人趣味的一贯坚持,恰恰是小说最具文学性因素的部分。

《高兴》是贾平凹第一次用人名做书名的小说。按照流行的说法,《高兴》是一部属于“底层写作”的作品。刘高兴、五富、黄八、瘦猴、朱宗、杏胡等,都是来自乡村的都市“拾荒者”。都市的扩张和现代文明的侵蚀,使乡村的可耕土地越来越少。生存困境和都市的诱惑,使这些身份难以确定人开始了都市的漂泊生涯。他们维持生计的主要手段是拾荒。但是,面对中国最底层的人群,贾平凹并不是悲天悯人地书写了他们无尽的苦难或万劫不复的命运。事实上,刘高兴们虽然作为都市的“他者”并不是城市的真正主人,但他们的生存哲学决定了他们的生存方式。他们并不是结着仇怨的苦闷的象征,他们以自己理解生活的方式艰难也坦然。坚强的女人杏胡在死了丈夫之后,她为自己做的计划是:一年里重新找个男人结婚,两年里还清一半的债务,结果她找到了朱宗结婚,起早贪黑地劳作真的还清了一半的欠债;她又订计划:一年还清所有的债,翻修房屋。两年后果然翻修了房屋还清了所有的债。然后她再计划如何供养孩子上大学、在旧院子盖楼、二十年后在县城办公司等。她说:“你永远不要认为你不行了,没用了,你还有许多许多事需要去做!”她认真地劳作,善良地待人,也敢于和男性开大胆的玩笑。杏胡的达观、乐观和坦白的性格,可能比无尽的苦难更能够表达底层人真实的生存或精神境况。

当然,刘高兴还是小说主要表达的对象。这个自命不凡、颇有些清高并自视为应该是城里人的农民,也确实有普通农民没有的智慧:他几句话就搞定了刁难五富的门卫,用廉价的西服和劣质皮鞋就为翠花讨回了身份证,甚至可以勇武地扑在汽车前盖上,用献身的方式制服肇事后企图逃逸的司机等。这些显示了高兴的过人之处。但高兴毕竟只是一个来城里拾荒的边缘人,他再有智慧和幽默,也难以解决他城市身份的问题。有趣的是,贾平凹在塑造刘高兴的时候,有意使用了传统小说的“才子佳人”的叙事模式。刘高兴是落难的“才子”,妓女孟夷纯就是“佳人”。两人都生活在当下最底层,生活是否有这样的可能并不重要。重要的是贾平凹以想象的方式让他们建立了情感关系,并赋予了他们的情感以浪漫的特征。他们的相识、相处以及刘高兴为了解救孟夷纯所做的一切,亦真亦幻但感人至深。我们甚至可以说,刘高兴和孟夷纯之间的故事,是小说最具可读性的文字。这种奇异的组合是贾平凹的神来之笔,它不仅为读者带来了巨大的想象空间,也为作家的创作提供了许多可能。但是,也正因为是“才子佳人”模式,刘高兴和孟夷纯之间才没有发生“嫖客与妓女”的故事。他们的情感不仅纯洁,而且还赋予了更高的精神性的价值和意义。贾平凹显然继承了中国古代白话小说和戏曲的叙事模式,危难中的浪漫情爱是最为动人的叙事方法之一。还值得注意的是,小说几乎通篇都是白描式的文字,从容练达,在淡定中显出文字的真功夫。它没有大起大落的情节,细节构成了小说的全部。我们通常都认为,小说的细节是对作家最大的考验,一个作家和一部作品,最精彩之处往往在细节的书写或描摹上。《高兴》在这一点上所取得的成就,应该说在近年来的长篇小说中是最为突出的。《废都》之后我们再没见到这样的文字。在长篇小说进退维谷之际,贾平凹坚定地向传统文学寻找和挖掘资源,不仅为自己的小说创作找到了新的路径,同时也显示了他“为往圣继绝学”的勃勃雄心和文学抱负。

当然,《高兴》显然不只是为我们虚构了一个文人式的“才子佳人”的浪漫故事。事实上,在这个浪漫故事的表象背后,隐含了贾平凹巨大的、挥之不去的心理焦虑,这就是:在现代性的过程中,中国农民将以怎样的方式生存。他们被迫逃离了乡村,但都市并未接纳他们。当他们试图返回乡村的时候,也仅仅是个愿望而已。不仅心难以归乡,就是身体的还乡也成为巨大的困难。五富的入土为安已不可能,他只能像城里人一样被火化安置。高兴们暂时留在了城市,也许可以生存下去,就像他们的拾荒岁月一样。但是,那与他们的历史、生命、生存方式和情感方式休戚与共的乡村和土地,将会怎样呢?他们习惯和熟悉的乡风乡情真的就这样渐行渐远地无可挽回了吗?因此,《高兴》虽然将情景设置在了都市,但它仍然是乡土中国的一曲悲凉挽歌。

注释:

① 安德明:《民间信仰的功能》,中国民俗网,2006 年 11 月 13 日。

② 关仁山:《我心中的雪莲湾——与关仁山谈〈白纸门〉》,新华网河北频道,2007 年 4 月 13 日。

③ 德国神学家赫尔德语:转引自户晓辉《现代性与民间文学》,社会科学文献出版社 2004 年 8 月版,第 87 页。

④ [以色列]爱德华 · W. 萨义德:《文化与帝国主义》,生活 · 读书 · 新知三联书店 2003 年版,第 2 页。

怎样评价这个时代的文艺批评

2004年9月,人民文学出版社出版了德国作家瓦尔泽的长篇小说《批评家之死》。这部小说2002年在德国出版时,瓦尔泽刚刚过完75岁生日。这本书不仅是他献给自己75岁生日的礼物,同时他也将因此书引发的巨大争论一起献给了自己。我们抛却这部小说遭到诟病的种族问题的"政治不正确"不谈,单就对那不可一世、呼风唤雨的"文学评论沙皇"的抨击和讽刺,就足以想见文学评论家在当下社会中的面目是多么可憎和可怕:他在最典型的大众传媒——电视上,颐指气使地抨击一部作品,又趾高气扬地鼓吹另一部作品。那是在德意志联邦共和国,在中华人民共和国,批评家的面目可能还要糟糕得多。

这也许是一个不经意的隐喻。事实上,20世纪60年代自美国后现代作家约翰·巴斯发表了《枯竭的文学》之后,各种"终结论""死亡论"的声音就不断传来。"抵制理论""理论之死""作者之死""历史之死",当然也有"批评之死"前呼后拥此起彼伏。但是,这些终结论或死亡论,并不是言说文学、理论或批评真的"终结""死亡"或"枯竭"了。他们都有具体针对的对象。比如约翰·巴斯,他的"文学的枯竭",是挑战现实主义文学,挑战传统文学观念的。因为此时他正站在文学新方向的最前沿。在巴斯看来,小说应当是"原创的""个人的",也就是一种他所说的"元小说"。就现实主义文学而言,作为一种"总体化的小说",从19世纪早期一直延续到20世纪中期,它构成了小说史上一个短暂的"实验"阶段。尽管也成就了无数大师,但在约翰·巴斯看来,随着时间的流逝,现实主义那种曾有的反传统的思想已经耗尽。新的“元小说”在20世纪60年代开始再度流行。这才是巴斯宣布“写实主义实验”(现实主义)已经“枯竭”的真实用意。按照这样的思路,批评家尼尔·路西连续发表了《理论之死》《批评之死》和《历史之死》等惊世骇俗的文章。在路西看来,文学不可能是一种“稳定”的结构,它有许多特殊范例,但总体性的“稳定”结构是难以包括或不能解释这些特殊性的。①“批评之死”显然是针对这种文学总体性稳定的批评而言的。但是,路西同时认为,文学结构是不稳定的,并不意味着批评就一定会死亡——或者枯竭——因为它再也不可能像从前那样行动。在这个意义上,批评将会得到更密切的关注。

事实的确如此。当传统的“元理论”被普遍质疑之后,批评家的地位得到了空前提高。我们都会承认,保罗·德曼、德里达、杰姆逊、哈罗德·布鲁姆等大师与其说是理论家,毋宁说是批评家更为确切。之所以说他们是批评家就在于,他们的思想活动并不是在寻找一种“元理论”,而恰恰是在批评自柏拉图以来建构的知识或逻辑的“树状结构”。在“树状结构”的视野里,知识或逻辑是一元的、因果的、线性的、有等级或中心的。但是,在现代主义之后,传统的“元理论”不再被信任,特别是到了德勒兹、瓜塔里时代,他们提出了知识或逻辑的“块茎结构”。在“千座高原”上,一种“游牧”式的思想四处奔放,那种开放的、散漫的、没有中心或等级的思想和批评活动已经成为一种常态。这就是西方当下元理论终结之后的思想界的现状。美国当代“西方马克思主义”批评家杰姆逊将这种状况称为“元评论”。他在《元评论》一文中宣告,传统意义上的那种“连贯、确定和普遍有效的文学理论”或批评已经衰落,取而代之,文学“评论”本身现在应该成为“元评论”——“不是一种正面的、直接的解决或决定,而是对问题本身存在的真正条件的一种评论”。作为“元评论”,批评理论不是要承担直接的解释任务,而是致力于问题本身所据以存在的种种条件或需要的阐发。这样,批评理论就成为通常意义上的理论的理论,或批评的批评,也就是“元评论”:“每一种评论必须同时也是一种评论之评论。”“元评论”意味着返回到批评的“历史环境”上去：“因此真正的解释使注意力回到历史本身，既回到作品的历史环境，也回到评论家的历史环境。”②

在当下中国，文学批评的状况与西方强势文化国家有极大的相似性。批评的“元理论”同样已经瓦解。就像普遍被了解的那样，在我国，文学理论作为一个基础理论学科，并没有像韦勒克表达的文学研究是由文学理论、文学批评和文学史一起构成的。在韦勒克看来，文学理论和文学批评同属于“文学研究”范畴，它们应该是平行的。但是，过去我们所经历的情况通常是，文学理论对于文学批评来说，是具有指导意义和规范作用的。它恰恰是文学批评的元理论，因此它不仅仅是文学研究的组成部分，与文学批评来说，它构成了权力或等级关系，它是一个超级的“二级学科”，而文学批评不是。进入90年代，当作为批评主体的现代启蒙话语受到严重挫折之后，受到西方批评话语训练的“学院批评”开始崛起。这个新的批评群体出现之后，中国文学理论的“元话语”也开始遭到质疑。这当然不应仅仅看作西方批评话语的东方之旅，但中国文学理论遭到质疑的历史或社会背景，却与西方大体相似。以现代知识作为背景的中国文学理论，在建立现代民族国家过程中所起到的伟大作用，是不能低估的。它对于推动欠发达的现代中国文学的建立，也功不可没。即便是在80年代初期，在抵制、反抗“文革”时期文艺意识形态的斗争中，文学理论所起到的重要作用，也同样无可取代。在过去的时代，文艺理论的特殊地位几乎不能怀疑。所有的关于文学艺术的讨论，最后都要归结于“文学理论”。“文学理论”已经为我们规约了一切，它的“元理论”性质是不能动摇的。40年代初期以来形成的关于文学艺术的思想、方针、路线和政策，至今仍然是我们理解社会主义文艺最重要的依据。毋庸置疑，在拯救中华民族危亡、建立现代民族国家以及在大规模的社会主义建设过程中，那个时代文艺理论话语所起到的历史作用无论怎样估计都不会过高。在那样的时代，实现民族的全员动员，使文学艺术服从于国家民族最高利益，使文艺成为革命事业的一部分,发挥齿轮和螺丝钉的作用,是完全可以理解和正确的。

但这也成为文学理论作为元理论不可动摇的强大的历史依据,它的普遍意义仍然没有成为过去。一部作品要看它是否具有合法性,是否能够成为这一理论的有效证明,才能判定它是否具有价值。这就是中国的现代性价值。但是中国的现代性最大的特征就是它的不确定性。特别是在飞速发展的当代中国,文学艺术发展的激烈或激化程度远远超出了我们的想象。中国的社会已远远不是追求现代性的"现代社会",那些资本主义已有的所有的物质乃至精神现象,我们几乎应有尽有。当代中国,已经成为世界最大的文化试验场:各种文化现象、思想潮流,共生于一个巨大又拥挤的空间。过去我们所理解的元理论对当今文艺现象阐释的有效性正在消失,一种以各种批评理论进行的新的批评实践早已全面展开。正如普遍认同的那样,对西方文艺批评理论的关注,并不是"西方中心论"或简单的"拿来主义",事实上,它已经成为建设中国文学理论批评的主要参照或资源之一。于是,在当代中国,理论批评也同样形成了德勒兹意义上的"千座高原","游牧"式的批评正弥漫四方。

在这个意义上,包括文学在内的文艺批评,应该说取得了巨大的历史进步;元理论的终结和多样性批评声音的崛起,也从一个方面表达了当代中国巨大的历史包容性和思想宽容度。这是大国文化的体现。但是,一方面是文艺批评巨大的历史进步,一方面是对文艺批评的强烈不满。许多年以来,对文艺批评怨恨、指责的声音不绝于耳。但是没有人知道这个"憎恨学派"在憎恨什么,指责的人在指责什么。那些浅表的所谓"批评的媒体化""市场化""吹捧化"等等,还没有对文艺批评构成真正的批评。因为那只是或从来都是批评的一个方面而不是全部。或者我们从相反的方向论证,假如"媒体批评""市场化批评"等不存在的话,批评的所有问题是否就可以解决?我曾经表达过,对一个时代文学或批评成就的评价,应该着眼于它的高端成就,而不应该无限片面地夸大它的某个不重要的方面。就如同英国有了莎士比亚、印度有了泰戈尔、美国有了惠特曼、俄国有了托尔斯泰一样,中国现代文学有了鲁迅,中国现代文学就是伟大的文学一样。现代中国批评界也是鱼龙混杂泥沙俱下,但因为有了鲁迅、瞿秋白等,中国现代的文艺批评就是一个伟大的时代。当下中国的文艺批评还没有出现这样伟大的文艺批评家。在一个转型的时代,一切可能都在孕育、生长,所有的可能性还没有完全幻化为现实,但那不是怨恨或指责的理由。

我们甚至可以这样说,改革开放30多年来,文艺批评不仅在学院体制内,补上了因长期闭关锁国对西方文艺理论批评不了解的课程,培养了数目巨大的专业理论批评人才,而且那些一直在场的文艺理论批评家,在建构中国文艺理论批评新格局、推动理论批评建设、参与、推动文艺创作、阐释或批判文化现象等方面,它的努力一直没有终止。对各种新出现的文学、文艺现象的阐释、解读,比如对现代派文艺、先锋文学、新写实小说、市场文艺、网络文化、时尚文化、底层写作以及各种文化、文艺现象,批判的声音从来就没有停止过。对批评的不满,应该具体分析。更多的人习惯于80年代对意识形态没有质疑的思想方式,一切都有答案,而且是清晰的非此即彼的答案。那时不是"千座高原",只有一座山峰,对山峰只需仰望而不必思想。文艺批评就在这个意识形态框架之内。今天的情况已大不相同,一切凝固的东西都烟消云散化为乌有,一切都是不确定的。因此,一切都没有不变的答案。对这种纷纭甚至纷乱的声音的不适应就在所难免;另一方面,元理论或普遍性的丧失,使文艺批评也失去了统一的标准或尺度,它再也不是非此即彼式的二元世界。因此,不满意应该是元理论、普遍性或不确定性带来的问题,不应该完全由文艺批评来承担。正像前面提到的,中国已经成为最大的文化试验场,一切问题都让文艺批评来解决是不现实也是不可能的。事实上,在文艺生产领域,参与、影响或左右文艺的因素越来越多。而这些因素是文艺批评家所难以掌控和改变的。比如:

一、市场因素。在引导当下文艺生产的诸种因素中,市场的力量是难以匹敌的。仅就长篇小说创作来说,每年有1200部左右的作品出版。这个巨大的数字里，究竟有多少作品可以在文学艺术的范畴内讨论，确实是一个问题。文学生产的数字庞大，但在艺术上我们却是在“负债经营”，“艺术透支”是市场带来的最大问题之一。且不说商家在绞尽脑汁地策划出版能够占有市场份额的作品（在出版社自负盈亏的机制中，它有合理性的一面），单就只要有市场号召力的作品一出现，跟风的现象就无可避免。从《废都》到《狼图腾》到《藏獒》，都有模仿的作品迅速出版。商业目的对原创作品的消费淹没了原创作品的艺术价值和意义。它被关注的路径被极大地改变。批评家对作品的阐释只能在有限的范围内流传和讨论，更多的人不知道文艺批评对这些作品究竟表达了怎样的意见。

如果说这种现象因其不光彩的方式还难以冠冕堂皇地表达的话，另一方面，文化创意产业作为国家倡导和支持的新兴产业，它的合法性使它有了突飞猛进的发展，也已经成为左右文艺生产的巨大因素。张艺谋、陈凯歌等导演的电影，从《十面埋伏》《英雄》《满城尽带黄金甲》到《无极》，除了“大投入”“大制作”等毫无实际意义的概念外，几乎乏善可陈。但是，它们确实创造了巨大的商业价值。一方面我们会批评这些影片或导演在艺术上的失败；一方面在好莱坞电影帝国横行天下的时候，它们又为民族电影的存活带来了一线希望。这时，我们内心爱恨交织矛盾百出，简单的批评或赞赏都不能表达我们的全部复杂心情。也正因为如此，我们对市场的态度也会发生变化，市场的问题不是我们主观想象的那样简单，它客观上的多面性可能还没有被我们所认识。但它对文艺生产的影响、制约是绝对存在的。

二、评奖制度。任何文学奖项都隐含着自己的评价尺度，都有自己的意识形态。诺贝尔文学奖的一个评委也说过，在诺贝尔文学奖的上空，有一层挥之不去的政治阴云。或者说，诺贝尔文学奖也是有自己的评价标准的。像左拉、托尔斯泰、勃兰兑斯等都没有获奖。有资料说：

1901 年瑞典文学院首次颁发文学奖，按当时文坛的众望，此奖非托尔斯泰莫属，可是评委会却把第一顶桂冠戴在了法国诗人苏利-普吕多姆头上。舆论大哗，首先抗议的倒不是俄国人，而是来自评委们的故乡——瑞典四十二位声名卓著的文艺界人士联名给托翁写了一封情真意切的安慰信，说："此奖本应是您的。"但是托翁终身没有得到这一荣誉。

瑞典文学院对于一切评论历来不予回答，不过私下也承认："以往出现的偏差我们是非常清楚的，我们从不说谁得了奖谁就是世界上最佳作家，不过你得承认，我们是经过了一年的调查研究才慎重选出获奖人的，我们对每个候选人都有广泛的研究。"③确实，尽管偏差难免，但是历年文学奖获得者毕竟都是令人瞩目的文坛巨匠，绝非滥竽充数之辈。

我国的评奖"文革"前不多，大概只有电影的"百花奖""全国少年儿童文艺创作奖"等少数几个奖项。1978 年以后，"全国优秀短篇小说奖""全国优秀中篇小说、报告文学、新诗评选"等奖项陆续设立。然后有了"茅盾文学奖""鲁迅文学奖""老舍文学奖"以及民间设立的各种奖项。然而，没有任何一种文学奖项是没有疑义或每一个人都满意的。"茅盾文学奖"当然也有它的尺度和标准。尽管我们会对一些入选或落选的作品有意见或遗憾，但又完全可以理解。谁设立的奖项，就会授予奖项需要和理想的人。文学奖就是对一种文学意识形态的认同或彰显，就是对一种文学方向的倡导，这就是查尔斯·泰勒所说的"承认的政治"。对意识形态的认同，是一个人进入社会的"准入证"，对文学意识形态的认同程度，也决定了一个作家在多大程度上得到承认，所以承认是一种政治。如果道理是这样的话，我们就会理解，为什么有些作品会获奖，而有些作品会落选。可以肯定的是，获奖作品的艺术方法、政治倾向以及思想内容，都会对一个时期的文艺生产产生影响，特别是那些被普遍关注、影响广泛的奖项。

三、大学教育和文学史编纂。大学教育是传播文学经典最重要的场所，文学史编纂是确立文学经典最重要的形式。尽管大众文化已经进入了大学教育的课堂,改变了单纯的经典文化教育的内容,但是,大学的精英教育或经典文艺教育,仍然是大学文学艺术教育的主流,而文学史、艺术史的编纂,又是确立文艺经典最重要的形式之一。虽然早在60年代欧洲关于文学经典的讨论中,就有人提出:为什么大学课堂一定要讲授莎士比亚(即经典文艺)?文艺经典是由谁提出并确立的?我国近十年来也陆续讨论过类似的文艺经典的问题,但强大的精英意识和大学文艺教育体制,仍然坚持着文艺经典观。因此大学文艺教学的基本状况仍然以传承的强大力量影响着当下的文学观念和创作。但是,值得注意的是,当代文艺的经典化是存在问题的。经典化就是历史化。但当代文艺的"当代性"使这个经典化还缺乏足够的距离和时间,近距离判断的失误在所难免。而且,文学艺术史的编纂,既有文艺经典,也有"文艺史经典"。文艺经典是指普遍认同的经典,是经过历史过滤存活下来的经典;"文艺史经典",是指虽然不是经典艺术,但在文艺发展历史上产生过重大影响的作品,或者引发过巨大争论和讨论的作品。比如新时期的《班主任》《伤痕》等,它们都构不成文学经典,但在当时的历史语境下,它们的重要性必须写进文学史。类似的情况还在发生,比如"底层写作"等。"文学史经典"也会影响到文学创作和生产。

这些因素虽然都不是具体的文艺批评,但是作为影响文艺生产的因素,它们的作用甚至远远超过了文艺批评。所以,这些因素合力造成的后果,都要文艺批评承担,这是不合理的。批评没有能力也没有必要承担这一切。即便如此,我们在总体肯定文艺批评取得巨大历史进步的同时,也必须谈到文艺批评真正的问题。在我看来,文艺批评真正的要害或问题,在当下主要是没有是非观、价值观和立场。统一标准或尺度的丧失,并不意味是非观、价值观和立场也不要。一个极端或绝对的例子,是近期上映的台湾李安导演的《色·戒》。这是一部不折不扣的汉奸电影。这部根据张爱玲小说演绎的电影,对汉奸的美化,对特殊环境中人的情感和内心变化的同情、欣赏,使这部电影完全丧失了历史叙述的基本立场。如果我们认同李安的叙述的话，那么，历史就是可以任意建构的。个人的理由如果等同于大历史叙述，那么，任何与历史相关的立场和价值就都是一文不值的。值得注意的是，面对这样一个重大问题或现象，批评界几乎是集体缄默。更多的人注意的是为什么剪掉了多长时间的“床上戏”。一个事关重大的问题，就这样在一个近似“无厘头”的质询中变成了一场闹剧。这时，我想到了在反法西斯战争胜利的第二年，萨特创作的话剧《死无葬身之地》。几个游击队员被捕后，经历了难以想象的酷刑，他们也有过告发队长的念头，一旦告发他们即可获释，但他们没有这样做。这不仅是萨特的底线，也是面对正义与非正义战争历史叙述的基本立场。所有的游击队员最后都牺牲了，萨特对法西斯的控诉不仅维护了人类基本的价值尺度，同时也完成了战争环境中对人的具体人性的揭示或考量。但《色·戒》不是，它将人在极端化环境中表现出的偶然性或不确定性，镶嵌于大历史叙述中的时候，也改写了历史。这是我们不能同意的。对《色·戒》批评的缺席，反映了批评界在立场、价值观和历史观上的问题，它应该是近年来批评界存在问题的集中反映。而当我们检讨文艺批评问题的时候，这可能是切入要害的最恰当的入口。

对与文学艺术相关问题的阐释、解读是必要的，但过度阐释或言不及义的言辞表演，伤害了批评的尊严，使批评成为另外一个好好先生。批评不应该简单地否定一个作家、一部作品或一个现象，但也不意味着一味地说好话。一味的好话和粗暴的批评是一回事，是一个事物的两种同质表现。因此，让批评发出真正有力的声音，让批评有是非观、价值观和立场，是纠正当下批评被诟病的最好手段，也是维护批评最高正义的唯一途径。

这时，我又想到了文章开始时提到的写出《批评家之死》的德国作家瓦尔泽。他曾将即将出版的新作《批评家之死》按惯例寄给享有盛名的严肃报纸《法兰克福汇报》(FAZ)连载。没想《法兰克福汇报》的出版人一反常态，在尊贵的首版上发表了一封罕见的公开信，拒绝了连载建议：“您的大作像国家机密一样被我们研读。《批评家之死》是关于仇恨的文本记录:不是着眼于批评家,而是犹太人之死,FAZ 不会刊登有明显叫嚣谋杀和种族仇恨的小说。您经常说:摆脱束缚,真正自由。我今天相信:您的自由就是我们的失败……"④在一个众声喧哗、多音齐鸣的德意志,尚且有如此坦白和不可妥协的声音,这就是是非观和价值观。我们不评价这位出版人对《批评家之死》的批判是否正确,我们赞赏的是,他是一个有是非观、价值观和立场的人。我们的文艺批评就应该相似到这样的程度。

注释:

① [澳]尼尔·路西:《批评之死》,见阎嘉主编《文学理论精粹读本》,中国人民大学出版社 2006 年 1 月,第 251 页。

② [美]詹姆逊:《元评论》,《快感:文化与政治》,王逢振等译,中国社会科学出版社 1998 年版,第 3—4 页。

③ 缪培松:《诺贝尔文学奖纵横谈》,《读者文摘》1985 年 11 期。

④ 见 http://lib.verycd.com/2006/01/21/0000086021.html。

文学的速度与批评的速度

30多年来的变化如果我们用一个词来形容的话，那就是“速度”。社会生活飞速变化，我们只有停下脚步才能够感知速度对我们意味着什么。文学当然也是如此，30年我们所经历的文学场景几乎难以全面描述，任何一种描述都会挂一漏万。多变的文学和对文学多变的感慨，为我们时代的速度做了形象的诠释。但速度并不意味着一切，我们曾经历的、也是发达文学国家早10年甚至20年就经历过的文学革命，尽管情况并不完全一致，但命运却是相同的：他们也曾只是“掀起了一些自我反省的潮流，结果却失去了读者”。[①]今天文学尽管依然没有太多的读者，但可以肯定的是，那些严肃写作的作家终于度过了文学危险的泡沫时期，真正的文学正在与时代缓慢地建立联系。这种联系与近年中国独特的遭遇有很大关系，除了全球性次贷危机引发的金融海啸、股市楼市危机之外，冰冻灾害、地震灾害、洪水灾害等，使中国成为一个天灾集中喷发的国家。包括全球性问题在内的“内忧外患”，使当下的文学少有欢愉而多为忧思。这种忧思虽然不是针对灾难，但灾难的环境却是重要的背景。从远处说，30年来我们取得伟大成就的同时，也积压了众多的问题。作家面对这些问题的写作就不应看作一种可有可无的故作呻吟，它恰恰是这个时代某种意义上的镜中之像，是作家情感和内心的真实要求。

这当然只是一种关于当下文学的讲述，事实上，关于文学不满的声音同时此起彼伏不绝于耳。但是，相对批评而言，创作的情况要好得多。对当下文学批评的种种议论和指责由来已久，批评的公共性正在丧失似乎成为没有宣布的共识。不仅一般读者认为文学批评可有可无，就是批评家自己也相继指出："文学批评作为职业已经消亡"（李书磊），"批评的危机主要来自信誉的危机"（陈平原）……这些惊人之语尽管危言耸听，但也从一个方面道出了文学批评的某种处境。在我看来，文学批评的现状从表面上看，似乎是具体的评论的问题，比如捧场多于批评，事件化多于对真问题的接触，商业化对批评的学术性的伤害等等。其实这些问题都是相当表面化的。更严重的问题是潜隐在表面化背后的问题。这些问题最重要的大概有以下两点：第一是学院的学科体制问题。在大学的文学教育体制中，文艺学是二级学科。这个学科的基本体系在我国是20世纪建立起来的。学科过细的划分，适应了现代社会分工的精细化，却从根本上改变了我国传统的"文史哲"不分的学术机制。在这样的学术体制中，现代教育只能培养出专门家，而难以培养出大师。另一方面，就文艺学本身而言，从一开始它就是西方的体系，学了三十年的苏联之后，近三十年来几乎都是西方的。在这种情况下，我们每个人都有一种"身份"的焦虑：究竟是"学生"还是"对话者"？说是学生，我们的文化自尊心就受到了伤害；说是对话者，我们几乎没有可以在全球化的语境中或者在世界文论的格局中发出的自己独特的声音，我们甚至还没有找到可供对话的理论资源。倡导了多年的"中国古代文论的现代转换"，一旦落实到当下语境中，"转换"就无法兑现。我们还没有找到使古代文论再生的可能性。如果一种理论资源失去了对当下文化或文学阐释的可能，那么，它就仅仅是一种"历史知识"。

第二，文艺学自身的问题。作为一个二级学科，我国文艺学且不论它的内部外部环境，60年来的发展是相当惊人的。我们只要读一下60年代初出版的《文学的基本原理》、70年代末期出版的《文学概论》以及当下流行的学院文艺学教材，大致可以了解文艺学发展的概况。增添的西方文论的新内容，比过去大半个世纪还要多。但这也同样涉及另一个问题，即文艺学对中国运动、发展的文学缺乏应有的关注。虽然文艺学的话语和知识发生了天翻地覆的变化，但并没有总结出中国独特的文学理论来。我们常常提到的西方文论大师，他们对自己或者其他国家、地区的文化、文学现状有相当的了解。他们的理论与现实的文化、文学发展是有关系的。这么多年来，我们的文艺学还基本封闭在一般性的概念、范畴中，或者限于对西方理论的阐释中，还是启蒙的课堂文艺学。这样，要建立自己的文艺学就只能流于一种情感愿望。因此，文艺学的发展必须密切联系本土的文化、文学状况，从中提炼、概括出自己的理论。

进入新世纪以后，对文学批评的议论从来没有如此激烈，无论是普通读者、专业研究者还是批评家本身，不满甚至怨恨的声音强大而持久。这种不满或怨恨表面上似乎是由市场经济、商业化、大众文化等问题带来的，或者说由于社会转型或“历史断裂”使一些人感到了深刻的不适。但是，问题可能远远没有这样简单。如果没有市场经济，没有商业化，没有大众文化等，我们期待的“多元文化”如何实现？我们期待的创作、批评的自由，其空间将设定在哪里或怎样的条件基础上？需要承认的是，我们对当下的文化生产和文学实践条件还缺乏阐释的能力。我们可能只看到了社会的红尘滚滚、欲望横流，以及精神生活的迷乱或一团糟，并且以简单的批判和不断重复的方式夸张地放大了它，而忽略了变革时期文化生产、传播方式变化的历史合目的性的一面。

我想说的是，把文学批评的全部困惑仅仅归咎于商业化或所谓“批评的媒体化”“市场化”“吹捧化”等等，还没有对文艺批评构成真正的批评。因为那只是或从来都是批评的一个方面而绝不是全部。一方面，义愤填膺的批判特别容易获得喝彩和掌声，它是坊间或“体制内”“批评家”获得报偿最简易的方式；另一方面，这里以过去作为参照所隐含的怀旧情绪也遮蔽了当下生活的全部复杂性。证明过去相对容易些，解释当下却要困难得多。而对当下生活失去解释能力的时候，最简单的莫过于以想象的方式回到过去。事实上，代表一个时代文学水准的是它的“高端文学”而不是末流，同样的道理，代表一个时代文学批评最高水准的，同样是它的“高端批评”。我们至今还没有看到对一个具体的、有成就的文学批评构成真正批评的文字。

有统计说,每年长篇小说大约出版1200至1400部。这当然是一个庞大的数字。这个庞大的数字对批评家构成了巨大的压力:我们没有可能了解长篇小说的整体面貌。事实上我们也没有必要全面了解。但这种状况也构成了我们批评实践的条件之一。除了这样的实践条件对我们的影响外,批评的武器或知识对我们的挑战尤其重大。事实的确如此。当传统的"元理论"被普遍质疑之后,批评家的思想活动并不是在寻找一种"元理论",而恰恰是在批评自柏拉图以来建构的一元的、因果的、线性的、有等级或中心的知识或逻辑。在现代主义之后,传统的"元理论"不再被信任,特别是到了德勒兹、巴塔里时代,他们提出了知识或逻辑的"块茎结构"。在"千座高原"上,一种"游牧"式的思想四处奔放,那种开放的、散漫的、没有中心或等级的思想和批评活动已经成为一种常态。这就是西方当下元理论终结之后的思想界的现状。美国当代"西方马克思主义"批评家杰姆逊将这种状况称为"元评论"。他在《元评论》一文中宣告,传统意义上的那种"连贯、确定和普遍有效的文学理论"或批评已经衰落,取而代之,文学"评论"本身现在应该成为"元评论"——"不是一种正面的、直接的解决或决定,而是对问题本身存在的真正条件的一种评论"。作为"元评论",批评理论不是要承担直接的解释任务,而是致力于问题本身所据以存在的种种条件或需要的阐发。这样,批评理论就成为通常意义上的理论的理论,或批评的批评,也就是"元评论":"每一种评论必须同时也是一种评论之评论。""元评论"意味着返回到批评的"历史环境"上去:"因此真正的解释使注意力回到历史本身,既回到作品的历史环境,也回到评论家的历史环境。"

在当下中国,文学批评的状况与西方强势文化国家有极大的相似性。批评的"元理论"同样已经瓦解,因此,在学院派批评家那里,文学批评渐次被文化批评所取代。这个倾向出现之后,虽然暂时缓解了我们对"方法"的焦虑,但困境并没有真正得到解决。批评可以不"承担直接的解释任务",可以"致力于问题本身所据以存在的种种条件或需要的阐发”，但批评真的就不再需要价值和立场了吗？批评家有自己提供的作为“局外人”的优越和权利吗？当然没有。但是在这种语境下，从事批评活动总是不免犹豫不决充满矛盾。大概也正是这种心态，使文学批评陷入了一种空前的“信誉危机”和可有可无、无关宏旨的地步。阿诺德在《当代批评的功能》中说：批评就是“只要知道世界上已被知道和想到的最好的东西，然后使这东西为大家所知道，从而创造出一个纯正和新鲜的思想潮流”。我们的文学批评创造出这个“纯正和新鲜的思想潮流”了吗？没有。苏珊·桑塔格在《静默之美学》中说：“每个时代都必须再创自己独特的‘灵性’（spirituality，所谓‘灵性’就是力图解决人类生存中痛苦的结构性矛盾，力图完善人之思想，旨在超越的行为举止之策略、术语和思想）。”我们再创了桑塔格意义上的“自己独特的灵性”了吗？当然也没有。“内心的困境”带给我们的是“批评的困境”，它们互为因果加剧往复。我相信这不是我个人的体会，当然我也不能确定这个困境什么时候能够摆脱。可以肯定的是，批评和批评家应有的尊严和地位，只有在批评中才能获得。但现在的批评常常是，我们说下一句话的时候，忘记了上一句已经说了什么。批评不必成为政治的附庸，同样，批评也没有必要成为创作的附庸。在这个意义上，我认为我们批评的速度是太快了。我们没有抓住那些“最好的东西”告诉大家，因此也就不能“创自己独特的灵性”。

注释：

① ［德］乌尔里希·吕德瑙尔：《文学与速度——从20世纪90年代至今日的德语文学》，见《红桃J——德语新小说选》，上海译文出版社2007年8月版。

这个时代的小说隐痛

——评《小说选刊》兼与一种文学观念讨论

《小说选刊》创刊于1980年10月,至今已有20多年的历史。可以毫不夸张地说,20多年来,《小说选刊》对于推动中国当代小说的发展,起到了相当重要的作用。它的刊选标准以及在这个标准下推出的作家作品,从一个方面显示了中国当代中、短篇小说创作的最高水准,自选刊创刊以来,重要的中、短篇小说作家,几乎没有人没在《小说选刊》上被刊选过作品。甚至一些名不见经传的青年作家,也因《小说选刊》的举荐而一举成名,从而成为中、短篇小说创作的主流力量。因此,《小说选刊》所遵循的艺术尺度和对艺术尊严的维护,代表了中国当代小说创作的健康倾向。在红尘滚滚的时代,它也难免受到世风的影响,但总体来说,它仍然可以称得上是一块艺术的绿洲和文学的精神高地,它拥有的读者的质量和数量,证实了它存在的意义和价值。在这个意义上,《小说选刊》所坚持和维护的一切,从某个方面代表了中国作家在可能的情况下所坚持的文学的最高正义,我们应该向这个刊物表达我们应有的尊重。

一、如何评价当下的小说创作

在当下的文学批评中,整体否定和具体肯定这个悖论已经成为一种相当普遍的现象。无论在公开还是私下的场合,到处可以听到对文学的不满和指责,文学的末日似乎已经来临;但在大小传媒上,对具体作品的肯定如鲜花遍地盛开,我们仿佛就处在一个文学盛世。

这两种判断究竟哪一种更真实、哪一种更接近当下文学创作的实际，显然已经构成了小说评价的困惑和隐痛。最近，我读到了韩少功发表在2004年《小说选刊》第一期上的一篇文章——《个性》。在这篇千字短文中，韩少功对当下小说创作做了如下评价：

> 小说出现了两个较为普遍的现象。第一，没有信息，或者说信息重复。吃喝拉撒，衣食住行，鸡零狗碎，家长里短，再加点男盗女娼，一百零一个贪官还是贪官，一百零一次调情还是调情，无非就是这些玩意儿。人们通过日常闲谈和新闻小报，对这一碗碗剩饭早已吃腻，小说挤眉弄眼绘声绘色再来炒一遍，就不能让我知道点别的什么？这就是"叙事的空转"。第二，信息低劣，信息毒化，可以说是"叙事的失禁"。很多小说成了精神上的随地大小便，成了恶俗思想和情绪的垃圾场，甚至成了一种谁肚子里坏水多的晋级比赛。自恋、冷漠、偏执、贪婪、淫邪……越来越多地排泄在纸面上。某些号称改革主流题材的作品，有时也没干净多少，改革家们在豪华宾馆发布格言，与各色美女关系暧昧然后走进暴风雨沉思祖国的明天，其实是一种对腐败既愤怒又渴望的心态，形成了乐此不疲的文字窥视。

韩少功对当下小说创作形势的总体评价，应该说是很有代表性。这个裁判所式的宣判，在各种媒体和文学会议上几乎耳熟能详。似乎文学已经堕落到无可救药，文学成了万恶之源，文学是我们这个时代最丑陋不堪的场景，谁都可以向它吐口水或表示厌恶……但我的看法略有不同。一方面，我认为韩少功的批评有一定的道理，或者说，如果他指的是那些毫不掩饰的利益诉求、以电视剧的方式专门迎合某种趣味并借此走向消费领域的小说作品，我是同意的。确实有大量的小说，将烂俗的电视剧式的场景和人物移植于平面写作中，都市小资产阶级、中产阶级、白领、官员、小姐、妓女、床上行为、歌厅舞厅、宾馆酒吧、海滨浴场等是常见的人物和场景。但是韩少功批评的情况并不是小说创作的全部，尤其不是代表当下小说创作主流和艺术水准的现象。这是其一。其二,在韩少功的批评中,隐含了一种强烈的文学理想化要求和非历史主义的倾向。比如他列举了鲁迅、老舍、沈从文、赵树理等现代小说大师,认为和这些大师相比,当下的小说既没有像样的人物也没有鲜明的个性。这个说法的可疑之处就在于,对于已经成为文学遗产的过去,当代作家能够重临那个梦境般的辉煌吗?历史只可想象而不可经验。这些大师的天才创作是一个方面;另一方面,对文学历史的经典化叙事,当下的小说创作来说还没有机会获得。在鲁迅的时代,也同样有"鸳鸯蝴蝶派""礼拜六""红玫瑰"等世情甚至滥情的小说,即便在左翼作家那里,也不是所有的作品都和国家民族的叙事相关。如果按照韩少功的逻辑,现代文学也可以叙述成一种肉欲横流的历史,但因为有了鲁迅等现代小说大师,那个时代就足以让我们永久光荣。不同的历史处境产生不同的文学,在当下中国发生历史巨变的时代,在小说受到其他高科技制作的消费形式巨大冲击的时代,在审美趣味和消费需求有多种可能的时代,就当下中国优秀的小说创作而言,已经难能可贵。小说创作的状况需要具体的探讨而不是包打天下或居高临下的指责和抱怨。仅就《小说选刊》刊发的作品而言,韩少功的批评也是没有针对性的"批评的空转"。

现代小说的诞生在中国已近百年。四部不列、士人不齿的小说,其地位的改变缘于现代小说观念的提出。这一点,梁启超的《论小说与群治之关系》大概最有代表性。小说地位的提高及其再阐释,背后隐含了那一代知识分子对建立现代民族国家强烈而激进的渴望。于是,小说成了开启民众最得心应手的工具,小说带着通俗易懂的故事传播了小说家希望表达的思想。这一现代小说传统在20世纪大部分时间里得以延续,并成为那一世纪思想文化遗产重要的组成部分。

这个小说传统在后来的一段时间里遭到了质疑。普遍的看法是,20世纪激进的思想潮流培育了作家对"宏大叙事"的热情,培育了作家参与社会生活的情感需求。这一传统形成的"主流文学"压抑或压制了“非主流文学”的生长，因此也是文学统一风格形成的重要前提和土壤。如果从文化多元主义的角度出发，从文学生产和消费的多样性需求出发，这一质疑无疑是合理的。但一个有趣的现象是，这个争论在今天已经没有意义，或者说，文学传统及其解构者谁是谁非都不能拯救小说日益衰落的现实和未来。就现代小说而言，其成熟的标志无论是《伤逝》还是《林家铺子》，无论是《边城》还是《金锁记》，无论是着眼于社会问题还是从个人经验出发，都取得了伟大的艺术成就。当吁求的多元文化在今天可以部分地实现的时候，小说创作确实遭遇了难以预料的困境。但是，可以肯定的是，小说这种叙事文体的衰落，显然并不仅仅来自作家关注问题的视角。即便作家都选择了康德意义上的对公共事务的参与和关心，它能够解决接受者的兴趣和传播媒体的选择吗？

小说在社会生活结构中的地位不令人感到鼓舞，的确是一个令人悲观又无可回避的事实，但问题是，小说这种叙事文学辉煌时代的终结，是凭作家的努力无法改变的。在中国文学发展的历史上，每一文体都有它的鼎盛时代，诗、词、曲、赋和散文都曾引领过风骚，都曾显示过一个文体的优越和不能超越。但同样无可避免的是，这些辉煌过的文体也终于与自己的衰落不期而遇。于是，曾辉煌又衰落的文体被作为文学史的知识在大学课堂讲授，被作为一种修养甚至识别民族身份的符号而确认和存在。它们是具体可感的历史，通过这些文体的辉煌和衰落，我们认知了民族文化的源远流长。因此，一个文体的衰落既是不可避免的，同时，它的衰落又使得它以另外一种方式获得了永久的存活。今天的小说同样遇到了这个问题。也就是说，无论如何评价近百年的中国现代小说创作，无论这一文体取得了怎样的成就，它的辉煌时代已经成为历史。它的经典之作通过文学史的叙事会被反复阅读，就像已经衰落的其他文体一样。新的小说可能还会大量生产，但当我们再谈论这一文体的时候，更多的可能是深怀感伤和忧虑。

在我看来，把小说的衰落仅仅归结于市场和利益的驱动也是不准确的。这一说法的肤浅就在于,市场可能改变作家的创作的动机,但在现代中国,许多作家也是靠稿酬生存的。鲁迅的收支账目大多来自稿酬,巴金甚至新中国成立后也未领取工资。这些靠稿酬生活的作家与市场有极密切的关系,但他们并没有因市场的存在而改变创作动机,也没有因市场的存在而失去他们大师的魅力。另一方面,市场的诱惑又确实可以改变作家的目标诉求。利益也可以成为一个作家创作潜在或明确的目标。因此,小说的衰落与其说是与市场的关系,不如说是与人格力量的关系。现在,对鲁迅及其同时代作家有了不同的评价及其争论,不同的评论我们暂不评说,但有一点可以肯定地说,鲁迅的意义和价值,其人格成就可能大于他的文学成就。鲁迅的魅力不仅仅来自他对现代小说形式把握的能力,不仅仅来自他娴熟的现代小说艺术技巧,更来自于他的文化信念和坚守的人格。也正因为如此,他才能在小说中表达出他的悲悯和无奈。他是在市场化的时代用一种非市场的力量获得尊重和信任的。当代中国的知识分子,在不间断的政治批判运动和不间断的检讨过程中,独立的精神空间几近全部陷落。当政治挤压被置换为经济困窘之后,检讨也置换为世俗感慨。当希望能够维护知识分子最后尊严的时候,推出的也是陈寅恪、顾准以及民间已经作古的思想家。因此,作家人格力量的问题才是当代小说最重要的问题。

另一方面,多元文化初步格局的形成和传媒多样化的发展,也终结了小说在文化市场一枝独秀的“霸权”历史。虽然我们可以批判包括网络在内的现代电子传媒是虚拟的“电子幻觉世界”,以“天涯若比邻”的虚假方式遮蔽了人与人的更加冷漠。但在亚文化群那里,电子幻觉世界提供的自我满足和幻觉实现,是传统的平面传媒难以抗衡的。它在提供“开放、平等、自由、匿名”的写作空间的同时,也在无意中解构了经典文学的观念和历史,分流了阅读人群。在我看来,人格力量的缺失和现代传媒的发展,是现代小说不断走向衰微的内、外部原因和条件。

即便如此,我认为,就当下小说创作的最高水准而言,对它乐观的评价仍然是可以给出的。我的阅读经验是，除了莫言、余华、苏童、刘震云、叶兆言、贾平凹、阎连科、刘庆邦、王安忆、张抗抗、铁凝、方方等在内的80年代成名的作家，仍有好作品不断发表之外，毕飞宇、李冯、鬼子、东西、徐坤、赵凝、韩东、麦家、吴玄、红柯、艾伟、北北、须一瓜、叶弥、邵丽、朱日亮、齐铁民、陈希我、陈应松、欧阳黔森等作家的中、短篇小说，可以说仍然不在韩少功的评价之内。这些作家的小说不能说没有参与当下历史处境中的公共事务，不能说他们的"个人性"已经成为"普遍性"。韩少功的判断，如果不是武断的话，那么可以肯定的是他对当下中、短篇小说创作的情况并没有太多的了解，或者说，即便他有所了解，而把小说的整体形势描绘成了"万恶的旧社会"，也是不能让人同意的。我为当下小说创作做如上辩护，并不意味着我对当下小说创作的状况没有条件的认同。恰恰相反，我是希望能够面对小说创作的具体问题，并且能够在具体分析的基础上做出判断，而不是以君临天下的面目"横扫千军如卷席"。还需要指出的是，不要说中国的小说创作已经很难获得普遍的认同和满意，近些年来，获诺贝尔文学奖的作家作品在中国的反应也不断降温，文学界过去普遍认同的西方大师尚且如此，我们有什么理由不切实际地要求中国的当代小说。大师的时代已经成为过去？试图通过文学解决社会问题的时代也已成为过去！文学在这个时代尚可占有一席之地已实属不易。我曾在不同的场合说过，我的批评立场越来越犹豫不决，是因为我手执两端莫衷一是，我还难以判断究竟哪种小说或它的未来更有出路。但是，看了韩少功的文章之后，我认为需要保卫当下的小说形势，捍卫当下小说高端的艺术成果和它们的倾向，以解脱我们对小说总体评价的困惑和隐痛。

二、小说创作的心理和情感隐痛

如上所述，我总体上肯定当下小说的成就和倾向，还来自我切近的阅读。当我集中读了《小说选刊》2004年已经出版的三期六卷作品之后,更加坚定了我的看法。应该说,这些小说确实不再关注高端的意识形态风云,对“宏大的历史叙事”似乎也失去了兴趣。这一现象与国际冷战结束和日常生活合法性的确立有关,也与当代作家对小说功能的时代性理解有关。但是,这并不意味着小说不再承担“公共事务重荷”。不同的是,小说在这个时代不可能都像《中国农民调查》《往事并不如烟》等纪实性作品那样直接面对或参与社会问题,产生重大的社会效应和影响。

即便如此,当看到北北的《转身离去》、须一瓜的《第三棵树是和平》、李国文的《一条悲哀的狗》、孙春平的《说是高官》等作品后,同样能够感到作家对社会问题的深切关注。这些虚构故事的背后,或是一种彻骨的悲凉,或是一种心理的隐痛,但都和我们经历的历史和当下生活有密切的关联。北北的小说始终关注人的心灵苦难,日常生活的贫困仅仅是她小说的一般背景,在贫困的生活背后,她总是试图通过故事来状写人的心灵之苦,并力图将其写到极致。《转身离去》叙述的是一个志愿军遗孀芹菜卑微又艰难的一生。短暂的新婚既没有浪漫也没有激情,甚至丈夫参加志愿军临行前都没有回头看上她一眼。这个被命名为“芹菜”的女性,就像她的名字一样微不足道,孤苦伶仃半个世纪,她不仅没有物质生活可言,精神生活同样匮乏得一无所有。她要面对动员拆迁的说服者,面对没有任何指望和没有明天的生活,她心如古井又浑然不觉。假如丈夫临行前看上她一眼,可能她一辈子会有某种东西在信守,即便是守着一个不存在的乌托邦,芹菜的精神世界也不致如此寂寞和贫瘠;假如社会对一个烈士的遗孀有些许关爱或怜惜,芹菜的命运也不致如此惨不忍睹。因此,“转身离去”,既是对丈夫无情无义的批判,也是对社会世道人心的某种隐喻。

须一瓜的小说一贯的复杂,她的小说必须用心阅读,假如错过她对细节的精心雕刻,阅读过程将会全面崩溃,或者说,遗失一个具体的细节,阅读已经断裂。另一方面,须一瓜的小说还有明显的存在主义的遗风流韵,她对人与人之间的难以理解、沟通和人心的内在冷漠麻木,有持久的关注和描摹。《第三棵树是和平》同样是一篇扑朔迷离的小说,它有精密的细节构成的内在逻辑。犯罪嫌疑人发廊妹孙素宝的杀夫案似乎无可置疑,她年轻漂亮却无比残忍,她的杀夫与众不同,她肢解了丈夫,而且每个切口都整齐得一丝不苟,就像精心完成的一个解剖作业。法官对这样一个女人的不同情顺理成章。但年轻的法官戴诺却在办案过程中的细微处发现了可疑处,这个备受摧残的女人并不是真正的凶手,她是一个真正的受害者:不仅在日常生活中她没有尊严,即便在丈夫那里她也受尽凌辱。丈夫被杀后她被理所当然地指认为杀人凶手。但通过一个具体的细节,法官发现了真正的案情。小说虽然以一个女性的不幸展开故事,但它却不是一个女性主义的小说。它是一个有关正义、道德、良知和捍卫人的尊严的作品。对人与人之间缺乏怜悯、同情和走进别人内心的起码愿望,作家表达了她挥之不去的隐忧。

老作家李国文的《一条悲哀的狗》,原发于一家散文杂志,《小说选刊》将其钩沉作为小说发表,可见编辑的良苦用心。狗是人类忠实的朋友,许多作家都写过狗。80年代有一篇《远村》,是写人不如狗的故事:人的情爱生活如履薄冰压抑而沉重,而狗却可以自由地往来于两个村庄与伴侣频频相会。《一条悲哀的狗》以沦为"狗"的人的视角写人一样的狗。这也是一个在特殊年代里人不如狗的故事。那个名为"长毛"的狗有户口有粮食定量,曾威风八面地演过电影咬死过公狼。和这样的狗生活在一个世界,沦为"狗"的人会有怎样的悲凉心境?但狗还是没有人残忍,当"长毛"被屠杀后狗皮撑开时,作者也有一种死过去的感觉。这种感觉是对人的残忍的恐惧,是一种难以磨灭的记忆的创伤。

这些小说的批判性是显而易见的,社会问题不仅是案件、腐败、环境污染、下岗待业、资源匮乏、全球一体化,它同样也包括世道人心以及人的心理环境。上述小说所揭示的社会问题,反映在人的心理和情感的隐痛上,或者说是由历史和现实问题造成的人的心理和情感隐痛。《小说选刊》还有一种是在道德情感范畴展开人物和故事的小说，而且是大量刊选的。在社会变革时代，由于人的欲望的膨胀造成情感和伦理问题，已经构成了重要的社会现象，也确实存在将这种现象以具象刺激的方式书写的小说，这些小说热衷于浅薄的调情和肉体搏斗，这就是韩少功所批判的那种小说。但在《小说选刊》上刊选的作品，像叶弥的《小女人》、艾伟的《小卖店》、潘向黎的《白水青菜》、陈希我的《又见小芳》、刘庆邦的《双炮》、荆歌的《前妻》等，这些小说是以艺术的方式讨论当下生活，在揭示道德、情感、伦理关系日渐困顿和危机的同时，也以小说的方式表达了他们的倾向和立场。

曾听到几个批评家朋友对叶弥《小女人》的赞赏。这个小说并没有惊心动魄的故事或触目惊心的描写，却似乎有一种力量，一种举重若轻的力量。主人公凤毛是一个小人物，一个在人海里难以辨认的曾是女工的下岗女工。小人物有小人物的处事方式。在岗时，凤毛有很好的感觉，甚至敢于和丈夫提出离婚，离婚后凤毛有“单位”，还是一个“公家人”。但凤毛很快下了岗，下岗后的凤毛在精神上完全失去了依托，她顿时六神无主魂不守舍。凤毛的无助和内心虚弱弥漫于小说的字里行间，通篇流淌的是像梅雨般长久浸泡出的阴郁和沉重。小说有足够的叙事耐心，凤毛在举手投足间都流露出她的危机、寂寞和无奈，这个“小女人”太没有力量在小说叙述中彰显出一种艺术的力量。叶弥也写到男女床笫之事，但那些点到为止隔靴搔痒的描写并不是张扬男女之间的性事，而是为了凸显人物的性格和心理和变化。最后凤毛的归宿仍没有解决，这个“小女人”的命运让人久久不能释然。

潘向黎的《白水青菜》可以说是一篇平淡无奇的小说。故事的中心就是一罐慢火耐心煨出的汤。围绕着一罐汤，一男两女却演出了一场爱情的悲喜剧。丈夫最欣赏的就是妻子能炖出一罐与众不同的色味俱佳的汤，这是在最好的汤馆也喝不到的汤。更重要的是丈夫在喝汤时妻子在身旁构成的温馨、美好和幸福的家庭气息。但丈夫有了外遇，有了青春、漂亮、活泼和浪漫的情人，和情人时尚、新鲜的体验又很快成为过去，尤其是两个人的生活习惯大异其趣，情人嘟嘟或者吃肯德基，或者叫外卖。这个喝惯了妻子慢火炖汤的丈夫，怀念起他习惯却又久未品尝的那罐汤。情人百思不得其解，决定见妻子一面，场景艰难却也平和，嘟嘟明白了这罐汤但断然不辞而别，新新人类毕竟不同。丈夫回到了妻子身旁，但妻子已不是从前的妻子，汤当然也不是从前的汤。小说通过一个具体的细节走进三个人的情感世界，写得极为简洁。

这两篇小说都出自江南青年女作家笔下，也都是写女性的小说。但可以肯定的是，这两篇小说都不是张扬的、跋扈的女权主义小说。小说中悄然弥漫着一种情绪或思绪，犹如茶馆里的丝竹管弦，淡淡忧伤又婉约多情，又如精心打造的名流庭院，起伏多变但错落有致。这是两篇带有江南地域特征的、精致和有艺术气质的小说作品。社会转型时期在情感、道德、伦理领域的变化，以及两性世界的丰富性，在作家同时感知并表达的时候，也确实带有鲜明的性别特征。女性作家似乎更关注情感领域，更理想化；男性作家似乎对“两性生活”不那么讳言。但这里的性，不仅仅是“下半身”，不是明清以降白话小说对性兴致盎然的欣赏和迷恋。他们要言说的还是性之外的东西。陈希我的《又见小芳》，是以“物”和“性”的视角表达两性心理世界的。已有女朋友的“我”，在网上认识了一个富有的女人，在这个虚拟的电子世界里，匿名交流似乎无须遮掩，倾诉的渴望能够最大限度地得到满足，因此更有吸引力和信任感。这是个相当奇特的现象，熟悉的人难以彼此交流，对陌生人却可以无所不谈。但“我”却在交往过程中发现了女人的差异性。那个被命名为“影”的女友是个拜物主义者，她所有的欲望集中在对物的占有上。“我”的窘迫不足于满足女友的欲望，于是，这个有老板身份的网友对“我”构成了巨大的吸引，他甚至时时准备“献身”。但是，这个女老板并没有这个要求，他发现她痛苦于男人对她金钱的兴趣，而不是对她五短肥胖“人”的兴趣。她厌恶这个金钱和物所支配的世界，对曾经拥有的“小芳”时代怀恋无比，并因那个单纯过去的永远消失而选择了一个拥抱之后的死亡。陈希我是以一种感伤的笔调来讲述这个故事的,这个略嫌冗长的叙述里,有相当精彩的细节和想象,然而出人意料却是一个惨烈的悲剧。

刘庆邦是当下为数不多的专事中、短篇创作的作家。他不是暴得大名的作家,他的声誉形成于他耐心和持久的创作过程中。他对底层生活的熟悉和长久关注,使他的创作具有了某种精神的连续性。《双炮》的故事极为荒诞,一对双胞胎兄弟,婚后竟突发奇想,在嫂子翠环躁动情欲的蛊惑中,试图以兄弟相貌的酷似实现"换妻游戏"。但哥哥得逞之后,弟媳小如却在羞愧中自尽,弟弟一怒之下当兵死活不知没了音信,哥哥也在一次与土匪的战斗中死于非命。这个年代不详的故事事实上还是关乎伦理道德的表达,它有点宿命论,有点因果报应。但刘庆邦显然是借助"过去"的故事表述他对当下伦理秩序的态度和立场。

荆歌的小说永远是不紧不慢的叙述,无论是长篇还是短制,他没有大开大合轰然迸发的事件,而是细致入微娓娓道来,这种切入小说的方式和讲究的文字已经形成了荆歌相对稳定的风格。《前妻》延续了他的叙述个性。《前妻》和潘向黎的《白水青菜》可以对比来读。主人公阿明是个欲望强烈的已婚男子,他和前妻生活在一起时并不觉得如何幸福,认识了新华书店的金婧后离了婚并又结了婚。但阿明再也找不到和前妻生活时的感觉,他每周一定要和前妻履行一次性事。这是个男性视角的故事,也是一个情感领域的迷宫。小说没有解释其中的道理,也缘于情感领域本来就是说不清楚的事。但小说还是道出了三个人的各自不幸:前妻已没有名分,但仍没有怨言地与前夫履行夫妻之间的义务;金婧有了名分,但却名不副实;阿明"弃暗投明"又奔波于两者之间,不能了却的是"剪不断,理还乱"的重重心事。小说从一个方面书写了当下青年情感的困境和迷乱的状态。这个状态当然首先是生活提供的。

因篇幅的原因,我不能对齐铁民的《豆包也是干粮》、赵德发的《手疼,心更疼》、黄咏梅的《多宝路的风》、莫言的《养兔手册》、迟子建的《踏着月光的行板》、阿成的《妆牛》等一一做出评论。但它们都是值得一读的好小说是没有疑问的。因此,2004年《小说选刊》刊选的作品,还是从不同的方面折射了与生活没有断裂的健康倾向。包括小说在内的文学艺术,本来就是处理人的情感、精神、思想领域的一种形式,它和现实生活不可能不构成一种先天的关系。但是,现实既是可以触摸的政治、经济、文化和日常生活,既可以反对贪污腐败和描写伊拉克战争,也可以是难以触摸的思想、精神和情感领域的生活。上述作品从两个方面探讨了人在心理和情感领域的隐痛,并在一定程度上捍卫了文学起码的尊严、表现了探讨当下生活丰富性和复杂性的努力。但我同时认为,对当下小说创作仍然可以怀有更高的期待,或者说,我们还没有看到一篇可以令人兴奋不已奔走相告的作品,还没有看到那种刻骨铭心过目难忘的作品,这是否也构成了我们对小说期待的一种隐痛?这样的作品是可遇不可求的,但我相信终会读到这样的作品。

战争文化的记忆与想象

一、和平时期的“英雄焦虑”

传统的中国文化中，英雄文化是其中重要甚至是具有支配性的一种文化。这与儒家文化的“兼济天下”“修齐治平”有直接关系，当然也与古代社会频仍的战争并在战争中捍卫国家利益的英雄想象有关。于是“英雄文化”在文学创作中通过抒情、叙事和不同的修辞手段被成倍地放大，然后又哺育了一代又一代的“文化英雄”。《诗经》中的《公刘》、刘邦的《大风歌》、诸葛亮的《出师表》、唐代的“边塞诗”、岳飞的《满江红》、施耐庵的《三国演义》，一直到清末民初，到秋瑾、谭嗣同、李大钊、毛泽东，英雄文化虽然在不同的历史时期负载着不同的历史内容，但就这一文化本身而言，它在军旅文学中是被继承得最彻底的。

进入当代社会以后，英雄文化得到了进一步的光大。构成主流文化的两个基本来源，一个是革命历史，一个是当代英雄。当代文学的经典作品，“三红一创”以及进入当代文学史的“红色经典”，可以说基本是一部完整的现代中国英雄史。我们经常复述的“人民，只有人民才是创造历史的真正动力”，在当代文学的历史叙述中并没有得到贯彻，我们看到的恰恰是一部英雄创造的历史。在这部英雄历史中，战争文学表现的是最充分的。从长征、抗战、解放战争、抗美援朝一直到和平时期的军营，在文学的叙事中英雄辈出，这些英雄成了我们时代的表征，成了不同时代最可感知的里程碑。他们不仅让我们景仰,而且让我们产生追随感,想起他们,就有光荣和神圣在心头油然而生。这就是文学修辞的力量。但是,进入 90 年代以后,英雄文化遭遇了前所未有的挑战,在一个没有英雄或不需要英雄的时代,在革命者向职业军人转换的时代,如何塑造英雄,特别是如何塑造和军队、和战争相关的英雄,如何释放在没有战争的情况下当代军人被压抑了的爱国主义激情,构成了军旅作家正在承担的“英雄文化”的现代焦虑。

通过对革命战争历史题材的创作和反映当下军人生活作品的比较,我们会发现,前者或是革命战争的亲历者,或是革命英雄文化的认同者。在他们讲述的故事和塑造的人物中,他们没有焦虑。这些故事和人物都是透明的、单纯的、健康而生机勃勃的。他们是人民的子弟兵,为人民的翻身解放而战。那里明确无误的阶级关系,是一个具有历史合法性和“政治正确”的关系,也是实践着毛泽东新文化猜想的文化成果。这个方向性问题的解决,无须作家再彷徨犹豫。因此,那是没有焦虑的一代军旅作家。但是,进入 90 年代之后,现代性在中国日益表现出了它的复杂性,现代化的进程并没有沿着人们想象的方式进行。市场经济和商业化为社会带来了巨大财富,但同时也无情地瓦解了当代历史建构起的包括情操、道德、信仰等文化观念。这个巨大的“解放”因素,使中国成为一个无所不有的超级文化市场。这种情形,酷似法国后结构主义先驱吉尔·德勒兹所描述的“游牧文化”。在“千座高原”之上,人们丧失了方位和目标,但每个方位都成了目标。“游牧文化”在今日中国已经变成了现实。但我们正在经历的这种混杂文化,与我们期待的“文化多元主义”无关。我们常常把当下的文化描述为“转型”时期的文化,无论这一描述是否准确,可以肯定的是,它已经深刻地影响了包括军旅作家在内的文学创作,因此也更具今天军旅文学的特征。

在没有战争和不需要“解放”的今天,军人的革命者和解放者的身份也逐渐被职业军人的身份所替代,职业军人就是捍卫国家民族利益。但是,就军旅文学而言,它的功能性并没有改变,也就是说,军旅文学仍然是这个时代主流意识形态的表意形式之一。因此,军旅作家没有在写作形式上同社会上其他作家同步地进行文学实验、争做先锋,这与军旅文学没有改变的功能是有关的。除了乔良的《末日之门》在形式和小说结构上有新探索之外,重现战争历史、反映当下军队演习、迎接未来战争的准备,仍然是当下军旅文学重要的表现内容之一。朱苏进的《炮群》、柳建伟的《突出重围》、朱秀海的《穿越死亡》、裘山山的《我在天堂等你》、姜安的《走出硝烟的女神》、项小米的《英雄无语》、马晓丽的《楚河汉界》等,是这方面的代表作。在新一代青年军人的身上,可以明确地感觉到他们和老一代军人的差别:他们有文化、懂现代战争,但他们也知道如何维护自己的个性;他们有国家民族关怀,但他们也有过去军人或文学作品没有表现出来的焦虑。这样焦虑是来自职业军人的焦虑:他们有功名心,要在激烈的竞争中免于淘汰,要建立功业才能作军事领袖。也只有实现这一切,他们才能获得作为军人的身份认同。然而和平时期鲜有战争,这就进一步加剧了现代军人的焦虑感。上述作品充分地表达了这一矛盾的时代性。在叙事策略上,它们都提供了许多新的经验,这些青年军官几乎都被推向了极端,都经历了精神的生死攸关,他们都曾绝望过,但作者都写出了他们的绝处逢生。这种处理人物命运的能力,是过去的军旅文学作品不曾提供的。但我们不能不警惕地指出,面对新时代英雄的焦虑,这些作品几乎形成了一种未作宣告的新模式:人物都是将门虎子,都有婚姻和情感危机,都有被军队淘汰的可能,然后都在绝望中获得新生。这新的写作模式是"文化英雄"现代焦虑的另一种表现形式。

革命历史和战争小说,是20世纪"红色话语"重要的组成部分,也是需要我们清理识别的文化遗产的一部分。当红色革命已经成为历史的时候,我不同意彻底忘记或抛弃这个历史,事实上也不可能。那里的英雄主义文化精神,仍然是鼓舞我们的精神遗产。在当下的军旅文学中,我们看到了这一精神遗产的继承和新的发展,当然我们也看到新时代军人特有的"焦虑"。但我仍不能不遗憾地指出,当代军旅作家还没有写出像苏联战争文学那样的作品。苏联的战争文学如果从二战开始，曾有过《斯大林格勒保卫战》《一个人的遭遇》《解放》和《这里的黎明静悄悄》等从不同角度描写和理解战争的文学作品，几代人对战争的描述是非常不同的，战争历史在他们那里成为一种开掘不尽的创作资源，而且多为杰作。这种情况甚至在好莱坞也存在，曾在中国上映不久的《拯救大兵瑞恩》，也是以二战为题材的。因此我认为，军旅文学除了对当下新的生活和矛盾充满想象和写作欲望外，对过去的战争题材，特别是正面描写战争，还应怀有热情和期待，历史并没有成为过去，也没有终结，它仍然活在我们的记忆和理解中。因为只有战争文学，才是真正意义上的军人文学，才能构成对军旅作家想象力和表现力的真正挑战。

进入 90 年代之后，新成长小说几乎构成了小说生产的基本类型。女性文学和新生代小说，都在言说成长的过程，都在言说隐秘的心理和不为人知的过去。私密的个人空间获得了空前的拓展，一个“私语”的解放运动在文学领域全面展开。但《兵谣》作为成长小说的最大不同就在于，它在否定了“国家寓言”式的成长小说类型的同时，也改写了当下“私语”言说的成长小说类型。更难能可贵的是，《兵谣》是在主流话语的范畴之内展开人物的成长历程的。古义宝是个地道的农民子弟，他是带着农民文化的全部特征进入兵营的。他质朴忠厚、勤劳肯干，但同时也深怀着农民的世俗心计和出人头地的强烈欲望。于是他在赵昌进的“设计”下，按照“先进人物”的蓝图，在“异化”的道路上越走越远，他几乎就要攀上人生“光辉的顶点”了。如果说古义宝没有个人目的论，他所做的一切是无可非议的，做好人和好事总是一个文明进步的社会应该倡导的。但古义宝所做的一切都源于他个人根深蒂固的目的论，个人“欲望”既是他的出发点也是他的归宿。他最后失败于和女性的关系，从另一个方面互证了“欲望”对古义宝的支配和驱使。“进步”是他的精神欲望，和尚晶的关系是他的“物质”欲望。

人是有欲望的，但人必须在一定的范畴内限制个人的欲望。古义宝的失败就在于他没有限度地满足个人的欲望。在个人欲望可以不加掩饰地张扬和释放的今天,《兵谣》对古义宝欲望的否定,就超出了“军旅文学”的意义,事实上,它也是对今天世俗社会无休止的欲望要求的批判和否定。

古义宝精神欲望的破产首先来自于他“物质”欲望的破产。或者说,在现行的精神制度领域古义宝的“进步”之举,还是有合法性的,赵昌进对古义宝的连续报道不仅证实了他的合法性,而且是以体制或制度的方式施加了对古义宝的正面鼓励。因为“进步”是在道德的意义上被肯定的。但“物质”欲望、特别是对女性的欲望,是“不合法”的,“不合法”是因为它是不道德的。所以,赵昌进对古义宝的肯定,还仅仅限于道德的意义,他和一个人的成长并没有构成本质关系。但这个转折对古义宝来说却意义重大——他从人生的巅峰跌落到了谷底,一场巨大的精神危机如期而至。“成长”正是从这个时候开始的。

古义宝的光环幻灭之后,他回到了现实的土地。农场既是一个具体的生存场景,也是一个具有象征意义的场景。巨大的跌落和反差才有可能使主人公从虚妄中猛然醒悟。他不仅改变了对赵昌进的关系和态度,而且有能力识别了一开始就存在的军营的两种声音:一种是赵昌进的声音,一种是文兴的声音。赵昌进的声音是虚假的,文兴的声音是真实的。古义宝获得了识别这两种声音的能力,是他成长的一个标示性事件。文兴到农场和古义宝的那段谈话的话语方式,已经证实古义宝从云端回到现实的大地。古义宝在农场坚实和出色的工作,使他又重新地成为一个英雄,成为一个真实的、敢于面对现实的、有尊严感的英雄。这是《兵谣》最动人的魅力所在。在最困难的地方重新崛起,作者将人物置之死地而后生,在极端和绝对的境地中让人物“死里逃生”,显示了作者杰出的想象力和对小说非凡的把握能力。当然,这部小说也只能产生于今天,在社会转型和价值观念转变的时代,才有可能产生《兵谣》式的成长小说,一个人真正的成长过程才有可能被表达出来。

与黄国荣创作不同的，是石钟山的和平时期的部队小说。战争文学或中国现代革命历史，是当代中国的文学最重要的创作资源之一，当代文学的经典作品，有相当一部分是和革命战争有关的。但我们也必须承认，对战争文学或我们称为“军旅文学”的创作，需要探索的道路仍然还很漫长。说得极端一点的话，这一领域的创作对作家构成的挑战仍然是相当尖锐的。特别是在和平时期，如何书写军队生活，离开战争后的军人该怎样表现，应该是所有军队作家共同面对的问题。石钟山的出现并不是说他找到了解决这一问题最有效或最好的途径，但他的探索于军旅文学来说，具有文学史的意义是没有问题的。他的《男人没有故乡》《向北，向北》《遍地鬼子》《红土黑血》《玫瑰绽放的年代》《激情燃烧的岁月》《军歌嘹亮》《母亲》《幸福像花样灿烂》等作品的出版或播映，不仅使石钟山名重一时，而且，和平时期的军旅文学也在他这里发生了某些重要的变化和转向。

在《激情燃烧的岁月》冲击波尚未过去的时候，石钟山又创作了以红色历史为题材的长篇小说《军歌嘹亮》。这显然是一部演绎和想象红色历史的小说，是一部虚构的“过去”的人物命运史。在没有英雄的年代，红色历史建构的英雄谱，为英雄的再度出场提供了取之不尽的合法性资源。不同的是，在以往的历史叙事中，英雄的身份总是与国家民族相缝合的、“威武不能屈，富贵不能淫”的民族形象的象征。因此，过去的“红色英雄”的“高大全”本质总是与普通人无法建立起情感联系，他们为民众设定的仰视的光环，先天地具有“神性”的性质。但是，从《激情燃烧的岁月》开始，宏大的国家民族叙事仅仅是作为背景铺陈的，英雄的日常生活和精神历程成为主要表述的对象。石光荣和楮琴的家庭生活成为主要的表达场景。《军歌嘹亮》沿袭了《激情燃烧的岁月》的叙述策略，主人公高大山同样是军队的高级将领，他同样经历了战争年代血与火的洗礼。但战争也只是作为人物性格和命运的背景而设定的。小说主要是沿着高大山的情感经历和家庭生活的线索展开的。他与林晚和秋英的情感纠葛，以及与另一个未出场的女人的潜隐经历，为英雄高大山编织了一张丰富又复杂的情感之网。但事情远远没有结束,现实生活中,高大山“危机四伏”,先是意外地出现了“身份不明”的儿子高大奎,妻子秋英和子女拒绝接受;接着是女儿婚姻不幸,儿子成为不良少年。战争年代的英雄在和平环境中承受着和普通人一样的痛苦和烦恼。这种叙事方式,使普通读者以观看“奇观”的心理满足了对英雄的窥视,同时在“解密”的过程中,也使普通人了解了英雄的日常生活和他们并无二致。故事的平易性和对英雄的生活化处理,是小说成功的最大隐秘。

当然,高大山与愚顽朴实的妻子秋英的婚姻,与战友陈刚之间微妙的关系,女儿悲剧性的婚姻和儿子的牺牲,以及高大山重归民间的结局等,都强化了小说的故事性和戏剧性。在重新想象红色历史的过程中,作家石钟山不仅完成了一次有声有色的关于英雄人物的再叙事,同时也把红色历史的消费性写作推向了新的极致。在高大山重归故里的路上,我们仿佛再次看到了夕阳落在巴顿的肩头:一个时代结束了。但英雄的过去却没有终结,它仍然以不同的方式对我们施加着影响。重新叙述的红色历史依然可以在我们内心激起久违的震动和激情。在一个文化多元主义的时代,在与断裂的历史难以建立起联系的时代,在怀旧情绪弥漫四方又须不断前行的时代,红色历史的重新书写不仅为本土文化资源的开掘提供了可能,同时作为一种文化抚慰,它必然会受到普通文化消费者的热切期待和欢迎。当然,作为一种新的文化现象,对其深入的研究和解读可能还尚未开始。

《天下兄弟》是石钟山出版的另一部长篇小说。这部作品不是通过战争/和平的对比寻找差异性,也不是在退伍/退休离开部队或岗位的落差中突显人物性格。这样展开故事的方式石钟山已经尝试过。因此,《天下兄弟》如何突破过去的军旅文学并且超越自己的创作,对石钟山来说是首先面对的困难。在我看来,《天下兄弟》最大的特征就是它的戏剧性因素:无力抚养一对双胞胎兄弟的母亲,将其中一个孩子送给了不能生育的团长田辽沈夫妇,取名田村的孩子高中毕业后被父母送进部队;为了改变家庭和个人命运,留下来的孩子刘栋,也以姐姐牺牲婚姻幸福为代价走进了军营。兄弟两个被分配到同一个部队。这样戏剧性的情节设置,自然会有既出人意料又在意料之中的故事发生。他们既是竞争对手,同时又在关键时刻相互帮助甚至拯救对方的生命。最后谜底托出,俩兄弟身世被告知,田村与苏小小终结良缘,又生出一对双胞胎。小说以大团圆结束故事。

在以往的军旅文学中,国族叙事是不能改写的主旋律,个人命运或人性的因素一直受到压抑。这是这一题材的小说难以突破的主要原因。石钟山在《天下兄弟》中虽然设置了戏剧化的情节主线,但在这个框架中他力求表现的还是普通人性的问题。生母王桂香的忍辱负重牵肠挂肚,几乎写尽了天下母亲的骨肉亲情;养母杨佩佩意外得子的欢欣和怕失去的心神不宁;大哥刘树的一再自我牺牲直至捐给弟弟眼角膜;姐姐刘草为弟弟参军而宁愿嫁给自己不喜欢的人;农村姑娘苏小小对爱情的美丽想象和坚忍的等待等,都写得极为令人感动。这些动人的因素就是因为那是普通的人性,是任何人面对或遭遇了这些问题时都会产生的情感和行为。因此,小说就超越了“军民鱼水情”模型,而升华为对人性探讨的深度。另一方面,小说对农村特殊年代苦难的书写,对普通农民苦难忍受力的书写,都因其真实性而给人以极大的震撼。

需要指出的是,《天下兄弟》因其戏剧性而具有可读性,它奇异的故事以及围绕故事的节外生枝,都诱惑或吸引着读者。但夸张的戏剧性和密集的故事更像是一部长篇电视连续剧,这样又压抑或制约了小说文学性的生成。直白的语言和过多的交代叙述,使这部小说几乎一览无余,小说的“意味”所剩无几。这是对大众文学因素接受或吸收过多所导致的。此前他的小说也程度不同地存在这样的问题。这个问题对石钟山来说,可能是今后需要超越的最大的问题。“石钟山现象”是一个值得研究的现象,同样“石钟山模式”也是一个值得警惕的模式。

二、战争本质的国族叙事与个人体验

在现代中国，抗战文艺事实上比抗日战争的全面展开要早许多年，1932年日军在上海制造了“一·二八事变”，第十九路军奋起反抗，拉开了中华民族现代抗日战争的序幕。第二年，上海众多电影制片公司陆续推出了《十九路军抗日战史》《上海抗战》《上海浩劫记》《十九路军血战史》等多部表现这次抗战的纪录片以及故事片《上海之战》《共赴国难》等，成为中国抗战文艺的先声。它们也是世界上最早的反映二战题材的作品。“九一八事变”之后，东北作家群的抗日作品空前繁荣，最有代表性的是萧红的《生死场》和萧军的《八月的乡村》。“七七事变”之后，抗日战争全面展开，抗战题材的文学艺术也随之日益高涨。东北作家群的小说，国统区和解放区的抗战戏剧、电影等，成为三四十年代之交最重要的文艺现象。抗战文艺对于民族的整体动员起到了巨大的作用，它使民众通过艺术的方式了解了民族的危亡和危险，并激起了他们保家卫国的决心和勇气。残酷的战争场景、血腥的暴力场景和母亲送儿上战场等英雄主义场景，是抗战文艺最常见和历久不衰的经典场景。国族动员的诉求就是同仇敌忾，于是，每当战斗即将展开时，“请战书像雪片般地飞向连队”，也是我们经常看到的文字叙述，中国人民在反侵略战争中的高尚、纯粹和勇于牺牲，在这类文艺作品中表达得最为充分。这样的场景一方面表达了参与战争的人对非正义战争、侵略战争的正义感和无畏精神；但另一方面，它也不经意地表达了对战争这一事物本身的态度。战争结束之后，当代文学史上确实也创作了一些表达“抗战记忆”的作品，比如像《烈火金刚》《铁道游击队》《敌后武工队》《平原枪声》以及其他电影等。但这些作品更注重表达的是对战争胜利过程的描述，以及对战争胜利的庆祝。而对战争本质更深入的揭示还没有完成。

因国族动员需要而形成的表达策略，使这些作品对战争的价值判断淹没或遮蔽了对战争这一事物本身的思考。或者说，对反侵略战争、反对非正义战争因国家民族的叙事而忽略了战争对具体人构成的精神影响或心灵创伤。在这一点上，我们和西方以二战或其他战争题材的作品所表达的思想和关怀对象是非常不同的。2005年，纪念反法西斯战争胜利60周年的活动在世界各地展开，在北京，国家话剧院著名导演查明哲博士推出了他根据苏联作家瓦西里耶夫的同名小说改编的《这里的黎明静悄悄》、萨特的《死无葬身之地》和加拿大剧作家考琳·魏格纳的《纪念碑》——“战争三部曲”话剧系列。这是在艺术观念、戏剧结构、舞台形式和“战争记忆”等方面都大不相同的话剧作品，它们的差异性几乎令人难以置信。更有趣的是，查明哲博士没有选择一部中国这类题材的作品，这三部作品均来自异域。这个选择本身也从一个方面反映了一个导演对中国抗战题材话剧的评价和信心。

我们注意到，在纪念世界反法西斯战争胜利60周年的活动中，俄罗斯红场的阅兵尤其引人注目。那里出现了当今世界的大国领袖，也有当年战争中的老兵和英雄。全世界都瞩目那里，不是因为俄罗斯独特的风情和文化，也不是因为俄罗斯作为大国在当今世界举足轻重的国际地位，全世界瞩目那里，将目光聚焦那里，是为了参加一场伟大的仪式，是为了向在二战中做出了伟大贡献的俄罗斯民族致敬。这个伟大的民族不仅创造了二战的奇迹，以最大的牺牲保卫了自己的国家，帮助解放了波兰、罗马尼亚、保加利亚、匈牙利和捷克斯洛伐克等东欧许多国家，并且最终攻克柏林。而他们付出的却是两千七百万人口和1941年计算的六千七百九十亿卢布的代价。瓦西里耶夫的《这里的黎明静悄悄》，就是在这样的历史背景下创作出的一部伟大的作品。这部作品连同改编的电影，就像19世纪以来的俄罗斯文学一样，在我国产生了持久不衰的影响。特别是80年代，有几部获奖的中篇小说，都有这部作品鲜明的印痕。《这里的黎明静悄悄》被中国的读者所接受，一方面是我们与俄罗斯/苏联文学源远流长的历史关系；一方面是这部小说所展示出的俄罗斯文学的英雄主义、理想主义和它挥之不去弥漫全篇的俄罗斯式的诗情和风情。

查明哲将这部作品搬上话剧舞台,成功的最紧要处,不只是他对作品精致洗练的诠释,不只是他对原作的诚实改编。在我看来,更重要的是他对俄罗斯文化独特的理解,以及他对战争文化全新的解读和识见。战争的残酷和反人性人所共知,但战争对女性诉诸肉体的消灭,就以极端的方式呈现了战争绝对的罪恶。当然,这一点与原作提供的基础有关,但在具体的,以形象的、舞台艺术的方式阐释的时候,则显示了查明哲对俄罗斯文化独特的理解和想象。作为一个中国的艺术家,他是带着"他者"的眼光去诠释或者添加了个人主体性的思考完成这个舞台剧的。当然,关于那场战争,人们的理解随着时间的延展、国际环境的变化以及对战争本身的多方面反省已经有了很大的变化。瓦西里耶夫自己也曾谈到了这种变化以及对他的影响。他说:"在战争之后,在苏联立刻出现了战争文学表现胜利的浪潮。这是对我们的巨大牺牲的反映,大家都知道,为此,我们洒出了多少鲜血。后来,略微清醒和冷静了。为回答这种胜利浪潮我写了《这里的黎明静悄悄》,我想说,不,孩子们,请原谅我,一切并非如此,战争是残酷的事物,不是盛大的欢宴……关于伟大的卫国战争还会继续写。现在的一代人写不出,但是,我认为在下一代将会写出来。要知道每个人有自己的战争,每个人在自己的战壕中、自己的坦克上、自己的大炮旁亲临战争……关于 1812 年战争的鸿篇巨制是在战争 50 年以后写出来的。我们现在关于战争的小说,情况也将如此。"对战争以政治学、社会学或意识形态的角度去认知的时候,可以得出正义、非正义,侵略、反侵略的战争观念。但对战争本身的反省或检讨,却可以超越意识形态的框架,用艺术的方式去感受、认识战争就是其中的一种。我们知道,艺术是处理人类精神和心灵事物的领域,无论是什么性质的战争,都会对人的心灵造成难以愈合的创痛,胜利的战争也不能抹去战争给人的心灵带来的阴影。《这里的黎明静悄悄》就是这样的作品。事实上,"保卫基洛夫铁路"仅仅构成了戏剧的基本背景,编导者并没有对一个真实或虚构的战争事件投入更多的热情,他对外在的事件并不怀有兴趣。我们看到、听到的是舞台上，象征俄罗斯风情的白桦林亭亭玉立，俄罗斯歌曲不时响起，快乐的女兵风情万种，痴情的女房东一往情深。诗性、浪漫的俄罗斯文明，即便在战时也被凸显得淋漓尽致韵味无穷。这种渲染与罪恶的沼泽、子弹和匕首无情地结束了五个如花似玉年轻姑娘的生命，形成了强烈的反差。没有什么比剥夺这样的生命和生活更震撼人心。对人的命运的深切关怀、对人性的关怀、对人类基本价值的守护和承诺，才是这出话剧要表达的基本主题。战争结束了，但一切并没有成为过去，幸存的瓦斯科夫并没走出战争的阴影，他的心灵已伤痕累累不堪重负。因此，这是一个反对所有战争的戏剧，这个想法一经浮出，我个人也不免震惊，但事实的确如此。

《死无葬身之地》，是法国著名哲学家、剧作家萨特的作品。它被查明哲第一次搬上中国的戏剧舞台，演出之后好评如潮。这是一部极端复杂的戏剧，反复交替的两个场景都被规定为极端化的场景。一面是法西斯的审讯室，一面是关押游击队员的牢房。但事实上，与游击队员构成尖锐戏剧冲突的不仅仅是法西斯的严刑拷打，更尖锐的矛盾和冲突来自于每个游击队员的内心。除了坚强和富有经验的希腊人卡洛里之外，索比埃、吕茜、弗郎索瓦和昂利，都惶恐不已惴惴不安。每个人都希望能够有点什么秘密出卖以逃脱刑讯。既然游击队的行动都受到了怀疑，那么在敌人面前表现坚贞是否还有意义？但为了人的尊严，也为更多的游击队员免于被俘，卡洛里、索比埃和昂利都在审讯中坚持下来。但这时已经逃脱的队长若望却意外地被捕了，而且与队员们关在同一牢房。于是，矛盾急转直下：大家拥有了共同的秘密；相同的处境因队长的到来起了变化：队员要为守住这个秘密去遭受苦难，队长则要承受不能参与其间的心灵的煎熬。于是索比埃怕自己泄密选择了自杀，队长的同志和恋人被敌人凌辱，而吕茜的弟弟弗郎索瓦因扬言告密而死于同伴的扼杀。人性的多种可能性在极端化的情境中表现了它的不确定性。人是坚强的也是脆弱的；人是理性的也是非理性的；人是有尊严的也是自私的；人是可以沟通的而他人也是你的地狱……但争吵、宣泄或漫长的沉默之后，人的尊严要求和内心对高贵的意属，最终战胜了懦弱、私欲、卑下和法西斯的惨绝人寰，他们以死亡肯定了人的尊严和高贵。萨特的存在主义哲学已广为人知，但萨特的存在主义是一种人道主义。在他看来，人除了他自己别无立法者，在本身在被弃的情况下，必须自我决定。人需要重新发现自己，是去了解没有什么东西能够从他的自身中拯救他。因此存在主义哲学从来也不是悲观的、绝望的哲学。恰恰相反，当存在主义强调人的主体性、有自我超越可能的时候，存在主义正是一种乐观主义。《死无葬身之地》从一个方面体现了萨特的哲学。

如果说《死无葬身之地》是在灵与肉极端化的情景中，对人性复杂性和多种可能性真实地呈现的话，那么，《纪念碑》则是在生与死的临界线上对人的灵魂的严酷拷问。剧中的战争背景很模糊，但一个少年罪犯竟在战争中奸杀了23名女性，罪恶罄竹难书。他被判处了极刑，死到临头的罪犯斯特克并没有忏悔之意。他的逻辑是，这是战争的罪恶，他所做的一切是战争的一部分，人人都这样他为什么不能这样。意外发生的故事是，有人愿意担保斯特克免于一死，条件是必须无条件地服从担保人。斯特克答应了这个条件得以出狱，他没有想到的是，这个担保人梅佳的女儿也是被他奸杀的。于是在梅佳和斯特克之间展开了一场关于人性的拷问和被拷问的决斗。梅佳在这里本应该是一个复仇者，但她又是一个救渡者。对斯特克既仇恨又悲悯，她希望这个罪犯能说出埋葬自己女儿的地方，然后再复仇。但当找到女儿之后，她却放弃了复仇。在追问、寻找女儿的过程中，梅佳也完成了对斯特克灵魂的刑讯。这个罪犯终于能够说出一句“对不起”！但梅佳能够原谅他吗？即便罪犯能够认识自己的罪恶，从此生活在生不如死的罪恶感中，心灵永远是暗夜，他就应该宽恕吗？梅佳放弃了复仇但也放弃了原谅，这种复杂性是所有善良和热爱和平的人都能够理解和接受的。

关于战争题材以及对战争这种集中表达政治、经济、文化、军事以及人性的现象，对其理解还远远没有终结。不同的时期，不同的国际国内环境的变化，都会影响和左右我们对这一现象的重新解读。

但可以肯定的是,无论宗教信仰、民族或种族有怎样的差异,反对战争、维护和平不仅是人类的共同目标,同时它也是这一题材艺术活动的最终目的。

这是三部形式上差异性鲜明的剧作,同时,这三部戏又同是战争题材,在内容上又显示了他对不同国度同一题材戏剧理解的深刻性。在让我们了解异域高端话剧艺术发展的同时,也让我们领略了一个中国导演的夺目风采。这三部戏的意义还在于,在话剧艺术日趋边缘化,高雅艺术正在遭遇亚文化或商业文化挤压、覆盖、遮蔽的时代,为我们重新建立了对话剧艺术的信心。当然,中国不是俄罗斯,将剧院当作教堂的时代还远没有到来,也许永远不会到来。但可以肯定的是,查明哲们的努力将会使这一艺术提高到一个新的水平。他对戏剧的现代性理解,对打破地域乃至国界的尝试,都显示了他在全球化语境中的远见卓识。另一方面,我们也隐约感到了查明哲对中国战争题材话剧的失望甚至绝望。在纪念反法西斯战争胜利60周年的时候,他没有选择中国战争题材的话剧。这对本土话剧剧本创作来说,确实是一件遗憾和令人忧虑的事情。在我看来,本土这一题材的创作在艺术性和思想的深刻性上,与这三部剧来说,存在的差距是不言自明的。在我的印象中,我们关于这一题材的创作,多少年来,从来也没有超越国家主义的框架和"暴力美学"的模式。在这个框架中,对战争的表现、反省和检讨还限于"正义"与"非正义"、"侵略"与"反侵略"的二元对立中。于是,无论是战争还是斗争,只要被命名为"正义""革命",那么,无论诉诸怎样的暴力乃至肉体消灭,都是合法并且合理的。于是,在国家主义和暴力美学的支配下,与战争、斗争相关的文学艺术,都杀人如麻血流成河,"血雨腥风"是我们在这一题材上可以概括出的统一风格。"英雄"和"敌人","神"和"鬼"是我们战争题材的基本形象。我们能够叙述的关于抗战的记忆,除了真实的历史事件比如:《八女投江》《英烈千秋》《八百壮士》《南京1937》《血战台儿庄》;就是保家卫国同仇敌忾,比如《最后关头》《正气歌》《孤岛天堂》《东亚之光》《狼山喋血记》《松花江上》

《平原游击队》《苦菜花》《地道战》《地雷战》《小兵张嘎》《鸡毛信》等。了解或广为传诵的也是“十大英雄”“九大鬼子”“八大汉奸”“七大游击战”。[①]而普通人的遭遇，普通人精神和心灵的感受、痛苦和伤害并没有、也不可能在这样的叙事中得到更丰富、复杂的展现和表达。特别是战后，对战争的深刻反映还没有达到一个新的水平。因此，我认为有两个问题是特别值得我们进一步思考的。

第一个问题是，抗日战争这一题材没有成为一个重要的创作资源被不断地开掘。这一点我们和苏联的二战题材的文艺是非常不同的。在苏联，不仅有即时性的关于二战的文学艺术，同时，战争结束之后，对那场战争的反省、检讨和更深入的思考并没有终结。他们不仅有《莫斯科保卫战》《解放》等全景式地反映二战的文艺，同时有《一个人的遭遇》《这里的黎明静悄悄》等通过战争对个人命运改变或毁灭的书写。劫后余生，他们是在更深刻的层面上表达对战争极端化的体验。因此，二战虽然已经成为过去，但对战争的审视和体验的表达并没有成为过去。80年代以后，我们也曾出现了《晚钟》《鬼子来了》《紫日》等反映抗日战争的影片，但因其争议性而影响不大，国内的讨论也没有充分展开。

第二个问题是，我们反映和表现内战的作品比抗战的作品更多更成熟也更有影响。当代文学史上最重要的经典是“三红一创、保山青林”。这八部作品有五部是和内战有关的。阶级矛盾或者谁来统治中国的问题，作为创作资源或表现对象来说，比抗日战争更受到重视，因此也更发达。我们现在还没有一部能够称得上经典的反映抗日战争的小说。像《烈火金刚》《铁道游击队》《平原枪声》等，在当代文学史上也不是重要作品。因此，关于战争，关于战争中的人性及复杂性、多样性的揭示还远没有穷尽。这不仅需要作家的想象力，需要对战争这一现象的诚实理解，同时也需要突破经久不变的创作模式和思维模式。对人的关怀、对人性的关怀，对人的复杂性和丰富性的理解、宽容、悲悯等本身，就是反对战争、倡导和平的基本立场和感情之一。不是说只有在政治和社会学的框架内才能解释战争的本质。艺术应该用艺术的方式来阐释其他学科或范畴对战争不曾言说或难以言说东西,这就是关于对战争的极端化体验。这种"极端化"不只存在于国家民族的大叙事上。事实是,只有细部才能进入历史,也只有细部才能进入战争的本质。而人在战争中的生存状态、心理状态和精神状态的极端化体验,恰恰是我们理解、进入战争本质最有效的切入点。上述三部作品能够被中国导演所认同,并冒着极大的风险敢于将其搬上中国的话剧舞台,从一个方面表达了他对这些作品的心怀感激和艺术认同。

在这个意义上,国外的这三部反映战争的作品,也为我们这一题材的创作提供了有价值的经验和启示。值得我们思考的是,在评价这三部作品时,很多人还认为这是"现实主义"的胜利。事实上,在这三部话剧中,多种不同的艺术手法的调动,已经远远超出现实主义所能概括的范畴。这里的浪漫主义、荒诞主义、存在主义、超现实主义等艺术观念和手法都融合或整合在一起,它不是哪一种"主义"的产物。因此,无论是艺术观念还是对战争本身的理解,域外战争题材的经验都是值得和需要我们学习的。

注释:

① "十大英雄"是:《平原游击队》的李向阳、《铁道游击队》的刘洪、《地道战》的高传宝、《地雷战》的赵虎、《小兵张嘎》的张嘎、《赵一曼》的赵一曼、《白求恩大夫》的白求恩、《吉鸿昌》的吉鸿昌、《白山黑水》的杨靖宇、《回民支队》的马本斋;

"九大鬼子"是:《平原游击队》的松井、《小兵张嘎》的龟田、《地道战》的山田、《地雷战》的中野、《鬼子来了》的花屋、《自有后来人》的鸠山、《铁道游击队》的岗村、《铁道游击队》的小林、《烈火金刚》的猪头小队长;

"八大汉奸"是:《地道战》的汤司令、《苦菜花》的王柬芝、《沙家浜》的胡传魁、《小兵张嘎》的胖翻译官、《新儿女英雄传》的张金龙、《红灯记》的王连举、《烈火金刚》的何志武、《鬼子来了》的翻译官;

"七大游击战"是:《地道战》《地雷战》《烈火金刚》《小兵张嘎》《铁道游击队》《平原游击队》《敌后武工队》。

新世纪文学：文学政治的重建

——文学政治的内部视角与外部想象

20世纪80年代初期,文学与政治的支配与被支配的权力关系被终结之后,这个关系已经不再被注意。这里大概有两个潜在的心理因素在起作用:一是在文学与政治的关系式里,文学充满了挫败感和惨痛记忆,文学的依附性或奴婢身份使文学一直卑微和没有尊严地存活。这个历史成为过去之后,没有人愿意再触及这曾有的伤痛;二是这似乎已经是一个自明性的关系,文学是一个自由、独立的领域。“去政治”甚至“消灭政治”就不仅是文学家的幻觉,他们更愿意作为一种新的文学实践条件。但是,文学与政治的关系并没有因此而解除,并没有因这两种心理因素的暗示而不存在。真实的情况是,近年来不仅有学者呼吁建立“文学政治学”①,而且海外学者和国内的“知识左翼”,一直没有停止关于文化政治、文学政治的研究。更重要的是,文学作品中的政治,从来就没有退场。尽管“个人写作”“解构宏大叙事”等口号和实践改写了中国文学的路向,但这种“去政治”本身就是一种政治。我这里所说的“文学政治”不是文学研究和批评中隐含的政治。比如藏棣的《“诗意”的文学政治》,他认为:

> 对于新诗的历史而言,“诗意”既是一个令人困惑的神话,又是一个无所不在的幽灵。说一首新诗“饶有诗意”或“富于诗意”,虽然意味着某种程度的赞扬,却也可能隐含着更深层次的不满;其批评的潜台词甚至可能是矛盾的,一方面,它可能是对这首新诗在内容方面显露出的古典气质的称赞,但放到整个新诗的语境中去衡量的话,也仅仅是个特例。更普遍的情形则可

能是“诗意”的匮乏。另一方面，它也可能被如是看待：这首诗在技巧上或许还说得过去，但缺少足够真正的创意，这种创意的核心内容是回应新诗所应具有的现代性。……我的主要目的是梳理“诗意”作为一种话语是如何呈现于新诗的实践过程的；在不同的历史时期，究竟有哪些诗学势力参与了“诗意”在新诗中的话语运作，并考察它们在特定的语境中所包含的文学政治的意蕴。②

臧棣发现了“诗意”是以古典诗歌的标准来评价新诗的，这里隐含着“文学政治”，这是对新诗评价中两种立场借助“诗意”展开的斗争，背后隐含着对新诗褒贬的认同关系。我所说的“文学政治”，也不是“政治文化”。政治文化是一个民族在特定时期流行的一套政治态度、信仰和感情。这个政治文化是本民族的历史和现在社会、经济、政治活动的进程所形成。人们在过去的经历中形成的态度类型对未来的政治行为有着重要的牵制作用。政治文化影响各个担任政治角色者的行为、他们的政治要求内容和对法律的反应。③我所说的文学政治，是指文学同政治公开或隐秘的对话、表达和阐释，是在作品中直接表达对政治的看法。新世纪以来，乡土文学、“官场小说”“底层写作”、历史小说、海外华文文学等，都与政治有扯不清的瓜葛。这种现象的实质是：

种种实质性的不平等无论如何都不会从世界和国家里消失；它们只会转移到另一个领域里去。它们可能脱离政治领域而在经济领域集结起来，但它们之所以离开，是因为它们现在在另一个领域获得了新的、远远更富于决定性的重要性。在表面的、肤浅的政治平等的条件下，当一个领域里的实质性不平等占了上风（例如今天的经济领域），这个领域就将取得对政治的支配权，这是不可避免的。任何对政治理论的反思都会看到，当今经济学支配国家和政治这个可悲的、受人诟病的现实，其背后真正的原因正在于此。无论在什么地方，不平等概念都作为一个

> 连带性概念制约着平等概念,而一旦对具体差别漠不关心的平等概念摆脱了这种制约,并在事实上控制了某个人类生活领域,这个领域就失去了它的实质性,另一个体现着不平等的无情力量的领域,就会把它笼罩在自己的阴影中。④

本文要谈论的两部长篇小说,一部是对20世纪中国革命历史的叙述与检讨,当这场革命终结之后我们如何评价它,因此我将其称为“内部视角”;一部是讲述海外华人为捍卫个人权利和尊严的斗争,因此我将其称为“外部想象”。无论是内外,它们的共同特征就是鲜明的政治性。

无产阶级革命在20世纪的发生和终结,应该是这个世纪最重要的文化遗产。如何评价、检讨这场革命,也应该是文学创作最重要的资源之一。我们当然也有很多表达这场革命的作品甚至是经典作品,比如“三红一创保山青林”等。但这些作品还不是我们所说的对革命进行评价和检讨的作品。这些作品还只是从外部强调或证明某一时期革命的合理性或合法性,并没有走进革命内部去分析革命以及革命文化带来的深刻影响。而正面书写被革命修辞、革命文化遮蔽的革命内部的隐秘,当代文学创作还不曾表达过。过去我们曾读过类似的作品,比如索尔仁尼琴的《古拉格群岛》、雷巴科夫的《阿尔巴特街的儿女们》、帕斯捷尔纳克的《日瓦格医生》、米兰·昆德拉的《生命不能承受之轻》等。这些作品曾给过我们以巨大的震动:这些作家对无产阶级和社会主义革命的态度,与那些耳熟能详的革命文化是如此的不同。遗憾的是,我们很少有作家对20世纪中国革命做正面强攻式的书写。在这个意义上,艾伟的《风和日丽》的出现是我们期待已久的。这显然是一部大作品,可以从不同的方面去解读。但更重要的是艾伟对革命历史多有同情的理解。他用文学的方式揭开了革命内部的隐秘,同时用理性的方式处理了对革命历史的态度。

主人公杨小翼是一个“革命”的私生女。这个身份与革命构成了一种“吊诡”关系:一方面她身上流淌着革命者的血液,是革命者的后代;一方面她的身份不具有合法性,因此她是一个“革命弃儿”。

虽然革命是风流、浪漫的孪生兄弟，革命文学也多在浪漫主义范畴内展开。但革命的感召力本身具有鲜明的道德色彩，一切与“私”有关的事物都是与革命格格不入的：“私情”“私通”“私人”“私仇”“私心”“私利”，更不要说“私生子”了。“私”是革命的禁忌，是被严格排斥在革命话语和道德之外的。因此，杨小翼只因革命家尹桂泽和“革命情人”杨泸的一夜风流而出生，实属偶然和意外。革命具有强烈的流动性，它天上人间居无定所风驰电掣。尹桂泽从此没了消息，他只对革命负责而不对“私”的领域负责。问题是杨小翼作为“私”的产物总要有人对她负责，她也有权利知道自己的来处。于是，革命内部的隐秘就这样在一个他者的寻觅中逐渐呈现出来。

革命的风流气质决定了革命家的风流。将军的合法妻子周楠是在延安时组织安排，因此将军以及所有人对“革命情人”杨泸以及在法国里昂留学时的法兰西姑娘守口如瓶讳莫如深。革命家的风流史是不能言说的，这不仅关系到将军个人的命运前程，更重要的是与革命禁忌构成的尖锐对立，与革命的信仰以及革命教义是不相容的。如果谈到，那也是“年轻时代的一件荒唐事而已”。将军的情感世界不会向任何人打开，但他并不是一个没有情感的人，只是将个人的感情掩藏在最深处而已。他可以不见杨泸、多次拒绝杨小翼，但当外孙伍天安被警察带走后，是他亲自出面把天安接走了；当天安在逃亡路上意外车祸死不见尸时，是将军找到了外孙的尸体并安葬在香山旁的墓地。这些细节是在紧要处同时也是在险要处表达了将军作为人的情感和伦理。

小说以杨小翼的经历和视角展开，这个视角使小说充满了私密性。神秘的个人身世是杨小翼内心焦虑、紧张的根源，身份探寻既坚韧不拔又举步维艰。寻找的过程也是杨小翼经历社会、与社会以及血缘逐步建立关系的过程。将军、尹南方、夏津博、伍思岷、陈主任、北原、舒畅等。这个过程是杨小翼的成长过程，也是作家展示中国社会历史变迁的过程。杨小翼的身份决定了她命运的一波三折，包括她的婚姻、社会角色、社会地位以及心理环境。杨小翼的人生可谓一言难尽。有趣的是,将军经历了三个女人,杨小翼也无意中经历了三个男人:伍思岷、吕维宁、刘世军与杨小翼都有身体关系。这三个男性与林道静遭遇的三个男性不同,林道静是在寻找精神导师。杨小翼或是因身份政治不得已的选择或被迫就范,或是因童年记忆的情感认同。这个过程艾伟写得惊心动魄感人至深,杨小翼的经历就是身份政治的具体诠释。但在这个过程中,艾伟对杨小翼身体的书写过于沉迷。我理解作家的意图,艾伟不是道德化地书写杨小翼与男性的关系,也不是出于对革命浪漫"风流"的报复。他是对身体自由狂欢的赞誉,也是对革命时期虚伪禁忌的挑战。但这个本来危机四伏的私生女,她的身体却险些成为公共场所。特别是和流氓吕维宁的关系,杨小翼的悲剧性被残酷地化解了。

身份是政治,承认也是政治。在20世纪中国漫长的革命过程中,一直存在"承认的政治"。但杨小翼"寻父"过程在作家观念的支配下,从迫切逐渐转化为淡然。"寻父"曾是杨小翼最大的焦虑,但当将军不久于人世就要接纳她的时候,她却放弃了这个机会。与其说她是在"求证疑虑",毋宁说她是在言辞激烈地质询历史。当杨小翼对将军实施了一次面对面的"报复"之后,她释然了:"她不再纠缠于和将军的关系","不再想得到他的认同",她终于成了一个"心无挂碍"的人。这个过程与其说是杨小翼个人完成的,毋宁说是历史进步完成的。是改革开放的社会政治瓦解了身份政治,杨小翼个人是没有这样力量的。但事实上"心无挂碍"的杨小翼从来也没有离开过父亲的形象。这不是血缘关系,它是革命神话的巨大魅力。小说最后为我们展现了一派"风和日丽"的景象,博大的情怀、理解和同情,将历史转述为一种误会并在这里冰释前嫌言归于好。但于我们说来,事情远没有这样简单,我们深怀的前期"杨小翼"式的困惑,并没有跟随后期的杨小翼一起释然。

我必须承认,《风和日丽》是一部深怀艾伟文学抱负的作品:在后革命时代,如何认识20世纪漫长的革命历史,如何揭示隐藏在革命这个巨型符号下的诸多秘密,是他的期待所在。应该说艾伟部分地实现了自己的期许,小说那些和革命相关的浪漫场景、人物以及历史,是我们记忆或亲历的一部分。它虽然过去了许多年,但它仍在我们记忆的深处,因此读来仍有热血沸腾般的感动。这一点我们应该感谢艾伟。

但是,我不能不遗憾地指出,这部艾伟深怀文学抱负的作品,这部距帕斯捷尔纳克、米兰·昆德拉仅一步之遥的作品,就毁于他"政治正确"的历史观。艾伟对革命历史深切的同情和理解是绝对正确的。这就是为什么包括俄罗斯作家在内的文学界对雷巴科夫的《阿尔巴特街的儿女们》评价不高的原因。这部作品对斯大林时代的控诉几乎空前绝后,在它看来,革命给俄罗斯带来的只有无尽的灾难。因此,这是用斯大林的方式来控诉斯大林,雷巴科夫对苏联革命历史的叙述是不客观的。但问题也会出现在另一个方面:正确的历史观不能替代文学性。艾伟正确地理解了中国革命史,却是以牺牲杨小翼作为一个成功的文学人物为代价实现的。无论我们如何评价历史,杨小翼的悲剧性都不能改写,她的身份无论暧昧还是被证实都不能改变。但作家为了表达他正确的历史观,将杨小翼的悲剧人生拱手让出,一个本来可以塑造出的震撼人心的人物,就这样在艾伟的《风和日丽》中消失了。文学的力量在历史观中被极大地弱化,我为此遗憾不已。但总体说来,这是我近年来读到的最喜欢的小说之一。它改变了当下文学创作气象不大的格局,在某种意义上修正了我们正在迷失的文学方向。

如果说《风和日丽》是对20世纪中国兴起的无产阶级革命做出新的表达和阐释,是一个关于中国革命历史的"内部视角"的话,那么,《口袋里的美国》则是一个关于美国的"外部想象"的寓言。百余年来,中国作家对西方的书写,总会有一种忍俊不禁的"悲情"隐含其间。这与百年来中国不断遭受西方凌辱的记忆有关。从《沉沦》《又见棕榈又见棕榈》到《北京人在纽约》《曼哈顿的中国女人》等莫不如此。其间,查建英的《丛林下的冰河》是个例外。它表达的是一个青年知识分子在美国/中国两种文化之间的犹疑不决和欲罢不能的矛盾的心态。这种心态从一个方面透露了改革开放初期,离开母体文化之后的留学生对强势文化和本土文化的两难处境。但 90 年代初期,曹桂林的《北京人在纽约》、周莉的《曼哈顿的中国女人》等作品,开启了另外一种风尚,这种风尚可以概括为中国人在美国的成功想象。那个时代,文学界有一种强烈的"走向世界"的渴望,有一种强烈的被强势文化承认的心理要求。这种欲望或诉求本身,同样隐含着一种"悲情"历史的文化背景:越是缺乏什么就越是要凸显什么。因此它是"承认的政治"的文化心理在文学上的表达。这些小说表现的是中国男人或女人在美国的成功,尤其是他们商业的成功。"中国式的智慧"在异域是否能够畅行无阻并不重要,重要的是这些作品使中国的大众文化市场喜出望外。一时间,权威传媒响彻着"千万里我追寻着你,可是你却并不在意",来自纽约和曼哈顿的神话几乎家喻户晓。但严格地说,这些作品的文学价值并不高,它们在文化市场的成功,只不过为中国大众文化的兴起临时性地添加了异国情调以及中国人的"美国想象",时过境迁也烟消云散。

后来我们陆续地读到过郁秀的《太阳鸟》、张扑的《轻轻的,我走了》、顾晓阳的《收费风景区》等书写美国或欧洲的小说,但这些作品影响有限反响不大。留学生数量的剧增以及内外流通的频繁和可能性的存在,这一题材的创作也空前地繁荣起来。批评界对这一领域表达了前所未有的关注。"流散文学""新移民文学""海归文学"等概念相继提出。这些不同概念的准确性另当别论,但它确实从一个方面反映了这一领域创作的丰富性可阐释的多种可能性。而张仁译和津子围的长篇小说《口袋里的美国》,是在当下的背景下创作的,这部作品在艺术上的成就我们可以讨论,但它在政治范畴内为我们提供了新的阐释空间,同时也改写或者终结了以往对西方书写的"悲情"的历史。

与我们司空见惯的"留学生"身份不同的是,赵大卫在国内应该是一个"成功人士"。他从一个一文不名的知识青年一直做到大学中文系主任。他是因对国内体制的失望才到美国寻梦的。因此,他是带着自己的历史进入美国的。他有“以卵击石”的性格成长史,从少年、知青时代一直到大学,他的性格都不曾改变。这种挑战性与生俱来,并不是经过“美国化”之后才形成的。到美国的初期冲动,首先是个人生存,赵大卫的人生经历和个人性格决定了他的生存能力,这得力于他的成长史。比如他到美国第一个落脚点金凤餐馆的经历,与美国黑人打交道、与同胞老板打交道等,他总是有惊无险游刃有余。这段经历多少有些传奇性,甚至黑人老大托尼都俯首称臣。他的性格成就了他,他最终走进了美国的主流社会。因此,赵大卫没有了查建英《丛林下的冰河》中主人公在中西两种文化之间的犹疑、徘徊或不知所措的矛盾;也蜕去了《北京人在纽约》《曼哈顿的中国女人》等夸大商业成功从而凯旋的肤浅炫耀。《口袋里的美国》最大的不同就在于,赵大卫的成功或胜利,不仅是商业性的,更重要的是,他是一种价值观、文化精神的胜利。我们知道,一个强大的国家之所以强大,不仅在于经济,军事或GDP,更在于它的价值观,或者说它的价值观对于世界有怎样的影响。美国之所以傲慢骄横,就在于美国认为它的价值观是普世性的。但是我们对美国的想象和美国的自我想象、对美国的想象与个人经验之间是存在巨大分裂的;美国自我想象与美国信心危机的内在紧张正逐渐显现出来的。当年乘“五月花”号逃避宗教迫害而逃到美洲的英国清教徒,抵达美洲之后,感恩之余,迅速地经历了“美国化过程”。在实现“美国化”的过程中,他们因此建立了自己的“主体性”和优越感,美国不必到任何地方就可以了解世界。但是,这个美国式的优越,并不是平等赋予每个“抵达”美利坚的人。无论具有怎样文化背景的人,都必须经过“美国化”才能进入美国社会参与美国事务。没有完成“美国化”过程的人,就没有平等、公正可言。另一方面:“在政治领域,当人们互相面对时,他们并不是什么抽象物,而是在政治上有利害关系、受政治制约的人,是公民、统治者或被统治者、政治同盟或对手——因此,在任何情况下,他们都属于政治范畴。在政治领域,一个人不可能将政治的东西抽取出来,只留下人的普遍平等。经济领域的情况亦复如此:

人不是被设想成人本身,而是被设想成生产者、消费者等;换言之,他们都属于特殊的经济范畴。”⑤

《口袋里的美国》的核心情节,是赵大卫的被解雇。他的被解雇当然是不合理的,因此在法庭辩论中,美国律师丹尼尔说:“‘是什么原因导致赵大卫先生这样一位优秀的、杰出的雇员不但没有得到他应有的礼遇,相反却遭遇他不应该受到的不公正待遇呢?原因只有一个,’丹尼尔停了一下,目光投向法官史密斯:‘那就是,他是一个亚裔,是一个中国人!导致这场悲剧的根本起因,就是种族歧视!’”小说的高潮设定在赵大卫的法庭陈词自我辩护。应该说,赵大卫法庭上的辩护声情并茂、感人至深。由此出现的场景是“面无表情的陪审团的十二名成员,开始变得有些坐立不安,难过的心情溢于表面。尽管他们被要求在法庭面前不可以有任何表态和彼此交流。”这一方面意味着赵大卫的诉讼已经胜利了;另一方面也表达了美国“平等、正义”的存在。赵大卫最终获得了高额赔偿,美国修改了法律例案。但这个过程我们应该注意的是,这时赵大卫的身份已经是一个“美国人”,因此,这场斗争无论是谁胜利,都可以看作美国的胜利。但是我们又注意到,创作这部小说的,一个是华裔美国作家,一个是中国本土作家。他们共同拥有的文化背景——就像赵大卫说的那样,“我加入了美国国籍,可我还是个中国人哪。这就好像一个嫁出去的女儿,她一方面要忠诚于她的先生,那是法律上的纽带。可是,另一方面,她不可能忘记生她养她的娘家。”因此,这是一次“中国人”共同书写的小说。如果是这样的话,我们就不能不联想到当下中国新的处境,或者说,今天的中国同《丛林下的冰河》和《曼哈顿的中国女人》已大不相同,更不要说郁达夫的《沉沦》时代了。当年《沉沦》的主人公“祖国啊你快强大起来吧”的呼唤,从某种意义上已经实现。经济和军事不再被欺凌,但事实上的不平等仍然存在。美国的文化优越感和文化霸权仍然让人感到不舒服。这时,国家的整体战略也发生了变化。这个变化就是提高文化软实力,加强中国价值观对世界的影响。学术界也从“让中国文学走向世界”的弱势文化心态，改变为“文化输出”理论或“21世纪是中国的世纪”等豪言壮语。这些背景是《口袋里的美国》人物塑造、情节设置乃至叙述话语的基础。离开了这个背景，就没有《口袋里的美国》，当然也就没有赵大卫的慷慨陈词和改变美国法律的神话。因此，《口袋里的美国》最终还要在政治的范畴内得到解释，这与文学批评最终都是政治的是同样的。

但是，综览小说全貌，我必须指出的是，尽管是两个“中国作家”的“联袂出演”，但他们超越了“冷战思维”，是一次“跨社会主义和资本主义体系”的写作，是一次充满了批判精神的写作。无论对中国还是对美国，那些有悖于公平、正义的事务，他们都给予了没有妥协的批判。在中国，许文禄三天杀了苏大哥一家两条人命却只被判了七年徒刑；美国虽然经过赵大卫案修改了法律例案，但中国人杨小慧不久又惨遭解雇，她只能远走他国。这些不公正、不平等的现象与国别、主义没有关系，都在作家的批判视野中。因此，最后赵大卫在回答美国记者采访时说：

> 我最感动的是美国公民们的正义和诚实。陪审团成员，与我无亲无故、素不相识，可他们愿意主持公道，伸张正义。从他们身上，我看到了美国的光明与希望。

> 我最失望的是我曾经那么尊重和信赖的人。他们对我口蜜腹剑，居心叵测，编造出各种莫须有的罪状加害于我。从这点上看，美国要彻底消灭种族歧视，让所有人种取得真正的平等，还需要走很长的路，还需要我们几代移民不懈地去努力，去争取。

这些感动和失望和批判就不仅是针对个人的经验，它应该适于所有地区、领域的所有事务。但是，这些具有悖论性的表达，也从一个方面反映了全球化时代文化认同的危机和焦虑。张旭东在谈到韦伯与文化政治时说：

> 人都有其最根本的冲动，这种冲动是不能被消解的。你不

能不承认这种冲动，比如说什么是基督徒，什么是西方，什么是德国，什么是德国文化，什么是德国人，这是一些非常基本的冲动，你不能拿一套所谓的民族国家都是建构起来的或虚构出来的时髦理论去一笔勾销它的存在。这不是一个纯粹的理论游戏的问题。实际上，种种以“解构”面目出现的新的普遍论也不是纯粹的理论游戏，因为它们都预设了一个新的普遍性的平台，一个新的“主体之后的主体”，一种新的反民族文化的全球文化。然而，只要分析一下这种新世界主义文化的物质、社会、政治和意识形态的具体形态，人们就不会对其普遍性的修辞抱任何不切实际的幻想。因为它所对应并赖以存在的生活世界从来就没有在政治上和文化认同上放弃自己的特殊地位。在这个意义上，如果你说，人不一定要做德国人或中国人，做一个普遍的世界公民个体不是很好吗？那你只是在表达一种特定的生活态度，它本身则是一种特定的生活方式的表象。你也可以说，后现代人都是多样的多面的，人都是随机的，是偶然性的等等，不一定要把自己纳入民族国家或阶级或历史这样的大叙事。为什么要让自己服从于一种本质化的叙述？等等。你可以从各种各样的角度去把它拆掉，但这种态度就是捷克裔英国社会学家盖尔纳(Ernest Gellner)所谓的“普遍的、原子式的态度”，它要以最小公约数来打掉集体性的种种壁垒，打掉种种“浪漫的、社群式的”人生观。盖尔纳讲的还不是当代，是19世纪，是德国浪漫派面对工商社会的问题。韦伯的问题可以追溯到这个交叉路口，是这个现代性内在矛盾的较为晚近的表述。他问的问题简单地说就是我们要做什么样的人。什么是我们身为德国人的基本冲动？这个东西你要不要？第一是有没有，第二是要不要，第三是拿它怎么办？⑥

政治就这样真实地存在于我们的生活中，无论是否喜欢都不能改变这样的现实。有趣的是，这两部长篇小说在2010年完整地表达了内、外两种不同的政治。它既表达了当代作家对社会政治生活的关注和介入，同时也给文学批评提供了新的阐释和批判空间。

注释：

① 如苏州大学教授刘峰杰，曾发表多篇关于“文学政治学”的文章。

② 臧棣：2006 年 11 月在东京举行的由日本中国当代文学研究会、九叶读诗会、驹泽大学主办的“中国现代诗国际学术讨论会”上宣读的论文。

③ [美]阿尔蒙德·鲍威尔：《比较政治学：体系、过程和政策》，曹沛林等译，上海译文出版社 1987 年版，第 29 页。

④ 同上，第 341—342 页。

⑤ 转引自张旭东：《全球化时代的文化认同——西方普遍主义话语的历史批判》（第二版），北京大学出版社 2006 年 8 月版，第 340 页。

⑥ 张旭东：《韦伯与文化政治》，见张旭东《批评的踪迹》，生活·读书·新知三联书店 2003 年 8 月版，第 211—212 页。

乡村文明的变异与“50后”的境遇

——当下中国文学状况的一个方面

考察当下的文学创作,作家关注的对象或焦点,正在从乡村逐渐向都市转移。这个结构性的变化不仅仅是文学创作空间的挪移,也并非是作家对乡村人口向城市转移追踪性的文学“报道”。这一趋向出现的主要原因,是中国的现代性——乡村文明的溃败和新文明的迅速崛起带来的必然结果。这一变化,使百年来作为主流文学的乡村书写遭遇了不曾经历的挑战。或者说,百年来中国文学的主要成就表现在乡土文学方面。即便到了21世纪,乡土文学在文学整体结构中仍然处于主流地位。2011年第八届茅盾文学奖的获奖作品基本是乡土小说,足以说明这一点。但是,深入观察文学的发展趋向,我们发现有一个巨大的文学潜流隆隆作响,已经浮出地表,这个潜流就是与都市相关的文学。当然,这一文学现象大规模涌现的时间还很短暂,它表现出的新的审美特征和属性还有待深入观察。但是,这一现象的出现重要无比:它是对笼罩百年文坛的乡村题材一次有声有色的突围,也是对当下中国社会生活发生巨变的有力表现和回响。值得注意的是,这一文学现象的作者基本来自“60后”“70后”的中、青年作家。而“50后”作家(这里主要指那些长期以乡村生活为创作对象的作家)基本还固守过去乡村文明的经验。因此,对这一现象,我们可以判断的是:乡村文明的溃败与“50后”作家的终结就这样同时发生了。

一、乡村文明的溃败

乡土文学，是百年来中国的主流文学。这个主流文学的形成，首先与中国的社会形态有关。前现代中国的形态是“乡土中国”[①]，所谓“乡土中国，并不是具体的中国社会的素描，而是包含在具体的中国基层传统社会里的一种特具的体系，支配着社会生活的各个方面”。中国社会独特的形态决定了中国文学的基本面貌，文学的虚构性和想象力也必须在这样的范畴和基本形态中展开。因此，20世纪20—30年代也形成了中国文学的基本形态，即乡土文学，并在这方面取得了重要成就。40年代以后，特别是毛泽东的《在延安文艺座谈会上的讲话》发表之后，这一文学形态开始向农村题材转变。乡土文学与农村题材不是一回事。乡土文学与乡土中国是同构对应关系，是对中国社会形态的反映和表达，如果说乡土文学也具有意识形态性质，那么，它背后隐含的是知识分子的启蒙立场和诉求；农村题材是一种政治意识形态，它要反映和表达的，是中国社会开始构建的基本矛盾——地主与农民的矛盾，它的基本依据是阶级斗争学说。这一学说有一个重要的承诺：推翻地主阶级，走社会主义道路，是中国和中国农民的出路。依据这一学说，现代文学开始发生转变并一直延续到1978年。在这个过程中，文学家创作了大批红色经典，比如丁玲的《太阳照在桑干河上》，周立波的《暴风骤雨》，柳青的《创业史》，陈登科的《风雷》，浩然的《艳阳天》《金光大道》等。这一文学现象密切配合中国共产党实现民族全员动员、建立现代民族国家、走社会主义道路的要求。事实是，建立民族国家和走社会主义道路的目标都实现了，但是，中国农民在这条道路上并没有找到他们希望找到的东西。80年代，周克芹的《许茂和他的女儿们》率先对这条道路提出质疑：在这条道路上，许茂和他的女儿们无论精神还是物质，依然一贫如洗，出路并没有出现在他们面前。因此，这条道路显然不能再坚持。这也是农村改革开放的现实依据和基础。农村的改革开放，为中国农民再次做出承诺：坚持改革开放是中国农民的唯一出路。随着华西村、韩村河等明星村镇的不断涌现，中国农村的改革道路似乎一览无余前程似锦。但是，事情远没有这样简单。随着改革开放的进一步发展，中国现代性的不确定性显现得更为复杂和充分。

或者说，乡村中国的发展并没有完全掌控在想象或设计的路线图上，在发展的同时我们也看到，发展起来的村庄逐渐实现了与城市的同质化，落后的村庄变成了“空心化”。这两极化的村庄其文明的载体已不复存在；而对所有村庄进行共同教育的则是大众传媒——电视。电视是这个时代影响最为广泛的教育家，电视的声音和传播的消息、价值观早已深入千家万户。乡村之外的滚滚红尘和杂陈五色早已被接受和向往。在这样的文化和媒体环境中，乡村文明不战自败，哪里还有什么乡村文明的立足之地。20 年前，王朔在《动物凶猛》中写道：“我羡慕那些来自乡村的人，在他们的记忆里总有一个回味无穷的故乡，尽管这故乡其实可能是个贫困凋敝毫无诗意的僻壤，但只要他们乐意，便可以尽情地遐想自己丢失殆尽的某些东西仍可靠地寄存在那个一无所知的故乡，从而自我原宥和自我慰藉。”[②] 但是，20 年后的今天，乡村再也不是令人羡慕的所在：“延续了几千年的乡土生机在现代中国日趋黯然。青年男女少了，散步的猪牛羊鸡少了，新树苗少了，学校里的欢笑声少了——很多乡村，已经没有多少新生的鲜活的事物，大可以用‘荒凉衰败’来形容。与此同时，乡村的伦理秩序也在发生异化。传统的信任关系正被不公和不法所瓦解，勤俭持家的观念被短视的消费文化所刺激，人与人的关系正在变得紧张而缺乏温情。故乡的沦陷，加剧了中国人自我身份认同的焦虑，也加剧了中国基层社会的秩序混乱。”[③] 这种状况不仅在纪实性的散文如耿立的《谁的故乡不沉沦》[④]、厉彦林的《故乡啊故乡》[⑤] 中有悲痛无奈的讲述，而且在虚构性的小说中同样有形象生动的表达。

孙惠芬的长篇小说《上塘书》[⑥]，以外来者视角描绘了上塘的社会生活及变化。孙惠芬的叙述非常有趣，从章节上看，几乎完全是宏大叙事:从地理、政治、交通、通信到教育、贸易、文化、婚姻和历史。这一宏大叙事确实别具匠心:一方面,乡村中国哪怕细微的变化,无不联系着中国社会发展的历史进程,乡村的历史并不是沿着传统的时间发展的;一方面,在具体的叙述中,宏大叙事完全被上塘的日常生活置换。上塘人向往以城市为代表的现代社会和生活,因此,"往外走"就成了上塘的一种"意识形态",供出大学生的要往外走,供不出大学生的也要往外走,"出去变得越来越容易","不出去越来越不可能"。在上塘生活了一辈子的申家爷爷,为了跟孙子进城,提前一年就开始和上塘人告别,但是,进城之后,他不能随地吐痰,不愿意看孙媳妇的脸色,只好又回到上塘。那个想让爷爷奶奶见识一下城里生活的孙子,也因与妻子的分歧,梦里回到上塘,却找不到自己的家。这些情节也许只是故事的需要、叙述的需要,但揭示了乡村和现代两种文化的尖锐对立,乡村文化的不肯妥协,使乡村文化固守于过去而难以进入现代。勉强进入现代的乡村子孙却找不到家园了;《上塘书》更像是一个隐喻或象征,它预示了乡村文明危机或崩溃的现实。后来我们在刘亮程的《凿空》等作品中,也会发现这一现象的普遍存在以及作家对这一危机的普遍感知。

《凿空》与其说是一部小说,毋宁说是刘亮程对沙湾、黄沙梁——阿不旦村庄在变动时代深切感受的讲述。与我们只见过浮光掠影的黄沙梁——阿不旦村不同的是,刘亮程是走进这个边地深处的作家。见过边地外部的人,或是对奇异景观的好奇,或是对落后面貌的拒之千里,都不能也不想理解或解释被表面遮蔽的丰富过去。但是,就是这貌不惊人的边地,以其地方性的知识和经验,表达了另一种生活和存在。阿不旦在刘亮程的讲述中是如此的漫长、悠远。它的物理时间与世界没有区别,但它的文化时间一经作家叙述竟是如此缓慢。以不变应万变的边远乡村的文化时间确实是缓慢的,但作家的叙述使这一缓慢更加悠长。一头驴,一个铁匠铺,一只狗的叫声,一把坎土曼,这些再平凡不过的事物,在刘亮程那里津津乐道,乐此不疲。虽然西部大开发声势浩大,阿不旦的周边机器轰鸣,但作家的目光依然从容不迫地关注那些古旧事物。这道深情的目光里隐含了刘亮程的某种拒绝或迷恋：现代生活就要改变阿不旦的时间和节奏了。它将像其他进入现代生活的发达地区一样：人人都将被按下快进键，“把耽误的时间抢回来”变成了全民族的心声。到了当下，环境更加复杂，现代、后现代的语境交织，工业化、电子化、网络化的社会成形，资源紧缺引发争夺，分配不平衡带来倾轧，速度带来烦躁，便利加重烦躁，时代的心态就是再也不愿意等。什么时候我们丧失了慢的能力？中国人的时间观，自近代以降历经三次提速，已经停不下来了。我们需要的是时刻看着钟表，计划自己的人生：一步到位、名利双收、嫁入豪门、一夜暴富、三十五岁退休……没有时间感的中国人变成了最着急最不耐烦的地球人，“一万年太久，只争朝夕”。⑦这是对现代人浮躁心态和烦躁情绪的绝妙描述。但阿不旦不是这样。阿不旦是随意和散漫的：“铁匠铺是村里最热火的地方，人有事没事喜欢聚到铁匠铺。驴和狗也喜欢往铁匠铺前凑，鸡也凑。都爱凑人的热闹。人在哪扎堆，它们在哪结群，离不开人。狗和狗缠在一起，咬着玩，不时看看主人，主人也不时看看狗，人聊人的，狗玩狗的，驴叫驴的，鸡低头在人腿驴腿间觅食。”⑧这是阿不旦的生活图景，刘亮程不时呈现的大多是这样的图景。它是如此平凡，但它就要被远处开发的轰鸣声吞噬了。因此，巨大的感伤是《凿空》中的坎儿井，它流淌在这些平凡事物的深处。

阿不旦的变迁已无可避免。于是，一个两难的命题再次出现了。《凿空》不能简单地理解为怀旧，事实上自现代中国开始，对乡村中国的想象就一直没有终止。无论是鲁迅、沈从文还是所有的乡土文学作家，一直存在一个悖论：他们怀念乡村，是在城市怀念乡村，是城市的现代照亮了乡村传统的价值，是城市的喧嚣照亮了乡村缓慢的价值。一方面他们享受着城市的现代生活，一方面他们又要建构一个乡村乌托邦。就像现在的刘亮程一样，他生活在乌鲁木齐，但怀念的却是黄沙梁——阿不旦。在他们那里，乡村是一个只能想象却不能再经验的所在。其背后隐含的却是一个没有言说的逻辑——现代性没有归途，尽管它不那么好。如果是这样，《凿空》就是又一曲送别乡土中国的挽歌，这也是《凿空》对缓慢如此迷恋的最后理由。但是，刘亮程的感伤毕竟不能留住阿不旦诗意的黄昏，而远去的也包括作家自己。

青年作家梁鸿的《梁庄》[9]的发表，在文学界引起了巨大反响。在这部非虚构作品中，梁鸿尖锐地讲述了她的故乡多年来的变化，这个变化不只是十几年前奔流而下的河水、宽阔的河道不见了，那在河上空盘旋的水鸟更是不见踪迹。重要的是，她讲述了为难的村支书、无望的民办教师、服毒自尽的春梅、住在墓地的一家人等。梁庄给我们的印象，一言以蔽之就是破败。破败的生活，破败的教育，破败的心情。梁庄的人心已如一盘散沙难以集聚，乡土不再温暖诗意。更严重的是，梁庄的破产不仅是乡村生活的破产，也是乡村传统中道德、价值、信仰的破产。这个破产几乎彻底根除了乡土中国赖以存在的可能，也就是中国传统文化载体的彻底瓦解。现代性的两面性，在《梁庄》中被揭示得非常透彻，作品尖锐地表达了中国走向现代的代价。现在，我们依然在这条道路上迅猛前行，对现代性代价的反省还仅仅停留在书生们的议论中。应该说，梁鸿书写的一切在今天已经不是个别现象。三十年的改革开放取得了巨大成就，但改革开放的成果没有被全民共享，发展的不平衡性已经成为突出问题。找到诸如梁庄这样的例子不是一件困难的事情。另外，我们发现，在虚构的小说中，讲述变革的乡村中国虽然不及《梁庄》尖锐，但观念的分化已是不争的事实。这些不同的讲述是乡村中国不同现实的反映，同时也是中国作家对乡村中国未来发展不同观念的表达。

乡村文明的危机或崩溃，并不意味着乡土文学的终结。对这一危机或崩溃的反映，同样可以成就伟大的作品，就像封建社会大厦将倾却成就了《红楼梦》一样。但是，这样的期待当下的文学创作还没有为我们兑现。乡村文明的危机一方面来自新文明的挤压，一方面也为涌向都市的新文明的膨胀和发展提供了多种可能和无限空间。乡村文明讲求秩序、平静和诗意，是中国本土文化构建的文明；都市文化凸显欲望、喧嚣和时尚，是现代多种文明杂交的集散地或大卖场。新乡土文学的建构与“50后”一代关系密切，但乡村文明的崩溃和内在的全部复杂性，却很少在这代作家那里得到揭示。这一现象表明，在处理当下中国面临的最具现代性问题的时候，“50后”作家无论愿望还是能力都是欠缺的。上述提到的作家恰好都是“60后”“70后”作家。

二、“50后”与承认的政治

“50后”一代从七八十年代之交开始登上中国文坛，至今已经三十余年。三十多年来，这个文学群体几乎引领了中国文学所有的主潮，奠定了文坛不可取代的地位。公允地说，这一代作家对中国文学做出了不可磨灭的贡献，甚至将当代中国文学推向了我们引以为荣的时代。历数三十多年来的文学成就，这个群体占有巨大的份额。这是我们讨论问题的前提。但是，就在这个群体站在巅峰的时候，问题出现了。80年代，“50后”同“30后”一起，与主流意识形态度过了一个短暂的蜜月期，被放逐的共同经历，使其心理构成有一种文化同一性，控诉“文革”和倾诉苦难使这两个代际的作家一起完成了新时期最初的文学变革。值得注意的是，“知青”作家一出现就表现出与复出作家——即在50年代被打成“右派”的一代人——的差别。复出作家参与了对50年代浪漫理想精神的构建，他们对这一时代曾经有过的忠诚和信念有深刻的怀念和留恋。因此，复出之后，那些具有“自叙传”性质的作品，总是将个人经历与国家命运联系起来，他们所遭受的苦难就是国家民族的苦难，他们个人的不幸就是国家民族的不幸。于是，他们的苦难就被涂上了一种悲壮或崇高的诗意色彩，他们的复出就意味着重新获得社会主体地位和话语权力，他们是以社会主体的身份去言说和构建曾经经历的过去的。“知青”一代无论心态还是创作实践，都与复出的一代大不相同。他们虽然深受父兄一代理想主义的影响，并有强烈的情感诉求，但阅历决定了他们不是时代和社会的主角，特别是被灌输的理想在“文革”中幻灭，接受再教育的生活孤立无援，模糊的社会身份决定了他们彷徨的心境和寻找的焦虑。因此，“知青”文学没有统一的方位或价值目标，其精神漂泊虽然激情四溢，却归宿难寻。

需要指出，“知青”文学中所体现出的理想精神，与50年代那种简单、肤浅和盲目乐观的理想精神已大不相同。过早地进入社会也使他们在思想上早熟，因此他们部分作品所表现出的迷茫和不安如同北方早春的旷野，苍凉料峭，春色若隐若现。也许正是这种不确定性成就了独具一格的文学特征，使那一时代的青春文学呈现出了精神自传的情感取向。我们发现，最能表达这一时代文学特征的作品的命名，大都选择了象征的方式，如《本次列车终点》《南方的岸》《黑骏马》《北极光》《在同一地平线上》《今夜有暴风雪》等等。这种象征不是西方的象征主义文学，这些作品没有感伤颓废的气息和意象。这种象征的共同选择，恰恰是这代青春对未来、理想、目标等难以确定和模糊不清的表征，都试图在这些能够停靠和依托的象征性意象中结束漂泊，结束精神游子的游荡，它反映出的是激情岁月的又一种理想。

但是，“知青”作家与复出作家在内在精神上毕竟存在着文化同一性。这种同一性决定了这个时代文学变革的有限性。就其生活和文学资源而言，那时的“50后”还不足以与“30后”抗衡。王蒙、张贤亮、刘绍棠、从维熙、邓友梅、李国文、陆文夫、高晓声、张弦、莫应丰、张一弓等领衔上演了那个时代文学的重头戏。“50后”在那个时代还隐约地有些许压抑感，因此也有强烈的文学变革要求。现代派文学就发生于那个时代。当然，把现代派文学的发生归于“30后”的压抑是荒谬的。应该说，这个如期而至的文学现象的发生，首先是对政治支配文学观念的反拨，是在形式层面向多年不变的文学观念的挑战。这个挑战是“50后”作家完成的。虽然王蒙有“集束手榴弹”[10]的爆破，张贤亮有《习惯死亡》的发表，但是，普遍的看法是残雪、刘索拉、徐星等“50后”作家完成了现代派文学在中国的实践。从那一时代起,“30 后”作家式微,“50 后”作家开始成为文坛的主体。此后的“寻根文学”“新写实小说”以及“新历史主义文学”等,都是由“50 后”主演的。特别是 2000 年第五届茅盾文学奖得主张平(《抉择》)、阿来(《尘埃落定》)、王安忆(《长恨歌》)、王旭峰(《南方有佳木》),全部是“50 后”,成为“50 后”文学登顶的标志性事件。此后,熊召政(《张居正》)、徐贵祥(《历史的天空》)、贾平凹(《秦腔》)、周大新(《湖光山色》)、张炜(《你在高原》)、刘醒龙(《天行者》)、莫言(《蛙》)、刘震云(《一句顶一万句》)等先后获得“茅奖”。如果说“茅奖”也是一种“承认的政治”的话,那么,“50 后”作家无疑已经成为当下文学的主流。这个主流,当然是在文学价值观的意义上指认,而不是拥有读者的数量。站在这个立场上看,获奖与读者数量不构成直接关系。如果说,90 年代以前的获奖作品,比如古华《芙蓉镇》、周克芹《许茂和他的女儿们》、路遥《平凡的世界》等都拥有大量读者的话,那么,近几届获奖作品的受众范围显然缩小了许多——纸媒的“青春文学”或网络文学有大量读者,但这些作品的价值尚没有得到主流文学价值观的认同,尽管可以参评,但还没有获得进入主流社会的通行证,因此难以获奖。

第八届“茅奖”获奖名单公布之后,国务院新闻办公室 8 月 26 日上午 10 时在新闻发布厅举行媒体见面会,请获奖作家张炜、刘醒龙、莫言、刘震云介绍创作经历和获奖作品情况,并答记者问。这是获奖作家第一次享有这样高规格的见面会,可见国家和社会对这次“茅奖”的重视程度。除了在国外的毕飞宇,其他获奖者都参加了见面会。四位作家在回答记者提问的同时,也表达了他们的文学价值观。他们的文学观既不同于 80 年代的“作家谈创作”,也不同于“70 后”“80 后”对文学的理解。

莫言的小说《蛙》的讲述方式由五封信和一部九幕话剧构成。“我姑姑”万心从一个接生成果辉煌的乡村医生,到一个“被戳着脊梁骨骂”的计划生育工作者,其身份变化喻示了计划生育在中国实践的具体过程。当资本成为社会宰制力量之后,小说表达了生育、繁衍以及欲望等丑恶的人性和奇观。莫言说:"几十年来,我们一直关注社会,关注他人,批判现实,我们一直在拿着放大镜寻找别人身上的罪恶,但很少把审视的目光投向自己,所以我提出了一个观念,要把自己当成罪人来写,他们有罪,我也有罪。当某种社会灾难或浩劫出现的时候,不能把所有责任都推到别人身上,必须检讨一下自己是不是做了什么值得批评的事情。《蛙》就是一部把自己当罪人写的实践,从这些方面来讲,我认为《蛙》在我11部长篇小说里面是非常重要的。"⑪

刘醒龙的《天行者》延续了他著名的中篇小说《凤凰琴》的题材。刘醒龙对乡村教师——准确地说是乡村代课教师有深厚的情感。他说:"我在山里长大,从一岁到山里去,等我回到城里来已经36岁了,我的教育都是由看上去不起眼的乡村知识分子,或者是最底层的知识分子来完成的。……所以《天行者》这部小说,就是为这群人树碑立传的,可以说我全部的身心都献给了他们。在20世纪60年代到90年代,中国乡村的思想启蒙、文化启蒙几乎都是由这些民办教师完成的,我经常在想,如果在中国的乡村,没有出现过这样庞大的400多万民办教师的群体,那中国的乡村会不会更荒芜?当改革的春风吹起来的时候,我们要付出的代价会更大,因为他们是有知识、有文化的,和在一个欠缺文化、欠缺知识的基础上发展代价是完全不一样的。"⑫

刘震云的《一句顶一万句》的不同就在于,他告知我们除了突发事件如战争、灾害等不可抗拒因素外,普通人的生活就是平淡无奇的。作家就是要在平淡无奇的生活中发现小说的元素。刘震云说:"我觉得文学不管是作者还是读者,在很多常识的问题上,确实需要进行纠正。对于幻想、想象力的认识,我们有时候会发生非常大的偏差,好像写现实生活的就很现实,写穿越的和幻想的题材就很幻想、就很浪漫、很有想象力,其实不是这样的。有很多写幻想的、写穿越的,特别现实。什么现实?就是思想和认识,对于生活的态度,特别现实。也可能他写的是现实的生活,但是他的想象力在现实的角落和现实的细节里。”⑬

这些作家的表述有什么错误吗？当然没有。不仅没有错误，而且他们的无论是“把自己当作罪人来写”，还是歌颂民办教师，无论是寻找“说话”的政治、肯定文学的想象力，还是像贾平凹在《古炉》中否定“文革”，在当下的语境中，还有比这些更正确的话题和结论吗！实事求是地说，这些作品都有一定的思想和艺术价值，我也曾在不同的场合表达过我的肯定。但是，文学创作不只是要表达“政治正确”，重要的是他们在多大程度上关注了当下的精神事物，他们的作品在怎样的程度上与当下建立了联系。遗憾的是，他们几乎无一例外地走向了历史。当然，“一切历史都是当代史”。但是，借用历史来表达当代，它的有效性和针对性毕竟隔了一层。另一方面，讲述历史的背后，是否都隐含了他们没有表达的“安全”考虑？表达当下，尤其是处理当下所有人都面临的精神困境，才是真正的挑战，因为它是“难”的。在这个意义上，我认同“美是难的”。

其实，这种情况并非只发生在中国的“50后”。据报道，任期长达十七年的芥川奖最资深评委石原慎太郎日前宣布，决定在1月的第一百四十六届芥川奖评选之后辞去评委职务。石原在发表辞职感言时批评日本作家没有反映当今时代。“日本现代著名作家高见顺经常说，对作家而言，最重要的是与时代同眠。像我这样的人，就与时代同床共枕，为自己的青春与战后日本的青春重叠在一起而感到庆幸。”石原指出，经过了半个多世纪，时代发生了质变，作家也经历了蜕变，他们的自我意识变得越来越薄弱。“当今时代本身就毫无性格，作家也没有反映当今时代，无法找到引爆自己内心冲突的导火线。”在石原的心目中，“好的作家”应该像已故的高桥和巳那样热烈拥抱时代，用“高密度的文体”写出尖锐揭示社会问题的作品，他的代表作《悲之器》探讨了知识分子的责任和命运，也是一部日本的精神史。“相比之下，现在的芥川奖候选作品虽然也想紧贴现实，但总显得粗糙而没有价值。而且较之以往文学新人奖的作品，整体水准在走下坡路。”⑭

"50后"是有特殊经历的一代人,他们大多有"上山下乡"或从军经历,或有乡村出身的背景。他们从登上文坛到今天,特别是"30后"退出历史前台后,便独步天下。他们的经历和成就已经转换为资本,这个功成名就的一代正傲慢地享用这一特权。他们不再是文学变革的推动力量,而是竭力地维护当下的文学秩序和观念,对这个时代的精神困境和难题,不仅没有表达的能力,甚至丧失了愿望。而他们已经形成的文学观念和隐形霸权统治了整个文坛。这也正是我们需要讨论这一文学群体的真正原因。

三、新文明的崛起与文学的新变

在乡村文明崩溃的同时,一个新的文明正在崛起。这个新的文明我们暂时还很难命名。这是与都市文明密切相关又不尽相同的一种文明,是多种文化杂糅交汇的一种文明。我们知道,当下中国正在经历着不断加速的城市化进程,这个进程最大的特征就是农民进城。这是又一次巨大的迁徙运动。历史上我们经历过几次重大的民族大迁徙,比如客家人从中原向东南地区的迁徙、锡伯族从东北向新疆的迁徙、山东人向东北地区的迁徙等。这些迁徙几乎都是向边远、蛮荒的地区流动。这些迁徙和流动起到了文化交融、边地开发或守卫疆土的作用,并在当地构建了新的文明。但是,当下的城市化进程与上述民族大迁徙都非常不同。如果说上述民族大迁徙都保留了自己的文化主体性,那么,大批涌入城市的农民或其他移民,则难以保持自己的文化主体性,他们是城市的"他者",必须想尽办法尽快适应城市并生存下来。流动性和不确定性是这些新移民最大的特征,他们的焦虑、矛盾以及不安全感是最鲜明的心理特征。这些人改变了城市原有的生活状态,带来了新的问题。正是这多种因素的综合,正在形成以都市文化为核心的新文明。

当然,以都市文化为核心的新文明还没有建构起来,与这个新文明相关的文学也在建构之中。这里有两个方面的原因:一是新中国成立初期存在“反城市的现代性”。反对资产阶级的香风毒雾，主要是指城市的资产阶级生活方式，因此，从50年代初期批判萧也牧的《我们夫妇之间》，到话剧《霓虹灯下的哨兵》《千万不要忘记》等的被推崇，反映的都是这一意识形态，也就是对城市生活的警觉和防范。在这样的政治文化背景下，都市文学的生长几乎是不可能的。二是都市文学从某种意义上说是“贵族文学”，没有贵族，就没有文学史上的都市文学。“新感觉派”、张爱玲的小说以及曹禺的《日出》、白先勇的《永远的尹雪艳》等，都是通过贵族或资产阶级生活来反映都市生活的。虽然老舍开创了表现北京平民生活的小说，并在今天仍有回响，比如刘恒的《贫嘴张大民的幸福生活》，但对当今的都市生活来说已经不具有典型性。因此，建构起当下中国的都市文化经验，都市文学才能够真正地繁荣发达。但是，今天我们面临的这个新文明的全部复杂性还远没有被我们认识，过去的经验也只能作为参照。尽管如此，我们还是看到了很多中青年作家对这个新文明的顽强表达——这是艰难探寻和建构中国新的文学经验的一部分。

有趣的是，这一新的文学经验恰恰是“60后”、更多的是“70后”作家为我们提供的。关于“70后”作家，宗仁发、施战军、李敬泽曾发表过对话《被遮蔽的“70年代人”》[15]。十几年前他们就发现了这一“被遮蔽”的现象。但由于当时认识的局限，他们只是部分地发现了70年代被遮蔽的原因，比如70年代完全在商业炒作的视野之外，“白领”意识形态对大众蛊惑诱导等。他们还没有发现“50后”这代人形成的隐性意识形态对“70后”的遮蔽。“‘70年代人’中的一些女作家对现代都市中带有病态特征的生活的书写，不能不说具有真实的依托。问题不在于她们写的真实程度如何，而在于她们所持的态度。应该说1998年前后她们的作品是有精神指向的，并不是简单的认同和沉迷，或者说是有某种批判立场的。”“70后”的这些特征恰恰是“50后”作家在当前所不具备的。但是，由于后者在文坛的统治地位和主流形象，已经成为一只“看不见的手”，压抑和遮蔽了后来者。

表面看,官场、商场、情场、市民生活、知识分子、农民工等,都是与都市文学相关的题材。但是,中国都市的深层生活很可能没有在这些题材中得到表达,而是隐藏在都市人的内心深处。魏微的《化妆》[16]刻画了都市人灵魂深处的"恶":十年前,那个贫寒但"脑子里有光"的女大学生嘉丽,在中级人民法院实习期间爱上了张科长。张科长稳重成熟,但相貌平平,两手空空,而且还是一个八岁孩子的父亲。但这都不妨碍嘉丽对他的爱,这个荒谬无望的不伦之恋表达了嘉丽的简单或涉世未深;然后是嘉丽的独处十年:她改变了身份,改变了经济状况。一个光彩照人但并不快乐的嘉丽终于摆脱了张科长的阴影。但"已经过去的一页"突然被接续,张科长还是找到了嘉丽。于是小说在这里才真正开始:嘉丽并没有以"成功人士"的面目去见张科长,而是在旧货店买了一身破旧的装束,将自己"化妆"成十年前的那个嘉丽。她在路上,世道人心开始昭示:路人侧目,暧昧过的熟人不能辨认,恶作剧地逃票,进入宾馆的尴尬,一切都是十年前的感觉,摆脱贫困的十年路程瞬间折返到起点。我们曾耻于谈论的贫困,这个剥夺人的尊严、心情、自信的万恶之源,又回到了嘉丽身上和感觉里,这个过程的叙述耐心而持久,因为对嘉丽而言,它是切肤之痛;这些还不重要,重要的是当年的张科长,这个当年你不能说没有真心爱过嘉丽的男人的出现,暴露的是这样一副丑陋的魂灵。嘉丽希望的同情、亲热哪怕是怜悯都没有,他如此以貌取人地判断嘉丽十年来是卖淫度过的。这个本来还有些许浪漫的故事,这时被彻底粉碎。

魏微赤裸裸地撕下男性虚假的外衣,戳穿了这个时代的世道人心。现代文化研究表明,每个人的自我界定以及生活方式,不是由个人的愿望独立完成的,而是通过和其他人"对话"实现的。在"对话"过程中,那些给予我们健康语言和影响的人,被称为"意义的他者",他们的爱和关切影响并深刻地造就了我们。我们是在别人或者社会的镜像中完成自塑的,那么,这个镜像是真实或合理的吗?张科长这个"他者"带给嘉丽的不是健康的语言和影响,恰恰是它的反面。嘉丽因为是一个“脑子里有光”的女性，是一个获得了独立思考能力和经济自立的女性，是她“脑子里的光”照射出男人的虚伪。如果说嘉丽是因为见张科长才去喜剧式地“化妆”的话，那么，张科长却是一生都在悲剧式地“化妆”，因为他的“妆”永无尽期。小说看似写尽了贫困与女性的屈辱，但魏微在这里并不是叙述一个女性文学的话题，这是一个普遍性的问题，是一个关乎世道人心的大问题。在这个问题里，魏微讲述的是关于心的疼痛历史和经验，她发现的是嘉丽的疼痛——那是所有人在贫困时期的疼痛和经验。当然，小说不能回答所有的问题，就像嘉丽后来不贫困了，但还是没有快乐。那我们到底需要什么呢？新文明就是带着这样的问题一起来到我们面前的。

深圳青年女作家吴君有一个中篇小说《亲爱的深圳》[17]，讲述了一个新兴移民城市的人与事。拔地而起的新都市曾给无数人带来那样多的激动或憧憬，它甚至成为蒸蒸日上、日新月异的象征。但是，就在那些表象背后，吴君发现了生活的差异性、等级和权力关系。作为一个新城市的“他者”，底层生活醒目地跃然纸上。它对城市打工生活的表达达到了新的深度：一对到深圳打工的青年夫妻既不能公开自己的夫妻关系，也不能有正当的夫妻生活。如果他们承认了这种关系，就意味着必须失去眼下的工作。都市规则或资本家的规则是资本高于一切，人性的正当需要并不在规则之中。在过去的底层写作中，我们更多看到的是物资生存的困难，是关于“活下去”的要求。在《亲爱的深圳》中，作家深入到一个更为具体和细微的方面，是对人的基本生理要求被剥夺过程的书写。它不那么惨烈，却更非人性。当然，吴君也从另一个方面揭示了农民文化和心理的复杂性和劣根性。她接续了《阿Q正传》《陈奂生上城》的传统，并赋予了当代特征。吴君不是对“苦难”兴致盎然，不是在对苦难的观赏中或简单的同情中表达她的立场，而是在现代性的过程中，在农民一步跨越现代突如其来的转型中，发现这一转变的悖论或不可能性。李水库和程小桂夫妇付出的巨大代价，是一个意味深长的隐喻。但在这个隐喻中，吴君却发现了中国农民偶然遭遇或走向现代的艰难。民族的劣根性和农民文化及心理的顽固和强大，将使这一过程格外漫长。尽管在城市里心灵已伤痕累累，但可以肯定的是，他们很难再回到贫困的家乡——这就是“现代”的魔力：它不适于所有的人，但任何人一旦遭遇它，就不再有归期。这同中国遭遇现代性一样，尽管是与魔共舞，却不得不难解难分。这也是新文明带给底层民众的新的精神困境。

广州女作家傒晗的中篇小说《誓言》[18]，读后给人一种窒息的感觉。这种窒息感不是来自关于夫妻、婚变、情人、通奸等当下生活或文学中屡见不鲜又兴致盎然的讲述。这些场景或关系，从法国浪漫派一直到今天，都是小说乐此不疲的内容和话题，这些话题和内容还要讲述下去，我也相信不同时代的作家一定会有新奇的感觉和想象给我们震惊。但《誓言》的窒息感是来自母子关系，这里的母爱是一种由爱及恨的“变形记”，它匪夷所思但又是切实被“发现”的故事。事情缘起于郑文涛与许尤佳的婚变，婚变后的许尤佳在心理上逐渐发生了变化，这个变化与她后来的情感经历有关，男人可憎的面目不断诱发和强化了她的仇怨感。许尤佳为了报复前夫郑文涛，和儿子的关系也发生了变异，为了阻止郑文涛兑现誓言，阻止郑文涛再婚，也为了将儿子留在身边，竟然在儿子考大学的关键时刻在他的饮食中做了手脚：第一年是让儿子临考前夜不能寐，昏昏然地考砸了；第二年复考时给儿子的豆浆里放了大量安定。这是小说最易引起争议的细节：一个母亲真的会这样吗？这可能吗？小说不是现实的复制或摹写，小说有自己的逻辑。小说就是要写出不可思议和出人意料的人物、场景、心理和命运。无论多么离奇，只要符合小说人物的性格逻辑，这就是小说。

这些作品中的很多观念都“不正确”：一个男人打量女人的心理如此阴暗、“企业制度”明目张胆地阻止夫妻过正常生活、一个母亲竟对自己的儿子痛下“毒手”。但是，这就是新文明崛起后的“心理现实”。在这些作品中，被揭示的心理或精神现象集中在“恶”的方面，这是因为这些作家就生活在这无所不包无奇不有的“新文明”

中，而“恶”——就是都市生活最深处正在发生的兵荒马乱，是这个时代生活的本质方面之一。无论我们是否愿意接受，它都是这个时代生活真实或本质的反映，我们都会明确无误地感受到，这样的文学才与我们的当下生活建立了联系。只有关怀、关注当下生活的作家，才能写出与当下生活相关的作品。

“50后”刚刚登上文坛时，除了他们新奇的艺术形式、敏锐的艺术感觉，也正是他们的批判性和时代感为他们赢得了声誉。那时的他们如东方喷薄欲出的朝阳，他们青春的面孔就是中国文坛未来的希望。他们在80年代发起或推动的文学潮流或现象，无论曾经受到过怎样的诟病和批判，他们白桦林般的青春气息至今仍然给我们巨大的感动和感染。那时的他们引领着社会新的风潮，也表现着那个时期的社会心理。莫言的《透明的红萝卜》虽然表现了对色彩的敏锐感觉，使小说在形式上如彩练当空五彩缤纷。但是，当我们走进黑孩生活的现实世界时，一股强大的黑暗扑面而来。命运多舛的黑孩一直生活在成人世界的丑陋中，他只能用想象的方式拒绝现实。有趣的是，黑孩越是不幸，他幻想的景象就越加美丽动人。莫言没有用世俗的眼光考虑黑孩的外部世界“如此黑暗”是否政治正确，他就要用极端化的方式书写他心爱的人物，同时也以极端化的方式批判了现实的“恶”。只有这样，1985年的莫言才会异峰突起而成为当代文学的英雄。贾平凹的创作几乎贯穿新时期文学30年。他1978年发表《满月儿》引起文坛注意，但真正为他带来较高文学声誉的，是1983年代他先后发表的描写陕南农村生活变化的“商州系列”小说。其中代表性的作品是：《鸡窝洼人家》《小月前本》《腊月·正月》《远山野情》以及长篇小说《商州》《浮躁》等。这些作品的时代精神使贾平凹本来再传统不过的题材走向了文学的最前沿。那时的乡村改革还处在不确定性之中，没有人知道它的结局，但是，政治正确与否不能决定文学的价值。遗憾的是，这两位“50后”的代表性作家离开了青年时代选择的文学道路和立场。他们的创作道路，在某种意义上就是一部“衰败史”，他们此后的创作再没有达到那个时代的高度。

我们知道,在当代文学史上,"十七年时期"的作家时常遭到诟病,周立波、柳青、王汶石、陈登科以及浩然等,他们被指责为政治服务,追随着当时的思想路线,而这条路线后来证明是错误的。但是,他们当时所处理的问题,不仅是"中国向何处去"的问题,同时也是那个时代人们的精神状况问题。因此,即便现在看来他们"政治不正确",但仍然为我们留下了众多的"社会主义时期"的文学人物,仍然是我们谈论中国当代文学难以绕行的。

现在的"50后"已经功成名就,青春对他们来说已经过于遥远。当年他们对文学的热情和诚恳,今天都已成为过去。如今,他们不仅仍然固守在"过去的乡土中国",对新文明崛起后的现实和精神问题有意搁置,而且刻意处理的"历史"也早已有了"定论",他们的表达不越雷池一步。我们既看到了这代人的谨小慎微,也看到了这代人的力不从心。也正因为如此,我们才更深切地理解,为什么作家张承志、史铁生深受读者和文学界的爱戴,原因之一就是因为他们一直关注中国的现实和精神状况。为什么2011年格非的《春尽江南》[19]获得了批评界广泛的好评?就因为格非敢于迎难而上,表达了对当下中国精神跌落的深切忧患,这样的作家作品理应得到掌声和喝彩。一个时期以来,曹征路的《那儿》《霓虹》,迟子建的《起舞》,魏微的《化妆》《姊妹》《家道》,晓航的《一张桌子的社会几何原理》《灵魂深处的大象》,鲁敏的《饥饿的怀抱》《细细红线》《羽毛》《惹尘埃》,吴君的《亲爱的深圳》《复方穿心莲》《菊花香》,南飞燕的《红酒》《黑嘴》,葛水平的《纸鸽子》《一时之间如梦》,黄咏梅的《契爷》《档案》,李铁的《点灯》《工厂的大门》,李浩的《在路上》《那天晚上的电影》,余一鸣的《不二》,胡学文的《隐匿者》,邵丽的《刘万福案件》,关仁山的《根》,杨小凡的《欢乐》等,构成了新的文学经验汹涌的潮流。如果是这样的话,我们可以肯定,当下文学正在发生的结构性变化,这不仅仅是空间或区域的变化,不仅仅是场景和人物的变化,它更是一种价值观念、生活方式和情感方式的大变化。而对这一变化的表达或处理是由"60后""70后"作家实现的。"50后"作家还会用他们的创作证明自己存在的价值，但是，当他们的创作不再与当下现实和精神状况建立关系时，终结他们构建的隐性意识形态就是完全有理由和必要的。

注释：

① [美]费孝通：《旧著〈乡土中国〉重刊序言》，《乡土中国》，生活·读书·新知三联书店1985年版。

② 王朔：《动物凶猛》，《收获》1991年第6期。

③ 《中国新闻周刊》总第540期特稿《深度中国·重建故乡》，2012年3月29日。

④ 耿立：《谁的故乡不沉沦》，《北京文学》2011年第6期。

⑤ 厉彦林：《故乡啊故乡》，《北京文学》2012年第1期。

⑥ 孙惠芬：《上塘书》，人民文学出版社2004年7月版。

⑦ 《急之国——中国人为什么丧失了慢的能力》，《新周刊》2010年7月15日。

⑧ 刘亮程：《凿空》第二章《铁匠铺》，作家出版社2010年版。

⑨ 梁鸿：《梁庄》，《人民文学》2010年第9期。

⑩ 20世纪80年代初期，王蒙先后发表的《夜的眼》《海的梦》《春之声》《风筝飘带》《布礼》和《蝴蝶》，当时被称为"集束手榴弹"。

⑪ 以上引文均见《第八届茅盾文学奖获奖作家媒体见面会实录》。见 http://www.chinawriter.com.cn，2011年8月26日15:05中国作家网。

⑫ 同上。

⑬ 同上。

⑭ 《芥川奖最资深评委：日本作家没有反映当今时代》，《中华读书报》2012年3月7日。

⑮ 宗仁发、施战军、李敬泽：《被遮蔽的"70年代人"》，《南方文坛》2000年第9期。

⑯ 魏微：《化妆》，《花城》2003年第5期。

⑰ 吴君：《亲爱的深圳》，《中国作家》2007年第7期。

⑱ 徯晗：《誓言》，《北京文学》2011年第8期。

⑲ 格非：《春尽江南》，上海文艺出版社2011年版。

建构时期的中国城市文学

——当下中国文学状况的一个方面

百年来,由于中国的社会性质和特殊的历史处境,乡土文学和农村题材一直占据着中国文学的主流地位。这期间虽然也有变化或起伏变动,但基本方向并没有改变。即便是在新世纪发生的"底层写作",其书写对象也基本在乡村或城乡交界处展开。但是,近些年来,作家创作的取材范围开始发生变化,不仅一直生活在城市的作家以敏锐的目光努力发现正在崛起的新文明的含义或性质,而且长期从事乡村题材写作的作家也大都转身书写城市题材。这里的原因当然复杂。一个方面,根据国家公布的城镇化率计算,2011 年我国城镇人口超过了农村人口。这个人口结构性的变化虽然不足以说明作家题材变化的原因,但可以肯定的是,城市人口的激增,也从一个方面加剧了城市原有的问题和矛盾。比如就业、能源消耗、污染、就学、医疗、治安等。文学当然不是处理这些事务的领域,但是,这些问题的积累和压力,必定会影响到世道人心,必定会在某些方面或某种程度上催发或膨胀人性中不确定性的东西。而这就是文学书写和处理的主要对象和内容。当下作家的主力阵容也多集中在城市,他们对城市生活的切实感受,是他们书写城市生活最重要的依据。

我曾分析过乡村文明崩溃后新文明的某些特征。这个新的文明我们暂时还很难命名。这是与都市文明密切相关又不尽相同的一种文明,是多种文化杂糅交汇的一种文明。我们知道,当下中国正在经历着不断加速的城市化进程,这个进程最大的特征就是农民进城。这是又一次巨大的迁徙运动。历史上我们经历过几次重大的民族大迁徙，比如客家人从中原向东南地区的迁徙、锡伯族从东北向新疆的迁徙、山东人向东北地区的迁徙等。这些迁徙几乎都是向边远、蛮荒的地区流动。这些迁徙和流动起到了文化交融、边地开发或守卫疆土的作用，并在当地构建了新的文明。但是，当下的城市化进程与上述民族大迁徙都非常不同。如果说上述民族大迁徙都保留了自己的文化主体性，那么，大批涌入城市的农民或其他移民，则难以保持自己的文化主体性，他们是城市的“他者”，必须想尽办法尽快适应城市并生存下来。流动性和不确定性是这些新移民最大的特征，他们的焦虑、矛盾以及不安全感是最鲜明的心理特征。这些人改变了城市原有的生活状态，带来了新的问题。正是这多种因素的综合，正在形成以都市文化为核心的新文明。①

这一变化在文学领域各个方面都有反映。比如评奖——2012年《中篇小说选刊》公布了2010—2011年度古井贡杯全国优秀中篇小说获奖作品：蒋韵的《行走的年代》、陈继明的《北京和尚》、叶兆言的《玫瑰的岁月》、余一鸣的《不二》、范小青的《嫁入豪门》、迟子建的《黄鸡白酒》六部作品获奖；第四届“茅台杯”《小说选刊》年度大奖获奖中篇小说是戈舟的《等深》、方方的《声音低回》、海飞的《捕风者》，短篇小说是范小青的《短信飞吧》、裘山山的《意外伤害》、女真的《黑夜给了我明亮的眼睛》。这些作品居然没有一部是农村或乡土题材的。这两个例证可能有些偶然性或极端化，而且这两个奖项也不是全国影响最大的文学奖，但是，它的“症候”性却不作宣告地证实了文学新变局的某些方面。

在我看来，当代中国的城市文化还没有建构起来，城市文学也在建构之中。这里有两个方面的原因：一是新中国成立初期的五六十年代，我们一直存在着一个“反城市的现代性”。反对资产阶级的香风毒雾，主要是指城市的“资产阶级”生活方式，因此，从50年代初期批判萧也牧的《我们夫妇之间》，到话剧《霓虹灯下的哨兵》《千万不要忘记》等的被推崇，反映的都是这一意识形态，也就是对城市生活的警觉和防范。在这样的政治文化背景下，城市文学的生长几乎是不可能的；二是现代城市文学从某种意义上说是“贵族文学”，没有贵族，就没有文学史上的现代城市文学。不仅西方如此，中国依然如此。“新感觉派”、张爱玲的小说以及曹禺的《日出》、白先勇的《永远的尹雪艳》等，都是通过“贵族”或“资产阶级”生活来反映城市生活的；虽然老舍开创了表现北京平民生活的小说，并在今天仍然有回响，比如刘恒的《贫嘴张大民的幸福生活》，但对当今的城市生活来说，已经不具有典型性。王朔的小说虽然写的是北京普通青年生活，但王朔的嬉笑怒骂调侃讽喻，隐含了明确的精英批判意识和颠覆诉求。因此，如何建构起当下中国的城市文化经验——如同建构稳定的乡土文化经验一样，城市文学才能够真正地繁荣发达。尽管如此，我们还是看到了作家对都市生活顽强的表达——这是艰难探寻和建构中国都市文学经验的一部分。

表面看，官场、商场、情场、市民生活、知识分子、农民工等，都是与城市文学相关的题材。当下中国的城市文学也基本是在这些书写对象中展开的。一方面，我们应该充分肯定当下城市文学创作的丰富性。在这些作品中，我们有可能部分地了解了当下中国城市生活的面貌，帮助我们认识今天城市的世道人心及价值取向；另一方面，我们也必须承认，建构时期的中国城市文学，也确实表现出了它过渡时期的诸多特征和问题。探讨这些特征和问题，远比作出简单的好与不好的判断更有意义。在我看来，城市文学尽管已经成为这个时代文学创作的主流，但是，它的热闹和繁荣也仅仅表现在数量和趋向上。中国城市生活最深层的东西还是一个隐秘的存在，最有价值的文学形象很可能没有在当下的作品中得到表达，隐藏在城市人内心的秘密还远没有被揭示出来。具体地说，当下城市文学的主要问题是：

一、城市文学还没有表征性的人物

今天的城市文学，有作家、有作品、有社会问题、有故事，但就是没有这个时代表征性的文学人物。文学史反复证实,任何一个能在文学史上存留下来并对后来的文学产生影响的文学现象,首先是创造了独特的文学人物,特别是那些“共名”的文学人物。比如法国的“局外人”、英国的“漂泊者”、俄国的“当代英雄”“床上的废物”、日本的“逃遁者”、中国现代的“零余者”、美国的“遁世少年”等人物,代表了西方不同时期文学成就。如果没有这些人物,西方文学的巨大影响就无从谈起;当代中国“十七年”文学,如果没有梁生宝、萧长春、高大泉这些人物,不仅难以建构起社会主义初期的文化空间,甚至也难以建构起文学中的社会主义价值系统;新时期以来,如果没有知青文学、“右派文学”中的受难者形象,以隋抱扑为代表的农民形象,现代派文学中的反抗者形象,“新写实文学”中的小人物形象,以庄之蝶为代表的知识分子形象,王朔的“顽主”等,也就没有新时期文学的万千气象。但是,当下的城市文学虽然数量巨大,我们却只见作品不见人物。“底层写作”“打工文学”整体上产生了巨大的社会效应,但它的影响基本是文学之外的原因,是现代性过程中产生的社会问题。我们还难以从中发现有代表性的文学人物。因此,如何创作出城市文学中的具有典型性的人物,比如现代文学中的白流苏、骆驼祥子等,是当下作家面临的重要问题。当然,没落贵族的旧上海、平民时代的老北京,已经成为过去。我们正在面临和经历的新的城市生活,是一种不断建构和修正的生活,它的不确定性是最主要的特征。这种不确定性和复杂性对生活其间的人们来说,带来了生存和心理的动荡,熟悉的生活被打破,一种“不安全”感传染般地在弥漫;另一方面,不熟悉的生活也带来了新的机会,一种跃跃欲试、以求一逞的欲望也四处滋生。这种状况,深圳最有代表性。彭名燕、曹征路、邓一光、李兰妮、南翔、吴君、谢宏、蔡东、毕亮等几代作家,正在从不同的方面表达对深圳这座新城市的感受,讲述着深圳不同的历史和现在。他们创作的不同特点,从某个方面也可以说是当下中国城市文学的一个缩影。因此,深圳文学对当下中国文学而言,它的症候性非常具有代表性。这些优秀的作家虽然还没有创作出令人震撼的、具有普遍意义的人物形象，但是，他们积累的城市文学创作经验，预示了他们在不远的将来终会云开日出柳暗花明。

但是，就城市文学的人物塑造而言，普遍的情况远不乐观。更多的作品单独来看都是很好的作品，都有自己的特点和发现。但是，如果整体观察的时候，这个文学书写的范畴就像北京的雾霾一样变得极端模糊。或许，这也是批评界对具体的作家肯定，对整体的文学持有批评的依据之一。事实也的确如此。比如鲁敏，绝对是一个优秀作家，她的许多作品频频获奖已经从一个方面证实了这个说法并非虚妄。但是，她转型书写城市文学之后，总会给人一种勉为其难的感觉。比如她的《惹尘埃》[2]，是一篇典型的书写都市生活的小说：年轻的妇人肖黎患上了“不信任症”：“对目下现行的一套社交话语、是非标准、价值体系等等的高度质疑、高度不合作，不论何事、何人，她都会敏感地联想到欺骗、圈套、背叛之类，统统投以不信任票。”肖黎并不是一个先天的“怀疑论者”，她的不信任缘于丈夫的意外死亡。丈夫两年半前死在了城乡交界处的“一个快要完工、但突然塌陷的高架桥下”，他是大桥垮塌事件唯一的遇难者。就是这样一个意外事件，改变了肖黎的“世界观”：施工方在排查了施工单位和周边学校、住户后，没有发现有人员伤亡并通过电台对外做了“零死亡”的报道。但是死亡的丈夫终于还是被发现，这对发布“零死亡”的人来说遇到了麻烦。于是他们用丈夫的电话给肖黎打过来，先是表示抚慰，然后解释时间：“这事情得层层上报，现场是要封锁的，不能随便动的，但那些记者们又一直催着，要统一口径、要通稿，我们一直是确认没有伤亡的”；接着是地点，“您的丈夫‘不该’死在这个地方，当然，他不该死在任何地方，他还这么年轻，请节哀顺变……我们的意思是，他的死跟这个桥不该有关系、不能有关系”；然后是“建议”：“你丈夫已经去了，这是悲哀的、也不可更改了，但我们可以把事情尽可能往好的方向去发展……可不可以进行另一种假设？如果您丈夫的死亡跟这座高架桥无关，那么，他会因为其他的什么原因死在其他的什么地点吗？比如，因为工作需要、他外出调查某单位的税务情况、途中不幸发病身亡？我们想与你沟通一下，他是否可能患有心脏病、脑血栓、眩晕症、癫痫病……不管哪一条，这都是因公死亡……”接着还有“承诺”和巧妙的施压。这当然都是阴谋，是弥天大谎。处在极度悲痛中的肖黎，又被这惊人的冷酷撕裂了心肺。

但是，事情到这里远没有结束——肖黎要求将丈夫的随身物品还给她，钥匙、手机、包等。当肖黎拿到丈夫的手机后，她发现了一条信息和几个未接的同一个电话。那条信息的署名是“午间之马”。“肖黎被‘午间之马’击中了，满面是血，疼得不敢当真。这伪造的名字涵盖并揭示了一切可能性的鬼魅与欺骗。”正是这来自于社会和丈夫的两方面欺骗，使肖黎患上了“不信任症”。不信任感和没有安全感，是当下人们普遍的心理症候，而这一症候又反过来诠释了这个时代的病症。如果对一般人来说这只是一种感受的话，那么对肖黎来说就是切肤之痛了。于是，“不信任症”真的就成了一种病症，它不只是心理的，重要的是它要诉诸生活实践。那个年过七十的徐医生徐老太太，应该是肖黎的忘年交，她总是试图帮助肖黎开始“新生活”，肖黎的拒绝也在意料和情理之中。落魄青年韦荣以卖给老年人保健品为生，在肖黎看来这当然也是一个欺骗的行当。当肖黎勉为其难地同意韦荣住进她的地下室后，韦荣的日子可想而知。他屡受肖黎的刁难、质问甚至侮辱性的奚落。但韦荣只是为了生活从事了这一职业，他并不是一个坏人或骗子。倒是徐老太太和韦荣达观的生活态度，最后改变了肖黎。当徐老太太已经死去、韦荣已经远去后，小说结尾有这样一段议论：

> 也许，怀念徐医生、感谢韦荣是假，作别自己才是真——对伤逝的纠缠，对真实与道德的信仰，对人情世故的偏见，皆就此别过了，她将会就此踏入那虚实相间、富有弹性的灰色地带，与虚伪合作，与他人友爱，与世界交好，并欣然承认谎言的不可或缺，它是建立家国天下的野心，它是构成宿命的要素，它鼓励世人对永恒占有的假想，它维护男儿女子的娇痴贪，它是生命中永难拂去的尘埃，又或许，它竟不是尘埃，而是菌团活跃、养分丰沛

的大地，是万物生长之必需，正是这谎言的大地，孕育出辛酸而热闹的古往今来。

“惹尘埃”就是自寻烦恼和自己过不去吗？如果是这样，这篇小说就是一部劝诫小说，告诫人们不要“惹尘埃”；那么，小说是要人们浑浑噩噩得过且过吗？当然也不是。《惹尘埃》写出了当下生活的复杂以及巨大的惯性力量。有谁能够改变它呢？流淌在小说中的是一种欲说还休的无奈感。而小说深深打动我们的，还是韦荣对肖黎那有节制的温情。这些都毋庸置疑地表明《惹尘埃》是一部好小说，它触及的问题几乎就要深入到社会最深层。但是，放下小说以后，里面的人物很难让我们再想起——作家更多关注的是城市的社会问题，而人物性格的塑造却有意无意地被忽略了。类似的情况我们在很多优秀作家的作品都可以看到。一方面，文学在今天要创作出具有“共名”性的人物，确实并非易事。90 年代以来社会生活和文化生活的多样性和多元性，使文学创作主题的同一性成为不可能，那种集中书写某一典型或类型人物的时代已经过去。但是，更重要的问题可能还是作家洞察生活的能力以及文学想象力的问题。同样是 90 年代，《废都》中的庄之蝶及其女性形象，还活在今天读者的记忆中，就是因为贾平凹在 90 年代发现了知识分子精神的幻灭惊天秘密，他通过庄之蝶将一个时代的巨大隐秘表现出来，一个“共名”的人物就这样诞生了。李佩甫《羊的门》中的呼天成、阎真《沧浪之水》中的池大为等人物，同样诞生于 90 年代末期就是有力的佐证。因此，社会生活的多样性、文化生活的多元性，只会为创作典型人物或“共名”人物提供更丰饶的土壤，而绝对不会构成障碍。

二、城市文学没有青春

90 年代以后，当代文学的青春形象逐渐隐退以致面目模糊。青春形象的退隐，是当下文学的被关注程度不断跌落的重要原因之一，也是当下文学逐渐丧失活力和生机的佐证。也许正因为如此，方方的《涂自强的个人悲伤》发表以来，引起了强烈的反响，在近年来的小说创作中并不多见。“涂自强的个人悲伤”打动了这么多读者的心、特别是青年读者的心，重要的原因就是方方重新接续了百年中国文学关注青春形象的传统，并以直面现实的勇气，从一个方面表现了当下中国青年的遭遇和命运。

涂自强是一个穷苦的山里人家的孩子。他考取了大学。但他没有、也不知道“春风得意马蹄疾，一朝看遍长安花”的心境。全村人拿出一些零散票子，勉强凑了涂自强的路费和学费，他告别了山村。从村长到乡亲都说：念大学，出息了，当大官，让村里过上好日子。哪怕只是修条路。“涂自强出发那天是个周五。父亲早起看了天，说了一句，今儿天色好出门。屋外的天很亮，两架大山耸着厚背，却也遮挡不住一道道光明。阳光轻松地落在村路上，落得一地灿烂。山坡上的绿原本就深深浅浅，叫这光线一抹，仿佛把绿色照得升腾起来，空气也似透着绿。”这一描述，透露出的是涂自强、父亲以及全村的心情，涂自强就要踏上一条有着无限未来和期许的道路了。但是，走出村庄之后，涂自强必须经历他虽有准备、但一定是充满了无比艰辛的道路——他要提早出发，要步行去武汉，要沿途打工挣出学费。于是，他在餐馆打工，洗过车，干各种杂活，同时也经历了与不同人的接触并领略了人间的暖意和友善，他终于来到学校。大学期间，涂自强在食堂打工，做家教，没有放松一分钟，不敢浪费一分钱。但即将考研时，家乡因为修路挖了祖坟，父亲一气之下大病不起最终离世。毕业了，涂自强住在又脏又乱的城乡交界处。然后是难找工作，被骗，欠薪；祸不单行的是家里老屋塌了，母亲伤了腿。出院后，跟随涂自强来到武汉。母亲去餐馆洗碗，做家政，看仓库，扫大街，和涂自强相依为命勉强度日。最后，涂自强积劳成疾，在医院查处肺癌晚期。他只能把母亲安置在莲溪寺——

> 涂自强看着母亲隐没在院墙之后，他抬头望望天空，好一个云淡风轻的日子，这样的日子怎么适合离别呢？他黯然地走出莲溪寺。沿墙行了几步，脚步沉重得他觉得自己已然走不动路，

便蹲在了墙根下，好久好久。他希望母亲的声音能飞过院墙，传达到他这里。他跪下来，对着墙说，妈，不知道什么时候才能再见。妈，我对不起你。

此时涂自强的淡定从容来自于绝望之后，这貌似平静的诀别却如惊雷滚地。涂自强从家乡出发的时候是一个“阳光轻松地落在村路上，落得一地灿烂”的日子。此时的天空是一个“云淡风轻的日子”。从一地灿烂到云淡风轻，涂自强终于走完了自己年轻、疲惫又一事无成的一生。在回老家的路上，他永远离开了这个世界。小说送走了涂自强后说：“这个人，这个叫涂自强的人，就这样一步一步地走出这个世界的视线。此后，再也没有人见到涂自强。他的消失甚至也没被人注意到。这样的一个人该有多么的孤单。他生活的这个世道，根本不知他的在与不在。”

读《涂自强的个人悲伤》，很容易想到 1982 年路遥的《人生》。80 年代是中国改革开放的初始时期，也是压抑已久的中国青年最为躁动和跃跃欲试的时期。改革开放的时代环境使青年、特别是农村青年有机会通过传媒和其他资讯方式了解了城市生活，城市的灯红酒绿和花枝招展总会轻易地调动农村青年的想象。于是，他们纷纷逃离农村来到城市。城市与农村看似一步之遥却间隔着不同的生活方式和传统，农村的前现代传统虽然封闭，却有巨大的难以超越的道德力量。高加林对农村的逃离和对农村恋人巧珍的抛弃，喻示了他对传统文明的道别和奔向现代文明的决绝。但城市对“他者”的拒绝是高加林从来不曾想象的。路遥虽然很道德化地解释了高加林失败的原因，却从一个方面表达了传统中国青年迈进“现代”的艰难历程。作家对“土地”或家园的理解，也从一个方面延续了现代中国作家的土地情结，或者说，只有农村和土地才是青年或人生的最后归宿。但事实上，农村或土地，是只可想象而难以经验的，作为精神归属，在文化的意义上只因别无选择。90 年代以后，无数的高加林涌进了城市，他们会遇到高加林的问题，但不会全部返回农村。“现代性”有问题，但也有它不可阻挡的巨大魅力。另一方面，高加林虽然是个“失败者”，但我们可以明确地感觉到高加林未作宣告的巨大“野心”。他虽然被取消其公职，被重又打发他回到农村，恋人黄亚萍也与其分手，被他抛弃的巧珍早已嫁人，高加林失去了一切，独自一身回到农村，扑倒在家乡的黄土地上。但是，我们总是觉得高加林身上有一股“气”，这股气相当混杂，既有草莽气也有英雄气，既有小农气息也有当代青年的勃勃生机。因此，路遥在讲述高加林这个人物的时候，他是怀着抑制不住的欣赏和激情的。高加林给人的感觉是总有一天会东山再起卷土重来。

但是涂自强不是这样。涂自强一出场就是一个温和谨慎的山村青年。这不只是涂自强个人性格使然，更是一个时代青春面貌的表征。这个时代，高加林的性格早已终结。高加林没有读过大学，但他有自己的目标和信念：他就是要进城，而且不只是做一个普通的市民，他就是要娶城里的姑娘，为了这些甚至不惜抛弃柔美多情的乡下姑娘巧珍。高加林内心有一种不达目的不罢休的“狠劲”，这种性格在乡村中国的人物形象塑造中多有出现。但是，到涂自强的时代，不要说高加林的“狠劲”，就是合理的自我期许和打算，也已经显得太过奢侈。比如《人生》中的高加林轰轰烈烈地谈了两场恋爱，他春风得意地领略了巧珍的温柔多情和黄亚萍的热烈奔放。但是，可怜的涂自强呢，那个感情很好的女同学采药高考落榜了，分别时只是给涂自强留下一首诗：“不同的路/是给不同的脚走的/不同的脚/走的是不同的人生/从此我们就是/各自路上的行者/不必责怪命运/这只是我的个人悲伤。”涂自强甚至都没来得及感伤就步行赶路去武汉了。对一个青年而言，还有什么能比没有爱情更让人悲伤无望呢，但涂自强没有。这不是作家方方的疏漏，只因为涂自强没有这个能力甚至权利。因此，小说中没有爱情的涂自强只能更多将情感倾注于亲情上。他对母亲的爱和最后诀别，是小说最动人的段落之一。方方说：“涂自强并不抱怨家庭，只是觉得自己运气不好，善良地认为这只是‘个人悲伤’。他非常努力，方向非常明确，理想也十分具体。”但结果却是，一直在努力，从未得到过。其实，他拼命想得到的，也仅仅是能在城市有自己的家、让父母过上安定的生活——这是有些人生来就拥有的东西。然而,最终夭折的不仅是理想,还有生命。[3]过去我们认为,青春永远是文学关注的对象,是因为这不仅缘于年轻人决定着不同时期的社会心理,同时还意味着他们将无可置疑地占领着未来。但是,从涂自强还是社会上的传说到方方小说中的确认,我们不得不改变过去的看法:如果一个青年无论怎样努力,都难以实现自己哪怕卑微的理想或愿望,那么,这个社会是大有问题的,生活在这个时代的青年是没有希望的。从高加林时代开始,青年一直是"落败"的形象——高加林的大起大落、现代派"我不相信"的失败"反叛"一直到各路青春的"离经叛道"或"离家出走",青春的"不规则"形状决定了他们必须如此,如果不是这样那就不是青春。他们是"失败"的,同时也是英武的。但是,涂自强是多么规矩的青年啊,他没有抱怨、没有反抗,他从来就没想做一个英雄,他只想做一个普通人,但是命运还是不放过他直至将他逼死,这究竟是为什么?一个青年努力奋斗却永远没有成功的可能,扼制他的隐形之手究竟在哪里,或者究竟是什么力量将涂自强逼到了万劫不复的境地?一个没有青春的时代,就意味着是一个没有未来的时代。方方的这部作品从一个方面启示我们,关注青春是城市文学的重要方面,特别是从乡村走向城市的青年,不仅为文学提供了丰饶的土壤,更重要的是,从乡村走向城市,也是当今中国社会的一个巨大隐喻。我甚至隐约感觉到,中国伟大的文学作品,很可能产生在从乡村到城市的这条道路上。高加林、涂自强都是这样的青年。

三、城市文学的"纪实性"困境

百年中国特殊的历史处境,决定了中国文学与现实的密切关系。如果有点历史感,我们都会认为文学的这一选择没有错误。当国家民族处在风雨飘摇危在旦夕的时刻,作家自觉地选择了与国家民族同呼吸共命运,这是百年中国文学值得引以为荣的伟大传统。但是,文学毕竟是一个虚构领域，想象力毕竟还是文学的第一要义。因此，没有大规模地受到浪漫主义文学洗礼的中国文学，一直保持着与现实的“反映”关系，使文学难以“飞翔”而多呈现为写实性。只要我们看看“底层写作”和“打工文学”，它的非虚构性质或报告文学特征就一目了然。

关仁山是当下最活跃、最勤奋的作家之一。在我看来，关仁山的价值还不在于他的活跃和勤奋，而是他对当下中国乡村变革——具体地说是对冀东平原乡村变革的持久关注和表达。因此可以说，关仁山的创作是与当下中国乡村生活关系最为密切的和切近的创作。自“现实主义冲击波”以来，关仁山的小说创作基本集中在长篇上，中、短篇小说写得不多。现在要议论的这篇《根》④是一部短篇小说，而且题材也有了变化。

小说的内容并不复杂：女员工任红莉和老板张海龙发生了一夜情——但这不是男人好色女人要钱的烂俗故事。老板张海龙不仅已婚，而且连续生了三个女儿。重男轻女、一心要留下“根儿”的张海龙怀疑自己的老婆再也不能生儿子了，于是，他看中了女员工任红莉，希望她能给自己带来好运——为自己生一个儿子。任红莉也是已婚女人，她对丈夫和自己生活的评价是：他“人老实、厚道，没有宏伟的理想，性格发闷，不善表达。他目光迷茫，听说落魄的人都是这样目光。跟这种男人生活在一起，非常踏实。就算他知道自己女人有了外遇，他也不会用这种以牙还牙的方式。他非常爱我，我在他心中的地位，谁也无法动摇。我脾气暴躁，他就磨出一副好耐性。为了维持家庭的和谐，他在很多方面知道怎样讨好我，即便有不同意见，他也从来不跟我当面冲突。其实，他一点不窝囊，不自卑，嘴巴笨，心里有数，甚至还极为敏感。我不用操心家里的琐碎事。生活清贫，寒酸，忙乱，但也有别样的清静、单纯”。但是任红莉毕竟还是出轨了。任红莉的出轨最根本的原因还是利益的问题，而不是做一个代孕母亲。张海龙多次说服和诱惑后，任红莉终于想通了：“换个角度看问题，一种更为广阔的真实出现在我的视野。刹那间，我想通了，如今人活着，并不只有道德一个标准吧？并不是违背道德的人都是坏人。我心里储满了世俗和轻狂。我和阎志的爱情变得那样脆弱、轻薄。我们的生存面临困境了，牟利是前提，人们现在无处不在地相互掠夺与赚钱。赚钱的方式，是否卑鄙可耻，这另当别论了。他没有本事，我怎能袖手旁观？从那一天开始，恐惧从我的心底消失了。这一时期，我特别讨厌以任何道德尺度来衡量自己的思想和行为。可是，有另外一种诱惑吸引着我。资本像个传说，虽然隐约，却风一样无处不在。一种致命的、丧失理智的诱惑，突然向我袭来了。我似乎抓住了救命稻草，我要给张海龙生个孩子。”

任红莉终于为张海龙生了孩子。不明就里的丈夫、婆婆的高兴可想而知；张海龙的兴奋可想而知。任红莉也得到了她想得到的东西，似乎一切都圆满。但是，面对儿子、丈夫、张海龙以及张海龙的老婆，难以厘清的纠结和不安的内心，在惊恐、自责、幻想等各种心理因素的压迫左右下，任红莉终于不堪重负成了精神病人。关仁山的这篇小说要呈现的就是任红莉怎样从一个健康的人成为一个精神病人的。苏珊·桑塔格有一本重要的著作——《疾病的隐喻》，收录了两篇重要的论文：《作为隐喻的疾病》及《艾滋病及其隐喻》。桑塔格在这部著作中反思批判了诸如结核病、艾滋病、癌症等疾病，如何在社会的演绎中一步步隐喻化的。这个隐喻化就是“仅仅是身体的一种病”如何转换成了一种社会道德批判和政治压迫的过程。桑塔格关注的并不是身体疾病本身，而是附着在疾病上的隐喻。所谓疾病的隐喻，就是疾病之外的具有某种象征意义的社会压力。疾病属于生理，而隐喻归属于社会意义。在桑塔格看来，疾病给人带来生理、心理的痛苦之外，还有一种更为可怕的痛苦，那就是关于疾病的意义的阐释以及由此导致的对于疾病和死亡的态度。

任红莉的疾病与桑塔格所说的隐喻构成了关系，或者说，任红莉的疾病是违背社会道德的直接后果。值得注意的是，这个隐秘事件导致的病患并不是缘于社会政治和道德批判的压力，而恰恰是来自任红莉个人内心的压力。在这个意义上说，任红莉还是一个良心未泯,有耻辱心、负罪感的女人。任红莉代人生子并非主动自愿,作为一个女人,她投身社会的那一刻,她的身体也同时被男性所关注,因此,从某种意义上说,对女性身体的争夺是历史发展的一部分。《根》中描述的故事虽然没有公开争夺女性的情节,但暗中的争夺从一开始就上演并愈演愈烈。值得注意的是,男人与女人的故事历来如此,受伤害的永远是女人。但话又说回来,假如任红莉对物质世界没有超出个人能力的强烈欲望,假如这里没有交换关系,任红莉会成为一个精神病人吗?关仁山在《根》中讲述的故事对当下生活而言当然也是一个隐喻——欲望是当下生活的主角,欲望在推动着生活的发展,这个发展不计后果但没有方向,因此,欲望如果没有边界的话就非常危险。任红莉尽管在周医生的治疗下解除或缓解了病情,但我们也知道,这是一个乐观或缺乏说服力的结尾——如果这些病人通过一场谈话就可以如此轻易地解除病患的话,那么,我们何妨也铤而走险一次?如是看来,《根》结尾的处理确实简单了些。从另一方面看,一直书写乡村中国的关仁山,能选择这一题材,显然也是对自己的挑战。

但是,值得我们进一步深究的是,生活中存在的"一夜情"在文学中究竟应该怎样表达,或者说,这样的生活现象为文学提供了哪些"不可能"性。新世纪以来,关于"一夜情"的作品曾大行其道。比如《天亮以后说分手》在一个时期里几乎所向披靡,随之而来的《长达半天的快乐》《谁的荷尔蒙在飞》《我把男人弄丢了》《紫灯区》等也极度热销。这些作品从一个方面反映了年青一代的价值观以及时代的文化氛围,同时也与市场需求不无关系。有人认为《天不亮就分手》与美国作家罗伯特·詹姆斯·沃勒的《廊桥遗梦》相类似,并断言"肯定没有人觉得它是一部庸俗低级的书"。⑤这个判断显然是值得商榷的。《廊桥遗梦》作为通俗的文学读物,在美国也被称为"烧开水小说"。它的主要读者是无所事事的家庭中年妇女或家庭主妇,小说的整体构思都是为了适应这个读者群体设计。一个摄影艺术家与一个中年家庭主妇偶然邂逅并发生了几天的情感。但这个家庭主妇弗郎西斯卡最后还是回到了家庭,艺术家金凯在一个大雨滂沱的夜晚远走他乡。这个再通俗不过的故事,一方面满足了中年妇女婚外情的想象性体验,一方面又维护了美国家庭的尊严。因此,它的好莱坞式的情节构成虽然说不上"庸俗低级",但肯定与高雅文学无关。在这个意义上,当下中国都市文学中关于"一夜情"的书写,甚至还没有达到西方"骑士文学"的水准。更不要说后来的浪漫主义文学了。因此,问题不在于是否写了"一夜情",重要的是作家在这些表面生活背后还会为我们提供什么?当下都市文学在情感关系的书写上,还多处在类似《根》这样作品的水准,普遍存在的问题是还难以深入地表现这个时代情感关系攫取人心的东西。这一方面,应该说美国作家菲茨杰拉德的《了不起的盖茨比》还是给了我们巨大的启示。盖茨比与黛茜的故事本来是个非常普通的爱情故事。但作家的深刻就在于,盖茨比以为靠金钱、地位或巨大的物质财富就可以重温失去的旧梦,就可以重新得到曾经热恋的姑娘。但是盖茨比错了,为了追回黛茜他耗尽了自己的感情和一切,甚至葬送了自己的生命。他不仅错误地理解了黛茜这个女人,也错误地理解了他所处的社会。盖茨比的悲剧就源于他一直坚信自己编织的梦幻。但是,小说的动人之处就在于盖茨比的痴情,就在于盖茨比对爱情的心无旁骛。他几乎动用了所有的手段试图唤回黛西昔日的情感。他失败了。但成功的文学人物几乎都是失败者,因为他们不可能获得俗世的成功。有趣的是,这部写于 1925 年的小说,特别酷似情感生活失序的当下中国。可惜的是,关于爱情、关于人的情感世界与物质世界的关系,我们除了写下一堆艳俗无比的故事外,几乎乏善可陈。对生活表层的"纪实性"表现,是当下城市文学难以走出的困境之一。应该说菲茨杰拉德创造性地继承了浪漫主义的文学传统,他的想象力与深刻性几乎无与伦比。

因此,这个时候我们特别需要重温西方 19 世纪的浪漫主义文学。勃兰兑斯在《十九世纪文学主流》中论述的"法国浪漫派""英国浪漫派""青年德意志"等涉及的作品,也许会为我们城市文学创作提供新的想象空间或启示。在这方面，一些书写历史的作品恰恰提供了值得注意的经验。比如蒋韵的《行走的年代》[6]，这是一篇受到普遍好评的小说。如何讲述80年代的故事，如何通过小说表达我们对80年代的理解，就如同当年如何讲述抗日、反右和"文革"的故事一样。在80年代初期的中国文坛，"伤痕文学"既为主流意识形态所肯定，也在读者那里引起了巨大反响。但是，当一切尘埃落定之后，文学史家在比较中发现，真正的"伤痕文学"可能不是那些暴得大名、声名显赫的作品，而恰恰是《晚霞消失的时候》《公开的情书》《波动》等小说。这些作品把"文革"对人心的伤害书写得更深刻和复杂，而不是简单的"政治正确"的控诉。也许正因为如此，这些作品才引起了激烈的争论。近年来，对80年代的重新书写正在学界和创作界展开。就我有限的阅读而言，《行走的年代》是迄今为止在这一范围内写得最好的一部小说。它流淌的气息、人物的面目、它的情感方式和行为方式以及小说的整体气象，将80年代的时代氛围提炼和表达得炉火纯青，那就是我们经历和想象的青春时节：它单纯而浪漫，决绝而感伤，一往无前头破血流。读这部小说的感受，就如同1981年读《晚霞消失的时候》一样让我激动不已。大四学生陈香偶然邂逅诗人莽河，当年的文艺青年见到诗人的情形，是今天无论如何都难以想象的：那不只是高不可攀的膜拜和发自内心的景仰，那个年代的可爱就在于那是可以义无反顾地以身相许。于是一切就这样发生了。没有人知道这是一个伪诗人伪莽河，他从此一去不复返。有了身孕的陈香只有独自承担后果；真正的莽河也行走在黄土高原上，他同样邂逅了一个有艺术气质的社会学研究生。这个被命名为叶柔的知识女性，像子君、像萧红，像陶岚、像丁玲，亦真亦幻，她是五四以来中国知识女性理想化的集大成者。她是那样地爱着莽河，却死于意外的宫外孕大出血。两个女性，不同的结局相同的命运，但那不是一场风花雪月的事。因此，80年代的浪漫在《行走的年代》中更具有女性气质：它理想浪漫却也不乏悲剧意味。当真正的莽河出现在陈香面前时，一切都真相大白。陈香坚持离婚南下，最后落脚在北方的一座小学。诗人莽河在新时代放弃诗歌走向商海，但他敢于承认自己从来就不是一个诗人，尽管他的诗情诗意并未彻底泯灭。他同样是一个诚恳的人。

《行走的年代》的不同，就在于它写出了那个时代的热烈、悠长、高蹈和尊严，它与世俗世界没有关系，它在天空与大地之间飞翔。诗歌、行走、友谊、爱情、生死、别离以及酒、彻夜长谈等表意符号，构成了《行走的年代》浪漫主义独特的气质。但是，当浪漫遭遇现实，当理想降落到大地，留下的仅是青春过后的追忆。那代人的遗产和财富仅此而已。因此，这是一次追忆、一种检讨，是一部“为了忘却的纪念”。那代人的青春时节就这样如满山杜鹃，在春风里怒号并带血绽放。不夸张地说，蒋韵写出了我们内心流淌却久未唱出的“青春之歌”。

如前所述，当下中国的城市文学如同正在进行的现代性方案一样，它的不确定性是最重要的特征。因此，在当下中国城市文学的写作，也是一个“未竟的方案”。它向哪个方向发展或最终建构成何等身影，我们只能拭目以待。

原载《文艺争鸣》2010 年第 3 期

注释：

① 《乡村文明的变异与 50 后的境遇》，《文艺研究》2012 年第 6 期。

② 鲁敏：《惹尘埃》，《人民文学》2010 年第 7 期。

③ 蒋肖斌：《别让没有背景的年轻人质疑未来——访〈涂自强的个人悲伤〉作者方方》，《中国青年报》2013 年 6 月 18 日。

④ 关仁山：《根》，《北京文学》2011 年第 11 期。

⑤ 《新闻晚报》2003 年 11 月 23 日。

⑥ 蒋韵：《行走的年代》，《小说界》2010 年第 4 期。

青 春 的 含 义

一、革命时期的爱情

红色青春，是红色革命最耀眼的一道风景，青春的美丽、激情、多情、崇尚献身和理想主义的特性，和革命有着天然的关联。而青春时期对爱情的憧憬、幻想和追求，与对革命的想象有极大的相似性。因此，青春时期的爱情就成为红色革命文学最重要的书写对象之一。20 世纪是革命的世纪，也是浪漫青春和革命爱情被密切缝合和书写的世纪。

50 年代对革命时期的爱情书写，并不是来源于五四时期的个性解放和自由爱情，它不是对郁达夫、丁玲等爱情乌托邦或爱情至上小说的续写，不是鲁迅对子君、涓生“梦醒之后无路可走”爱情的反省；当然也不是柔石对箫涧秋人道主义爱情的深化或发展。50 年代是共和国刚刚诞生不久的年代，这个年代不仅证实了红色革命的巨大伟力，证实了共产党拯救中国思想路线的正确性，而且也因这胜利不证自明地叙述着始于 20 世纪中期的浪漫革命文学，并经过延安规范化的红色文学的正确性。这一历史逻辑自然地在共和国初期的主流文学中展开和延续。因此，20 年代的“普罗文学”才是 50 年代革命爱情小说的最初源头。革命爱情小说是革命浪漫主义文学之一种，浪漫性是这种小说最鲜明的特征。普罗文学的代表性作家蒋光赤曾说：“我自己便是浪漫派，凡是革命家也都是浪漫派，不浪漫谁来革命呢？”他的成名作《少年漂泊者》感动过无数读者，老一辈无产阶级革命家陶铸、胡耀邦都曾回忆说，他们是读了《少年漂泊者》才投身革命的。可见浪漫的普罗文学曾有过多大的感召力。此后，蒋光赤发表的《野祭》《冲出云围的力量》等小说，带动了“革命加恋爱”叙述模式的流行。洪灵菲的《流亡》三部曲、孟超的《冲突》、华汉（阳翰笙）的《两个女性》《地泉》，胡也频的《到莫斯科去》《光明在我们前面》等，都是这类作品。但在这一创作倾向中，恋爱的地位不断向革命因素倾斜，是最值得注意的一种转折。从“革命陪衬着恋爱”到“革命决定了恋爱”，再到“革命产生了恋爱”。恋爱的浪漫叙事逐渐退居到次要地位，而革命的浪漫渐次得到高潮的体验。这一倾向经过《白毛女》《小二黑结婚》《王贵与李香香》等红色经典的强化，得到了普遍的认同。

另一方面，50年代初期革命爱情小说也受到了苏联文学，特别是奥斯特洛夫斯基《钢铁是怎样炼成的》的巨大影响。保尔·柯察金对革命与爱情的选择曾感动过无数投身于革命的青年，他的那段关于人生的名言曾为无数中国青年所熟知乃至背诵。保尔拒绝了冬妮娅，也与革命的恋人失之交臂。但保尔对革命的忠诚使他获得了另外一种不朽的人生，使他成为革命青年真正的楷模和榜样。但有趣的是，当年曾经读过这部小说的青年后来回忆阅读心情时，所写的文章竟是《纪恋冬妮娅》。这就如同我们当时读《林海雪原时》时，总是对少剑波和白茹的隐约爱情更感兴趣一样。但50年代的红色青春确实是在中外这两种文化的哺育熏陶下，在革命文化的背景中完成了对“革命时期爱情”书写的。

这里涉及的几部中篇小说，从不同方面体现了那一时代的爱情观和价值观。也体现了新中国初期中国作家在回应爱情问题时的欲罢不能和谨慎犹疑的复杂心态。如上所述，自普罗文学始，革命与爱情从结伴而行到革命优于爱情并不断得到强化，在这个年代，虽然时代环境具有不确定性和文艺政策的不断变化调整，但作家对爱情表达的心态和的观念，仍然具有统一性和整体性的特征。《柳堡的故事》《洼地上的战役》《红豆》，所处理的还是革命与爱情的关系问题。

不同的是,《柳堡的故事》中李进和二妹子的爱情在导师指导员的“正确”引导下,爱情的渴望被革命的激情所置换,他们超越了“狭隘”的个人情感,而在正义与非正义的较量中使青春绽放出绚丽的花朵,爱情只有被镶嵌在国家主义的叙事框架中时才具有“意义”。是革命解救了二妹子,二妹子也因此才更爱李进,爱情因果关系的个人性在这里被彻底去除。被压抑的个人情感因高涨的革命激情使小说免去了“小资产阶级”和个人主义叙事的感伤和悲情;《洼地上的战役》和《红豆》虽然也是在强调“革命的伦理”至高无上,也是处理个人情感服从革命利益的故事,但《洼地上的战役》最终落空的“跨国恋情”和男青年王应洪的牺牲,《红豆》中将男主人公齐虹的放逐和不能割舍的爱情追忆,使这两篇小说哀婉深情,有一种怅然的凄丽之美。与《柳堡的故事》相比较,这两部小说虽然最后还是意属于革命伦理,但因其对个人情感的叙述沉迷太深,《洼地上的战役》过于“沉重”,《红豆》最动人的文字还是江玫对齐虹的深情追忆。这种“个人化”的情感在当时的环境中是最容易识别的,它们受到了激烈的批判也并不出人意料。

《在悬崖上》《奇异的离婚故事》《美丽》,是在日常生活中展开情爱关系叙述的。它们的叙述都严格地限定于“道德伦理”的框架内,这种“道德伦理”就是和平时期的“革命伦理”,它背后隐含的意识形态诉求还是个人情感与社会伦理的关系问题。或者说,个人欲望必须克制,必须受到社会公共道德准则的约束和规范。在这一观念的支配下,三部小说的男主人公的“婚外恋情”必须归于失败。那是一个对婚姻不能背叛的时代,对婚姻的背叛就意味着对过去的背叛。《在悬崖上》和《奇异的离婚故事》设置的妻子,都有良好的道德情操和历史阅历,她们既是典型的东方女性,又和时代、和革命历史都有密切的关系,这一身份确立了她们在“道德战争”中不战自胜的优越地位,她们是被侮辱与被损害的对象,虽然在情感方面处于弱势,但在社会公德方面却处于强势。无论男性对新的欲望对象有怎样强烈的渴望和想象,但在公共道德的制约和强大压力下,他们的欲望是不允许得逞的。应该说,这些作品仍然在回应时代的道德伦理观念,但是,在具体的文学本文中,它们对更浪漫、青春、美丽的女性形象无意中总是有更多的渲染和情感意属,有难以掩饰的同情或盎然兴致。因此,那里总会轻易找到它们与时代不谐和的"小资产阶级"的蛛丝马迹。于是这些作品还是难以进入时代的主流而成为文学的"异端"。

后来,我曾和我的朋友陈晓明讨论什么是"美",陈晓明援引另一位朋友的话说:"青春即美。"陈晓明说,当时他还年轻,并不理解这句话的全部含义;那时我已并不年轻,也不理解这句话的真正含义。但是,许多年过去之后,当青春离我们越来越遥远的时候,我和陈晓明重新提起了这句话,这时我们才理解"青春即美"是多么正确。回到我们讨论过的这些故事,虽然那里有过太多的压抑,有过太多的道德化或革命伦理的"大叙事",但事过境迁之后,那里仍然有感人的因素感动着我们:无论是革命的激情替代了爱情的激情,还是对革命的浪漫置换了爱情的浪漫,他们都曾真诚地经历并信奉过,而作家在那个时代就敢于审慎地探讨人性的复杂性和微妙的情感和心理的勇气,已经足以使我们在遥远并红尘滚滚的今天向他们致敬了。

二、激情岁月的理想

知青一代是当代中国的"中间物"或两面神雅努斯,一方面他们的面孔向着过去,一方面,他们的面孔向着未来。在这个意义上说,这代人的思想矛盾非常酷似列宁对民粹主义者的评价。事实也的确如此。知青一代是深受50年代理想主义精神哺育的一代人,他们对毛泽东时期的红色革命思想有着极深的集体记忆,他们相同的经历和教育背景使他们的"代际"特征相当明显;另一方面,经过"文革"和十年下乡的经历,他们中的先觉者又率先获得了反省、检讨错误思想路线和理想破碎后重新寻找的强烈意愿和能力。尽管如此,这代人浪漫的理想主义精神仍然根深蒂固印痕鲜明。

知青一代的文学创作始于“文革”期间，但形成文学潮流并为批评界所关注则是80年代初期的事情。知青文学一开始出现就表现出了与“复出”作家即在50年代被打成“右派”的一代人的差别。“复出”的作家参与了对50年代浪漫理想精神的构建，他们对这一时代曾经有过的忠诚和信念有深刻的怀念和留恋。因此，当他们“复出”之后，那些具有“自叙传”性质的作品，总是将个人经历与国家命运联系起来，他们所遭受的苦难就是国家民族的苦难，他们个人们的不幸就是国家民族的不幸。于是他们的苦难就被涂上了一种悲壮或崇高的诗意色彩。他们的“复出”就意味着重新获得了社会主体地位和话语权力，他们是以社会主体的身份去言说和构建曾经经历的过去的。知青一代无论从心态还是创作实践，都与“复出”的一代大不相同。他们虽然深受父兄一代理想主义的影响并有强烈的情感诉求，但他们年轻的阅历决定了他们不是时代和社会的主角，特别是被灌输的“理”想在“文革”中幻灭，“接受再教育”的生活孤寂无援，不明和模糊的社会身份决定了他们彷徨的心境和寻找的焦虑。因此，知青文学没有一个统一的方位或价值目标，它们恰如黎明时分的远足者，神情凝重地在没有边际的旷野向四方奔走，这种精神漂泊虽然激情四溢却也归宿难寻。

需要指出的是，知青文学中所体现出的理想精神，与50年代那种简单、肤浅和盲目乐观的“理想精神”已大不相同。过早地进入社会也使他们在思想上早熟，因此“旷野青春”所表现出的迷茫和不安如同北方早春的旷野一样，景观苍凉料峭，春色若隐若现。也许正是这种“不确定性”成就了他们独具一格的文学特征，使那一时代的青春文学呈现出了独特的“精神自传”的情感取向。我们发现，最能表达这一时代文学特征作品命名，大都选择了“象征”的方式，如《本次列车终点》《南方的岸》《黑骏马》《北极光》《在同一地平线上》《今夜有暴风雪》等等。这种象征不是西方的象征主义文学，这些作品没有感伤颓废的气息和意象。这种象征的共同选择，恰恰是这代青春对未来、理想、目标等难以确定和模糊不清的表征，都试图在这些能够停靠和依托的象征性意象中结束漂泊，结束“精神游子”的精神游荡，它反映出的是激情岁月的又一种理想。

张抗抗的《北极光》是一部典型的具有知青理想主义色彩的作品。“北极光”这个意象不仅是自然奇观，更重要的是它给人一种超凡脱俗远离尘世的联想。主人公陆岑岑的北极光想象隐喻了她高洁的内心和拒绝与俗世同流合污的精神信念。她的爱情履历并不是寻找爱人的过程，而是寻找精神同道的过程，她与三个男青年的关系就是对“完美”和理想的想象关系。她最后钟情于一个青年管道修理工，预示了她并在意现实社会的身份地位，管道修理工坎坷的经历、丰富的思想以及对国家民族的深切关怀的形象，既酷似保尔，也类似牛虻。这一选择和意属，既表明了作家在那一时代对理想和完美的理解，同时也表明了她所接受的文化理想和文化认同。如果说《北极光》是一篇镶嵌在天边的理想主义文学作品的话，那么，张承志的《黑骏马》则是一篇游走于大地的理想主义小说。在一首悠长古老的蒙古族民歌的旋律中，那个忧伤的蒙古族青年踏上了漫漫的寻找长途，他要走遍草原去寻找心爱的妹妹，白音宝力格对爱情的寻找，也即是对归宿和理想的寻找。但骑着黑骏马的白音宝力格对历史和现实的认知视野似乎更为宽阔。民族文化的深层积淀在这个蒙古族青年的视野和经历中被展现出来。于是他获得了检讨和反省自己肤浅和轻率的意识和能力。对人民和土地的倚重，对古老传统文化的重新认识，使主人公终于找到了能够安放自己心灵的归宿。《在同一地平线上》不是知青文学范畴内的作品，但它和知青文学在思想品格上有极大的相似性：它对男女两性社会、家庭地位及复杂关系的探讨，同样具有那个时代理想主义的社会批判特征。什么样的关系是理想的婚姻关系，个人奋斗，以强者的方式适应社会竞争条件与家庭生活如何处理，两性是否真的能够站在同一地平线上等，这些问题的探索和思考，汇入了那个时代文学凸显思想的潮流中。这三部作品都是从爱情的角度切入，但它们又都超越了爱情范畴而深入到了社会、思想和精神的领域。

梁晓声的《今夜有暴风雪》是当年知青文学社会反响较大的一部作品。小说的背景设定于知青返城前夕，在如何面对“去”与“留”的重大选择中，有三十六个知青毅然决然地选择了留在北大荒。这种悲壮的选择连同牺牲的战友、广袤无垠的土地和风雪交加的自然环境，一起构成了小说肃穆、凝重和崇高的文学气氛。英雄主义、热血青春是响彻小说的高昂主旋。虽然知青在北大荒历尽了生存苦难和命运挫折，但作品却通过自然环境的渲染在展示知青与命运抗争的同时，也转化为审美的快感。这一写作模式与红色经典构建起了历史联系，也是激情岁月理想迸发的最高潮。阿城的《棋王》虽然也是知青题材的小说，但它发表时知青文学的大潮已过，它是“寻根文学”潮流中的作品。当知青文学经历了大悲大喜之后，《阿城》从平常人生的角度重新书写了知青生活场景，并在日常生活中衬托了中国传统文化的深厚底色，无论人生境界还是在修辞炼句上，也多从古代传统小说中汲取营养。从而使这部作品一时洛阳纸贵好评如潮。《棋王》对中国传统文化的皈依，也从一个方面终结了知青文学在社会性和文学性上写作的单一性。从此，知青文学向四方离散，从题材到书写方式，都发生了重大变化。

但是，这个时代留下的青春文学，应该是最动人的文学景观之一。他们对理想主义和英雄主义以及价值观、人生观的探讨在今天仍然让人怦然心动；那些浪漫、感伤或多少有些戏剧化的悲壮故事，真实地反映了那个既贫瘠又富有的青春时代，它是一代人对生活、对人生以及对社会诚实思考的记录。

三、狂欢时节的蹉跎

这里涉及的几部小说作者全是女性作家。这个结果不免使我也感到吃惊：关乎情感问题的难道仅仅是女性？只有女性才敏感这类和内心相关的事务？男性都大叙事去了，还是对情感问题不屑谈论？当然事情没这么简单也不完全是这样。这一结果实属不经意的偶然。但我们必须承认的是,对于情感问题女性终还是比男性敏感和看重。在传统文学那里,始乱终弃的形象几乎概莫能外的是男性,而女性多是贞节烈妇。进入现代社会之后,像莎菲那样的女性虽然也可以像男性对待女性一样地对待男性,但大都被认为是女性解放的表征。因此,在情感问题上,女性的形象大多好于男性。当然也不能一概而论,这本来就是个见仁见智的问题。

90 年代以后,女性文学作为一种文学潮流在中国兴起。这股文学潮流尽管也涉及女性情感问题,但不是主要的。主要的还是要通过这一文学类型表达女性主体性的确立和心灵、身体的解放。因不懂女性文学,所以我对这一文学潮流总是持观望态度。但后来我慢慢发现,很多著名的女性文学中,在表达了女性的主体性和解放要求的同时,男性的主体性不见了。一种“逆向的性别歧视”在很多女性文学的作品中不断出现。男性的卑微、愚蠢、肮脏、下贱,招之即来挥之即去。如果女性解放的要求就是这样的话,那可太可怕了。我相信这样的女性文学首先摧毁的就是自己的丈夫和家庭。这种女性文学观决定了它坚持不了多久。事实上,进入 21 世纪以后,类似的写作几乎不存在了。当然,关于这个问题仍然是见仁见智的问题。

当然,还有很多和女性相关的现象,它不能称为文学,但确是一种文化现象,比如木子美和“芙蓉姐姐”。这两个现象都和网络有关,又都是女性。在消费主义时代,和女性有关的文化现象都是最吸引眼球的。木子美一出现石破天惊,天下人几乎都目瞪口呆,批判和不屑铺天盖地。但我的看法可能略有不同,过去的男女关系,最后要承担后果的大多是女性,即便在道德层面上,也是女性受到谴责更多,她们是不守妇道的“祸水”。但木子美一出,恰恰是男人胆战心惊衣寝难安。她以“人肉炸弹”的方式彻底摧毁了道德底线的同时,也改变了女性在这一关系上的“弱势”地位。当然,木子美除了“暴得大名”之外,也谈不上赚了什么;比较起来“芙蓉姐姐”的名声大噪可能还不如木子美,那里被愚弄的成分可能更多。这些文化现象最后只能是街谈巷议,为八卦媒体提供些作料罢了。

虽然都是女作家的作品，但我可以肯定的是，它们都不是上面描述的那种女性文学或文化现象。这些作品当然都是女性视角，这是因作家都是女性所致。读这些作品，我一个鲜明的感受是，无论女性多么渴望独立、渴望解放、渴望自由，她们内心深处一个挥之不去的情感要求仍然是异性之爱，仍然是对异性理解和温暖的要求。这个要求确实传统，确实保守。但似乎又不这么简单，她们的复杂性在于，那里还有许多欲言又止、言不尽意、欲说还休的意味。是这些女作家进入中年了，一方面渴望安定生活，一方面又对以往乃至当下的情感生活心有不甘呢？还是生活本身就是个说不清楚的事情？我也不免惶惑：我们曾对情感"一体化"或单一化、简单化的时代怀有深切的不满，认为那种生活是对人性的戕害，是非人性的。从五四时代开始，每一次文学观念的变化几乎都是从情感领域开始的，这也确实验证了文学是人学的理论。无论男性还是女性，都有对爱情、情感的理想主义想象。"新时期"最有影响的小说，几乎没有不和情爱相关的。张洁的《爱，是不能忘记的》之所以引起轩然大波，就在于它要改变情感秩序，要在真实的爱请生活中体验人的情感。从这个时代开始，情感问题在小说中的反映就没有终止过。一个有趣的现象是，在不自由的时代，我们呼唤自由，但当自由部分地实现了之后，情感领域的问题不是减少了，而是更复杂更说不清楚了。这究竟是为什么？

池莉的《致无尽岁月》，是一篇心绪暧昧又纷乱的作品，它表面上波澜不惊，似乎只是忙于空间的挪移和穿梭，事实上，那是对曾经朦胧的感情不再拥有的感伤祭奠。一个时代就是一种心情，那个时代永远成为过去以至成为"无尽岁月"。因此，这篇小说特别适于怀旧女性阅读，在一个没有浪漫可言的时代，"无尽岁月"的一咏三叹缠绵婉约，是很合乎一种心境的；严歌苓的《谁家有女初养成》则要残酷得多，社会大转型的时代，使更多的人认识了前现代与现代、乡村与城市的巨大差别，主人公巧巧没有别的心愿，就是要到明星城市深圳。但她不知道现代城市也隐藏着欲望和罪恶，她在试图实现个人愿望的过程中,自己已经沦为欲望对象。她不得不举起仇恨的刀砍向两个男人;方方的《有爱无爱都刻骨铭心》,是理想与现实的矛盾。主人公瑶琴美貌漂亮,也实现了“郎才女貌”的爱情和婚姻。但好景不长,先是丈夫车祸身亡,然后是自己下岗,她一无所有,成了爱情与生活的双重守望者;与瑶琴构成比较的是俗人陈福民,他守了植物人妻子十年,他没有瑶琴对爱的理想,世俗生活对他永远是个不能超越的诱惑。瑶琴最后对陈福民的一击意味深长:她还是试图将一个世俗的人幻化为理想爱情的对象:要么爱他十年,要么伺候他十年。这就是不要庸碌的爱情,只要“有爱无爱都刻骨铭心”;须一瓜的《淡绿色的月亮》似乎写了一场意外的抢劫案,但她要追问的是一个爱情伦理的问题。在那场抢劫案中,爱人桥北究竟做了什么,或者为什么他要那样做,是女主人公芥子一直挥之不去的心理阴影。女性对男性的拷问或对男性的信任,就是在这样的疑惑中展开和崩溃的;徐坤的《年轻的朋友来相会》,是一篇青春的挽歌。那个曾被无数次赞美和歌颂的青春,在精神上已经人老珠黄不堪一顾了。二十年后的青春聚会,居然是一场难以忍受的世俗闹剧。再也没有了浪漫和激情,没有了意气风发踌躇满志。现实和功利的炫耀或焦虑,使青春一去不复返。

这是一个没有方位的文化时代,每个人可以自以为是,但又心无依托。于是,在狂欢中张望,在缅怀中流连,在有爱无爱中刻骨铭心,就是当下青春的某种写照。但这是文学,文学的力量也来自于它的不确定性和多样性。在这个意义上,它因超越了过去而属于这个时代。

四、艰难时世的感伤

青春是永远被谈论的对象。这不仅缘于年轻人引领着社会新的时尚风潮,决定着不同时期的社会心理,同时还意味着他们将无可置疑地占领着未来。但年轻人的这一优越并不意味着青春的幸运。由于在社会结构中的弱势地位,决定了他们必须经过阶段性的“压抑”处境。他们初临社会就宿命式地陷入了巨大的“意识形态”网络之中,他们被教化、整肃、规约,要按照已经制定的“社会契约”进入社会。也就是说,一个人在多大程度上认同了意识形态,决定了这个人能够在多大程度上进入社会。就中国当代社会状况而言,这个“认同”的重要性几乎是不证自明的。但一个有趣的现象是,青春在“除菌”的过程中成长,当青春已过,人到中年或老年时,他们认同或追忆的恰恰不是被“除”过“菌”的青春,而是那些更符合人性的合理要求,或者是与社会教化无关的青春情感记忆。

当代中国文学,确实存在着一种“感伤小说”,只不过它还没有经过“约定俗成”的命名而已。这与我们的文化环境有关。20 世纪七八十年代之交,曾有一个名重一时的“伤痕文学”,这一文学类型也写得很“感伤”,但这种“感伤”并不是纯粹个人化或情感化的。它的背后隐含了强烈的政治诉求和国家民族叙事。因此,当与国家民族相关的叙事功能完成之后,这类小说的使命也就完成了。这与我们所说的与个人情感记忆或普遍人性受到压抑、挫折、不自由等有关的“感伤小说”是非常不同的。在意识形态控制比较严厉的年代,与个人相关的诸多情感大都被认为是“个人主义”的、“小布尔乔亚”的,因此是不健康的,是“带菌”的。于是,意识形态和正统教育在某种程度上,就是对个人“带菌”思想情感的“除菌”过程。从共和国建立到 80 年代以前的大多数时间里,青年没有、也不可能有较自由的发展环境和空间。他们必须在“导师”的引领下,在向意识形态不断认同的过程中,成长才被认为是健康的。当代文学“教化”的功能认识和实践,也决定了它负有对青年“引导”的使命,这一认识一旦转换为“审美”要求后,作为文学的意识形态就具有了合法性。在这一环境成长起来的那代人,大概是最为循规蹈矩的一代,他们也习惯于夸耀有过的经验和经历并要求下一代。因此,意识形态的教化在那些时代就具有了道德的意义:凡是与社会、国家、民族等不能建立起联系的情感,都是不道德的;凡是与个人有关的情感,都是可耻的。

但青春的压抑必然要诉诸它的反面形式。于是对抗和反叛几乎是无可避免的。在西方也一样,西方主流视野里的判断是,60 年代被认为是最糟糕的一代,也是保守党列在仇敌名单上的主要对象。在英国执政工党看来,60 年代是造成动荡的原因,更是广泛动荡产生的结果。年轻的披头士们虽然不免轻浮,但他们乐观的声音也造就了影响深远的新文化景观。并因此催生了伯明翰文化研究学派。在美国,旧金山乐队的音乐满足了尖酸刻薄听众的需要,它以散乱、复杂和粗野来对抗传统文化,在放荡不羁中体现着自己的独立性。西方的 60 年代运动在中国的 80 年代初期开始流行。"我不相信"的声音成了那个时代最具影响力的反叛声音。而后,金斯堡式的"嚎叫"——从诗歌到摇滚,震撼着祖国大地。可以肯定地说,任何一个时代最有生气、最具创造性的文学艺术几乎都来自年轻人那里。在他们刚刚出现的时候,他们几乎又无一例外地有过遭到追杀或封堵的经历。那些不合传统的想象和形式,总会受到正统的指责或"除菌"式的劝诱和引导。在这些指责中,社会免疫能力的低下和年轻人的"危险性"被成倍地夸大。90 年代以来,女性文学、60 年代或称为"晚生代"的写作群体、70 年代写作群体、更年轻的网络写作群体等,几乎都不乏漠视、警惕甚至敌意的对待。

但是,当这些陌生的面孔逐渐被熟悉之后,当他们文学活动的"危害"预告并未兑现之后,他们开始得到追认。已经成为过去的"青春"于蜂拥而至的"研究"或"命名"来说,起码被延误了三年。那些早期真正有见解的敏锐发现便被湮灭于这些致命庸俗的评论潮水中。被"除"过"菌"的写作一旦得到追认,也就成了新的文学的意识形态。作为新的写作范型的诞生,也就意味着青春和挑战已经成为过去。这样为青春写作辩护,并不是说所有的与年轻有关的文学时尚或潮流都是值得赞赏或维护的。但青春时节就是狂野的时节,青春就要充满挑战的勃勃生机。如果年轻的文字就温良恭俭让,那他的诞生之日肯定也是灭亡之时。因此,对属于年轻的文学思想和潮流,应该怀有像詹姆逊在评价西方 60 年代那样的情怀。他说,

"对60年代光辉业绩的追忆、纪念或悲惨兮兮地公开承认那十年的诸多失败和错失了的机遇,都是一种无法避免的错误,我们在这两者之间找不到一条可以穿越而过的中间道路……历史乃是必然,60年代只能那样地发生,其机遇和失败相互交错,不可分割,带着一种特定历史情境的客观规约和种种机遇"。所有的青春写作都与这位大师所评价的60年代相似到了这种程度。

这里评价的六部小说,可以说都是脍炙人口广为流传的作品。通过这几部小说我们可以形象地了解或感受到在不同的历史时期,青春的情感要求是怎样被压抑或者是多么残酷地遭到了压抑。如果说《晚霞消失的时候》《爬满青藤的木屋》《黄金时代》的主人公,是受到血统论、阶级论等政治压抑的话,那么《没有纽扣的红衬衫》《与往事干杯》则是受到了旧道德的压抑;而《玉米》则大胆地深入到了青年女性的性意识和传统道德之间的矛盾,撕开了一道血淋淋的缝隙,让人在身体的裂痛中感受到了人性的苦痛。与当下欲望飞升没有节制的身体狂欢相比,这些作品可能过于沉痛,它甚至让人难以理解或承受。但那确实是不同时代青春生长的环境。它们问世后也曾有过不同的评论甚至是激烈的批判。但假如我们知道今天的社会生活或情感环境会发展到这种程度的话,我们还会那样激烈或义正词严地去批判它们吗?生活在今天的青年可能还会遇到意想不到的情感或精神矛盾,但比较起以往时代的青春来说,他们还是幸运的。

五、变动时代的成长

青春期的价值观念和精神面貌,最能体现一个时代的价值取向和社会环境。青春期是走向社会展开人生的阶段,从学校走向社会是人生的一大转折,不同的环境和接触对象决定了这一时期不安、躁动和容易受挫的心理特征。不同的是,西方早期的成长小说如歌德的《威廉·迈斯特的学习时代》、司各特的《威佛利》、狄更斯的《大卫·科波菲尔》等,是主人公自己闯荡江湖,在不断的受挫中长大,他们在认识社会与生活的同时,也获得了自我判断和独立思考的能力。但在现代主义文学思潮的冲击下,西方青年的绝望、反抗、嚎叫等精神特征改写了早期成长小说的苦难历程和艰难时世。在中国的现代文学史中,几乎没有成长小说的历史脉流,这与20世纪中国独特的历史处境相关,拯救国家民族的关怀和叙事使个人成长的想象与书写被闲置。

进入当代之后,革命历史和农村生活成为当代文学创作基本的题材和表达资源。同时,与这一文学的思想路线相关的"成长小说"被塑造出来。最具代表性的作品是杨沫的《青春之歌》和金敬迈的《欧阳海之歌》。与西方成长小说不同的是,这两部作品的主人公——林道静和欧阳海,不是个人进入社会、接触生活获得自我成长的,他们是在各自导师的指引下完成身份转换或成长起来的。这种成长是意识形态塑造的结果,他们能够被认同并成为一个时代的文化英雄或精神楷模,是因为他们获得了黑格尔意义上的"社会准入证",换句话说,是因为他们获得了社会政治的承认。这两部作品在当时的影响是今天不能想象的,那个时代的青年几乎奔走相告高调流传。它们对那个时代青春的成长几乎起到了灯塔般的作用。因此那也被认为是"革命文学"取得的最高成就之一。我们可能只能为那种青春的单纯、理想主义和天真所感动,却不能嘲笑他们思想的简单或精神的贫困。

在这种思想或精神背景下,林道静和欧阳海的道路被不作宣告地认为是青年成长的道路,其他道路是危险和不正确的道路。但无论生活本身还是青春期对人生道路理解的多种可能,都必然会导致"异数"的出现。50年代中期,王蒙创作了他一举成名的《组织部新来的年轻人》,这是一部充满了那个时代青春气息的小说,是那个时代"青春写作"的代表作,也可以理解是青春王蒙的精神自传。主人公林震是受过共产党正统教育的青年,他是以青春勃发和理想化的心理进入"组织部"的,他是那个时代被宣传的整体精神风貌的一个缩影。但现实与林震的想象相去甚远,他看到的生活和社会是另一番情景。这部本来很正统的小说却很快受到了批判,原因是它暴露了社会主义初期官场的问题。小说及其批判甚至惊动了伟大领袖毛主席。小说及其作家的命运从一个侧面反映了那个时代青春成长的问题,林震的迷惑、不解和对社会认识的矛盾,是一个不解之谜,也是那个时代有思考能力的青年在成长道路上遇到的共同问题。

如果说林震是在社会政治的意义上遇到了问题的话,那么路遥《人生》中的高加林则是在精神归属上遇到了问题。80 年代是中国改革开放的初始时期,也是压抑已久的中国青年最为躁动和跃跃欲试的时期。改革开放的时代环境使青年、特别是农村青年有机会通过传媒和其他资讯方式了解了城市生活,城市的灯红酒绿和花枝招展总会轻易地调动农村青年的想象。于是,他们纷纷逃离农村来到城市。城市与农村看似一步之遥却间隔着千年传统,农村的前现代传统虽然封闭,却有巨大的难以超越的道德力量。高加林对农村的逃离和对农村恋人巧珍的抛弃,示喻了他对现代文明的向往。但城市对"他者"的拒绝是高加林从来不曾想象的。路遥虽然很道德化地解释了高加林失败的原因,却从一个方面表达了传统中国青年迈进"现代"的艰难历程。作家对"土地"或家园的理解,也从一个方面延续了现代中国作家的土地情结,或者说,只有农村和土地才是青年或人生的最后归宿。但事实上,农村或土地,是只可想象而难以经验的,作为精神归属,在文化的意义上只因别无选择。现代文明诞生之后,陶渊明想象的"桃花源"就不再存在了。90 年代以后,无数的高加林涌进了城市,他们会遇到高加林的问题,但不会全部返回农村。"现代性"有问题,但也有它不可阻挡的惯性。

在《人生》发表三年之后,刘索拉发表了《你别无选择》。一群自以为是、离群索居的音乐学院的学生开始了对学院体制和教育制度的反叛。这是现代派文学在中国的表达,它有鲜明的西方文学影响的印记。但另一方面,它也是对当代青年在新的时代环境中成长必然做出的极端反应。"反中心""反体制"、自我宣泄等,构成了这些青年学生基本的精神面貌和心理特征。他们为所欲为张扬个性,但又苦闷迷茫不知所终，这种精神矛盾在这个时期的小说中表达得最为充分。这一方面与西方文学观念、价值观念的影响有关，同时更与青年在本土遇到的具体问题有关。这些“反抗”对社会生活来说可能构不成什么影响，但对青年的成长历程来说却意义非凡。只要我们看看当年批评界和读者的反映就会一目了然。

进入90年代，中国的成长小说又发生了较大的变化。对人生路径的选择或困惑开始为对内心体验和经历所置换。西飏的《青衣花旦》和叶弥的《成长如蜕》应该是这一时期的代表性作品。《青衣花旦》对情感经历的叙述别具一格。在到处都是欲望的旗帜、到处都是红尘滚滚的场景描述中，西飏却对人的内心体验格外关注，他的场景也经常设定于酒吧楼堂，也有欲望的蠢蠢欲动甚至一触即发，但那些饮者或舞者、男性或女性都有所节制或调整在温情的范畴之内，即便是欢场它仍然诗意盎然，于是，奢华和喧嚣并没有构成对人的内心经验的遮蔽；叶弥的《成长如蜕》是这个时代较典型的成长小说。它虽然也是写弱势对象在压抑中的成长，但这种压抑不是林震、高加林或音乐学院那些才子们对人生目标的或道路选择的彷徨或迷茫，而是在日常生活中，在具体可感的寻常日子里的不自由。要改变自己的“弟弟”却无时不遭遇各种精神或现实的挤压，成长的艰难使青春从未华彩诗意不再，个人的历史已几乎无从书写。这可能就是《成长如蜕》震撼人心的力量所在。

对青春而言，成长可能是一个永恒的话题，也是一个永无边界的书写对象。每个时代的青春和成长是如此的不同。但也正缘于成长的艰难，青春才有可能成为一段不可磨灭的人生记忆。

失去青春的中国文学

——当下中国文学状况的一个方面

中国新文学自诞生始,一直站立着一个"青春"的形象。这个"青春"是《新青年》、是"呐喊"和"彷徨",是站在地球边放号的"天狗";是面目一新的"大春哥""二黑哥""当红军的哥哥";是犹疑不决的蒋纯祖;是"组织部新来的年轻人",是梁生宝、萧长春,是林道静和欧阳海;是"回答""致橡树"和"一代人",是高加林、孙少平,是返城的"知青"平反的"右派";是优雅的南珊、优越的李淮平;当然也是"你别无选择"和"你不可改变我"的"顽主"。同时还有"一个人的战争"等等。90 年代以后,或者说自《一地鸡毛》的林震出现之后,当代文学的青春形象逐渐隐退以至面目模糊。青春文学的变异,是当下文学被关注程度不断跌落的重要原因之一,也是当下文学逐渐丧失活力和生机的重要原因。那么,青春形象对文学来说究竟意味着什么?是什么原因和力量改变了文学的青春?今天重建文学的青春形象有怎样的意义?这是我们要讨论的问题。

一、青春形象与价值观

青春形象的塑造,不仅要创作出不同时代具有"共名"性的青春人物,同时,它也与不同时代的价值取向有密切关系。共和国文学的初始阶段,由于文化实践条件的变化,使跨入共和国门槛的作家一时还难以适应社会主义初期的文化实践,他们的迷茫状态还难以找到属于自己的文学创作路向。因此,当萧也牧、路翎、何其芳等,试图用自己原有的情感方式书写生活的时候,他们显然并不理解那个时代究竟需要什么样的文学。他们或过于乐观,或仍在情感范畴展开想象,或面对新的生活仍然犹豫不决。因此,他们惨遭批判的命运虽在意料之外却在宿命之中。新中国成长的第一批作家,在50年代中期开始了自己的文学之旅,他们那时风华绝代涉世未深,以初生牛犊的姿态亮相的"青春写作",虽然有所顾忌但也初具风骨。这些作品,在思想内容上主要表现在两个方面:一是对外部世界或社会生活作出反应的,可以称作是"干预生活"的创作;一是走进人性深处,表达年轻人对爱情的理解,并以此维护个人情感和价值的,可以称作是"爱情小说"。前者有刘宾雁的特写《在桥梁工地上》《本报内部消息》;王蒙的《组织部新来的年轻人》;耿龙祥的《明镜台》;李国文的《改选》;刘绍棠的《田野落霞》;耿简的《爬在旗杆顶上的人》;荔青的《马端的堕落》;白危的《被围困的农庄主席》等,后者有宗璞的《红豆》;邓友梅的《在悬崖上》;陆文夫的《小巷深处》等。这些带有鲜明青春气息的写作,不久就遭到了激烈的批评。他们被认为是"修正主义的思潮和创作倾向",被质疑"干预生活""写真实"的实质是什么。①此后相当长的一段时间里,"干预生活"和表现人性、人情、爱情的创作,因被视为"创作上的逆流"而成为禁区。

因此,社会主义初始阶段的"青春形象",并没有在这样的作品中获得确立。其原因就在于,这些作品塑造的青春形象,与社会主义寻找和建构的价值观存在巨大差异。事实上,塑造什么样的文学人物和青春形象,从早期共产党人到共和国执政者,一直注意从外部寻找资源。而苏联作为社会主义的成功范本,也首先创造了具有社会主义典范意义的文学和理论,在文艺创作和理论上向苏联学习,就是一种合乎逻辑的选择。据《中国新文学大系史料索引》和《翻译总目》记载,"五四"后的八年间,187部单行本的翻译作品中,俄国就有65部。《新青年》、《晨报》译介的各国小说中俄国小说的数量均占第一位。在中国的读者中,普希金的《驿站长》、莱蒙托夫的《当代英雄》、果戈理的《钦差大臣》、屠格涅夫《父与子》《猎人笔记》、契诃夫《樱桃园》、奥斯特洛夫斯基的《大雷雨》、列夫·托尔斯泰的《复活》《安娜·卡列尼娜》、高尔基的《母亲》、法捷耶夫的《毁灭》、奥斯特洛夫斯基的《钢铁是怎样炼成的》等作品,几乎被长久地阅读着。新中国成立后,对苏联文学特别是苏联作家创作的青春形象的介绍,更显示出了空前的热情。短短几年的时间,《青年近卫军》《真正的人》《早年的欢乐》《水泥》《不平凡的夏天》等,先后译介并迅速被我国读者所熟悉,它们被关注和熟知的程度,几乎超过了任何一部当代中国文学作品。高尔基、法捷耶夫、费定、奥斯特洛夫斯基成了最有影响的文化英雄,保尔·柯察金、丹娘、马特洛索夫、奥列格成了青年无可争议的楷模和典范。

这些青春形象虽然在意识形态的意义上满足了我们建构社会主义价值观的需要,并在文学上给我们以示范意义。但是,那毕竟还不是中国的"青春形象"。因此,在一个时期里,我们陷入了一个巨大的矛盾、焦虑和悖论之中。1953 年 9 月 24 日在中国文学艺术工作者第二次代表大会上,周扬的报告肯定了四年来文艺工作"不容忽视和抹煞的"有益"贡献"之后,也对存在的问题作了如下概括:"许多作品都还不免于概念化、公式化的缺陷,这就表现了我们文学艺术中现实主义薄弱的方面。主观主义的创作方法是严重存在的。有些作家在进行创作时,不从生活出发,而从概念出发,这些概念大多只是书面的政策、指示和决定中得来的,并没有通过作家个人对群众生活的亲自体验、观察和研究,从而得到深刻的感受,变成作家的真正的灵感源泉和创作基础。这些作家不是严格地按照生活本身的发展规律,而是主观地按照预先设定的公式来描写生活。"[②]同年,冯雪峰在《关于创作和批评》的长文中也批评了公式化和概念化的问题,他甚至点名批评了刘白羽编剧的电影《人民战士》。认为这部作品不能感动观众,是"因为作品根基不是放在现实的真实的斗争基础上,而是放在作者观念上的斗争的基础上的缘故",这些看法,是当时文艺界领导人关于"文学性"焦虑的明确表达[③];另一方面,关于如何塑造社会主义新人，同样是这些领导者的焦虑的一部分。在同一个报告里，周扬提出："当前文艺创作的最重要的、最中心的任务：表现新的人物和新的思想"；冯雪峰也在《英雄和群众》一文中说："创造正面的、新人物的艺术形象，现在已经成为一个非常迫切的要求，十分尖锐地提在我们面前"。④这时我们就会明白，为什么当《创业史》《青春之歌》《欧阳海之歌》等作品出现后，获得了那么高的赞许和评论。其中最重要的原因，就是在这些青春形象身上，建构了社会主义初始阶段的价值观和崭新的文化空间。

我们知道，《创业史》受到肯定和好评最重要的原因，就是塑造了梁生宝这个崭新的中国青年农民形象。这个"崭新"的形象，既不同于鲁迅、茅盾等笔下的麻木、愚昧、贫困、愁苦的旧农民形象，也不同于赵树理笔下的小二黑、小芹、李有才等民间新人。梁生宝是一个天然的中国农村"新人"，他对新中国、新社会、新制度的认同几乎是与生俱来的。在塑造梁生宝这一形象时，柳青几乎调动了一切艺术手段来展示这个新人的品质、才能和魅力。作家为他设定了重重困难：他要度过春荒、要准备种子肥料、要提高种植技术、要教育基本群众、要同自发势力歪风斗争、要团结中农、要规劝没有觉悟的继父……但一切都难不倒梁生宝。他通过高产稻种增产丰收，无言地证实了集体生产的优越性，证实了走社会主义道路的优越性。梁生宝不是集合了传统中国农民的性格特征，他不是那种盲目、蛮干、仇恨又无所作为一筹莫展的农民英雄。他是一个健康、明朗、朝气蓬勃、成竹在胸、年轻成熟的崭新农民。在解决一个个矛盾的过程中，《创业史》完成了对中国新型农民的想象性建构和本质化书写。因此，当时的评论称赞说："在梁生宝的身上，我们可以看到：一种崭新的性格，一种完全是建立在新的社会制度和生活土壤上面的共产主义性格正在生长和发展。"梁生宝这个形象，"应当看作是十年来我们文学创作在正面人物塑造方面的重要收获"。⑤但这一评价似乎还显得表面一点。倒是姚文元的评论显示出了某种时代的"高度"：梁生宝"从进入青年时代起，就生活在无产阶级掌权的光明的新社会里，他用不着一个寻找党的领导的过程，他用不着再经历长期的从自发斗争到自觉斗争的摸索过程，而是一开始就在党的领导下参加了轰轰烈烈的土地改革运动，接着就是以百折不挠的毅力，领导下堡乡的农民为实现农业合作化而进行了坚决的斗争。老成持重的青年人梁生宝的性格中，继承着老一辈农民勤劳、坚韧的品格，也继承着新民主主义革命时期‘穿上军衣的庄稼人’的武装革命的斗争精神，我们从这些方面不难找到他同朱老忠精神上的联系。但突出地吸引广大读者的，是梁生宝身上发出的崭新的社会主义思想的光辉，是他身上具有的作为社会主义革命事业带头人的无产阶级的政治觉悟。”⑥姚文元是“从文学作品中的人物看中国农民的历史道路的”，在他看来，中国现代文学作品中的农民人物谱系，只有到了梁生宝这里，才真正完成了中国农民革命从自发到自觉的过程。当然，年轻的梁生宝显然示喻了社会主义中国无限广阔的锦绣前程。这是梁生宝得到肯定的价值原因。

但是，没有人想到，从梁生宝、萧长春、高大泉等示喻的这条道路上，中国共产党和广大中国农民并没有找到他们希望找到的东西。1979 年，当周克芹的《许茂和他的女儿们》出版，我们发现，许茂和他的女儿们的目光、神态以及体像等，与阿 Q、华老栓、祥林嫂、老通宝等并没有区别。半个多世纪以来，真正的革命并没有在中国广大农民身上发生。社会历史发展的现状，使梁生宝、萧长春、高大泉等青春人物的塑造难以为继，他们彻底失去了存在的现实依据。

另一方面，我们发现在社会主义初始阶段文学作品中成功的青年人物，在文学上大都不是那么成功的青春形象。这一点是否具有普遍性我们还难以断定，但可以肯定的是，梁生宝、萧长春、林道静等青春形象，从诞生之日起，对其文学性的质疑和批评就没有终止过。不同的看法是，梁三老汉这个形象比梁生宝更有血肉、更生动和成功。1960 年 12 月，邵荃麟在《文艺报》的一次会议上说：“《创业史》中梁三老汉比梁生宝写得好，概括了中国几千年来个体农民的精神负担。但很少人去分析梁三老汉这个人物，因此，对这部作品分析不够深。仅仅用两条路线斗争和新人物来分析描写农村的作品(如李準的小说)是不够的。”⑦在大连农村题材短篇小说创作座谈会上,他又说:“我觉得梁生宝不是最成功的,作为典型人物,在很多作品中都可以找到。梁三老汉是不是典型人物呢?我看是很高的典型人物。”⑧邵荃麟的观点不只是对一个具体人物和一部小说的评价,事实上他对流行的文学观念和批评标准产生了疑虑。

这些材料尚未公开之前,严家炎对《创业史》作了系统的分析和评价。他连续发表了四篇文章,对作品的主要成就提出了不同看法。在他看来,《创业史》的成就主要是塑造了梁三老汉这个人物,这一观点与邵荃麟不谋而合。他在《关于梁生宝形象》一文中明确指出:《创业史》中最有价值的人物形象是梁三老汉而不是梁生宝,“梁三老汉虽然不属于正面英雄形象之列,但却有巨大的社会意义和特有的艺术价值”。他是“全书中一个最有深度的、概括了相当深广的社会历史内容的人物”。他同时认为:“艺术典型之所以为典型不仅在于深广的社会内容,同时在于丰富的性格特征,在于宏深的思想意义和丰满的艺术形象的统一,否则它就无法根本区别概念化的人物。”⑨在这样的表述中,严家炎实际上已经隐约委婉地对梁生宝的形象提出某种质疑甚至批评。

杨沫《青春之歌》的出版,在那个年代应该是一个奇迹。知识分子在那个时代的身份是不明的,而工农兵作为文学表达的主体,其内在结构也隐含了对知识分子的排斥或拒绝。因此,林道静这个形象虽然有意见不同的争论,但仍是几代青年无比热爱的文学偶像,特别是改编成电影之后。对小说正面评价的主要理由,说它是知识分子思想改造、走向革命的成功范本。当然,《青春之歌》的出版时间与同是表现知识分子命运的《财主底儿女们》相比,晚了十年,这十年于中国知识分子来说是至关重要的,他们经历过的一切足以从根本上改变他们的心态和精神面貌。在路翎的时代,他还幻想以自己的真诚写出知识分子追寻革命,同时又必须进行自我搏斗的矛盾和痛苦,还幻想以自己的真诚捍卫艺术的真实性原则,捍卫自己理解的现实主义精神，内心还荡漾着不能换取的冲动。到杨沫的时代，这种冲动早已被视为异端多次被批判过。公允地说，杨沫内心的冲动也许比路翎还要激烈。不同的是，杨沫走出了路翎的困惑，她不再有内心矛盾冲突的苦痛，她已放弃了"小资产阶级知识分子"由高级文化培育出的犹疑、多虑、患得患失以及敏感纤细等情感特征，她内心激荡的是经过改造之后的对更崇高、更神圣、更纯洁的向往和追求。《青春之歌》正是知识分子完成了自己思想改造后，对其思想改造必由之路的确认并通过个人的心路历程得到确证的一个文学文本。

与蒋纯祖不同的是林道静在成长过程中的情感和角色。前者始终没有放弃个人主义的立场，作为一个进步青年他同时也始终拥有个人的精神空间，对革命他热情向往，但又不能克服甚至不能掩饰与"革命者"在思想情感上无法相通的固执。因此他始终是革命的一个边缘人，他没有改变他作为"财主的儿女"出身的小资产阶级知识分子的"主观主义"和"个人主义"，他也因此没有进入革命的中心，他目送着革命队伍渐渐远去，自己仍挣扎于灵魂的痛苦深渊直至死亡。林道静不是这样，在她的成长道路上，她没有犹疑、徘徊，没有痛苦和矛盾，她的道路上铺满了不断来临的、可以预知的欣喜，每一次的欣喜都预示着精神解放的临近。不同的是，作家有意不断地暴露了这位小资产阶级知识女性的弱点，而这正是她之所以需要不断改造的依据，她的心理对这一帮助、导引完全没有疑虑或排斥、反感，恰恰相反，林道静与这些内心崇拜并渴望的人物总是不期而遇，并从他们那里不断地获取思想情感转变的资源与动力。这一情境自然预示并规定了林道静的角色归属，她最后成为共产党员，并因这一"命名"而完成了思想改造的过程，被塑造成为凯旋式的英雄。后来，学者戴锦华认为，《青春之歌》之所以受到举荐，是因为它是"一种特殊的读本：一部知识分子的思想改造手册"[10]，因此，青年形象的塑造，在那个时代一直与价值观的建构密切相关。

二、从“失败的青春”到沉默的青春

历史进入1978年之后，是青春的星星之火点燃了新时期文学的燎原之势。但是，这簇青春之火不是郭小川的《闪耀吧，青春的火光》《向困难进军》；不是贺敬之的《西去列车的窗口》《雷锋之歌》等青春颂歌，而是卢新华的《伤痕》、北岛的《回答》、靳凡的《公开的情书》、赵振开的《波动》、礼平的《晚霞消失的时候》等充满怀疑精神的青春文学。这种怀疑精神不是青年作家无病呻吟的空穴来风，而是经历过“文革”之后一代人发自内心的切肤之痛。这个新生的文学是批判的文学，也是站立着青春形象的文学。从某种意义上也可以说，80年代的文学，是一个青春帝国的文学：伤痕文学潮流过后，高加林、白音宝立格、孙少平以及知青形象、右派形象、现代派文学中的反抗者、叛逆者形象等，一起构成了80年代文学绵延不绝的青春形象序列。这些青春形象同那个时代的港台音乐、校园歌曲以及崔健的摇滚、第五代导演的电影等，共同构建了80年代激越的文化氛围和扑面而来的、充满激情的青春气息。任何一个时代的文化心理、氛围和具有领导意义的潮流，都是由青年担当的。因此，没有青春文化和没有青春形象的文学，对任何时代都是不能想象的。

值得注意的是，与社会主义初期青春形象建构价值观的诉求完全不同的是，80年代建构的青春文学形象，几乎没有“成功者”或“凯旋者”。这一状况不仅符合生活逻辑，也更符合文学逻辑。青春就是成长，就是自以为是，就是以理想的方式看待世界，就是激情、热情大于理性，作为文学人物的他们是精神的孤儿，他们犹疑徘徊彷徨迷茫。另一方面，当文学以典型或个性化处理青春形象的时候，青春的个性特征不仅得以表达，重要的是作家要用夸张的方式进一步凸显他的人物特征。如果是这样的话，青春形象从一开始就与世俗世界构成了紧张关系，抑或说，青春人物的诞生，就是为挑战世俗世界而来的。这一点也为文学的历史所证实。比如德国的“烦恼者”维特,法国的"局外人"阿尔道夫、默尔索,"世纪儿"沃达夫,英国的"漂泊者"哈洛尔德,"孤傲的反叛者"康拉德、曼弗雷德,俄国的"当代英雄"毕巧林、"床上的废物"奥勃洛摩夫,日本的"逃遁者"内海文三,中国现代的"零余者",美国的"遁世少年"霍尔顿及其他"落难英雄"等,用世俗尺度考量这些人物,他们都与成功无关。但他们却是成功的文学人物。但是,值得我们注意的是,80年代过去之后,中国文学的青春形象,从超拔飞跃、激情四射突然落寂了。沉默的青春使当下文学失去了生机和生气。一些重要的青年作家和值得注意的作品,以另一种面貌出现在我们面前:这就是放弃价值和感情的虚无主义的流行和被反复书写。

吴玄的作品并不多,至今也只有十几个中篇和一部长篇。因此他不是一个风情万种与时俱进的作家,而是一个厌倦言辞热爱修辞的作家。今天对这样一个作家来说不是一个恰逢其时的时代。但吴玄还是写出长篇小说《陌生人》。关于《陌生人》先得从中篇小说《同居》说起,这部中篇小说对吴玄来说重要无比,他开始真正地找到了"无聊时代"的感觉,何开来由此诞生。何开来这种人物我们也许并不陌生,他就是这个时代的"多余人"或"零余者"。当中国的"现代派"文学潮流过去之后,"多余人"的形象也没了踪影。为什么在这个时候吴玄逆潮流而动,写出了何开来?吴玄对何开来的家族谱系非常熟悉,塑造何开来是一次知难而上正面强攻的写作。他一直是有自己独立的看法的,他说:"我写的这个陌生人——何开来,可能很容易让人想起俄国的多余人和加缪的局外人。是的,是有点像,但陌生人并不就是多余人,也不是局外人。多余人是19世纪批判现实主义的产物,是社会人物,多余人面对的是社会,他们和社会是一种对峙的关系,多余人是有理想的,内心是愤怒的;局外人是20世纪存在主义的人物,是哲学人物,局外人面对的是世界,而世界是荒谬的,局外人是绝望的,内心是冷漠的;陌生人,也是冷漠绝望的,开始可能是多余人,然后是局外人,这个社会确实是不能容忍的,这个世界确实是荒谬的,不过,如果仅仅到此为止,还不算是陌生人,陌生人是对自我感到陌生的那种人。”“对陌生人来说，荒谬的不仅是世界，还有自我，甚至自我比这个世界更荒谬。”⑪何开来和我们见到的其他文学人物都不同，这个时代几乎所有的人物对生活充满了盎然兴趣，对滚滚红尘心向往之义无反顾。无边的欲望是他们面对生活最大的原动力。但何开来对所有的事情都没有兴趣，生活仿佛与他无关，他不是生活的参与者，甚至连旁观者都不是。

因此，《同居》里的何开来既不是早期现代派文学里的“愤青”，也不是网络文化中欲望无边的男主角。这个令人异想天开的小说里，进进出出的却是一个无可无不可、周身弥漫的是没有形状的何开来。“同居”首先面对的就是性的问题，这是一个让人紧张、不安也躁动的事物。但在何开来那里，一切都平静如水处乱不惊。何开来并不是专事猎艳的情场老手，重要的是他对性的一种态度；当一个正常的男性对性事都失去兴趣之后，他还会对什么感兴趣呢？于是，他不再坚持任何个人意志或意见，柳岸说要他房间铺地毯，他就去买地毯；柳岸说他请吃饭需要理由，他说那就你请。但他不能忍受的是虚伪或虚荣，因此，他宁愿去找一个真实的小姐也不愿意找一个冒牌的“研究生”。如果是这样，作为“陌生人”的何开来的原则是不能换取的，这就是何开来的内部生活。

长篇小说《陌生人》可以看作《同居》的续篇，主人公都是何开来，也可以看作吴玄个人的精神自传，作为作家的吴玄有表达心理经验的特权。《陌生人》是何开来对信仰、意义、价值等“祛魅”之后的空中漂浮物，他不是入世而不得的落拓，不是因功名利禄失意的委顿，他是一个主动推卸任何社会角色的精神浪人。一个人连自我都陌生化了，还能够同什么建立起联系呢？社会价值观念是一个教化过程，也是一种认同关系，只有进入到这个文化同一性中，认同社会的意识形态，人才可以进入社会，才能够获得进入社会的“通行证”。何开来放弃了这个“通行证”，首先是他不能认同流行的价值观念。因此在我看来，这是一部更具有“新精神贵族”式的小说。吴玄是将一种对生活、对世界的感受和玄思幻化成了小说，是用小说的方式在回答一个哲学问题,一个关于存在的问题,它是一个语言建构的乌托邦,一朵匿名开放在时代精神世界的"恶之花"。在这一点上,吴玄以"片面的深刻"洞穿了这个时代生活的本质。有思考能力的人,都不会怀疑自己与何开来精神状态的相似性,那里的生活图像我们不仅熟悉而且多有亲历。因此,何开来表现出的是一个时代的精神病症。如果从审美的意义上打量《陌生人》,它犹如风中残荷,带给我们的是颓唐之美,是"今宵酒醒何处,杨柳岸,晓风残月"的苍茫、无奈和怅然的无尽诗意。

李师江最初引人注意的小说是《比爱情更假》和《爱你就是害你》。读这些作品的直觉告诉我们,李师江是这个时代的文学奇才。他的小说和我们曾经习惯了的阅读经验相去甚远。这两部长篇小说,就其题材和叙述方法上有某些相似性,但这些作品都是非常好看的小说,他的题材几乎都与当下特别是他那代人独特的生活方式和处境相关,与他观察世界的方式和话语方式相关,在社会与学院的交界地带。过去被认为最纯粹的群体所隐含的或与生俱来的问题,被他无情地撕破。知识分子群体,无论是青年还是老年,他们中某些人的琐屑、无聊、空洞和脆弱,都被他暴露得体无完肤。他的残忍正是来自于他对这个群体切身的认识和感知。在只有两个人存在的时候,生活尚未展示在公共领域的时候,人没有遮掩和表演意识的时候,本来的面目才有可能被认识。李师江处理的生活场景,有大量的两个人私密交往,这时,他就为自己创造了充分的剥离人性虚假外衣的可能和机会。在他的作品中我们不仅看到了不曾被揭示的灵魂世界,而且看到了更年青一代自由、松弛和处乱不惊的处世态度。因此在今日复杂多变的生活中,他们才是游刃有余的生活的主人和青春的表达者和解释者。

李师江的长篇小说《逍遥游》[12],延续了他一贯的语言风格:行云流水旁若无人,出人意料又在情理之中,幽默智慧又奔涌无碍。它不是"苦情小说",但表面的"逍遥"却隐含了人生深刻的悲凉,它不是"流浪汉小说",但不确定的人生却又呈现出了真正的精神流浪。在漂泊和居无定所的背后,言说的恰恰是一种没有归属感的无辜与无助。这种评价虽然也可以成立,但好像过于“西方”。如果我们从另一个角度阐释这部小说的话,我认为这是一部当代的“文人小说”。“文人”是一个本土的说法,它既不是古代“为万世开太平”的官僚阶层,也不是“以天下为己任”的现代知识分子,他们不名道救世,不启蒙救亡。他们只是社会中的一个边缘群体,既生活于黎民百姓之中,又有自己的趣味和交往群体。他们落拓但不卑微,我行我素但有气节,明清之际的文人群体是最具代表性的。《逍遥游》中的李师江、吴茂盛等就有“文人气”。他们有各种让人不能接受的习气和生活习惯,无组织无纪律,言而无信不拘小节。但他们又都多情重义、热爱生活和女人。他们没有稳定的生活,似乎也不渴望更不羡慕“成功人士”。他们更像是生活的旁观者,一切都可遇不可求,虽然漂泊动荡为生存挣扎,但也随遇而安得过且过。他们经常上当受骗但决不悲天悯人自艾自怜。生活仿佛就在他们放肆的话语中成为过去。李师江、吴茂盛们没有宏大抱负,大处不谈国家社稷小处不谈爱情。这些事情在他们看来既奢侈又矫情。因此李师江笔下的人物都很放达,很有些胸怀。这就是小说的“文人”的气质,评论李师江小说的文字,都注意到了他很“现代”的一面,这是对的,但他对传统文化的接续和继承似乎还没有被注意。在李师江这里,小说又重新回到了“小说”,现代小说建立的“大叙事”的传统被他重新纠正,个人生活、私密生活和文人趣味等,被他重新镶嵌于小说之中。作为作家的李师江似乎也不关心小说的西化或本土化的问题,但当他信笔由疆挥洒自如的时候,他确实获得了一种自由的快感。于是,他的小说是现代:因为那里的一切都与现代生活和精神处境相关。他的小说也是传统的:因为那里流淌着一种中国式的文人气息。

青年女作家娜彧的成名作应该是《薄如蝉翼》[13]。这应该是一部展示当代青年虚无主义的小说范本:作家“我”、凉子、叶理、郑列、钟书鹏等人物,无论是闲得无所事事还是忙得焦头烂额,都心里空空没有着落。男女性事是他们之间的主要关系,“我”的前男友是凉子的现任男友,我的现任男友又和他朋友的女友上床。这些人处理的主要事务就是床上的事务。主要人物凉子应该是80年代先锋小说式的人物,她的基本存在状态似乎只在讲述与身体有关的故事,“做爱”是她毫不避讳挂在嘴上的词,她不只是话语实践,而是切实的身体实践。她最后还是死于做爱之后,理由是“做完了以后发现更没意思”。凉子的这一结论令人震惊无比。我们知道,现代主义文学叙事一直与身体有密切关系,吸毒、性交、群交、滥交曾是现代主义文学和行为艺术的拿手好戏。即便在80年代的中国,《绿化树》《荒山之恋》《锦绣谷之恋》一直到90年代的《废都》《白鹿原》等,也一直视身体解放为“现代”或“先锋”,或是精神世界沦陷之后自我确认的方式。“女性主义文学”在这方面更不甘示弱,其大胆和张扬有过之无不及。当这一切都成为过去之后,由凉子宣布其实“更没意思”,确实意味深长。虚无主义至此可以说达到了登峰造极。当然,这一现象早已构成症候。虚无主义的再度流行,是这个时代精神危机的重要表征。《渐行渐远》应该是《薄如蝉翼》的续篇。小说从凉子之死写起,然后迅速改变了方向:“我”的男友叶理与凉子很早就在日本交往了,而且竟然有十二年之久。十二年里,两人的故事不能说不感人,其间发乎情止乎礼的克制和友爱,已几近19世纪的浪漫小说。但是,从小说开头凉子的“殉什么也不能殉情啊”的宣言,到最后“我”梦醒之后“的确什么都没有”的确证,我们发现,小说还是在虚无主义的世界展开并结束的。值得注意的是,在《渐行渐远》中,娜或为人物提供了虚无主义世界观形成的土壤——一个在异国他乡谋生存的女孩,经历的生存境况大体可以想象。有这样刻骨铭心经历的女孩,还会有别的价值选择吗?即便男人叶理,他所面对的现实生活是:“我去的时候那叫个前程似锦啊,飞机飞到了天上,感觉自己多么伟大,未来多么美好。用你的话说,那叫理想对吧?可是只过了半年,我他妈的想到理想之类的词就觉得自己幼稚,我完全沦落到了以打工挣钱为目的的境地。我开始后悔,我的父母一生的积蓄我凭什么毫不犹豫地就交到了我完全不认识的人手里?我为什么要把钱交给他们还要受他们的气?很长的一段时间里,我感觉自己像一个大傻逼，被人欺骗既不敢声张又不甘心的大傻逼。你在日本看到新闻里那些杀人的、骗钱的中国留学生，可恶吧？不，一点也不可恶，他们跟我一样准是后悔了，但是他们比我有血气，他们不想让人白白地欺侮，他们要拿回自己应得的。谁过得好好的想着去杀人骗钱？"⑭因此，娜彧小说的虚无主义是有内在逻辑和现实依据的。

这些青年作家书写的几乎是同一个主题，就是这个时代青年对生活认知的无聊、无意义甚至绝望感。作家东西说："我们不屑于抒情，抒情没了。我们不屑于写感动，感动没了。我们认为故事不够现代或后现代，故事没了。我们故意粗鄙，不屑于思想，思想没了。于是，文学只剩一堆字，歌曲只剩一堆怪声音。"⑮这个说法我们不见得全部接受，但它确实从一个方面表达了这代青年作家对生活的认知和心理状态。因此，上述作品也塑造了大体相同的"共名"人物，即这个时代的——"多余人"的形象。应该说，这作品和人物是当下文学中最有深度的青春形象之一。但是，由于严肃文学的日益小众化，以及与狂欢的各种青春娱乐节目诉求的背道而驰，它们难以被更多的青年读者接受。更多的青年在践行着作品人物的生存状态，而书写他们的作家作品却无人问津。这就是我们这个时代的文学生活。

三、重建中国文学的青春形象

不可否认，今天在青年中流行的价值观发生了巨大变化。不然我们就不能解释为什么那些消费性的文化产品受到如此热情的欢迎和追捧。由此我们想到，是什么力量支配了今天的青春文化生产，今天的青春文化的读者和观众发生了那些变化。各种现象表明，支配今天青春形象生产的最大的隐形之手是金融资本。当文化作为一种"产业"被开发以后，文化也同时成为攫取剩余价值的资源。既然是一种产业，就要遵循商品生产和消费规律。这样，文化产业一开始就不是以文艺或文学生产规律来要求行业的。在今天，包括文化产业在内的商品生产，出新猎奇吸引眼球是第一要义。"注意力经济"已经广为人知深入人心。要达到这样的效果,文化产业要生产什么样的文化产品就不难理解了。比如,2011 年,E. L. 詹姆斯的《五十度灰》出版以来,在西方出版市场炒得沸沸扬扬,出版 10 个月后,一举冲上纽约时报畅销小说榜,上榜第一周即占据榜首。纸质书和电子书的销量居高不下,英美主流媒体包括网络争相报道,对其议论的热情至今仍经久不衰兴致盎然。它被称为是一部"继《达·芬奇密码》后,兰登书屋再次创造的图书销售神话"的小说,是"21 世纪的口耳相传"取得巨大成功的小说,并且在英国国家图书奖评选中获得了"年度图书"大奖等等。那么,《五十度灰》究竟是一本什么样的小说,是什么原因使这部小说如此吸引读者的眼球并获得巨大的市场效益?

从小说的角度看,《五十度灰》本是一部并无惊人之举相貌平平的通俗小说:21 岁的文学女青年安娜斯塔西娅·斯迪尔临近毕业的同时也面临就业危机。此时,她受病休室友凯瑟琳之托,代表校报去采访格雷集团首席执行官克里斯蒂安·格雷。在宏伟壮丽的格雷集团大厦内,初出茅庐的斯迪尔谨小慎微,她发现她的采访对象是一个典型的"高富帅",令她大感意外的是自己的一见钟情。她试图忘掉他,回到勤工俭学的郊区五金店上班,没想到的是在这里与格雷邂逅重逢。光鲜照人的亿万富翁亲临这个名不见经传的五金店,亲自购买华盛顿州难寻的稀有商品:绳子和胶带。于是两人迅速陷入情网。小说如果沿着这条线索展开,最多也就是一个耳熟能详的浪漫爱情故事。但是,走近格雷的斯迪尔发现,格雷不仅是一个腰缠万贯的企业帝国的王者,而且还是一个会品酒、会弹钢琴,有教养的优雅男士。而斯迪尔的美貌也让格雷一见倾心欲罢不能。但是,格雷很快就向斯迪尔展示了他另一面的与众不同:格雷有一间精心设计的"密室",这间密室成为两人性爱活动的主要场所。于是,SM、性奴、虐待与被虐待等情节成为小说集中讲述的内容并且不厌其烦。值得注意的是,在格雷的调动下,斯迪尔从不适、恐惧逐渐到接受甚至渴望。她在与格雷不正常的接触中也发现了另一个自己,抑或说是格雷塑造了另一个斯迪尔。小说最后一定是一个感伤的结局,这不仅因为《五十度灰》沿用了浪漫主义感伤小说的基本元素,重要的是,那与人性相悖的性行为一开始就预示了危机的存在。这一点与中国古代白话小说的始乱终弃模式并不相同。是斯迪尔主动离开了格雷,不是格雷抛弃了斯迪尔。斯迪尔在格雷的诱导下对性虐虽然也产生了兴趣甚至期待,但是斯迪尔的承受力终还是有限的——当格雷对其诉诸暴力之后,斯迪尔再也不能忍受,她主动提出了分手。因为格雷给她的皮带撕咬肉体之痛,"与这场蹂躏相比根本不在话下"。

本书的作者介绍中说,E. L. 詹姆斯"从小就梦想能创作出人人都爱看的小说"。由于要照顾家人和自己的事业,这一梦想只能束之高阁。直到四十五岁方鼓起勇气动笔写了自己第一部小说《五十度灰》,并随后出版了《五十度黑》和《五十度飞》。这里的关键是 E. L. 詹姆斯所理解的"人人都爱看的小说"是什么样的小说。应该说《五十度灰》从一方面揭示了人性的多面性和复杂性,格雷表面上与常人没有区别,他年轻富有帅气,博得女孩子好感甚至青睐都在情理之中。但是,这一外表掩盖下的性趣味却是常人无论如何难以理解的。但是,恰恰是没有任何性经验的天真的女大学生斯迪尔遇到了他,关键是斯迪尔不仅接受了格雷的趣味而且越陷越深不能自拔,她获得的快感也被表述得一览无余。因此,如果"常人"是被社会观念塑造出来的话,那么,"趣味"显然也是被诱导或塑造出来。在这个意义上可以说,小说对人的不确定性和多种可能性的揭示或表达,并非是空穴来风。但是,小说的本意显然不在这里。

小说全篇毫无遮掩的情色场面和描写,既是小说备受争议的焦点,也是小说在市场畅行无阻的核心要素。我们知道,无论是贝塔斯曼、兰登书屋或全球其他知名出版商,他们对大众文化的敏锐嗅觉几乎无人能敌。有资料说:"兰登书屋在捕捉到具有市场潜力的小说内容后,发挥传统出版商的优势,主动与作者沟通并迅速签约,同时获得了纸质书和电子书的双重出版权,通过多角度和途径积极推广两种版本的图书。为庆贺《五十度灰》取得的巨大成功,兰登书屋传承贝塔斯曼与员工分享利润的合作伙伴精神,在新年来临之际奖励了全体员工,每人分得五千美金作为分红奖励。"《五十度灰》的市场神话并非独一无二。此前,在全球图书市场创下销售神话的《哈利·波特》系列小说被翻译成七十四种语言,在全世界两百多个国家累计销量达五亿多册,居历史上非宗教图书市场销售第一;《达·芬奇密码》被喻为"阴谋与惊悚被巧妙地糅合到诸多精心设置的悬念当中,……众多的难解之谜,环环相扣,构成一个令人着迷的神话"在营销中大获全胜;而《暮光之城》系列的故事虽然简单,"但其中隐含的情感足以震撼人心"。这些不无夸张的评论本身就是市场营销的一部分。因此,《五十度灰》的神话也是策划、营销和制造出来的。它是西方文化产业——图书营销策略的产物,是以不同的方式夺取读者注意力的具体实践。创意产业是不可复制的,试想,当《哈利·波特》系列、《达·芬奇密码》、《暮光之城》的奇异之光即将暗淡之后,还有什么内容能够再次激起读者兴奋的神经呢?只有情色甚至变态的情色。情色与暴力是大众文化永远取之不尽用之不竭的泉源。而《五十度灰》正是以极端的方式再次利用了这一资源。它从一个方面也表达了创意产业如果一味关注市场和利润,它究竟能走多远可能会成为一个问题。在这个意义上,《五十度灰》应该是一个值得认真分析、解剖的个案。它或许会成为我们从"文化产业迷思"到"文化产业超克"过渡的一个起点或诱因。

另一方面,今天的文学读者,从过去的趣味、知识、审美阅读,已改变为"粉丝阅读"。作家偶像化,读者粉丝化已经成为常见的现象。或者说,一部作品写了什么并不重要,重要的是谁写的。比如,《哈利·波特》系列的作者 J. K. 罗琳 2013 年出版了侦探小说《杜鹃在呼唤》,罗琳故意化名"罗伯特·盖尔布莱斯",想看看自己的名字和内容哪个好卖。结果这本书上市 3 个月,只卖出了 1500 册。而就在这时,"罗伯特·盖尔布莱斯就是罗琳"的消息被披露,《杜鹃在呼唤》的销量顿时猛增,在亚马逊销售排行榜名列第一。[16]这种情况在当下中国也并不陌生。由同济大学文化批评研究所等单位发起的

“中国出版机构暨文学刊物10强”评选中,郭敬明主编的《最小说》以6835票高登文学期刊10强之榜首,而纯文学的重要期刊《收获》仅以459票名列第6,青春文学期刊超过了《收获》及《人民文学》等文学大刊。张悦然的《鲤》也名列第九。品牌纯文学期刊居然没有新生的青春文学期刊受欢迎。[17]青春文学作家不仅在青春文学期刊上风光无限,其领军人物郭敬明也登陆纯文学期刊。2006年《人民文学》刊登了郭敬明的小说《小时代2.0》,中学生纷纷购买这本期刊。[18]《文艺风赏》的主编笛安认为:“我们相信今天的年轻人能够做出真正的好文学,相信在当下的都市生活里有深刻的情感表达与精神诉求,相信在功利、急躁的时代我们能够延续‘文学’那缕柔软、抒情,宁为玉碎、不为瓦全的魂魄。”[19]

这是一种全新的文学生产格局。这一现象表明,任何一种文学生产方式在当下都难以统摄全局,霸权话语不做宣告地被削弱之后,多元的、游牧式的文学生产方式已经发生并根深蒂固。但是,需要强调的是,真正的文学不是满足快感的领域,文学要处理的依然是人类的情感和精神事物。如果是这样的话,我们有必要强调重建中国文学的青春形象。一个极端化的例子是,2013年作家方方发表的中篇小说《涂自强的个人悲伤》引起的巨大反响。涂自强这个乡村的苦孩子,通过努力终于考上了大学。乡亲们为他凑足了学费,他还得步行去武汉,要沿途打工省出路费。他在餐馆打工,洗过车,干各种杂活,同时也经历了与不同人的接触并领略了人间的暖意和友善,他终于来到学校。大学期间,涂自强在食堂打工,做家教,没有放松一分钟,不敢浪费一分钱。但即将考研时,家乡因为修路挖了祖坟,父亲一气之下大病不起最终离世。毕业后,作为“蚁族”的涂自强住在又脏又乱的城乡交界处。然后是难找工作,被骗,欠薪;祸不单行的是家里老屋塌了,母亲伤了腿。出院后,跟随涂自强来到武汉。母亲去餐馆洗碗,做家政,看仓库,扫大街,和涂自强相依为命勉强度日。最后,涂自强积劳成疾,在医院查知处肺癌晚期。涂自强终于走完了自己年轻、疲惫又一事无成的一生。在回老家的路上,他永远离开了这个世界。小说送走了涂自强后说："这个人，这个叫涂自强的人，就这样一步一步地走出这个世界的视线。此后，再也没有人见到涂自强。他的消失甚至也没被人注意到。这样的一个人该有多么的孤单。他生活的这个世道，根本不知他的在与不在。"涂自强是一个规矩老实的青年，他没有抱怨、没有反抗，他从来就没想做一个英雄，他只想做一个普通人，但是命运还是不放过他直至将他逼死，这究竟是为什么！一个青年努力奋斗却永远没有成功的可能，扼制他的隐形之手究竟在哪里，或者究竟是什么力量将涂自强逼到了万劫不复的境地。方方用现实主义的方法塑造了一个当代奋力挣扎的青年形象。可以说，涂自强是自 1982 年代路遥《人生》中塑造的高加林之后，最有力量的底层青年文学形象。[20]

另一方面我们也注意到，那些有深度、有鲜明青春个性特征的经典作品，还在受到读者的欢迎和阅读。而近年来，村上春树的《挪威的森林》、库切的《青春》、菲尔·杰拉德的《了不起的盖茨比》等，仍然是当下文学读者的核心读物，它从一个方面表明：文学可以呈现生活的可能性，同时，也可以呈现生活中的"不可能性"。由浪漫、想象、虚构建构起来的文学王国，也可以满足我们生活中的缺憾和不可能。作家杰出的想象力弥补了我们生活中的不满足，让我们在想象中拥有另一个世界。这也是我们强调重建中国文学青春形象的期许和基本诉求。

注释：

① 李希凡：《所谓"干预生活""写真实"的实质是什么？》，《人民文学》1957 年第 11 期。

② 1953 年 9 月 24 日在中国文学艺术工作者第二次代表大会上，周扬的报告肯定了四年来文艺工作"不容忽视和抹煞的"有益"贡献"之后，也对存在的问题作了上述概括。见《周扬文集》第二卷，人民文学出版社 1985 年版，第 241—242 页。

③ 冯雪峰：《关于创作和批评》，《冯雪峰文集》(下)，人民文学出版社 1981 年版，第 37 页、40 页。

④ 冯雪峰:《群众和英雄》,《冯雪峰文集》(下),人民文学出版社 1981 年版,第 68 页。

⑤ 冯牧:《初读〈创业史〉》,《文艺报》1960 年第 1 期。

⑥ 姚文元:《从阿 Q 到梁生宝——从文学作品中的人物看中国农民的历史道路》,《上海文学》1961 年第 1 期。

⑦《关于"写中间人物"的材料》,《文艺报》1964 年第 8、9 期合刊。

⑧ 同上。

⑨ 严家炎:《关于梁生宝形象》,《文学评论》1963 年第 3 期。

⑩ 戴锦华:《〈青春之歌〉历史领域中的重读》,《再解读》,牛津大学出版社 1994 年版,第 148 页。

⑪ 吴玄:《陌生人》自序,重庆出版社 2008 年 10 月版。

⑫ 李师江:《逍遥游》,远方出版社 2005 年版。

⑬ 娜彧:《薄如蝉翼》,《十月》2010 年第 2 期。

⑭ 娜彧:《渐行渐远》,《作品》2011 年第 6 期。

⑮ 东西在 2013 年 10 月 9 日微博发表的言论。

⑯《上海青年报》,2013 年 7 月 24 日。

⑰ 魏晓虹:《论青春文学杂志的出版策略及发展前景》,萧然校园文学网,2011 年 11 月 30 日。

⑱ 同上。

⑲ 同上。

⑳《涂自强的个人悲伤》在《十月》2013 年 2 期发表后,《小说选刊》《中篇小说选刊》《小说月报》《北京文学·中篇小说月报》等重要选刊都予以转载,北京十月文艺出版社出版了单行本。多个文学网站的读者发表大量感言和评论。

“憎恨学派”的“眼球批评”

——关于当下文学评价的辩论

2009年岁末,关于中国当下文学的评价问题,又一次通过大众媒体成为争夺眼球的焦点“事件”。事情的起因与王蒙先生在法兰克福书展上的一次讲话,以及陈晓明先生对当下文学的评价有关。他们对当下中国文学的评价完全可以讨论,他们也只是一家之言。但是,不久我看到包括肖鹰、林贤治、张柠等批评家对王蒙和陈晓明的高调批评。

肖鹰:“当代文学在走下坡路”,“最近十年,我很少读作品,可以说从2000年以来,我不是一个严格意义上的中国文学读者,我现在只是作为一个对当下中国文学有所关注的学者表达我对当下文学现状的看法”。①

林贤治:“中国文学处在前所未有的‘低度’。”②

张柠:表面上看,中国当代文学的形式和构件,包括语言和叙事技巧,似乎都达到了一定的水平,“肌肉”很发达似的,仔细检查,发现它缺心眼儿,也就是缺少作为文学基因的“自由心境”。③

肖鹰既然很少读作品,没看过几本像样的作品,怎么得出的“走下坡路”的结论?在林贤治那里果真“最低”的话,你还编哪门子“金库”?又是“最低”,又是“金库”,你到底看到了什么?这种所谓的“批评家”不是信口开河吗?“自由的心境”需要张柠指认吗?懂得自由理念的人首先要懂得责任,是对自由负责,自由不是为所欲为。他们就是这样用“唱盛”“唱衰”“最低”“缺心眼”这种典型的媒体或极端化的语言,用“眼球批评”的方式来讨论问题,既像群殴又像批评界的赵本山或小沈阳的滑稽演出。

事实上,对当下文学的评价问题,早已展开。只不过任何学术讨论都不可能像媒体那样“事件化”,它的影响也只能限于批评界。因此我不得不旧事重提。2004 年,《小说选刊》第一期上曾刊载了作家韩少功的一篇千字文,他在文章中说:

> 小说出现了两个较为普遍的现象。第一,没有信息,或者说信息重复。吃喝拉撒,衣食住行,鸡零狗碎,家长里短,再加点男盗女娼,一百零一个贪官还是贪官,一百零一次调情还是调情,无非就是这些玩意儿。人们通过日常闲谈和新闻小报,对这一碗碗剩饭早已吃腻,小说挤眉弄眼绘声绘色再来炒一遍,就不能让我知道点别的什么?这就是“叙事的空转”。第二,信息低劣,信息毒化,可以说是“叙事的失禁”。很多小说成了精神上的随地大小便,成了恶俗思想和情绪的垃圾场,甚至成了一种谁肚子里坏水多的晋级比赛。自恋、冷漠、偏执、贪婪、淫邪……越来越多地排泄在纸面上。某些号称改革主流题材的作品,有时也没干净多少,改革家们在豪华宾馆发布格言,与各色美女关系暧昧然后走进暴风雨沉思祖国的明天,其实是一种对腐败既愤怒又渴望的心态,形成了乐此不疲的文字窥视。

韩少功虽然也词不达意地批评当下文学,但还有一点具体分析。然而,2006 年,一股强大的否定潮流使当下文学遭遇了灭顶之灾,这个领域已然一片废墟。除了人所共知的德国汉学家顾彬的“垃圾说”之外,还有《思想界炮轰文学界:当代中国文学脱离现实》的综合报道,“思想界”的学者认为:“中国主流文学界对当下公共领域的事务缺少关怀,很少有作家能够直面中国社会的突出矛盾。”“最可怕的还不只是文学缺乏思想,而是文学缺乏良知。”“在这块土地上,吃五谷杂粮长大的小说家中,还有没有人愿意与这块土地共命运,还有没有人愿意关注当下,并承担一个作家应该承担的那一部分。”④思想界对当下文学创作几乎作了全面的否定,而且言辞激烈。其次是中国社会科学院文学研究所所长杨义先生为该所“文情双月评论坛”所写的开场白:“为当今文学洗个脸。”杨义先生对当下中国文学的批评,是一个没有被歪曲的“中国顾彬”。他说:

> 当今文学写作正借助着不同的媒介在超速地生长,很难见到哪一个时代的文学如此活跃、丰富、琳琅满目。这是付出代价的繁荣,大江东去,泥沙俱下,不珍惜历史契机,不自尊自重的所谓文学亦自不少,快餐文学、兑水文学,甚至垃圾文学都在不自量地追逐时尚,浮泛着一波又一波的泡沫,又有炒作稗贩为之鼓与吹。于是有正义感的文学批评家指斥文学道德滑坡和精神贫血症,慨叹那种投合洋人偏见而自我亵渎,按照蹩脚翻译写诗,在文学牛奶中大量兑水,甚至恨不得把文学女娲的肚脐以下都暴露出来的风气。我们不禁大喝一声:时髦的文学先生,满脸脏兮兮并不就是“酷”。在此全民大讲公德、私德、礼仪之际,我们端出一盆清凉的水,为当今文学洗个脸,并尽可能告知脏在何处,用什么药皂和如何清洗。我们爱护这时代,爱护其文学,爱护时代和文学的声誉及健康,故而提出“为当今文学洗个脸”的命题。⑤

我不知道杨义先生对“当今文学”究竟了解多少,他那“永远正确”的说法和本身就是相当时尚化、媒体化的流俗与空疏之论,与社会流行的陈词滥调并无区别。更何况,在杨所长的带领下,“端出”的也未必是“一盆清凉的水”,他的言论只能将评价当今文学的水搅得更浑。从2004年到2009年将近六年的时间,对当下文学否定的声音一直没有中止并愈演愈烈。那么当下文学究竟发生了什么使这些人如此不快并从南到北形成了一个“憎恨学派”?当下文学真的是万恶之源吗?

我很不同意这些人的看法。当今文学的全部丰富性和复杂性,用任何一种人云亦云的印象式概括都会以牺牲这个丰富性作为代价。文学研究在批评末流的同时,更应该着眼于它的高端成就。对这个时代高端文学成就的批评,才是对一个批评家眼光和胆识构成的真正挑战。这就如同杨义先生熟悉的现代文学一样,批评"礼拜六"或"鸳鸯蝴蝶派"是容易的,但批评鲁迅大概要困难得多。如果着眼于红尘滚滚的上海滩,现代文学也可以叙述出另外一种文学史,但现代文学的高端成就在鲁郭茅巴老曹,而不是它的末流;同样的道理,当今文学不只是杨所长所描述的"快餐文学、兑水文学,甚至垃圾文学",它的高端成就我相信杨义先生并不了解。而思想界"斗士"们愤怒的指责,其实也是一个"不及物"的即兴乱弹,是不能当真的。他们对当下文学的真实情况,也不甚了了。包括肖鹰、林贤治、张柠等之所以义愤填膺指责或批评当下的文学,只不过因为这是一件最容易和安全的事情。

事实上,无论对于创作还是批评,真实的情况远没有上述"批评家"们想象的那样糟糕。传媒的发达和文化产业的出现,必然要出现大量一次性消费的"亚文学"。社会整体的审美趣味或阅读兴趣就处在这样的层面上。过去我们想象的被赋予了崇高意义的"人民""大众"等群体概念在今天的文化市场上已经不存在,每个人都是个体的消费者,消费者有自己选择文化消费的自由。官场小说、言情小说、"小资"趣味、白领生活、玄幻小说甚至"吸血鬼"形象的风靡或长盛不衰,正是满足这种需要的市场行为。但是,我们过去所说的"严肃写作"或"经典化"写作,不仅仍然存在,而且就其艺术水准而言,已经超过了过去是没有问题的。不仅80年代成名的作家在艺术上更加成熟,而且超越了80年代因策略性考虑对文学极端化和"革命化"的理解。比如文学与政治的关系,对语言、形式的片面强调,对先锋、实验的极端化热衷等。而90年代开始写作的作家,他们的起点普遍要高得多。80年代哪怕是中学生作文似的小说,只要它切中了社会时弊,就可以一夜间暴得大名。这种情况在今天已经没有可能。他们之所以对当下的创作深怀不满,一方面是只看到了市场行为的文学,一方面是以理想化的方式要求文学。只看到市场化文学,是由于对"严肃写作"或"经典化"写作缺乏了解甚至了解的愿望，特别是缺乏对具体作品阅读的耐心；以理想化的方式要求文学创作，就永远不会有满意的文学存在。真正有效的批评不是抽象的、没有对象的，它应该是具体的，建立在对大量文学现象特别是具体的作家作品了解基础上的。

一方面是对当下文学的不甚了了，一方面则是对文学不切实际的期待。假如我们也质问一下这些批评者：你们到底需要什么样的文学？我相信他们无法回答。即便说出了他们的期待，那也是文学之外的要求。事实上，百年来关于文学的讨论，大都是文学之外的事情。那些对文学的附加要求，有的可以做到，也有的难以做到。在建立现代民族国家、需要民族全员动员的时代，文学确实起到过独特的、不能替代的巨大作用。但在后革命时期，在市场经济时代，再要求文学负载这样的重负，不仅不可能，而且也不必要。即便是在大变动大革命的时代，文学所能起到的作用也仍然是辅助性的，主战场还是革命武装。文学不能救国，当然文学也不能亡国。大约十七年前，谢冕先生在为“20世纪中国文学丛书”所写的总序《世纪末：中国知识分子的思索》中说道：“中国文学的创作和研究受制于百年的危亡时世太重也太深，为此文学曾自愿地（某些时期也曾被迫地）放弃自身而为文学之外的全体奔突呼号。近代以来的文学改革几乎无一不受到这种意识的约定。人们在现实中看不到希望时，宁肯相信文学制造的幻想；人们发现教育、实业或国防未能救国时，宁肯相信文学能救民于水火。文学家的激情使全社会都相信了这个神话。而事实却未必如此。文学对社会的贡献是缓进的、久远的，它的影响是潜默的浸润。它通过愉悦的感化最后作用于世道人心。它对于社会是营养品、润滑剂，而很难是药到病除的全灵膏丹。”⑥许多年过去之后，我认为谢冕先生对文学的认识仍然正确。而当下对文学的怨恨或不满，更直接缘于对文学及其功能不切实际的期待。

我所看到的当下文学，与那些批评者们竟是如此的不同。我有理由为它高端的艺术成就感到乐观和鼓舞。在市场化的时代，由于市场利益的支配和其他原因，长篇小说一直受到出版社的宠爱，这个文体的优先地位日见其隆。每年出版一千余部可见生产规模之巨。出版数量不能说明艺术问题，但我们在重要的长篇小说作家那里，比如张洁、莫言、贾平凹、铁凝、刘震云、王安忆、格非、阿来、阎连科、周大新、黄国荣、范稳、迟子建、孙惠芬、陈希我等，读到他们新世纪创作的长篇小说，应该说已经达到了一个相当高的水平。特别值得我们注意的是中篇小说所取得的巨大成就。在我看来，自80年代到现在，中篇小说可能代表了这一时段文学的最高水平。80年代的王蒙、张贤亮、冯骥才、张一弓、宗璞、张洁、谌容、张承志、王安忆、韩少功、铁凝、张抗抗、张辛欣、古华等良好的文体意识和尖锐鲜明的社会问题意识，将中篇小说推向了一个相当高的水平。他们的创作为新世纪中篇小说的创作提供了丰富的经验，为其日后的发展奠定了扎实和稳定的基础。而中篇小说的容量和它传达的社会与文学信息，使它具有极大的可读性；大型文学期刊顽强的坚持，使中篇小说生产与流播受到的冲击降低为最小限度。文体自身的优势和载体的相对稳定，以及作者、读者群体的相对稳定，都决定了中篇小说获得了绝处逢生的机缘。这也是中篇小说能够不追时尚、不赶风潮，能够以守成的文化姿态坚守最后的文学性成为可能。“守成”这个词在这个时代肯定是不值得炫耀的，它往往与保守、落伍、传统、守旧等想象连在一起。但在这个无处不变、无时不变的时代，“不变”的事物可能显得更加珍贵。这样说并不是否定“变”的意义，突变、激变在文学领域都曾有过革命性的作用。但我们似乎从来没有肯定过“不变”或“守成”的价值和意义。不变或守成往往被认为是“九斤老太”，意味着不合时宜和潮流。但恰恰是那些不变的事物走进了历史而成为经典，成为值得我们继承的文化遗产。在这个意义上，中篇小说很像是一个当代文学的“活化石”。当然，从来没有一成不变的“不变”，这个“不变”是指对文学信念的坚持和对文学基本价值的理解。在这个前提下，无论中篇小说书写了什么，都不能改变它的基本性质。

于是，我们在毕飞宇的《青衣》《玉米》，北北的《寻找妻子古菜花》《风火墙》，晓航的《一张桌子的社会几何原理》《断桥记》，须一瓜的《回忆一个陌生的城市》《大人》,刘庆邦的《到城里去》《神木》,熊正良的《我们卑微的灵魂》,陈应松的《望粮山》《马嘶岭血案》《松鸦为什么鸣叫》《豹子最后的舞蹈》,吴玄的《西地》《谁的身体》,马秋芬的《蚂蚁上树》,孙惠芬的《致无尽关系》,葛水平的《地气》《喊山》、荆永鸣的《北京候鸟》《外地人》,胡学文的《命案高悬》,温亚军的《地软》,鲁敏的《纸醉》《取景器》,鲍十的《我的脸谱》,袁劲梅的《罗坎村》,李铁的《工厂的大门》等作品中看到的情形,与"憎恨学派"是如此的不同。这些作品从不同的侧面表达了这个时代的社会生活和心灵生活。需要质疑的是,这些作品"憎恨学派"们读过吗?

我为当下文学做如上辩护,并不意味着我对当下创作状况无条件地认同。恰恰相反,我是希望能够面对小说创作的具体问题,并且能够在具体分析的基础上做出判断,而不是以简单的"盛"与"衰"了事,或以"抖机灵"的粪便、"黄金说"的伪逻辑蹚浑水。还需要指出的是,不要说中国的小说创作已经很难获得普遍的认同和满意,近些年来,获诺贝尔文学奖的作家作品在中国的反映也不断降温,文学界过去普遍认同的西方大师尚且如此,我们有什么理由不切实际地要求中国的当代小说。大师的时代已经成为过去,试图通过文学解决社会问题的时代也已成为过去。文学在这个时代尚可占有一席之地已实属不易。我确如肖鹰在他的文章中转述的那样,我的批评立场越来越犹豫不决,是因为我手执两端莫衷一是,我还难以判断究竟哪种小说或它的未来更有出路。但是,看了否定当下文学的几个批评家的文章后,我认为需要保卫当下的文学,捍卫当下小说高端的艺术成果和他们的在文学高地上的坚守。

注释:

① 肖鹰:《肖鹰:当代文学在走下坡路,中西对话中完成定位》,《辽宁日报》2009 年 12 月 16 日。

② 林贤治:《中国文学处在前所未有的"低度"》,《羊城晚报》2009 年 11 月 28 日。

③ 张柠:《垃圾与黄金:中国当代文学评价的两个极端》,《羊城晚报》2009 年 11 月 16 日。

④《思想界炮轰文学界:当代中国文学脱离现实》,《南都周刊》2006 年 5 月 20 日。

⑤ 杨义:《为当今文学洗个脸》,《光明日报》2006 年 12 月 23 日。

⑥ 谢冕:《新世纪的太阳·总序》,时代文艺出版社 1993 年 6 月版。

评奖与“承认的政治”

第八届“茅奖”获奖名单公布之后，国务院新闻办公室于8月26日上午10时在国务院新闻办新闻发布厅举行了第八届茅盾文学奖获奖作家媒体见面会，请第八届茅盾文学奖获奖作家张炜、刘醒龙、莫言、刘震云介绍创作经历和获奖作品情况，并答记者问。这是获奖作家第一次享受这样规格的见面会，可见国家和社会对这次“茅奖”的重视程度。除毕飞宇在国外未能参加，其他获奖者都参加了见面会。四位作家在回答记者提问的同时，也表达了他们的文学价值观。他们的文学观，既不同于80年代的“作家谈创作”，也不同于70后、80后对文学的理解。莫言的《蛙》在形式上是全新的探索。五封信和一部九幕话剧构成了小说别具一格的讲述方式；“我姑姑”万心从一个接生成果辉煌的乡村医生，到一个“被戳着脊梁骨骂”的计划生育工作者的身份变化，深刻地喻示了计划生育在中国实践的具体过程。更重要的是，当资本成为社会宰制力量之后，小说深刻地表达了生育、繁衍以及欲望等丑恶的人性和奇观。小说实现了社会和自我的双重批判。莫言说：“几十年来，我们一直关注社会、关注他人、批判现实，我们一直在拿着放大镜寻找别人身上的罪恶，但很少把审视的目光投向自己，所以我提出了一个观念，要把自己当成罪人来写，他们有罪，我也有罪。当某种社会灾难或浩劫出现的时候，不能把所有责任都推到别人身上，必须检讨一下自己是不是做了什么值得批评的事情。《蛙》就是一部把自己当罪人写的实践，从这些方面来讲，我认为《蛙》在我11部长篇小说里面是非常重要的。”① 莫言的这些说法，应该是鲁迅先生某些思想在21世纪的回响。

刘醒龙的《天行者》延续了他著名的中篇小说《凤凰琴》的题材，但它并不是《凤凰琴》的加长版。让我们感动的是刘醒龙对乡村教师、准确地说是乡村代课教师的情感。他说："我在山里长大，从一岁到山里去，等我回到城里来已经36岁了，我的教育都是由看上去不起眼的乡村知识分子或者是最底层的知识分子来完成的。前天的见面会上，他们之前告诉我说今天来了两位民办教师，我一进去就说：'你们二位是民办教师。'大家很奇怪，问我是怎么认出来的。因为但凡是民办教师，只要在乡村行走，一眼就能看出来。他们的眼神经常会散发出卑微或者是卑谦，这种眼神和乡村干部绝对是不一样的，他们有一种孤傲，但是这种孤傲背后可以看出他们的卑微。他们两位是经过几百位民办教师推选出来的，他们背后是湖北省几十万民办教师。可能在座的记者不太知道民办教师，所以《天行者》这部小说，就是为这群人树碑立传的，可以说我全部的身心都献给了他们。在20世纪60年代到90年代，中国乡村的思想启蒙、文化启蒙几乎都是由这些民办教师完成的，我经常在想，如果在中国的乡村，没有出现过这样庞大的400多万民办教师的群体，那中国的乡村会不会更荒芜？当改革的春风吹起来的时候，我们要付出的代价会更大，因为他们是有知识、有文化的，和在一个欠缺文化、欠缺知识的基础上发展代价是完全不一样的。"②

张炜的《你在高原》的出版，是当代长篇小说的一大事件。在当下这个浮躁、焦虑和没有方向感的时代，张炜能够潜心二十年去完成它，这本身就是一个巨大的挑战和奇迹。这个选择原本也是一种拒绝，它与艳俗的世界划开了界限。450万字这个长度非常重要：与其说这是张炜的耐心，毋宁说这是张炜坚韧的文学精神。因此这个长度从某种意义上也是一种高度。许多年以来，张炜一直坚持理想主义的文学精神，在毁誉参半褒贬不一中安之若素。不然我们就不能看到《你在高原》中张炜疾速而从容的脚步。对张炜而言，这既是一个夙愿也是一种文学实践。

用二十年的时间去完成一个夙愿或文学实践，几乎是一种"赌博”,他要同许多方面博弈,包括他自己。如果没有一股“狠劲”,这个博弈是难以完成的。这部长卷有强烈的抒情性和诗意,它给人以飞翔的冲动,我们时常读到类似的句子:

“我抬头遥望北方,平原的方向,小茅屋的方向。”

“你千里迢迢为谁而来?

为你而来。

你历尽艰辛寻找什么?

寻找你这样的人。”

它具体而飘忽、形象又抽象。一切仿佛都只在冥冥之中,在召唤与祈祷之中。许多人都担心读者是否有足够的耐心读完。我想那倒大可不必。古往今来,“高山流水觅知音”者大有人在。张炜大概也没有指望让《你在高原》一头扎在红尘滚滚的人群中。通过《你在高原》,我觉得张炜的文化信念和精神谱系特别值得我们注意:张炜的文化信念是理想主义。他的理想主义与传统有关又有区别。他坚信一些东西,同时也批判一些东西。他坚持和肯定的是理想、诗意和批判性。这些概念是这个时代很少提及的概念。我们不能因此理解张炜与这个时代隔膜,事实上,正是他对这个时代生活的洞若观火,才使得他坚持或选择了那些被抛弃的文化精神。这一点张炜值得我们学习。张炜的精神谱系和他的情感方式就是与生活在一起,特别是对底层生活的关注。他的足迹遍布《你在高原》的每个角落。他可以不这样做也能够写出小说。他坚持这样做的道理,是使他的写作更自信,更有内容。张炜坚持的道路是我们尊敬的道路,他的选择为当下文学提供了一种重要的参照。那些已经成为遗产的文化精神,在今天该怎样对待,这似乎是一个老生常谈的问题,但也是一个没有很好解决的问题。过去并没有死去,我们只有认真对待和识别过去,才能走好现在和未来的道路。在这个意义上张炜对过去的坚持和修正,同样值得我们珍惜和尊重。张炜说:“我个人觉得,网络也好,纸质印刷的文学作品也好,主要在于艺术性,不能因为载体的改变而改变了几千年来形成的文学标准。它要靠近一个标准,而不是因为形式的区别改变了评价标准。至于说反映现实,我觉得写幻想、科幻、怪异的,依然要以个人现实生活的经验为基础,这是一个根本的出发点,他可以用不同的形式表达自己、表达人性、表达个人的艺术内容,但是对现实的理解深度不可以改变,那是基本的、根本的,也是一个原点、艺术的出发点。"③当然,张炜诚实地践行了他的文艺观。

在当下的中国作家中,刘震云无疑是最有"想法"的作家之一。"有想法"不是一个简单的事情,"想法"包含着追求、目标、方向、对文学的理解和自我要求,当然也包含着他理解生活和处理小说的能力和方法。这是一个作家的"内功",这种内功的拥有,是刘震云多年潜心修炼的结果,当然也是他个人才华的一部分。所谓的"想法"就是寻找,就是寻找有力量的话。他说有四种话最有力量,就是朴实的话、真实的话、知心的话和不同的话。如果说朴实、真实、知心的话与一个人说话的姿态、方式以及对象有关的话,那么不同的话则与一个人的修养、见识和思想的深刻性有关。因此,说不同的话是最难的。多年来,我以为刘震云更多的是寻找说出不同的话。这个不同的话,就是寻找小说新的讲述对象和方式。

大概从《我叫刘跃进》开始,刘震云已经隐约找到了小说讲述的新路径,这个路径不是西方的,当然也不完全是传统的,它应该是本土的和现代的。他从传统小说那里找到了叙事的"外壳",在市井百姓、引车卖浆者流那里,在寻常人家的日常生活中,找到了小说叙事的另一个源泉。多年来,当代小说创作一直在向西方小说学习,从现代派文学开始,加缪、卡夫卡、马尔克斯、罗伯·格里耶、博尔赫斯、卡尔维诺等,是中国当代作家的导师或楷模。这种学习当然很重要,特别是在过去的时代,中国文学一直在试图证明自己,这种证明是在缩小与发达国家文学差距的努力中实现的。许多年过去之后,这种努力确实开阔了中国作家的视野,深化了作家对文学的理解,特别是在文学观念和表现技法方面,我们拥有了空前的文学知识资本;但是,就在我们将要兑现期待的时候,另一种焦虑,或者称为"文化身份"

的焦虑也不期而至。于是,重返传统,重新在本土传统文学和文化中寻找资源的努力悄然展开。刘震云是其中最自觉的作家之一。《我叫刘跃进》的人物、场景和流淌在小说中的气息和它的“民间性”一目了然。但因过于戏剧化,更多关注外部世界或表面生活的情节而淹没了人的内心活动,好看有余而韵味不足。这部《一句顶一万句》就完全不同了,他告知我们的是,除了突发事件如战争、灾害等不可抗拒因素外,普通人的生活就是平淡无奇的,在平淡无奇的生活中发现小说的元素,这是刘震云的能力。但刘震云的小说又不是传统的明清白话小说,叙述上是“花开两朵各表一枝”,功能上是“扬善惩恶宿命轮回”。他小说的核心部分,是对现代人内心秘密的揭示,这个内心秘密,就是关于孤独、隐痛、不安、焦虑、无处诉说的秘密,就是人与人的“说话”意味着什么的秘密。在《一句顶一万句》中,说话是小说的核心内容。这个我们每天实践、亲历和不断延续的最平常的行为,被刘震云演绎成惊心动魄的将近百年的难解之谜。百年是一个时间概念,大多是国家民族或是家族叙事的历史依托。但在刘震云这里,只是一个关于人的内心秘密的历史延宕,只是一个关于人和人说话的体认。对“说话”如此历尽百年地坚韧追寻,在小说史上还没有第二人。

刘震云说:“我觉得文学不管是作者还是读者,在很多常识的问题上,确实需要进行纠正,对于幻想、想象力的认识,我们有时候会发生非常大的偏差,好像写现实生活的就很现实,写穿越的和幻想的题材就很幻想、就很浪漫、很有想象力,其实不是这样的。有很多写幻想的、穿越的,特别现实。什么现实?就是思想和认识,对于生活的态度,特别现实。也可能他写的是现实的生活,但是他的想象力在现实的角落和现实的细节里。比如今年得奖的这五个人,他们是写现实生活,但他们的想象力非常不一样,不管是《你在高原》《蛙》或者《天行者》,我觉得他们的思想都在向不同的方向飞翔,这不能用现实的或者是其他的文学形式来归类,比如新写实,如果一个作品再写实的话,这个作品是不能看的,干脆看生活就完了,所以我的《一地鸡毛》是最不现实的，可能情节和细节是现实的，但是里面的认识和现实生活中的认识是不同的，现实中的人认为八国首脑会议是重要的，我家的豆腐馊了比八国首脑会议重要得多，我觉得这是一种偏差的思想。”④

这些表达，既承接了五四以来文学对社会责任的担当，有家国关怀，也发展或更深入地理解了文学自身的内在要求。他们走过的文学道路并不相同，在不同的文学路向上都有过程度不同的探讨甚至引领过潮流，比如先锋文学、新写实文学、现实主义道路等。但是，经过不同的文学风尚的洗礼沐浴后，他们不是变得更激进、更新潮，而是更趋于“保守”或守成。他们讲述更多的是常识。这一点非常重要：时尚的文学引领着新的阅读趣味、展示了新的文学经验，这是文学向新的方向发展的必要条件。但是，正像五四时代，激进主义成为主流的时候，《学横》《甲寅》等保守主义的思想也起到了某种“纠偏”或制衡作用。今天看来，那个时代的保守主义并非一无是处。在我看来，“50后”的守成姿态已逐渐形成了这个时代的思想潜流。第八届“茅奖”选择了他们，当然也选择了他们的文学观。这就是“为什么是50后”的原因。

注释：

① 见2011年8月26日中国作家网《第八届茅盾文学奖获奖作家媒体见面会实录》。

② 同上。

③ 同上。

④ 同上。

新时期文学的半壁江山

——纪念《十月》《当代》创刊三十五周年

中国当代文学从1978年“另辟一章”,开始了一个新的历史时期。这确实是一个“新的历史时期”。此前不曾有过的一些与文学相关的现象在这个时期第一次出现。大型文学刊物的集中出现,就是其中之一。“文革”之前,专门发表文学作品的大型刊物只有上海的《收获》一家。1978年后的几年间,以《收获》《当代》《十月》《花城》“四大名旦”领衔主演的大型文学刊物,在当代中国引发了一场文学生产的革命:发表文学作品的主流媒体的扩展,极大地推动了当代文学的发展。各办刊主体和办刊人不同的办刊主张和对文学的不同理解,在一定的范畴内,实现了文学在竞争中的发展。其中《十月》和《当代》,就是有代表性的两大文学刊物。两家刊物的主办地都在北京,都有“皇家”身份和气象,都有全国性的影响。特别是80年代,一个作家能够在这两家刊物上发表作品,那是巨大的荣誉和鼓舞。可以说,《十月》和《当代》,为三十多年来中国文学的发展,做出了巨大贡献。两家刊物的共同特点,是注重文学与现实的关系,强调文学的现实主义方法和传统;但它们又各具特色各有所长,《十月》更注重中篇小说的质量和形式的探索,《十月》与中篇小说这一文体的关系最为密切;《当代》更注重长篇小说的发表。三十年来,《当代》应该是发表重要长篇数量最多的刊物之一。

现在,两家刊物都走过了三十五个年头,纪念这两家刊物的三十五周年,既是对两家刊物文学贡献的梳理,某种意义上,也可以说是对新时期三十年来文学历史的一种回顾。

《十月》:新时期中篇小说的一部简史

1978年创刊的《十月》,到2013年整整走过了三十五年。

《十月》这个刊名,鲜明地体现了那个时代的精神气质——它蕴含了一目了然又丰富无比的时代信息。在一个金色的季节,中国人民和中国文学一起告别了过去,迎接一个与这个季节一样辉煌的新时代。因此,《十月》是庄严和正大、浪漫和激情、鲜花和泪水,是飘扬的文学旗帜和火炬。它在北京的金秋迎风招展,吸引的却是全国文学家和读者的目光。就这样,《十月》不仅成了一个时代文学的见证者、推动者,重要的它更是一个参与者和建造者。因此,《十月》的三十五年,某种意义上也可以说是新时期文学的缩影。

2003年,《十月》创刊二十周年之际,当时的主编王占君先生嘱我组织一个编委会,编选"《十月》典藏丛书",我请谢冕先生担任主编。丛书出版时,谢先生写下了受到广泛赞誉的《一份刊物和一个时代》一文。谢先生说:

> 《十月》创刊的时候,文学圈中正是满目疮痍,一派萧瑟的景象。人们面对的是一片精神废墟。从昨日的阴影走出来,人们已不习惯满眼明媚的阳光。长久的精神囚禁,人们仿佛是久居笼中的鸟,已不习惯自由地飞翔。文学的重新起步是艰难的,它要面对长期形成的思想戒律与艺术戒律,它们的跋涉需要跨越冰冷的教条所设置的重重障碍。也许更为严重的事实是,因为长久的荒芜和禁锢在读者和批评者中所形成的欣赏与批评的惰性,文学每前进一步,都要穿越那严阵以待的"左倾"思维的弹雨和雷阵,都要面对如马克思所说的"对于非音乐的耳朵,最美的音乐也没有意义"的欣赏惰性的自我折磨。

这是那个年代文学的基本处境。因此,1978年创刊的《十月》和中国文学一样,面临的首要问题就是如何重建我们的文学。我们发现,《十月》初创时期的编者们是非常有眼光的。在创刊号上,他们专门设立了一个栏目《学习与借鉴》,刊出了鲁迅的《药》、茅盾的《春蚕》、屠格涅夫的《木木》和都德的《最后一课》,并有赏析文章一并刊出。这些传统的经典作品,在那个时代远离作家和读者已久。编者的良苦用心就是要修复文学与中国现代传统和西方经典的关系。同时,创刊号刊出了刘心武轰动一时的《爱情的位置》等标示新时代文学气象和症候的作品,和其他刊物发表的同类作品一起吹响了文学新时代启航的号角。

在文学重建初期,《十月》在坚持现实主义精神的同时,也勇于承担了社会批判的职责。创刊不久的1979年,反特权、反官僚主义的文学作品从一个方面体现了那一时代活跃、自由的文学环境和作家的责任意识及使命感。但是,文学试图参与社会批判,必然要受到另一方面的干预。就在这一年,发生了围绕着《苦恋》《在社会档案里》《调动》《女贼》《假如我是真的》《飞天》《将军,不能这样做》等作品的讨论及评价,并引发了1980年"剧本座谈会"的召开。这些备受争议的作品,有两部发表在《十月》上,这就是刘克的中篇小说《飞天》和白桦的电影剧本《苦恋》。这一情况表明,在新时期文学重建初期,《十月》就处在风口浪尖上,它的重要性由此可见一斑。

靳凡的《公开的情书》和礼平的《晚霞消失的时候》,"文革"中曾以手抄本的形式在青年中广泛流传,它们成书的年代,正是当代中国专制统治最为严酷的时代,它们的作者都是"文革"中的老红卫兵,经历了狂热和幻灭的精神历程之后,他们在更深广的意义上省察了这一历程。他们都生活于中心都市北京,在幻灭的日子里他们阅读了许多经典性作品,从黑格尔、费尔巴哈到马克思、恩格斯以及许多西方文学名著。这一情况我们不仅可以从礼平与王若水的论辩中明确地做出判断,而且丁东的《黄皮书　灰皮书》一文对此作了更详尽的介绍。这些并不是面向青年而是"供领导机关和高级研究部门批判之用"的书籍,"青年却成了最热心的读者"。黄皮书为文艺,灰皮书为政治。据介绍,这些书有美国小说《在路上》、苏联小说《带星星的火车票》、爱伦堡回忆录《人、岁月、生活》、剧本《愤怒的回顾》，德热拉斯的《新阶级》、托洛斯基的《斯大林评传》以及《格瓦拉日记》等。作者认为："黄皮书和灰皮书影响了一代人。"他们从这些书中获得了有别于流行思想的营养，并使自己初步获得了自我反省和思考的能力。

《公开的情书》第一稿诞生于1972年3月，1979年9月修改第二稿。小说没有人们熟悉和习惯的故事线索，没有具体细致的场景描写，它通过四个主人公真真、老久、老嘎、老邪门半年时间的43封书信，反映了"文革"中成长的一代人不同的生活道路和命运，抒发了那代青年对理想、事业、爱情和祖国命运的思考。作为书信体的形式，与作者追求的精神探寻相吻合，作品深沉而浪漫。作者也选择了主人公"流浪"于路上的形式，在青春想象中营建了向往的浪漫情调，他们谈论艺术和爱情，真诚向友人宣泄失意的苦恼和迷惘的困惑，以理想的方式塑造自己的主人公。但这一"流浪"当然也含有象征的意味。这也正像真真在描绘老久时所说的那样：纵然两旁是冷漠严峻的悬崖，地上铺满刀尖般的怪石，他总是背起画夹顽强地前进着。路是多么长、多么长，多么难、多么难呵！自然，《公开的情书》也难免有对"自怜"的钟情，特别是真真，在第六封信"真真致老久"中，亦将自己心灵的创伤作了过分的渲染，不厌其详地复述着自己的"艰难时世"和"悲惨世界"，甚至直截了当地说出："我不得不对你诉说我经历的坎坷。当你了解到这些经历在我心上留下的创伤以后，你就会明白我现在感情上的缄默。"但真真终于还是没有"缄默"，她倾诉的欲望同样没有超越那代人对感伤的夸大。但是，这仍然是一部气质不凡的小说，老久的勤奋和庸常心理、老邪门的自信和恃才傲物以及所有人时常发出的议论，都相当真实准确地揭示了那代青年知识分子的心态。更为与众不同的是，在那样的时代作者通过人物而发出的怀疑。

《晚霞消失的时候》则更多地限定于对红卫兵运动的反省。这是一部文字优美、有鲜明抒情风格和浪漫气息的作品，是一部充满了理性思考又有独立品格的作品。它体现了作者的文学才能和艺术想象力,在某种程度上体现了那一时代文学创作的水准。小说创作于1976年,此后四年四易其稿,最后定稿于1980年。

这虽然是一部充满了理性思考的作品,但也是以人物和故事作为基本结构的小说。在一个春意盎然的清晨,主人公李淮平和南珊在树林晨读中邂逅,他们都是十六七岁的中学生,南珊"聪明而清秀",她的举止言谈温文尔雅、友善平和,这些内在气质都表达了她所具有的教养;而李淮平则出语粗俗、野蛮霸道,流露出干部子弟常见的优越感和顽劣之气。一场恶作剧之后,他们却讨论了一场远非是他们有能力把握的"文明与野蛮"关系的问题。不久"文明与野蛮的冲突"终于发生,李淮平作为红卫兵的领袖,带领红卫兵抄了国民党起义军官楚轩吾的家,原来南珊竟是楚轩吾的外孙女。在对楚轩吾的审讯中,李淮平又得知了楚轩吾原来是自己父亲李聚兴手下的降将。此后,李淮平成了海军军官,南珊则由一名知青而后当了翻译。十几年过后,世风大变,李淮平依然如故,虽心存苦痛但仍自信无比;南珊则历尽沧桑,不再有"坦率的谈吐和响亮的笑声"。这显然是一个感伤的故事,一个极具悲剧意味的故事。一场动乱改变了南珊的命运,使她原本可以预知的未来变得千疮百孔,心灵犹如千年古潭;那位"淳厚正直"的原国民党将领楚轩吾,曾深深忏悔过个人的人生选择,而动乱又将他的痛苦雪上加霜;李淮平虽然是历史的宠儿,但他却同样因此付出了代价。

七八十年代之交,也是中国文学观念发生大裂变的时代。潜伏已久的现代主义文学潮流在这时浮出历史地表。各种文体在现代主义文学潮流的鼓动下汹涌澎湃。王蒙的中篇小说《蝴蝶》、谭甫成的小说《高原》以及高行健的戏剧《绝对信号》《车站》《野人》等,都发表在《十月》上。这些作品同其他具有现代主义文学倾向的作品一起构成了百年中国文学地震学的最大震级。应该说"文革"的历史是中国现代主义倾向文学产生的现实基础,千奇百怪的非正常性事件导致了一代青年的怀疑和反抗意识,他们精神的春天正是在现实的严冬中孕育的；另一方面，非主流的文化接受使他们找到了相应的表达形式。塞林格的《麦田的守望者》、贝克特的《椅子》、萨特的《厌恶及其他》等现代主义文学经典，已在部分青年中流行，这一文化传播改变了他们的思考形式，它如同催化剂，迅速地调动了他们的现实感受，东方化的现代主义文学正是在这样的现实和文化处境中发生的。现代主义在中国的二次崛起，是一次极富悲剧意味的文学运动，它冒着"叛逆"的指责和失去读者的双重危险，担负起社会批判的使命，并与人道主义一起重新构建了人的神话。那一时代的许多作家几乎都经历了现代主义文学的沐浴，并以切实的文学实践显示了它不凡的实绩。但在中国，传统的巨大影响使其仍然成为百年梦幻的一部分，是近代以降现代性追求在20世纪80年代的变奏。现代主义文学虽然也无可避免地落潮了，却以自己悲壮的努力争取了文学的自由。可以说，没有这一努力，多元并存、众声喧哗的文学环境大概要延缓许多年。今天我们才有可能看到，是否受过现代主义文学的洗礼，对一个作家而言是非常不同的。应该说，现代主义文学极大地提高了当代中国文学的文学性。

80年代初期，当汪曾祺重新以小说家身份面世时，他那股清新飘逸、隽永空灵之风，并非突如其来。不同的是，与现实关系习惯性紧张的心态，才对这种风格因无以表达而保持了短暂的缄默。80年代最初两年，汪曾祺连续写作了《黄油烙饼》《异秉》《受戒》《岁寒三友》《天鹅之死》《大淖记事》《七里茶坊》《鸡毛》《故里杂记》《徙》《皮凤之楦房子》等小说。这些故事连同他的叙事态度，仿佛是一位鹤发童颜的天外来客，他并不参与人们对"当下"问题不依不饶的纠缠，而是兴致盎然地独自叙说起他的日常生活往事。《十月》发表了汪曾祺的《岁寒三友》《晚饭花》《露水》《兽医》等小说，参与推动了中国抒情小说的发展。

古华的《爬满青藤的木屋》，是一篇非常重要的小说。故事发生在与世隔绝的深山老林，他像是一个原始的酋长国，远离现实，显示着神秘而遥远的设定。它的人物也相对单纯，只有王木通、盘青青、李幸福三人,他们分别被赋予暴力、美和文明三种不同的表意内涵。因此,这貌似与世隔绝的环境,却并非仅仅是一处流光溢彩的天外之地,它的诗性和风情仍不能掩埋现实的人性冲突。于是,这个“爬满青藤的木屋”就不再是个孤立的存在,它所发生的一切冲突,都相当完整地表达了山外的整个世界。渴望文明洗礼的盘青青始终处于被争夺的位置。她对李幸福的生活方式和状态心向往之,并在潜意识中把他当作“拯救者”,她不失时机地靠近“文明”,她的温柔与笑声传达的是她对“文明”的亲近。但这一亲近由于“契约”关系的规定,使盘青青的向往和行为具有了叛逆性质。这样,就使李幸福和盘青青在与王木通的冲突中,先在地潜含了危机,他们的悲剧从一开始就已经孕育。作家对启蒙话语的被压抑和知识分子的地位深怀同情,但它在现实中的地位已无可挽回,作家只能感伤地寄予幻想,它从另一方面表述了知识分子话语的无力和无奈。

创刊至今,《十月》对中篇小说发展做出的贡献尤其值得提及。刊物创办人之一的资深老编辑、散文家张守仁说:“当时那些月刊一期就十几万字,所以发一个中篇就了不得了,而我们一期就发三四个。从‘五四’以来,还从来没有刊物这样做。可以说,《十月》引发了中篇小说的第一个高潮。同时,我们抓紧时机,召开了一个中篇小说座谈会,把很多作家都请来参加,推动中篇小说这个体裁的发展。”事实的确如此。可以说,在中篇小说领域,能够与《十月》杂志抗衡的刊物几乎没有。《十月》的中篇小说获得的全国性奖项(“鲁奖”和“全国优秀中篇小说奖”)有 17 部之多。更重要的不是数量,而是这些作品的巨大影响力。比如王蒙的《蝴蝶》、邓友梅的《追赶队伍的女兵们》、刘绍棠的《蒲柳人家》、宗璞的《三生石》、张承志的《黑骏马》《北方的河》、铁凝的《没有纽扣的红衬衫》《永远有多远》、张贤亮的《绿化树》、贾平凹的《腊月 · 正月》、张一弓的《张铁匠的罗曼史》、叶广芩的《梦也何曾到谢桥》、方方的《琴断口》等,都是三十多年来中篇小说最重要的作品。

张承志在“新时期”文学中,既在文学前沿,成为人们关注的焦点，同时又在任何文学潮流之外。他桀骜不驯和自视甚高的个性使他很难认同流行的潮流。因此，即便是在“知青小说”的范畴内来谈论他也显得相当勉强。他在自己的第一本小说集《老桥》的“后记”中，流露过自己真实的心态和写作的原则：“无论我们曾有过怎样触目惊心的创伤，怎样被打乱了生活的步伐和秩序，怎样不得不时至今日还感叹青春；我仍然认为，我们是得天独厚的一代，我们是幸福的人。在逆境里，在劳动中，在穷乡僻壤和社会底层，在思索、痛苦、比较和扬弃的过程中，在历史推移的启示里，我们也找到过真知灼见；找到过至今仍感动着、甚至温柔着自己的东西。”在这样认识的支配下，他确定了自己“为人民”写作的原则。在他看来，“这根本不是一种空洞的概念或说教。这更不是一条将汲即干的枯水的浅河。它背后闪烁着那么多生动的脸孔和眼神，注释着那么丰满的感受和真实的人情，它是理论而不是什么过时的田园诗。在必要时我想它会引导真正的勇敢。哪怕这一套被人鄙夷地讥笑，我也不准备放弃”。张承志贯彻了自己最初的创作动机。《十月》发表了他最重要的两部中篇小说《黑骏马》和《北方的河》。后来他的《金牧场》《黄泥小屋》《心灵史》《神示的诗篇》，其精神向度虽然有重要的变化，但理想主义始终是他固守的气质。他的这些作品与“新潮”无缘，但又“超越了许多同时代人”。

张贤亮是他那代作家中最有才华的一个。虽然他的作品经常引起争议，那是因为值得争议。《十月》发表的《绿化树》——一个张贤亮最重要的作品甚至是代表作。主人公章永璘的观念正确与否并不重要，重要的是作品通过人物的忏悔、自省等内心活动的描写，对饥饿、性饥渴和精神世界的困顿等问题进行的思考，生动展现了那一年代知识分子的“苦难的历程”。小说塑造的马缨花、谢队长、海喜喜等人物，给人留下了深刻的印象，尤其马缨花，是那一年代最有文学成就的人物之一。

新世纪以来，《十月》仍是中篇小说的主要阵地。新世纪以来发表的中篇名篇刘庆邦的《神木》《卧底》、邓一光的《怀念一个没有去过的地方》、荆永鸣的《白水羊头葫芦丝》、叶广芩的《豆汁记》、东君的《阿拙仙传》、吕新的《白杨木的春天》、蒋韵的《朗霞的西街》、方方的《琴断口》《涂自强的个人悲伤》等；另一方面，《十月》重视中篇小说青年作家的培养。1999年，《十月》开辟了“小说新干线”栏目，意在推出“富有潜力又未引起广泛关注的青年作家”。15年来，推出了80余位青年作家。晓航、叶舟、陈继明、鲁敏、津子围、乔叶、马叙、徐迅、王秀梅、祁又一、东君、郑小驴、付秀莹、李云雷、霍艳、吴文君等青年作家，通过《十月》的举荐，逐渐成为当下一线的小说作家。

《十月》不断发表的高品质作品，得到了读者的认可，它的期发行量曾达到过60余万册。对于一家大型文学期刊来说，这不啻为天文数字；另一方面，《十月》的办刊思想和整体形象，也得到了中国一流作家的认同和肯定。《十月》造就或举荐了许多功成名就的著名作家，同时仍在培养当下年轻的作家。当然，80年代的文学辉煌已经成为往事，它只可想象而难再经验。但是，通过刊物发表的作品和刊物主政者的表达，我们看到的是《十月》的传统，在文学举步维艰的今天，他们仍然坚守在文学的精神高地。常务副主编陈东捷曾表达：“未来的《十月》会继续做文学精品，刊登既关注现实人生，又具有成熟叙事技巧的作品……也许我们的影响和20世纪80年代没法比了，但我们依然可以做出有价值的作品。”

三十五年的时间并不长，但是，在当下中国处在现代性的不确定性的过程中的时候，一份文学刊物能够在波峰潮涌中巍然屹立，既能够引领文学潮流，又保有自己独特的文学风貌，当然不是一件容易的事情。

我们相信也祝愿《十月》在今后的岁月里，青春永驻，为中国当代文学推出更多更好的作品，培养更多更好的文学新人。

《当代》：现实主义文学的旗帜

《当代》杂志是三十多年来中国文学的重镇。从创刊那天起，

《当代》就以其鲜明的关注现实和批判精神，成为当代中国现实主义文学的旗帜。三十五年过去之后，《当代》已经成为中国文坛不可或缺的存在。它日渐成熟和正大的品格和风采，在文学界和读者那里赢得了崇高的声誉。而这一切，都与《当代》对现实主义文学原则的坚持密不可分。

《当代》创刊于1979年7月（因为当时为季刊，发刊时间定为6月）。当时的发刊词《发刊的几句话》是韦君宜先生写的。一本雄踞京城的文学大刊，用这样漫不经心的题目做发刊词，可见其编者的雍容和自信。发刊词的全文如下：

> 春光明媚，百花吐艳，在一年中最好的这个季节，我们开始创办文学杂志《当代》。
>
> 粉碎“四人帮”后的文苑，犹如严冬过后的春天，一派勃勃生机。但愿从今以后，在文艺的百花园中，永远不再重现北风凛冽的寒冬。
>
> 两年半以来，全国的文艺刊物有如雨后春笋，复刊和新创者已达百余种。我们现在创办这个刊物，如果能做到锦上添花，那就如愿以偿了。
>
> 我们是文学书籍出版社，收到的稿件越来越多，其中够水平的好作品可谓不少。但由于印装条件差、周期长、出书慢，远不能满足读者要求。哪个作家不愿自己的辛勤劳作早日问世？哪个读者不希望多读到一些新作品？因此，为了满足广大读者的愿望、繁荣我国社会主义文学，我们想办个刊物，把一些亟应出来而不能很快出来的好作品发表，为广大的作家开辟发表作品的新园地。这就是我们想办刊物的最初一个动机。
>
> 我们的国家这么大，人口这么多，文艺刊物再增加几种也不嫌多。读者的兴趣是广泛的，应当让大家有个选择余地。也许，人们关心我们这刊物究竟有什么特点，这是需要作出交代的。我们可以这么回答：
>
> 第一，我们的刊物是大型的，每期有五十万字左右。篇幅大

一点，好处是可以容纳中型以上的作品。

第二，是综合的，举凡文学作品的各门类——小说、诗歌、戏剧、散文、小品、评论兼收并蓄，无所不容。但是我们将着重发表长篇小说、中篇小说和一部分戏剧文学。创作要发表，翻译作品也刊登，特别是当代国外的著名作品更要努力介绍，要让我们的读者通过艺术形象了解今日之世界。搞四个现代化，科学技术要积极引进，文学艺术也一样，外国的好东西应当借鉴。

第三，我们希望多发表新作家的新作品。还在三十年代，鲁迅就大力提倡办文艺刊物要着重培养新作家，每期都要有新作家的名字出现，这才是文艺兴旺的现象。在我国实行四个现代化的这个伟大时代，文艺上执行百花齐放，培养新作家，扶植新作家，意义更加重大。不言而喻，培养新作家，扶植新作家，一点也不排斥老作家，我们同样非常欢迎老作家给我们撰稿。

我们这个刊物选稿的标准从宽不从严，特别要打破条条框框，如"四人帮"的什么"三突出"那一套，我们毫不讳言就是要与之针锋相对。希望题材多样化，主题思想也多样化。凡有积极意义，艺术技巧又有一定成就，各种风格的作品我们都采纳。文艺作品第一要求思想性，这是毫无疑义的，但决不能忽视艺术性，艺术作品总要求有艺术；标语口号式的作品，即使思想上站得住，而艺术上很差，那样的作品，我们也一定不取。

文学事业是党的事业，是人民的事业。当这个刊物同读者见面之时，春雷已经响过，盛夏已经到来。我们最诚恳地希望得到广大作者和读者的支持，并热烈欢迎大家批评指导。

1979 年，能写出这样的发刊词，应该说是一大风景。不温不火的修辞，海纳百川的宽容，显示了办刊者自信的风范。同时，刊物的追求和原则尽在其中。无论一个团体还是一份杂志，总有它的灵魂人物。《当代》的灵魂人物就是自创刊一直担任了十几年主编的秦兆阳先生。1956 年 9 月号的《人民文学》，秦兆阳先生以何直笔名发表了《现实主义——广阔的道路》的著名文章。文章强调反对教条主义的清规戒律，提倡现实主义的创作原则，促进社会主义文学的发展。它首先对现实主义作出了明确的界说，认为“文学的现实主义”是在文学艺术实践中所形成、所遵循的一种法则。它以严格地忠实于现实，艺术地真实地反映现实，并反转来影响现实为自己的任务，并认为“这是现实主义的一个基本大前提”。文章对苏联作家协会章程上关于社会主义现实主义的定义的不合理性也提出了修正性的看法，认为“社会主义精神”不应是艺术的真实之外的东西，如果让血肉生动的客观真实去服从硬加到作品上的抽象的主观的东西，“就很可能使得文学作品脱离客观真实，甚至成为某种政治概念的传声筒”。文章发表后在文坛引起轩然大波，并引发了中国的关于现实主义的大讨论。文章发表至今近六十年了。无论当代中国文学界对现实主义的理解、认识达到了怎样的水平，可以肯定的是，当我们书写现实主义在中国遭遇的时候，秦兆阳先生的这篇文章无论如何是难以逾越的。

因此，无论是创作还是办刊，秦兆阳先生一直坚持现实主义原则。《当代》首发的小说《将军吟》《芙蓉镇》《古船》《秋天的愤怒》《钟鼓楼》《活动变人形》《白鹿原》《尘埃落定》《沧浪之水》《蒙面之城》《超越自我》《新星》《故土》《老井》《赤橙黄绿青蓝紫》《代价》《麦客》《大国之魂》《中国知青梦》《国画》《梅次故事》《家族》《点点记忆》《商界》《流浪金三角》《经典关系》《白豆》《蓝衣社碎片》《中国知青终结》《那儿》等优秀作品，都是遵循现实主义创作原则的名篇力作，同时也是这个时代标志性的作品之一。杂志严谨的编辑态度和开放的编辑方针，与作家结下了深厚的友谊。尤凤伟说：“《当代》是中国文学诸刊的兄长。厚重、深沉或许还包括些许刻板，这都能体现出一种兄长风范”；赵德发说：“《当代》的辉煌是如何取得的？是编辑们把刊物办出了特色。‘直面人生，贴近现实’是他们的追求，也是广大读者的期待。文学刊物的订户到哪里争夺？关键是要到文学圈子之外去争夺。我所认识的文学圈之外的《当代》订户称，他们就是要通过《当代》了解当代。所以说，《当代》的当代，造成了当代的《当代》。然而我们要看到,《当代》的特色是靠品位来支撑的”,《当代》杂志“简直就是半部中国新时期文学史!可以肯定地说,在这里发表的某些作品,以后是要进入中国文学史的”。陈忠实说:“我的第一部中篇小说《初夏》发表于《当代》。我的第一部长篇小说《白鹿原》最早通过《当代》和读者见面、交流。《当代》在我从事写作的阶段性探索中成就了我。”(见《当代》1999年4期)

在杂志的努力下,获奖作品,包括获“鲁迅文学奖”“茅盾文学奖”的作品不计其数。当然,评奖只是评价一个杂志、一个作家的一种形式。在我看来,《当代》发表的一些没有没有获奖的作品,同样具有重要的价值和意义。比如阎真的《沧浪之水》、莫怀戚的《经典关系》、董立波的《白豆》、曹征路的《那儿》等,就是这个时代最优秀小说的一部分。

阎真的长篇小说《沧浪之水》,可以从许多角度进行解读,比如知识分子与文化传统的关系、特权阶层对社会生活和精神生活以及心理结构的支配性影响、在商品社会人的欲望与价值的关系、他者的影响或平民的心理恐慌等。这足以证实了《沧浪之水》的丰富性和它所具有的极大的文学价值。但在我看来,这部小说最值得重视或谈论的,是它对市场经济条件下世道人心的透视和关注,是它对人在外力挤压下潜在欲望被调动后的恶性喷涌,是人与人在对话中的被左右与强迫认同,并因此反映出的当下社会承认的政治与尊严的危机。

小说的主人公池大为,从一个清高的旧式知识分子演变为一个现代官僚,其故事并没有超出于连式的奋斗模型,于连渴望的上流社会与池大为心向往之的权力中心,人物在心理结构上并没有本质区别。不同的是,池大为的向往并不像于连一样出于原初的谋划。池大为虽然出身低微,但淳朴的文化血缘和独善其身的自我设定,是他希望固守的“中式”的精神园林。这一情怀从本质上说不仅与现代社会格格不入,与现代知识分子对社会公共事务的参与热情相去甚远,而且这种试图保持内心幽静的士大夫式的心态,本身是否健康是值得讨论的,因为它仍然是一种对旧文化的依附关系。如果说这是池大为个人的选择,社会应该给予应有的尊重,但是,池大为坚持的困难并不仅来自他自己,而是来自他与"他者"的对话过程。

现代文化研究表明,每个人的自我界定以及生活方式,不仅是来自个人的愿望,更是通过和其他人的"对话"实现的。在"对话"的过程中,那些给予我们健康语言和影响的人,被称为"有意义的他者",他们的爱和关切影响并深刻地造就了我们。池大为的父亲就是一个这样的"他者"。但是,池大为毕业后的七年,仍然是一个普通科员,这时,不仅池大为的内心产生了严重的失衡和坚持的困难,更重要的是他和妻子董柳、厅长马垂章、退休科员晏之鹤以及潜在的对话者儿子池一波已经经历的漫长的对话过程。这些不同的社会、家庭关系再造了池大为。特别是经过"现代隐士"晏之鹤的人生忏悔和对他的点拨之后,池大为迅速地时来运转,他不仅在短时间里连升三级,而且也连续搬了两次家换了两次房子。这时的池大为因社会、家庭评价的变化,才真正获得了自我确认和"尊严感"。这一确认是在社会、家庭"承认"的前提下产生的,其"尊严感"同样来源于这里。

于是,小说提出的问题就不仅仅限于作为符号的池大为的心路历程和生存观念的改变,事实上,它的尖锐性和严峻性,在于概括了已经被我们感知却无从体验的社会普遍存在的生活政治,也就是"承认的政治"。加拿大学者查尔斯·泰勒在他的研究中指出:一个群体或个人如果得不到他人的承认或只得到扭曲的承认,就会遭受伤害或歪曲,就会成为一种压迫形式,它能够把人囚禁在虚假的、被扭曲和被贬损的存在方式之中。而扭曲的承认不仅为对象造成可怕的创伤,并且会使受害者背负着致命的自我仇恨。拒绝"承认"的现象在任何社会里都不同程度地存在,但在池大为的环境里已经成为一种普遍的存在。被拒绝者如前期池大为,他人为他设计的那种低劣和卑贱的形象,曾被他自己内在化,在他与妻子董柳的耳熟能详的日常生活中,在不学无术浅薄低能的丁小槐丁处长与专横跋扈的马厅长的关系中,甚至在下一代孩子的关系中,这种"卑贱"的形象进一步得到了证实。不被承认就没有尊严可言。池大为的“觉醒”就是在这种关系中因尊严的丧失被唤起的。现代生活似乎具有了平等的尊严,具有了可以分享社会平等关注的可能。就像泰勒举出的例证那样,每个人都可以被称为先生、小姐,而不是只有部分人被称为老爷、太太。但是这种虚假的平等从来也没有深入生活内部,更没有成为日常生活支配性的文明。尤其在我们的社会生活中,等级的划分或根据社会身份获得的尊严感,几乎是未作宣告、但又是根深蒂固深入人心的观念或未写出的条文。

现代文明的诞生也是等级社会衰败的开始。现代文明所强调和追求的是赫尔德所称的“本真性”理想,或者说我们每一个人都有一种独特的作为人的存在方式,每个人都有他或她自己的尺度。自己内心发出的召唤要求自己按照这种方式生活,而不是模仿别人的生活,如果我不这样做我的生活就会失去意义。这种生活实现了真正属于我的潜能,这种实现,也就是个人尊严的实现。但是,在池大为面对的环境中,他的“本真性”理想不啻为天方夜谭。如果他要保有自己的“士大夫”情怀和生活方式,若干年后他就是“师爷”晏之鹤,这不仅妻子不答应,他自己最终也不会选择这条道路。如果是这样,他就不可能改变自己低劣或卑贱的形象,他就不可能获得尊严,不可能从“贱民”阶层中被分离出来。于是,“承认的政治”就这样在日常生活中弥漫开来。它是特权阶级制造的,也是平民阶级渴望并强化的。在池大为的生活中,马垂章和董柳是这两个阶级的典型,然后池大为重新成为下一代人艳羡的对象或某种“尺度”。读过小说之后,我内心充满了恐慌感,在今天的社会生活中,一个人将怎样被“承认”,一个人尊严的危机怎样才能得到缓解?阎真的发现是此前知识分子文学不曾涉及的。

《白豆》的人物和故事,重新激活了发生在“下野地”那段已经终结的历史。但是,作家董立勃复活白豆和他周边的人物,显然不是出于怀旧的诉求,或者说,任何历史的书写都直接或间接地与现实有关。“下野地”这个虚构的边陲故地和他发生的一切,并没有从历史的记忆中抹去，当它被重新书写之后，起码有两方面的意义值得我们注意：一是对当下时尚化写作的某种反拨；二是对人的欲望、暴力、权力的揭露与申控。因此，《白豆》是在都市白领文化覆盖文化市场、成功人士招摇过市时代的一曲边塞悲歌，是维护弱势群体尊严和正当人性要求的悲凉证词，是重新张扬人本主义的当代绝唱。

董立勃的《白豆》的场景是在空旷贫瘠的“下野地”，那里远离都市，没有灯红酒绿甚至没有任何消费场所；人物是农工和被干部挑了几遍剩下的年轻女人。男人粗陋女人平常，精神和物质一无所有是“下野地”人物的普遍特征。无论在任何时代，他们都是地道的边缘和弱势的人群。主人公白豆因为不出众、不漂亮，便宿命般地被安排在这个群体中。男女比例失调，不出众的白豆也有追逐者。白豆的命运就在追逐者的搏斗中一波三折。值得注意的是，白豆在个人婚恋过程中，始终是个被动者，一方面与她的经历、出身、文化背景有关，一方面与男性强势力量的控制有关。白豆有了自主要求，是在她经历了几个不同的男人之后才觉醒的。但是，白豆的婚恋和恋人胡铁的悲剧，始终处在一种权力关系之中。吴大姐虽然是个媒婆的角色，但她总是以“组织”的名义给年轻女性以胁迫和压力，她以最简单，也是最不负责任的方式处理了白豆和胡铁、杨来顺的关系。之后，马营长死了老婆，马营长看上了白豆，就意味着白豆必须嫁给他。但当白豆遭到“匿名”的强暴之后，他就可以不再娶白豆而娶了另一个女性。

胡铁不是白豆的强暴者，但当他找到了真正的强暴者杨来顺之后，本来可以洗清冤屈还以清白，但一只眼的罗“首长”却宣布了他新的罪名。也就是说，在权力拥有者那里，是否真的犯罪并不重要，重要的是权力对“犯罪”的命名。胡铁在绝望中复仇，也象征性地自我消失了。在《白豆》里，权力/支配关系是决定人的命运的本质关系。小说揭示的这种关系，在现实社会中并没有消失或者缓解。

但是，如果把白豆、胡铁的悲剧仅仅理解为权力/支配关系是不够的。事实上，民间暴力是权力的合谋者。如果没有杨来顺图谋已久的“匿名”强奸，如果没有杨来顺欲擒故纵富于心计的阴谋，白豆和胡铁的悲剧同样不能发生，或者不至于这样惨烈。因此，在《白豆》的故事里，无论权力还是暴力，都是人性“恶”的表现形式。权力、暴力如果联结着人的欲望，它就会以支配和毁灭的形式诉之于同样的目的：为了满足个体“恶”的欲望，就会制造善和美的悲剧。

《白豆》的写作，使我们有机会重新想起了 19 世纪批判现实主义的文学传统，想起了文学是人学的古老命题。事实上，无论社会、时代发生怎样的变化，人性的本质是不会变化的。我们在反对本质主义判断的同时，对人性不能没有价值判断。《白豆》在延续了关怀人性这一传统的同时，也对文学的悲剧力量给予了新的肯定。我们在很长一段时间里总是感到文学缺乏力量，这与悲剧文学的缺失是有关的。作家董立勃在这一方面的努力，将会唤起文学对悲剧新的理解和认识，旧的美学原则仍然会焕发出新的活力。

莫怀戚的《经典关系》主要叙述的还是“知识阶层”群体——它的主要人物都是有高等教育背景的人。在以往的舆论或意识形态的表达中，“知识阶层”和他们坚守的领域，一直有一层神秘的面纱，他们在不同的叙述中似乎仍然是中国最后的精神和道德堡垒，他们仍然怀有和民众不同的生活信念或道德要求，他们仍然生活在心造的幻影当中。但事实上，在 80 年代中期，知识分子内部的变化就已经开始发生。不同的是，那时知识分子的“动摇”或变化还不是堂而皇之的，他们是怀着复杂的心情离开校园或书房的。进入 90 年代之后，曾经有过关于知识分子经商的大讨论。一些有识之士对知识分子经商给予了坚决的支持。现在看来，这场讨论本身就是知识分子问题的反映：这个惯于坐而论道的阶层总是讷于行动而敏于言辞。但对于勇敢的年轻人来说，他们没有顾忌地实现了自我解放，他们随心所欲地选择了自己喜欢的职业，同时也选择了新的价值观念。如果说，1905 年科举制度终结以前士大夫阶层死抱着从政做官不放，是那个时代的价值观念问题的话，那么，今天的知识阶层死抱着书本不放，其内在的问题并没有本质的不同。当社会提供了身份革命条件的时候，这个犹豫不决的群体总会首先选择观望，然后是指手画脚。

《经典关系》中的人物不是坐而论道的人物。他们无论是主动选择还是被动裹挟，都顺应了时代潮流，在他们新的选择中，重建了新的“经典关系”。经典关系，事实上是日常生活中最常见的关系，它是夫妻、父子、翁婿、师生、情人等血缘和非血缘关系。但人在社会生活结构中的位置发生变化之后，这些关系也就不再是传统的亲情或友情关系，每种关系里都隐含着新的内容，也隐含着利害和危机。

在作者构造的“经典关系”中，那个地质工程师的岳父东方云海处于中心的位置，但这个“中心”是虚设的。在脆弱的家庭伦理关系中，他的中心地位只是个符号而已，在实际生活中他真实的地位是相当边缘的，他难以参与其间。虽然儿女们还恪守着传统的孝道，但他已经不可能再以权威的方式左右他们的生活。他选择了自尽的方式结束自己的生命，与王国维结束自己的生命没有区别，他意识到了他与这个时代已经格格不入。茅草根、南月一以及东方兰、东方红、摩托甚至茅头，他们仿佛在故事中是叙述中心，但他们都不是中心。在故事中每个人都是以自我为中心，那个十岁的毛孩子，为和父亲争夺“姨妈”，甚至不惜开枪射杀他的父亲，使英俊父亲的眼睛只剩下了“一目半”。这个以“自我”为中心的“经典关系”一经被发现，它的戏剧性、残酷性使我们在惊讶之余也不寒而栗。

这时，我们就不得不再一次谈论已经沦为陈词滥调的“现代性”。因为除此之外我们很难作出其他解释。现代性就是复杂性，就是一切都不在我们把握控制之中的历史情境。我们试图构造的历史也同时在构造着我们。谁也不曾想到，自以为是随遇而安的茅草根会被学生兼情人“裹挟”进商海，谁也不会想到东方红会那样有城府地算计她的姐姐，当然也不会想到茅草根的欲望会是那样无边，最后竟“栽”在自己儿子的手中。“经典关系”是复杂的，但又是简单的。说它复杂，是他们必须生活在诸种关系中，没有这些关系也就失去了利益，欲望也无从实现；说它简单，是因为每个人都是以自我为中心。他们虽然良心未泯热情洋溢生机勃勃,但在这种危机四伏的关系中,谁还有可能把握自己的命运呢?茅草根以排演《川江号子》为由逃离了“经典关系”的网络,他似乎对艺术还情有独钟,但事实上这同样是一种出走方式。唯利是图的经济“主战场”并非是他的用武之地,他只能以出走退回到他应该去的地方。

2004 年 5 期的《当代》杂志发表了曹征路的《那儿》,一时石破天惊。在《那儿》那里,曹征路在鲜明地表达自己的情感立场的同时,也不经意间流露了他的矛盾和犹疑。我当时评论这部作品时说:《那儿》的“主旨不是歌颂国企改革的伟大成就,而是意在检讨改革过程中出现的严重问题。国有资产的流失、工人生活的艰窘,工人为捍卫工厂的大义凛然和对社会主义企业的热爱与担忧构成了这部作品的主旋律。当然,小说没有固守在‘阶级’的观念上一味地为传统工人辩护。而是通过工会主席为拯救工厂上访告状、集资受骗、最后无法向工人交代而用气锤砸碎自己的头颅的叙述,表达了一个时代的终结。朱主席站在两个时代的夹缝中,一方面他向着过去,试图挽留已经远去的那个时代,以朴素的情感为工人群体代言并身体力行;一方面,他没有能力面对日趋复杂的当下生活和‘潜规则’。传统的工人在这个时代已经力不从心。小说中那个被命名为‘罗蒂’的狗,是一个重要的隐喻,它的无限忠诚并没有换来朱主席的爱怜,它的被驱赶和千里寻家的故事,感人至深,但它仍然不能逃脱自我毁灭的命运。‘罗蒂’预示着朱主席的命运,可能这是当下书写这类题材最具文学性和思想深刻性的手笔”。事实上,工会主席的处境也是作家曹征路的处境:任何个人在强大的社会变革面前都显得进退维谷,你可以不随波逐流,但要改变它几乎是不可能的。《那儿》引领了中国文学至今仍在持续的“底层文学”的创作,是这一文学现象,使淡出公共视野已久的文学,又和读者缓慢地建立起了关系。这是《当代》坚持现实主义办刊理念的巨大贡献。

1999 年以来,举办《当代》文学拉力赛,坚持公开评委名单、公开评委评语、公开评委投票的原则,使之成为透明度和公信度最高的文学奖项。2004年起,《当代》杂志社增出长篇小说选刊《当代长篇小说选刊》,双月出版,成为那个时代中国唯一的长篇小说选刊。同年,《当代》杂志启动了“长篇小说年度奖”的评选工作。这一奖项因“全透明、零奖金”而受到文学界和媒体的广泛瞩目。当时《当代》杂志副主编周昌义介绍,这一评奖将分别设立专家奖和读者奖,专家和读者分别推选出年度最佳长篇小说。记者在评奖章程中看到,专家奖的评选实行的是“全透明”评选,专家奖评委是在公开场合,当着媒体、读者与作家的面投票,而且是实名投票。周昌义说:“聘请任何专家做评委我们也不敢保证他们没私心,不受干扰。但我们将创造有利于发挥他们才能、表现他们职业良心和水平的环境。实行有记名投票、现场投票、现场唱票,是我们能够想出来的最有力的约束。”周昌义还强调,获奖者没有一分钱奖金:“《当代》以前曾经设10万元大奖,以为奖金越高,就越能引起关注。后来发现读者和作家真正关心的是奖项的口碑,关心评奖过程是否透明公正。”他还表示,不设奖金就不需要拉赞助,就有了不受金钱影响的可能。事实表明,《当代》“长篇小说年度奖”评出的长篇小说,经受住了时间的考验。

《当代》杂志建构了自己健康正大、根基牢固的现实主义办刊传统,同时也造就一批名满天下的编辑队伍。传统是有力量的。相信《当代》在一个伟大传统的影响和昭示下,一定会有更美好的下一个三十五年。

一份杂志与当代中国文学现场

——《文艺争鸣》获奖作品集及文选序

1986年,是"新时期文学"的第十个年头。这一年注定要发生许多重要的文学事件。后来的中国当代文学史记录了这些事件,比如王蒙发表了他重要的长篇小说《活动变人形》、莫言发表了重要的中篇小说《红高粱》、张炜发表了重要的长篇小说《古船》、路遥发表了长篇小说《平凡的世界》;中国社会科学院文学研究所在北京召开了"新时期文学十年学术讨论会"等。如火如荼的时代高潮迭起。同年一月,还有一个重大的文学事件就是《文艺争鸣》杂志的创刊。在80年代气势磅礴的时代大潮中,一个地方性学术刊物的诞生没有引起特别关注是完全可以理解的——80年代的大事件此起彼伏实在太多了。但是,后来的历史证明,这份杂志对于推动中国当代文学创作和批评的发展,对于推动和建构这个时代的学术营垒和格局,其无可替代的地位和重要影响日益深远。二十多年的时间,《文艺争鸣》以其前沿性、学术性和开放性树立了自己健康和积极的学术刊物形象,它在理论、史论和评论等方面推出的大量文章和作者,使其成为名副其实的当代学术重镇。可以说,当代中国从事文学理论、现当代文学研究和文学批评的重要学者,几乎无一例外地在《文艺争鸣》上发表过文章,《文艺争鸣》的显赫地位由此可见一斑。

经过多年的努力,《文艺争鸣》终于将自己打造成为学术名刊。它在学术期刊中的地位是全国中文核心期刊、中国人文社会科学核心期刊、《中文社会科学引文索引》(CSSCI)来源期刊、《中国期刊全文数据库》(CJFD)全文收录期刊。在全国主要社会科学期刊的评价体系的评估中，多年位居文学艺术类期刊影响力排名前列。每年都有多篇文章被《新华文摘》《人大报刊复印资料》《中国社会科学文摘》转载。因其影响广泛，成为各高校文学艺术院系、各社会科学研究机构，以及专家、学者、本科生、研究生的重要专业读物。这些数据和情况，从一个方面反映了当下学术体制对刊物的评价。但是，更重要的可能是来自学者的认同和评价。在《文艺争鸣》百期华诞时，著名学者钱理群为其写下了这样的贺语："她总是在喧嚣中大胆地发出自己独立、清醒、真诚的声音，希望她永远这样走下去，不管前面等待自己的是什么。"①这既是对《文艺争鸣》过去的肯定，也是对其未来的期许。许多年过去之后，我们看到的是《文艺争鸣》不变的学术风骨和不断求新求变的学术抱负，是大批团结在《文艺争鸣》周围的优秀学者和青年才俊诚恳的友谊以及他们最好的文章。这种相互吸引构建了《文艺争鸣》稳定和良性的学术环境。

在权力和等级无处不在的时代，作为一个地方刊物，要想脱颖而出实现自己的学术理想和抱负，其艰难可想而知。无论是学术资本还是金融资本，《文艺争鸣》都不像国家级刊物那样具有先天优势。它的优势是后天逐步创建起来的。创刊以来，《文艺争鸣》因坚持前沿性、学术性、包容性而形成了自己鲜明的风格和特征。所谓前沿性，就是引领学术风潮，以敏锐的学术视野发现新问题或及时地参与当下最重要的学术话题。这也是《文艺争鸣》一贯的特色。翻开刊物，扑面而来的诸如"当代文学研究的危机""当代文化现象批判""20世纪中国文艺纵横""近百年来中国文学史研究反思""新世纪文学研究""新世纪文艺学的前沿反思"等栏目或话题的提出，以及对"人文精神"大讨论、底层写作、打工文学等重要文学话题的提出和参与，显示出编者宏阔的学术眼光的同时，也显示了他们深切的国家民族关怀。人文学科领域里的任何学术话题，都隐含着学者、编者的价值立场和现实关怀。这也正是人文学科的终极功能和意义。

所谓的"学术性"，是指研究、探讨的内容具有专门性和系统性，也就是以学科领域里某一专业性问题作为研究对象，用科学的方法、创造性思维发现问题和解决问题。多年来,学术性是《文艺争鸣》赖以存在和不断发展的基础,也是吸引、凝聚和团结学者队伍的保证。在不同时期,我们既可以读到诸如对“日常生活审美化”“文学的祛魅”“先锋与常态”等问题的讨论,同时可以看到长期设置的栏目如“当代文学论坛”“新世纪文学研究”“新时期文学研究”“文学史视野”“史料与纪事”等。这些问题的提出及栏目设置,显示了编者对本学科学术性的理解所能达到的深度。事实上,这些问题不仅一直为学界所关注,而且,与文学相关学科的学术研究,几乎就是围绕这些问题展开的。因此,《文艺争鸣》因其学术性在理论学术类期刊的阅读点击率排在前十名,进入了 TOP10。

所谓包容性,一是指刊物能够容纳不同的观点和看法——“文艺争鸣”如果没有不同的观点和看法,其“争鸣”不啻为空谈。因此,《文艺争鸣》不仅发表原创的、有新发现、新观点的文章,同时也发表意见不同甚至观点截然相反的文章,有的文章甚至相当激进;但是,只要言之成理、持之有据,编者都能容纳。海纳百川是《文艺争鸣》的一大特点。另一方面,编者能够团结、容纳不同性格、风格的作者。这一点在今天尤为重要。我们知道,当下的学术体制,刊物是一个“权力机构”。从大的方面说,它引导或制约学术生产和传播;小的方面,它可以因个人趣味和偏好,决定某个学术群体或个人与刊物的关系。我们见过一些刊物的编者,由于修养或价值观问题,他们将自己拥有的学术权力迅速地转换成了“权势”,特别是在年轻学者面前。他们更感兴趣的不是发现作者和文章,而是到各高校做“座上宾”,坐“主席台”。把学术权力变为个人资本,把刊物变成了个人的“卡拉 OK 包房”。这种现象,与这个时代不断凸显的权力意识、等级观念处在一个结构里面。因此,这是非常不堪的现象和腐朽的价值观。一位批评家在一次演说中说:“多年前,罗朗·巴特在法兰西学院就职演说中,没有花多少篇幅去表达他的学术观点,而是大谈文学和权势的关系。这个人终其一生都痛恨权势,在他后来名满巴黎的年月,他本来可以利用权势,但他没有这么做。远离权势,作为一个自由的、依靠自己的话语力量生存的批评家，巴特始终保持着批评应有的自尊。”② 真正的学者当然不会理会这种权势，尽管它还会以不同的方式存在。可以肯定的是，《文艺争鸣》的包容性使刊物和作者一直保持着一种健康正常的关系。这实在是太难能可贵了。

现在《文艺争鸣》杂志将 1995—2002 年获奖的文章汇编成书，并编选了 2002—2012 年发表的优秀论文。汇编这些文章，对杂志来说，既是一种回顾和检视，也是一种收获和总结；对读者来说，能够用一种简便的方式集中阅读《文艺争鸣》多年积累的优秀文章，自然有意外的惊喜。应该说，这些文章从一个方面代表了《文艺争鸣》在近二十年的时间里的办刊水准，也从一个方面表达了《文艺争鸣》的学术理念和价值观。集中阅读这些文章，我心中也不免感慨。这些文章从某个方面构成了这个时段的文学历史，其中很多重要文章联系着中国文学的重要时刻。因此，阅读这些文章似乎又回到了这一时期文学史的现场，它帮助我们复原了不同时期的历史语境，也帮助我们认识知识分子这一群体在当下的环境里的变化和选择。其中，我感受尤深的是《文艺争鸣》对青年学者的提携和培养。打开获奖文章目录，我们发现有许多“60 后”学者的名字，比如张新颖、倪伟、李震声、葛红兵、摩罗、扬帆、王世诚、李继凯、王彬彬、敬文东以及“70 后”的黄发有、蒋泥等。90 年代，“60 后”学者大多三十岁出头，他们风华正茂锐气十足，面对 80 年代激情万丈烽烟四起的文坛，他们还难以成为主角。因此，“看客”的身份于他们说来也许太久了。因此，90 年代正是他们一展身手的好时机。果然，他们怀珠握玉出手不凡。当然，他们也同时遇到了《文艺争鸣》有眼光和胸襟的编者们。杂志不仅为他们提供发表文章的阵地，同时也在评奖中极力地举荐了他们。

我记忆犹新的是《文艺争鸣》对年轻学者摩罗的推举。打开获奖篇目，摩罗曾三届获奖，这不仅在《文艺争鸣》评奖中是唯一的一个。我想其他评奖连中三元大概也是凤毛麟角。杂志的编者对摩罗的厚爱可见一斑。应该说，摩罗那个年代写下的文章不是用新意可以形容的,他的锐气、勇气和见解,有如空谷足音一鸣惊人。他获奖的三篇文章分别是《论当代中国作家的精神资源》(1996)、《虚妄的献祭:启蒙情结与英雄原型》(1998)、《论中国文学的悲剧缺失》(1999)。我仅以《论当代中国作家的精神资源》为例,试图说明摩罗当年的思想风华。在人文精神大讨论尚未落幕的年代,摩罗文章的主旨或要解决的问题是"站在20世纪的末端,我们究竟该怎样认同自己的精神资源?在这个问题上,我们曾经有过什么样的迷失?今天应该有怎样的反思?我们的笔应该伸向哪里?我们用以烛照生活的精神之光应该是什么?它能够从何产生?这是些颇为复杂同时也颇为重大的问题,不是一本书或一篇文章能说清楚的,甚至也不是几年间就能明朗的。本文只能表现出关注这些问题、触及这些问题的愿望"。[3]他的话语方式和关注的问题,延续了百年中国知识分子的忧患传统,同时也对知识分子自身提出了严厉的质疑和批判。也只有在1996年的语境中,才能产生这样的文章。即便今天看来,文章提出的问题仍然语焉不详,仍然是有重要价值的。因此这篇文章列为1996年获奖文章之首。当时的评委们给文章极高的评价,认为:"这篇论文有一种给人当头棒喝的感觉,从学术角度说,也反映了研究者对知识分子传统和现实处境的严肃反思""这是我一年来最喜欢的论文之一,作者的精神态度令人感动。他是抓住了当代文学的病根的,像这样去分析当代作家的创作,探索中国文学未来的道路,才是体现了文学批评的价值和意义",论文提出的问题,"都是本世纪中国知识分子精神史上的最具尖锐性的问题,作者敢于正视这些问题,表现了难能可贵的科学态度与理论勇气。而作者对这些问题的展开与分析,都具有创造性与启发性,并有一定的理论深度"[4]。这些资料不仅反映了那个年代知识界的情感态度和问题意识,同时也从一个方面表达了《文艺争鸣》举荐青年学者的不遗余力。但后来摩罗离开了他90年代的立场,当然也离开了《耻辱者手记》《自由的歌谣》等作品的立场。他认同了另外一种观念,他当然有自己选择的自由。

评奖和文选见仁见智，总难免有遗珠之憾。但是，就目前看到的获奖和文选篇目而言，应该说即便放到全国的范围内评价，也都是好文章，这是没有问题的。通过这些文章，我们也看到了《文艺争鸣》的编者们，践行了创刊时老一代学者公木先生的嘱托与期许，这就是“真正的争鸣在于追求”。[5]当然，《文艺争鸣》的追求，不是唯新是举，不是新的就是好的。它是在“守正创新”的基础上实现的。或者说，中国的现代性一味追新逐潮，并没有得到全部希望得到的，某些新事物也是带着它负面的东西一起来到我们面前的。因此，有时对“新”的警觉也未必是一件坏事。如果是这样的话，那么，我期待《文艺争鸣》在不断探索、不断追求的道路上走得更远，为当代中国文学做出更重要的贡献。

注释：

① 钱理群：《文艺争鸣》百期华诞贺语，《文艺争鸣》2002 年第 3 期。

② 陈晓明：《2002 年度批评家获奖演说》，华语传媒文学大奖网站，2003 年 4 月 21 日。

③ 摩罗：《论当代中国作家的精神资源》，《文艺争鸣》1996 年第 5 期。

④ 《1996 年“文艺争鸣奖”评选揭晓》，《文艺争鸣》1997 第第 2 期。

⑤ 公木：《真正的争鸣在于追求》，《文艺争鸣》1986 年创刊号。

《广州文艺》与都市文学

——写在《广州文艺》改刊之际

2009 年 11 月 10 日至 13 日，《广州文艺》在广东从化召开了“都市文学”研讨会。“都市文学”虽然还是一个暧昧不明的概念，但与会者都意识到了当下中国的城市化进程对文学的巨大影响。事实也的确如此。都市文学的数量日益增多，不仅有都市生活经验的作家写都市，而且在其他领域展开故事的作家也相继参与其中，在 2009 年将目光和笔触转移到都市的作家日益增多。但今天的都市早已不是古典欧洲的巴黎、维也纳或罗马。我们很难打捞出当代中国的都市文化经验，它像一只变幻莫测的万花筒，光怪陆离难以捉摸。因此，中国当代都市的文化经验，仍然是一个不确定的经验。这种不确定性，我们在不同作家的不同书写中得到了确证。

但是，由《广州文艺》领衔主演都市文学，也不是没有缘由的空穴来风。在中国现代文学史上，虽然先后出现了诸如《子夜》、施蛰存、刘呐欧、叶灵凤的“新感觉派”以及 50 年代出现的周而复的《上海的早晨》等书写都市文学的作品。但这些小说，还不是我们今天所说的“都市文学”。《子夜》要表达的还是民族资产阶级与买办资产阶级的较量与争斗；《上海的早晨》要表达的是新中国成立初期上海对资本主义工商业进行社会主义改造的过程。他们都不是今天我们所说的“都市文学”。但 1959 年出版的欧阳山的《三家巷》以及秦牧的《花城》等散文，陈国凯的《羊城一夜》，后来张梅、张欣的小说、《情满珠江》等电视剧，逐渐地进入了我们想象的“都市文学”的模样。因此，广州应该是中国都市文学的发祥地和大本营。上海虽然更现代、更都市化,但在王安忆、程乃珊的作品中,似乎旧上海的味道更浓一些,她们接续的是张爱玲的遗风流韵;卫慧的《上海宝贝》《蝴蝶的尖叫》、棉棉的《糖》《啦啦啦》才华横溢,但因过于时尚而流于都市生活的表面。如此说来,事实上"都市文学"在我们的文学生活中还没有真正地形成,或者说它仍在形成或探索的过程中。

这种状况与我们熟悉或成就最大的乡土文学是大不相同的。乡土记忆是我们民族共同的文化记忆,无论是"农村题材"还是"乡土文学",我们都无须识别就可以感知它是否与本土文化有关。因此,中国在本质上或文化基因上还是一个"乡土中国"。我们不仅可以在鲁迅、沈从文、废名的作品中感受乡土的诗意与宁静,也可以在《太阳照在桑干河上》《暴风骤雨》《红旗谱》《创业史》中感知中国历史或社会变革的过程。甚至在《艳阳天》《金光大道》中,仍然可以看到乡土中国那些不变的生活元素。比如乡风乡俗、乡村伦理、土地观念等核心价值观。中国现代文学史上乡土文学的发生,一开始就蕴含着一个有趣的现象:乡土文学作者并不是在乡村写出"乡土文学"的,而是一批离开了故乡,在都市生活中接受了现代文明洗礼的青年人。这时的乡村,是一个只可想象而难以经验的"乌托邦"。他们再回过头来看自己生活过的乡村时,就是城市的"镜中之像"。因此,"乡土文学"是被城市发现的,或者说乡村文明是被现代城市文明发现的。用"镜像理论"解释"乡土文学"的发生,虽然有些牵强,但我们应该承认的是,没有现代城市文明,或者说,来自乡村的知识分子如果没有经历城市文明,我们所看到的"乡土文学"是不会出现的。

但都市文学就不同了。对于有着强烈的农民文化记忆的中国的社会主义者来说,对城市的看法一开始就是十分复杂的。城市既是商业文化中心、是行政管理中心、是现代化的表意符号,同时又是引诱享乐、声色犬马、腐败堕落、香风毒雾的所在。对城市的占领是革命取得最后胜利的象征,但对城市的警觉排斥和耿耿于怀又是挥之不去的。因此,对于城市的社会主义文化领导权,就成为革命后的一个重要问题。对于执政者来说,一方面要实现现代化,并用"五年计划”的方式将中国的现代化进程列出时间表。另一方面，出于革命历史经验，他们认为只有保持“非城市化”的生活方式——革命战争时期的艰苦朴素的作风，才能保有无产阶级和社会主义者的本色，才能与资产阶级的生活方式保持必要的距离。这是一种典型的“前现代”的思想方式，在实现现代化之前，描绘前景并奋力实践，展现勃勃雄心是这个时代的一大特征，就像普通的农民，一个“发家致富”的口号，就可以调动全家乃至一个阶级的激情和奋斗的信念。因此，在思想文化领域、意识形态领域反城市的倾向，是中国农民文化在社会主义初期的一种紧张的反映。这种“保守主义”的城市态度，作为主流思想和统治思想的一部分，一方面缓解了官僚主义、权力腐败的进程，提高了社会主义现代化的效率；一方面，也延缓、阻碍了城市化的进程。商业化是现代城市的主要特征之一，它具有组织消费、引领时尚、促进流通、加快生产周期的功能，但同时它也具有社会主义思想所要抵制的、毛泽东曾告诫过的、须引起注意的“软化”功能。或者说，一方面我们要加快工业化进程，一方面要抵制城市文化的诱惑。因此，初期“社会主义现代化”的思想和实践，有着鲜明的道德理想主义的色彩。对这一点，文学艺术不仅维护了它，而且还无意中放大、夸大了这一道德理想的激情和伦理意义。当代中国最先批判的文学作品就是与都市文学相关的作品。比如萧也牧的《我们夫妇之间》，当代都市文学刚一抬头就遭到了打压，被认为是“依据小资产阶级观点、趣味来观察生活，表现生活的小说”。因此，包括都市文学在内的都市文化在中国的现代性中是受到挤压的，这也可以称作是毛泽东的“反现代的现代性”。五六十年代演出的《霓虹灯下的哨兵》《年轻的一代》《千万不要忘记》等，都是要警惕城市的“香风毒雾”和资产阶级生活方式。这是我们的都市文学不发达的重要原因之一。在那个时代，城市似乎不属于我们而只属于资产阶级，但革命队伍还是进了城并且迷恋——被放逐农村的知识青年和“五七干部”还是盼望早日回城。因此中国的现代性一直处在不确定之中，至今也仍然没有成为过去。

以广州为中心的“珠三角”,是中国最发达的地区之一,也是中国城市化进程最快的地区之一。悠久的城市历史和当代城市文化经验相对丰富,这里不断产生都市文学在情理之中。但是,在中国究竟什么样的文学才是“都市文学”,仍然莫衷一是。如此说来,“都市文学”还不是一个自明性的概念,它仍在生成的过程之中。这一点与现代都市文学不同,现代都市文学似乎都是由“贵族”创造的,比如张爱玲的《倾城之恋》、白先勇的《永远的尹雪艳》等。那里的生活方式、场景以及人物关系是乡土文学和市民文学中不曾出现的。但那毕竟是过去的都市文学,在那个时代,没有贵族就没有都市文学。但今天的情况大不相同了,虽然富人很多,但没有贵族。这个情况表明,今天的都市文学不仅有更广阔的空间,而且也更趋于复杂。对都市文学,无论我们怀有怎样的想象和期待都不过分。事实上,所谓的“官场文学”,以及“打工文学”、时尚文化、中产阶级趣味和网络文学等,都为都市文学积累了丰富的前提、基础和经验。都市文学的发生发展,首先不是一个理论问题,而是实践问题。我相信在《广州文艺》雄心勃勃的努力和奋力打造下,这一文学现象一定会蓬勃发展并形成气候。它将带给我们全新的文学经验,那是因为它与都市生活建立了新的精神或灵魂的联系。

北京短篇小说60年

北京是当代中国的政治、文化中心，当然也无可非议地是中国当代文学的重镇。北京是五四新文化运动的发祥地，这个伟大的传统一直深刻地影响着将近百年的北京作家，他们内心具有强烈的国家民族关怀，对社会公共事务的热情参与和积极态度，使北京的文学气象宏大而高远；新中国成立初始，散居全国各地的大批优秀作家聚集北京，或从事专业创作或担任文学领导职务。丰厚的文学人才资源在北京构筑起了独特的文学气氛：所谓“文坛”，在北京是一个真实的存在。在这个专业领域内，竞争构成了一种危机也同时构成了一种真正的动力，特别是在当下的文化语境中，这是为数不多的可以畅所欲言文学的地方。这是北京的骄傲；独特的地理位置以及开放的国内、国际环境，使北京作家有了一种得天独厚的文学条件，各种文学信息在北京会集，专业的、业余的、“北漂”的文学人以及国际的文学消息和文学家的彼此往来，使北京文坛具有了不同于其他地方的视野和气氛。因此，在不同的历史时期，北京包括小说在内的文学创作，都因其对社会和现实世界的敏锐感知和宽广视野，因其不同凡响的万千气象而备受瞩目。它引领着中国文学的发展，它制造潮流也反击潮流，它产生大师也颠覆大师，它造就文化英雄也批判文化英雄……北京是当代中国最大的文学和文化发祥地与实验场，从某种意义上说，北京就是中国文学和文化的缩影。这里编选了从新中国成立初期一直到现在的北京短篇小说作家60人的60部作品，它从一个侧面反映了新中国成立60年来北京短篇小说创作的大体面貌，形成了北京一道抢眼的文学风景。短篇小说作为一个独特的文体，自有其内在的创作规律。但作为一个轻便的文体,它又每每引领文学变革潮流,既得风气之先也遭遇弹劾棒喝。进入新中国成立初期,许多作家在迷茫探索中也不经意地延续了自己的文学经验或创作路数,其中赵树理就是一个典型。赵树理是毛泽东文艺思想哺育成长的有代表性的作家。1943 年 5 月——毛泽东的《在延安文艺座谈会上的讲话》发表一周年的时候,赵树理发表了他的成名作《小二黑结婚》。1946 年 8 月 26 日的《解放日报》发表了周扬的《论赵树理的创作》一文,文中盛赞《小二黑结婚》"是在讴歌新社会的胜利(只有在这种社会里,农民才能享受自由恋爱的正当权利),讴歌农民的胜利(他们开始掌握自己的命运,懂得为更好的命运斗争),讴歌农民中开明、进步的因素对愚昧、落后、迷信等因素的胜利,最后也最重要,讴歌农民对恶霸势力的胜利"。在艺术上,"作者在任何叙述描写时,都是用群众的语言,而这些语言是充满了何等的魅力啊!这种魅力是只有从生活中,从群众中才能取得的"。而《李有才板话》,"简直可以说是一个杰作"。从《小二黑结婚》开始,赵树理成为实践《讲话》精神的楷模,是"方向"和"旗帜",是一位"人民艺术家"。他的作品被视为人民文艺的"经典"。当然,也正是从赵树理开始,在中国现代文学史上才第一次出现了活泼、健朗、正面的中国农民形象,中国最底层的民众才真正成为书写对象。但是,进入新中国成立文学的激进时期之后,对赵树理的评价开始发生了分歧和反复。这不仅与赵树理在这一阶段的创作有关,而且更与激进时期文学观念的变化有关。这里编选了赵树理的《登记》,是《小二黑结婚》之后又一涉及婚恋题材的小说。不同的是,在《小二黑结婚》中,区长只用一句话,便解决了农村包办婚姻这一巨大难题。但在 1950 年发表的《登记》中,同样是共产党干部的村民事主任,却蛮横地不准自由恋爱的农民登记,让艾艾和小晚无可奈何,直到《婚姻法》公布才终成眷属。

《登记》作为"问题小说",显示了赵树理认识生活的深刻性和对农村生活的熟悉程度。此后,他坚持的创作道路引起了巨大争议,他的道路不再被认为是“方向”或“旗帜”。但赵树理的困惑显然不是他个人的困惑。

1956年第9期《人民文学》发表了王蒙的短篇小说《组织部新来的年轻人》。这是一篇充满青春气息的小说，主人公林震作为制度和政治生活的“他者”，以年轻人单纯、理想和浪漫的情怀走进了“组织部”。他曾尊敬的上级和同事对工作和人生的态度，却是以他不能接受的方式出现，在他狐疑不解的目光中，刘世吾冷漠又消极，处世哲学得过且过；韩常新世故而虚浮却得到重用；王清泉是典型的新官僚主义却被容忍；“组织部”处理日常工作的效率极低，而且形式主义猖獗等。这些问题使一个年轻人的内心充满焦虑不安，但他没有能力改变这一切。这些在日常生活中表现出的问题，从一个方面透露了社会已经出现的危机。年轻人浪漫的想象和观察到的一切形成了鲜明的反差。《组织部新来的年轻人》被认为是“干预生活”的代表性作品，小说发表不久便展开了激烈的论争。半个多世纪过去之后，历史证明这是王蒙创作的最好的短篇小说之一。

浩然是一位有巨大争议的作家，但浩然肯定是一位书写当代中国农村生活成就卓著的作家。《艳阳天》《金光大道》等对阶级斗争夸大的书写，确实存有问题，文学史和批评家对此有大量评价，但责任是否都应作家浩然来负，或者浩然应该负有怎样的责任，还需更深入的研究。对历史的情感记忆不能替代对历史合理的评价。这里编选的《喜鹊登枝》，是浩然发表的第一个成功短篇小说，为此他曾努力过七年。当时新婚姻法刚颁布不久，文艺界出现了一批配合宣传新婚姻法的作品。这些作品基本是青年男女恋爱，父母反对，领导支持，最后终成眷属的“小二黑”套式。浩然却根据自己对生活的认识和对文学的理解，写出了一个老人拥护新婚姻法，支持和帮助女儿自由恋爱，建立美满婚姻的新鲜故事。在那个时代，《喜鹊登枝》的清新之风令人耳目一新。

赵树理、王蒙、浩然在中国当代文学史上都是产生了重大影响的作家，他们在20世纪50年代的文学经验，是中国当代文学经验重要的一部分，其影响仍在或隐或显地持续。此外，老舍的《电话》、端木蕻良的《蜜》、骆宾基的《山区收购站》、管桦的《三支火把》等，也各有千秋，他们对那个时代文学的理解以及书写对象的选择，在今天已经成为重要的文学遗产。

"文化大革命"结束之后，发生于北京的历次文学运动，也包括"文革"期间"地下文学"的浮出水面，都对当代中国文学的发展产生了不可估量的影响。80年代的北京是中国不可替代的文学中心，几代文学家共同构筑起了北京的文学长城。1977年第11期《人民文学》发表了刘新武的《班主任》，一文既出石破天惊。《班主任》开启了一个新的话语时代，无论它的内容还是叙事方式，都具有鲜明的启蒙主义文学意味。这一文学和作家的自我定位，重新确定了知识分子在时代转型期的社会角色。对于文学和知识分子阶层而言，它的意义还要宽泛得多。它改变了以往知识分子作为"被改造对象"的身份，重新成为一个启蒙者，这一角色尽管表达了作者的某种幻觉，但却重新确立了知识分子作为主体的自信与尊严感；作品深刻地揭示了社会的精神危机，当这一危机通过幼小心灵的紧张来表达时，就更具有冲击和震撼力。而这一揭示本身所传达的则是知识分子自身的再度觉醒和"以文入世"传统的恢复，社会理想人格将在知识分子的想象中重新设定。那是一个曙色初临但又情况不明的时代，它蕴含的新的历史信息使它成为一部当之无愧的"文学史经典"。

整整两年后，1979年的《北京文艺》发表了张洁的《爱，是不能忘记的》。这是一部理想主义的爱情颂歌和挽歌，是对理想爱情的无声言说和向往。如果用一句话来概括小说，就是女儿叙述了母亲一生爱的不幸。女主人公钟雨有过婚姻生活，但那是自己还不了解"追求的、需要的是什么"的婚姻，那并不是爱情。在女儿很小的时候，她就同那位"相当漂亮的、公子哥儿"式的人物分手了。后来她遇到了一位老干部，一位老地下工作者，他们一见钟情，并结下了不解之缘，他占据了她二十多年的感情，但从未越雷池一步，因为老干部已经有了"幸福"的家庭，而这一家庭的组合充满了神圣的殉道色彩,它虽不是爱情,但它是责任、阶级情谊和对死者的感念。女主人公对这些没有正面评价,但潜意识中她是愿意维护的,甚至被老干部的崇高精神和选择感动过。女主人公找到了爱情却又无法拥有,这便构成了这位女作家一生爱的不幸。她只能在冥想中与他相会,而现实中却连手都没握过一下。她以自己爱的哲学去教导自己的女儿,以至于使一个30岁的老姑娘真的产生了"我不想嫁人"的冲动。张洁也因这篇小说而有了"淡淡的哀愁"的独特风格。张洁以极大的勇气探寻并揭示了人在情感领域的隐痛,将那隐秘的角落公之于世,开启了对人的关怀诉之于个人情感领域的先河。

20世纪80年代初期,当汪曾祺重新以小说家身份面世时,他那股清新飘逸、隽永空灵之风,给文学界带来的艺术震动同样巨大。批评界因无以表达而保持了短暂的缄默。80年代最初两年,汪曾祺连续写作了《黄油烙饼》《异秉》《受戒》《岁寒三友》《天鹅之死》《大淖记事》《七里茶坊》《鸡毛》《故里杂记》《徙》《晚饭花》《皮凤之楦房子》等小说。这些故事连同它的叙事态度,仿佛是一位鹤发童颜的天外来客,他并不参与人们对"当下"问题不依不饶的纠缠,而是兴致盎然地独自叙说起他的日常生活往事。《受戒》,本应是写佛门故事的,但小说中的佛门显然已经世俗化,那个叫明子的和尚,不仅可以随意地同女孩小英子交往,其他和尚也可娶妻生子,赌博骂人,高兴了唱小调,过年也杀猪吃肉,不同的只是例行公事地念一通"往生咒"给世人听。佛门的戒律清规荡然无存,即使是在做法事放焰口时,和尚们也一如游戏,年轻和尚甚至大出风头,引些姑娘媳妇私奔快乐去了。因此,在庵赵庄,和尚与俗人并没什么不同,它极类似一个职业,如同有的地方出弹棉花的,有的地方出画匠,有的地方出婊子一样,明子的家乡就出和尚。出和尚也成了一种乡风。小说的用意显然不在于表达作者对佛门佛事的探讨。重要的是,它传达出了日常生活快乐的情调,传达出了普通人对生活的乐观态度。那白描的笔致和简约的语言,也教科书般地影响了当代小说的创作。

与汪曾祺齐名的短篇小说大师是林斤澜先生。他的《头像》在当时也是振聋发聩之作:“这是一块黄杨树顶,上尖下圆。留着原树皮,只上尖下圆地开出一张脸来。原树皮就像头发,也可以说是头巾从额上分两边披散下来。这脸是少妇型的长脸。老麦当然立刻看出来,那比例是不写实的。头发或者头巾下边露出来的尖尖脑门,占全脸的三分之一。弯弯的眉毛,从眉毛到下边的眼睛,竟有一个鼻子的长度。我的天,这么长这么长的眼皮呀。眼睛是半闭的。这以下是写实的端正的鼻子,写实的紧闭的嘴唇。这是一个沉思的面容。没有这样的脑门和这样长长的眼皮,仿佛思索盘旋不开。森林里常有苍老的大树,重重叠叠的枝叶挂下来,伞盖一般笼罩下来,老树笼罩在沉思之中。这个少妇头像,是沉思的老树的精灵。”在1981年林先生就有这样的笔法,实在是令人叹为观止。如果说汪曾祺的小说是抒情的,那么,林斤澜的小说就是象征的。

史铁生是“知青文学”重要的作家。这个重要,是指史铁生发现了知青生活的另一种危机和可能。在《遥远的清平湾》中,史铁生笔下的陕北山村生活不再那么沉重无比,虽然仍旧贫困,却因其日常化叙述的温馨而充满了诗意,民间的幸福感和对小小愿望的追求以及陌生人的亲情,都重新让叙述人向往无比,对“清平湾”一声悠长的喟叹,道出了史铁生对城市印象的无限感慨。那如诗如画式的梦幻遥想,缓释了他重返城市而缺乏准备的内心恐慌,同时也为人们审美阅读置换了激进思想的连续冲击。但这种怀旧式的情调也恰好证实了知青一代的精神处境。他们再也没有悲壮可言,几番失落,欲说还休,知青的“英雄”末路不期而至。就连“硬派”人物张承志,在回草原“探家”南归时,也深为“那个游牧的家出动了全部人马”为他送行而感动不已,这个家的无论老小都“为我流下了惜别的泪水”。他为之动容的沉重心情,被打动的仍然是温馨淳朴的乡情和未被城市文明浸染的传统伦理。

郑万隆的《老棒子酒馆》,是“寻根文学”的先声之一。一个东北汉子带有初民状态的活法和强悍性格,以及小说的新写法,都给文坛带来了新的气象。陈三脚以及《陶罐》中的赵捞子、《狗头金》中的王结实,就如此生动地留在了那个时代。郑万隆在这里发现的是:人靠什么活着?那些深山老林的淘金人被放逐于知识分子的话语之外,放逐于人类进步与文明之外,他们身处文明与野蛮的边缘,但他们仍需要一个精神的“支点”,仍靠一个“念想”活下去,许多复杂的纠缠不清的道理在这里简化为一个形而上的“问题”,一个“超时空的哲学冥思”,这里所要表述的同样是当代人的精神焦虑。

刘恒的《狗日的粮食》,应该是最早的“新历史主义小说”之一,小说写尽了一个农民家庭贫困交加的日常生活。在传统的“农村题材”小说中,一个历史观是不容置疑的:中国农村和广大农民已经找到了通往未来的道路,在这个道路上他们将实现自己的梦想。但《狗日的粮食》中,这个历史观遭到了质疑,杨天宽一家一直因粮食而困扰,饥饿是他们挥之难去的梦魇。刘恒对中国农村思想路线的检讨所达到的高度,至今仍给人以巨大的启发。

曹文轩是书写儿童文学的当代圣手,他们的儿童文学作品在孩子们那里有难以估量的读者。但如果认为曹文轩仅仅是一个儿童文学作家就错了。这里编选的《忧郁的田园》是一篇难得的短篇佳作,他写得宁静致远韵味无穷。看到细茶很自然地想到沈从文《边城》中的潇潇,不同的是,细茶最后的悲剧余音绕梁令人难以释怀。

80 年代北京文坛是个群星璀璨的年代,“伤痕文学”“反思文学”“现代派文学”“寻根文学”一直到“先锋文学”,都有领袖人物和代表性作品,北京短篇小说在国内的地位可见一斑。当然,也有“没门没派”的作家作品横空出世。陈建功的《丹凤眼》将工人阶级的爱情写得如此浪漫而美好;邓友梅的《寻访画儿韩》构思的精致令人拍案惊奇;刘锦云、王毅的《笨人王老大》专注一个人物的书写;刘绍棠的《蛾眉》将运河风情跃然纸上;张承志的《大坂》场景具体却气象万千;刘庆邦的《走窑汉》将一段隐情秘史写得如惊雷裂天;谌容的《减去十岁》是荒诞的狂欢;林白的《日午》在一个舞蹈演员的身上演绎出了“文革”的历史;陈染的《纸片儿》写出了一段古怪离奇的历史和一个扑朔迷离的女性人生。如此等等,斑斓缤纷的色彩共同构筑了北京短篇小说绚烂的天空。那个时代,北京文坛几代同堂人才济济,他们共同描绘了一个文学的大时代。

20 世纪 90 年代,文学的处境发生了变化,但这个变化并没有影响北京作家对文学试图重新理解和书写的努力,因此它作为文学生产、传播以及评论的中心地位并没有被颠覆。不同的是,在这个真正的文学领域,那种单一的、“宏大”的社会历史叙事,正被代之以具体的、个性的、丰富的、复杂的,以及宏大和边缘等共同构成的多样文学景观。多样化或多元化的文学格局,不仅仅是一种理想而是已经成为一种现实。他们共同面对当下中国的生活,共同享用来自不同方面的艺术资源,但由于个人阅历、知识背景、取资范围以及对文学理解等因素的差异,他们的作品所呈现出来的面貌可以说是千姿百态各有风骚。社会生活的急速变化,使北京作家不再简单地面对高端意识形态风云,而是普遍放低了观察和想象视角,对日常生活、特别是对普通人日常生活的关注,对变革时代心灵苦难的关注,成为一种创作的常态。

王芫的《旗袍》、丁天的《幼儿园》,在 90 年代中期好评如潮。他们对成长和精神领域的关注以及所能达到的深刻程度,为那个时代的短篇小说带来了崭新的气象;徐坤的《厨房》,则一反女性主义的立场,在红尘滚滚的时代,看到了女性宿命般的悲剧,她对具体细节的处理尤其值得注意;阎连科多年来争议颇多毁誉参半,但他是一个有理想、有抱负的作家。《黑猪毛白猪毛》的尖锐性仍然令人触目惊心,他对社会病症揭示和针砭的勇气理应得到鼓励;荆永鸣的《创可贴》写的是“底层文学”,但他更关注的是“底层人”心灵或精神的世界,他们真实的苦闷并不仅仅是生存的苦难;毕淑敏的《藏红花》是一篇题材独特的作品,它所表达的古典气息在当下的文学语境中不仅凤毛麟角,而且恍如隔世,普通人质朴的崇高一如高山雪冠;温亚军的《成人礼》有欧·亨利的遗风流韵,结尾处犹如一束阳光照亮全篇;邱华栋是书写城市青年生活的行家里手,但《里面全是玻璃的河》的故事却在一对青年夫妇间展开,他们恩爱而陌生,一碗鱼汤将人性隔在两个岸边;这里最年轻的作家是张悦然,她的《葵花走失在1890》,让我们有机会领略了最年轻的北京作家的文学风采,她奇异的语言和想象,她感受生活和文学的方式,都为我们带来了新的经验。

这些年轻或不年轻的作家游弋于广袤的历史、文化空间,沐浴着现代性暧昧的晨风,散兵游勇似的各行其是。但当我集中地阅读他们之后,却发现自己也身置其间,我们不能解释现代性的历史真相,却真实地体验了现代性的历史馈赠。北京作家来自四面八方,他们带着个人不同的记忆和情感编织着熟悉而陌生的故事。这个选本只是北京作家60年来创作的一部分,但它却可以在某种意义上代表了北京作家60年来的创作实绩。在我看来,这些作品既有北京作家擅长的宏大叙事的依托和立场,也有对具体人性的描摹和体验;既有对遥远历史的想象和虚构,也有对当下现实的洞察和追问。总体说来,北京短篇小说作家诚实的思考和写作,使他们成为当代中国最积极和健康的文学力量。无论是“十七年”间他们对理想和信仰的书写、对社会问题的追问,还是新时期以来他们在“拨乱反正”中的贡献、对文学潮流的引领,以及90年代之后他们对奇观、时尚、色情以及中产阶级艺术趣味的拒绝,在以现实主义文学精神为基点展开的写作中,都表达了他们对当代中国和普通人命运的真实关切。这不仅显示了他们的情怀和气象,同时也显示了他们的艺术品格和没有犹疑的文学信念。文学已经被无数次地宣告死亡,但文学并没有也不会死去。文学在社会生活结构中的地位虽然发生了变化,但我们看到的却是仍在燃烧不熄的文学之火。在北京的文学天空中,短篇小说就这样构成了一道闪亮的风景,这是北京乃至中国文学辉煌的历史和再度复兴的希望之光。

当代文学地理学与本土经验

文学与地域的关系,应该说从《诗经》就已经存在,比如其中的十五国风。古代文学的经典文献也多有对文学与地域关系的看法。但是系统的文学地域性研究,大概始于清代。普遍的看法是始于1905年刘师培发表的《南北文学不同论》。他从多个方面论述了南北文学的差异,并揭示了地域因素对文学的影响。后来梁启超率先提出了"文学地理"这一概念,与今天的"文学地域性"有通约关系。1923年,周作人在《地方与文艺》中说:"风土与住民有密切的关系,大家都是知道的,所以各国文学各有特色,就是一国之中也可以因了地域显出一种不同的风格,譬如法国的南方普洛凡斯的文人作品,与北法兰西便有不同,在中国这样广大的国土当然更是如此。"当然,周作人强调地方与文艺的关系,更重要的是要改变他认为的那一时代的文风,即"喜欢凌空的生活,生活在美丽而空虚的理论里",他希望作家"跳到地面上来,把土气息泥滋味透过了他的脉搏,表现在文字上"。

后来新文学的研究,由于百年中国特殊的历史语境,更多的是消长起伏于启蒙、救亡或"双重变奏"的描述中。而关于现代文学的作家以南方为主、当代文学的作家以北方为主等看法的提出,背后隐含的是革命历史叙事与作家群体关系的变化,其诉求是文学话语领导权的更替,大概与今天谈论的话题不是一回事。后来被文学史家概括出的"山药蛋派""荷花淀派"虽然与"流派"无关,但却与现在讨论的问题有相关性。

1986年,金克木发表《文艺的地域学研究设想》一文。他认为:

“地理不只是指地区，而是兼指自然、社会、经济、政治、文化。文艺也要包括作者、作品、风格、主题、读者（如作序跋者、评点者、收藏者等）、传播者（如说话人、刻书人、演员等）。”他进一步提出：“不妨设想这种地域学研究可能有的四个方面：一是分布，二是轨迹，三是定点，四是播散。还可以有其他研究。”

在许多学者共同关注和呼吁下，2011 年 11 月，江西省社会科学院文学研究所和广州大学中文系在南昌联合举行了“中国首届文学地理学暨宋代文学地理研讨会”，首次明确界定文学地理学作为一门学科，其研究对象、研究任务及研究意义。来自全国各社会科学院和高等院校的 60 余名专家学者联名倡议成立“中国文学地理学学会”。这次会议标志着文学地理学作为新兴学科得到学术界的正式认同，也标志着文学地理学的学科建设从此进入一个新的、自觉的阶段。

但是必须承认，对文学地理学的研究，更多的是从事古代文学研究的学者。这一情况与古代的社会形态，以及古代文学的生产、交流、传播方式等有关。比如，古代的文人群体、文学流派的产生与传承等，大多以地域为基础。如“三苏”“常州词派”“桐城派”“苏州作家群”等。梁启超以唐朝为界，认为唐以前地理是重要的因素，甚至起着决定性作用。但唐代以后，“交通益盛，文人墨客，大率足迹走天下，其界亦浸微矣”。唐以后尚且如此，进入现代以后，作家群体、文学流派基本上是以媒体为基础的。比如“新青年派”“新月派”“学衡派”“甲寅派”“现代评论派”“语丝派”等。用地域表达流派的方法虽然仍还存在，比如“京派”“海派”等，但已逐渐式微也是不争的事实。

1949 年以后，学界鲜有“流派”说，这与具体的历史语境有关。当代文学界关于文学与地域关系研究的再度兴起，是“寻根文学”的出现。一时间里，“吴越文化”“巴蜀文化”“商州文化”“楚文化”“中原文化”“葛川江文化”“齐鲁文化”“东北文化”等逐一被提出，各种文化都旗帜鲜明，但似乎又面目不清。这一情况与“寻根文学”时代的文学诉求有关——经受过西方“现代派文学”洗礼的中国文学界意识到，中国文学如果一味跟随西方文学是没有出路的，中国文学如果要走向世界，必须书写中国经验，必须让中国本土文化元素成为主流。“越是民族的，越是世界的”的口号，在那一时代显得格外激动人心。但事实上，中国文学被西方文学认同是一个相当复杂的过程。承认本身就是一种政治。莫言的获奖与他取得的成就有关，同时与西方社会冷战思维的终结大有关系。

文学与地域的关系，即便进入现代仍然非常重要。比如沈从文与楚地，老舍与北京，赵树理与三晋，张爱玲与上海，柳青、路遥、贾平凹、陈忠实与三秦，萧红、萧军、端木蕻良与东北等。但是，当代文学研究文学与地域关系的时候，还多限于风土人情、地貌风物、方言俚语等表面性的特征。俄罗斯思想家别尔嘉耶夫也曾注意到俄罗斯地理环境与俄罗斯的人文关系。他说，辽阔的俄罗斯空间是俄罗斯历史的地理动因，“这些空间本身就是俄罗斯命运的内在的、精神的事实。这是俄罗斯灵魂的地理学”。在这一点上应该说，我们研究的意识里还远没有达到这样的高度。地域与人的文化心理结构有着最为重要也最为密切的关系，因此也应该是文学与地域关系研究的出发点和关注的目标。

值得注意的是，在强调文学与地域关系的同时，必须意识到我们身处的这个时代的变化。或者说，全球化语境和传媒的发达，使地域文化的封闭性成为不可能。各种文化的交汇、交融以及冲突、矛盾成为今天文化环境最重要的特征。任何一个国家、民族的作家的创作，在继承自己民族文学传统的同时，也会受到时代精神的影响或左右；对其他民族优秀文学的学习、借鉴业已成为不可忽视的重要方面。

莫言获得了2012年诺贝尔文学奖，他的小说的基本生活元素来自于他的高密东北乡，他的语言和其他文化元素与他的家乡有着不能分割的关系。但是，他受到拉美魔幻现实主义的深刻影响也是基本事实。后来莫言在论及城市与乡村关系时也表示：“对城市文学的定义应该更宽泛。现在很难说一部作品究竟是城市文学还是乡村文学,比如我最新的长篇小说《蛙》,前半部分的故事尽管发生在农村,但小说的结尾部分所描写的场景已经是城市的气象。对于我们这代人来说,感受特别明显,20 世纪 50 年代的中国,是恨不能把所有城市变成农村,现在的中国是恨不能把所有农村变为城市,所有农民都想变成市民。我想说的是,一个农民工眼里也可以看到上海美丽的夜色,同时也能看到城市的角角落落,他把他看到的一切写下来,如果达到文学的标准,同样属于城市文学的范畴,不能因为写作者出身农村,就不算是城市文学。好的文学是不分城市还是乡村的,也应该是不分城市作家还是乡村作家的。”因此,在强调文学与地域关系的同时,我们也必须注意到时代条件的因素。

法国思想家丹纳在《英国文学史》中最早提出了文学发展的“种族、环境、时代”的三动因说。在《艺术哲学》中又作了更具体、透彻的解释。丹纳的三动因说产生了巨大的影响,后来的学者在他的基础上不断地产生新说。这一元理论在今天仍有其不可取代的重要价值和意义。尤其是在强势文化试图覆盖全球、文化同质化的速度不断加剧的今天,地方性经验、少数民族文化、弱势地区文化等,正在受到现代文明的不断蚕食。而那些濒于消失的文化经验,在这样的时代显得尤其重要。因为往往有这样一种情形:弱势文化地区为了凸显它们的“现代”,便有意遮蔽起自己的原有文化而对表达“现代”的文化符号更有热情。

美国人类学家阿尔君·阿帕杜莱在转述一位学者的一次亚洲之行时说,这位学者“描述的菲律宾人对美国流行音乐不可思议的爱好和共鸣,就是那种‘超现实的’全球文化的一幅活生生的写照,因为在菲律宾演唱美国流行歌曲之普及,演唱风格之惟妙惟肖,较诸今日的美国可谓有过之而无不及。似乎整个国家都会模仿肯尼·罗杰斯和莱侬姐妹,就好像它是一个巨大的亚洲莫顿合唱团。然而,要想描述这样的情境,美国化(Americannization)无疑是一个苍白的字眼,因为菲律宾人唱美国歌(大多数是旧歌)固然又多又好,但这只是事情的一个方面,另一方面则是,他们的生活在其他方面和产生这些歌曲的那个相关世界并非处于完全的共时状态”。时至今日,这一状况在文化落后地区不仅难以改变,而且有可能愈演愈烈。

同时,我们还不时听到关于“去地域性”的呼吁。这一呼吁认为,对地域性的强调将使文学作品不断地“趋同化”或同质化,而过去那些曾经以地域性特色闻名的作家群体的创作,地域性特色正在淡化和消失。但是,对地域文化,特别是那些边缘性的地域文化,强调它们的重要性是极其必要的。这是在全球化时代实现文化多样性、丰富性的前提。而对于文学来说尤其如此。

在历史学科里有历史地理,语言学有语言地理(方言研究),军事学有军事地理,经济学有经济地理等,中国当代文学,同样有必要建立一门中国当代文学地理研究方向。这不是牵强附会或简单的比附心理,只是因为当代文学学科的发展到了这样的时刻。

文学大东北:地缘文学的建构与想象

东北,首先是一个空间概念。指出东北的存在,意味着有一个指认方位的“中心”的存在,这个中心从文化的意义说当然是中原;其次,东北也是一个时间概念。从历史上看,东北地区除原住族群外,主要由三种人构成:一是流民,二是谪戍,三是移民。无论从空间还是时间角度看,东北大致与蛮荒、落后有关。这一时空状况导致了东北历史上文化的驳杂性和文风孱弱的事实。因此也难以形成特色鲜明的文学传统。古代东北除了以吴兆骞为代表的“流人文学”和纳兰性德的诗词外,鲜有流传或被普遍关注的作家作品。

东北文学真正产生全国性乃至国际影响的,是现代文学史“东北作家群”的萧红、萧军、端木蕻良、骆宾基、舒群等作家的出现。他们的创作,深刻反映了日寇入侵后东北人民的悲惨遭遇,强烈表达了对家乡的怀念和光复国土的愿望。在对东北风情生动的描摹中,显示了鲜明的地缘文学特征。他们刚健粗犷的风格和浓郁的乡愁,开启了东北现代文学的新传统,是东北文学具有标志性意义的成就;新中国成立后,周立波、曲波、草明、郭小川等,先后以东北生活写出的《暴风骤雨》《林海雪原》《乘风破浪》《林区三唱》等作品也名重一时。但是,在东北发生的文学再次产生全国性影响的,是新时期初期的“知青文学”。特别是北大荒知青作家群如张抗抗、梁晓声、陆星儿、张辛欣、肖复兴、贾宏图、徐小斌、邹静之、陈可雄、李龙云、何志云、李晶、李盈等,构成了知青文学的主力阵容。许多人成为新时期文学的重要作家并一直保持旺盛的文学创造力。同时也是批评界和研究界持续研究的重要对象。值得注意的是,无论周立波、曲波、草明还是“知青作家”，他们的创作虽然也具有东北文化博大雄浑、壮阔宏伟的风格或气质，但是他们的原乡文化也无意识地融入了他们的创作中。不同的文化资源和记忆使东北文学具有了鲜明的文化融合性。因此，在强调东北文化特殊性的同时，“新流人文化”对东北文化建构的价值和意义同样重要。

新时期以来，东北本土作家的创作开启了一个新的历史阶段。张笑天、梁晓声、金河、刘兆林、邓刚、达理、谢友鄞、朱春雨、金景河、胡小胡、于德才等的小说，胡昭、曲有源、李松涛、胡世宗的诗歌，程树臻、贾宏图、乔迈、中夙的报告文学等，多次获全国大奖，取得了令人瞩目的文学成就。尤其值得提的是马原、洪峰、徐坤等先锋作家的创作。马原、洪峰与其他先锋文学作家开启了中国先锋文学的先河，他们改写了中国文学一体化的局面，《冈底斯的诱惑》《瀚海》等小说为当代文学的发展提供了新的可能。徐坤继承了先锋文学的遗产，她的《白话》《先锋》以及《厨房》等，在“后先锋”时代占有重要位置。

进入新世纪以来，东北文学焕发了新的生机。迟子建是东北唯一获过“茅盾文学奖”和三次获过“鲁迅文学奖”的作家。因此是新世纪东北的核心作家之一。她的长篇小说《额尔古纳河右岸》，通过对鄂温克人历史与现状的书写，不仅将一个富有诗意的民族呈现在我们面前，同时她将一个民族的心灵史讲述得声情并茂绵长悠远。她的中短篇小说同样取得了重要成就：《雾月牛栏》《清水洗尘》《白银那》《日落碗窑》《世界上所有的夜晚》《起舞》等，构成了迟子建璀璨的小说世界。跌宕的故事和多种文化的交融，将迟子建的小说装扮成北国的俏丽佳人。久负盛名的阿成，一直保持旺盛创作力，他的创作成就主要集中在短篇小说：《年关六赋》《良娼》《胡天胡地风骚》《东北吉卜赛》以及“简史”系列等，多以哈尔滨生活为背景、以底层市民为主要书写对象，在或悲怆或温婉的讲述中，呈现出了一个既雍容俏丽又悲苦荒寒的哈尔滨。

张笑天是东北具有标志性意义的作家。出版有 30 卷《张笑天文集》计 1800 万字，从创作数量上说，当代作家几乎无人能敌。长篇小说《太平天国》《永宁碑》等深受好评；中篇小说《公开的“内参”》《离离原上草》等有广泛影响。特别是张笑天的电影剧本创作，使其成为新时期以来最重要的电影剧作家之一。朱春雨的中篇小说《沙海的绿荫》和长篇小说《亚细亚瀑布》，是80年代的重要小说。著名诗人曲有源的诗歌创作，无论是诗歌观念还是形式，是新时期探索中国诗歌变革的重要组成部分。他的《关于入党动机》传诵一时并获全国1979—1980年新诗优秀奖。新世纪以来，金仁顺、朱日亮、刘庆等人的小说，胡冬林、格致等人的散文，薛卫民、张洪波、于耀江等人的诗歌，极大地丰富了吉林的文学版图。金仁顺的《春香》、朱日亮的《走夜的女人》、刘庆的《长势喜人》等，使他们进入了新世纪文学的第一方队。特别值得一提的是，吉林的两大文学刊物《作家》和《文艺争鸣》，它们赫然列为国内名刊已久，在文坛有重要地位。其获奖率和转载率均居国内前列而备受瞩目。

辽宁是中国文学创作的重镇。它以“团队”的力量在全国产生影响。近年来，孙春平的《怕羞的木头》、孙惠芬的《上塘书》《生死十日谈》、谢友鄞的《一车东北人》、刁斗的《代号：SBS》、马晓丽的《云端》、皮皮的《爱情句号》、津子围的《童年书》、陈昌平的《斜塔》、李铁以工厂为背景的中篇小说等，是批评界近年来重要的批评对象和谈论的话题。辽宁当下的小说创作虽然还没有出现在全国具有“领袖”或象征意义的作家，但他们作为一个群体，在中国文学的造山运动中，逐渐形成了一个小说的高原地带。

值得强调的是，辽宁是一个散文创作的高地。它的重要性不在于作家队伍和声势，而在于它不能替代的影响力。王充闾的文化散文在文坛上独树一帜，可以看作是这个时代散文创作的标志性成就，他在文坛引起的巨大反响仍在持续。他的近作《张学良人格图谱》，力图走进人物的内心世界和精神世界，从而展现出张学良的人性和人格。张学良的义气、重情义、一诺千金、敢作敢为、英雄气草莽气等气质，在王充闾的表达中跃然纸上；鲍尔吉·原野的散文对人与自然、家乡、历史的感受新奇而生动，鲜明的个性难以取代；青年散文家张宏杰的“大历史散文”打破了散文写作的“范式”，他的历史学修养和对散文新的理解，为这一文体带来了新气象；素素的散文对东北的人与事、风情与风貌、日常生活的书写，充满了温暖的情与爱。在诗歌领域，李松涛的《黄之河》、林雪的《大地葵花》等，或大气磅礴，或中西融会而独树一帜。

文学的大东北逐渐形成了自己多样的风格和文体完备的“北国风光”。更重要的是，在逐渐形成东北文学地缘特色的同时，东北作家作为中国文学积极、健康的力量在全国产生了越来越深远和广泛的影响。作为一个现代工业发达的地区，东北不仅有丰厚的历史文化资源，同时也有中原文化、工业文化、红色文化等多种文化资源。但是，独特的现实环境和复杂多样的社会生活，也对东北作家的创作提出了新的挑战。我们应该承认，东北文学的特征还在构建过程中，它与北京、上海、陕西、山西、河南、江苏、浙江、山东等省份有悠久历史文化传统和文学传统的地区大不相同。这些地区的地缘文化或文学特征及其承传是有谱系的，它们的历史文化资源可以如数家珍并特色鲜明。这一文化优势东北没有或者非常稀缺。但是，我们有理由相信，东北的文学家们将会实现他们建设中的大东北文学的宏伟梦想。东北地方性或边缘性的文学经验，也一定会为中国文学实践提供新的经验和认知可能。

在两个世界的边缘处

——新世纪海外华文小说心理症候的一个方面

即便在"全球化"的今天看来,一个人到国外生活还是与他在国内换一个环境的感受并不完全一样。一座城市就是一种心情,更遑论把自己投入到一个完全陌生的别人的国家去生活。因此,海外华文文学写作一直是一个相对独特的领域,在写作上也更具有个人化和心理学的意义;当然,这只是一个方面。另一方面,国族命运、时代环境对海外华文作家的影响尤为重要:一个人生活在自己国家的时候并不会时时感到自己与国家民族的关系,因为这个问题应该是自明的。但是,一旦只身独处于其他国家的时候,突然觉得自己与国家民族的关系格外的重要并且极其敏感:生活在异域处于弱势地位的个人,是没有能力与他的环境对抗甚至对话的。这时内心期待于自己的国家民族强大,就是可以理解的一种心理情感和依赖。而在情感表达上,"悲情"就是这一处境的普遍状态。

这种情况甚至从海外华文文学诞生那个时代起就是如此。比如以"不肖生"为笔名的向恺然,写于1914年、发表于1916年的《留东外史》,皇皇百万言。这部留学生文学的"开山之作",写的是清末民初一批批官费赴日留学生,也有先后亡命天涯的政客。留学生不读书,亡命客无正事,吃喝嫖赌、争风吃醋、坑蒙拐骗、打架斗殴等,似乎是一场域外闹剧。后来"鸳鸯蝴蝶五虎将"之一的包天笑为他写传时说:"据说向君为留学而到日本,但并未进学校,却日事浪游,因此于日本伎寮下宿颇为娴熟,而日语亦工。留学之所得,仅写成这洋洋数十万言的《留东外史》而已。”[1]鲁迅将这部小说斥为“嫖界指南”;周作人认为它“不诚实”,不是“艺术”作品。但是,当代研究日本文学的专家李兆忠却站在当代立场说了这样一番话:

> 《留东外史》问世后,引起新文学界的猛烈抨击,鲁迅将这部小说斥为“嫖界指南”;周作人认为它“不诚实”,不是“艺术”作品。[2]然而,平心而论,比之于“嫖”,《留东外史》在“侠”的描写上更有独到之处……
>
> “大中华”的优越感在“爱国心”推动下,必然导致浅薄的夜郎自大,派生出敌劣我优、敌愚我智、敌魔我神的一厢情愿的想象。《留东外史》在这方面,可以说走到了极致。黄文汉在与日本武士的交手中,总是占上风,永立不败之地,他先是挫败身强力壮、号称四段的柔道手今井,又徒手击倒手握长刀的剑术手吉川龟次,后又施巧计,连续掀翻三名相扑巨无霸,还在最后一位大力士屁股上踢一脚。萧熙寿打擂台,向顶尖级的日本柔道高手发起挑战,却被作了这样的限定:“第一不能用腿,不能用头锋,不能用拳,不能用肘,不能用铁扇掌,不准击头,不准击腰,不准击腹,不准击下阴。”到真的比赛时,萧果然动辄得咎,连连被判“犯规”,一气之下,只好退出比赛。日本的一流柔道手被形容得獐头鼠眼,猥琐不堪,还没有交手,就连连退缩,一副胆小懦弱的样子,甚至以下阴被捏相诬。大和民族一向引以为豪的国粹、大名鼎鼎的“武士道”,就这样轻而易举地被中国浪子颠覆。[3]

可见,所有的历史都是当代史。而海外华文文学的作家,都有一个国家民族的情结,他们所有的写作,都具有心理学的意义。

这一“悲情情结”,与百年来中国不断遭受西方凌辱的记忆有关。其间,新时期初始阶段的查建英的《丛林下的冰河》是个例外。它表达的是一个青年知识分子在美国与中国两种文化之间的犹疑不决和欲罢不能的矛盾心态。这种心态从一个方面透露了改革开放初期，离开母体文化之后的留学生对强势文化和本土文化的两难处境：留美学生“我”开始产生了矛盾，她仿佛处于两个世界的边缘：美国不属于她，尽管她生日那天她可以得到一辆白色的汽车；而在国内，过生日时父亲只是揪了揪她的小辫子。但她仍然有一种放不下又说不清的，不能释怀的东西缠绕着她。她没有目的的回来寻找她想要的那个东西，结果还是大失所望。于是她不知道是应该留在美国还是应该留在中国。也正是这一矛盾心态的表达，使查建英的小说在那一时代的留学生文学中格外引人注目。20 世纪 90 年代初期，海外华文文学小说走向了另一个方向：曹桂林的《北京人在纽约》、周莉的《曼哈顿的中国女人》等作品，开启了另外一种风尚，这种风尚可以概括为中国人在美国的成功想象。那个时代，文学界有一种强烈的“走向世界”的渴望，有一种强烈的被强势文化承认的心理要求。这种欲望或诉求本身，同样隐含着一种“悲情”历史的文化背景：越是缺乏什么就越是要凸显什么。因此它是“承认的政治”的文化心理在文学上的表达。这些小说表现的是中国男人或女人在美国的成功，尤其是他们商业的成功。“中国式的智慧”在异域是否能够畅行无阻并不重要，重要的是这些作品使中国的大众文化在市场上喜出望外。一时间，权威传媒响彻着“千万里我追寻着你，可是你却并不在意”，来自纽约和曼哈顿的神话几乎家喻户晓。但严格地说，这些作品的文学价值并不高，它们在文化市场的成功，只不过为中国大众文化的兴起临时性地添加了异国情调以及中国人的“美国想象”，时过境迁也就烟消云散。

新世纪留学生文学再度兴起。2000 年郁秀发表的《太阳鸟》，并不是一部特别令人兴奋的作品。这部作品的问题是它的平面化，这可能也是作者的有意追求。她在“后记”中说：“表现这一代留学生真实的心路历程和精神风貌，除了大刀阔斧的笔法，应该还有曲径通幽可循。我力求用真切的心，风趣的笔，描述那些平凡真实的故事。我抛开许多大场景和一些庄严的话题，只想从情感的角度加以挖掘。我想在任何时候，任何地方，人们对美好情感的追求总是一致的，而这种美好的情感不仅维系着一个家庭，一个群体，也维系着一个民族。”但这种宣言并没有很好地贯彻到作品的具体写作中。在她的表述中显然也有“大叙事”的愿望，并试图通过“平凡真实的故事”得以实现。然而读过作品之后，我觉得除了陈天舒和她的朋友们关乎个人的情感忧伤或满足之外，留下来的就没有什么印象了。而这一感受同阅读於梨华、查建英的作品是非常不同的。我并不是说这两个作家就是评价留学生文学的一个尺度，而是说，读过她们的作品之后，心灵总会受到某种震动，那里总有一些令人感动的东西。它触动的是心灵深处的只可意会而又难以名状的东西。这就是作家的过人之处。《太阳鸟》可能缺乏这种有力量的东西，也就是撼动人心的东西。但有趣的是，从於梨华到查建英再到郁秀，留学生文学恰好走过了“痛苦—矛盾—解脱”的全过程。但是，这一叙事真的是留学生文学的福音吗？

《太阳鸟》这个作品的命名就透露了它可能流淌在作品中的调子，它轻快、流畅，没有负担，这一方面传达了这代留学生的心态，同时也可以看作是“全球化”文化意识形态的后果。在作品中有一个令人不安的细节，那个名叫林希的青年，曾有过痛苦的情感记忆，她在国内与男友的同居，遭到了长辈的痛恨和诅咒。这一挫折是林希难以走出的心理泥沼，甚至最真挚的爱情也不能将她拯救。但是，是美国的观念拯救了她，是美国的观念使她拥有了“另一种活法”。“全球化”从本质上说就是“美国化”，而林希恰恰是在美国观念那里得到自我救赎的。这一看似不经意的一个细节，却从一个方面表达了文化意识形态霸权不规则渗透的形状。因此，对《太阳鸟》的阅读我似乎有一种矛盾的感受：一方面我希望留学生能够写出超越意识形态、民族国家等“大叙事”的作品，而能写出独特的个人化的真实体会；另一方面，我又对纯粹的个人情感体验、对缺乏震撼力的作品有一种排斥的心态。这是批评家的问题，也就是作品中越是缺乏的，也正是他们越加挑剔的。批评家作为一个“特殊”的读者，他的看法仅仅是一家之言，在这个意义上就不是陈词滥调。但这部作品很可能会受到在平面文化氛围中成长起来的一代读者的喜欢，这不仅在于作者是《花季·雨季》的作者，更重要的是，《太阳鸟》提供了一种他们熟悉并乐于接受的叙事范型，这就是——生命不能承受之重。

2003年，张朴发表的长篇小说《轻轻的，我走了》，也可以在留学生文学的范畴内来谈论。张朴的小说为我们提供了新的阅读经验。主人公忆摩，不仅命名与毕业于康桥的徐志摩同学有关，而且硕士论文研究的内容也与这位因写了《再别康桥》而暴得大名的诗人有关。但忆摩的处境与徐志摩的浪漫几乎是天壤之间，甚至也与早年她父亲读康桥的景况大不相同。忆摩在伦敦最刻骨铭心的遭遇，大概非“身份不明”莫属。在极短的时间里，忆摩忙碌的唯一一件事，大概就是寻夫嫁人，她几乎阅尽“伦敦春色”，从自己的导师、律师一直到肮脏的油漆工人，无论是他人介绍还是被强行“劫持”，她遭遇到的不是被欺骗就是被侮辱，所到之处一言以蔽之就是“被侮辱与被损害”，忆摩最终还是孤独地回到了只有自己的小屋。她试图通过嫁人获得合法性的身份，定居之后再接儿子出国的梦想彻底幻灭了。这显然是一个悲惨的人生之旅，是一个彻底失败的个人实践过程，因此，这个故事也就具有某种中西方文化关系的寓言性质。

忆摩的苦痛源于故乡，先是丈夫背叛了她，她出国起码有一半的原因是为了疗治婚姻的创伤；而后是儿子患了绝症，或者说，这个情节喻示了在故乡她既没有过去也失去了未来。情人的一声召唤便急不可待地来到了伦敦，情人不仅是情感上的联系，同时也是一种文化的互相认同。但一个虽然浪漫却穷困潦倒的画家，不仅没有能力医治儿子的绝症，甚至自己的生计都是问题。他扬扬自得的一个构思遭到了一钱不值的拒绝，而且拒绝他的竟然是一个中国老板。这个致命的挫折更是文化意义上的失败。忆摩的不辞而别不具有充分的理由，她显然是出于一种更现实的考虑。但“嫁人才能定居”的公式在忆摩这里并没有兑现。从导师到油漆工人，无论忆摩倾心还是厌恶，事实上她只是一个来自东方的美人，是一个欲望的对象。

忆摩的角色始终是一个被动的角色，她被介绍给不同的“他者”，但无论是彬彬有礼的英国绅士，还是丑陋不堪的底层工人，忆摩永远没有“自主权利”。在英国绅士兼导师那里，她只得到了一夜情的短暂快乐，而在婚姻介绍所被“编号”推出之后，她理所当然地当成了性对象。这个被动的角色，隐喻了中西文化的冲突，忆摩就在碰撞的夹缝之中，她的不认同和不被认同，事实上正是两种文化难以融合的寓言。因此，忆摩试图在西方获得幸福或疗治东方创痛的期许，换得的只是康桥噩梦。故事的结局更加惨不忍睹，一个期待融入西方社会的青年不仅仍然孑然一身，而且故土又传来了更加不幸的消息。这个悲惨的结局以及小说本身提出的问题，恰恰是文化研究最核心的问题，即身份、性别、种族的问题：忆摩是来自第三世界的留学生、女性、非白色人种。在强势文化支配世界的今日，忆摩噩梦般的结果几乎就是宿命性的。也正是在这个意义上，反对文化霸权的侵入和统治，才成为弱势文化和边缘群体的主题词。《轻轻的，我走了》以小说的形式深刻地表达了今日世界的文化矛盾，也深刻地表达了在霸权文化宰制下弱势文化面对的现代性问题，因此，它的意义也就远远地超出了文学的范畴。

同年，顾晓阳发表了《收费风景区》。在这部作品中我们不能不震惊于转型极限时代生活的剧变，这一变化不只是社会资源分配的变化或新阶层的形成，重要的是生活方式和价值观念的变化为欲望膨胀提供的机缘，以及给当事者造成的心理负荷及残缺。我们发现，狂欢的时代如期而至，喧嚣都市的每一个角落都被欲望所充斥，但欲望是要付出代价的，这个代价不只是金钱，它还是人的精神、心理乃至人生的前景。因此《收费风景区》既是一部风流史，也是一部忏悔录。

“海归”学人史辉成了美国一家公司驻北京的买办，这个“跨国资本”的身份为史辉欲望的释放提供了多重帮助：一方面，为女性的欲望和想象带来了可能，首先，他是个“有教养的人”，虽然他的真实身份仍然是个“博士候选人”，但史辉回国后已经将“候选人”删除了；他是一个“老板”，在这个时代，金钱是价值最重要的尺度之一；

他是一个“有趣味的人”，对有教育背景的女性来说这一点很重要。史辉这个时候不仅是一个具体的人，而且他还是这个时代女性欲望的理想符码。因此欲望在这个时代从来就是男女两性双边共同构成的。于是，史辉不仅拥有了漂亮的妻子唐玲玲，而且迅速地拥有了书丽红和陆霞：这是两个风格迥异的现代都市女性，不论她们有什么样的性格差异，有一点是共通的，那就是性感和风情万种，她们同样也是史辉最理想的欲望对象。史辉如愿地得到或者说占有了她们，但女性的“风景”绝不是免费的午餐，事实上，当史辉享受着欲望满足的快感的同时，他尚未支付的代价已经注定。书丽红要嫁给他，陆当然也要嫁给他，但当史辉希望“迅速撤退”的时候，他应当承受的一切也适时地降临了。

我们惊异于书丽红的手段和强悍，她不仅雇用了前夫充当“私人侦探”，拍录了史辉与陆霞的私密和亲密接触，而且她不能实现个人意愿的时候，她还可以从容地找到史辉的妻子唐玲玲倾诉，两个人居然平静地面对了这件事。当然，史辉的后果从此便可想而知。应该说书丽红对史辉的欲望或占有，与情感领域还有些关系。陆霞对史辉的占有就是纯粹物质性的了，她精明的算计和对身份的改写或者说隐瞒，使她从出场到消失都给人一种阴谋感，但史辉即便在最落拓的时候仍然对她情深似海绵绵不绝，男人的不可思议由此可见一斑。史辉为自己的欲望付出了人生的代价，没有了家庭，没有了前景。当然三个女性也并没有因此获得幸福，她们的代价仍然是令人同情。

应该说，这是一部非常好看的小说，它具有大众文化或消费文化的所有要素，当然最重要的还是对男性欲望汪洋恣肆的铺陈和书写，对男性面对女性的欲望被戳穿后的手足无措、惊慌错乱的真实描绘。当然，这个小说也可以理解为向“妻子”致敬的文本，在小说中唐玲玲的无辜、无助和史辉的虚伪、不真实形成了鲜明的反差。因此，小说也可以理解为一个虚构男性情天恨海的风流史，也是一个男性在欲望无边时代的忏悔录。

一年以后的2004年，贝拉的小说《9·11生死婚礼》在中国出版之后，迅速地成为媒体关注的焦点。贝拉，这个在中国文坛陌生的名字，骤然间成为文坛新星，她被反复地书写和谈论着。她似乎创造了一个奇迹和神话：这部小说不仅在中国畅销流行，而且还将走进美国、日本、法国的图书市场。更令媒体兴奋的是，据说好莱坞20世纪福克斯公司以巨额买断其影视改编权，并由曾执导《泰坦尼克号》的国际著名导演詹姆斯·卡梅隆执导。媒体声称，如果签约，这将是美国好莱坞首次以巨资买断中国内地出版的中文小说的电影改编权。这些刺激性消息的真实性已经不重要，重要的是这些消息一旦不胫而走，它所带来的轰动性的社会效应和市场效应。但是，值得注意的是，与媒体的热情形成鲜明对比的，则是主流批评界熟视无睹的缄默。这个现象本身，也许从一个方面未作宣告地印证了这部小说的性质以及对它感兴趣的群体。

这个十几万字的小长篇，叙述的是中国留日女学生王纯洁，在中国经历的情感伤害和失败的婚姻。"初夜"未见"红"，使王纯洁的新婚一开始就蒙上了悲剧阴影。根深蒂固的"处女情结"使王纯洁成为一个现代的受害者。于是，为了逃离婚姻和家庭的不幸，王纯洁设法东渡日本。她先是爱上了比她小五岁的日本男孩海天，后来又爱上了比她大很多岁的美国老男人格拉姆，格拉姆有家室，海天家里又不同意婚娶。但纯洁游刃有余地周旋于两个男性之间。海天对纯洁的追逐非常激烈、坚定、至死不渝。两个人终于踏上了结婚的红地毯。但作家用了非常戏剧化的方式处理了这个场景：格拉姆在他们的婚礼上飞车赶到，格拉姆抢走了身披婚纱的新娘。女主人公在犹疑不决中被格拉姆裹挟而去。然后，他们找到一个旅馆疯狂地做爱。这个故事的结局是，格拉姆在"9·11"事件中遇难，海天离开纯洁之后跳了富士山。就是这样一个漏洞百出的好莱坞式的小说，被一些人看作是"杰作"，作者被认为是写情爱的杰出作家。小说最"摩登"的表达是个人生活无限开放的可能性，小说有一句话，是纯洁内心的独白：我觉得一个女人是完全可以同时爱上两个男人的。这句独白是对以小说主人公命名的最具讽刺意味的诠释。更致命的是,小说还要搭乘美国诉诸全球的反恐意识形态,它搭乘的是这个时代最大的时尚。这种奇怪的文学“时尚”,是难以让人接受的。它就像虚假的广告和中产阶级杂志一样,以幻觉的方式去诱导、迷惑善良的人们的同时,也满足了他们自己的虚荣心。因此,《9·11 的生死婚礼》的“摩登”,已经不是“小资”的“摩登”,而是中产阶级的“摩登”,是“跨国文化资本”的浅薄炫耀。

另一方面,小说中描述的中国、日本、美国,也无意间构成了一种隐喻关系:中国丈夫的愚昧、固执、昏暗和令人发指的不能容忍,日本情人樱花般的纯情、惨烈以及美国情人的多情、成熟和对情感的执着,都跃然纸上声情并茂。这个故国、东洋、美国的情感之旅,总会让人不由自主联想到王纯洁的内心向往以及这个向往的意识形态性。

《9·11 生死婚礼》出版的同一时期,中国翻译出版了日本文学批评家柄谷行人的《日本现代文学起源》一书。在中文版序言中,柄谷行人说:“我写作此书是在 20 世纪 70 年代后期,后来才注意到那个时候日本的‘现代文学’正在走向末路,换句话说,赋予文学以深刻意义的时代就要过去了。在目前的日本社会状况之下,我大概不会来写这样一本书的。如今,已经没有必要刻意批判这个‘现代文学’了,因为人们几乎不再对文学抱以特别的关切。这种情况并非日本所特有,我想中国也是一样吧,文学似乎已经失去了昔日那种特权地位。不过,我们也不必为此而担忧,我觉得正是在这样的时刻,文学的存在根据将受到质疑,同时文学也会展示出其固有的力量。”

读过柄谷行人开篇的这段话,我感到无比的震惊。震惊并非来自柄谷对文学命运的基本判断,而是来自他对文学在中国命运的判断——在经济和文学都“欠发达”的国度里,文学的衰落竟和发达国家相似到了这样的程度,这究竟是文学无可避免的宿命,还是“全球化”像“非典”一样迅速蔓延的结果?我们都知道柄谷所说的“现代文学”和我们所说的“文学”指的是什么。被赋予“深刻意义”的文学在今天确实不会被人们特别关切了。因此,中国当下文学著作印数的下跌和批评家的无关紧要，就不应被看作个别的例子，它恰恰是全球性的共同问题。

一方面是文学在衰落；另一方面，文学的"摩登"化写作却如日中天。中国文学的权威报纸曾为此作过长时间的专门讨论。对这一现象我曾表示过迷惘或"两难"，这是因为一方面，"摩登"化有其发展的历史合目的性。或者说，在现实生活里没有人反对"摩登"对生活的修饰。即便在大学校园里，80 年代谈论的是诸如"启蒙""民主""人道主义"等话题。但 90 年代后期以来，教授们"买房""买车""项目"等同样津津乐道。这种对摩登的追随几乎没有人加以指责；那么对文学的摩登化写作为什么要指责？如果是这样，生活与文学的关系将怎样去处理？但是，当面对文学摩登化的具体文文的时候，我仍抑制不住对其批判的强烈心理，尽管批评家的声音已经不再重要。

从《9·11 的生死婚礼》这个个案中我们发现，文学的摩登化事实上就是文学的"小资产阶级化"或曰文学的"中产阶级化"。它具备大众文化所有的要素。不同的是，那里除了性、暴力之外，还要加上东方奇观和跨国想象。因为摩登从来就与穷人或底层人没有关系，因此穷人或底层人也从来不在文学摩登化写作的表达范围之中，摩登化的阶级阵线是十分鲜明的。文学摩登化的诞生应该始于"网络文学"。网络是社会摩登文化最具覆盖性和煽动性的媒体。在网络文学中，我们看到的内容、趣味和情调，都可以概括在"小资"写作的范畴之内。并不是说这类题材和趣味不可以写，而是说当这种写作蔚然成风的时候，它也逐渐建立起了一种文学的意识形态霸权。这种意识形态就是"中产阶级"的意识形态。事实上，这种文学"摩登"正与中产阶级文化联手合谋，它们试图为我们描绘的图景是：消费就是一切，享乐就是一切，满足个人欲望就是一切。这种虚幻的承诺不仅加剧了普通人内心不平等的焦虑感和紧张感，而且将现代性过程中几乎耗尽的批判性资源完全删除。在中产阶级意识形态的鼓惑下，除了想入非非、跨国婚姻、床上激情戏、香车美女之外几乎所剩无几。现实的问题从来没有进入他们表达的视野之中,他们甚至连起码的批判愿望都没有。

因此我们不仅要问:全球化时代的文学“摩登化”究竟是谁的“摩登”?它和普通人能够建立起什么关系?我至今认为,文学是关乎人类心灵的领域,是关注人的命运、心理、矛盾、悲剧的领域,它为流浪的心灵寻找栖息安放的家园,并抚慰那些痛苦的灵魂。但“摩登”的文学却建立了文学的等级秩序:“摩登”的制造者和参与者如小资产阶级、中产阶级是可以进入文学的,无产阶级、普通人和底层人是不能进入文学的。这种文学意识形态隐含的等级观念要排除什么和维护什么是很清楚的。文学的“人民性”在“摩登”文学里早已不复存在。在这个意义上,文学的“摩登化”必须予以警惕和批判。虽然“摩登”的文学仍在大行其道,但我们相信柄谷行人的说法,文学还会展示出其固有的力量。“摩登”文学占有市场,真正的文学永驻人心。

2010年8月,张仁译、津子围出版了《口袋里的美国》,这部作品是在当下背景下创作的,小说在艺术上的成就我们可以讨论,但它在政治范畴内为我们提供了新的阐释空间,同时也改写或者终结了以往对西方书写的“悲情”的历史。

与我们司空见惯的“留学生”身份不同的是,赵大卫在国内应该是一个“成功人士”。他从一个一文不名的知识青年一直做到大学中文系主任。他是因对国内体制的失望才到美国寻梦的。因此,他是带着自己的历史进入美国的。他有“以卵击石”的性格成长史,从少年、知青时代一直到大学,他的性格都不曾改变。这种挑战性与生俱来,并不是经过“美国化”之后才形成的。到美国的初期冲动,首先是个人生存,赵大卫的人生经历和个人性格决定了他的生存能力,这得力于他的成长史。比如他到美国第一个落脚点金凤餐馆的经历,与美国黑人打交道、与同胞老板打交道等,他总是有惊无险游刃有余。这段经历多少有些传奇性,甚至黑人老大托尼都俯首称臣。他的性格成就了他,他最终走进了美国的主流社会。因此,赵大卫没有了查建英《丛林下的冰河》中主人公在中、西两种文化之间的犹疑、徘徊或不知所措的矛盾；也蜕去了《北京人在纽约》《曼哈顿的中国女人》等夸大商业成功从而凯旋的肤浅炫耀。《口袋里的美国》最大的不同就在于，赵大卫的成功或胜利，不仅是商业性的，更重要的是，他是一种价值观、文化精神的胜利。我们知道，一个强大的国家之所以强大，不仅在于经济，军事或 GDP，更在于它的价值观，或者说它的价值观对于世界有怎样的影响。美国之所以傲慢骄横，就在于美国认为它的价值观是普世性的。但是我们对美国的想象和美国的自我想象、对美国的想象与个人经验之间是存在巨大分裂的；美国自我想象与美国信心危机的内在紧张正逐渐显现出来。当年乘“五月花”号逃避宗教迫害而逃到美洲的英国清教徒，抵达美洲之后，感恩之余，迅速地经历了“美国化过程”。在实现“美国化”的过程中，他们因此建立了自己的“主体性”和优越感，美国不必到任何地方就可以了解世界。但是，这个美国式的优越，并不是平等赋予每个“抵达”美利坚的人。无论具有怎样文化背景的人，都必须经过“美国化”才能进入美国社会参与美国事务。没有完成“美国化过程”的人，就没有平等、公正可言。另一方面，“在政治领域，当人们互相面对时，他们并不是什么抽象物，而是在政治上有利害关系、受政治制约的人，是公民、统治者或被统治者、政治同盟或对手——因此，在任何情况下，他们都属于政治范畴。在政治领域，一个人不可能将政治的东西抽取出来，只留下人的普遍平等。经济领域的情况亦复如此：人不是被设想成人本身，而是被设想成生产者、消费者等等；换言之，他们都属于特殊的经济范畴”。[4]《口袋里的美国》的核心情节，是赵大卫的被解雇。他的被解雇当然是不合理的，因此在法庭辩论中，美国律师丹尼尔说：“‘是什么原因导致赵大卫先生这样一位优秀的、杰出的雇员不但没有得到他应有的礼遇，相反却遭遇他不应该受到的不公正待遇呢？原因只有一个，’丹尼尔停了一下，目光投向法官史密斯：‘那就是，他是一个亚裔，是一个中国人！导致这场悲剧的根本起因，就是种族歧视！’”小说的高潮设定在赵大卫的法庭陈词自我辩护。应该说，赵大卫法庭上的辩护声情并茂、感人至深。由此出现的场景是“面无表情的陪审团的12名成员，开始变得有些坐立不安，难过的心情溢于表面。尽管他们被要求在法庭面前不可以有任何表态和彼此交流”。这一方面意味着赵大卫的诉讼已经胜利了；另一方面也表达了美国“平等、正义”的存在。赵大卫最终获得了高额赔偿，美国修改了法律例案。但这个过程我们应该注意的是，这时赵大卫的身份已经是一个“美国人”，因此，这场斗争无论是谁胜利，都可以看作是美国的胜利。但是我们又注意到，创作这部小说的，一个是华裔美国作家，一个是中国本土作家。他们共同拥有的文化背景——就像赵大卫说的那样，“我加入了美国国籍，可我还是个中国人哪。这就好像一个嫁出去的女儿，她一方面要忠诚于她的先生，那是法律上的纽带。可是，另一方面，她不可能忘记生她养她的娘家。”因此，这是一次“中国人”共同书写的小说。如果是这样的话，我们就不能不联想到当下中国新的处境，或者说，今天的中国同《丛林下的冰河》和《曼哈顿的中国女人》已大不相同，更不要说郁达夫的《沉沦》时代了。当年《沉沦》的主人公“祖国啊，你快强大起来吧”的呼唤，从某种意义上已经实现。经济和军事不再被欺凌，但事实上的不平等仍然存在。美国的文化优越感和文化霸权仍然让人感到不舒服。这时，国家的整体战略也发生了变化。这个变化就是提高文化软实力，加强中国价值观对世界的影响。学术界也从“让中国文学走向世界”的弱势文化心态，改变为“文化输出”理论或“21世纪是中国的世纪”的豪言壮语。这些背景是《口袋里的美国》人物塑造、情节设置乃至叙述话语的基础。离开了这个背景，就没有《口袋里的美国》，当然也就没有赵大卫的慷慨陈词和改变美国法律的神话。因此，《口袋里的美国》最终还要在政治的范畴内得到解释，这与文学批评最终都是政治的是同样的。

但是，综览小说全貌，我必须指出的是，尽管是两个“中国作家”的“联袂出演”，但他们超越了“冷战思维”，是一次“跨社会主义和资本主义体系”的写作，是一次充满了批判精神的写作。无论对中国还是对美国,那些有悖于公平、正义的事务,他们都给予了没有妥协的批判。在中国,许文禄三天杀了苏大哥一家两条人命却只被判了7年徒刑;美国虽然经过赵大卫案修改了法律例案,但中国人杨小慧不久又惨遭解雇,她只能远走他国。这些不公正、不平等的现象与国别、主义没有关系,都在作家的批判视野中。因此,最后赵大卫在回答美国记者采访时说:

"我最感动的是美国公民们的正义和诚实。陪审团成员,与我无亲无故、素不相识,可他们愿意主持公道,伸张正义。从他们身上,我看到了美国的光明与希望。"

"我最失望的是我曾经那么尊重和信赖的人,他们对我口蜜腹剑,居心叵测,编造出各种莫须有的罪状加害于我。从这点上看,美国要彻底消灭种族歧视,让所有人种取得真正的平等,还需要走很长的路,还需要我们几代移民不懈地去努力,去争取。"

这些感动和失望和批判就不仅是针对个人的经验,它应该适于所有地区、领域的所有事务。但是,这些具有悖论性的表达,也从一个方面反映了全球化时代文化认同的危机和焦虑。张旭东在谈到韦伯与文化政治时说:

人都有其最根本的冲动,这种冲动是不能被消解的。你不能不承认这种冲动,比如说什么是基督徒,什么是西方,什么是德国,什么是德国文化,什么是德国人,这是一些非常基本的冲动,你不能拿一套所谓的民族国家是建构起来的或虚构出来的时髦理论去一笔勾销它的存在。这不是一个纯粹的理论游戏的问题。实际上,种种以"解构"面目出现的新的普遍论也不是纯粹的理论游戏,因为它们都预设了一个新的普遍性的平台,一个新的"主体之后的主体",一种新的反民族文化的全球文化。然而,只要分析一下这种新世界主义文化的物质、社会、政治和意识形态的具体形态,人们就不会对其普遍性的修辞抱任何不切实际的幻想。因为它所对应并赖以存在的生活世界从来就没有在政治上和文化认同上放弃自己的特殊地位。在这个意义上，如果你说，人不一定要做德国人或中国人，做一个普遍的世界公民个体不是很好吗？那你只是在表达一种特定的生活态度，它本身则是一种特定的生活方式的表象。你也可以说，后现代人都是多样的多面的，人都是随机的，是偶然性的等，不一定要把自己纳入民族国家或阶级或历史这样的大叙事。为什么要让自己服从于一种本质化的叙述？等等。你可以从各种各样的角度去把它拆掉，但这种态度就是捷克裔英国社会学家盖尔纳(Ernest Gellner)所谓的“普遍的、原子式的态度”，它要以最小公约数来打掉集体性的种种壁垒，打掉种种“浪漫的、社群式的”人生观。盖尔纳讲的还不是当代，是19世纪，是德国浪漫派面对工商社会的问题。韦伯的问题可以追溯到这个交叉路口，是这个现代性内在矛盾的较为晚近的表述。他的问题简单地说就是我们要做什么样的人。什么是我们身为德国人的基本冲动？这个东西你要不要？第一是有没有，第二是要不要，第三是拿它怎么办？政治就这样真实地存在于我们的生活中，无论是否喜欢都不能改变这样的现实。

李晓桦是诗人、作家，他曾获得过全国优秀诗歌奖，但他似乎又并不以文学为业。他有多种经历，曾入伍当兵，下海经商，远走国外。在2014年，他卷土重来发表了长篇小说《世纪病人》。这是一部让我们震惊不已的小说，小说用黑色幽默的笔法，讲述了一个在第一世界与第三世界之间的边缘人的生存与精神状况。欲罢不能的过去与无可奈何的现状打造出的这个“世纪病人”，让人忍俊不禁的同时，更让人不由得悲从中来。这是我们多年不曾见过的具有“共名”价值的人物。从某种意义上说，我们可能都是“世纪病人”。

这是一部用“病人呓语”方式讲述的一部小说，是在虚构与纪实之间一挥而就的小说，是在理想与自由边缘举棋不定的充满悖论的小说，当然，它还是一部痛定思痛野心勃勃的小说。讲述者“李晓桦”一出现，是一个“领着刚满十五岁的儿子，站在加拿大国、不列颠哥伦比亚省、温哥华市、西区——这所被叫作麦吉的中学门前”的父亲。这个场景的设定，使李晓桦一开始就处在了两个世界的边缘地带：他离开了祖国，自我放逐于异国他乡；他也不可能进入加国的主流文化，这一尴尬的个人处境注定了主人公的社会身份和精神地位。于是我们看到的是李晓桦矛盾、茫然、无根、无望、有来路无去处的精神处境。他看到了那些在异国他乡同胞的生活状态，他们只为了活着而忙碌。李晓桦在应对了无意义生活的同时，他只能将思绪安放在曾经经历的历史或过去。我注意到，小说多次讲到主人公当兵的经历，讲他站岗、出差、到军队办的杂志、成为军旅诗人；讲他与国内作家的关系、喝酒吃饭、到京丰宾馆开文学的会，写到了莫言、王朔、刘震云、王海鸰等；他还提到他那首要和鬼子决斗的诗以及梦见老作家叶楠，当然他还写到了那难忘的与“二炮”女兵喝酒的情形；还有，他还写到了那个将军的女儿爱美，她随丈夫到了温哥华，她全部的念想就是期待女儿的成功，成为一名能跳“小天鹅”的芭蕾舞明星。为此，她甚至连父母离世她都没有回国见上最后一面。李晓桦显然在质疑这一生活道路的选择。另一方面，这代人曾经有过的历史或者当时可以炫耀、追忆的生活，比如“一追”偷军区大院各家白菜给爱美家的恶作剧，在尘埃落定之后，也随之烟消云散。

一切都破碎了。历史与现实都已经是难以拾掇的碎片，既不能连缀又难以割舍。是进亦忧退亦忧，前路茫茫无知己，这是此时李晓桦的心境，当然也是我们共同的心境。小说中有这样一段话：“家为心之所在。我之所以要还乡，就是为了找到一个地方，把心安放。可我发现我无法找到。因为，家为心之所在，而心在流浪中已不知遗忘在何处。心丢了，家何在啊？！”小说有鲜明的80年代精神遗产的风韵，也许，只有经历过这个年代的作家，才有如此痛苦的诗意，有如此强烈的历史感和悲剧性，才会写得如此风流倜傥一览无余。

文学史反复证实，任何一个能在文学史上存留下来并对后来的文学产生影响的文学现象，首先是创造了独特的文学人物，特别是那些“共名”的文学人物。比如19世纪的俄国,普希金、莱蒙托夫、冈察洛夫、契诃夫等共同创造的“多余人”的形象,深刻地影响了法国的“局外人”、英国的“漂泊者”、日本的“逃遁者”、美国的“遁世少年”等人物,这些人物代表了西方不同时期的文学成就。如果没有这些人物,西方文学的巨大影响就无从谈起;中国二三十年代也出现了不同的“多余人”形象,如鲁迅笔下的涓生、郁达夫笔下的“零余者”、巴金笔下的觉新、柔石笔下的肖涧秋、叶圣陶笔下的倪焕之、曹禺笔下的周萍等。新时期现代派文学中的反抗者形象、“新写实文学”中的小人物形象、以庄之蝶为代表的知识分子形象、王朔的“顽主”等,也是这个“多余人”形象谱系的当代表达。

“世纪病人”是这个谱系中的人物。不同的是,他还在追问关于归属、尊严、孤独、价值等终极问题。他在否定中有肯定,在放弃中有不舍。他的不彻底性不是他个人的问题,那是我们这一代人共同的属性。他内心深处的矛盾、孤魂野鬼式的落魄以及心有不甘的那分余勇,都如此恰如其分地击中我们的内心。于是我想到,我们都是世纪病人。于是,世纪病人、“李晓桦”就这样成了我们这个时代的“共名”人物。

严歌苓在谈到她移民早期的写作时说,“因为空间、时间及文化语言的差异,或者说距离,‘我’像是裸露的全部神经,因此我自然是惊人地敏感。像一个生命的移植,将自己连根拔起,再往一片新土上移植,而在新土上扎根之前,整个生命是裸露的。转过去,再转过来,写自己的民族,有了外国的生活经验……的确给作品增添了深度和广度”⑤。这是一个成熟作家感同身受的切实体会。通过对近三十年来几部海外华文小说的分析,我们明确感觉到,海外华文文学表现出的家国关怀,是这一领域三十年历史的一部分。他们虽然具体书写的都是个人经历,但是这些个人经历绝不是大洋彼岸的孤立存在。这些作品在每个时段的不同情感和焦虑所在,不仅与国家民族命运相关,同时也与那个时段国家的整体氛围有关。80年代的文化矛盾、90年代的资本炫耀、新世纪的冷峻以及具有的反思、检讨能力,完整地表达了近三十年来海外华文文学的心理过程。但总体来说，这些文本表达的还是在两个世界边缘处的惶惑与不安。而这一心理特征不仅合乎人性,重要的是它无可避免。

注释：

① 转引自范伯群文《民国武侠小说奠基人——平江不肖生》,《武侠鼻祖向恺然代表作》,江苏文艺出版社 1996 年版,第 2 页。

② 仲密:《沉沦》,引自《中国现代文学史资料汇编(乙种)·郁达夫研究资料》(下),天津人民出版社 1982 年版,第 307 页。

③ 李兆忠:《不可救药的误读——读〈留东外史〉》,《书屋》2005 年第 2 期。

④ 张旭东:《全球化时代的文化认同——西方普遍性话语的历史批判》,北京大学出版社 2005 年 5 月第 1 版,第 6 章,第 3 节。

⑤ 江少川:《严歌苓访谈录》,《世界华文文学论坛》2006 年第 8 期。

非虚构文学：走进当下中国社会的深处

《人民文学》在2010年推出了“非虚构”栏目，其中先后发表的梁鸿的《梁庄》、慕容雪村的《中国，少了一味药》、萧湘风的《词典：南方工业生活》等，在读者和批评界引起了强烈反响。在寂寞庸常的文学气氛不见尽头的年代，使我们再次见到了文学微末的曙光，使我们感受到文学依然与我们的生活有关，与国家民族的现实和未来有关。文学没有被排除在当下生活之外，文学尚在人间。它不仅和天上的事务、想象的事务在一起，它同时也和中国的命运、和我们关心的重大事务在一起。因此，《人民文学》的想法和诉诸实践本身，其意义也许要大于已经出现的几部“非虚构”文学作品。

关于“非虚构”文学这个概念，我们无须做经院式的考辨，这不是我们今天讨论的主旨。我要说的是，当下文学确实取得了巨大成就，这是我们讨论问题的前提。但是我们也必须承认，那种让我们深感震撼、触及心灵、醍醐灌顶、挥之难去的作品还不多见，甚至越来越少。对当下文学质疑的声音虽然并不全是真问题，但可以肯定的是，我们的文学一定在哪些方面出了问题。在这样的时刻，《人民文学》一直在积极探索、思考当代文学的方向问题，比如对思想性的讨论、对“非虚构”文学的推出等，都显示了这本“国刊”的气象、高度和敢为天下先的智慧与勇气。

我曾在不同场合多次讲过，百年来我们最成熟和成就最大的文学题材，就是乡土文学或后来称作农村题材的文学。这个领域所达到的文学高度代表了百年中国文学的成就，这无须赘言。但是，当我们今天回到农村所看到的情形与文学在这个领域取得的成就，可能恰恰形成了很大的反差。当然,改革开放后我们也有许多类似华西村这样的明星村镇,那里的人们已经完全富裕起来,他们全都住进了别墅,拥有了现代工业社会拥有的一切。但是,且不要说那是个别的现象,重要的是,那是否是中国农村发展的方向已经成为问题。农村为社会应该提供的是两种东西:一是食物,一是纤维。事物是吃的,纤维是穿的。但是华西村现在还生产多少食物和纤维?难道都让农民走进现代化的乡镇企业,然后所有的人喝西北风吗。因此,华西村作为一个案不具有普遍性,按照它的方向发展不仅没有可能性,而且会引发更多的社会问题。在当下中国,更值得我们注意的,是梁鸿在《梁庄》看到的现实和发现的问题。在这部“非虚构”作品中,开篇她就讲述了“迷失”在故乡。故乡虽然“一派繁荣的建设图景。只是,十几年前奔流而下的河水、宽阔的河道不见了,那在河上空盘旋的水鸟更是不见踪迹”。这只是刚刚迈进故乡的门槛。后来的事情才是作家要说出的:为难的村支书、无望的民办教师、服毒自尽的春梅、住在墓地的一家人等。我们看到的梁庄一言以蔽之:就是破败。破败的生活、破败的教育、破败的心情。梁庄的人心已如一盘散沙难以集聚。乔叶今年有一篇小说《龙袍》,她写的也是关于乡村的感伤,是一种身在故乡人在异乡心无皈依的漂流感。她对国民性的批判也延续了百年来中国文学的忧患传统。这种叙述在当下书写乡村的文学作品中非常多见。特别对乡村女性命运的忧虑,乔叶有很好的表达。但是在梁鸿的“非虚构”作品《梁庄》中,我们却通过“梁庄”多面地看到了乡村中的破产和正处在破产中。更严重的是,这个破产不仅是乡村生活的破产,而且是乡村中传统中的道德、价值、信仰的破产。这个破产几乎彻底根除了乡土中国的赖以存在的可能,也就是中国传统文化载体的彻底被瓦解。

可以说,现代性的两面性,在《梁庄》中被揭示得非常透彻。这倒不在于作家诸如“河鸟在天空中盘旋,有时路边还有长长的沟渠,沟渠上下铺满青翠的小草和各色的小野花,随着沟渠的形状高高低低,一直延伸到蓝天深处,有着难以形容的清新与柔美。村庄掩映在路边的树木里，安静朴素，仿佛永恒”这样对前现代怀旧式的抒情。我们更关心的是走进现代或中国现代性的代价，特别是中国面积辽阔人口众多的乡村。但是，直到现在，我们依然在这条道路上迅猛的前行，对现代性代价的反省还仅仅停留在书生们的议论中。

2005年，慕容雪村发表了长篇小说《伊甸樱桃》。这虽然是一部有浓重说教意味和观念化的小说，但它对人与金钱关系的揭示仍然给人以巨大震动。特别是它对资产阶级奢侈品与百姓日用品的换算，让人耳目一新。2010年10期的《人民文学》发表了他的《中国，少了一味药》。如果说《伊甸樱桃》是从金钱或物质层面对人性的揭示或批判的话，那么，这部“非虚构”的《中国，少了一味药》，则是在思想或精神层面对中国混乱心智的揭示或批判。人对谎言和欺骗的接受竟是在如此荒谬的过程中完成或实现的。这是一个我们只有耳闻又非常陌生的领域，如果这一切都是真实的，那么，慕容雪村在撕碎了一个弥天大谎的同时，也揭开了生活中另一个隐秘险恶的角落：这就是触目惊心。当下中国的信仰危机，是一个最严重的社会问题。传统的文化信念和现代建构的新文明正在瓦解。特别是底层社会的物资生产和流通领域，在利益原则驱动下，道德水准几乎降到了最低点。“不安全性”几乎是我们在生活中最突出的感受。《中国，少了一味药》揭示的是民众的心智问题，但更是一个文明问题。

五年前，也是在这里召开的内蒙古平庄煤矿工人作家创作研讨会上我曾说：“在当下社会生活的整体结构中，工人群体的实际地位已大不如前。尽管它还是我们的领导阶级，是国家的主人公。但是，实事求是地说，在计划经济向市场经济转轨的过程中，受到冲击最大、牺牲最大的就是工人群体，尤其是底层的产业工人群体。由于历史的原因，这里的合理性我们无须多说。但他们承担的牺牲和面临的严峻的生存困境是不容争辩的事实。而这些并不能置换为一种道德的优越或悲壮的心理。我们在平庄矿区的文学叙事中，明确被告知的是工人阶级以怎样的理解和宽容，坚忍和顽强面对他们的艰难时世。”萧相风的《词典：南方工业生活》，让我们目睹了工人身份作家切肤之痛的表达。

“非虚构”文学,在不多的作品中逐渐表现出了与传统文体的不同特征。这就是:客观性大于主体性,对重大事物的关注大于个人感受的抒发;对社会问题、矛盾的呈现、揭示,大于个人的冥想;在艺术上对多种文体元素的整合大于启蒙主义对国民性的批判。1996年,蜚声欧美文坛的美国作家特普门·卡波蒂在沉默了几年之后,突然抛出了他坚持称之为“非虚构小说”的《血案》一书。这本书以新闻的笔触描述了发生在堪萨斯州的一桩凶杀案,一夜之间成为大行其道的畅销书。如果说普门·卡波蒂因他的《血案》有了“非虚构”文学的命名的话,那么,在中国兴起的“非虚构”文学恰恰远离了“畅销”诉求。这些作家走进了中国社会的最深处,他们有自己的使命和担当。

我曾在不同的场合感慨中国文学没有方向,更多的文学是误打误撞,是跟着感觉找出路。事实上,没有文学方向就没有文学追求,没有方向的文学是难以成气候的,是不能出大作家和大作品的。今天,“非虚构”文学的出现,为我们提供了新的文学方向的参照。也就是,有作为、有理想、有抱负的作家,都应该关心现实生活中的重大事务,关心在现代性过程中出现的新问题、新矛盾。关心正在变化的世道人心。这是文学和现实、和读者建构关系的重要通道。孤芳自赏的文学可以存在,“小众文学”也自有它的价值。但是,在社会矛盾丛生、危机四伏的时代,我们有义务支持那些关心国家民族的作家们创作的振聋发聩的作品,从而使文学再度得到民众的信任和关心。

中国当代文学经典化的国际化语境

——以莫言为例

2014 年 10 月 24 日，北京师范大学国际写作中心召开了《讲述中国与世界对话：莫言与中国当代文学》国际学术研讨会。这是大学正常的国际学术交流活动。但是，当我看到法国汉学家杜特莱、日本汉学家藤井省三、吉田富夫、意大利汉学家李莎、德国汉学家郝穆天、荷兰汉学家马苏菲、韩国汉学家朴宰雨以及国内诸多著名批评家和中国现当代文学研究者齐聚会议时，我突然意识到，莫言获得“诺奖”是一个庞大的国际团队一起努力的结果。如果没有这个国际团队的共同努力，莫言获奖几乎是不可能的。这个庞大的团队还有没有莅临会议的葛浩文、马悦然、陈安娜等著名汉学家。因此，当莫言获奖时，极度兴奋的不仅是中国文学界，同时还有这个国际团队的所有成员。这时我们也就理解了瑞典汉学家陈安娜在莫言获奖时的心情：2012 年 10 月 11 日 19 时 30 分，陈安娜在瑞典文学院发布莫言获奖的消息后，仅在新浪微博上发了两个表情，一个太阳和一只蛋糕，对莫言的获奖表示祝贺并晒美好心情，这条微博被网友大量转发，许多中国网友特地登录新浪微博，向她表示感谢。当晚，陈安娜又发表微博表示：“谢谢大家！请别忘记，莫言有很多译者，文学院也看了不同语言的版本：英文、法文、德文等。大家都一起高兴！”① 陈安娜是莫言作品瑞典语的主要翻译者，莫言获奖为她带来兴奋喜悦的同时，她也没有忘记那些其他语言译者的贡献。这当然是一个重要的时刻。莫言获奖不仅极大提升了中国文学在世界文学总体格局中的地位，同时，这一消息也告知我们：中国当代文学经典化的国际化语境业已形成。这个语境的形成,除了文学的通约性以外,与冷战结束后新的国际环境大有关系。试想,如果在索尔仁尼琴或帕斯捷尔纳克的时代,西方汉学家如此积极地译介莫言,莫言的命运将会如何?冷战结束后,中国文学悄然地进入了世界的"文学联合国"。这个未被命名的"文学联合国",不仅相互沟通交流文学信息,相互了解和借鉴文学观念和艺术方法,还要共同处理国际文学事务。这个"文学共同体"的形成,是一个不断相互认同也不断相互妥协的过程。比如文学弱势地区文学对本土性的强调和文学强势地区对文学普遍价值坚守的承诺,其中有相通的方面,因为本土性不构成对人类普遍价值的对立和挑战;但在强调文学本土性的表述里,显然潜隐着某种没有言说的意识形态诉求。但是,在"文学联合国"共同掌控和管理文学事务的时代,任何一种"单边要求"或对地缘、地域的特殊强调,都是难以成立的。这是文学面临的全新的国际语境决定的。这种文学的国际语境,就是我们今天切实的文学大环境。这个环境告知我们的是:当下中国文学处在我们正在经历的变化之中——

一、当代文学创作外部资源的变化

在相当长的一段时间里,当代文学一直存在一个"单边交流"的缺陷。或者说,当代中国文学发展过程中的外部资源是极其有限的:苏俄文学几乎是我们唯一的样板和参照。以至于在当下仍然有人奉俄苏文学为唯一的圭臬。这种状况有深刻的历史渊源:苏联是社会主义成功的范本和榜样,早期共产党人是把俄国人的道路作为梦想追随的。社会主义苏联首先创造了具有社会主义典范意义的文学和理论,在文艺创作和理论上向苏联学习,就是一种合乎逻辑的选择。据《中国新文学大系史料索引》和《翻译总目》记载,五四后的八年间,187 部单行本的翻译作品中,俄国就有 65 部。《新青年》《晨报》译介的各国小说中俄国小说的数量均占第一位。在中国的读者中,普希金的《驿站长》、莱蒙托夫的《当代英雄》、果戈理的《钦差大臣》、屠格涅夫《父与子》《猎人笔记》、契诃夫《樱桃园》、奥斯特洛夫斯基的《大雷雨》、列夫·托尔斯泰的《复活》《安娜·卡列尼娜》高尔基的《母亲》、法捷耶夫的《毁灭》等作品,几乎被长久地阅读着。20年代,当马克思主义在中国进一步传播时,在文艺领域,是伴随着对苏联文学创作和理论介绍同时进行的。1928年12月起,陈望道主编的"文艺理论小丛书"开始印行,其中就收有苏联的文学论文;1929年春,冯雪峰主编的"科学艺术论丛书"也开始出版,鲁迅为这套丛书翻译了卢那察尔斯基的《艺术论》《文艺与批评》和苏联的《文艺政策》;冯雪峰也翻译了卢那察尔斯基的《艺术之社会的基础》、普列汉诺夫的《艺术与社会生活》、伏洛夫斯基的《社会的作家论》等书。鲁迅后来又单独译出了普列汉诺夫的《艺术论》(《没有地址的信》)。从这个时代起,苏联文学作为重要的资源已经开始影响和渗透了中国文学的建设和发展,它像社会主义在苏联获得了成功一样,也闪耀着社会主义文学的巨大光芒和魅力。

新中国成立后,对苏联文学和理论的介绍,更显示出了空前的热情。短短几年的时间,就有上千种苏联文学作品介绍到我国,《青年近卫军》《真正的人》《早年的欢乐》《士敏土》《不平凡的夏天》等,迅速被我国读者所熟悉,它们被关注和熟知的程度,几乎超过了任何一部当代中国文学作品。高尔基、法捷耶夫、费定、奥斯特洛夫斯基成了最有影响的文化英雄,保尔·柯察金、丹娘、马特洛索夫、奥列格成了青年无可争议的楷模和典范。同时,从1950年到1962年的十二年间,我国还翻译出版了苏联文艺理论、美学教材及有关著作十一种,翻译出版了普列汉诺夫、列宁、斯大林、高尔基、卢那察尔斯基等论文学艺术的著作七种。这种单边的文学交流,直至文革也没有结束。"文革"期间供内部批判交流的"黄皮书",也不乏《带星星的火车票》《州委书记》《多雪的冬天》《叶尔绍夫兄弟》等。无论是学习还是批判,我们的文学与苏俄就结下了这样的不解之缘。

真正结束这种单边的文学交流历史,是80年代兴起的现代主义文学运动。这一文学运动曾在地下潜伏已久。"文革"期间的"黄皮书”是最早当代启蒙读物。塞林格的《麦田的守望者》等作品,早已在青年中流行。后来一些写进文学史的重要作品,在那一时代就是用“手抄本”的形式完成并传播的。有一篇考察和总结现代主义名称和性质的文章开篇曾写道:“文化地震学试图记载艺术、文学和思想史上经常发生的感情变化和转移,这种变化和转移在程度上惯常分为三个大级度。在刻度的始端是那些时尚的震动,它们似乎有规律地随着时代的更迭而稍纵即逝,十年是测量其变化曲线的一个恰当周期,这些曲线从始动发展到高峰,随后便逐渐消失。第二种是较大的转移,其影响更深、更久,形成长时期的风格和感情,这些是用世纪为单位来加以有效测量的。第三种则是那些剧烈的脱节,那些文化上灾变性的大动乱,亦即人类创造精神的基本震动,这些震动似乎颠覆了我们最坚实、最重要的信念和设想,把过去时代的广大领域化为一片废墟,使整个文明或文化受到怀疑,同时也激励人们进行疯狂的重建工作。”[②]而现代主义文学无疑属于第三种,它的出现,使文学“与一切传统猝然决裂”,就欧洲而言,它“五个世纪努力的目标公然被放弃了”。[③]现代主义改变了文学的秩序。它的意义被刘易斯作了如下描述:现代主义的出现,是“西方人整个历史上最伟大的时代划分——比过去把黑暗时代同古代分开或把中世纪同黑暗时代分开的那种划分更加伟大——乃是把现代同简·奥斯汀和沃尔特·司各脱的时代划分开来”。这些作品,“在我们这个时代这样新颖得令人震惊,令人困惑。……比起任何其他‘新诗’来,现代诗歌不仅具有更多的新颖色彩,而且还以一种新的方式表现出它的新颖,几乎是一个新维度里的新颖”。[④]而罗兰·巴特从另一个角度高度评价了它,认为它是“新阶级和新交流方式的演变中产生的世界观的总和”,并将其时间设定于“1850 年前后”。[⑤]现代主义经历了一百多年的发展演变后,其遗风流韵仍在挥发着巨大影响。从 70 年代末期始,它在中国极其艰难地再度形成潮流,但由于中国独特的历史处境,它的“合法性”地位一直在争论之中,因此,从其孕育到衰落,也只有短暂的 15 年左右的时间,但它产生的革命性震荡,则令所有经历了那场文学运动的人都记忆犹新。

另一方面,我们必须承认,80 年代之后,中国文学界对包括世界文学在内的文学经典,有一个再确认的过程,曾经被否定的世界文学经典重新被认同。莫言说“从 80 年代开始,翻译过的外国西方作品对我们这个年纪的一代作家产生的影响是无法估量的,如果一个五十岁左右的作家,说他的创作没受任何外国作家的影响,我认为他的说法是不诚实的。我个人的创作在 80 年代中期、90 年代中期,这十年当中,是受到了西方作家的巨大的影响,甚至说没有他们这种作品外来的刺激,也不可能激活我的故乡小说,看起来我在写小说,但是外加的刺激让我产生丰富联想的是外国作家的作品”。⑥“魔幻现实主义对我的小说产生的影响非常巨大,我们这一代作家谁说他没有受到过马尔克斯的影响?我的小说在 1986、1987、1988 年这几年里面,甚至可以说明显是对马尔克斯小说的模仿。”⑦批评家朱大可在揭示这一现象的同时,也措辞严厉地批评说:“‘马尔克斯语法’对中国文学的渗透,却是一个无可否认的事实。长期以来,马尔克斯扮演了中国作家的话语导师,他对中国当代文学的影响,超过了包括博尔赫斯在内的所有外国作家。其中莫言的‘高密魔幻小说’,强烈彰显着马尔克斯的风格印记。但只有少数人才愿意承认‘马尔克斯语法’与自身书写的亲密关系。对于许多中国作家而言,马尔克斯不仅是无法逾越的障碍,而且是不可告人的秘密。”⑧无论如何,世界文学与中国当代主流文学的关系就这样缠绕在一起。

但是,任何一种域外的思潮、现象,几乎都伴随着误读被我们接受的。魔幻现实主义是 20 世纪 80 年代进入我国读者视域的,尤其是随着加西亚·马尔克斯在坊间的流传,我们也便有了属于自己的解读和变体。“寻根文学”无疑是其中最具代表性的一支。而“寻根”这个词,最早可以追溯到 20 世纪二三十年代。适值“宇宙主义”和“土著主义”在拉美文坛斗得你死我活。宇宙主义者认为拉丁美洲的特点是它的多元。这种多元性决定了它来者不拒的宇宙主义精神。反之，土著主义者批评宇宙主义是掩盖阶级矛盾的神话，认为宇宙主义充其量只能是有关人口构成的一种说法，并不能解释拉丁美洲错综复杂的社会现实及由此衍生的诸多问题。在土著主义者看来，宇宙主义理论包含着很大的欺骗性，它拥抱的无非是占统治地位的西方文化，而拉丁美洲的根恰恰是被西方文化所阉割、遮蔽的印第安文明。这颇能使人联想起同时期我国文坛的某些争鸣。世界主义者恨不得直接照搬西方，甚至不乏极端者梦想扫除国学、抛弃汉字；而国学派，尤其是其中的极端者则食古不化、抱"体"不放。从某种意义上说，两者的胶着状态至今未见分晓。前卫作家始终把走向世界、与世界接轨的希望寄托在赶超与借鉴，而乡土作家却认为最土的也是最民族的，最民族的就是最世界的。而"寻根"这个概念正是二三十年代由拉美土著主义者率先提出的，它经现代主义(形形色色的先锋思潮)和印第安文化(其大部分重要文献于三十年代及之后陆续浮出水面)及黑人文化的洗礼，终于催生了魔幻现实主义。然而，翻检我国介绍这个流派的文字，跃入眼帘的大多是"幻想加现实"之类的无厘头说法；或者"拉丁美洲现实本身即魔幻"云云。诸如此类不着边际的说法没法令丈二和尚摸着头脑。哪有不是幻想加现实的文学？谁说拉丁美洲现实本身即魔幻(或神奇)呢？加西亚·马尔克斯倒是说过，"拉丁美洲的神奇能使最不轻信的人叹为观止"；他故而坚信自己是现实主义作家，而不是所谓魔幻现实主义代表。⑨陈众议对拉美文坛内在矛盾的揭示，仿佛就在说我们自己的事情。

但是，不管我们从哪一个角度接受来自域外的文学观念或思想，都从一个方面改变了我们"自说自话"自以为是的"天朝"心态。在已经形成的国际文学环境的大趋势下，中国文学便没有条件地成为这个"文学联合国"的当然成员。这与80年代初期我们用"让中国文学走向世界"这样的祈使句表达的弱势文学心态已经完全不同。

二、文学经典建构的国际化环境

文学经典的建构,从某种意义上说应该是文学批评或文学研究的核心问题。这个问题在古代社会虽然也一直存在经典的不断颠覆和重建,存在着确立经典和"反经典"的"斗争",但相对来说还是简单些。古人虽然也无可避免地受制于文学作品自身价值品质的规约,受到时代审美风尚、作家与批评家的阐释、类书和选本选择等的规约。但是,这些规约毕竟还限定在本土版图范围之内,还是"自家对话"的结果。比如,有了董仲舒为首的汉儒的努力,孔子就可以成为经典,有了萧统主编的《昭明文选》,先秦至南朝梁代八九百年间的经典诗文作品,基本就没有大的问题了;比如《唐诗三百首》,入选的作品除了伪作之外,其经典地位也日久天长。古代中国不仅有文学经典化的实践方法,同时也有对"经典"的诠释或界定。《说文解字》认为:"经,织也。"《辞海》的阐释是:"经,织物的纵线,与'纬'相对。""典"的原义则为常道、法则,《尔雅·释诂》解释道:"典,常也",引申为典范、法则的重要文献。"经"在战国以后有了我们现代意义上的"经典"意义,《释名·释典义》认为:"经,径也,常典也,如径路无所不通,可常用也。"吴林伯在《〈文心雕龙〉字义疏证》中考订,在《文心雕龙》中,除了直接使用"经典"一词外,可与之同义互训的还有"经""典""经诰""典诰"等。[10]

这种由国人自己指认经典的情况,一直延续到现当代文学。比如中国现代文学的经典作家,在王瑶先生的《中国新文学史稿》中就已经被确认:"鲁郭茅巴老曹"不只他们的经典地位难以撼动,就是排名顺序也经久不变;当代文学没有这样的经典作家,但"'三红'一创保山青林"[11]八部经典作品的地位至今仍然巍然屹立固若金汤。我们知道社会主义初期阶段的文学,和社会主义道路一样,有一个"试错"的过程,或者说,刚刚跨进共和国门槛的部分作家、特别是来自"国统区"的作家,并不明确如何书写新的时代,并不了解文学实践条件究竟发生怎样的变化。因此,在“试错”的过程中,制度化地建构起了文学规约和禁忌。规约和“禁忌”的形成,也无形中树立起了文学界的绝对权威,比如周扬。他作为毛泽东文艺思想的权威阐释者,他对某些思潮、现象以及作家作品,就有生杀予夺的权力;他肯定或否定的某些作品,在当代文学史上的地位或价值就有了基本评价的依据;还比如茅盾,如果没有他对《百合花》的肯定,不仅不能终止对《百合花》的质疑或批评,《百合花》在它的时代究竟是怎样性质的作品,恐怕还是个问题。

无论是现代文学经典还是当代文学经典,在改革开放之前,权威话语的拥有者可以一家独大地指认。我们也从来没有产生怀疑甚至没有怀疑的意识,因为文学史家的权威性,与政治领袖的权威性在那个时代是一种同构关系。后来事情起了变化,这个变化发生于1985年5期《文学评论》发表的黄子平、陈平原和钱理群的《论20世纪中国文学》的文章。文章改变了百年中国的文学史观和文学史的编撰方法;1988年,上海陈思和、王晓明发起的“重写文学史”运动,强化了这一观念并且诉诸批评实践。但是,在这样的批评实践背后,同样有一个重要的国际背景,这就是夏志清的《中国现代小说史》被中国学者的接触和接受。1961年由耶鲁大学出版社出版了夏志清的英文著作《中国现代小说史》,这是重写中国现代小说史的一部著作。作者以其融贯中西的学识,宽广的批评视野,探讨了中国新文学小说创作的发展路向,尤其致力于“优美作品之发现和评审”,发掘并论证了张爱玲、张天翼、钱锺书、沈从文等重要作家的文学史地位,使此书成为西方研究中国现代文学史的经典之作并产生了影响深远。《中国现代小说史》是“重写文学史”运动的最重要的灵感来源和理论资源。夏志清对张爱玲、沈从文和钱锺书等人的发现和推崇,尤其是一直被认为是通俗小说家的张爱玲,在批评家眼里她几乎难登大雅之堂。但夏志清在小说史中给予张爱玲的篇幅比鲁迅还要多一倍,将这对当时的中国文学界不啻为八级地震。

《中国现代小说史》英文版两度再版,而由刘绍铭、夏济安、李欧梵、水晶等众多港台一流学者翻译的中译繁体字本于1979年、1985年和1991年分别在香港和台湾出版,2001年又在香港出版了中译繁体字增订本。由复旦大学推出的中文简体字版是这部文学史著作问世四十多年后。80年代末期已经接触了夏志清这部著作的学者,揭竿而起要重新确立新文学的经典。但是,这一多少有些冲动的行为并没有取得预想的成果——那"翻烙饼"式的批评方式,只不过是逆向地评价了现当代重要的作家作品,而思维方式并没有发生革命性的变化。但是,这一误打误撞的文学行为,却也从某一方面鼓舞了中国的批评家——文学的历史是可以重新书写的。

1996年,谢冕、钱理群主编的《百年中国文学经典》、谢冕、孟繁华主编的《中国百年文学经典》出版。缘于这两套百年文学经典的出版,1997年集中爆发了关于经典的讨论。一年间《文艺报》《作家报》《文学自由谈》《光明日报》《中华读书报》《大家》等有一百多篇文章参加了讨论。尤其对当代作家作品的不同看法,各执一词不可能达成共识。但是,讨论的背后却隐含了一个重要的信息:即便是中国当代文学,由中国批评家自己指认经典的时代已经成为过去:不仅国际文学界难以认同,即便是国内同行也不能完全接受。

这种局面的出现,除了当代文学时间距离的切近和当代文学生产的特殊环境外,也与对世界不同文学观念接受和影响大有关系。关于经典的争论,在1985年的西方已经开始:英国两所举世闻名的大学——牛津大学和剑桥大学,由师生们发起了一场激烈的争论,争论的问题是:"英语文学"教学大纲应包括什么内容?它的连锁反应便是对文学价值、评价标准、文学经典确立的讨论。激进的批评家发出了"重新解读伟大的传统"的吁请;而大学教授则认为:"传授和保护英国文学的经典是我们的职责。"这一看似学院内部的争论,却被严肃传媒认为一半是政治性的,一半是学术性。类似的讨论西方其他批评家也同样在关注。比如当代美国极富影响力的文学理论家、批评家哈罗德·布鲁姆,著有《西方正典:伟大作家和不朽作品》,旨在寻找并论述西方文学的经典。布鲁姆选择并品评了26位作家,指陈其伟大之处,乃“是一种无法同化的原创性,或是一种我们完全认同而不再视为异端的原创性”,并且说:“传统不仅是传承或善意的传递过程,它还是过去的天才与今日的雄心之间的冲突,其有利的结局就是文学的延续或经典的扩容。”[12]而卡尔维诺在《为什么读经典》中则对经典做了这样的阐释:经典作品是一些产生某种特殊影响的书,它们要么自己以难忘的方式给我们的想象力打下印记,要么乔装成个人或集体的无意识隐藏在深层记忆中;经典作品是这样一些书,它们带着先前解释的气息走向我们,背后拖着它们经过文化或多种文化(或只是多种语言和风俗)时留下的足迹。一部经典作品是这样一个名称,它用于形容任何一本表现整个宇宙的书,一本与古代护身符不相上下的书。

由此可见,西方对文学经典也没有一个一成不变的理解。一般来说,学界讨论什么问题,就是对什么问题感到焦虑或遇到了麻烦。2008年《南方都市报》曾讨论过“伟大的小说意识”。这一问题的提出者是美籍华裔作家哈金。他认为中国要写出伟大的小说,必须要有“伟大的小说意识”,就像美国有一个普遍被认同的小说意识一样。他认为美国有这样的伟大的传统。而中国从来就没有这样的传统,从《红楼梦》到鲁迅,都被他否定了。他认为《红楼梦》只是那个时代的好作品,而鲁迅只写了七年小说,七年时间连小说技巧都不可能掌握,怎么会写出文学经典。哈金先生是一位著名的小说家,曾经获过美国重要的文学奖项,但他这样评价中国的经典作家作品,我们只能对他的勇气表示惊讶。因此,也不是所有来自西方的文学观念都没有问题、都可以接受。这也正如德国汉学家顾彬对中国当代文学只是“二锅头”的轻慢和蔑视一样。

但是,文学评奖尤其是国际文学大奖,是文学经典化重要的形式之一是没有问题的。因为国际社会的认同是有说服力的形式之一。在中国这一形式的权威性要更为突出。比如电影界的张艺谋、陈凯歌、姜文、贾樟柯等,他们获得的国际电影奖项,几乎改变了他们的命运。文学界的情况也大致如此。比如余华、李洱、阎连科、姜戎等,因获国际文学奖而极大地提高了知名度、并在读者那里获得了更高的可信度也是不争的事实。莫言当然也是这样。对莫言的阐释和评价不仅来中国的作家批评家,同时也来自国际文学界。而国际文学界对莫言的评价甚至会深刻地影响到国内批评界的态度和看法。比如,莫言的有些作品因某种批评和阐释曾使他一度陷于危机之中,他曾被质疑:"莫言在小说中的政治倾向已很鲜明,他的投枪、匕首既然已掷出,我们怎能沉默?而且他的描述已对一些不了解革命历史的年轻人产生了极坏的影响!"[13]但是,这只是评价莫言的一种观点,不仅国内批评界有更多不同的看法,同时,国际文学界对莫言的阐释也多有不同。比如德国汉学家郝穆天把《丰乳肥臀》和圣母玛利亚的哺乳联系起来,他用大量的图片展示圣母玛利亚哺乳的场景,通过西方文化来阐释东方文化,在互证中得出的结论是"我这次故意用我欧洲宗教背景讲到丰乳肥臀的一个解释,这个巨作无疑的是世界文学"。[14]类似的评价还有很多。而莫言获"诺奖"之后,不仅否定性批评的声音越来越小,而且,莫言因获奖而急剧增大的体积和抗击打能力,也使那些极端化的批评声音变得似是而非无足轻重。

透过这些貌似的"东方奇观",西方读者在莫言作品中看到的是另外一些东西,也是更重要的东西。这些东西就是莫言在诺奖获奖演讲中提到的,比如感恩、悲悯、同情、孤独、自信、坚持、学习等与人生、与人的内心事物相关的基本价值和观念。比如开始他就讲:

我记忆中最痛苦的一件事,就是跟着母亲去集体的地理捡麦穗,看守麦田的人来了,捡麦穗的人纷纷逃跑,我母亲是小脚,跑不快,被捉住,那个身材高大的看守人扇了她一个耳光,她摇晃着身体跌倒在地,看守人没收了我们捡到的麦穗,吹着口哨扬长而去。我母亲嘴角流血,坐在地上,脸上那种绝望的神情深我终生难忘。多年之后,当那个看守麦田的人成为一个白发苍苍的老人,在集市上与我相逢,我冲上去想找他报仇,母亲拉住了我,平静地对我说:"儿子,那个打我的人,与这个老人,并不是一个人。"等等。

还有母亲将自己的饺子给了要饭人的故事,这种宽容、悲悯和同情，显然与西方的宗教情怀有关，同时也是普遍的人性。因此，这显然不只是“中国经验”，它蕴含的恰恰是人类的普遍价值。这样的价值观与文学说来才事关重大。因此，在为莫言写的颁奖词中，我们还是能够看到其中的差异。“茅盾文学奖”给莫言的颁奖词是这样的：

> 《蛙》：在二十多年的写作生涯中，莫言保持着旺盛的创造激情。他的《蛙》以一个乡村医生别无选择的命运，折射着我们民族伟大生存斗争中经历的困难和考验。小说以多端的视角呈现历史和现实的复杂苍茫，表达了对生命伦理的深切思考。书信、叙述和戏剧多文本的结构方式建构了宽阔的对话空间，从容自由、机智幽默，在平实中尽显生命的创痛和坚韧、心灵的隐忍和闪光，体现了作者强大的叙事能力和执着的创新精神。

这里强调更多的，是莫言讲述故事的方法以及修辞方面的技巧及风格。“诺奖”给莫言的颁奖词是：

莫言是一个诗人，一个能撕下那些典型人物宣传广告而把一个单独生命体从无名的人群中提升起来的诗人。他能用讥笑和嘲讽来抨击历史及其弄虚作假，也鞭笞社会的不幸和政治的虚伪。他用嬉笑怒骂的笔调，不加掩饰地讲说声色犬马，揭示人类本质中最黑暗的种种侧面，好像有意无意，找到的图像却有强烈的象征力量。

这里强调的是莫言小说思想的深刻性以及作品的社会价值和功能。这一视角表达了西方阅读莫言与我们的区别。因此，在国际化的语境中，不同的视角发现了评价莫言更多的可能性。或者说，西方的声音或尺度，已经进入了莫言经典化的过程中。这种情况当然不止莫言一个人。另一个例子是李洱的小说《石榴树上结樱桃》。这当然是一部非常重要的小说，它曾荣获 2007 年“华语图书传媒大奖”，授奖词说：“这是一部通过密集的细节挑战人们对乡土小说的阅读和认识的书。李洱自觉地质疑了现代文学以来的乡土叙事传统，掉转方向，使乡土由想象和言说的对象变为想象和言说的主体，恢复了乡土中国的喧哗、混杂，恢复了它难以界定的、包孕无穷可能性的真实境遇……《石榴树上结樱桃》在中国现代乡土叙事的整体脉络中，具有一种低调的原创价值，它幽暗的笑声祛除了'传奇'和'苦难'对中国乡土的简化和遮蔽，缓解了思想的傲慢和感受的僵硬。"即便如此，小说在图书市场或大众传媒那里并没有成为炙手可热被追捧对象。但是，当德国总理默克尔将这部小说的德译本送给当时的国务院总理温家宝后，出版商在腰封中标示出与小说关系不大的醒目提示——"德国总理默克尔送给/中国总理温家宝的书"之后，媒体和读者对这部小说燃起的热情达到了一个的高潮。类似的情况还有《狼图腾》的作者——获过亚洲"曼·布克奖"的姜戎，《受活》《四书》《炸裂志》的作者——获过"卡夫卡奖"的阎连科等。

这些情况都在表明，中国当代文学的经典化已经无可避免地进入了国际化语境。从某种意义上说，仍然作为文学弱势国家的我们，西方强势文学国家的评价尺度和发出的声音，对我们仍然具有较大的影响力，它甚至比我们自己批评家的声音更容易找知音或信任感。[15]但是，任何事物都具有两面性，国际化语境背后隐含了一个悖谬的现实：一方面，我们的文学希望被世界承认，或者说被世界强势文学国家承认。因为真正的文学经典必须是世界性的；另一方面，经典的标准究竟由谁制定？如果这个质问成立的话，那么，在文学的范畴而言，面对强大的西方文学，我们仍然不能摆脱"跟着说""接着说"而难以"对着说"的命运。如果是这样的话，我们要想成为一个强大的文学国家，成为一个对世界文学能够产生巨大影响力的国家，道路确实还很漫长。

三、中国在世界文学格局中的新形象

中国文学形象的改变并不始于莫言这毋庸置疑，有研究者发现，从 80 年代起，中国文学一直在西方汉学家的视野中。也正是这一过程的积累，使莫言在 2012 年大获成功。莫言的获奖，确实是一个石破天惊的文学大事件，它被认为是中国文学走向世界的一个标志性事件。尽管在葛浩文看来“诺奖”的价值和意义在中国被放大了。他认为:这么多人对这个奖如此痴迷地关注令我感到不安。对于中国和韩国等国家的人来说,是否获得此奖已经关乎整个民族获得承认或者遭受轻视的地步。其实,这只是一个关于某位作家(或诗人)作品的奖项。[16]但是,不仅中国人不这么看,事实上整个国家社会也不这么看。比如,莫言获奖之后,我们在不同的新闻中看到了这样的景象:

10月12日上午,北京最大的书店之一西单图书大厦里,写着获诺贝尔文学奖的作家莫言作品专架的图书已销售一空,该专架在11日晚莫言获奖消息传来后刚刚摆上。该消息报道还说:北京最大的书店之一西单图书大厦里,一名幸运读者拿到了最后一本《丰乳肥臀》在翻阅。[17]

自从中国作家莫言获得了2012年诺贝尔文学奖以后,全世界都掀起了一股莫言热。据俄罗斯媒体报道,这年年底将出版莫言的两部作品《酒国》和《丰乳肥臀》。而在瑞典,当地的媒体书店也都把视线对准了莫言,他的作品也成了人们追捧的焦点。由于获得了诺贝尔奖,莫言的名字开始在当地广泛传播。记者在采访中了解到,越来越多的读者开始知道莫言,并希望能够读到他的作品,瑞典的各家书店都在积极备货。瑞典最大的报纸之一地铁报当天不仅用大量的篇幅介绍了莫言及其文学生涯,而且还报道了瑞典人对莫言作品的追捧。报道中称,在文学奖公布后一个书店,一分钟之内莫言的书就销售一空。[18]

莫言引起了整个世界的关注,包括傲慢的俄罗斯。中国文学的形象在世界文学格局中发生了巨大变化。表面看来,新闻报道里的莫言已经是来自中国的文化英雄,他开始被世人瞩目并且传诵。一个新的莫言在这样的景况中诞生;但是,它背后隐含了太多的文化密码。或者说,如果没有几十年同西方文学界的交流,没有文学基本观念的沟通和共识,这个结果是不能出现的。近些年来,“中国经验”的话题被一再提起,似乎“中国经验”是中国文学走向世界的神秘武器,是中国文学引以为傲的全部资本。其实,这一观念与“越是民族的就越是世界”的观念一脉相承。事实是,“中国经验”必须为人类基本价值观念照亮才会焕发出“世界文学”的光彩。经验固然重要,但是如果经验不被思想或价值激活,也只是一堆毫无生机等待书写的材料而已。在这个意义可以说,思想、观念是文学的魂灵,有了这个魂灵,文学才会飞翔。因此,莫言的成功与其说是中国本土经验的成功,毋宁说是莫言小说价值观的胜利。

莫言的创作得到了普遍认同,也得到了国际文学界的尊重。法国艾克斯-马赛大学教授杜特莱(Noel Dutrait),是法国著名的汉学家、翻译家,他曾将中国新时期作家阿城、韩少功、苏童、王蒙、诺贝尔文学奖得主莫言和高行健大量作品译成法文,并多次获得重要翻译奖项。杜特莱教授称80年代开始接触莫言作品,后来翻译《酒国》等作品。翻译《酒国》的时候杜特莱在同步翻译高行健的《灵山》,他说那是一段痛苦而又美妙的经历,因为不但考察一个译者对风格迥异作品的把握能力,也考验了一个翻译者的耐心和信心。由于杜特莱等人的努力,莫言的作品有十五部被翻译成法文,《丰乳肥臀》《檀香刑》《酒国》等都在法国产生很大影响,他的《酒国》被法国媒体誉为“小说中的小说”。这些作品也让莫言在法国享有极大声誉,使他的作品成法国人阅读中国作家作品之最。[19]意大利汉学家李莎在《接触莫言:一位翻译的珍贵训练》中说:可以说莫老师陪伴过我将近12年的翻译生涯,并无意识地塑造我的灵魂,给我的生活增加无数内容以及培养了我的耐力和我对工作的谦虚感。她称莫言是她“最敬佩的老师”。[20]李莎对莫言由衷的膜拜,毫不夸大地说是一个重要的文化事件。80年代以降,中国作家的导师都是欧美作家,在交往过长中,只有中国作家不断读向欧美作家致敬。但是,是莫言改变了这样的局面。

俄罗斯汉学家叶果夫说:2012年10月以前,除了一些研究当代中国文学的汉学家以外,谁也不认识这位著名的作家(莫言)。他获得诺贝尔文学奖以后,俄罗斯人对他作品的兴趣陡然变大,尤其是他的第一部俄译长篇小说《酒国》就在这个时候面世了。莫言像一颗闪亮的星星冲进了俄罗斯文学苍穹。大量各种各样的反响几乎爆棚了。一位俄罗斯博主对莫言作品《酒国》做出了如下的评语:“毫不夸张地说,这部小说是文学的一个新现象,没有类似的。也许这部小说是非常中国化的。事实上,俄罗斯读者不认识中国当代文学作品,没有可与之相比较的。《酒国》这部小说需要长期认真的阅读与深思熟虑的读者。”㉑他还说:莫言的声望在俄罗斯越来越大。俄罗斯文学短评里《丰乳肥臀》位列前十,还入选2013年5部最有趣味的作品之一。《丰乳肥臀》从2013年年初以来一直是畅销书。总的来讲,在俄罗斯,全国各地都开始认识莫言。㉒美国汉学家葛浩文在一次接受采访时当被问到最喜爱莫言的哪部作品时,葛浩文说:“这就像是要我在自己的孩子中选一个最喜爱的一样难。《酒国》可能是我读过的中国小说中在创作手法方面最有想象力、最为丰富复杂的作品;《生死疲劳》堪称才华横溢的长篇寓言;《檀香刑》正如作者所希望的,极富音乐之美。我可以如数家珍,不过你已经明白我的意思了。”㉓

这些毫不掩饰的赞誉,都发生在莫言获奖之后。因此说,莫言获诺奖确实是中国文学标志性的历史事件:中国文学的形象从此得以改变——过去只有向西方致敬的悲怆的挫败感终于成为历史,在文学领域,我们终于可以和西方强势国家平等地交流对话——这就是中国文学新的历史。

注释:

① 《南国早报》2012年10月15日。

② 马尔科姆·布雷德伯里、詹姆斯·麦克法兰:《现代主义的名称和性质》,《现代主义》,上海外语教育出版社1992年版,第3页。

③ 赫伯特·里德:《现在的艺术》,转引自注②,第4页。

④ C. S. 刘易斯:《时代的描述:就职演讲》,转引自注②,第4页。

⑤ 罗兰·巴特:《写作的零度》,转引自注②,第5页。

⑥ 新浪网:《著名作家莫言做客新浪网访谈实录》。

⑦ 同上。

⑧ 朱大可:《马尔克斯的噩梦》,《中国图书评论》2007 年第 6 期。

⑨ 陈众议:《莫言与世界文学》,北京师范大学国际写作中心编:《讲述中国与世界对话:莫言与中国当代文学》论文集。

⑩ 吴林伯:《〈文心雕龙〉字义疏证》页,武汉大学出版社 1994 年版,第 402 页。

⑪ “三红一创保山青林”:指的是“十七年”的八部文学经典:《红日》《红岩》《红旗谱》《创业史》《保卫延安》《山乡巨变》《青春之歌》《林海雪原》。

⑫ [美]哈罗德·布鲁姆:《西方正典:伟大作家和不朽作品·序言与开篇》,译林出版社 2011 年版。

⑬ 彭荆风:《莫言的枪投向哪里?——评〈丰乳肥臀〉》,《红旗文稿》1996 年第 12 期。

⑭ [德]郝穆天:《关于莫言和茂腔的相关研究》,北京师范大学国际写作中心编:《讲述中国与世界对话:莫言与中国当代文学》论文集。

⑮ 一个典型的例子是,当葛浩文、杜特莱、叶果夫等重要的汉学家都称赞《酒国》是莫言最好的小说或“小说中的小说”之后,国内一些批评家也大多认同了这个看法。有的批评家此前并不这么看,西方汉学家的看法显然极大地影响了他们的看法。

⑯ 林振芬:《专访葛浩文:爱上萧红,爱上东北》,《生活报》2013 年 10 月 15 日。

⑰ 中国新闻网,2012 年 10 月 12 日。

⑱《诺奖获奖后莫言书被销售一空》,中国广播网,2012 年 10 月 15 日。

⑲ 李旭光:《杜特莱做客北大:谈与莫言高行健作品结缘经历》,中华网,2014 年 10 月 27 日。

⑳ 李莎:《接触莫言:一位翻译的珍贵训练》,北京师范大学国际写作中心编:《讲述中国与世界对话:莫言与中国当代文学》论文集。

㉑ 叶果夫:《莫言的作品:文化差异和翻译》,中国作家网,2014 年 8 月 26 日。

㉒ 同上。

㉓ 见《莫言获奖别忘了他身后的美国老头葛浩文》,中国日报网,2012 年 10 月 12 日。

民族传统与文学的世界性

——以陈季同的《黄衫客传奇》为中心

中国当代文学的焦虑是周期性的。但是,类似文学与政治的关系、文学观念与形式、文学与性别、文学与市场、通俗文学与严肃文学、文学与人文精神、"纯文学"、"底层写作"等,这些问题都很重要,但大都是阶段性的。这些问题只在不同的时段因尖锐而突出出来。大概只有"中国文学与世界"的关系,成为一个永久性的问题。它就像一个挥之不去的隐痛,切近的焦虑一旦缓解,首先显露出的总会是这个问题。因此它不时会被提起。那么,这究竟是一个什么样的问题、什么样的心理,抑或说中国当代文学的创作者或批评家为什么总是对这个问题津津乐道或锲而不舍。我们究竟应该如何理解这一问题。

一、"世界的文学"提出

2010 年 4 月,高等教育出版社出版了严家炎先生主编的《二十世纪中国文学史》(上册)。这部著作的出版,改写了中国现代文学发生的历史年限:"像过去那样,现代文学史就从五四文学革命写起,如今的学者恐怕已多不赞成。相当多的学者认为:中国的现代文学史或二十世纪文学史,应该从戊戌变法也就是十九世纪末年写起。但实际上,这些年陆续发现的一些史料证明,现代文学的源头,似乎还应该从戊戌变法向前推进十年,即从十九世纪八十年代末、九十年代初算起。"①这里,严家炎先生从三个方面做了论证:第一方面,五四倡导白话文学所依据的"言文合一",早在黄遵宪 1887 年定稿的

《日本国志》中就已提出，它比胡适的《文学改良刍议》《建设的文学革命论》等同类论述，足足早了三十年。在《日本国志》卷三十三的《学术志二》文学条中，黄遵宪以“外史氏”的口吻说：“盖语言与文字离，则通文者少；语言与文字合，则通文者多，其势然也。”因此，早于胡适、陈独秀三十年前，黄遵宪就预言了口语若成为书面语就会让“农工商贾妇女幼稚皆能通文字之用”的局面。这一思想的提出，显然是黄遵宪意识到了文艺复兴后的西欧各国，它们在建立现代民族国家的过程中，为改变古拉丁文所造成的言文分离状态，以各自的民族语言为基础，实现了书面语与口头语的统一有关。因此“言文合一”的思想如果没有“世界性”的参照，也是不可想象的。晚清出使法国的陈季同，不仅是一个出色的外交家，同时也是一个成就非凡的作家。他曾用法文写了八本书，有长篇小说、剧本、学术著作、小品随笔以及《聊斋》译文。这些著作不仅销路很好，而且还被译成意大利文、英文、德文等出版。这八本著作有四本与小说和戏剧有关。在他的观念里，小说和剧本已经具有文学的正统地位。更重要的是，陈季同用非常法国式的叙述，在1890年发表了长篇小说《黄衫客传奇》，成为中国作家创作的第一部具有现代意义的小说作品。他更早出版的学术作品《中国人的戏剧》，在中西两类戏剧的比较中准确阐述了中国戏剧特点：“作者认为中国戏剧是大众化的平民艺术，不是西方那种达官显贵附庸风雅的艺术。在表现方式上，中国戏剧是‘虚化’的，能给观众以极大的幻想空间，西方戏剧则较为写实。在布景上，中国戏剧非常简单，甚至没有固定的剧场，西方戏剧布景则尽力追求真实，舞台相当豪华，剧院规模很大。作者的分析触及中西戏剧中一些较本质的问题，议论切中肯綮，相当精当。”回到国内后，他创作了话剧剧本《英勇的爱》，虽然也是用法文创作的，但无疑是出自中国作家的最早的一部话剧。不但在法国和欧洲产生了影响，而且这些创作都足以改写中国现代文学的发生和标志性作品的确认。

第二方面，在严先生看来，陈季同的更大贡献，还在于他在19世纪八九十年代，就已经形成或接受了“世界的文学”这样的观念。在陈季同看来:首先该责怪的是中国的“妄自尊大,自命为独一无二的文学之邦”,不求进步,老是对小说戏曲这些很有生命力的文学品种“鄙夷不屑”。其次,陈季同也谴责西方一些文学家的不公平,他们没有读过几本好的中国文学作品甚至连中文都不太懂,就对中国文学说三道四,轻率粗暴地否定,真要“活活把你气死”,这同样是一种傲慢、偏见加无知。陈季同在这里进行了双重的反抗:既反抗西方某些人那种看不起中国文学、认为中国除了诗就没有文学的偏见,也反抗中国士大夫历来鄙视小说戏曲、认为它们“不登大雅之堂”的陈腐观念。他提醒中国同行们一定要看到大时代在一日千里地飞速发展,一定要追踪“世界的文学”,参加到“世界的文学”中去,要“提倡大规模的翻译”,而且是双向的翻译:“不但他们的名作要多译进来,我们的重要作品,也须全译出去”,这样才能真正去除隔膜和避免误会,才能取得进步。正是在陈季同的传授和指点下,曾孟朴在后来的二三十年中才先后译出了五十多部法国文学作品,成为郁达夫所说的“中国新旧文学交替时代的这一道大桥梁”(郁达夫:《记曾孟朴先生》)。事实上,当《红楼梦》经过著名翻译家李治华和他的法国夫人雅歌再加上法国汉学家安德烈·铎尔孟三个人合作翻译了整整二十七年(1954—1981)终于译成法文,我们才真正体会到陈季同这篇谈话意义的深刻和正确。可以说,陈季同作为先驱者,参与了文学上的维新运动,并为五四新文学的发展预先扫清道路。

第三方面,严先生认为:就是当时标志性的文学作品也是可以指认的:继陈季同 1890 年在法国出版第一部现代意义上的中篇小说《黄衫客传奇》之后,1892 年,韩邦庆(1856—1894)的《海上花列传》也开始在上海《申报》附出的刊物《海上奇书》上连载。《海上花列传》可以说是首部有规模地反映上海这样现代都市生活的作品。如果说《黄衫客传奇》借助新颖的小说结构、成功的心理刻画、亲切鲜活的风俗描绘与神秘的梦幻氛围,构织了一出感人的浪漫主义爱情悲剧,那么《海上花列传》则以逼真鲜明的都市人物、“穿插藏闪”的多头叙事与灵动传神的吴语对白,凸显了“平淡而自然”(鲁迅语)的写实主义特色。它们各自显示了现代意义上的成就,同属晚清小说中的上乘作品。它的意义确实属于现代。

严家炎先生分别从理论主张、国际交流、创作成就三种角度,考察了中国现代文学起点时的状况。可以归结起来说,甲午前夕的文学已经形成了这样三座标志性的界碑:一是文学理论上提出了以白话(俗语)取代文言的重要主张;二是伴随着小说戏剧由边缘向中心移位,创作上出现了一些比较优秀的真正具有现代意义的作品;三是开始了与“世界文学”的双向交流,既将外国的好作品翻译介绍进来,也将中国的好作品向西方推介出去。这就意味着,当时的倡导人本身已经开始具有世界性的眼光②。严先生虽然论证的是中国现代文学的发生、起点或标志性的作家作品。但在这些论述中也不经意地透露了,就在中国现代文学发生的同时,“世界性的文学”观念也同时出现了。这与从晚清开始,中国的“天下”观变为“世界”观是同构发生的。但可以肯定地说,如果没有像陈季同这样对西方文学世界有如此广泛了解的文学家,如果没有对西方现代性有如此深刻认识的杰出人物,中国文学的现代性肯定要滞后三十年,也就是胡适和陈独秀的时代。

二、《黄衫客传奇》:“民族的”“世界的”双重性

陈季同的《黄衫客传奇》1890 年在法国以法文发表③。这部作品以唐代传奇蒋防的《霍小玉传》为基础,讲述了李益与小玉的爱情悲剧。《霍小玉传》是唐传奇的名篇,原作中的李益是一个“生门族清华,少有才思,丽词佳句,时谓无双,先达丈人,翕然推伏”的青年才俊,但他“思得佳偶,博求名妓,久而未谐”。经媒婆介绍与“资质浓艳,一生未见,高情逸态,事事过人,音乐诗书,无不通解”的女子小玉一见钟情。小玉对未来丈夫选择的标准是“不邀财货,但慕风流”,所以她选择了李益,只因倾慕他的才气。她自知自己的身份,所以她对李益说:“妾本倡家,自知非匹。今以色爱,托其仁贤。但

虑一旦色衰,恩移情替,使女萝无托,秋扇见捐。极欢之际,不觉悲至。”但李益却说:“平生志愿,今日获从。粉身碎骨,誓不相舍。夫人何发此言?请以素缣,著之盟约。”“玉因收泪,命侍儿樱桃,褰幄执烛,授生笔砚。玉管弦之暇,雅好诗书,筐箱笔砚,皆王家之旧物。遂取绣囊,出越姬乌丝栏素缣三尺以授生。生素多才思,援笔成章,引谕山河,指诚日月,句句恳切,闻之动人。”小玉自知自己的出身难以与李益相配,也不想让李益受到誓约的束缚,所以她只要李益陪她八年,她便满足了。两人就这样相处了两年,也曾如胶似漆,也曾海誓山盟。后李益因为书判拔萃登科,被授予郑县主簿的官职,从此没了消息。因此成了一个“虚词诡说,日日不同”的负心郎。在中国传统的叙事文学中,“痴心女子负心郎”几乎是一个元叙事,一直到明清白话小说大都如此。但是,在《黄衫客传奇》中,陈季同并没有按照中国传统文学的叙事模式处理李益与小玉的关系。在陈季同那里,李益虽然也有性格缺欠,他的表兄就说:“你有想压倒天朝男儿的雄心壮志,但你又会为了一个穷人而两手空空。当你想当一个恶棍的时候,你又忍不住要去行善。”李益的矛盾性格已经露出了讲述故事时代“知识分子”的某种品性。他犹豫不决,但善良诚恳。李益也自知门户差异,因此“很快就给母亲写了信,说明自己的计划,请求她的同意。在用心写的信中,他首先描摹了未婚妻的美貌,接着又讲了他从郑夫人这里受到的母亲般的接待;最后,他又充满感情地表示了他的孝顺和敬爱之心。读到这封温情的杰作,小玉的母亲感动得落了泪”。一方面是恳请母亲的同意;另一方面也敢于承担责任。当与小玉有了鱼水之欢被郑夫人发现后,小玉揽过说自己有罪,“不检点”的是她;这时的李益表现了一个男人应有的担当:“不,夫人!小玉是无辜的。现在我感到罪孽深重,不知道怎么做才能求得您的谅解。我只有一个借口:我太爱您的女儿了,不能没有她在身旁。我向您保证,我并不是故意这样的,我是身不由己做下蠢事,并不是有意背叛您的信任。”尽管李益敢于担当并信誓旦旦。但母亲的来信还是不啻当头棒喝:“我既不追求财富,也不攀附权贵,我爱你胜过爱自己，为了让你满意，我会赞同你向往的一切事情。但这一次，你对我的要求几乎是不可能的。事实上，你想娶的姑娘的门第我们不能接受。也许她有王室血统，但是她母亲只是一个侍妾，出身卑贱。”李母不能接受小玉的重要原因，是门第和名分。当李益回到家乡时，等待他的是另一套中国传统式的家族宗法制度的制裁和阻拦。其间李益受到的折磨可想而知了。二十三岁便发疯而死了。

这是一个典型的爱情悲剧。但是，陈季同在处理这个爱情悲剧的时候，有两点特别值得注意：一是它的题材是非常“中国化”的，它的基本素材是中国独具的。它的人物，特别是李母的形象以及门第观念、家族宗法制度、惩治不肖子孙、阻止爱情自由的方式等，只能出自中国传统文化；但是，在具体写作和处理上，又是非常法国化或西方化的。李益与小玉的情爱关系、场景、情感和表达方式的描述，我们很容易识别出西方18、19世纪一些爱情小说的处理方式。特别是心理描写。中国传统文学与现代文学除了观念的差别、言文差别之外，在具体写法上最大的差异，就是古典文学虽然是全知视角，但只重外部描写，写人状物莫不如此；现代文学除了对外部景物、形态的描写之外，对人的内心和心理描述，是非常注重的。《黄衫客传奇》对人心理的出色描绘，严家炎先生在为《黄衫客传奇》中译本写的序言中有非常精到的分析；另一方面，《黄衫客传奇》在风情风物的描绘上，是典型的中国场景。对南京城（这里有一个重大失误是，既然是唐大历年间，都城就不是南京而是长安）整体的描摹是：

从山冈乡下俯瞰，城市及其周边美不胜收。江水壮阔而宁静，犹如一条巨大的蓝色缎带，镶嵌在绿毯般的田畴之间。

在广阔的水面中，浮起一座小岛。金山耸立其上，山间垂柳掩映，好似一只巨大而青翠的花篮。

岛上环境清幽，略无人间喧嚣。远出时而会传来悠扬的梵呗，钟声夹杂其中，那是山脚寺庙里的僧人在念经礼佛。

小岛对岸，屋宇鳞次，飞檐冲天，是一处花园环绕、重楼复壁的建筑，其主体是以琉璃塔闻名的大报恩寺。

走进房间则是：

四周饰以帘幕，上面绣有中国神话传说中的场景。其中有开天的盘古，被龙、凤、灵龟、麒麟这些忠诚的伴侣簇拥着；远处，是为人类建造茅屋的有巢氏和中国的普罗米修斯——燧人氏，他将天火带给臣民，臣民感激得说不出话来。另还有各种形制的扇面，以那个时代著名人物的画像或诗人的题咏装饰，布满了墙面。

类似的典型中国场景以及风情风物随处可见。在这一点上说，《黄衫客传奇》的内容毫无疑问是"中国"的。1890 年的法国《图书年鉴》曾发表评论说："这是一本既充满想象力，又具有独特文学色彩的小说。通过阅读这本书，我们会以为自己来到了中国。作者以一种清晰而富于想象力的方式描绘了他的同胞的生活习俗。"④但是，在表现方法上，它无疑又是现代的。爱情悲剧的浪漫性、人物塑造的方法、结构以及许多具体表达方式，都有西方现代小说影响的痕迹。正是在这个意义上我们说，中国现代文学在发生时就有"民族""世界"的双重性，或者说，也正是因为有这双重性质，《黄衫客传奇》才在西方世界好评如潮。法国《图书年鉴》称："通过几部非常值得称道的论述中国风俗的著作，陈季同将军已经名闻遐迩。"这些评价已经说明了中国现代文学发端之际的"世界性"影响。因此，晚清至五四时代，中国文学已经找到了自己的方向。这个方向就是在保持民族文化独特性的同时，以开放的眼光吸收世界所有的先进文化。这种吸收不是全盘照搬，它是在坚持民族文化主体性的基础上的吸收和学习。也只有这样，民族文化才有了"世界性"通约的可能。这一点，在陈季同的时代已经证明了。除了他的《黄衫客传奇》获得承认和好评之外，陈季同的演讲也达到了同样的效果。他在巴黎曾不止一次地操流利的法语作学术演讲，倾倒了许多法国听众。罗曼·罗兰在 1889 年 2 月 18 日的日记中写道：

在索邦大学的阶梯教室里，在阿里昂斯法语学校的课堂上，一位中国将军——陈季同在讲演。他身着紫袍，高雅地端坐椅上，年轻饱满的面庞充溢着幸福。他声音洪亮，低沉而清晰。他的演讲妙趣横生，非常之法国化，却更具中国味，这是一个高等人和高级种族在讲演。透过那些微笑和恭维话，我感受到的却是一颗轻蔑之心：他自觉高于我们，将法国公众视作孩童……他说，他所做的一切，都是在努力缩小地球两端的差距，缩小世上两个最文明的民族间的差距……着迷的听众，被他的花言巧语所蛊惑，报之以疯狂的掌声。⑤

这里罗曼·罗兰的"非常之法国化，却更具中国味"已经道出了"民族的"与"世界的"关系。也正因为如此，才有了"这是一个高等人和高等种族在演讲"的赞誉。当然这里的问题远要复杂得多。除了民族的独特性和与他者交流的通约性之外，相互熟悉和了解更为重要。这也就是当年陈季同先生看到的"重重隔膜"和"误会"，正是中国文学不为西方理解或曲解的根本原因。因此，《黄衫客传奇》既是中国的又是现代的，在人的心理、情感、自我理解、自我认同的这样的内部空间，获得了鲜明的形象、语言、观念和理论。正是从《黄衫客传奇》开始——中国现代文学的发端，中国文学就找到了正确的方向。在这个意义上，"中国"不仅仅是一个现代民族国家，它同时也是一个"历史时间"概念。或者说，从先秦开始、特别是晚清以降，"中国"的形象正是在不断变化中被塑造出来。就像传统是不断发展变化、不断被丰富的情况一样。

三、"世界性"的重提和承认的政治

20 世纪 80 年代，改革开放成为时代的主旋律。与西方世界隔绝多年的国门再度洞开，看到西方也看到了我们自己。因此，赶超西方成为那个时代国人的一种潜意识或内驱力：

这时候"走向世界"就成为文学界的一个时髦话题，这个语词里隐含着时代的焦虑与渴望：所谓"走向"，即意味着中国至今尚未走进"世界"，尚未成为世界的一个成员，那么，是什么样的"世界"既排除了中国又制约着中国呢？（与此相伴的是当时的流行语"落后要挨打”“开除球籍”等,都反映了类似的时代情绪。)显然,在现代化的全球性语境里,中国与世界的关系成为一种时间性的同向差距,中外文学关系相应地趋向于这种诠释:中国的现代文学是在世界文学思潮的影响下形成的,中国文学唯有对世界文学样板的模仿与追求中,才能产生世界性的意义。虽然在影响研究中也注意到民族性的关系,但所谓“愈是民族的愈具有世界性”的格言,使用的仍然是“世界”的标准,潜藏其背后的依然是被“世界”承认的渴望[⑥]。承认是一种政治,是一种文学的“国际通行证”。“让中国文学走向世界”的吁求,一方面是希望得到强势国家——西方的承认,不是要求得到诸如柬埔寨、肯尼亚、汤加、津巴布韦这些第三世界国家的承认。要求承认,是因为感到了不平等,是因为感到了压迫、压抑的不自在。因此也是一种对文学尊严的诉求。在过去的一百多年里,我们曾遭受过西方的奴役,因此有一种普遍的“悲情”。这种“悲情”在一定的时候会以相反的形式出现。特别是新世纪以来,中国国民经济的快速发展和综合国力的不断强大,构成了“世界性”和“走向世界”情感要求的物质基础。我们经常看到的口号是:“中国走向世界”“奥运走向世界”“中国企业走向世界”“中国品牌走向世界”“中国文化走向世界”等;孔子学院的不断建立,“文化输出”理论的不断高涨,“21世纪是中国的世纪”的提出等,都与国民经济发展状况有关。但是,经济 GDP 与文化 GDP 并不是一回事。有学者认为,在中国文化走向世界的背后,其实隐藏着一连串更为深层的问题,那就是中国文化走向世界,到底是为了向世界解释中国发展的意图,还是树立另一个和西方相抗衡的主流文化?还是参与塑造一个更为公平、和谐的东西方文化秩序?这些看似抽象的问题,在未来中国发展的过程中,必将越来越多地呈现在人们面前[⑦]。

《读书》杂志曾发表过美国学者凯瑟林·弗德瑞关于罗马尼亚农业问题的文章。在她文章的描述中,解集体化和私有化的过程,使罗马尼亚的农业整个破产了。在分土地的过程中,土地贬值了,出现了一个食利者社会。罗马尼亚认为改变这一现状没有别的办法,最好的办法就是让欧盟把我们接纳进去，让IMF、世界银行统统进来，除此之外没有别的前途[⑧]。这个描述意味着罗马尼亚经济的困境和问题。但是，这并没有影响2009年诺贝尔文学奖授予了罗马尼亚出身的赫塔·穆勒。当然，这时的穆勒已经不是罗马尼亚人了。但罗马尼亚的文化记忆于她来说是重要的。赫塔·穆勒是因为"其写作具有诗歌的精练和散文的平实，描绘了一幅底层社会的众生相"。赫塔·穆勒的英文版小说《我所拥有的我都带着》出版于2009年8月。"书中主人公依然是位被放逐至劳动营的17岁男孩的遭遇。然而，这种对自我经历的描述，在穆勒的笔下，既不是回忆录或自传，也不是对现实生活的直接再现，而是感觉的自我虚构。"而瑞典文学院常任秘书彼得·恩格隆德则指出，穆勒创作"一方面具有独特的语言风格，另一方面则真实地讲述了生活于极权之下人的状态"[⑨]。这个事例也说明的是，文学的"世界性"与民族国家的经济状况并不构成直接关系。这是事情的一个方面。另一个问题是，世界根本就不存在一个"公平""公正"的文学评价标准。即便是诺贝尔文学奖，瑞典文学院院士杰尔·伊斯普马克也说：诺贝尔文学奖不是生活在真空里，它不可能不打上政治的烙印。事实上，诺贝尔文学奖的上空一直笼罩着一层挥之不去的政治阴云。

对世界性问题的回应，同样是中国本土的问题以及与中国文化传统相关作为出发点的。它是中国的"问题"，同时也是世界问题的一部分。就中国当下文学的状况而言，"民族的"与"世界的"在今天已经难以做出剥离。文化融合的历史使文学的发展呈现出的是，更加关注人类普遍、共同的事务，特别是生存状态和精神事务。另一方面我们也必须看到，80年代之后，中国文学界对包括世界文学在内的文学经典，有一个再确认的过程，曾经被否定的世界文学经典重新被认同。80年代初期，世界文学名著被读者狂热购买的场景今天仍然历历在目。无论是作为一种文学知识，还是作为一种重要的文学遗产，世界文学显然潜移默化地、也深刻地影响了中国三十年来的文学创作。这种情况在中国主流文学的创作中，看得更清楚。美国小说家马克·吐温对家乡密西西比河乡村生活的描摹，意大利小说家维尔加对故乡西西里岛乡村底层生活的叙述，福克纳对美国南方风情画般的描绘，以及俄罗斯小说家屠格涅夫、契诃夫、托尔斯泰等对俄罗斯广阔的草原、森林和乡村生活的由衷赞美，以及拉美"爆炸文学"对古老的民族传统和神秘地域的神奇记载等，都给当代中国作家以启示或灵感。莫言说"从 80 年代开始，翻译过的外国西方作品对我们这个年纪的一代作家产生的影响是无法估量的，如果一个五十岁左右的作家，说他的创作没受任何外国作家的影响，我认为他的说法是不诚实的。我个人的创作在 80 年代中期、90 年代中期，这十年当中，是受到了西方作家的巨大的影响，甚至说没有他们这种作品外来的刺激，也不可能激活我的故乡小说，看起来我在写小说，但是外界的刺激让我产生丰富联想的是外国作家的作品"。[10]"魔幻现实主义对我的小说产生的影响非常巨大，我们这一代作家谁说他没有受到过马尔克斯的影响？我的小说在 1986、1987、1988 年这几年里面，甚至可以说明显是对马尔克斯小说的模仿。"[11]批评家朱大可在揭示这一现象的同时，也措辞严厉地批评说："'马尔克斯语法'对中国文学的渗透，却是一个无可否认的事实。长期以来，马尔克斯扮演了中国作家的话语导师，他对中国当代文学的影响，超过了包括博尔赫斯在内的所有外国作家。其中莫言的'高密魔幻小说'，强烈彰显着马尔克斯的风格印记。但只有少数人才愿意承认'马尔克斯语法'与自身书写的亲密关系。对于许多中国作家而言，马尔克斯不仅是无法逾越的障碍，而且是不可告人的秘密。"[12]还有，学院批评家在评论中国作家作品的时候，也总是不经意地将其置于世界文学的背景下作出评价。这种意识和眼光不是刻意作出的，它本身就是批评的"世界性"意识的反映和表达。如果是这样的话，我们是不是可以认为，文学与"世界"的关系已经内化为我们的思维方式的一部分，或者说，现在任何一部小说，从结构、语言、情节展开、人物塑造等技术层面上，作家即便没有刻意模仿哪位西方作家，但西方文学的影像已经无意识地存在了。但它的前提是"中国"的本土的文学传统已经先于西方文学影像存在了。就像获得高度赞誉的陈季同，即便再有法国浪漫派的姿态，但在文化的“内部空间”不能去除的还是“霍小玉”的皮囊。

注释：

① 严家炎：《二十世纪中国文学史》（上册），高等教育出版社 2010 年 4 月版，第 7 页。

② 上述观点和文字是对严家炎主编的《二十世纪中国文学史》（上册）第一章《甲午前夕的文学》之第一节《中国现代文学的发端及其标志》的部分转述。我参加了该书当代部分的编写，不仅认为严先生的这一观点改写了 20 世纪中国文学的发生、起点和标志性的作家作品，同时阐明了中国现代文学一发生就与“世界性”密切相关。

③ 陈季同：《黄衫客传奇》，李华川译，人民文学出版社 2010 年 6 月版。

④ 陈季同：《黄衫客传奇》附录一，李华川译，人民文学出版社 2010 年 6 月版，第 118 页。

⑤《罗曼·罗兰高师日记》，孟华译。见孟华为李华川著《晚清一个外交官的文化历程》一书所写的《前言》，北京大学出版社 2004 年 8 月版。转引自严家炎：《二十世纪中国文学史》（上册），高等教育出版社 2010 年 4 月版，第 9—10 页。

⑥ 陈思和：《20 世纪中外文学关系研究中的“世界性因素”的几点思考》，载《中国现代文学》第 20 期。

⑦《中国崛起：中国文化如何走向世界？》，凤凰网，http://phtv.ifeng.com/program/zhtfl/200812/1219_1687_930400_1.shtml。

⑧ 汪晖：《别求新声——汪晖访谈录》，北京大学出版社 2009 年 3 月版，第 71 页。

⑨ http://baike.baidu.com/view/2873618.htm。

⑩《著名作家莫言做客新浪网访谈实录》，http://book.sina.com.cn/41pao/2003-08-06/3/13818。

⑪《著名作家莫言做客新浪网访谈实录》，http://book.sina.com.cn/41pao/2003-08-06/3/13818。

⑫ 朱大可：《马尔克斯的噩梦》，载《中国图书评论》2007 年第 6 期。

怀念那个学术年代

——《百年中国文学总系》新版序言

《百年中国文学总系》在谢冕先生的领导下,历经七年时间,于1998年5月由山东教育出版社出版。书系出版后,在学界产生了极大的反响。两年间海内外有近百篇评论文章发表。关于书系的要义、构想及写作过程,谢冕先生在总序一《辉煌而悲壮的历程》和我在总序二《百年中国文学总系的缘起与实现》中,已做了详尽说明,这里不再赘述。我想说的是,当近二十年过去之后,我对那个学术年代充满了流连和怀念。

1989年秋季,谢冕先生在北大创办的"批评家周末",一直坚持到1998年。十年间,谢先生带领我们讨论与当代文学有关的各种问题。除了谢先生带的博士研究生和国内外访问学者外,许多在京的青年学者和批评家都参加了这一学术沙龙性质的活动。1999年,我在《批评家周末十年》一文中记述了当时的情景——

1989年10月,谢冕先生在北京大学创办了"批评家周末",他用这一形式对就学于他的博士生和国内外访问学者进行教学和研讨活动。基于当时空旷寂寞的学术环境和"批评家周末"的影响,一些青年教师和在京的青年批评家,也都纷纷加入了这一定期活动,这不仅极大地提高了研讨的学术质量,同时也在有限的范畴内活跃了当时的学术气氛,并形成了当代文学研究规模可观的学术群体,使学院批评在社会一隅得以存在和延续。逝者如斯,蓦然回首,"批评家周末"已经经历了十个年头。当它仍在继续并取得了丰硕成果的时候,回望十年,它特别值得我们纪念。

这一批评形式的创造性，不在于它的命名，重要的是它改变了传统的教学方式，改变了课堂教学单向度的知识传授。自由讨论和畅所欲言，不仅缓释了那一时代青年参与者的抑郁心情和苍茫感，同时，它宽松、民主、平等的环境，更给参与者以无形的熏陶和浸润，并幻化为一种情怀和品格，而这一点可能比它取得的已有成果更为重要。或者说："批评家周末"首先培育了学者应有的精神和气象，它以潜隐的形式塑造了它的参与者。

十年来，在谢冕先生的主持下，它的成员先后完成了多项重要的学术工程，"二十世纪中国文学"丛书十卷、《中国百年文学经典》十卷、"百年中国文学总系"十二卷，在学界和社会上产生了强烈反响，给学科建设以极大的推动和影响。这些成果，不仅对百年来中国文学实施了一次重新书写，同时也以新的观念改变了传统的研究方式，为学科建设注入了新质。而这些研究同样体现了批评家周末的精神，它虽然也是群体性的写作，但它同传统的文学史编写有极大的不同。谢冕先生提出了总体构想之后，并不强调整齐划一，并不把他的想法强加给每个人，而是充分尊重作者的独立性，充分发挥每个人的学术专长，让他们在总体构想的范畴内自由而充分地体现学术个性。因此，这些学术作品并不是线性地建构了"文学史"，并不是为了给百年文学一个整体"说法"，而是以散点透视的形式试图解决其间的具体问题，以"特写镜头"的方式深入研究了文学史制度视野不及或有意忽略的一些问题。但"百年文学"作为一个新的概念和总体构想，显然又是这些具体问题的整体背景。这一构想的实现，为百年中国文学的研究提供了新的参照和生长点。

那时，包括洪子诚先生在内的书系的作者，都是这个学术群体的成员，几乎没有间断地参加了"批评家周末"的所有活动。这个学术共同体已经成为历史，但是它形成的学术传统却深刻地影响了所有的成员。后来我一直在想："批评家周末"完成的所有项目，都没有"立项"，既不是"国家社科基金"，也不是"重点"或"重大"；既没有经费也没有赞助。但是，书系的所有作者心无旁骛，一心问学。认真地报告、认真地倾听，然后是激烈地争论。谢先生有他整体性的构想，但他更强调作者个人的主体性，并且希望尽可能保有作者个人的想法甚至风格。现在看来，书系在写作风格和具体结构方面并不完全一致，比如，谢先生的《1898：百年忧患》，从“昆明湖的石坊”写起，那艘永远无法启动的石坊意味深长；钱理群先生的《1948：天地玄黄》，广泛涉及了日记、演出、校园文化等；李书磊的《1942：走向民间》则从“两座城”和“两个人”入手；洪子诚的《1956：百花时代》，则直接入题正面强攻。如此等等，既贯彻了主编的整体意图，又充分彰显了作者的个人长处。自由的学术风气和独立的思想，就这样弥漫在这个群体每个人的心灵深处。于是我想，学术理想、学术气氛和学术信念，可能远比那些与学术无关的事物更有感召力和感染力。这种力量就源于学人内心的纯净或淡然而与功利无关。我这样说，并不意味着这套书系有多么了不起、如何“经典”。需要强调的是，它经受了近二十年的检验，它还需要经历更长时间的检验。如今，书系的作者之一的程文超教授已经去世多年，很多先生也已退休，但是，我们曾经共同拥有的过去，将是值得我们永远怀念和珍惜的人生风景。

现在，这套《百年中国文学总系》由国家专业出版社人民文学出版社重新出版，我们内心的感奋可想而知。人民文学出版社没有任何条件的胸怀和气象，让我们深受鼓舞。在一个商业气息弥漫四方的时代，让我们感到还有不灭的文化情怀一息尚存。这里，我要特别感谢责任编辑付如初博士。在一次会议上的邂逅，付如初和我兴奋地谈起她读博士研究生期间读这套书系时的感受，然后她提出：书系能否由人民文学出版社重新出版？那一刻，我除了喜出望外还能说什么呢！付如初一诺千金言而有信。她的提议获得了社领导的有力支持，于是便有了今天《百年中国文学总系》重新出版的机会。当然，他们一定承受了巨大的压力。

书系新版序言本来应该由谢冕先生来写，不仅名正言顺，而且会要言不烦。但谢先生指示由我代笔，师命难违只好勉为其难。敬请方家指正。

是为序。

2015 年 3 月 8 日于香港岭南大学

学术的“通途”与“小路”

——当下中国学术体制批判

对当下学术体制的反思和批判,应该说早已展开。有反思批判愿望和能力的学者,发表了大量言之有物、言之有据的文章,希望改变当下的学术体制以及由此滋生出来的严重后果。但是,这些身怀学术理想和有责任感的学人的声音,似乎刚刚发出就被浊浪排天的世俗声浪所湮灭,很少、甚至没有人愿意倾听这种声音。一个社会、一个国家和民族,如果学界——国家和民族的精神堡垒——沦陷的话,其他领域可想而知。不幸的是,中国的学界正在或已经沦陷,学术乃天下之公器的信念和知识分子的独立精神几乎全军覆没。这个描述看似危言耸听,事实上已全面落实——找到这样的佐证只需看看你的身边。

早在2006年,邓正来先生出版了一本文集:《反思与批判?体制中的体制外》。在自序中邓正来说:

> 我认为,在特定的意义上讲,我们置身于其间的这个时代大体上是一个我所谓的“知识规划时代”。这种“知识规划时代”所具有的最为根本的特征,乃是知识生产和再生产活动的“集体性”和“宰制性”,换言之,乃在于它是以政治性的权力和由它确定的“学术”制度安排为基础的,而这意味着这种政治性的权力和“学术”制度安排在很大程度上不仅确定了我们的知识生产方式,而且还型构了我们知识产品的具体内容。正是在这样一个时代,其生产出来的知识在很大程度上是知识分子或者根据某种特定的“知识规划”或者以经济、社会及政治等场域的逻

辑为原则而由某种特定的“集体性”知识生产机器生产的。更为紧要的是，这种发展的趋向，还很可能会把我们引领至一个“反智”的时代。我们必须决然地拒绝这样一种趋向，否则我们将失去由理性支撑的合法性。①

这里，邓正来提出的一个重要概念就是“知识规划”。“知识规划”的内结构是权力和制度。在权力的控制和制度的规约下，知识产品的具体内容已呼之欲出。这就像一个“全知视角”讲述的小说，一切均在讲述者的掌控之内，结局早已一目了然。“知识规划”首先是一个权力观念，这个语词结构的中心词是“规划”。具体地说，大到国家项目、教育部项目以及各省、市项目，小到学校、院系、学科，均有“规划”。“规划”大的有“课题指南”，申请项目必须在这个指南圈定的范围之内；小的有具体数字，院系及教师在规定时间内必须完成考核指标。在“知识规划”的控制下，衍生了一系列的与之匹配的工作、考核、评估、评价标准。在这个“知识规划”背景下从事知识生产的大学教授，就这样走上了这条学术的“通途”。但是，这条“通途”隐含了怎样的问题，只有当事人自己知道。陶东风教授曾发表了一篇题为《高校改革与填表教授》的文章。文中说：“近五年左右的时间中，我一直把相当一部分精力花费在填表上，什么博士点申报表、一级学科申报表、研究基地申报表、重点学科申报表、社会科学基金申报表，如此等等，当然还有每学年度一次的本单位考核聘任表。我有时戏称自己为‘填表教授’，虽然有些夸张，但却是绝对真实的感受。而且我发现不只我一个人在围着表格转，几乎所有我的朋友与同事也都在忙于表格大战。”②填表只是“知识规划”的一部分，而且应该说陶东风教授还是幸运的，他毕竟拥有了“知识规划”中的部分份额。

更糟糕的是那些经常苦于应酬、奔波，为博士点、硕士点、一级学科、基地、中心、项目、评奖、出书、发文章等以求一逞的“学者”们。这些名堂，是“知识规划”的具体内容，如果没有获取这些名堂，那所大学就没有颜面不值一提抬不起头的。由此，产生了与“知识规划”

相应的学术评价体制。这个体制就是“学术 GDP 崇拜”，文章、著作、项目、获奖数量、级别等是评估学科的重要量化标准。这个标准与其说合理，毋宁说更适于各级管理者的“管理”——他们只需看一眼数字，就可以做出评价，可以指认学校、学科和教师是否完成了“任务”并做出相应的处置。“知识规划”和“学术 GDP 崇拜”，必然导致学术腐败。陶东风在他的文章中说：

> 许多国家级的刊物、高级别项目与奖励的主持者（包括管理人员与评审专家），自然成了许多高校及其研究人员拉拢收买的对象，他们的隐性收入相当可观（虽然无法具体统计）。这使得高级别的学术机构成为最容易产生腐败（学术与金钱的交换、学术与权力的交换等）的地方。而那些通过各种手段成功地在高级别的刊物发表文章或获得高级别的项目与奖励的教师，就立刻成为学校的宠儿，也成为各个学校争夺的“人才”，他们可以成功地把自己的学术文化资本转化为经济资本与权力资本，名利双收。他们尽管心里可能对于表格大战极为反感，但也根本没有办法摆脱表格的统治，就像孙悟空无法跳出如来佛的掌心一样。对比一下 80 年代知识分子与学者积极地参与社会公共事务讨论、追求知识分子的独立性与批判性的情况，现在的学术精英们大多在忙于填表，忙于把自己的学术资本转化为金钱与权力，忙于买车买别墅改善自己的生活水平。而最为根本的是忙于拉近和增进自己与各种掌握“学术权力”的学术机构的关系，因为这是其他一切的前提条件。③

这是“学术的权力寻租”。这个过程中，学者一方面是这个学术体制的受害者，他们不得不谦卑地放下身段，以谋取自己需要的东西；一方面他们也是这个体制的参与者和推动者。拥有一定学术权力的学者，在项目分配、评奖、学科评估中的腐败现象，比比皆是。我也曾参与过学术评奖，目睹了有些学者，既参加了评奖，自己也是评委，既是运动员也是裁判员。虽然是匿名评奖，但他们毫不遮掩地当众告诉其他评委哪篇文章或著作是自己的,让大家"关照"。这种贻笑大方的事情他们真就做出来了。学术的生产方式、评价体制与"潜规则"构成了不作宣告的互惠关系,如何走进和实现这个"潜规则",是许多学者内心真实的焦虑,学术本身不再是问题,学界在这个意义上变得庸俗无比,尽管他们还在这条学术的"通途"上一路奔跑并兴致盎然。需要质疑的是,这些年来获奖的学术著作,除了获奖者和获奖单位积累了可以填进各种表格以应对评估、争取博士硕士点等象征资本以外,究竟在多大程度上推进了学术发展、产生了多大学术影响,就像各级科研项目,究竟支持出版、发表了多少像样的学术著作?大家心照不宣。

追求真理、一心向学的学者品性,在这样的环境中早已退出了学者的公共意识。近年来,学术诉讼层出不穷,学术丑闻成为媒体吸引眼球的重要内容,从一个方面表达了当下学术体制的弊端和困局。

社会学家孙立平指出:"近些年来,一种在市场经济基础上重建总体性权力的趋势已经清晰可见:以权力重组市场因素,以权力配置经济资源;以权力的扩张占领社会领域,包括在社会建设的名义下强化权力;以行政权力控制意识形态和舆论,压制正当的舆论监督。其背后的思路和逻辑是,权力要强大到足以全面掌控日益复杂的经济社会生活;而其前景,则是在市场经济条件下重蹈总体性社会与总体性权力的覆辙。"④孙立平对社会重建总体性权力的趋势表达了他深切的忧虑。在学界,这种权力重建的趋势与社会构成了同构关系,这同样是非常可怕的。

在这样的学术体制面前,一些真正的学者选择了另外的道路。这条道路可以说是学术的"小路"。一种是争取做一个即便在"体制中的体制外"的学者,"在'消费学术''商业学术''会展学术'和'官本学术'颇为流行走俏的知识生产和再生产的结构中,做一个严格遵循'学术逻辑'或具有学术自主性的知识分子"。⑤他们即便在体制内,也不放弃对既有的教育体制和学术体制的反思与批判:"如果我们真的认为人的生命具有神圣的性灵与崇高的价值,那么我们就没有任何理由放弃对人之生命中的任何一种生命进行关注,亦没有任何理由放弃对型构人之生命的社会秩序的正当性进行追问。当然,本文集所侧重关注的并不是人之生命中的物理维度,而是它的精神维度,因为一如我们所知,在民族国家的日常生活中,与人之精神生命具有最紧密勾连的便是它所建构且同时被建构的中国教育体制和中国学术体制。换言之,对中国教育体制和中国学术体制的反思和批判,不仅是关乎每一个学生在其最宝贵的青春求学时光中能否达到求'知'——当然是指'达才成德'之做人的知——这一根本目的的问题,而且同时也是关系到中国学人的未来学术生命、中国学术的未来方向、甚至是中国之未来可能命运的大问题。因此,不论是作为一名教师,还是作为一位学者,我都认为自己有责任不断对这种经由规划知识生产和再生产的方式而影响人之精神生命的知识生产机器进行分析和反思,有责任时刻对这种对于每一个进行认真思考的人来讲都无法彻底摆脱的结构性背景予以盯视和批判。"⑥事实也的确如此,尽管学术体制的规约无处不在,但仍有这样的学者孤寂地前行。

另一种学者在自己选择的研究领域和对象中,隐含了对当下学术体制的批判。他们在著述中对晚清和民国的学者教授的操守、情怀和治学精神充满了缅怀和敬仰。他们认为"民国文人最像是文人,民国教授堪称真正的教授。在从传统读书人向现代知识分子的角色转换过程中,他们为后世的文人树立了道德文章的楷模。他们在社会演进中,体现出思想者的努力;在人生的坎坷颠沛中,显示出个体的精神力量"。⑦孙郁在《在民国》中,集中讲述了那一代人的"风骨与气度"。陈平原曾先后写过《千古文人侠客梦》《当年游侠人》等著作。对文人的"侠客""游侠"精神大为赞赏。所谓游侠,就是游移于体制外,既没有"为万事开太平"的勃勃雄心,也不是"以天下为己任"的现代知识分子,他们不明道救世,不启蒙救亡。他们只是社会中的一个边缘群体,既生活于黎民百姓之中,又有自己的趣味和交往群体。他们落拓但不卑微,我行我素但有气节,晚清和民国的文人群体、学者教授是很有代表性的。孙郁认为“民国文人的内心的是很苦的，置身于一个苦闷、矛盾的时代，无论是做人还是为文，都只能在迟疑、迷惘、背叛和漂泊中进行”。[8]对晚清或民国文人精神的缅怀，从一个方面表达了作者内心的向往和敬意。不同的是，当下的学者很少“苦闷”和“矛盾”，当然更无“迟疑”和“迷茫”。因为“知识规划”为他们指明了道路和方向，就看他们能在这一“规划”中占有多少份额获取多少利益。

在这样的学术环境中，学界也再难产生诸如梁启超、王国维、胡适、陈寅恪、赵元任、冯友兰、萧公权、刘文典等学术大师，就像文学界再也难产生诸如鲁郭茅巴老曹那样伟大的作家一样。这是一个没有大师的时代，随处可见的只是徒具“大师状”的人物而已。于是，这样的学术生活，我们不得不怀疑我们存在的价值。许纪霖说：“一个知识分子的立场，说到底也是个性与爱好的立场，就是以自我为中心的、以知识良知为基点的独立立场。”[9]这是一个学者理想的学术态度和生活。但是，在这样的学术体制中，还谈论什么“个性”“爱好”，更遑论“良知”“独立立场”了。如何同这条学术“通途”诀别而走向个人的学术“小路”，这是一个怎样的问题，抑或我们是否有能力和愿望做出选择，我深感困惑茫然：我们就在这个体制中，既是既得利益者，又心有旁骛。我相信，这不只是我个人的感受，大概也是那些经常应酬、奔波，为博士点、硕士点、一级学科、基地、中心、项目、评奖、出书、发文章等以求一逞的“学者”们共同的苦衷吧。德国前总理科尔说：我们德国人对大学教授的尊重远远超过对商业巨子、银行家和内阁部长。这就是我们的希望所在。我们的大学教授也曾有过大抵相似的被尊重，只是那个时代的大学教授距我们实在太遥远了。

注释：

① 邓正来：《反思与批判？体制中的体制外——自序》，2003 年 8 月 20 日，法律出版社 2006 年 3 月版。

② 陶东风：《高校改革与填表教授》，《光明日报》2003 年 8 月 20 日。

③ 陶东风:《高校改革与填表教授》,《光明日报》2003 年 8 月 20 日。

④ 孙立平:《清华大学社会发展论坛:走向社会重建之路》,《战略与管理》2010 年第 9、10 期合编本。

⑤ 邓正来:《反思与批判? 体制中的体制外——自序》,2003 年 8 月 20 日,法律出版社 2006 年 3 月版。

⑥ 同上。

⑦ 孙郁:《在民国》,浙江人民出版社 2008 年版,第 202 页。

⑧ 同上,第 16 页。

⑨ 许纪霖:《中国知识分子十论》,复旦大学出版社 2003 年版,第 170 页。

文化研究与当下中国的批评实践

对文化研究再做经院式的谱系分析,在今天已经没有意义。重要的是,这一研究方法或研究范畴,在文艺、文化研究领域的普遍应用业已成为事实。只要我们翻开文艺杂志,打开与文化、文艺相关的网站,回顾一下我们近年来读过的现当代文学、文艺学、比较文学等学科的硕士、博士学位论文,以及在文学讨论会上使用的话语、研究方法和关注问题的视角,这个事实便无可置疑地呈现在我们面前。也正是源于这个事实的存在,对文化研究和文艺批评实践的不同看法,在近一个时期得以集中的讨论。普遍的焦虑是在文化研究的视野中,审美批评是否还有可能;在全球化的语境中,理论批评的民族性如何坚持或体现;文艺理论的边界如何确定,它是否还有自身知识的质的规定性;等等。

文化研究的普遍应用和这些问题的提出,不仅是关乎学科发展的问题,同时它也是以"知识的方式"表达的两种文化和学术心态:是坚持传统的学科界限,发展以"审美"知识为主的文艺学;还是打破学科界限,以更宽广的学科视野和知识整合,批评并参与当下的文化和文艺生产。在我看来,这两种不同的文化和学术心态及其批评实践,并没有也不可能构成尖锐的学术冲突,这里并不存在等级、权力、取代和支配关系。而恰恰是学术研究向着多元化、多种可能发展的一个有力的表征。我们应当承认,在大学的教育体制中,传统的文艺学仍然是一个根深蒂固无可撼动的学科,它不仅被列入本科教学的主干课程,而且是招收硕士、博士研究生的重要学科。虽然不断有对这个学科的质疑和批判,但因其树大根深而巍然耸立。文化研究作为一个新兴的研究方法和范畴，因其学科界限一直难以确定而莫衷一是，它蓬勃发展又歧义丛生，规模宏大又界限模糊。但它对新的文化语境中出现或产生的新问题的有效阐释和有力批判，使这一批评方法不仅获得了丰富的资源和对象，而且也使文化、文艺研究者有了参与当下文化和文学生产的可能和契机。

20 世纪 90 年代，尤其是 1992 年以来，中国改革开放和市场化的深入发展，为中国社会生活带来的巨大变化有目共睹。这一变化不只是物质生活的巨大丰盈、社会财富的急速增长，同时，还有在社会生活表层遮蔽不深的价值观、道德观、人生观等巨大变化。“消费文化”的兴起，不仅拉动了这个时代的剧变，同时也是改变或操纵我们生活方式和存在方式的隐形之手。当“消费”成为这个时代关键词的时候，它也无可避免地改变了这个时代的文化和文艺生产的形态和方式。对于中国来说，文化与文学的生产方式在过去虽然并非独一无二，但它延续的时间之长，制度之坚固，即便在今天仍然没有完全成为过去。因此，自 80 年代起，对文艺创作和理论批评开放和自由的吁求，几乎是所有文艺家的共同心声。但是，现代性是一项未竟的事业，在我们初始遭遇了有限度的开放和自由的时候，不期而遇的却是出人意料的“与狼共舞”，中国成了当今世界最大也是最丰富的文化实验场，除了国家主义文化、知识分子精英文化之外，各种消费文化在市场霸权、商业主义和剩余价值的控制下粉墨登场。“消费文化”构筑了当下中国的超级文化帝国。霍克海默、阿多诺和其他西方马克思主义批评家曾批判过的“文化工业”和晚期资本主义文化，在中国虽然姗姗来迟却气势汹汹。我们还难以解释这一文化逻辑，但可以肯定的是，这与中国发达地区已经步入后现代社会以及全球化的影响是大有关系的。无可怀疑，在全球化的语境中，在远程通信空前发达的今天，麦克卢汉概括的“地球村”在某种程度上已经成为事实。“天涯若比邻”虽然是电子幻觉，但全球在经济、商业领域、国际贸易等方面的关联愈益紧密化，“与国际接轨”已成为社会流行语，即便在文化艺术领域，强势文化对弱势文化的影响和覆盖渗透，也已成为国际社会共同关心的问题之一。无论强势文化或弱势文化，都在对全球化的趋势进行批判。值得注意的是，西方学者在批判全球化的时候，同时也是在批判资本主义的"文化工业"和晚期资本主义文化。英国曼彻斯特大学教授伊格尔顿指出："我们看到，当代文化的概念已剧烈膨胀到了如此地步，我们显然共同分享了它的脆弱的、困扰的、物质的、身体的以及客观的人类生活，这种生活已被所谓文化主义（culturalism）的蠢举毫不留情地席卷到一旁了。确实，文化并不是伴随我们生活的东西，但在某种意义上，却是我们为之而生活的东西。感情、关系、记忆、归属、情感完善、智力享受，这些均更为接近我们大多数人，并用以换来安排或政治契约。但是自然将始终优越于文化，这是一个被人们称作死亡的现象，不管多么神经质地热衷于自我创造的社会都毫无保留地试图否定这一点。文化也总是可以十分接近舒适安逸。如果我们不将其置于一个启蒙的政治语境中的话，它的亲和性就有可能发展为病态和迷狂状态，因为这一语境能够以更为抽象的同时在某种程度上也更为慷慨大度的从属关系来孕育这些迫切需要的东西。我们这个时代的文化已经变得过于自负和厚颜无耻。我们在承认其重要性的同时，应该果断地把它送回它该去的地方。"①伊氏所批判的显然不只是英国或欧洲的晚期资本主义文化，他所批判的还包括美国想象的"全球化"或文化同质化。西方的知识左翼批判全球化的时候，事实上也是一种对强势文化的自我检讨和批判。但我们在面对全球化的时候，更多听到的还是对强势文化愤懑的抱怨或激进的指责，在全球性的"文化之战"中，我们忧心忡忡却又束手无策。弱势的文化地位和心态，也使我们失去了对自己文化检讨的耐心乃至愿望。

事实上，从西方马克思主义到知识左翼对"文化工业"、晚期资本主义文化到全球化的批判或检讨，是文化研究的起源和合乎逻辑的发展。在阿多诺、本雅明、马尔库塞等西方马克思主义者的视野中，资本主义的文化危机是他们关注的最基本的主题之一，他们的成就令人难忘。"20 世纪马克思主义在思想史和艺术史方面最大胆的概述、对发达资本主义文化最精确的评价、从这一状况下的解放可能包含的要求与允诺的全部意义都要归功于他们。”②他们发动的对资本主义文化的批判浪潮，经由伯明翰学派和欧美文化研究“转向”的推动，至今方兴未艾。对于中国知识界来说，启蒙话语受挫之后确实曾一度“失语”，但他们自我期待中的国家民族关怀和参与公共事务的热情，并没有发生革命性的变化。这时，文化研究的理论旅行和“文化工业”在中国的兴起几乎同时如期而至，这对彷徨焦虑和目标迷茫的知识界来说恰逢其时。因此，表面上看，文化研究在中国是一种“外来话语”，是西方理论旅行的一个“驿站”，但就本质意义而言，它却接续了现代中国知识分子的精神传统。对包括文化生活在内的社会生活的积极参与介入，是这一阶层挥之不去的思想情结，而文化研究恰恰提供了得心应手的方法和批判的视角。

另一方面，文化语境和文艺生产的历史性变化，也使传统的“审美”批评捉襟见肘。不仅电视剧、广告、大众传媒、酒吧、美容院、影楼、选美大赛、T形舞台、MTV、卡拉OK、人体彩绘等大众文化及其场景，已经渗入到我们的日常生活，即便是“严肃文艺”创作，如小说、戏剧、诗歌、美术等精英文艺，“美感”为“快感”所置换和替代的趋势业已成为不争的事实。张艺谋的电影当然也可以从“美学”的角度分析，比如画面、音乐、服饰、场景等，但是，作为商业电影，它的成功从来就不是美学的成功，而是和巨额投资、媒体炒作和商业运作联系在一起的；而且只要我们考察一下90年代以来的女性文学、“官场文化”、知识分子小说、留学生文学、“60年代”“70年代”以及“80年代后”的写作，我们遇到的问题和可资谈论的话题，更多的是文化和社会性的，比如性爱、女性心理、腐败问题、政治体制、新的“零余者和多余人”、跨国文化和漂流心态、城市文化与乡村文化的不同时间等，对这些现象的批评和研究，以“审美”批评的角度来匡正和抱怨已无济于事，而文化研究却可以从跨学科的角度，对其做出有效的阐释和批判。并不是说批评家非要选择文化研究作为武器，而是中国当下的文化和文学生产的状况，使文化研究有了用武之地。极端地说,90 年代以来,如果没有文化研究的介入,我们的文化和文学批评是难以想象的。

虽然我们也看到,对审美批评回归的普遍愿望当下正在经历,但是,具有悖论意义的是,一方面,"现代艺术中的那些超美学的观点似乎已经使人们对它完全失去了信任,并且在新的后现代的支配下,各种各样令人眼花缭乱的风格和混杂物充塞着消费社会。而老的美学传统已几乎不能拿出足够的理论储备来解释这些新作品,因为这些新作品吸纳了新的交流手段和控制论技术。同时,对于过去的现代主义的'进步'这个概念——导向新的技术发现和新的形式创新的目的——的怀疑使艺术进化论的时代终结"。在这种情况下,"给传统的审美特性、关于自然与艺术经验、关于作品作为超越实践与科学领域的自主性等问题的分析带来极大的未定性,如同我们时代的艺术接受、消费(或许甚至生产)正在经历某些根本的变异一样,使旧的范式变得互不相关或至少成为明日黄花"。[③]我们不是在补资本主义的课,但是,我们遭遇的现代性,却使我们遇到了资本主义后工业时代同样的文化问题。对这一问题的文化阐释,是过去审美批评不曾遇到的,这也从一个方面证实了审美批评在新的语境下的尴尬和有限性。在审美批评保有高贵气质的时代,艺术是一个超越商业化的领域,它有力量颠覆或抗衡与商业主义的联姻,即便在阿多诺的时代,他也试图在有限的领域内(如音乐),以美学的模式积极建构和创造新的批判文本。但是进入后工业时代以后,"伴随形象生产,吸收所有高雅或低俗的艺术形式,抛弃一切外在于商业文化的东西。在今天,形象就是商品,这就是为什么期待从形象中找到否定商品生产逻辑是徒劳的原因,最后,这也是为什么今天所有的美都徒有其表,而当代伪唯美主义对它的青睐是一种意识形态的策略而不是一个具有原创性源泉的原因"。[④]

在"快感"文化的挤压下,传统的审美文化、严肃文化和更具消费性的文化混杂地重叠在一起,可供审美批评的范畴正在缩小。严肃文化虽然在社会生活结构中从来也没有占据过中心地位,但在

“快感”文化、中产阶级趣味和吞噬消费一切的大众文化喧嚣的声浪中,包括文学在内的严肃文化的边缘化,其形势越来越严峻已经成为共识。因此有人惊呼文学研究的时代已经过去了。再也不会出现这样一个时代——为了文学自身的目的,撇开理论的或者政治方面的思考而单纯地去研究文学,那样做不合时宜。我非常怀疑文学研究是否还会逢时,或者还会有繁荣的时期。这就赋予了黑格尔的箴言另外的含义(或者也可能是同样的含义):艺术属于过去,“总而言之,就艺术的终极目的而言,对我们来说,艺术属于,而且永远都属于过去”。这也就意味着,艺术,包括文学这种艺术形式在内,也总是未来的事情,这一点黑格尔可能没有意识到。艺术和文学从来就是生不逢时的。就文学和文学研究而言,我们永远都耽于其中,不是太早就是太晚,没有合乎时宜的时候。[5]这一说法可能有些耸人听闻或过于悲观。起码在当代中国,文学研究并没有、也绝不会“成为过去”。事实上,大学的文学史编写及教学,所沿用的主要方法仍然是社会批评或历史、美学的方法。在文学评论杂志上,用审美批评撰写的评论文章,仍然大量的存在。而在文化研究成为“显学”的时候,我们看到更多的恰恰是文化研究学者对文化研究的警觉和检讨:当下的中国文化,“与其说为我们提供了一幅色彩绚丽、线条清晰的图画,不如说为我们设置了一处镜城:诸多彼此相向而立的文化镜像——诸多既定的、合法的或落地生根或刚刚‘登陆’的命名与话语系统,以及诸多充分自然化、合法化的文化想象——相互叠加、彼此映照,造成了某种幻影憧憬的镜城景观。简单化的尝试,间或成为命名花朵所覆盖的危险陷阱”[6]。有的文化研究学者甚至直接提出“文化研究向何处去?”认为今日的文化研究已经与昔日不可同日而语。它涵盖面甚广,从古老的传统学科到新近的政治运动,几乎无所不包,由于没有明确的领域及学科界限,优势逐渐转化为劣势。文化研究对文化的定义如此广泛,就连霍尔也承认缺乏足够的专门化术语绝对什么不是“文化”。文化研究这种“居无定所”的状况,决定了它是“一个毫无安全感的孤儿,在绝望地寻找一个父亲的形象”[7]。

这些警觉和担忧不是没有道理的。这位论者最后断言：也许，文化研究可能会消失在文学研究之中，今天从事文化研究的风云人物，许多都是文学专业出身；而文学领域的文化研究，更是硕果累累。文化研究最早来自于文学研究，那么，回到文学研究之中，或许是它最好的归宿。[8]文化研究学者事实上已在考虑文化研究未来的出路。问题是文化研究不是需要退回文学领域，作为一种方法或视角，它已经为文学研究带来了全新的面貌。即便未来文化研究需要一个界限分明的安身立命之地，作为一种"遗产"或训练，它仍然不会被轻易删除或了无痕迹。

文化研究的利弊同时存在，大概也正因为它的"不成熟"才吸引了无数研究者的盎然兴趣。另一方面，这一歧义丛生的领域，无意间却也起到了学科整合或打通学科壁垒的作用。在学院体制内，学科划分过于精细，界限过于分明，已经暴露了未被言明的明显缺陷，跨越学科界限一步，学者就会言不及义甚至一无所知。这种学科壁垒造成的知识隔膜，反过来又带来了画地为牢的学科职业化心态。"术业专攻"使今天的学者更像一个"知识工人"。现代工业革命分工细密给学院带来的负面影响，并没有随着后工业时代的到来得以纠正。文化研究打破了学科界限，不仅带来了研究视角和方法的革命，同时它也是学者职业"自救"的有效途径。文学等学科的交互效应模糊了过去的界限，在一定意义上颠覆了科学技术主义霸权强加给人文学科的精细分工，使人文学者在处理当下问题时，有了更为广阔的思路和视野。因此，无论西方文化研究的前景如何，在当代中国，文化研究应该是刚刚开始而不是结束。

注释：

① [英]特里·伊格尔顿：《文化之战》，见王宁编《全球化与文化：西方与中国》，北京大学出版社 2002 年版。

② [英]弗朗西斯·马尔赫恩：《当代马克思主义文学批评》，刘象愚等译，北京大学出版社 2002 年版，第 12 页。

③ [美]弗里德里克·詹姆逊:《后现代性中的形象转变》,见《文化转向》,胡亚敏等译,中国社会科学出版社2000年版,第97页。

④ 同上,第130—131页。

⑤ [美]希利斯·米勒:《全球化电信时代文学研究的命运》,见王宁编《全球化与文化:西方与中国》,第183—184页。

⑥ 戴锦华:《隐形书写》,江苏人民出版社1999年版,第6—7页。

⑦ 王毅:《文化研究向何处去》,《河北学刊》2004年3期。

⑧ 同上。

媒体与文学的时尚化

——在中国社会科学院研究生院的演讲

在同一个外国学者的交流中,他提出一个很尖锐的问题:90 年代之后中国整个民族的审美水平,或者说是审美愿望正在不断地跌落,究竟是为什么?这是一个非常具有挑战性的问题。我说,先不正面回答你问题。我可以先讲一下我个人的经验。2000 年去日本的时候,我对日本人民爱好读书感到极其震惊,车上每一个人都拿着一本书在读。出于好奇心,想知道他们在读什么,结果看到他们读的都是漫画;2001 年去欧洲,发现在欧洲的地铁里面卖的书籍和严肃文学是不相关的;2002 年去俄罗斯的时候,情况可能更糟糕,我看到每一个图书报刊摊点卖的书,和 18、19 世纪或者我们学院经典教育的作品根本没有关系。所以,我的回答是:审美要求和审美水平的不断跌落不只是中国的问题,而是全球性的问题。文学的时尚化,已成为一个全球普遍存在的问题。

最近所里的赵京华先生翻译了柄谷行人的一本书,柄谷行人是日本三大批评家之一,也是当代日本最有影响的一个批评家。这本书叫作《日本现代文学的起源》,成书于 20 世纪 70 年代,在这本书的中国版的序言里面,柄谷行人指出,让文学重新去寻找意义的时代已经永远地结束了。20 年前他就做了这样的宣告。在包括欧美的一些文学批评家那里,也逐渐听到一些关于文学的噩耗:文学已经死亡了,我们搞文学批评的人都是为文学哭丧的。对于这种现象我们当时听了之后都非常不理解。这和我们从事文学专业有关系,对这个专业我们可能还有一种和职业相关的理解。到了 90 年代中期以后，我们逐渐感到这种现象在中国已经不期而遇。最近不同的传媒、不同的学术团体都相继开一些会议，如《南方文坛》这一期可能有一个专栏，主要谈文学究竟要呼唤什么，《文艺报》和河北师大刚开完一个会，专门讨论文学时尚化批判的问题。《文艺报》最近可能要开一个专栏，叫作“文学是否真的丧失了想象力”等。我们通过国际的学术交往，和国内同行们所表达出的这种忧虑，包括讨论这个话题本身，就能深刻地感受到文学时尚化这种现象，在我们今天的文学生活里或者文化生活里，已经成为一个普泛性的现象。另一方面，中国也好，其他发达国家也好，这个现象的普泛化，应该是和媒体的兴起有直接的关系，在我们今天的文化生活里，媒体的霸权主义和媒体帝国主义的宰制，已经成为我们今天日常生活里面最重要的文化意识形态。

大家读过葛兰西的著作，在他的理论里有一个很重要的概念——hegemony，我们通常把它们翻译成“霸权”，事实上，它的本意应该是“领导权”。他在提出“领导权”这个概念的同时，还提出了两个概念，一个叫作运动战，一个叫作阵地战。在他看来，东方这种专制的国家是可以通过运动战，也就是通过诉诸革命暴力，推翻原有政权，建立起一个新的意识形态和新的政权。俄国、中国都是采取这样的一种方式。但是在欧美发达资本主义国家那里，他觉得阵地战是非常重要的。也就是说，通过传媒提出一种意识形态，通过民间社会，比如说像教会、学校、工会等这样一些民间社会，使文化领导权能够被民众所自愿地认同。就是说在发达资本主义国家里，通过暴力推翻一个东西，这种可能性是很渺茫的，因为他的日常生活相对比较稳定。只有一种理论、一种意识形态被民众所认同、所接受，你才能颠覆一个东西。阵地战通过传媒不断去影响民间社会、影响民众，从而获得文化领导权。这个意思是说，文化领导权和意识形态霸权是非常不同的。意识形态是一种统治，是强制性的；文化领导权则依靠自觉认同。我曾有一个不太恰当的比喻，把文化领导权比作婚姻，两个男女青年只有互相认同才能结婚；比如合同，两家企业只有互相认同的时候，才能签署合作契约，所以文化领导权是双方的事情。阵地战对中国来说情况可能要复杂一些，我们大概从延安时期开始，共产党在解放区，在局部领域里逐渐创办了影响广泛的传媒，比如像《解放日报》以及很多文学性的报纸杂志。那时，延安的民主性、自由性还可以使文艺家获得某种自由。进入共和国之后，统一的革命政权建立了，传媒是我们主流意识形态的一个重要工具，这时候，它的自由性可能逐渐地就不存在了。传媒主要是表达执政党、国家和主流意识形态的一个传播工具，这个情况持续到80年代初期，对报纸、出版社、杂志社领导、监控、审查，以及对来自不同方面声音的过滤的要求是极其严格的。所以50年代一直到80年代初期在我们传媒里面不会出现不同的声音，只有一个声音——就是国家主流意识形态的声音。

80年代中期以后，这种情况逐渐发生了一些变化，大家都读杂志、报纸，可以非常明显地感觉到这个变化。特别是90年代以后，中国经历了一个巨大的日常生活的世俗化运动，这个运动和八九十年代之交的启蒙话语受挫、中国知识分子集体失语有很大的关系，当然也和中国不断地改革开放，特别是对文化生活领域不断地开放有很大的关系，我们的传媒发生了非常大的变化。比如平面传媒，在90年代中期就开始发生变化，很多作家协会的刊物纷纷倒闭。八十年代的时候，像《人民文学》《诗刊》《收获》《十月》这些杂志的发行都在十几万、100万册，当时发行量最大的杂志是《大众电影》，发行量达800万册。那个时候，他可能是不断出现靓男俊女图片的唯一一家杂志。到80年代中期以后，文学杂志的发行量锐减已经成为普遍的现象。

90年代以后具有时尚化的杂志出现了，比如说《时尚》《瑞丽》《世界服装之苑》这些表达中产阶级趣味的杂志，已经成为我们文化市场的"主打"品牌，那里宣扬的意识形态、生活方式和文化趣味已经在很大程度上为读者认同。这种时尚性的文化杂志，所带来的其实是一种新的意识形态，而不是与意识形态没有关系的，它隐含的是一种消费主义的和中产阶级的意识形态。《时尚》杂志创刊于1993年，他的发刊词当时还比较暧昧，对时尚的阐释可能还不准确。经过十年的成长，它已成为同类杂志中最具竞争力的一份杂志，在文化市场上几乎所向披靡，并建立了许多分支机构。《瑞丽》也一样，现在已经发展为三种类型，有三种《瑞丽》，有专门给中学生看的，有针对中年女性的，还有面向青年女性的。杂志的选题、图片、文字的设计都极其专业和精细。《瑞丽》特别像日本的杂志，制作非常细致、图片非常考究，这些中产阶级杂志在中国建立起来的中产阶级的生活趣味，可能是我们这个时代最具主宰力和最具支配力的一种意识形态。

我和陈晓明讨论这个问题的时候，我持有非常激进的批判的态度。陈晓明问我，中产阶级伤害你什么了？这个问题让我觉得很难回答，但是这是两个不同的问题，对文学时尚化的批判态度可能还处在两难的境地之中。中产阶级并没有伤害我，关键是作为知识分子，如果知识分子还存在的话，我们还以这个角色来定位，并且在社会生活里以这种身份自我认同，那么我对中产阶级是持批判态度的。当然不是说只有我持这种态度，比如像西马的很多理论家，也包括像中产阶级最发达的美国，像丹尼尔·贝尔和赖特·米尔斯，他们一个是左派运动之父，一个是最具保守主义倾向的理论家，他们在理论层面的争论持续了多年，唯独在对待中产阶级和白领阶层批判这一点上，他们完全一致。为什么一个激进的左派和一个右倾的自由主义知识分子，他们却共同去排斥和否定资产阶级的意识形态呢？他们做过一个区分，美国白领是新兴的中产阶级，和美国老式的中产阶级是不同的。美国老式的中产阶级有矿山、学校、医务所、银行，也就是说有一个企业或实业在支撑着他，这使他们必须具有处理、判断现实问题的能力，他不依附任何人，有独立性；但是新兴的中产阶级不是这样，他们是董事、经理、医生、大学教授、律师等，在一个公司里、在一个企业里的经理、董事，不能对老板的意志说三道四，如果不是这样，他就很难在这个位置上做下去。他只有唯命是从，做个执行人。中产阶级的这种身份,决定了他们不再可能有独立思考和批判现实的能力。回过头来看我们中国,以《时尚》《瑞丽》《世界服装之苑》为代表的中产阶级杂志,和我们对现实的关系是一种认同的诱导关系,它们没有任何批判的愿望。我们社会生活存在那么多的不合理,贪污腐败,环境污染,农民失去土地,在上面那些杂志中,我们能够看到对中国问题的关怀吗?他们有这种愿望吗?从这个意义上说,这些传媒对生活是一种虚假的承诺,那里提供的一切是只可期望而难以指望的。它以幻觉的方式对民众和消费者构成了一种诱惑。我是从这个意义上批判中产阶级和他的文化代言人的。这种争论可能由于每个人的立场、内心的诉求不同而不同。我个人持有非常激进的批判态度,中产阶级和时尚生活的文化代言人,可能构成了媒体霸权主义最具有代表性的形象。

媒体的文化霸权主义在社会文化领域里造成了等级概念,有的批评家说,大众文化和严肃文化界限的消失,使我们的等级观念彻底地消失了。比如《人民文学》过去就是至高无上的,《佛山文艺》就等而下之,这种关系就构成等级支配关系。这种看法有道理,但今天等级关系消失了吗?实际上在我们生活里这种等级关系比比皆是。白领和蓝领,老板和打工的,这种等级关系消失了吗?经济造成的等级关系甚至比政治造成的等级关系更加残酷无情!我们看到沿海发达地区的一些报道,工厂里的女工受到侮辱,外国的投资者对中国女工或者普通工人造成的伤害,这种等级关系消失了吗?没有。中产阶级的文化趣味当然是一种等级关系,一个白领阅读一本《时尚》杂志是和他的身份相符的,一个打工仔只能阅读《佛山文艺》,因为里面反映打工生活,只能用这种的方式来满足自己的文化要求。

中产阶级杂志有非常虚幻的东西。就里面的广告来说,名车名表名服装,豪华旅游,一个体面的男人应该有 4 套西装、12 件衬衣、16 双袜子如何如何。事实上它只是用一种幻觉的方式,给你构成了一种只可期望但不可指望的生活。这种虚幻的意识形态使人只是对自己未来生活的幻觉构成了一种假象关系,对现实完全丧失了批判的要求，这是现代性的一个最重要的特征之一，现代性的过程使我们批评性的资源越来越耗尽了。

时尚是由媒体制造出来的，媒体的声音在今天几乎无处不在，他的诱导和侵蚀力是非常大的。搞社会学的学者说，中国的城市化或民工潮不断涌现是和电视传媒的兴起有很大的关系。他们通过电视发现了城市生活，只有通过电视才能把城市这种灯红酒绿的东西用一种幻觉的方式带到他们眼前。在偏远的地方过了这么长时间才发现城里生活，很多小说写到这种情况，最初诱发农民到城里来有贫困的原因，但不是唯一的原因，因为祖祖辈辈都贫困。其中一个原因是他知道了外部世界。就像我们改革开放后大家都去美国，以想象的方式理解美国的自由民主。现在大家都回来了，海归了。

音像传媒近二十年来在中国的发展是最快的，80年代以后电视业迅猛发展，但我们缺乏电视文化的生产经验。这些经验在中国是通过港台文化的反哺实现的。中国接触最早的是处于“半地下”状态的港台文化。“半地下状态”是因为这些文化被认为是“带菌的”、不健康的。许多人感到忧虑。但是这种文化却不胫而走。到90年代初期以后，港台文化具有了合法性，被主流传媒所认同了，电视台放映《霍元甲》《万水千山总是情》《几度夕阳红》《月朦胧鸟朦胧》等。这些作品实际上都是非常时尚化的东西。特别是90年代以后，时尚文化的高涨，可能成为一个最重要的文化现象。比如像韩流——韩国的劲歌劲舞，包括韩剧到中国之后刮起的巨大旋风。很多少年男女头发都染成黄色的，学劲歌跳劲舞，听不懂也愿意听。但时尚化刮得再猛烈也会稍纵即逝，韩流很快又被台湾地区的文化像《流星花园》、F4取代了。

时尚的制造有时是国家意识形态支配的，它背后有经济诉求的原因。比如韩国文化观光部的目标是，让韩流在东亚获得的成功带动韩国出口贸易的发展。有些时尚不是通过经济诉求制造的，比如国内有一年大家都穿唐装，风靡全国，《宰相刘罗锅》无意之间使北京的芋头一夜之间脱销了！这都变成一种时尚性的消费，这些消费并不是通过传媒有意策划的，不像韩流，它是通过韩国文化观光部有意策划的，像金喜善、安在旭这些人深入到我们日常生活里面来了，电视里经常看到三星手机的代言者韩国美女金喜善。时尚化和媒体所建立起的关系是我们要警惕的。影像文化可能还不具有代表性，最具代表性的是网络文化。

网络文化的兴起，是社会文化时尚最具覆盖性和煽动性的媒体，我们称之第四媒体。在网络里我看到的不是因为它的表意形式，比如说网络里有各种各样的闪客，也不是它标题的设计有很极大的鼓惑性，引诱人们去阅读，更重要的是网络文学。中学生以上的小知识分子到大学的低年级学生，网络语言成了流行语言。我们看过《第一次亲密接触》《成都今夜请将我遗忘》（慕容雪村），甚至严肃作家，比如林焱，他重写《白毛女》，发表在《大家》杂志上。包括最近的《沙家浜》的改编。一种新的语言，就像流行感冒一样风行于世。我们每个人都用手机，不断接收的信息，使用的基本上都是网络语言。中国作协创研部的蒋巍，过去是个著名的报告文学作家，获过几次全国大奖。他模仿二十岁女孩子的口吻写了个长篇——《今夜我让你无眠》。这个长篇在网上发了几章，就收到了很多帖子，大家都以为他是个二十岁的美眉。我对此感到非常不理解，一个五十多岁的中年作家，模仿一个美眉的方式去写小说，我不知道为什么。如果作为个人来说，变成二十岁的美眉感到很幸福，我要祝福他，但作为一个作家我感到非常失望。这样一种时尚性的东西不仅在青年阶层流行，甚至影响到了过去很严肃的作家。

在这样一种情况下，文学时尚的表达方式或文学的时尚化可能逐渐地成为一个潮流。从 90 年代到今天，文学批评家大概都认为，能够超越 1949 年以前重要的长篇小说的作品可能不多。在传媒那里认为中国二十年来，整个文学生产、文学创作在不断发展，但我个人认为它可能还是数量的意义。近年每年生产的长篇小说大概是 1200 多部，如果按照过去经典化的评价方式来要求这些作品的话，应该说能够达到 1949 年前，比如《子夜》《家》《财主底儿女们》等这种水平的长篇，可能就不多了。

女性文学这些年的变化非常大，它由意识形态的话语逐渐走向了时尚话语。过去我们没有女性主义文学，新中国成立后像宗璞、刘真、茹志鹃这样的作家只有在风格学意义上才能够谈论她们的女性写作。评论界评价她们的时候用词都是细腻、隽永、空灵等，不是女性主义的文学立场。90 年代之后，女性主义的小说在中国应该说是在半个多世纪以来第一次出现，像林白、陈染、海南她们的小说，把过去女性内心受到的压抑通过小说的方式表达出来。这是对文学一体化、文学意识形态化的一个有力挑战，为建立一个多元的文化格局是有贡献的。但从女性作家整体创作来说，并没有脱离男性话语的叙事策略。我曾表达过一个看法，过去男性压抑、歧视女性是不对的，但在女性主义小说里出现"逆向性别歧视"，对男性进行歧视也是不对的。看陈染、严歌苓的小说，对男性的猥琐、卑微无限夸大，这种写作策略仍然是个男性的写作策略，叙事策略上没有发生革命性的变化。

90 年代之后女性文学逐渐走向时尚化，最先提出批评的，不是来自文学界的批评，而是来自意识形态的批评。如卫慧的《上海宝贝》，我们不是从道德化的角度来评价它，而是从审美的角度，它没有给我们提供任何新的审美经验。和亨利·米勒《北回归线》比较，卫慧对男女情爱的描述大概还不如人家。进入新世纪后，女性时尚化写作有增无减。今年年初，有一个长篇，一个旅居加拿大的作家贝拉写的，小说命名为《9·11 的生死婚礼》，据说被一个国家用 103 万美元的天价买了版权。这个十几万字的小长篇，叙述的是中国留日女学生纯洁，先是爱上了比她小五岁的日本男孩海天，后来又爱上了比她大很多岁的美国老男人格拉姆，格拉姆有家室，海天家里又不同意婚娶。但纯洁游刃有余地周旋于两个男性之间。对女主人公以"纯洁"命名本身就是个反讽。海天对她的追逐非常激烈、坚定、至死不渝。然后两个人结婚了，作家用了非常戏剧化的方式，写格拉姆在他们的婚礼上飞车赶到，然后格拉姆把她抢走了。女主人公走还是不走没有主意，朦胧中还是跟了格拉姆。之后，他们找到一个旅馆疯狂地做爱。这个故事的结局是，格拉姆在“9·11”事件中遇难，海天离开纯洁之后跳了富士山。就是这样一个漏洞百出的小说在市场上几乎畅行无阻。里面最时尚化的表达是个人生活无限的开放性，里面有一句话，是纯洁内心的独白：“我觉得一个女人是完全可以同时爱上两个男人的。”日常生活里面最时尚的东西写进了作品，更致命的是，时尚还要搭乘美国诉诸全球的反恐的意识形态，它搭乘的是最大的一个时尚。

今年还有一些作品，像大家所熟悉的池莉，她的每部作品几乎都被改编成电视剧，而且是被高价买断改编权和版权。她新出的一部作品是《有了快感你就喊》。文学这样的时尚化追逐确实是越来越成问题，这和文学的市场化有很大关系。很多人在忧虑，就像柄谷行人说的，让文学富于深刻意义的时代永远地成为过去了。我们今天批判文学的时尚化本身也有我们的问题，批判时尚化的起点，就是经典文化和意识形态优越感的失落。另一方面，我们又不得不反省这个批判视角。像文化研究刚刚兴起、伯明翰学派建立的时候，它所关注的是在主流文化和学院精英教育建制里面被忽略的亚文化，如吸毒、朋克、同性恋、肥皂剧、广告、工人阶级写作等。在这个意义上说我们对文学时尚化的关注是不是一定要采取批判化的视角呢？我自己也感到一种“两难”。

最近讨论时有人说，文学时尚化应该提到关乎中国文学是否能够生存的战略性高度，显然是积极地支持文学的时尚化，推动文学时尚化的发展。我个人不能够认同这种看法。我觉得文学和市场是两回事情，市场应该遵循“有效需求论”，文学能够作为产品在市场上流通的时候，事实上它和文学性并没有建立可靠关系。比如刚才讲的，池莉的作品、《9·11生死婚礼》《上海宝贝》可以在市场上大行其道，这时候它是个稀缺性的商品，根据凯恩斯的理论就是有效需求的。但文学关心的不是市场，文学关心的是人类的精神生活领域、人的心灵的领域，现在这个领域已经不大被关注。社会发展到一定程度时，人的内心总要遇到危机，总要寻找心灵安放的地方，这就是心灵家园。心灵不能总在流浪。文学恰恰是能够提供心灵、理想安放的家园的。

文学时尚化是以走向市场作为诉求，不仅像卫慧、贝拉、池莉这样的女作家，包括很有影响的男作家，他们的创作里对文学时尚化的追逐仍然非常明确。李建军（他是最近非常激进的批评家）认为中国严肃文学的时尚化是从贾平凹开始的。大家读过《废都》，书商的宣传画写着"当代《金瓶梅》"，这句话比任何批评家作的批评影响都要大得多。你也可以把他概括成"一个男人和四个女人的故事"，还有什么评论能够比这种批评更有影响呢？当然他背后可能隐含着另外一种相对来说比较深刻的想法，比如在市场经济条件下，过去传统知识分子究竟如何能够获得自我确认变成内在的一个焦虑，但是他把个人的经验植入作品里，也就是说在女性那里男性才能够获得自我确认。这种东西在那个时代恰恰是个最大的时尚。

去年有部小说叫《桃李》，在北大开研讨会，很多同学都指责张者：如果爱北大的话就不该这样写北大。张者说谁告诉你写北大了？我没写北大。他本科在西南师大，西南师大的同学和老师说你不能够这样写西南师大。小说写一个教授、博导和研究生的关系，和社会生活之间的关系，和漂亮的女性之间的关系。这种写作如果说它是个个别的现象，对丰富我们多元化文学创作的格局是值得肯定的，小说有各种各样的写法。但是大家都在追逐这个东西，我就感到不安了。不知道我们的文学除了时尚化、市场化是否就别无选择了。去年还有一部写得比较好的作品《经典关系》，作者莫怀戚本身就是重庆师大的写作教师。《经典关系》写的都是师生、夫妻、朋友、翁婿、父子等，日常生活里最重要的关系，所以把它叫作经典关系。看完之后你才知道这个社会生活是多么可怕！最亲密的人你不知道他在想什么，不知道他干什么！前面走的就是你的亲人，后面他干的恰恰是一种非常恶劣、糟糕的事情，背叛、欺诈等这种东西。"经典关系"都变成这个样子，那么我们这个时代、社会、民族还有什么值得我们信任？

对时尚化的批判之后要建设什么成为一个很大的问题。20世纪以来我们形成的思想文化传统就是一个批评性的传统、破坏性的传统。我们从“打倒孔家店”开始,一直在破坏,旧世界破坏掉了,但新世界是否建立起来了,新的文化是否建立起来变成了一个问题。所以我们始终在变,这与中国的现代性有关,中国的现代性始终是个不确定的方案。这个“不确定的方案”还没有成为过去,尤其是在思想文化领域里面,什么样的文化应该批判或应该弘扬并不是自明的。

最后一点,对文学时尚化的批判,作为一个批评家也好,作为一个读者也好,我内心是矛盾的。回到我们开始说到的话题,我们的审美趣味和审美意愿在不断跌落,但是另外一方面,审美的东西在生活里面被泛化了。比如汽车都是流线型的,高楼大厦都是玻璃墙的,造型越来越优美,商场里面花枝招展,城市到处是绿地、花园,情人节要献花,圣诞节要买圣诞树。生活到处充满了美。在日常生活里大家对这种时尚的追逐没有反感,生活的时尚化每个人都不反感不拒斥,而对文学的时尚化就一定批判他、不能容忍他?这是不是构成了某种矛盾呢?

第二点,文学艺术本身是关乎人类精神事物的艺术形式,关注人类心灵矛盾、不安、焦虑、悲剧的这样一种艺术形式。它和时尚能够构成同构对应关系吗?社会生活有什么样的时尚,我们的文学作品就一定要追逐他吗?时尚的掩盖之下,每个人内心的痛苦、焦虑、不安、孤独都被时尚话语遮蔽了,物质生活越是发展,每个人的心理疾患就越严重。那种躁动感、焦虑感,如果不关注人的心理疾患,不关注人的心灵事务,那么文学还有必要吗?

对时尚化的批判我自己也觉得很困难,《文艺报》对这个问题的讨论进行八个月了,我曾写过一篇文章。有人持非常激进的态度,表示就要推动时尚化的发展,认为时尚化发展是我们这个社会生活的一种进步。激进的批评家、知识左派们对此有非常激烈的批判态度,我是个很“左倾”的人,但对时尚化的批判我感到犹疑,整体上说,我对文学时尚化批判处在一个两难境地中。

“中国想象”与午夜的都市

——以沈阳为例

沈阳现在是东北地区最大的中心城市。关于沈阳的历史和现实可以有无数种叙事：它曾是契丹人烽火狼烟大展宏图的“沈州”，也是女真人灭辽建元后的“四方城”和盛京，是大清的陪都，那里有中国的“第二故宫”，是奉天府时代的留都，是现代“东北王”张作霖“大帅府”的所在地，是“辽沈战役”的中心；进入当代中国以后，沈阳是中国最大的机械加工制造业中心，它与周边的工业城市一起被称为中国的“总装备部”，它的地位在全国举足轻重，它拥有那个时代沈阳所有的荣誉。那是工人阶级当家做主的时代。在铁西工业区，分布着无数个拥有10万人的大厂。每一个黎明，工人阶级骑着自行车，迎着朝阳，怀着骄傲、自信与共和国的理想一起走进自己的工厂。在五六十年代，沈阳创造了自己的奇迹和新的历史。但是，这些已经成为过去的沈阳历史，只存留于文献资料和城市的记忆中。对于沈阳当下的都市形象来说，历史作为一个象征资本，仅仅成为一个可供凭吊、夸耀和怀旧的背景。

历史很快地进入了21世纪，新世纪初，青年导演王兵拍摄了一部长达9个小时的纪录片《铁西区》。在这部影片里，铁西区褪去了他最后的辉煌，在“工厂”“铁路”和“艳粉街”不同的时空里，铁西区在转型时期面临的所有困境被呈现得一览无余，他的破败犹如一个末路英雄或风烛残年的老者，他再也不能激起我们的光荣心。他预示了大工业时代宏大叙事的最后终结。一个精英知识分子就这样以镜头的方式冷静地记录和处理了一个行将结束的时代。事实的确如此，今天如果你再去铁西区，看到的不是喘息的蒸汽机车，不是工业化时代的巨大烟囱，也不是无所事事染着黄毛的少男少女。你看到的是沈阳最宽阔和平展的道路，是规划整齐的商品房小区和彩色霓虹灯艳丽的广告牌，各种娱乐和消费场所比比皆是。置身在这里，五六十年代的理想、八九十年代的悲壮和尴尬已荡然无存，国家主人的幻影或繁重的劳动、粗鄙的生活已经成为过去，空气质量无须治理就已经好于北京，陈旧的历史已了无踪影。这时，我们大概会想起这样一段启示录式的思想："回忆就是人生。由于总是一群活人在回忆，它遂成为永恒的演进。它受限于记得和遗忘的辩证法，觉察不出它连续的变化，它可以有各种用途，它可以作各种控制。有时它可以潜伏很长时间，然后突然复苏。历史永远是为已不存在的事物所作的片面和有问题的复原。记忆永远是属于我们的时代，并与无穷的现在依偎相连。历史是过去的再现。"①

铁西区的过去和现在仅仅是沈阳的一部分。值得注意的是，当我们在大众文化的层面谈论沈阳的时候，包括铁西区在内的沈阳的过去并没有建构进沈阳的想象中。在全球化的时代，沈阳的城市形象在中国也难以超越"城市一体化"的命运，高楼大厦建构起的钢铁水泥的森林，同样也是沈阳当下兴旺繁荣的都市形象。如果在正常工作的白天，沈阳和其他城市并没有什么区别。即便是2006年的春天，可能除了气候的原因会给沈阳"世园会"的承办者带来麻烦或不便之外，诸如城市管理、商务活动或日常生活都井然有序。

但是，一旦到夜晚，沈阳便迅速成为一个发烧或疯狂的都市。这并不是指到处闪烁的霓虹灯或巨幅广告牌，也不是指车水马龙的灯光河流。而是指以大卫营西部酒城、午夜阳光俱乐部、星辰好莱坞酒吧、毕豪斯俱乐部为代表的、遍布沈阳各个角落的大众文化娱乐场所。这些大众文化娱乐场所都是沈阳近几年来陆续建立的。对这一现象我相信站在商业文化立场和精英文化立场所持的看法会完全不同。站在商业文化立场上会看到，这些场所应该是文化产业的一部分，是文化繁荣的表征，他促进了消费，繁荣了市场，同时也增加了就业机会，甚至增进了国民经济的总产值；站在精英文化立场上会认为，这种由消费主义霸权掌控的文化现象和消费方式，是对西方娱乐文化——从内容到形式的模仿或挪移。任何文化消费方式都负载着一定的价值观念，影响大众日常生活的信念并最后改变他们的生活方式。

不仅是沈阳的大卫营西部酒城、午夜阳光俱乐部或星辰好莱坞酒吧会遭遇两种截然相反的态度，事实上，自邓丽君进入大陆开始，港台地区大众文化、大陆自己生产的大众文化、美国的好莱坞大片乃至韩流日剧等，所遭遇的都是相同的命运。在我看来，这种截然相反的态度所表达的不仅仅是一种对大众文化对立的思想立场，同时它还反映了中国学者以及普通民众，对中国现代化进程的困惑或迷茫。事实是，没有一种理想的现代化在等待我们。尤其在中国，在“不争论”的思想指导下，试错的过程就在所难免。我们当然不会相信美国学者为全球化特别是美国强势文化推行的文化趋同所作的辩解，同时我们也不能不看到作为一个后发现代化国家，只为经济利益对大众文化没有边界的认同和推行。大众文化就是“带菌的文化”，对“带菌的文化”当然需要识别和批判。

大卫营西部酒城是沈阳的大众文化娱乐的经典场所，它自己的广告词是：

> 来自沈阳大卫营的疯狂演绎。
>
> 激情、火爆、动感、刺激，沈阳大卫营西部酒城，刺激你的神经，吸引你的视线，将酒城的独特文化，毫无保留奉献给您，引导娱乐新时尚，动感生活，从西部酒城开始……粗口、绝活、幽默、搞笑，全国顶级夜总会演绎先锋。带给您超爽快感，忘却烦恼，增添快乐。
>
> 开阔娱乐新境界，幽默搞笑，全国之最，本晚会演出人员均来自国内各大娱乐城，演出节目前所未有。为达到演出效果，演员在表演时有过激语言及行为，未成年人不宜观看。本晚会纯属娱乐，不含有其他任何观点。

这则广告词虽然用了注意力经济的策略修辞,但它并没有夸张。只有来到现场你才会感受到什么是“粗口、绝活、搞笑”的含义,才会领略到“全国顶级夜总会演绎先锋”的风采。在这里,不仅有法国红磨坊式的开场舞蹈,也有红旗飞舞中的《国际歌》,不仅有中国式的疯狂摇滚,也有插科打诨式的挑逗……他动用的一切手段都是为了让你拥有“超爽快感,忘却烦恼”。观众则回应以尖锐的口哨、喊叫声和惊人的啤酒销售量。大卫营的彻夜狂欢不是“文革”中激情的群众集会,不是旧式贵族高雅的沙龙,当然也不是新兴中产阶级虚伪的客厅,他更像是混合着各个阶级、各色人物没有目标的宣泄的狂欢仪式。

午夜阳光俱乐部的广告词是“令人心醉神迷的聚会活动。想认识和你一样热情奔放、活力四射的帅哥美女吗?”对这家俱乐部网友评价是:老外非常多,他们一方面听乐队现场,一方面寻找中国女孩……如果午夜时分来到午夜阳光,一进门就是震耳欲聋的重金属音乐的轰鸣,舞台上十余位男女歌手轮番演唱;歌手休息时,有蹦迪的音乐伴奏,整个大厅天摇地动,男女老少捉对起舞。在大厅的几个制高点上,则有穿着抢眼、身手不凡的少女极尽表演之能事。这是一个既可欣赏亦可自娱的场所。

距此一箭之遥的是好莱坞酒吧。它命名为好莱坞并非哗众取宠。推开酒吧的大门,你确实会有一种进入好莱坞电影世界的感受,墙壁四周挂满了主人收藏各种好莱坞的电影海报或图片;店内的一角站着一位仿真的外国佬;菲律宾乐队在这里整晚地演唱着一曲又一曲好莱坞电影插曲和外国民歌;来到这里你才会了解沈阳是一个国际大都会,因为这里的外国人远远超过了中国人。

午夜的沈阳不是风情万种的妩媚,他是如此的斑斓、绚丽、暧昧、粗野甚至疯狂。他使所有外来者发现了另外一个沈阳。对沈阳的这一大众文化现象,如同对全球化一样,简单的抵抗或认同是没有意义的,因为他是全球化语境中多样现代性的一部分,也是“中国想象”的一部分。因此,对午夜的沈阳我们可以作出如下阐释:首先,改革开放二十多年来,社会生活拓展了新的社会空间,大众文化处于国家的监控之外,高度的商业化使它必须以“注意力经济”的方式寻求生存和发展。1997年,西方学者提出了“注意力经济”的理论,在这个理论看来,当今社会最重要的资源不是货币资本,也不是信息和竞争力,而是人的注意力。按照稀缺理论来说,信息在当今不仅不稀缺而且已经过剩。但人的注意力是有限的,谁能够吸引人的眼球、谁就抢占了人的注意力,因此也就取得了获得财富的可能。

每年一度的奥斯卡颁奖典礼是“注意力经济”最典型的范例。它既是世界电影人的节日,也是向世人炫耀向同行致敬的仪式。但对有敏感商业头脑的商场精英来说,他早已是一个世人瞩目的“事件”。而对一刻也离不开“事件”的传媒来说,更是将这样一个典礼炒得世人皆知。每一座小金人背后隐含的价值评判,掌控着世界商业电影的走向和入围影片的票房成绩。每秒5.7万美元的广告价格,获提名者价值不低于10万美元的礼袋,奥斯卡成为标准的“注意力经济学”。奥斯卡颁奖典礼上的广告时段每年都供不应求,早被订购一空。而ABC电视台就像是一个批发商,它不仅把转播权分销给美国其他电视台,还远销到海外上百个国家和地区。美国国内的广告收入和海外的电视转播费这两项加起来,一次奥斯卡颁奖典礼就能给美国的电视业带来1.17亿美元的收入。②

就像上面描述的那样,无论是拼贴的大卫营西部酒城的节目、午夜阳光疯狂的舞蹈,还是星辰好莱坞的异国风情,都能够最大限度地获得人的注意力,特别是年轻人的注意力。因为它前卫、时尚、引领文化消费的风潮。在这样一些地方,不仅有成功人士、也有风尘女性,有中产白领、也有青年学生,消费者几乎遍及社会各个阶层。大众文化消费市场竞争力的加剧和买方市场的形成,“注意力经济学”就这样显示了它的“先知”的眼光。

其次,是现代化后发地区对“发达”的想象和凸显。任何一个后发的现代化国家和地区,总是要尽力突出它的“发达”,就像所有的发展中国家一样,到处都是喧嚣的建设工地或巨大的烟囱,而真正发达的国家和地区恰恰是绿茵草地和茂密的森林。同样的例证在中国也可以找到,当北京的迪厅和三里屯已不再火爆的时候,恰恰是在“雕刻时光”咖啡馆里人头攒动比肩接踵。因为北京的文化时尚已经超越了“躁动”期而转向“品位”的模仿,尽管我们知道那也是装模作样。但“雕刻时光”的文化意味适应甚至引领了这一文化消费潮流。“雕刻时光”是来自于苏联导演安德烈·塔可夫斯基所写的电影自传,意思是说电影这门艺术是借着胶片记录时间流逝的过程,时间会在人物或外部世界留下印记,也就是雕刻时光的意义所在。安德烈·塔可夫斯基 1932 年生于俄罗斯札弗洛塞镇,1961 年毕业于苏联电影学院。他导演的电影曾经赢得多项国际性大奖,第一部长故事片《伊万的童年》于 1962 年获得威尼斯影展金狮奖。第二部电影《安德烈·卢布廖夫》获 1969 年的戛纳影展大奖。然后他陆续拍摄了《索拉里斯》《镜子》《潜行者》《乡愁》和《牺牲》等。这些作品受到西方国家热烈的欢迎和推崇。1986 年 12 月,塔可夫斯基因肺癌病逝于巴黎,享年五十四岁。许多影评人都曾试图准确地诠释塔可夫斯基,却难以如愿。在这本《雕刻时光》里,他记录了自己的思想和经历,并第一次披露了他的创作灵感和艺术想象被触发的契机,深入探讨了电影创作的多种问题。《雕刻时光》和塔可夫斯基影片在文化圈的流行,在某种意义上成就了“雕刻时光”咖啡馆。它地处北大东门外,地理位置和它独特的、充满人文气息的优雅静穆的风格,满足了北京知识阶层对生活的想象和品位的认同。③

沈阳历史上也曾是都城,但它毕竟不是现在的北京。虽然它已经名列中国城市综合实力的前十名,是最具竞争能力的城市之一。但沈阳毕竟还处在一个产业结构的转型期,还没有完全从老工业基地所欠的历史债务中摆脱出来。要让一个城市在这样的现实中能够从容平静地建构正常的大众文化娱乐方式,是不可能的。另一方面,这一现实也催发了沈阳当下文化极力突出“发达”的强烈心理。另一个极端的例子还有“世园会”的举办,这是主流文化突出“发达”的变形动作。欠发达地区的虚荣心是可以理解的,但当要表达这一想象的时候,因其勉为其难而怪模怪样。

最后,文化整体性破碎之后,大众娱乐必然要成为公共话语,成为这个时代的文化精神,消费就是一切。当精英阶级批判大众文化的时候,不仅基于审美的唯一维度,批判大众文化的商业属性,而且还先在地持有一种心理戒备:大众文化是“带菌”的文化,它不仅是不健康的,而且有诱导犯罪的嫌疑。事实上,精英阶级的批判除了自我的身份界定外,并没有考虑到这一文化出现的更复杂的社会背景。大卫营西部酒城的演出,是文化整体性破碎的形象诠释。它没有章法随心所欲,每一场演出都是碎片的拼接,不仅观念上相互矛盾,而且形式上也荒诞不经。但也正是这样一种光怪陆离的娱乐场景,才本质化地表达了当下一个地区和时代的文化和精神处境。

这一处境很容易让人联想起法国的红磨坊。红磨坊则是地道的法国式歌舞厅。印象派大师奥古斯特·雷诺阿的名作《红磨坊》使这个歌舞厅蜚声世界。红磨坊的历史可以追溯到19世纪下半叶。来自世界各地的流浪艺术家,在蒙马特高地作画卖艺,使那一带充满艺术气氛,成为巴黎最别致、最多姿多彩的城区之一。由于艺术活动活跃,蒙马特高地街区弯曲的卵石坡路的两侧的小咖啡馆、小酒吧生意兴隆。后来,这些小咖啡馆、小酒店里来了一些舞女,她们穿着滚有繁复花边的长裙,伴着狂热的音乐节奏,扭动着臀部,把大腿抬得高高的。当时英国人称这种舞蹈为“康康舞”,认为它很放荡,很下流,禁止在英国演出。但是,“康康舞”在蒙马特高地很受欢迎。社会学者在分析“康康舞”盛行的原因时指出,1871年普法战争失败后,法国萎靡不振。现实生活中丑闻充斥,金融财团明争暗斗,劳资矛盾加剧。人们厌倦了民族主义者的大话空话,整个民族感到极度空虚。在重新找回生活坐标之前,法国人感到空前的苦闷和彷徨。他们很快就学会了用玩世不恭来取代苦闷,这就促使一种放纵的风气在巴黎弥漫。

1889年10月6日,红磨坊歌舞厅在“康康舞”的乐声中正式诞生。第二次世界大战德军占领期间,国难家仇当头,但舞女不知亡国恨，红磨坊仍然歌舞升平。战后，因为这段不光彩的历史，红磨坊受到严厉批评。现在红磨坊已成为一家大型的歌舞表演厅，是巴黎的一个旅游景点。如果说它仍保持着百年前某些特点的话，那就是舞者的装饰大致不变，上身裸露，披挂着华丽的羽毛服饰或金属片，但是观众与旧日看客完全不能同日而语，观众是现代文明观众，怀着发现巴黎的心情来看演出，演员把演出作为一种光明正大的演艺事业。红磨坊是法国娱乐业中一家效益良好的企业。其观众55%是外国人，45%为法国外省人，年营业额有两亿法郎左右。④

沈阳的娱乐业当然不能与巴黎红磨坊相提并论，产生的历史背景也不尽相同。但可以肯定的是，在社会转型期远没有成为过去的今天，消费主义意识形态已经成为社会生活最具支配力的意识形态，他甚至已经完全取代或置换了传统意识形态和传统的价值观。追求享乐和消费主义的价值观毫不掩饰地表现在电视情节剧、电影和流行音乐中。得到鼓励的消费又推动或促进了大众文化的发展。文化整体性的破碎使人们没有皈依感，集体观念的瓦解使大众娱乐成为表达个人化的最好场所。它超越了政治，超越了美学，在午夜的包裹中，也超越了光天化日下的空虚和迷茫。

在这些大众娱乐场所中，我们才真正感受到历史的断裂。在距这些娱乐场所的不远处，有著名的辽宁省博物馆，有故宫博物院，这些见证历史的场所或展示经典作品的地方几乎很少有人光顾。在故宫博物院，帝国的余晖还隐约可见，但作为一段陈旧的历史遗迹，他难以结构进现代生活之中。他们被冷落的境地与那些狂欢的场景形成了鲜明的对比。无论沈阳人还是外来者，对历史和经典都不再感兴趣，因为已经过去的历史与今天无论如何都难以建立起联系。历史已经失去了对今天的影响，无论哪个时代的人，无论有过怎样的过去，在今天都整体性地成了无根的人。过去精心建构起的历史以及经典艺术和经典美学，就这样无可避免地终结了。

但是，如果简单地批判这些大众娱乐形式，就不能够回答在中国如何实现现代化的问题。因为现代化在改革开放一开始就是不确定的,即便有一个现代化的路线图,在被执行的过程中也难免改变路向。因为中国有比任何国家都更加复杂的因素存在。虽然这些大众文化娱乐场所有很多可以批判的问题,就像巴黎红磨坊的"康康舞"当年在英国禁演、法兰西自己也曾为德国占领期红磨坊仍"舞女不知亡国恨"而感到羞耻一样。西部酒城、"午夜阳光"或星辰好莱坞也有"生命不能承受之轻"或极端粗糙、粗鄙的可诟病之处。但是,可以相信的是,当年巴黎红磨坊的放纵已经为现今的文明观众所替代。红磨坊的变迁史也终将会成为沈阳大众娱乐场所的变迁史。大众文化是"带菌"的文化,但这些病菌在流行传播的过程中,大众也获得了免疫力。我们不必为此担忧,穿越午夜红尘,一个阳光和文明的文化沈阳形象或者说文化中国形象就会出现在午夜之后。而当下我们看到的,那是现代化必然要付出的文化代价。

注释:

① [英]艾瑞克·霍布斯鲍姆:《帝国的年代·序曲》,江苏人民出版社1999年版。

② 刘亚力:《奥斯卡:娱乐营销重头戏"注意力经济"大敛财》,新华网,2006年3月6日。

③ 见"雕刻时光"咖啡馆网站。

④ 郑圆圆:《巴黎红磨坊,永远有观众》,《环球时报》2001年10月12日。

从公共空间到私人空间

自20世纪90年代中期以来,中国都市居民生活的最大变迁,事实上是以"家居"为中心展开的。住房条件的改善,从某种意义上可以说集中代表了都市居民生活条件的变化。这个变化不仅拉动了内需、带动了经济的发展,同时也从一个方面无言地表达了改革开放给民众带来的具体利益。我们发现,在日常生活中,"购房""装修""家具"等词汇,已经成为使用频率最高的关键词之一,使用者兴致盎然的背后,隐含着他们对生活的梦想、满足甚至夸耀。事实表明,语言是社会生活发展变迁的表意形式和符号,它不仅传达着人们对生活关注的兴奋领域,同时也表达了人们生活观念和对生活理解的变化。

城市建设,或者说如何安置城市居民的居所,几乎是所有国家城市建设无可回避或必须解决的问题。在英国,曾经历了新城建设的三个阶段,即兴建小镇、建设新城和新社区。三个不同的概念并不仅仅是口号的区别,而是城市开发建设从起步到成熟的过程。在美国,为了解决工业化初期遗留下来的问题,城市建设则提出了"新城主义"的口号。所谓"新城主义",就是建立公共中心形成以步行距离为尺度的居住社区。专家指出:"新城市主义带来的新的生活就是具有传统特色、高密度的、小尺度的亲近行人的建筑空间。住宅的风格则采用了更多体现当地文化、风俗、习惯的建筑形式,甚至采用深受人们喜爱但是比较老的16、17世纪的传统住宅风格。住宅成组成团的围合出一些公共空间,这些公共空间也布置了一些唤起传统记忆的教堂、图书馆、零售商店,营造亲切的社区氛围。"这些老牌帝国主义城市住宅建设的经验,虽然不全然适合于我们,但它却从不同的侧面给我们以某种启示。

在我国,十多年的时间里,房产开发已经走出了简单的改善居住面积的思路,多元的开发理念骤然间便乱花迷人眼,从小区开发到打造新城,开发商在比拼实力和魄力的同时,也适时地将居住文化镶嵌于商业诉求之中。于是,居住的公共空间几乎无不与文化建立起血缘关系。公共空间的文化美学不仅实现和满足了开发商的商业利益和成就感,同时也开启了业主对公共空间的想象和要求;另一方面,业主拥有了新的居所也就意味着拥有了一个梦想,私人空间的装饰,不仅体现着拥有者的经济实力,同时更联系着他们的趣味、品位和对生活的想象力。因此,居住文化从公共空间到私人空间的时尚化潮流,在都市生活中风起云涌。在这一生活潮流中,大众传媒和家居类的时尚杂志起到了引领潮流、丰富想象的巨大作用。在这个意义上甚至也可以说,这类传媒是居住文化的代言者,也是当下中国都市居民生活趣味和追求的镜中之像。

在以往的社区或生活小区的开发中,一个简单的命名似乎仅仅是为了表达区域的概念,它只有方位和地理学的意义。比如"方庄""望京""西三旗"等。这些小区命名的简单化,从一个方面反映了小区早期开发建设的实用性。那时,城市居民最急切的愿望是改善居住面积,只要把老中少三代从一个房间分离出来,他们的脸上就会绽放出灿烂的花朵,解放的幸福感就会溢于言表。但是随着国家经济实力的不断增加,以及都市建设的现代化要求,潜隐的居住文化必然要浮出水面。于是,我们发现,在楼盘和小区开发中,文化和"诗意"的表达几乎是开发者共同追求的。这种文化不仅有本土的,同时还有异域的。现代性的发展从某种意义上断裂了我们和历史的联系,凸显本土文化为消费者建造了同自己民族的历史和传统建立起联系的桥梁。因此,在居住文化中,民族文化的"回溯风格"被普遍采用。另一方面,在全球化的语境中,域外文化的涌入也为开发者带来了异国风情的灵感。这两种完全不同的文化,却奇妙地支撑起都市居住文化的公共空间。曾给消费者带来过震动和惊喜的智能住宅、阳光住宅、水景住宅、绿色住宅等房地产概念，突然间因显得陈旧而流于陈词滥调。我们看到的引领时尚风潮的往往是这样一些描绘和陈述：

万科西山庭院：地脉，依时间沉淀，一种天然的流露与养成，累积出四百年显贵之气，高华气质，深藏内敛。

万科西山庭院位于圆明园西路与五环路交叉口往北约300米，农大南路附近，南望中关村大街，北接上地高科技园区，北大、清华分布周围。

此地自古就是皇室贵胄崇信的上风上水之地，陂池潜演、湖脉通连、含霞饮景、禽鸟栖波。乃贵胄雅士筑居之滥觞，及至皇家园林圆明园、颐和园的敕建，愈显龙兆地脉、气韵氤氲。

万科西山庭院踞此龙脉之地，山水之妙音、地脉之祥佑，尽享无遗。

上地佳园住宅社区是上地基地内最后一个住宅项目，（上地基地已通过ISO 14000环境认证）。上地者，上风上水之地也，毗邻北京大学、清华大学、体育大学等多所高等学府，依傍圆明园、颐和园、望儿山等皇家园林和名胜古迹，环境幽雅、风景秀丽，众多国内外知名IT企业纷至沓来，如联想、方正、神州数码、IBM、中国宝洁、三菱四通、浪潮、诺维信、华为等。上地已成为中关村科技园区中一颗璀璨的明珠和展示北京市新技术产业化的窗口，堪称物华天宝、人杰地灵。

这两则自我陈述，前者突出了久远的历史感，地脉与皇家气象烘托出显贵和深沉。然后将北大、清华、中关村等现代文明象征的“能指”，与自己的商品一起幻化为消费符号。传统与现代，历史与现实为万科西山庭院营造了一种亦古亦今的完美结合。后者则巧妙地利用了“上地”的区域命名，突出了上风上水的民族文化心理，同时将周边的名胜、大学以及高科技名家网罗于自己的“麾下”。但目的都是为了凸显文化的魅力，并以此证明自己的文化品位。通过这两则文字，我们可以明确地感到，被现代性遮蔽的历史传统文化，又被最具现代意味的商业诉求重新打捞出来。它被纳入了消费领域，但这一表达却又在客观的意义上激发了我们的历史感和光荣心：我们的生活仿佛又和久远的过去，和正在消失的历史发生了关系，过去的一切并没有远去，它就在我们生活的空间里散发着甚至可以触摸的气息。也正是在这样的想象中，传统文化具有了消费的意义和可能性。

另一种更具时尚化的陈述，则借重域外风情的力量，以假想和“挪移”的方式，调动消费者的身份幻觉和体验冲动。比如：

> 玫瑰园……前两期开发的合称“五洲别墅区”。包括美国区、欧陆区、日本区、太空区，散落于美丽的维多利亚公园四周；三期新品“爵士别墅区”，占地32万平方米，又分为渥太华区、温哥华区、多伦多区、纽芬兰区，依劳伦逊湖与枫叶大道因势因景而建，为玫瑰封园杰作。
>
> 园内另有四个会所和一条商业街，它们分别是位于美国区内的“蒙大拿俱乐部”，位于日本区内的“名古屋料理部”，位于欧陆区的“加勒比浴馆”，位于太空区的“布勒斯堡健康馆”以及一条“密苏里小步街”。

如果不是发表在中国的媒体上，大概谁都会误以为这是来自欧陆或美洲的房产广告。玫瑰园的陈述方式特别酷似大众文化的修辞，他虚拟了数个大众熟悉的异国空间，在修辞上特别强调了他的异国情调。这些或中或外的“诗意”表达，从一个方面透露了开发者对居住公共空间文化理念的追求。没有人不知道这些修辞是一种“叙事”，也没有人不知道这些虚拟的文化空间的虚假浮华。但是，认购者在认购的同时显然也认同了这一“文化”的存在，它不只是对一种文化虚荣心的满足，而是在这种满足和反复叙事中将其转化为真实。

这就是语言的力量。

对与个人来说,似乎再也没有比“家”这个概念更重要的了。“家”是一个温馨的梦,是一个宁静的港湾,是最初的出发点和最终的停泊地。因此,“家”是个人拥有的唯一的私人空间,几乎构成了个人生活的全部。正因为“家”如此重要,“家居”的购置和装饰才显得重要无比。特别在这个人人谈论的“装修时代”,装修业及其相关材料产业,不仅成为新的经济增长点,而且也促就了家居装饰文化的兴起和繁荣。与居住公共空间不同的是,公共空间是可以直观并有量化标准的。而私人空间的多元化要求决定了它的多样性。传统的、现代的、前卫的、本土的、西方的、富丽的、简约的、温和的、气派的等,体现着私人空间的个人性和个性化品格。

由于私人空间的私密性,他不可能像公共空间那样可以向所有的人开放。因此,在引导、提供参照方面,大众传媒的家居装饰推广、特别是专业媒体的创办起到了不可替代的作用。1994 年 4 月创办的《时尚家居》,为自己的功能和追求作如下陈述:

> 《时尚家居》是中国第一本关于现代家居潮流的精品期刊,也是国内最成功且发行量最大的家居类杂志。《时尚家居》是针对追求高品质家居生活的人士精心设计的,在介绍分析国际家居潮流、推介一流精品的同时,又强调其实用性和专业性,用个性化语言向读者传递时尚的家居理念,全面关注家庭生活空间,精致、舒适、实用是这本杂志的核心,我们力求能为现代人提供家居生活的全方位信息。
>
> 《时尚家居》不是一本单纯的家庭装修设计杂志,也不仅仅是展示、炫耀豪华家具的画刊,他是为大家编织的一个对家的梦想,我们相信热爱生活、热爱家庭的人最执着的莫过于把梦想变成现实,这是人们生活中最大的幸福和最强劲的动力。

《时尚家居》创办三年来,应该说践行了自己的承诺。他在提供家居生活信息的同时,也以健康的生活尺度帮助人们打造个人生活的梦想。在介绍典型、新潮、时尚的家居装饰信息时,不仅有当今的成功人士、昔日的耀眼明星,同时也有餐馆老板、前卫青年;不仅有专家对潮流的整体描述,同时也有亲历者的个性化体验。比如业内人士称“中产阶层品位逐渐成为家居主导潮流”。理由是尽管富裕阶层是最先购买商品房及实施装修的,但经历过几轮装修风潮后,中产阶级的家居品位渐渐形成明显的风格从而成为家居潮流的主导。而且中产阶层对家居的态度也正成为这个社会家居态度的主导,其生活方式作为时尚的一个内容被媒体关注,被大众效仿。这个判断是否准确并不重要,重要的是一个权威的专业媒体发出的“客观”或引导性的信号。

这个看法我们从另外一种专业性的媒体那里得到了证实。在对最近的家居潮流判断上,他作出了这样的表达:

> 2003年也是怀旧的一年,回想20世纪那激动人心的黄金年代里曾风行一时的设计元素又成为当今家居界最in的标记,遥遥呼应这已经流转了半个世纪的光阴。当年的活力与激情成为流行的灵魂,依然前卫时髦新鲜如初。瑞丽家居作为时尚的前沿者当仁不让为读者隆重推出特别策划《回到黄金年代》,带着读者回到那时、那景、那人,领略怀旧元素在当今家居用品上的运用。

然后,这家杂志选择了“一个依山傍水的居室”的主人,形象地阐释了“黄金年代”的遗风流韵。但是,这种倡导也仅仅是诸多潮流和想象中的一种。《时尚家居》在网上调查“中国都会家居潮流方向演变”时,反馈的信息会超出任何人的想象。比如,有人强调简约,有人强调舒适,有人强调实用,有人强调环保。但在强调个性化这一点上却是不约而同的。个性化在家居装饰上的普遍认同,反映了这个时代社会生活和个人生活的历史性进步。只有通过家居的个性化表达,才能真实地抒发个人的生活趣味、生活理想。

十余年来,私人生活空间的变化应该说是前所未有的。不放过任何细节的时尚而舒适的私人空间才是有质量的生活。在社会和工作上承担了巨大压力的人,一旦回到属于个人的生活空间中,犹如漂泊的船帆回到了港湾,是风平浪静的“家”,使自己内心的压力或焦虑得到了缓解,自己创造的赏心悦目的一切,悠长持久地温暖着生活的爱意和对未来的向往。可以说,我们能够接受对流行文化的时尚化批判,因为这种时尚化的背后隐含着未被言说的利益诉求。但是,我们不会批判生活的时尚化。无论是公共空间还是私人空间,对它的美化只能提高我们的生活质量,改善我们的生存环境。

战斗的身体与文化政治

在革命时期的文化或文学历史叙述中,潜隐着一种没有叙述的历史,这个历史是战斗的身体的历史。不同的是,这个战斗的身体的历史被对待革命的情感和态度遮蔽起来。于是,我们看到的不是身体的战斗,而是革命与反革命、进步与反动、左与右、无产阶级与资产阶级、地主与贫下中农的对抗和斗争。身体的叙事被置换为精神领域的事件。20世纪激进的历史叙事在国家主义的框架内展开,它叙述的主要内容还是被限于思想与精神领域。即便是异性之间的关系,身体的战斗也被认为是琐碎或无关宏旨的无聊事件。个人情感领域的故事始终受到压抑而难以走进历史,与我们遵循的历史叙事原则是有关的。

20世纪80年代以后,个人情感体验的叙述和对身体的关注,以突围和悲壮的姿态得以表现,但他的想象也还是限于男女之间接触的细节。那个时代的张贤亮、张洁、张弦、王安忆、铁凝等,因对异性之间情感细微处的描写而名噪一时。但到了20世纪90年代,异性之间的肉搏战斗真正展开,《废都》《白鹿原》等小说以前所未有的直白甚至夸张讲述了两性之间的身体战斗,并引发了大规模的关于“性问题”的争论。今天看来,那场论争的学术价值不高,原因大概还是被限于道德层面而难以深入有关。也正是在这个时期,女性主义和文化研究理论进入国门,两性之间的战斗还没有充分讨论的时候,就被“一个人的战争”所替代。女性在张扬自我决斗宣言的时候,因不慎而成为男性眼中又一道奇异的风景,独白变成展览,平等、自由的争取演变为话语实践。商业主义的叙事策略和西方新潮理论来到中国，因新奇而急于诉诸实践，总会结出意想不到的畸形果实。遗憾的是，我们对这惨痛的教训总是不断遗忘而重新踏上不归路。

但是，身体的故事总是吸引着作家，与两性相关的秘密似乎永远是个难解之谜。21世纪初始，小说中身体的战斗仍在进行而且大规模展开。《所谓作家》《白豆》《丑行或浪漫》《万物花开》《放下武器》《我的生活质量》《活成你自己》《水乳大地》等长篇小说，都有对女性身体迷恋、追逐并诉诸性战斗的场面。无论是历史还是现实，这个场面都是男性的单边战斗，女性只是逃避、无奈或必须承受。在这样的叙事框架中，男性的文化政治统治是容易解释的，在女性主义的阐释或揭示中，男性对女性的霸权地位已经昭然若揭，性别差异造成的传统的不平等是女性处于软弱地位的本质原因。另一方面，女性是男性永远的焦虑所在，它不仅可以引发反目和流血事件，而且对女性的占有本身就是男性地位和荣耀的表征之一。在这些作品的叙述中，越是地位低下的阶层，对女性的渴望和占有就越强烈，对女性诉诸的身体战斗也就越粗暴。这种现象一方面隐含了低下阶层女性资源的匮乏，占有的概率越小，出于本能的饥渴就越强烈。不能指望女性资源稀缺的群体会对女性待之以彬彬有礼的浪漫。

在一些小说作品的叙述中，不仅表达了男性与女性的绝对权力关系，同时，将女性作为欲望对象的男性群体中，本身存在的权力关系同样是尖锐的。《白豆》的场景是在空旷贫瘠的“下野地”，那里远离都市，没有灯红酒绿甚至没有任何消费场所；人物是农工和被多级干部挑了几遍剩下的年轻女人。男人粗陋女人平常，精神和物质一无所有是“下野地”人物的普遍特征。无论在任何时代，他们都是地道的边缘和弱势人群。在这样的绝对权力和相对权力中，男性的单边战斗是主要的，女性没有或很少主动参与。更多的时候，女性更像是一个逃匿者。

进入“现代”社会以后，由于革命或反革命的暴力已经终结，诉诸肉体的残杀或消灭的战斗业已平息。但是，关乎身体的另一场性质完全不同的战斗，却在全球范围内全面展开。这是没有战线的，持续不断和花样翻新的战斗，永无休止的身体消费带来了身体永无休止的紧张。与过去对女性身体占有的男性单边战斗有所不同的是，女性也开始主动和间或地介入了两性间的身体战斗。比如《我的生活质量》中的安妮，是个有修养和国外教育背景的现代女性，她自愿地投入了和市长王祈隆的暧昧关系中；比如《爱你两周半》——“非典”时期的两对情人关系：一对是顾跃进和情人于姗姗被“隔离”后的困兽犹斗；一对是顾妻梁丽茹和情人董强“非典”时期的浪漫之旅。这两条线索都是“非典时期的爱情”。第一条线索以想象的方式滑稽地突现“郎财女貌”关系的脆弱和虚假。第二条线索是顾妻梁丽茹和董强的浪漫之旅，在火车飞机洱海丽江，他们享尽了风花雪月几度风情。但是，回到北京后，梁丽茹竟没有一次想起她的情侣。因此，这时女性积极参与的两性战斗或是利益诉求，或是以游戏的方式体验另一种人生，并不是身心投入的真正战斗。

值得注意的是，现代社会以女性为主体的身体单边战斗开始打响：美容院、健身房、桑拿浴、按摩室等是身体的战场，然后是瘦身、瘦腿、文身、文眉、文眼线、人造乳房、整容直至变性。然后是一条直线的“猫步”，三千宠爱的“选美”、旋转木马般的偶像、源源不断的绯闻、街头摇滚、街头舞蹈、夸张的床上运动直至“下半身”写作、木子美和网上女教师的裸体照片。战斗的身体渗入到我们生活的所有角落，女性用身体独白，男性用下半身狂欢。身体叙事是现代社会日常生活最核心的剧情，青年女性则是剧情无可替代的主角。

女性身体的战斗制造着时代的时尚，时尚推动着女性身体的战斗。但这种战斗和时尚的背后一直潜隐着控制、支配、认同的文化政治，或者说，身体的消费水平和塑造程度已经成为这个时代未被言说的女性“身份”的表征。从全球范围来说，这个时尚不是第三世界和欠发达国家制造的，而是发达国家和强势文化制造的；就某个国家和地区来说，不是边缘群体和底层民众制造的，而是中产阶级引领、制造的结果。选美大赛 1921 年肇始于美国，它迅速成为未婚年轻女性身体叙事的舞台，也成为男性“合法”的集体观赏女性身体的节日。

资料表明，美国针对不同女性举办的选美大赛每年超过了70万场次。专业公司、小城镇商家、大都市实业集团都可以成为组织者。组织者可以从中获利，默默无闻的小姐们则可因获奖一夜间暴得大名，然后走向杂志封面或进军广告、影视娱乐业，从而成为家喻户晓的"英雄"或偶像。选美大赛注重美貌也注重才华，但只有才华没有美貌，可以肯定的是与"美国小姐"绝对无缘。

美貌对女性的重要，在选美大赛中被极端化地叙述出来。于是，女性对自己容貌和身体的关注成为生活中最重要的事情。据调查表明，不同比例的女性开始"经常留意"自己的容貌、想改变自己的体重、想减肥、对腰围感到不安、想改变体形、掩饰年龄、改变胸部、改变大腿、小腿、改变身高、改变肤色、头发、手或鼻子……时尚战胜了造物主。这些"改变自己"的想法并非是女性与生俱来的，她们不得已而为之的原因是文化政治支配的结果。除了选美大赛之外，时装展示是另一种意识形态。在时装设计师那里，他们选择模特的标准几乎无一不是苗条的女子。选美要苗条、时装要苗条、战无不胜的美国女明星也是苗条；女性杂志、电视节目、健康讲座、街谈巷议、节食手册等，所有的声音和图像都在呼唤女性的苗条。形体的意识形态的制造者不仅征服或支配了民间，同时也支配着学校入学和社会就业。过于肥胖女生和身材苗条的女生，以同样成绩申请高校的比例是1∶3。社会就业的比例状况可能还要严重许多。因此，形体的意识形态为社会规定了隐性的测量尺度和评价标准，它是上流社会和底层社会、聪明和愚蠢、健康和病态、勤俭和懒惰、性感和性冷漠的尺度和标准。体形关乎成功、金钱、生活质量以及"出镜率"、被追逐、被赞美、被议论的程度。于是，和体形、身体相关的产业和故事不断被制造出来，减肥药品、健身场所、保健方式、瘦身秘诀、整形整容医院、吸脂术、染发药水、指甲药水、文身、服装业等商业行业等开始兴起并兴盛起来。

但是，在美国身体战斗的过程中，在"美国小姐"、影视明星、成功人士走向上流社会然后陷入被制造绯闻、被"狗仔队"盯梢、拍照、被出卖、被暗算、被绑架等烦恼和恐惧的过程中,我们也发现了性别、商业、阶层、身份等文化政治的宰制和支配。这似乎是一个悖论的世界,一方面女权运动和女性主义理论在崛起,解构中心或霸权的声浪此起彼伏,女性的声音由于"政治正确"似乎无往不胜,但消费女性的事业一刻也没有停止。在世界范围内,对女性的"整体消费"是不合法、起码是不道德的。但对女性"局部"的消费几乎愈演愈烈:女性的面部、颈部、胸部、腰部、腿部、脚、手、眼睛、鼻子、头发等能够展示的部位,每天都大量裸露地出现在电视屏幕、音像或其他媒介上。她们被用于商业目的或其他与女性无关的动机。这种"性别歧视"和男性欲望被隐藏于对"美"的夸张的宣扬中。一方面是性别和商业权力的控制,女性被"自愿"或"合法"地利用;一方面,这些被利用的女性身体为少数女性带来了巨大利益和名声,同时她们又变成了另外一种被控制、被效仿的力量和对象,构成对弱势文化群体的宰制。中、下阶层在盲目地羡慕和追逐中失去了独立或自我塑造、把握生活的可能。

在中国,身体的战斗是由中产阶级引发和推动的。中国的中产阶级目前虽然还是一个暧昧的不明之物,但中产阶级的趣味却在全球化语境中提前与国际接轨。大量关于身体战斗的广告、书籍、手册、药品、场所等几乎应有尽有。在《时尚》《体线》《瑞丽》《世界服装之苑》《精品》《今日名流》等中产阶级杂志中,打造身体、容貌等是它们推出的核心内容。"中产阶级话语空间的扩张",是当下中国最引人注目的文化政治现象。它们虽然价格昂贵,甚至超出了大量低收入者的购买能力,但这些杂志不仅存活下来,而且成为文化消费市场抢手的商品。中产阶级杂志的成功是中产阶级话语扩张和"允诺"的结果,或者说,在这一话语中,负载着中、下阶层对未来生活的期待,尽管它并不负责"允诺"的兑现。在获得了"奔小康"的主流意识形态的合法依据后,中产阶级话语在窃喜中实现了它的话语功能。就身体叙事而言,中产阶级女性的"优雅""体面""匀称""靓丽"等,加剧了中、下阶层的焦虑和羞愧。急于投入身体的战斗变成了时代的号角和宣言。

表面上女性是自己投入了身体的单边战斗，事实上，任何一种时尚或女性的“自我”要求，都是社会文化政治合力支配的结果。战斗是为了征服，但女性的身体战斗是在妥协的前提下去征服男性和世界的，或者说，她们在文化政治的支配下，在丧失独立塑造和把握个人生活的前提下，去战斗、去征服的。即便如此，女性单边紧张的身体战斗在媒体帝国主义和商业霸权主义的统治下是难以停止的。抑或说，女性身体被文化政治支配的命运几乎就是宿命的。

左翼文学与当下中国的大众文学

20 世纪二三十年代之交诞生的中国无产阶级文学，用今天的话来说，是“全球化”的一部分。也就是说，一种世界性的、声势浩大的无产阶级文学潮流在中国获得了应有的回应。中国的无产阶级文学是世界性的“红色三十年代”的组成部分。应该说，左翼文学的某些方面是延安以降中国“红色经典”的直接来源。这个来源和它此后的发展、变化，是中国现代性的表意形式之一。

在我看来，左翼文学的发生，不仅适应了那个时代“全球化”的趋势，重要的是它以文学的形式表达了中国社会发展的潜在要求。他对底层生活的关注和深切的同情，不是创造了文学的历史，而是改变了中国文学的历史。他把五四时代知识分子试图把文学还与民众的努力诉诸实践，并以规模生产的方式引领了中国文学创作的潮流。因此，左翼文学的先锋性和它的民众性，是它能够在相当长的时间里领导中国文学潮流的内在原因。在后来的历史叙事中，左翼文学大概有两种截然相反的命运，这就是或者把左翼文学置于唯一具有合法性的地位，认为只有左翼文学才有资格居于现代中国文学的正统地位，这种历史化的叙事排斥了对其他文学研究或评价的正当性。也正是这一叙事导致了沈从文、钱锺书、张爱玲等边缘作家在八九十年代的过分渲染。事实上，这些作家中有人的二流地位是难以改变的；或者认为中国文学的“极左”倾向肇始于左翼文学，清算中国文学的“极左”倾向必须从左翼文学做起。于是彻底否定左翼文学在一个时期里曾成为一种“学术时尚”。这是对左翼文学两种不健康的立场和评价。

左翼文学的问题并不在于这种简单的意识形态立场，这种整体主义的肯定或否定，并不具有学术意义。或者说，这种肯定与否定的简单模式其背后都隐含着另外一种话语，都有另外一种力量作为依托。因此，那并不是对“左翼文学”的研究。在我看来，左翼文学的问题，更多的是来自“历史化”的叙事，特别是左翼文学被纳入“制度化”之后。左翼文学的多样性和复杂性被实用主义地“抽取”为简单的“革命”。于是，左翼文学便和毛泽东的“新文化猜想”构成了直接关系。或者说，从革命文学到样板戏被认为是一脉相承的血缘关系。这是不对的。样板戏是毛泽东“新文化猜想”实践的结果。就是说，毛泽东所期待的新文化，即不断透明、纯粹、简单、健康的新人形象，最后在样板戏那里获得了实现。这里有一个不断的过程。在左翼文学那里，起码还存在“革命加恋爱”的模式，但在样板戏那里，一切和日常生活、男女情爱相关的内容，都会被认为是不健康的。这种被“新文化猜想”过滤的过程，我们能把他的问题全部算到左翼文学那里去吗？

今天，我们又一次与“全球化”不期而遇。不同的是，这个“全球化”不是无产阶级的全球化，而是资本神话的全球化。这个全球化既是一种无处不在的意识形态，同时又是一种支配全球生活的无所不能的现实力量。在当下中国，社会主义的性质没有改变，但这并不意味着社会生活各个方面不会受到这种力量的宰制和影响。一个明显的事实是，在这种语境的制约下，不仅使一些“体制内”的作家无所作为而归于沉寂，同时也造就了像王朔、余秋雨这样的“传媒英雄”。资本神话的时代按照他的需要，毫不掩饰地抛弃了不具有市场价值的人并举荐炫耀新的奇迹。真正的文学在这个时代已几近奢侈，更不要说对底层生活充满热情关注的文学了。这时，我对左翼文学充满了憧憬和怀念。怀念左翼文学，不只是要呼唤他的革命精神，而更多的是刚才说过的左翼文学的丰富性。当下文学更多的是“物”的迷恋和炫耀，是白领趣味的彰显和生活等级的渲染。我们在当下文学中已经很难再读到浪漫和感动。而左翼文学的最大特点可能就是它的浪漫精神和理想主义，是它的批判精神和战斗性。我们在鲁迅的杂文中，在蒋光赤、洪灵菲、柔石等人的小说中，在殷夫、胡也频的诗歌中，或被一种巨大的浪漫情怀所打动，或被他们对现实的批判和战斗所感染和鼓舞。文学从性质上说，是关注人类精神事物的，它是最适于表达人类精神世界的一种形式。因此，文学的浪漫、理想、批判、战斗的品格，我们今天在左翼文学中可能体验得要更为清楚。

在20世纪晚期，左翼文学的命运和无产阶级文学的衰落，自然与国际共运的命运相关，与无产阶级夺取政权后对这一文学的教条主义理解和要求相关。于是，在无产阶级文学不断衰落的同时，西方文学潮流开始在中国兴起。这正如卢卡奇在分析西方哲学思潮在东方重新被重视时所说的那样："当社会主义国家的人们对斯大林主义感到失望的时候，他们转向西方哲学，这是可以理解的，这很像一个遭到自己丈夫欺骗的女人倒在任何人的怀抱，道理完全一样。"但他同时又说，"从心理上说，我能够理解为什么今天的马克思主义者总是到西方去为他们的改革寻求支持，但是从客观上说，我认为这是不正确的。我认为，我们应该正确地理解马克思主义，我们应该回到他的真正的方法上来"。如果说，卢卡奇是一个马克思主义者，他的上述分析与他的思想信念相关的话，那么，俄国的宗教唯心主义者弗兰克也指出了欧洲文化信仰在俄罗斯的衰落过程："当我们这些物质和精神都一贫如洗，失去了生命中的一切的俄国人求教于欧洲思想导师之时，我们都惊奇地发现，我们没有谁可以求教也没有什么可以求教，甚至当我们自己总结我们不幸的痛苦经验、吞下我们自己的苦果之后，我们也许能教给人类某些有用的东西。"这些思想告知我们的是，对自己历史与现实的认知，要远比求教于西方导师更为重要。但是，20世纪80年代以降的中国文学，走的完全是一条相反的路，向西方学习的热情几乎在所有的文学新潮文本中奔涌，而包括左翼文学在内的无产阶级文学终结之后，那里是否还有我们值得继承的文化遗产，几乎鲜有人再提及。或者说，这一在20世纪诞生在20

世纪终结的文化现象已经被等同于“极左”文化或者灾难性的文化。这一认同的背后，潜隐着新的意识形态合法性的维护：他既无须承担任何风险又表达了时髦的拒绝姿态。另一方面，无产阶级文化经过市场包装之后，在另一个意义上又被空前利用，他在赚取了大量的剩余价值的同时，又被装扮得怪里怪气，但它同样具有合法性。因此完全可以说，包括左翼文学在内的无产阶级文化在它晚期招致的悲惨命运，与两种市侩或投机分子对他的“妖魔化”是有关的。这是在清理无产阶级文化“问题”过程中出现的新问题，之所以引起我们的注意，就在于它“政治上正确”的背后，隐藏着致命的庸俗。

中国的工人阶级写作

——以平庄矿区的工人写作为例

在全球化和金融资本统治一切、无产阶级文化已经终结和消费文化渗透世界每一个角落的时候，工人阶级的写作不被关注，彻底沦为边缘的命运是完全可以想象的。在这个时代，任何一种消费文化或大师文化，都可以轻而易举地不战自胜。低俗的文化消费者对狂欢刺激的追求和附庸风雅的中产阶级对优雅闲适的追求一样，都是他们对身份和姿态的刻意装点。就其内心而言，优越的身份对他们来说比什么都重要，他们不再关心潜心投入的刺激和装点门面之外的其他事物，因此事实上他们并不需要什么文化。在这种情况下，生活在底层的工人阶级及其写作显然在他们的视野之外。这一状况不仅在中国，在欧洲、美洲同样存在，这是又一种“全球化”的表征。这个“全球化”比以美国推行的强势文化为代表的“全球化”还要可怕：他不仅将世界划分为等级并重新安排秩序，而且将这种等级和秩序具体化并落实到工人阶级等弱势群体的头上。如果说弱小国家需要依靠强国大国的承认才有出头之日的话，那么，工人阶级的写作是否也需要被大师文化或文化消费市场承认，才有可能重见天日？这种“承认的政治”在今天不是已经被摧毁，而是正在大行其道。

我们不能不关注这一不平等的文化现象。事实上，西方知识左翼早已发现了这一现象的存在。威廉姆斯在40多年前完成的《文化与社会》一书，就对文化精英主义颇有微词，他理想中的文化不是由少数精英建构的，“文化”这个词的内涵和边界是不断扩大的，它不仅包括文化精英建构的知识，同时也指涉人类社会的生活方式，包括文学艺术和日常生活行为等实践活动。文化不是抽象的概念,他是由各个阶级共同参与、创造建构的。威廉姆斯注意到,在英国社会,对文化的论述从来都是从统治阶级出发,以统治阶级、贵族阶级和中产阶级为中心来讨论的。工人阶级文化则被排除在主流文化之外,这种文化阶级论是不正确的。因此他反对任何利用文化观念来贬抑社会主义、民主、劳工阶级或大众教育。这就是《文化与社会》的写作动机和用心所在。

工人阶级的经验应该是社会经验重要的组成部分,但在中国,工人阶级写作历来薄弱。在现代中国工人阶级写作几为真空,当代中国的工人阶级写作虽然不成熟,但却引领过风潮。胡万春、蒋子龙、陈建功等工人作家的小说,李学鳌、戚积广、王方武等工人的诗歌,以及反映工人阶级生活的文学艺术作品,都在当代中国产生了积极和重要的影响,并成为当代文学经验的一部分。当然,当代中国工人阶级的写作并不完全是工人阶级的经验,尤其不全部是工人阶级情感或心灵经验,他们写作的时代局限和其他写作没有任何区别。但那个时期工人阶级写作起码没有像现在这样凋零和完全被遗忘。现在,我们有机会重新体验工人阶级的写作,是缘于内蒙古平庄矿区工人作家群《太阳城》丛书的出版。这是一套体裁相当完备的丛书,这里有长篇小说、中、短篇小说集、诗集和散文集。

平庄矿区工人阶级的写作,当然离不开今天中国工人阶级的现实处境。应该说,在社会生活的整体结构中,工人阶级的实际地位已大不如前。尽管他还是我们的领导阶级,是国家的主人翁。但是,实事求是地说,在计划经济向市场经济转轨的过程中,受到冲击最大、牺牲最大的就是工人阶级,尤其是底层的产业工人群体。由于历史的原因,这里的合理性我们无须多说。但他们承担的牺牲和面临的严峻的生存困境是不容争辩的事实。而这些并不能置换为一种道德的优越或悲壮的心理。我们在平庄矿区的文学叙事中,明确被告知的是工人阶级以怎样的理解和宽容、坚忍和顽强面对他们的艰难时世。像《家事》《落雪无言》《梦醒何处》《与煤有关的故事》等小说;

《割爱》《刘民家事》《感动》等散文;《煤城之谣》《矿工》《父亲我驼背的父亲》《唯一没有被污染的河流》等诗歌,这些作品真实地书写了平庄矿区工人的生活处境和心灵世界。这些作品与80年代以前的工人写作有了极大的区别,那些年代的写作多是外部世界的描述,是沸腾的矿山、是拂晓的灯光、是怒放的钢花。颂歌、赞歌或时代主潮也是工人写作的主流形式。但在平庄矿区的上述作品中,他们超越了格式化的宏大叙事,但并没有放弃国族关怀,在不掩饰个人生存的艰窘的同时,在不回避代际价值观念冲突的同时,他们对国家民族的关怀仍然是这些作品的主流。在这些作品中我们读到的是久违的感动和来自心灵的朴素而真实的声音。

这是一个中产阶级话语建立和扩张的时代,是资本神话大肆张扬和战无不胜的时代。但是,在这一意识形态主宰下的文学,再也没有感动和浪漫,倾心的交流和人间的暖意正决堤般地流失,实利主义、金钱拜物教和欲望的展示,联袂出演了这个时代的"人间喜剧"。虽然这不是这个时代文学的全部,也没有或不能构成这个时代文学的主流,但它们被大量生产和消费还是令人担忧和焦虑。与这一现象构成鲜明比较的是平庄矿区的工人写作,他们对这个时代的时尚和潮流并非一无所知,甚至他们可能一览无余,但他们坚持和崇尚的,还是没有被污染的淳朴和诚实,还是底层生活的本真、善良和博大。汹涌的时尚不能改变他们内心的坚守,短暂的困难当然也不能改变他们的信念。于是,他们的文学在红尘滚滚的今日就尤其显得高贵和珍贵。

女性文学的话语实践及其限度

女性话语成了这个时代最具冲击力的理论话语之一。这个舶来的命题虽然在西方依然是个众说纷纭、莫衷一是的古旧话题，但涌进国门后，都同样出人意料地风起云涌。先是理论界的“先觉者”勇敢地“浮出历史的地表”，接着便是一场空前的女性文学的话语实践。诗歌、小说界的女性作家一如被压抑已久，畅快淋漓地敞开了心扉，向这个男与女共同拥有的世界倾诉尚未解放的精神与肉体的伤痛，尽情诉说着对权威与男性的女式愤感。于是，中国当代小说与诗歌陡然间又别有洞天：那陌生的人间体验和隐秘的女性情感如洪水泄闸四方弥漫。各种同情和阐释也一再激活了沉闷的批评界，一如愁肠百结的思想者又发现了可资开掘的思想资源。但是，时至今日，这一热闹一时的话语竟也逐渐凋零，女性话语的想象在这片国土上终未兑现，新的缄默替代了往日的激进。

中国女性主义文学批评的评介及阐释者对这一话语曾寄予厚望，她们借助于欧美二十世纪六十年代末期兴起的理论潮流，期待能为有更漫长的女性压抑史的中国文化和文学带来新风，并重塑女性形象。这些评介者和阐释者们大都是受过系统的学院式训练、深受西方文化熏染的青年女性，她们的专业知识和女性的敏感一起意识到了这一理论与实践对当代中国文学的意义和价值，几本并不畅销的著作都有如石破天惊。《浮出历史的地表》（孟悦、戴锦华著）、《当代女性主义文学批评》（张京媛主编）、《女权主义文学理论》（玛丽·伊格尔顿编，胡敏、陈彩、林树明译）等，在知识界曾传为一时。但是，当这些理论评介到中国或重新被阐释之后，在实践的层面都遭遇了不尽如人意的期待与限度的矛盾。西方理论产生的不同文化背景和目标,在当代中国女性文学的实践中无疑遇到了问题。他的具体体现是:不仅并未有效地触动男性作家固有的“陈腐”的男/女性别观念,同时,女性作家以觉醒者姿态的话语实践,究竟在多大程度上实现了理论原创者及阐释者的期许尚是问题。看来,拯救中国女性意识并颠覆男性中心的努力,路途尚还漫长。这些想法,源于近来我读到的几位不同性别的作家,批评家的作品而引发的。

天津作家林希有一部中篇小说《天津胖子》,这是一部充满了地域风格和市井气息的有趣作品。昔日天津的古旧风情和充满了生活趣味的天津人,生动酣畅地跃然纸上。但是,如果从“女性批评”的观点出发,这却是一部典型的“男权中心”的小说文本。富家子弟王学礼未出国便开始了“留学生涯”,德意志帝国被人搬到了塘沽,并有一个俄国姑娘来“陪读”。这样,小说便发生了特殊的男/女、中/外的人物关系。俄国少女会讲德语、法语,会跳芭蕾舞、弹钢琴,王学礼自遇见了这位名叫林娜的俄国少女后,一改富家子弟生活狂放的恶习。当王学礼的母亲偷偷来到设在塘沽的“德意志”探望儿子时,只见王学礼:

> 大大方方地端坐在一张小方凳上,掀开琴盖,叮叮咚咚,十指飞舞,便演奏起来,演奏时学礼还摇头摆脑,如痴如醉,真真正正是一个不食人间烟火的仙人了。

不论西方文化的魅力还是异域少女的魅力,王学礼被“颠覆”、改造了却是事实:他学会了英语、德语、钢琴,文化征服了愚顽,女性征服了男性。他可以放弃从政、可以不当议员,只是他不能没有林姑娘。但是这些都是文本表层过程。在小说的整体结构中一个不能改写的事实是:无论王学礼的命运发生什么变化,却都没有改变林娜命定般的位置和命运。她无论怎样高贵,无论有多么深厚的西方传统文化的教养,都不能改变她作为王学礼欲望的对象,不能改变她最终还要回到蓝扇子公寓做妓女的宿命。在王学礼或其他男人的眼里,她更是一位来自西方的“奇观”，她的所有魅力只不过满足了男性对新奇异性的占有欲望。没有人走进林娜的内心，没有人认真关注她作为异域女性的苦痛和向往，她仅仅是一个欲望对象的符码而存在，其他的均被中国式的男性视野忽略了。在小说中她很少讲说，她没有话语权力，在王学礼等看来，她不能、也无须言说表达自己，一切都由男性任意安置。这不是中西交流的困难，也不是语言阻隔的障碍，而是中国男权意志不经意地自然表达。这一由几千年文化培育的意志表达或不仅适于对中国女性，同样也可以用于异域女性。林娜改变了王学礼部分习气和举止，却不能改变王学礼根深蒂固的男性“霸权”意识；林娜创造了一个不同于以往的男性，却并未被王学礼所创造。这亦如80年代名重一时的《绿化树》，马缨花作为女性再造了章永磷，使章永磷恢复了男性的功能，但马缨花却命运依旧。进入90年代，当女性批评和创作实践日益活跃后，男性作家的表达式并未受到有力的冲击。在一个并不刻意表现女性命运的文本中，作家依然以男性的视角再度将女性放逐于命运的荒原，无意识地再次剥夺了女性的话语权力。男性的叙事策略源于根繁叶茂的男权中心——这里又加上了华夏中心意志，这一文化观念不会因异域吹来的一股新潮之风而轻易改变。然而，更令人吃惊的是，这一文化观念不仅仅属于男性作家。

严歌苓的《女房东》与林希的《天津胖子》在人物构置上恰好换了位置。这是一篇纯粹女性视角的作品，作家以全知的叙述方式，书写了男主人公——一个从中国来到美国的男人从心理到行为的卑微与不洁，这是一个离了婚的男人、一个胆怯而又欲火中烧的男人——老柴。他来到美国后，被一位“标准”严格的女房东选为住户，这里同样面临了男/女、中/西的人物关系。在小说文本中，作家让她的男主人公充满了活跃而非正常的情感和思绪：惊喜、慌乱、嫉妒、失眠，但他终于无所作为，他只能在想象中猜测女房东，他唯一做过的事就是在女房东的浴室中窥视了女人贴身的东西。作家将想象性的体验置换于男主角的身上，从老柴看到、摸到，直到捧在手里时的心理、生理感觉，都以一个女性作家特有的细致纤毫未漏地作了书写。当女房东的声音进入老柴的感觉时：

> 老柴以全速离开了浴室，回到自己的卧室，并关严房门。定定地站了许久，他才感觉到自己不是空着手，他手里仍然握着它。它不再凉滑，被他的手汗渍湿，皱缩成了一团，他不再有挣扎溜走的意思，那样娇憨依人地耽在他的把握之中。

在女作家酣畅的想象中，这位男主人公彻头彻尾地成了一个丑角，他的丑恶使他自己不得不逃之夭夭。

小说以第三人称的叙事方式，以无处不在的视角进入了老柴的世界，在她的视角中，男性的不洁、自卑、无孔不入的恶劣，使叙事有一种报复式的快感存在，叙事人甚至不屑于以主动的方式驱逐男主人公，而是以更为痛快的，让主人公主动撤离女房东——女性的世界。女性的高雅与芬芳让“男性”自卑无比，他唯一的选择就是逃离女性的圣洁之地。这里我们不难发现，女作家严歌苓使用的是地道的“男性叙事策略”，她以颠倒的方式诉诸男性，同样以玩弄的策略实现了一次兴致盎然的报复。作家的主能指依然没有逃离“性”。在男性中心的叙事态度中，女性基本是一个“性”的编码，而不是“性别”的编码在《女房东》中，老柴同样没有逃此厄运，女作家同样以男性的策略对付男性，这一点使这位才华横溢的女作家无意中落入了“男性策略”的控制。女性话语如果仅在这一层面有所作为，它的意义可想而知。它没有改变两性对立的叙事，不同的是，男人成了女人的参照物，是逆向的性别歧视。

北大青年女研究生贺桂梅在一篇题为《性别的神话与陷落》的评论中，以娴熟的解构方法，精到准确的剖析、学院式的冷静清理述及了时下“女性文学”的局限。她还认为：“一种分裂的语境迎合了女性话语的私人性写作特点，而女性文学至今并未形成任何经典的女性传统或注目于女性立场的文学范式，这种飘散的植根于个人独特体验之上的性别神话无法指向任何一种整合性的乐观前途，其结果是很容易昙花一现。”这一判断并非妄言。就时下有鲜明性别特征的女性文学来说，是否走出了男性中心的叙事策略，实现了女性“反控制的叙述”尚是一个有待考察的问题。我们有限的阅读被告知，女性文学的自我解体不容乐观，在许多作家那里，一种“本质先于存在”的观念、逆向的“等级”观念、夸大“差异”等，已成为一种普遍的意志，女性文学的限度也正是为这样的意志决定的。

当然，“性别神话”的构筑仅是女性作家创作中的一脉，还有一些未在“风头”上的作家，她们抛却了自恋或女性乌托邦，以平实的态度面对生存与写作，以真实的生存体验诉说着内心诚实的体会，她们面对的不仅仅是“女性问题”，而是人类生存环境和精神处境共同的困厄，她们以女性的细微和耐心同样给我们以深刻的触动。阅读她们，并没有刺目的性别意识，而是男女两个世界共同的需要，也正因为如此，我们愿意认真地听其倾诉：

> 我对男性的理想越来越平凡了，我希望他能够体验女人，为女人负担哪怕是洗一只碗的渺小劳动。须男人到虎穴龙潭抢救女人的机会似乎很少，生活越来越被渺小的琐事充满。……佩剑时代已经过去了。
>
> ——王安忆《关于家务》

这同样是发自女性作家真实的心声，在我看来，它比那些设定于“本质”的话题实践更为感人，她们与男人站在同一地平线上，共同感知同一生活来源的悲苦与欢乐，而不是画地为牢的女性“圈地运动”式地将自己设定在“一间屋”。那些幻想飞驰的假定性情境，使一些女性作家忽略或回避了更为重要的问题，暴露了女性真实的虚弱；另一方面，她们收获的或许不是自我期许的“解放”的凯旋，而很可能走向橱窗，成为男性视野中又一道可以观看的景观。

“女性文学”的话语实践，既可以看作是一种颠覆男性中心的意识形态话语，又可以看作是一种女性自我期许的理想话语，后者的设定如果成立的话，那么与其在此岸锻造彼岸式的期待，将其在现实的土地上落实,毋宁让其理想的光芒照耀自己,以新理想主义的情怀在内心升起不能夺取的高贵与圣洁——它也许更让人产生“性别”的敬意。

孟繁华

达洛维太太

Mrs. Dalloway

[英] 弗吉尼亚·吴尔夫 著
谷启楠 译

人民文学出版社

Virginia Woolf
Mrs. Dalloway
根据 Harvest Books 1990 年版译出。

图书在版编目(CIP)数据

达洛维太太/(英)弗吉尼亚·吴尔夫著;谷启楠译. —北京:人民文学出版社,2021
ISBN 978-7-02-016622-0

Ⅰ. ①达… Ⅱ. ①弗…②谷… Ⅲ. ①长篇小说—英国—现代 Ⅳ. ①I561.45

中国版本图书馆 CIP 数据核字(2020)第 173336 号

责任编辑 **马爱农 冯 娅**
装帧设计 **陶 雷**
责任印制 **任 祎**

出版发行 **人民文学出版社**
社　　址 **北京市朝内大街 166 号**
邮政编码 **100705**
网　　址 **http://www.rw-cn.com**

印　　刷 **三河市中晟雅豪印务有限公司**
经　　销 **全国新华书店等**

字　　数 **155 千字**
开　　本 **850 毫米×1168 毫米 1/32**
印　　张 **7.375 插页 3**
印　　数 **1—10000**
版　　次 **2003 年 4 月北京第 1 版**
印　　次 **2021 年 1 月第 1 次印刷**

书　　号 **978-7-02-016622-0**
定　　价 **49.00 元**

达洛维太太说她要自己去买鲜花。

因为她已给露西安排了很多事做。几扇屋门将从合页上卸下;朗波尔迈耶店里的工人要来。再说,克拉丽莎·达洛维想,今天早晨多么清新啊,好像是专为海滩上的孩子们准备的。

多有意思!多么痛快!因为她过去总有这样的感觉,每当随着合页吱扭一声——她现在还能听见那合页的轻微声响——她猛地推开伯尔顿村住宅的落地窗置身于户外的时候。早晨的空气多么清新,多么宁静,当然比现在要沉寂些;像微浪拍岸,像浮波轻吻,清凉刺肤然而(对于当时的她,一个十八岁的姑娘来说)又有几分庄严肃穆;当时她站在敞开的落地窗前,预感到有某种可怕的事就要发生;她观赏着鲜花,观赏着烟雾缭绕的树丛和上下翻飞的乌鸦;她站着,看着,直到彼得·沃尔什说:"对着蔬菜想什么心事呢?"——是那么说的吧?——"我感兴趣的是人,不是花椰菜。"——是那么说的吧?这一定是他在那天吃早餐的时候说的,在她走到屋外的台地之后——彼得·沃尔什。他过些天就要从印度回来了,是六月还是七月,她记不清了,因为他的来信总是那么枯燥无味；倒是他常说的几句话让人忘不掉；她记得他的眼睛、他的折叠小刀、他的微笑、他的坏脾气，还有，在忘掉了成千上万件事情之后，还记得他说过的关于卷心菜的诸如此类的话——多奇怪呀！

她站在人行道的石沿上挺了挺身子，等着达特诺尔公司的小货车开过去。一个有魅力的女人，斯克罗普·派维斯这样评价她（他了解她的程度就跟威斯敏斯特区的居民了解自己紧邻的程度差不多）；她有几分像小鸟，像只樫鸟，蓝绿色，体态轻盈，充满活力，尽管她已年过五十，而且自患病以来面色苍白。她站在人行道边上，从未看见过他，她在等着过马路，腰背直挺。

由于在威斯敏斯特住了——有多少年呢？二十多年了——克拉丽莎相信，你即使在车流之中，或在夜半醒来，总能感觉到一种特殊的寂静，或者说是肃穆；总能感觉到一种不可名状的停顿、一种挂虑（但那有可能是因为她的心脏，据说是流行性感冒所致），等待着国会大厦上的大本钟敲响。听！那深沉洪亮的钟声响了。先是前奏，旋律优美；然后报时，铿锵有力。那深沉的音波逐渐消逝在空中。我们是如此愚蠢，穿过维多利亚街时她这样想。因为只有老天爷才知道一个人为什么如此热爱和如此看重它，人们发明了它，把它建造在自己周围，打乱它，又每时每刻重新创造它。然而那些衣着最为平俗的女人，那些坐在门前台阶上（酗酒自毁）的最最痛苦沮丧的人们，对它同样情有独钟；真没办法，她相信就连议会的法案都无法改变这种心态，原因只有一个：他们热爱生活。在人们的目光里，在疾走、漂泊和跋涉中，在轰鸣声和喧嚣声中——那些马车、汽车、公共汽车、小货车、身负两块晃动的牌子蹒跚前行的广告夫、铜管乐队、转筒风琴，在欢庆声、铃儿叮当声和天上飞机的奇特呼啸声中都有她之所爱：生活、伦敦、这六月的良辰。

因为现在是六月中旬。战争①已经结束，但对福克斯克罗夫特太太这样的人例外。昨晚她在大使馆心事重重，十分悲痛，因为她的好儿子战死了，这样一来那所古老的庄园宅邸就定得归一位堂兄弟了。又如贝克斯伯拉勋爵夫人，听说她在主持慈善义卖开幕式的时候手里拿着电报，她最心爱的儿子约翰战死了。然而战争毕竟结束了，感谢老天爷，终于结束了。现在是六月，国王和王后都在白金汉宫。虽然时间还早，但到处都能听到有节奏的声响、马蹄疾驰的嘚嘚声、球板击球的啪啪声。洛德板球场、阿斯科特赛马场、拉内拉赫俱乐部和其他一切，都包裹在晨曦构成的蓝灰色轻柔细网之中，但是随着时光的推移，这网将会逐渐展开，将它们显现出来；同时在草坪和球场上将会出现奔腾的马驹，它们前蹄触地，立即跃起，还有旋转击球的小伙子，以及穿薄透布衣裙的嬉笑的姑娘们，她们在彻夜狂舞之后仍不忘带着怪异的长毛狗出来散步。就在这么早的时辰，小心谨慎的贵族遗孀们已经坐着自己的汽车匆匆去完成神秘的使命。店主们拿着人造的和天然的钻石在橱窗里忙个不停，他们把惹人喜爱的海绿色胸针摆在十八世纪的背景上以吸引美国人（但是你

① 指第一次世界大战。

必须注意节省，不要轻易给伊丽莎白买东西）。而她则以一种不合常理的、执着的热情像以往那样爱着这一切；她本人就是这一切的组成部分，因为她的前辈曾在几代乔治国王宫中担任过朝臣；就在今天晚上她自己也要点燃灯火，主持晚会。可是多么奇怪呀，一进圣詹姆斯公园，那么寂静，那薄雾，那嗡嗡声，那缓慢浮游的快乐鸭群，那长着喉囊的水鸟摇摆而行。是谁正向这边走来，背向政府办公楼，恰如其分地提着绘有皇家盾形纹徽的公文箱？那不是休·惠特布雷德吗，她的老朋友休——令人爱慕的休！

“你早啊，克拉丽莎！”休很随便地打着招呼，因为他们两人从小就相识，“你这是到哪儿去啊？”

“我喜欢在伦敦散步，”达洛维太太说，“真的，比在乡下散步舒服。”

他们刚进城——可惜——是来求医的。别的人进城来看电影，看歌剧，带女儿见世面，而惠特布雷德夫妇却来“看医生”。克拉丽莎到疗养院去过不知多少次，探望伊夫琳·惠特布雷德。伊夫琳又病了吗？伊夫琳身体很不好，休说，同时努着嘴，挺挺他那着装得体的、具有高度男性美的、十分丰满的身体（他几乎总是穿得过于讲究，大概不得不如此，因为他在宫廷里有个小差事），暗示他的太太有点儿内科病，对此老朋友克拉丽莎·达洛维是了解的，就不用他细说了。是啊，她确实了解，多讨厌的病啊！但与此同时，克拉丽莎不知为什么像小妹妹似的意识到自己头上的帽子。这帽子不适合清晨戴，是吗？因为休总使她产生这种感觉，当休一面快步前行，一面下意识地提提帽子并说克拉丽莎真的像个十八岁的姑娘，还说他本人当然会出席她的晚会，伊夫琳坚决主张他去，他可能要晚到一会儿，因为他必须先带吉姆的一个儿子去参加宫中的晚会，云云——她和休在一起时总感觉自己的个子变小了，像个中学生，可是她爱慕休，固然因为早就认识他，但她确实认为休是有个性的好人，尽管理查德差点儿被他气疯，至于彼得·沃尔什，至今没有原谅她，就因为她喜欢休。

她还记得在伯尔顿时的一幕幕往事——彼得大怒；休无论如何不是他的对手，但也绝不是彼得说的那种傻瓜，不仅仅是理发师的发型木模。当休的老母亲让休放弃射击，或要他陪伴去巴斯市的时候，休二话不说，绝对从命；他确实不自私，至于像人家说而且彼得也认为的，休没心没脑，除了英国绅士的礼貌和教养以外一无所有，这只不过是她亲爱的彼得在盛怒之下说的气话；休可能执拗，可能难对付，但是他可爱，值得在这样的早晨与之一起散步。

（六月已给树木披上绿装。宾里科一带的母亲们在给婴儿喂奶。新闻从舰队街传送到海军部。繁忙的阿灵顿街和皮卡德利街好像温暖了公园里的空气并使树叶发热发亮，使它们升腾于神圣活力的气浪之上，这活力是克拉丽莎所热爱的。去跳舞，去骑马，她一向喜爱这些活动。）

因为他们也许分别了好几百年，她和彼得；她没写过一封信，而他的信就像干柴棍。可是突然间她会想到，如果他现在和我在一起会说些什么呢？——有的日子、有的景物会把彼得平静地带回她的心里，全然没有往日的苦涩，这也许是关心别人得到的回报吧。许多往事重又涌上心头，在一个晴朗的早晨，在圣詹姆斯公园中央——它们确实再现了。然而彼得——无论天气多么好，无论树木、青草和穿粉红衣裙的小女孩多么漂亮——彼得全都视而不见。他会戴上眼镜，如果她叫他戴的话，他会看上两眼。他真正感兴趣的是世界局势，还有瓦格纳①的音乐、蒲柏②的诗歌、人们的性格等永恒的话题，还有她自己灵魂的瑕疵。彼得责备她时是何等严厉！他们争论得何等激烈！她会嫁给一个首相，站到楼梯之上；他叫她完美的女主人（她为此曾在卧室里大哭一场），她是个当完美女主人的材料，彼得这样说。

于是她在圣詹姆斯公园里仍然不知不觉地继续这场争论，依然假定她当初没有嫁给彼得是对的——当时确实是对的。因为在婚姻关系中，对于同居一室朝夕相处的两个人来说必须有一点个人的自由，必须有一点独立性。理查德给了她这种自由，她对他也是如此。（比如，他今天上午在哪里？在某个委员会吧，她从不详细打听。）可是和彼得在一起就什么都得公开，所做的每一件事都必须公开。这实在让人难以容忍，而当小花园喷泉边的那一幕发生时，她不得不与他决裂，否则他们就毁了，两个人都会毁掉，她确信这一点；尽管此后多年她忍受着利箭穿

---

① 瓦格纳（1813—1883），19 世纪后期德国作曲家、音乐教育家。

② 蒲柏（1688—1744），英国 18 世纪前期最重要的讽刺诗人。

心般的哀伤和痛苦，而且后来当她在一次音乐会上得知彼得娶了他在去印度的船上邂逅的女子为妻时，她又经历了一番震惊。她永远不会忘掉这些！冷漠、无情、伪君子，彼得曾这样批评她。她始终不明白彼得到底在乎什么。可是那些印度女人大概明白——那些愚蠢、漂亮、脆弱的傻瓜们。不过她白可怜彼得了，因为他过得还幸福，他让她相信他过得十分幸福，尽管他从未做成与她谈过要做的事；他此生无所作为。这仍使她感到愤慨。

她已来到圣詹姆斯公园门口。她驻足片刻，看着皮卡德利街上来往的公共汽车。

现在她不愿意对世界上的任何人评头品足。她觉得自己非常年轻，与此同时又不可言状地衰老。她像一把锋利的刀穿入一切事物的内部，与此同时又在外部观望。每当她观看那些过往的出租车时，总有只身在外、漂泊海上的感觉；她总觉得日子难挨，危机四伏。这并不是因为她自作聪明或自恃出众。她究竟是如何靠丹尼尔斯小姐传授的那点支离破碎的知识度过这半生的，连自己也不明白。她什么都不懂，不懂语言，不懂历史；她现在很少读书，除了在床上读些回忆录；然而对她来说，这里的一切，那些过往的出租车，绝对有吸引力；她不愿对彼得评头品足，也不愿对自己说三道四。

她唯一的天才是几乎完全靠本能来了解别人，她一面走一面想。如果你让她和某个人一起待在屋子里，她会像猫一样弓起后背，或像猫那样高兴得低声叫起来。德文希尔公爵府、巴斯侯爵府、带有瓷鹦鹉的府邸，她曾见过所有这些地方灯火辉煌；

她记得西尔维娅、弗莱德、萨莉·西顿——诸如此类的许多人，以及彻夜跳舞；她还记得那些马车缓慢地经过这里驶向市场，记得乘车穿过这公园回家；她记得有一次曾把一先令硬币扔进海德公园的蛇形湖里。但是每个人都会记得的；而她所爱的则是此时此地、她眼前的一切，是出租车里那个胖胖的女人。那么这要紧吗？走向邦德街时她问着自己，她的生命必须不可避免地终止，这要紧吗？所有这一切在没有她的情况下必须继续存在，她对此生气吗？相信死亡绝对是个终结，难道不令人感到欣慰吗？然而在伦敦的大街上，在世事沉浮之中，在这里，在那里，她竟然幸存下来，彼得也幸存下来，他们活在彼此心中，因为她确信她是家乡树丛的一部分，是家乡那座确实丑陋、凌乱、颓败的房屋的一部分，是从未谋面的家族亲人的一部分；她像薄雾飘散在她最熟悉的人们中间，他们用自己的枝杈将她扩散，正如她曾见树木散开薄雾一般，然而她的生命、她的自我飘散得何等遥远。但是当她观看哈查兹书店的橱窗时究竟在梦想着什么呢？她在努力寻觅着什么呢？乡间白茫茫的黎明是一种什么意象，这时她正读着那本打开的书上的诗句：

无须再怕骄阳酷暑
也不畏惧肆虐寒冬。①

这个世界最近所经历的事情在他们所有的人——无论男人还是女人——的心中孕育了一汪泪水。泪水和忧伤，勇气和忍耐力，

① 见莎士比亚的《辛白林》第四幕第二场中的一首挽歌。

一种完全正义和坚忍的态度。例如，想想她最钦佩的女人，那个主持慈善义卖开幕式的贝克斯伯拉夫人。

这里陈列着乔洛克斯的《野游和欢宴》①；这里有《索比·斯庞吉》②，有阿斯奎斯夫人③的《回忆录》，还有《尼日利亚狩猎记》，这些书都是打开的。这里总有那么多书，可是似乎没有一本适合带给住疗养院的伊夫琳·惠特布雷德。没有任何东西能使她快乐，没有任何东西能使那个瘦小枯槁得无法形容的女人在克拉丽莎进门时哪怕表现出一瞬间的热情友好，在她们坐下开始谈论妇女的疾病这一无尽无休的老话题之前。她多么希望在她进门时人们会显得愉快些，克拉丽莎想着，同时回过身来又向邦德街走去。她很烦恼，因为干点事情总要找些别的理由是非常愚蠢的。她宁愿自己是理查德那样的人，干什么都为自己，她一面等着过马路一面想，而她有一半时间干事情则不那么单纯，不像他们那样为自己，而是为了让人们这样想或那样想。她知道这完全是愚蠢的（现在警察举起了手），因为从来没有人上过当，哪怕是一秒钟。唉，如果她能再活一次该多好！她一面想着，一面踏上人行道，那她就会是另一个样子了！

首先，她会像贝克斯伯拉夫人那样肤色稍深，皮肤像起皱的皮革，还有一双漂亮的眼睛。她会像贝克斯伯拉夫人那样动作

---

① 似指英国小说家瑟蒂斯（1803—1864）的幽默故事集《乔洛克斯的野游和欢宴》。

② 似指瑟蒂斯的小说《斯庞吉先生的狩猎之旅》。

③ 阿斯奎斯夫人（1864—1945），全名玛格特·阿斯奎斯，英国作家。

缓慢而庄重，身材高大，像男人一样关心政治，拥有一幢乡间宅邸，非常有尊严，非常诚恳。但她却不具备这些，她只有像豌豆秧一样瘦弱的身体、滑稽的小脸、像鸟喙一样的嘴。诚然，她姿态优雅，还有好看的手和脚，而且穿着讲究，尽管花钱不多。可是现在她的身体（她停下来看一幅荷兰绘画），这个身体及其一切功能似乎变得无足轻重——都化为乌有了。她有一种最奇怪的感觉，觉得自己成了隐身人，不为人所见，不被人所知。现在她不会再结婚再生育了，只能以令人吃惊的和相当庄重的方式与芸芸众生一同前行，走上邦德街。这就是达洛维太太，她甚至不再是克拉丽莎，而是理查德·达洛维太太。

邦德街使她着迷，这个季节清晨时分的邦德街，它那招展的旗帜，它那许许多多的店铺，毫无张扬，毫无辉耀；一卷苏格兰粗呢展示在她父亲五十年间常去选购西装的那家商店；几粒珍珠；一方冰冻鲑鱼。

"就是如此，"她注视着水产店自言自语，"就是如此。"她重复了一遍，在一家手套店的橱窗前停留片刻，战前你可以在这里买到近乎完美的手套。她的老威廉叔父过去常说：淑女以鞋和手套为标志。战争期间他在一天清晨卧床自尽了。他曾说："我已经活够了。"手套和鞋：克拉丽莎对手套倒是情有独钟，可是她自己的女儿，她的伊丽莎白，对手套和鞋一点儿都不感兴趣。

一点儿都不感兴趣，克拉丽莎想，一面沿着邦德街走向一个小店，每次开晚会店家都为她预留鲜花。伊丽莎白真正最关心的是她的小狗。整个房子弥漫着焦油皂的气味。尽管如此，可怜的小狗格里泽尔也比基尔曼小姐好得多。犬瘟热、焦油皂以及别的什么东西都比关在令人窒息的卧室里捧着本祈祷书强！她简直想说，什么都比这强。但这可能只是一个阶段，正如理查德所说，是所有女孩子必然经历的阶段。有可能是相恋。可为什么和基尔曼小姐呢？当然基尔曼的境遇不佳，人们必须理解；而且理查德说她很能干，真正有历史头脑。不管怎么说，这两个女子形影不离；她自己的女儿伊丽莎白竟去参加了圣餐仪式。她倒一点儿也不在乎伊丽莎白如何穿戴，如何对待前来吃午饭的客人，因为她的经历告诉她，宗教的狂热常使人变得冷酷（事业也是如此），使他们缺乏感情，如基尔曼女士为俄国人什么事情都愿意干，还为奥地利人忍饥挨饿，但私下里却给人带来真正的折磨，她是那么麻木不仁，总穿着件绿色防水布上衣。她成年到头穿着那件上衣；她大汗淋漓；她进屋没有五分钟就使你意识到她的长处和你的短处；她是多么贫穷，你是多么富有；她是怎样住贫民窟的，没有靠垫、床、地毯或别的什么东西；她的整个灵魂被穿透其间的怨言所锈蚀，她在大战期间遭学校解雇——可怜的痛苦不幸的人！因为人们憎恨的不是她，而是她的思想，毫无疑问，其中有许多是从别处搜集来的，不是她本人的思想；她已变成人们夜间与之争斗的那些幽灵中的一员，成为那些叉开双腿站在我们身体之上吸干我们一半生命血液的幽灵，即统治者和暴君中的一员；因为毫无疑问，如果再掷一回骰子的话，如果是黑色的一面朝上而不是白色的一面朝上的话，克拉丽莎会喜爱基尔曼小姐的！但在今生今世则不可能。绝不可能。

然而她总感到刺痛，因为这个野蛮的魔鬼在她心中翻搅！因为她听见树枝咔嚓作响并感觉到魔鬼的蹄子踏入枝叶繁茂的树林深处，即灵魂的深处；因为她从来没有感到过比较满意或比较安全，那是由于“仇恨”这个野蛮的魔鬼无时无刻不在她心中翻搅；特别自她得病以来这仇恨产生了巨大的力量，使她感到被擦伤，感到脊柱受损，不仅带给她肉体的疼痛；而且动摇、震颤、扭曲了她从美景、友谊、健康、爱恋和美化家园当中得到的乐趣，似乎真的有一个魔鬼在刨根，似乎表面的心满意足不过全是自爱的表现！如此这般的仇恨！

无稽之谈，无稽之谈！她对自己喊道，一面推开马尔伯里花店的两扇弹簧门。

她向前走去，轻盈、修长、腰板挺直，马上受到脸庞像纽扣的皮姆小姐的欢迎。皮姆的双手总是通红通红的，好像一直浸在凉水里摆弄鲜花来着。

店里满是鲜花：有翠雀花、麝香豌豆花、成束的丁香花；有康乃馨，许许多多的康乃馨。还有玫瑰花，还有鸢尾花。是啊，很多很多——于是她在站着和皮姆小姐谈话的同时呼吸着这带泥土味的花园的馨香；皮姆曾得到过她的帮助，认为她很仁慈——要知道她多年前确实仁慈——非常仁慈，可今年她显得老了些。她站在鸢尾花、玫瑰花和一簇簇点头摇摆的丁香花丛中半闭着眼睛，头一会儿转向这边，一会儿转向那边，在经历了街上的喧哗之后深深地吸着那芳香的气味和那清幽的凉意。然后，她睁开了眼睛，那些玫瑰花显得多么新鲜啊，真像刚从洗衣房送来叠放在藤托盘里的带饰边的家用亚麻布制品；红康乃馨颜色略深且排列整齐，高高地昂着头；所有的麝香豌豆花在盆中向外蔓延，浅紫的、雪白的、苍白的——仿佛现在是晚上，穿着薄布衣裙的姑娘们出来采摘麝香豌豆花和玫瑰花，在晴朗的夏日白昼连同它那几乎变得深蓝的天空以及它的翠雀花、康乃馨、马蹄莲隐退之后。现在是六点转变为七点的瞬间，每一朵花——玫瑰、康乃馨、鸢尾、丁香——正烂漫辉煌，白色、蓝绿色、红色、深橙色；每朵花仿佛都在雾蒙蒙的花坛里单独燃烧，柔和而纯洁；她是多么喜爱那些灰白色的蛾子啊，它们旋转着飞进飞出，飞过向日葵花，飞过晚樱草！

当她开始和皮姆小姐一起从一个花罐走向另一个花罐挑选鲜花的时候，她自言自语道：无稽之谈，无稽之谈，声音越来越轻，仿佛眼前这美景、这香气、这颜色，以及皮姆小姐对她的好感和信任是一阵海浪，她任其冲遍全身，让它降服"仇恨"那个魔鬼，彻底降服它；这海浪将她向上托起，突然间——哎呀，外面街上响起了枪声！

"天啊，那些汽车。"皮姆小姐说，手里正捧着一大把麝香豌豆花，她走到窗前看看，又走回来抱歉地笑笑，好像那些汽车和汽车轮胎的问题都是**她的**过错。

使达洛维太太吓了一跳并使皮姆小姐走到窗前又回来道歉的巨大爆炸声来自一辆小轿车。这车已停靠在人行道边，正对着马尔伯里鲜花店的橱窗。过往的行人当然要驻足观看，他们刚看见紫灰色的车座前有个非常重要的人物的脸，一个男人的手就拉上了窗帘，这样一来，除了一方紫灰色以外就什么都看不见了。

然而谣言马上从邦德街的中央传到一头的牛津街和另一头的阿特金森香料店。它无影无声，像飘临山头的一片浮云，飘得很快，犹如面纱；它确实以浮云的无华和静悄飘落到人们的脸上，一秒钟前这些脸还完全是惶惑不安的。可是现在神秘女神已将一只翅膀擦过他们；他们已听到某种权威的声音；宗教的精灵出没四方，她的双眼被绷带紧裹，双唇张得大大的。可是谁也不知道刚才看见的是什么人的脸。是威尔士亲王，还是王后，还是首相？到底是谁呢？没有一个人知道。

埃德加·杰·沃基斯胳膊上套着一卷铅管，他大声地、无疑是幽默地说："是受（首）相的其（汽）车。"

塞普蒂莫斯·沃伦·史密斯发现前面无法通行，他听见了这句话。

塞普蒂莫斯，三十岁左右，面色苍白，鹰钩鼻子，穿着棕色鞋子和旧大衣，他那双淡褐色的眼睛里流露出恐惧，能使根本不认识他的人也产生恐惧感。世界已经扬起了鞭子，会落到谁的头上呢？

一切戛然而止。汽车发动机的轰鸣听起来像传遍全身的不规则的脉搏跳动。阳光变得异常炎热，只因为那辆小轿车停在马尔伯里花店的橱窗外。坐在双层公共汽车上层的几位老妇人打开了黑色阳伞，然后这边一把绿伞、那边一把红伞啪啪地打开了。达洛维太太抱着一大把麝香豌豆花走到窗口向外张望，她那粉红色的小脸皱了起来，充满疑问。大家都注视着那辆汽车。塞普蒂莫斯也在看着。骑自行车的小伙子纷纷跳下车来。车辆越聚越多。那辆轿车还停在原地，挂着窗帘，窗帘上有奇特的图案，像一棵树，塞普蒂莫斯想；一切事物逐渐地被吸引到一个中心的现象就发生在他眼前，似乎一种恐怖的东西很快就要出现，马上就要喷出烈焰，他感到十分恐惧。整个世界在动摇，在震颤，并威胁着要迸出烈焰。是我挡住了去路，他想。他不是正在被人观看和指点吗？他在人行道上牢牢地站定难道不是为了某个目的吗？但究竟是为什么目的呢？

“咱们走吧，塞普蒂莫斯。”他的妻子说。她身材矮小，眼睛大大的，脸又扁又尖，是个意大利姑娘。

但是柳克利西娅自己也不由自主地看了看那辆轿车以及窗帘上的树形图案。车里坐的是王后吗？是不是王后出门买东西？

那辆车的司机先前一直在打开什么，旋转什么，又关上什么，现在他进了驾驶室。

“走吧。”柳克利西娅说。

可是她的丈夫（他们结婚已有四五年了）惊跳起来生气地说：“好吧！”仿佛她打断了他的思路。

人们一定注意到了，人们一定看见了。人们，她一面看着那些瞪大眼睛注视那辆轿车的人群一面想，那些英国人以及他们的孩子、马匹和服装，对于这些她在某种程度上是爱慕的，但现在他们不过是“人们”而已，因为塞普蒂莫斯刚才说“我要自杀”，多可怕的话呀。假设他们听见了他的话？她看看人群。救命啊！救人啊！她真想对那些肉食店的伙计和女人们喊。救人啊！那不过是去年秋天的事，她和塞普蒂莫斯站在河堤街上，两人合披一件斗篷，他不说话，只顾看报，她抢过报纸，当着在场的那位老人的面大笑起来！可是人们通常加以掩饰的是自己的失败。她必须带他离开这里到公园去。

“现在该过马路了。”她说。

她有权挽起他的手臂，尽管这样做不表达丝毫感情。他会向她伸出一只瘦骨嶙峋的胳膊；她是那么质朴，那么感情用事，才二十四岁，在英国无亲无故，只是为了他才离开意大利的。

那辆轿车窗帘紧闭，带着一种神秘莫测的矜持向皮卡德利街驶去，它依然受到注视，依然用同样隐秘的暗示使站在路两边的人们脸上显出崇敬的神情，它暗示的崇敬是对王后的呢，还是对亲王的呢，还是对首相的呢，谁也不知道。汽车里的那张脸只有三个人看见过，而且只有几秒钟。甚至对那人是男是女仍有争议。但是里面可能确实坐着一位大人物；大人物正路过邦德街，面目隐蔽，与平民不过一手之隔；这些平民百姓也许是第一次也是最后一次与英王陛下，即国家永不磨灭的象征近在咫尺，简直可以通话。这个国家的永不磨灭的象征将来一定会被好奇的古迹学家们在筛选历代废墟时发现，当伦敦变成了长满野草的小径的时候，当所有那些在这个星期三的上午匆匆行进于人行道上的人都变成了白骨，他们的灰尘里只剩下几枚结婚戒指和无数已烂掉的牙齿中的金质填料的时候。到那时，轿车中的那张脸将大白于天下。

很可能是王后，达洛维太太想，一面捧着刚买的鲜花走出马尔伯里花店，是王后。她站在花店旁边，在阳光下瞬间露出异常尊严的表情，此时那辆轿车从她面前驶过，离她仅一英尺左右，挂着窗帘。是王后去医院，是王后去参加慈善义卖开幕式，她想。

堵车事件发生在这个时间实在是太糟糕了。洛德板球场、阿斯科特赛马场、赫灵海姆马球俱乐部，有什么赛事吗？她很想知道，因为这条街已无法通行。那些坐在公共汽车上层两侧的英国中产阶级绅士淑女们带着包裹和阳伞，是啊，甚至在这样的天气里还穿着毛皮大衣，她想，这些人的可笑程度超出人们的想象，与世上的一切格格不入；还有王后本人受阻，王后本人无法通行。克拉丽莎被阻隔在布鲁克街的一边；老法官约翰·巴克赫斯特爵士则被阻隔在另一边，中间是那辆轿车（约翰爵士多年来参与制定法律并喜欢服装考究的女人），此时那位轿车司机只是微微欠了欠身，对警察说了些什么，或者出示了什么东西，只见那警察敬了个礼，举起一只胳膊，歪了歪头，指挥公共汽车移向一侧，于是小轿车通过了路段。它缓慢地、无声无息地开走了。

克拉丽莎在猜测；她当然明白；刚才她看见那个侍从手里拿着一个白色圆形的神奇东西，是块圆牌，上面刻着名字——是王后的，还是威尔士亲王的，还是首相的？——那块圆牌凭借自身的光泽燃烧着开路（克拉丽莎看着那辆车逐渐变小，直至消失），去放射光芒，周围是枝形吊灯、闪烁的星章、佩戴着橡树叶勋章的直挺的胸膛、休·惠特布雷德和他所有的同事们、那些英格兰的绅士们，当天晚上将在白金汉宫。而克拉丽莎本人也要举行晚会。她挺了挺身子；她就要这样站到自家的楼梯之上了。

那辆轿车已经开走，但它留下了细微的余波；这余波流入邦德街两侧的手套店、帽子店和成衣店。在三十秒钟里所有人的头都朝着一个方向——窗户。女士们正在挑选手套——是要长度到臂弯的还是要超过臂弯的？是要淡黄的还是要浅灰的？——她们都停了下来；那句话刚说完事情已经发生了。这事孤立地看实在微不足道，就连能传导远在中国发生的震波的数学仪器都无法记录它的震频；然而它的充实性则是令人畏惧的，它的普遍吸引力则能引发公众的情感；因为在所有的帽店和成衣店里互不相识的人们面面相觑，联想起那些死者，联想起国旗，联想起大英帝国。在一条小街上的一家专卖酒店里，一个曾久居英国殖民地的人辱骂了温莎王室①，引起了议论、摔啤酒瓶和满堂的争吵；这声音不知怎地竟回响在马路对面那些姑娘的耳中，她们正在购买婚礼用的饰有洁白丝带的内衣。因为那辆开过去的小轿车所带来的表面的激动情绪在沉降之时又引发出一种深刻的东西。

① 1917 年英国王室正式更名“温莎”，并沿用此称呼至今。

那辆轿车平稳地穿过皮卡德利广场，沿着圣詹姆斯街开去。许多高个子男人、身体健壮的男人、穿着燕尾服和白套衫并且头发向后梳的男人，不知为什么都站在怀特俱乐部的凸窗前，双手背在燕尾服的后面向外张望，本能地感觉有伟人路过此地；而那不朽人物的微光照在他们身上，如同先前照在克拉丽莎·达洛维身上。他们马上站得更直，把手移到身侧，好像随时准备侍奉他们的君主，如果需要的话，随时准备走向炮口，正如他们的先辈曾经做过的那样。他们身后的那些白色半身雕像以及那些摆满《闲谈者》杂志和汽水瓶的小桌似乎在表示赞许，似乎在暗示英格兰起伏的麦浪和庄园宅邸，似乎在反射外面汽车轮胎微弱的嗡嗡声，正如教堂内低语高响廊的墙壁反射一个人的说话声并借助整个建筑物的力量把它变得洪亮悦耳。披着方巾的莫尔·普拉特捧着鲜花站在人行道上，祝愿那个亲爱的年轻人身体健康（坐在车里的肯定是威尔士亲王①）；仅仅出于兴奋的心情和对贫穷的鄙视，她会把够买一罐啤酒的钱，买一束玫瑰花，抛向圣詹姆斯街，如果不是看见警察盯着她，阻挠她这个爱尔兰老妇人表示忠心的话。圣詹姆斯宫的卫兵们敬礼致意；亚历山德拉②王太后的警察表示赞许。

就在这段时间里，一小群人聚集在白金汉宫门前。他们都

---

① 威尔士亲王（1894—1972），指英国国王乔治五世的长子，1910 年被立为王储，1911 年被封为威尔士亲王。即后来的爱德华八世。

② 亚历山德拉（1844—1925），英国国王爱德华七世（在位时期：1901—1910）的配偶，英国国王乔治五世（在位时期：1910—1936）的母亲。

是些穷苦人，无精打采地但满怀信心地等待着；他们观看飘扬着国旗的王宫，观看站在基座上衣裙飘荡的维多利亚女王①雕像，观赏着她的层层喷泉流水和她的天竺葵花丛；他们从林荫路上过往的许多汽车当中先是注意这一辆，然后注意那一辆；他们自负地对平民乘车出游大动感情；他们在这辆或那辆汽车开过之时重温着赞美之词使其永远新鲜。他们一直听任谣言聚集进他们的血管并刺激他们大腿的神经，想到君主正在看着他们，王后在低头致意，亲王在致敬；想到神赐予国王们的天堂般的生活、王室的侍从武官们和那深深的屈膝礼、王后旧日的玩偶屋、嫁给了英国人的玛丽公主②，还想到亲王——啊！亲王！据说他酷似老爱德华国王，可身材比老国王要修长得多。亲王住在圣詹姆斯宫，可说不定今天早晨会出来看望他的母亲。

抱着孩子的萨拉·布莱奇里这样说，她不时踮起脚尖，犹如站在宾里科家里的壁炉网旁边，但她的目光一直注视着林荫路；此时埃米莉·科茨在王宫窗外踱来踱去，想到那些女用人，数不清的女用人，还有那些卧室，数不清的卧室。一个牵着条亚伯丁小猎狗的年纪较大的绅士和一些无业游民也加入了这个人群，人越聚越多。小个子鲍利先生在奥尔巴尼饭店有一套房间，他心灵深处的生命之源已用蜡封住了，然而贫穷的妇人等着看王

---

① 维多利亚女王(1819—1901)，英国女王(在位时期：1837—1901)，印度女皇(在位时期：1876—1901)。

② 玛丽公主(1897—1965)，英国国王乔治五世的女儿，嫁给了第六代赫里伍德伯爵。

后过路的情景——可怜的女人们、听话的小孩们、孤儿、寡母、大战，啧啧——诸如此类的事可能将这蜡封不合时宜地、感伤地突然开启；他真的热泪盈眶了。一阵微风带着从未有过的暖意炫耀地吹拂着林荫路，吹过稀疏的树木，吹过青铜英雄雕像，也掀动了在鲍利先生的英国胸中飘扬着的国旗。于是在那辆轿车转弯驶入林荫路时他提起帽子，待车开近时又将帽子高高举起；他听凭宾里科来的穷苦母亲们挤到身旁，依然笔直地站着。那辆车开到眼前了。

突然，科茨太太抬头望望天空。一架飞机的轰鸣声传入人群耳中，似乎预示着不祥。它飞过来了，掠过树丛，尾部喷出一股白烟；那烟在翻卷扭动，实际上是在写着什么！是在天上写字母！大家都抬头望去。

那飞机突然向下飞，而后又垂直上升，画了一个圆圈，加速，下降，上升，无论它怎样飞，无论它飞向哪里，它的后面都飘散着一缕层次分明的浓浓的白烟。这白烟在空中翻卷盘绕，构成了字母。可到底是什么字母呢？是 AC 吗？一个 E，然后是个 L？它们只停留片刻就飘移淡化，从空中被抹掉了；飞机疾驰向前，又开始在另一块空间写下一个 K，一个 E，也许还有一个 Y？

“Glaxo。”科茨太太一面用一种紧张的、敬畏的声音拼读，一面凝望着天空；她那白色襁褓里的婴儿一动不动地躺在她的怀中，也凝望着天空。

“Kreemo。”布莱奇里太太小声拼读着，像个梦游症患者。鲍利先生凝视着天空，手一动不动地举着帽子。林荫路上所有的行人都站着仰望天空。就在他们仰望之时，整个世界变得寂静无声，只见一队鸥鸟从天上飞过，先是一只带头的，跟着又是一只；就在这异常的静寂与平和之中，在这灰白颜色之中，在这纯洁之中，时钟敲了十一响，它的声波渐渐消逝在天上的鸥群里。

那架飞机转过弯来，加速飞翔，随心所欲地俯冲，快捷，自由自在，像一个人在滑冰——

“那是个 E。”布莱奇里太太说——或者是个跳舞的人——

“那是 toffee（太妃糖）。”鲍利先生低声自语——

（那辆轿车驶进王宫大门，没有人去注意它）飞机关掉喷雾嘴，加快速度越飞越远，天上的烟雾逐渐稀薄，聚拢到几大片云朵周围。

飞机已经离去，隐没在云层后面。四周一片静寂。

挂着字母 E、G 或 L 的云朵自由自在地飘浮，好像注定要从西飘到东去完成一件永远秘不可宣的最重要的使命，然而它确实是在完成一件最重要的使命。突然间，在一列火车钻出隧道的同时，那架飞机又从云层里冲了出来，它的轰鸣声传进正在墨尔街、格林公园、皮卡德利广场、摄政街、摄政公园的所有人的耳中，它喷出的那缕白烟在机身后面旋转，那飞机冲下来，旋即上升，书写着一个又一个字母——可是它到底写的是什么呢？

柳克利西娅·沃伦·史密斯和丈夫并肩坐在摄政公园的宽路边的座位上，她抬起头来望着天上。

“塞普蒂莫斯，你看，你看啊！”她喊道。因为霍姆斯医生曾嘱咐她要设法使丈夫对自身以外的事情感兴趣(他本没有什么大病,只是精神不太好而已)。

这么说,塞普蒂莫斯一面仰望天空一面想,他们在向我发出信号。不过不是用普通的词语;也就是说,他还读不懂这种语言;但是这种美,这种精致的美是十分明显的;泪水模糊了他的眼睛,当他看到那些白烟形成的词语在空中逐渐消散融化,以无尽的慈爱和带笑的善意赐予他形状变幻的无法想象的美,并通过信号暗示要永远无偿地为他提供只需一看的美,更多的美!眼泪顺着他的面颊流了下来。

那是 toffee;他们在为太妃糖做广告,一个保姆告诉(柳克)利西娅。她们两人开始一起拼读 t—o—f—

"K—R—"那个保姆说。而塞普蒂莫斯则听见她对他耳语:"凯——来啦",深沉而柔和,像优美的风琴声,但这声音里又掺杂着一点类似蚱蜢叫的刺耳成分,它新奇地刺激着他的脊柱,并将声波传入他的大脑,这声波在他脑中回荡,然后戛然而止。这真是个绝妙的发现——人的声音在某种大气条件下(因为人必须讲究科学,科学最为重要)竟能使树木很快变活了!那些榆树忽升忽降,所有的叶片闪烁着光芒,颜色忽浅忽深,从蓝色直到波谷的绿色,像无数马头上的鬃毛,像无数女士帽子上的羽毛,它们是那么自豪的、那么壮丽的起起落落;利西娅兴奋地用一只手使劲按住丈夫的膝盖,使他不能动一动,否则那些榆树忽升忽降的激动人心的景象会使他发疯。但是他不会发疯。他会闭上眼睛,他不想再看下去。

然而它们在向他招手;树叶充满活力,树木充满活力。由于那些树叶通过千百万条纤维与座位上的他,与他自己的身体相连接,它们煽动着他的身体,使其随之上下起伏。当树枝伸展的时候,他也伸展肢体以示赞同。那些扑打着翅膀飞起来又落到锯齿形喷泉上的麻雀是整个景象的一个组成部分;白色与蓝色的背景,饰以由黑色树枝构成的条纹。各种声音由于事先的谋划形成了和声;声音的间歇与声音本身同样有意义。一个小孩哭了。从远处适时地响起号声。这一切加起来意味着一个新的宗教诞生了——

"塞普蒂莫斯!"利西娅喊道。他吓了一大跳。人们一定注意到了。

"我要散步到喷泉,然后再回来。"她说。

因为她再也忍受不下去了。霍姆斯医生也许会说没有什么大不了的事。她却恨不得丈夫现在就去死！她不能总坐在他身边看着他瞪眼出神而对她不屑一顾并把一切搅得乱七八糟;天空和树木,孩子们嬉戏着,拖着小车,吹着哨子,摔跤跌倒;这一切都很糟糕。他不愿意自杀;她也无法向任何人诉说。"塞普蒂莫斯工作太辛苦了"——这是她唯一能说的话,对她自己的母亲。爱恋使人孤独,她想。她无人诉说,就是对塞普蒂莫斯也什么都不能讲;她回过头去,看见丈夫仍然穿着破大衣坐在那个座位上,弓着腰,瞪着眼。虽然一个男人扬言自杀是怯懦的表现,可是塞普蒂莫斯也曾打过仗;他曾经很勇敢,可现在却判若两人了。利西娅戴上镶花边的假领子。她戴上新帽子,他却从不留意；她不在时，他反倒高兴。而他不在时，什么都不能使她快乐！什么都不能！他很自私。男人都自私。因为他没有病。霍姆斯医生说他没有什么大不了的事。她摊开一只手。看！她的结婚戒指松动了——她瘦多了。受苦的是她自己，但是她无人诉说。

意大利太遥远了，她远离了那些白色房屋和那姐妹们围坐着缝帽子的房间，远离了那些每天晚上十分拥挤的街道，人们在街上散步，哈哈大笑，不像这里的人那样半死不活，蜷缩在巴斯轮椅里盯着几朵插在花盆里的丑花！

“因为你应该去看看米兰市的那些花园。”她大声说道。可是说给谁听呢？

周围一个人都没有。她的话音转瞬即逝，犹如一枚火箭转瞬即逝。它射出的无数火花在照亮长空之后终于退让了，黑暗重又降临，泼洒在众多房屋和高塔的轮廓线上；荒凉的山坡变得模糊不清，最终陷入黑暗。然而尽管它们已经消逝，夜空仍将它们统统包容；它们被剥夺了颜色，从窗口消失了，但它们仍以更加沉重的形式存在着，揭示出坦诚的日光所未能显现的东西——聚集在黑暗中、蜷缩在黑暗中的万物那纷扰不定的状态，全然失去了晨曦带来的欣慰感（晨曦将无数墙壁刷成灰白，点染每一块窗玻璃，驱散田野上的薄雾，显现出安静吃草的红褐色母牛，那时世间的一切再次被装点得赏心悦目，又重新存在）。就我一个人；就我一个人！她在摄政公园的喷泉旁喊道（同时凝视着那个印度人和他的十字架），仿佛是在午夜，所有的疆界都消失了，这个国家又回到古代的状况，正如罗马人当时所见，他们登陆时，这个国家正处于朦胧之中，山脉无名，河流蜿蜒不知流向何方——她所感到的黑暗就是如此；突然间，一块暗礁好像骤然生了出来，她就站在暗礁上面，她诉说着几年前她是如何在米兰结婚成为他妻子的，并说作为妻子她永远永远不会告诉别人他疯了！暗礁旋转着坠落下去，她也随之跌落，跌落。因为塞普蒂莫斯已经离去，她想——离去，像他扬言的那样，自杀——扑向马车轮下！可是他并没有自杀，他就在那边，依然独自坐在椅子上，穿着破大衣，跷着腿，眼睛直勾勾的，在大声自言自语。

人不应该砍树。有一个上帝存在（他常把这类心得记在信封背面）。要改变这个世界。别再有人因仇恨而残杀。要让人们知道（他记了下来）。他在等待。他在倾听。一只栖息在对面栏杆上的麻雀叫着“塞普蒂莫斯，塞普蒂莫斯”，重复了四五遍，然后拉长调子继续尖声唱起希腊文，叙述世间如何没有罪恶；另一只麻雀也加入进来，它们一起用刺耳的长声唱着希腊文，从河那边死者经常出没的生命草场的树丛里，叙述着世间如何没有死亡。

这边是他的手；那边是死去的人。有些白乎乎的东西正聚拢到对过的栏杆后面。但是他不敢看。埃文斯就在栏杆后面！

“你在说什么呢？”利西娅突然问道，并在他身旁坐了下来。

又来打扰！她总是打扰。

躲开这些人——他们必须躲开这些游人，他说着（跳将起来)，马上到那边去，那边的一棵树下有几把椅子；而且公园长长的坡地在那里向下倾斜，像一条绿带，上方高处罩着蓝色和粉红色烟雾幻化成的布顶篷；那边还有许多形状极不规则的房屋，构成了防御墙，在烟雾中显得朦胧，车辆在一条环形路上轰轰作响；在右面，许多黄褐色的野兽从动物园的围栏里伸出长长的脖子，大叫着，号叫着。他们两人坐到那边的一棵树下。

“你看啊。”她一面请求他，一面指着一伙扛着板球门柱的男孩子。其中的一个拖着脚走，不时立在脚后跟上旋转，然后继续拖着脚走，仿佛在音乐厅里扮演小丑。

“你看啊。”她又请求他，因为霍姆斯医生曾嘱咐她要让丈夫注意具体的事物，去音乐厅，去打板球——那是一项很好的户外运动，霍姆斯医生说，正适合她丈夫参加。

“你看啊。”她重复道。

无影无形的上苍在命令他看，这个声音在与他——塞普蒂莫斯——进行沟通，他最近曾出生入死过，是全人类最伟大的人，是前来复兴社会的上帝(他躺着，像一张床单，像一块只有太阳才能融化的雪毯，永不损耗，永远受苦)，是替罪的羔羊，是永远蒙受苦难的人；但是塞普蒂莫斯不想看，他痛苦地呻吟着，挥了挥手把那永久的苦难、那永久的孤独从身边赶开。

“你看啊。”她又重复一遍，因为他不应该在外面大声自言自语。

“哎，你看啊。”她请求他。可是有什么好看的呢？几只绵羊，不过如此。

到摄政公园地铁车站怎么走——他们能不能告诉她去摄政公园地铁站的路——梅济·约翰逊向他们打听。她两天以前刚从爱丁堡市来到这里。

“别从这边走——到那边去!”利西娅大喊,挥着手让她走开,生怕她看见塞普蒂莫斯。

这两个人看来都很怪,梅济·约翰逊想。这里的一切看来都很怪。她是第一次来伦敦,到她伯父在莱登霍尔街开的商店任职。在这个上午她步行穿过摄政公园时,椅子上的这对夫妇使她大吃一惊;那个年轻妇女像个外国人,那个男人看上去非常古怪;这个景象她到老也不会忘记,她会从记忆中搜寻出五十年前一个夏日的清晨她是如何穿行于摄政公园的。因为她只有十九岁,终于离家来到伦敦;现在多么奇怪啊,她刚才问过路的那对夫妇,那女人突然跳起来,摆了摆手,而那男人——他好像很怪僻;也许他们在吵嘴,也许他们要永远分离;她明白,他们之间肯定发生了什么事;现在所有这些人(因为她又走回宽路)、这些石盆、这些排列有序的花卉、这些老先生老太太、他们多是坐着巴斯轮椅的病残人——所有的人都显得那么古怪,与爱丁堡人不同。梅济·约翰逊加入到那些缓步行进、目光茫然、沐浴着微风的伙伴中去——几只松鼠蹲坐着在舔自己身上的毛,喷泉上的麻雀扑打着翅膀寻找面包渣,几只小狗在栏杆旁边戏耍打斗,和煦的微风吹拂着它们,给它们接受生活馈赠时的不以为然的凝视平添了几分古怪与和缓——梅济·约翰逊感到实在有必要大喊一声“哎呀!”(因为那个坐在椅子上的年轻男人刚才吓了她一跳。她知道一定是发生了什么事。)

可怕！可怕！她真想喊出来。(她已经离开了家人，他们曾警告过她会发生什么事情。)

她为什么不待在家里呢？她喊着，一面扭着栏杆上的铁帽。

那个姑娘还什么都不懂呢，登普斯特太太想(她把面包皮留起来喂松鼠，并常带午饭到摄政公园来吃)；真的，在她看来，身体健壮些、举止放松些、期望值适中些似乎更好。帕西爱喝酒。是啊，有个儿子更好，登普斯特太太想。她自己经历过坎坷，因此情不自禁地向这样的女孩子微笑。你会结婚的，因为你很漂亮，登普斯特太太想。结婚吧，她想，到那时你就明白了。啊，那些厨师，还有别的人。每个男人都有自己的一套。可是假如我事先能知道的话，我还会做出这样的选择吗？登普斯特太太想；她不禁想对梅济·约翰逊说句悄悄话，想让自己皮肤松弛、布满皱纹的老脸感受一番怜悯的亲吻。因为生活一直很艰难，登普斯特太太想。她还有什么代价没付出呢？玫瑰花、身材，还有她的脚。(她把裙子下面那双肿胀的脚收了回去。)

玫瑰花，她轻蔑地想。全是些没用的东西，我亲爱的。因为说真的，由于吃喝、做爱，并随着好坏时光的流逝，生活已经不仅仅是玫瑰花了；还有，让我告诉你，卡丽·登普斯特并不想和肯梯斯镇的任何女人调换命运！但是她恳求怜悯。怜悯，为了那些失去的玫瑰。怜悯，这是她有求于梅济·约翰逊的，此时她正站在风信子花坛旁边。

啊，可是那飞机！登普斯特太太不是总想去国外看看吗？

她有个外甥，是传教士。那飞机升腾起来冲向前方。她常在马盖特城海滨下海，而且从未远行到看不见陆地的程度，然而她却不能容忍怕水的女人。飞机一掠而过俯冲下来。她的心提到了嗓子眼。它又飞上去了。里面坐着一个满不错的小伙子，登普斯特太太敢打赌；飞机向远处飞去，速度很快，逐渐模糊，越来越远，它快速滑翔在格林尼治镇及所有的船舶桅杆上空，掠过一组孤零零的灰色教堂建筑——圣保罗大教堂及其他教堂，最后飞临从伦敦两侧向外延伸的片片农田和深棕色的树林，在树林里许多爱冒险的鸫鸟大胆地跳来跳去，它们眼睛一瞟，叼起蜗牛就往石头上磕，一下，两下，三下。

那架飞机越冲越远，最后只剩下一个闪亮的光点：一个志向、一个集点、一个人类灵魂的象征（在本特利先生看来似乎如此，他正在格林尼治兴致勃勃地滚压他家狭长的草坪）；它象征着人类摆脱躯体、飞离房屋的决心，本特利先生一面想一面快速滚压那棵雪松的四周，而摆脱的方法是借助于思维、爱因斯坦、推测、数学、孟德尔的理论①——那架飞机冲向远方。

而后，一个衣衫褴褛、相貌平平的男人提着一个皮革书包站在圣保罗大教堂的台阶上，欲进又止，因为不知里面会有什么精神安慰，会受到多大的欢迎，也不知里面有多少飘着旗子的坟墓，那些旗子不是战胜军队的象征，而是战胜烦人的追求真理精神的象征，他想，为了追求真理，我现在连个职业都没有。更重

① 孟德尔（1822—1884），奥地利遗传学家，孟德尔学派的创始人。

要的是,教堂给你提供伙伴,他想,它邀请你加入一个社团,许多伟人都属于这一社团,许多先烈曾为它而献身,为什么不加入呢,他想,把自己那塞满传单的皮书包放到祭坛前,放到十字架前,十字架象征着一种高于寻觅求索和拼凑文字的东西,一种已成为纯精神的东西,像魂魄脱离了躯体——为什么不进去呢?他想,就在他犹豫不决的时候,那架飞机飞过了卢德加特圆形广场。

奇怪得很,到处是一片寂静。来往的车流上空听不到一点声音。飞机就像无人驾驶似的,自由自在地翱翔。现在机身尾部喷出一圈圈白色的烟雾,它们旋转着上升,上升,垂直上升,仿佛出于狂喜和十足的欢欣而升腾着,写下了一个 T,一个 O,一个 F。

"他们在看什么呢?"克拉丽莎·达洛维对前来开门的女仆说。

这幢住宅的大厅犹如墓室一般凉爽。达洛维太太举起一只手伸向眼睛,她听见女仆露西关门时裙子沙沙作响,她感觉自己像个出世已久的修女,身上披着熟悉的薄纱,充满对古老宗教的虔诚。厨师在厨房里吹着口哨。她听见打字机的啪啪声。这就是她的生活,她在大厅的桌子前低下头,受这种神圣氛围的影响而弯下身子,感觉得到了祝福和净化。她拿起记录电话留言的拍纸簿时,自言自语道:这样的时刻多么像生命之树上的花蕾啊,它们是黑暗中的花朵,她想(似乎有一朵可爱的玫瑰花曾为她单独开放);她没有一时一刻相信过上帝;但是,她想,一面拿起拍纸簿，她在日常生活中更应做出回报，对仆人们，是啊，还对小狗和金丝雀，最重要的是对她的丈夫理查德，他是这一切——欢快的声音、绿色的灯光，甚至会吹口哨的厨师（因为沃克夫人是爱尔兰人，整天吹口哨）——的基础；你必须用这些秘密贮存的美妙瞬间去回报，她想着，一面拿起拍纸簿，此时露西正站在她身边想解释什么：

“太太，达洛维先生——”

克拉丽莎读着电话留言：“布鲁顿勋爵夫人想知道达洛维先生今天能否和她一起共进午餐。”

“太太，达洛维先生让我告诉你他要在外面吃午饭。”

“天啊！”克拉丽莎说，而露西则善解人意地也表示失望（可是感受不到那种痛苦）；露西感觉到了她们两人之间的默契，理解这种暗示，思考着上流社会的人是如何对待爱情的，她以保持平静来改善自己的前途；她接过达洛维太太的阳伞，就像捧着一位女神从战场凯旋后卸下的一件神圣的武器，把它摆到伞架上。

“无须再怕。”克拉丽莎说。无须再怕骄阳酷暑；因为布鲁顿夫人邀请理查德而不邀请她这件事带来的震惊撼动了她站立着的这一瞬间，就像河床上的一棵植物因感觉到过往船桨的震动而颤抖：她就是这样摇摆着，颤抖着。

米莉森特·布鲁顿（据说她的午餐会总是别有情趣）竟然不邀请她。一般庸俗的嫉妒是不能把她和理查德分开的。但是她惧怕时间本身，她从布鲁顿夫人的脸上（仿佛这脸是用毫无知觉的石头雕刻的日晷）看到生命在日渐减少；看到年复一年自己的生命份额如何被逐渐削减，那剩余的部分是如何几乎无法扩展，几乎不能再像年轻时那样吸收人生的颜色、盐分和音调。年轻时她曾吸收过这一切，因而当她进屋时便能充满整个房间；当她站在自家客厅门口犹豫不决的那一刹那，她常感到一种美妙的挂虑，犹如那种使跳水员在跳入海中之前迟疑片刻的挂虑，此时他脚下的大海时而幽暗时而光亮，那颇有拍岸之势但实际上只轻柔地划开海面的波浪向前滚动，掩盖了海藻，又在翻转之时给海藻蒙上一层银白色的珍珠。

她把拍纸簿放回到大厅的桌子上。她开始慢慢上楼，一只手拉着楼梯的扶手，仿佛刚刚离开一个聚会，在那里一会儿这个朋友，一会儿那个朋友回忆起她过去的面容和声音；仿佛她已关上房门来到外面独自站立，孤零零的，背景是可怕的夜空，或者确切地说，背景是这个平平常常的六月早晨投注的一派晨光。这个早晨对某些人来说是柔和的，闪烁着玫瑰花瓣的光彩，她知道，也感受到了，当她在半楼梯敞开的窗旁停下来的时候；从这窗口传来窗帘掀动的噼啪声、狗群的吠叫声，还传来白昼的研磨声、敲击声和充满活力的声音，她想着，觉得自己突然萎缩，变老，胸部也变平坦了，仿佛她已飘到门外、窗外，飘离了自己的躯体和大脑；她的大脑已经不中用了，因为布鲁顿夫人（据说她的午餐会总是别有情趣）没有邀请她。

像个修女回屋歇息，或像个孩子探索塔楼，她向楼上走去，在半楼梯的窗旁停留片刻，然后走进盥洗室。那里铺着绿色地毡。有一个水龙头漏水。在生活的中心有一处空白，一间阁楼。

妇女们必须脱下她们华贵的服装。中午时分她们必须脱掉礼服。她摘下别针插在针垫上,把饰有羽毛的黄帽子放到床上。床单很干净,用一条宽带紧紧地绷在床上。她的床会越来越窄。蜡烛燃掉了一半,她曾彻夜阅读马尔博男爵①的《回忆录》。她曾在深夜里阅读从莫斯科撤退那一章。由于下议院开会总是开到很晚,理查德在她得病以后坚持让她睡觉不受干扰。说实在的,她宁愿读关于莫斯科撤退的书。他了解这一点。于是她的房间被安排在阁楼上,床很窄;她躺在那里看书的时候(因为她常常失眠)总排除不掉从生孩子时起保留下来的那种贞洁感,它像床单一样紧裹着她。她在做姑娘时就很可爱,但突然出现了一个瞬间——例如在克利夫登镇的树林下面的小河上——当时由于这种冷漠的精神起了作用,她未能使他满足。后来在君士坦丁堡又是如此,以后这种情况一而再、再而三地发生。她明白自己缺少什么。不是美貌,也不是智慧。而是一种从中心向四周渗透的东西,一种温暖的东西,它冲破表层并在男女之间或女人之间的冰冷接触中掀起微波。因为她能够朦胧地感觉到**那种东西**。她讨厌它,对它有一种老天爷才知道是从哪里学来的顾忌,或者像她感觉的那样,来源于大自然(大自然总是明智的);然而她有时却不由自主地屈服于妇人的而不是姑娘的魅力,屈服于妇人在坦言自己的争吵和蠢事时表现出的魅力,要知道她们经常对她倾诉衷肠。不知是出于怜悯,还是由于她们的

① 马尔博男爵(1782—1854),法国将军,拿破仑时代回忆录的作者。

美貌,还是因为她的年龄比她们大,或是出于某种巧合——例如一种淡淡的香气,或邻家的小提琴声(在某些时刻声音的威力是那么奇特),她这时会毫无疑问地产生与男人同样的感受。不过那只是一瞬间,但已足够了。那是一种顿悟,有几分像一个人脸上的羞红,你力图掩饰它,但当它扩散时,只好由它去扩散,你跑到最远的角落,在那里发抖,觉得整个世界向你逼来,充满了某种令人惊讶的意义、某种狂喜的压力,这种意义和压力迸裂世界那层薄薄的表皮喷涌而出,以一种格外的轻松流过龟裂处和红肿处。然后,在那一瞬间,她看到了一束光;一根火柴在一棵番红花上燃烧;一种内在的意义几乎表达了出来。然而逼近的退却了,坚硬的变软了。这一瞬间消失了。这样的瞬间(和女人们在一起也有同样的感觉)与她的床、马尔博男爵的书以及燃掉一半的蜡烛形成了鲜明的对照(她放下帽子)。她躺在床上睡不着觉,地板在咯吱作响;灯火通明的房子突然转暗,如果她抬起头会正好听见咔嚓一响,那是理查德在尽可能轻地放松门把手;他穿着短袜悄悄溜上楼来,然后,像经常发生的那样,扔掉暖水袋大骂起来!她笑得多么开心啊!

可是这个爱情问题(她一面想着,一面收拾起上衣),这个与女人恋爱的问题。以萨莉·西顿为例,她与萨莉·西顿旧日的关系。不管怎么说,那难道不是恋爱吗?

坐在地板上——这是她对萨莉的第一个印象——萨莉坐在地板上,抱着双膝,抽着烟卷。是在哪儿呢?在曼宁家?在金洛克-琼斯家?反正是在一次聚会上(具体地点她说不准),因为她清楚地记得曾问过和她在一起的那个男人:“**那女人**是谁?”他告诉了她,并说萨莉的父母关系不好(她是多么震惊啊——一个人的父母竟然吵架!)。但是一整个晚上她的目光都离不开萨莉。那是一种她最羡慕的非凡的美,肤色稍深,一双大眼睛,还有她自己不具备因而总是很嫉妒的品质——一种随心所欲,好像萨莉想说什么就说什么,想做什么就做什么;是一种外国人普遍具有而英国女人不常有的品质。萨莉总说她有法国血统,她的一位祖先曾服侍过玛丽·安托瓦妮特①,后来被砍了头,只留下一枚红宝石戒指。大概就在那个夏天萨莉来到伯尔顿小住,一天晚上正餐过后她出人意料地走了进来,口袋里没有一分钱,她的到来使可怜的海伦娜姑妈如此心烦意乱,她一直没有原谅她。萨莉家里曾吵得不可开交。那天晚上她来的时候确实一文不名——她典当了一枚胸针作为来程的路费。她是在情急之下跑出来的。克拉丽莎和萨莉坐了一夜,倾心长谈。是萨莉使她头一次感到她在伯尔顿的生活有多么封闭。她对性爱一点儿都不懂,对于社会问题也一无所知。她有一次曾见过一位老人在田野中倒地猝死——她还见过几头刚刚生完小牛的母牛。但是海伦娜姑妈从来不喜欢讨论任何事情(萨莉给她威廉·莫里斯②的书时,不得不裹上牛皮纸)。她们在顶楼她的卧室里坐了一个小时又一个小时,谈论生活,谈论她们将如何改造

① 玛丽·安托瓦妮特(1755—1793),法国王后,路易十六之妻,1793年10月被法国革命政府判处死刑。

② 威廉·莫里斯(1834—1896),英国作家,美术家,有社会主义倾向。

这个世界。她们想成立一个剥夺私有财产的协会，甚至写好了一封信，只不过没有寄出。这些想法当然出自萨莉——但是她自己很快就跟萨莉一样激动起来——早餐前在床上读柏拉图①的书，读莫里斯的书，还按钟点读雪莱②的作品。

萨莉的魅力是惊人的，还有她的天才，她的性格。比如，她摆鲜花的方法。在伯尔顿，人们总是把许多呆板的小花瓶放在桌上排成一行。萨莉自己出去，采集了蜀葵花、天竺牡丹——各式各样的从来没人见过放在一起的鲜花——然后剪下花朵，放进碗里，让它们漂浮在水面上。这样一摆，效果特别好，特别是夕阳西下时分你进来吃饭的时候（当然海伦娜姑妈认为这样摆弄鲜花有些邪恶）。还有一次萨莉忘记拿擦澡用的海绵，于是她赤身裸体跑过走廊。那个严厉的老女仆埃伦·阿特金斯走过来走过去嘟囔着："要是让一个男士看见了呢？"是啊，萨莉确实让人震惊。爸爸说她衣冠不整。

回想起来，最奇怪的是她对萨莉的感情竟是那么纯洁，那么完美。它跟对一个男人的感情不同。它是彻底无私的，此外，还有一个特点，它只存在于女性之间，存在于刚成年的女性之间。从她自己的角度来看，它是保护性的；它出自一种盟友的感觉，一种有什么东西注定要把她们分开的预感（她们常说婚姻是灾难），这种感觉导致了这种豪侠气概，这种保护性的感情在她身

---

① 柏拉图（约公元前428—前348），古希腊三大哲学家之一。和苏格拉底、亚里士多德共同奠定西方文化的哲学基础。

② 雪莱（1792—1822），英国诗人、哲学家、改革家和散文作家。

上比在萨莉身上体现得更明显。因为在那些日子里萨莉完全不顾忌后果，为了表现自己勇敢而做了许多蠢事，在台地上骑着自行车围着矮栏杆兜圈子，抽雪茄烟。萨莉很荒唐，非常荒唐。但是那种魅力是无法抗拒的，至少对她来说是如此，所以她还能记得自己曾站在顶楼的卧室里抱着暖水袋大声说："她就在这个屋檐下面……她就在这个屋檐下面！"

现在不同了，这些话对她已毫无意义。她连过去那种感情的影子都找不到了。但是她还能记得当时曾激动得浑身发冷，曾狂喜地卷着头发（昔日的感情现在又开始回到她的心里，在她拿出发卡放在梳妆台上开始卷发的时候），当时有几只乌鸦在傍晚粉红色的余晖中炫耀地飞上飞下，她穿好衣服，走下楼去，在穿过大厅时感觉："如果现在就死去，现在就是最幸福。"①那就是他的感觉——奥赛罗的感觉，她相信自己感受到了幸福，正如莎士比亚让奥赛罗感受到的那样强烈，这都是因为她披着白色罩袍下楼到饭桌边与萨莉·西顿相会！

萨莉当时穿着粉红色薄纱裙——这可能吗？无论如何，她好像十分轻盈，光彩照人，像一只飞进来的小鸟或一只气球，粘在一棵黑莓灌木上但仅停留了一瞬间。然而一个人恋爱的时候（这不是恋爱是什么？），最奇怪的莫过于其他人对此竟漠然视之。海伦娜姑妈吃过饭就走开了；爸爸在读报。彼得·沃尔什

---

① 见莎士比亚的《奥赛罗》第二幕第一场，表达了奥赛罗对恋人苔丝狄蒙娜的深切爱情。

有可能在场，还有年老的卡明斯女士；约瑟夫·布赖特科普夫肯定在场，因为他每年夏天都来这里，可怜的老人，一住就是好几个星期，他装作来陪她读德语，实际上是来弹钢琴，还唱勃拉姆斯①的歌曲，尽管嗓子很糟糕。

这一切不过是衬托萨莉的背景而已。她站在壁炉旁边谈天，优美的声音使她的每句话都像一个吻，爸爸觉得似乎如此，他已开始受到她的吸引，违背了自己的意志（他曾借给过她一本书，后来发现书被扔在台地上浸湿了，因此一直耿耿于怀）；突然间萨莉说："总坐在屋里多遗憾呀！"于是大家都走出屋到台地上散步。彼得·沃尔什和约瑟夫·布赖特科普夫继续谈着瓦格纳。她和萨莉稍微落后一点儿。然后当她们走过一个栽满鲜花的石盆时，她经历了一生中最最美好的时刻。萨莉停下来，摘了一朵花，吻了一下她的嘴唇。整个世界似乎天翻地覆了！其他的人都消失了，只有她和萨莉单独在一起。她觉得好像自己先前得到了一件礼品，是用纸包装好的，并被告知要保存好，不要看——一块钻石，一个无价之宝，包得严严实实的，而在她们散步的时候（她们来回来去走着），她才打开包看见了它，或许是它的光芒透过包装直射出来，它就是神的启示，就是这种宗教般的感情！——突然间，老约瑟夫和彼得面对着她们：

"在占星吗？"彼得问。

这就像黑暗中一个人的脸撞到花岗岩墙壁上！太令人震惊

① 勃拉姆斯（1833—1897），德国钢琴家、作曲家。

了，太可怕了！

她倒不是为了自己。她只是觉得萨莉已经受到伤害，受到虐待；她感觉出了彼得的敌意、他的嫉妒之心、他破坏她们友谊的决心。这一切她都看出来了，正如一个人在闪电的瞬间看见一片风景——而萨莉（她从来没有如此爱慕过她！）依然我行我素，毫不服输。她哈哈大笑。她让老约瑟夫告诉她天上星座的名称，那是约瑟夫正经喜欢干的事。她站在那里，她在倾听。她听见了那些星座的名称。

“啊，这种恐怖感！”克拉丽莎自语道，仿佛她一直知道会有什么东西来干扰她瞬间的幸福，使她痛苦。

然而后来她是多么感谢彼得·沃尔什啊。每当她想起彼得，不知怎的总会想起他们的争吵——也许是因为她太急于得到他的好评。她感谢他使用了两个词：“感伤的”和“有教养的”；她以这两个词开始每一天的生活，仿佛有他在保护自己。一本书是感伤的；一种生活态度是感伤的。由于她是“感伤的”，她也许注定要回忆起过去。他回来之后会怎么想呢？她真想知道。

他会认为她已经老了吗？他回来以后会说她老吗？也许她会看出他在这样想。这是事实。自从生病以来她变得差不多苍白了。

她把胸针放在桌上，突然感觉一阵紧张，仿佛就在她冥想之际那些冰冷的爪子已趁机牢牢地抓住了她。她还不老呢。她刚刚进入五十二岁。还有许许多多的岁月没有度过。六月、七月、八月！每个月还几乎是完整的；克拉丽莎（现在穿过房间走向梳妆台）似乎想接住流逝的点滴时间，她投身于这个六月早晨的瞬间——这个汇集着所有其他早晨的压力的瞬间——的中心，把它凝固在那里，她用一种崭新的眼光审视着镜子、梳妆台和所有的小瓶子，把自己的全身定格在一点（在她照镜子的时候），她看见了一张粉红色的细嫩的脸，它属于当天要举办晚会的那个女人，属于克拉丽莎·达洛维，属于她自己。

她观察自己的脸已经有几百万次了，而且每次脸部的肌肉总是紧缩，但不易为人察觉！她照镜子时总要噘起嘴唇。那是为了使自己的脸有一个突出点。那就是她的自我——尖尖的，像个飞镖，十分清晰。那就是她的自我，当某种努力、某种对她的自我的召唤将她脸上的各个部分紧缩在一起的时候，只有她自己才知道这与平时有多么不同，有多么不谐调，而她这样做只是为了使世界进入一个中心，一块钻石，一个坐在自家客厅里成为聚会焦点的女人，一个在某些人的暗淡生命中无疑是璀璨的光点，也许还是孤独的人们寻求的一个庇护所；她曾经帮助过年轻人，他们感激她；她尽力做到表现一贯，丝毫不暴露自己的其他方面，如过错、嫉妒、虚荣、疑心等，例如布鲁顿夫人不请她吃饭这件事；那是十分卑鄙的！她想（一面最后梳理一下头发）。咦，她的衣裙在哪儿呢？

她的晚礼服都挂在衣橱里。克拉丽莎把手伸进柔软的衣服当中，轻轻地取出那件绿色衣裙，把它拿到窗前。这件衣服她曾弄撕过。有人曾踩过裙边。她在大使馆的晚会上曾感到裙腰的褶子撕裂了。这绿色料子通常在灯光下会闪闪发光,但此时在阳光下却黯然失色。她要自己补这裙子。她的女仆们要做的事情实在太多了。她今天晚上就要穿这件晚礼服。她要把她的丝绸、她的剪刀、她的——还有什么来着?——当然还有她的顶针,都拿到楼下客厅里去,因为她还要写信,还要确保一切准备工作基本就绪。

真奇怪,她一面想一面在半楼梯的驻脚台上停下来,同时思忖着那钻石形状、那孤独的人,真奇怪,一个女主人是多么了解这一时刻,多么了解全家人的情绪!模糊不清的声音从楼梯的井孔旋转直上:墩布拖地的窸窣声,轻拍声,敲击声,前门开启时的一声巨响,地下室里传达吩咐的说话声;银餐具和托盘碰撞的叮当声;洁净的银器是为晚会准备的。一切全是为了晚会。

(这时露西端着托盘走进客厅,她把几个极大的烛台放到壁炉架上,把小银箱放在中央,再把水晶海豚转向座钟。他们会来的;他们会站在这里;他们会用那种她能模仿的矫揉造作的语气说话,女士们和先生们。在所有的人当中,她的女主人是最可爱的——拥有银器、亚麻制品和瓷器的女主人,因为那阳光、那些银器、那些摘下的门扇、那些朗波尔迈耶店里来的工人都使她有一种成就感,此时她把裁纸小刀放在嵌花桌子上。看啊!看啊!她在面包店里和几个老朋友谈话时说,在店里她头一次透过窗玻璃看见卡特勒姆教堂的礼拜仪式。她就是安杰拉夫人,陪伴着玛丽公主,这时达洛维太太突然走了进来。)

"哎,露西,"她说,"这些银餐具真好看!"

“还有，”她说，一面转动那个水晶海豚使它直立，“你们喜欢昨晚的话剧吗？”“唉，他们没看完就得走了！”她说。“他们十点以前必须回来！”她说。“所以他们不知道后面的剧情。”她说。“那真是不幸。”她说（因为平时她的仆人们常看到很晚，如果他们跟她说一声的话）。“那真是遗憾，”她一面说，一面拿起沙发中央那个光秃秃的旧靠垫塞到露西的怀里，并轻轻推了她一下，大声说，“把它拿开！给沃克太太送去，替我谢谢她！拿走！”她喊道。

露西抱着靠垫在客厅门旁停了下来，脸有些红，非常羞涩地问，能不能让她帮着补衣裙？

可是，达洛维太太说，露西手头的事已经很多了，足够她干的，就不用管这事儿了。

“但还是谢谢你。露西，啊，谢谢你。”达洛维太太说，谢谢你，谢谢你，她继续说（同时坐在沙发上，把那件衣裙放在膝头，还有剪刀、丝绸），谢谢你，谢谢你，她继续说着，笼统地感谢所有的仆人帮助她成为现在这个样子，成为她自己理想的样子，温柔，宽大为怀。她的仆人们喜欢她。再回到她的这件衣裙——撕破的地方在哪里？现在该往针上穿线啦。这是她最喜欢的一件衣服，是萨丽·帕克做的许许多多衣服中的一件，天呀，差不多是最后的一件，因为萨丽现已退休，住在伊令区，如果我有一点点时间，克拉丽莎想（可是她不会再有一点点时间了），我会去伊令看望她。因为她是一个有个性的人，克拉丽莎想，是个真正的艺术家。她常想些稀奇古怪的小事，然而她做的那些衣裙却从来不怪。你可以穿着它们去哈特菲尔德侯爵府，去白金汉宫。她确实穿着它们去过哈特菲尔德侯爵府，去过白金汉宫。

宁静降临到她的身上，平静，安详，此时她手里的针顺利地穿入丝绸，轻柔地停顿一下，然后将那些绿色的褶子聚敛在一起，轻轻地缝到裙腰上。于是在一个夏日里海浪聚拢起来，失去平衡，然后跌落；聚拢又跌落；整个世界似乎越来越阴沉地说："完结了。"直到躺在海滩上晒太阳的躯体里的心脏也说"完结了"。无需再怕，那颗心脏说。无需再怕，那颗心脏说，同时将自己的重负交给某个大海，那大海为所有人的忧伤发出哀叹，然后更新，开始，聚拢，任意跌落。那个躯体则孤零零地倾听着过往蜜蜂的嗡嗡声；海浪在拍打；小狗在吠叫，在很远的地方吠叫，吠叫。

"天啊，前门铃响了！"克拉丽莎大喊，停下了手中的针线。她精神起来，注意倾听着。

"达洛维太太会见我的。"一个年纪不轻的男人在大厅里说。"啊，是啊，她会见我的。"他重复道，同时和善地把露西推到一边，以从未有过的快速跑上楼梯。"是啊，是啊，是啊，"他一面上楼一面喃喃地说，"她会见我的。在印度待了五年之后，克拉丽莎会见我的。"

"有谁能——有什么能。"达洛维太太问道（她想，在她要举办晚会这天的上午十一点被人打扰实在可气），她听见了楼梯上的脚步声。她听见手拍门的声音。她试图把衣裙藏起来，犹如一个处女保护自己的贞操，因为她尊重自己的隐私权。现在铜门把动了。现在门打开了，进来的是——刹那间她竟想不起他叫什么名字！她见到他是那么惊奇，那么高兴，那么羞涩，那么震惊，彼得·沃尔什竟然在这个上午出乎意料地来看望她！（她没读到他的信。）

"你好。"彼得·沃尔什说，无疑是在颤抖，他握住她的双手，亲吻她的双手。她老多了，他想，同时坐了下来。我不会对她这样讲的，因为她确实老多了。她正在看着我，他想，此时一种窘迫感突然向他袭来，尽管他刚刚吻过她的手。他的一只手伸进口袋，掏出一把大折刀，打开了一半。

他和以前一模一样，克拉丽莎想，还是那种古怪的目光，还是那件格子西装；他的脸有些不像往日那么严肃，瘦了一些，也许更带些嘲讽的表情，但是他的身体看来非常健康，和以前一个样。

"见到你太高兴了！"克拉丽莎喊道。他又把折刀拿出来了。那就是他的做派，她想。

他昨天晚上刚进城，他说；他必须马上到乡下去；情况怎么样？大家——理查德，伊丽莎白——都好吗？

"这都是干什么用的？"他问，一面拿折刀斜着指向她的绿衣裙。

他穿得十分讲究，克拉丽莎想，可他还总批评**我**。

她在这里补衣服，像往常一样补衣服，他想；我去印度的这些年里她一直坐在这里，缝补衣裙，到处玩耍，参加各种晚会，跑到下议院去然后再回来，等等，他想，越想越生气，越想越激动，因为对某些女人来说世界上没有什么比婚姻再坏了，他想，还有政治，还有嫁给一个保守党的丈夫，比如令人钦佩的理查德。确实是这样，确实是这样，他想，一面啪的一声合上折刀。

“理查德身体很好。理查德正在一个委员会开会。”克拉丽莎回答。

她打开剪刀，并且问他是否介意她补裙子，因为他们当天晚上要举行晚会。

“我不打算请你参加。”她说。“我亲爱的彼得！”她说。

然而他感觉亲切，听见她如此称呼自己——我亲爱的彼得！是啊，一切都是那么亲切——那些银餐具、那些椅子，所有的东西都是那么亲切。

她为什么不请他参加晚会呢？他问。

克拉丽莎想，他现在显然是迷人的！绝对迷人！现在我还记得当初下决心不嫁给他是多么困难，就在那个可怕的夏天，我为什么要下这个决心呢？她真想不明白。

“可是你今天早上来这里实在太不寻常了！”她大声说，同时把自己的双手重叠在一起，放到衣裙上。

“你还记得吗，”她说，“在伯尔顿村的时候，那些窗帘是怎么啪啪响的？”

“是啊。”他说；他还记得曾单独陪克拉丽莎的父亲吃早餐，非常局促不安；那老人已经去世，而他也没有给克拉丽莎写信；不过他一向跟老帕里合不来，那个牢骚满腹、毫无主见的老头儿，克拉丽莎的父亲贾斯廷·帕里。

“我常希望我那时和你的父亲相处得好一点。”他说。

“但是他从来没喜欢过任何一个——我们的朋友。”克拉丽莎说。她本来可以控制自己不说这话，因为这等于提醒彼得他曾想和她结婚。

是啊，我是想过和她结婚，彼得想；那件事还差点儿让我心碎，他想；他全身心沉浸在自己的痛苦当中，这痛苦在上升，有如从台地上看到的月亮，在白昼余光的映照下美丽得吓人。自那以后我还从来没有那么忧伤过，他想。他觉得自己仿佛真的坐在那个台地上，于是向克拉丽莎挪近一点儿，伸出一只手，抬起来，又放下。那轮明月就挂在他们的上方。她也仿佛和他一起坐在台地上，沐浴着月光。

“那房子归赫伯特了。”她说。“我现在不去了。”她说。

而后，正如在月光照耀在台地上时经常发生的那样，一个人因已经厌烦而开始感到惭愧，可由于对方只是无言地坐着，非常安静，悲哀地望着月亮，因此，他不想说话，只是挪挪脚，清清嗓子，看看桌子腿上的卷轴形铁饰物，动动桌子的活边，但一言不发——这就是彼得·沃尔什现在的心境。因为何必要这样回顾过去呢？他想。为什么要让他又想起往事呢？在她已经那么残酷地折磨过他之后，为什么还要让他受苦呢？为什么？

“你还记得那个湖吗？”她说，声音很突兀，出于一种感情的压力，这种感情攫取了她的心，使她喉部肌肉发紧，使她在说“湖”字时嘴唇痉挛。因为她既是个孩子，站在父母中间，向鸭群扔着面包，同时又是个成年女人，向站在湖边的父母走去，怀抱着自己的生命，在她接近父母时它越变越大，最后变成了整个生命，完好的生命，她把它放在父母身边说："这就是我的成果！这就是！"可她的生命有什么成果呢？究竟是什么呢？这个上午和彼得坐在一起缝衣服。

她看着彼得·沃尔什；她的目光掠过那段时光和那种情感，犹豫不决地落到他的身上，满含泪花停留在他的身上，然后向上，扑棱着离开了，犹如一只鸟儿擦过树枝后扑打着翅膀飞走了。她很自然地擦了擦眼睛。

"记得。"彼得说，"记得，记得，记得。"他说，仿佛她把什么东西提到表面，而这个东西在上升时肯定伤害了他。停下！停下！他想喊。因为他的年纪还不老，他的生命还没有完结，绝对没有。他刚五十岁出头。他想，我是告诉她，还是不告诉她呢？他愿意坦言一切。但是她太冷淡了，他想，只顾缝衣服，用剪刀。黛西和克拉丽莎在一起会显得非常平庸。那么克拉丽莎就会认为我是个失败者，他想，从他们的意义上来讲，从达洛维夫妇的意义上来讲，我确实是失败者。啊，是啊，他对此确信无疑；他是失败者，与这里的一切——嵌花桌子、文具架上的裁纸刀、水晶海豚和烛台、椅子罩和古老珍贵的英国淡彩画——与这些相比，他确实是失败者！我讨厌整个恋爱事件中的那种自以为了不起的态度，他想，我讨厌的是理查德的所作所为，而不是克拉丽莎的，但她嫁给他这件事除外。（这时露西走进屋来，捧着银餐具，更多的银餐具，但是她看上去很妩媚、苗条、优雅，在她俯下身来放这些东西时他想。）这些年来这一切仍在继续！他想；一个星期又一个星期，克拉丽莎就这样生活；与此同时我——他想；顿时仿佛一切都从他身上向四面八方射出光芒：旅行、骑马、争吵、历险、桥牌聚会、恋爱、工作、工作、工作！他当面拿出他的折刀，并攥在手心里——克拉丽莎敢说这三十年来他一直带着这把有牛角柄的旧折刀。

多么特别的习惯呀，克拉丽莎想；总是玩小刀。总是让人感觉他太轻浮，内心空虚；他不过是个愚蠢的、喋喋不休的人，和过去一样。但我也和过去一样，她想，一面拿起针，一面发出召唤，就像一个在卫兵们熟睡的情况下无人保护的女王（她被他的来访所震惊，感到十分沮丧），因此任何人都能漫步来到弯曲的黑莓枝下她躺着的地方看看她；她在召唤她所做过的事情、她喜欢的事情、她的丈夫、伊丽莎白、她的自我（彼得现在已不了解她的自我了）来帮助她；简而言之，她把一切都召唤到她身边来打退敌人。

“那么，你这些年都干了些什么呢？”她问。就这样，在战斗开始之前，战马踢着地，摇着头，光线照射着它们的肋腹，它们的脖子弯曲着。就这样，彼得·沃尔什和克拉丽莎并肩坐在蓝色的沙发上，争论起来。他的力量在胸中涌动翻滚。他从许多不同的方面把各种各样的事情集中到一起：他所受到的称赞、他在牛津大学的经历、他的婚姻（对此她还一点儿都不了解）、还有他如何恋爱等，向她倾诉这一切，回答了她的问题。

“无数的事情！”他感慨地说。此时聚集在他胸中的各种力量正在朝各个方向涌动，使他感觉被腾空推到无缘谋面的人们的肩膀上，既感到恐惧又极其振奋，在这些力量的促使下，他将双手举向额头。

克拉丽莎腰板挺直地坐着，吸了一口气。

“我在恋爱。”他说，但不是对她，而是对某一个人，这个人在黑暗中被安放在高处，因而你摸不着，但你必须在黑暗中把你的花环摆在草地上。

“恋爱，”他重复道，现在用一种略带嘲讽的口气对克拉丽莎说，“爱上了一个印度的姑娘。”他已经摆好了他的花环。克拉丽莎爱怎么理解就怎么理解吧。

“恋爱！”她说。他在这种年龄竟戴着小领结被那魔鬼拖下水去！他的脖子上已没有了肌肉，他的双手发红，而且他比我才大六个月！她的目光一闪转向自己；但是在内心里她感觉他还是老样子，他总是在恋爱。他总有爱情，他总是恋爱，她感到了这一点。

但是那不可战胜的自负感永远能击败反对它的大军，犹如那总是说流啊流啊流啊的大河，即便它承认我们可能根本就没有什么目标，它还是流啊流啊；这种不可战胜的自负感突然给她的面颊带来红晕，使她显得十分年轻，皮肤白里透红，眼睛分外明亮，此时她坐在那里，衣裙放在膝头，针已缝到绿色丝绸的尽头，她在微微颤抖。他在恋爱！不是和她。当然是和一个年轻些的女人。

“那么她是谁呢？”她问。

现在必须把这座雕像从高处取下，放到他们两人中间。

"非常遗憾,是个结了婚的女人,"他说,"一个印度陆军少校的妻子。"

他微微一笑,带有几分不寻常的讥讽和愉悦,因为他竟以如此可笑的方式把她放到了克拉丽莎面前。

(还是老样子,他总是在恋爱,克拉丽莎想。)

他继续非常理智地说:"她有两个小孩子,一个男孩,一个女孩;我这次回来是找我的律师们办离婚手续的。"

他们的情况就是如此!他想。你愿意怎样对待他们都行,克拉丽莎!他们的情况就是如此!对他来说,那位印度陆军少校的妻子(他的黛西)和她的两个孩子似乎每一秒钟都变得更加可爱,因为克拉丽莎在看着他们;仿佛他照亮了盘子里的灰色小丸,于是一棵可爱的树立时长了出来,沐浴着凉爽的带咸味的海风,这海风就是他们两人之间的亲密关系(因为从某种意义上讲,还没有一个人像克拉丽莎那样了解他,与他感情相通)——他们之间美好的亲密关系。

那个女人奉承他,愚弄他,克拉丽莎想,用小刀三划两划画出那个女人即那个印度陆军少校的妻子的轮廓。简直是浪费!简直是愚蠢!彼得一生中总是这样被人愚弄,先是从牛津被开除,然后是娶了他在去印度的船上遇到的姑娘为妻;现在又来了个少校的妻子——感谢老天爷她当初拒绝了他的求婚!尽管如此,他还是恋爱了,她的老朋友、她亲爱的彼得在恋爱。

"那你打算怎么办呢?"她问他。哦,林肯律师协会的胡珀-格雷特利事务所的律师们和诉讼代理人们,他们准备受理此事,他说。他真的在用折刀削指甲。

看在老天爷的分上，放下你的小刀吧！她以一种不可压抑的愠怒对自己喊；这是他不遵从社会习俗的愚蠢表现，是他的弱点，还有他丝毫不懂对别人的感情，这些都使她恼火，一直使她恼火；现在他年纪已经不小了，多愚蠢啊！

这些我都知道，彼得想；我知道我对抗的是什么，他一面想一面用手指摸着折刀的刀刃，是克拉丽莎和达洛维以及所有他们这样的人；但是我要向克拉丽莎显示——然后令他十分吃惊的是，他突然受到那些被抛到空中的无法控制的力量的袭击，顿时眼泪夺眶而出，大哭起来，一点儿也不觉得羞耻地大哭起来，他坐在沙发上，任凭泪水顺着面颊往下流。

克拉丽莎这时已经探出身去，拉住他的手，把他拉到身边，吻吻他的手——实际上她已经感觉他的脸接触到了自己的脸，但她还是将在她胸中舞动着的那些银光闪闪的羽毛（就像热带狂风中的蒲苇）压了下去；随着羽毛的退却，她只是握住他的手，拍拍他的膝，然后重新坐回去，她感到和他在一起异乎寻常地安逸和愉快。刹那间她产生了一个念头，如果我当初嫁给了他，我就能整天享受这种欢欣了！

对她来说一切都结束了。床单绷得很平，床很狭窄。她已独自上了顶楼，听任别人在阳光下采摘浆果。门已经关上了，在那里透过剥落墙皮的尘埃和鸟巢掉下的杂屑可以望得多么远啊，传来的各种声音极不清晰且令人悚然（有一次在莱斯山上，她还记得）；她喊道，理查德啊，理查德！犹如一个熟睡的人夜间惊醒后在黑暗里伸出手求救。他在和布鲁顿夫人共进午餐，她又想起了这件事。他已经离开了我，我将永远孤独，她想着，把双手搭在膝头。

彼得·沃尔什已经站起身来穿过房间走到窗前，背向她站着，快速地挥动着一条颜色鲜丽的方巾。他那对瘦瘦的肩胛骨把上衣稍稍支起，他看上去干练、冷静、孤独，他用力地擤着鼻涕。你带我走吧，克拉丽莎冲动地想，仿佛他马上要从这里出发去开始重要的航行；过了一瞬间，又仿佛一出十分激动感人的五幕话剧刚刚结束，而她已在剧中生活了一辈子，曾经私奔过并与彼得一起生活过，可是现在一切都结束了。

现在该行动了，犹如一个女人收拾起自己的斗篷、手套、观剧用的小望远镜等东西，然后站起身来准备离开剧场走上街头，她从沙发上站起来走向彼得。

真是太奇怪了，当她在叮当声和沙沙声中走来的时候，当她穿过房间的时候，他想，她竟然保持着昔日的魅力，那种能使他所讨厌的月亮在夏天升起在伯尔顿的台地上空的魅力。

"告诉我，"他说，一面抓住她的肩膀，"克拉丽莎，你幸福吗？理查德他——"

门打开了。

"我的伊丽莎白来啦。"克拉丽莎激情地，也许是故作姿态地说。

"你好。"伊丽莎白走上前来说。

此时大本钟敲击半点的声响以惊人的气势在他们之间回

荡,仿佛一个强壮、冷漠、毫不体恤他人的小伙子在挥舞哑铃,这边一下,那边一下。

“你好啊,伊丽莎白!”彼得大声说,同时把方巾塞进口袋,很快地走到她面前,连看都没有看她便说:“再见,克拉丽莎。”然后快步走出房间,跑下楼梯,打开大厅的门。

“彼得!彼得!”克拉丽莎喊,跟在他后面走到半楼梯的驻脚台。“我的晚会!别忘了今天晚上我家有晚会!”她喊道,她不得不提高嗓音以便压过外面传来的喧闹声。在过往的车辆和所有的时钟占压倒性优势的混响中,她的“别忘了今天晚上我家有晚会”的喊声显得微弱无力,并且非常遥远,因为彼得已经关上了大门。

别忘了我的晚会,别忘了我的晚会,彼得·沃尔什走上大街时有节奏地自言自语着,与大本钟那直截了当的半点报时的声流相合拍。(那深沉的音波逐渐消逝在空中。)啊,这些晚会,他想,克拉丽莎的晚会。她为什么要举办这些晚会呢,他想。他并不是责备她,也不是责备这个正在向他走来的像纸人一般的男人,这人穿着燕尾服,纽扣孔里插着一朵康乃馨。世界上只有一个人可能像他这样在恋爱。他就在那里,这个幸运的人,就是他自己,映照在维多利亚街一个汽车制造商的玻璃橱窗上。整个印度横卧于他的身后,平原、高山,霍乱瘟疫,面积相当于两个爱尔兰的区域,他曾独自做出的那些决定——他,彼得·沃尔什;他现在是平生头一次真正在恋爱。克拉丽莎变得冷酷了,他想;

除此之外还有一点伤感，他猜想，一面看着那些名牌汽车的功能——用多少加仑汽油能跑多少英里？因为他倒是有些机械方面的才能；他在自己管辖的区里曾发明过一种犁，还从英国定购过一些手推车，但那些苦力却不肯使用，所有这些克拉丽莎一点儿都不知道。

她说“我的伊丽莎白来啦”——这种措辞使他恼火。为什么不简单地说“伊丽莎白来啦”？她那样说一点儿都不真诚，连伊丽莎白都不喜欢听。（那巨大深沉的钟声的余音仍在他周围的空中震荡；半点钟，时间还早，才刚刚十一点半。）因为他理解年轻人，喜欢他们。克拉丽莎身上总有一种冷漠，他想。她总是有那么一点儿怯懦，就是在做姑娘时也如此，到了中年，这种怯懦变成了因循守旧，然后一切都完了，一切都完了，他沮丧地注视着橱窗玻璃的深处时想，并思索着刚才在那个时间去拜访是否惹恼了她；他突然为自己刚才做了傻事而羞耻，他刚才痛哭流涕，大动感情，把一切都告诉了她，和以往一样，和以往一样。

像一朵云彩飘过太阳，寂静降临到伦敦城，也降临到人们的心头。一切努力都停止了。时间在桅杆上呼啦啦地飘扬。我们在那里停下；我们在那里站立。只有习惯势力的僵硬骨架在支撑着人的身体。其实里面一无所有，感情被掏空了，内心极度空虚，彼得·沃尔什对自己说。克拉丽莎拒绝了我，他想。他站在那里沉思，克拉丽莎拒绝了我。

啊，圣玛格丽特教堂的钟声说，犹如一个女主人在报时的钟声刚响起时走进客厅，发现客人都已经到了。我没来晚。我没来晚，现在刚好十一点半，她说。尽管她完全有理，她的声音，女主人的声音，还是不愿意彰显个性。对过去的某种哀伤，还有对现在的某种担忧抑制了它。她说现在是十一点半，而圣玛格丽特的钟声滑进心灵的深处，在一圈又一圈的声波中将自己埋葬，就像一种有生命的东西，想袒露自己，想扩散自己，想带着一阵喜悦去休息——就像克拉丽莎本人在正点的钟声响起时穿着白衣裙走下楼梯，彼得·沃尔什想。这钟声就是克拉丽莎本人，他想，满怀着深情和对她的异常清晰而又困惑的回忆，似乎这钟声在多年以前就传入过他们两人坐着共享亲密时刻的那个房间，并且在穿过了一个个房间后离去，犹如一只采集花蜜的蜜蜂，满载着那一瞬间的收获。可那究竟是哪一个房间呢？是哪一个瞬间呢？他为什么会在这个钟敲响时产生如此巨大的幸福感呢？而后，在圣玛格丽特教堂的钟声逐渐减弱时，他想，她一直有病，这阵钟声表达了衰弱和痛苦。她有心脏病，他想起来了；那突然加大的最后一响是报丧的钟声，死神在生命的中途骤然而至，克拉丽莎就在她站着的地方倒下了，在她的客厅里。不可能！不可能！他大喊。她没有死！我还不老，他喊道，一面迈着大步沿着白厅街走去，似乎他的未来正朝着他滚滚而来，充满活力，无穷无尽。

他还不老，也不顽固，一点儿都不冷漠。至于说别人如何议论他——达洛维夫妇、惠特布雷德夫妇，还有他们圈子里的人，他一点儿都不在乎——一点儿都不在乎（尽管他偶尔确实不得不考虑理查德是否能帮他找个工作）。他迈着大步，瞪大眼睛，怒视着坎布里奇公爵的雕像。他曾被牛津大学开除——这是事实。他曾是个社会主义者,在某种意义上是个失败者——这也是事实。然而人类文明的前途却掌握在那样的年轻人手里,他想,像三十年前的他那样的年轻人;他们喜欢抽象的原则;他们千里迢迢让人把书从伦敦给他们寄到喜马拉雅山的一座山峰上;他们阅读科学书籍,阅读哲学书籍。未来掌握在那样的年轻人手里,他想。

从他身后传来一阵急速的轻拍声,犹如林中树叶的飒飒声,还伴随着一种窸窣的有规律的啪啪声,这声响从他身边经过时敲击着他的思绪,与行进的节拍完全同步,不知不觉地把他的思绪带到白厅街。穿着军装的小伙子们扛着步枪在行进,双目直视,步伐整齐,他们的臂膀僵挺,他们面部的表情体现了刻在一座雕像底座上的文字所赞扬的:尽职、感恩、忠诚、热爱英格兰。

彼得·沃尔什开始跟上他们的步伐并想,他们训练得不错。可是他们的体质看来不很强壮。大多数人瘦弱,都是十六岁的小伙子,他们有可能明天就站到摆在柜台上的一碗碗米饭和一块块肥皂后面。现在他们脸上的表情是肃穆的,丝毫没有肉欲的快感和日常的忧虑,这肃穆感来自他们从芬斯伯利街带来放到那座空空的坟墓上的花圈。他们刚刚宣过誓。来往的车辆对此表示尊重;小货车被禁行。

我跟不上他们的步伐,彼得·沃尔什想,此时他们继续沿着白厅街齐步前进,毋庸置疑地超过了他,超过了所有的人,他们稳步前行,仿佛有一个统一的意志指挥着他们的腿和胳膊一致行动，而丰富多彩的、不甘沉默的生命则被放到满是纪念碑和花圈的街道底下，并被纪律麻醉成一具虽僵挺但仍在凝视的尸首。你不得不尊重它；你可能发笑，但不得不尊重它，他想。他们往那边走了，彼得·沃尔什想，一面在人行道边停下歇脚；所有那些尊贵人物的雕像，纳尔逊①、戈登②、哈夫洛克③，所有那些伟大军人的黝黑雄壮的形象站立着向前瞻望，似乎他们也曾同样宣誓克己尽忠（彼得·沃尔什觉得自己也曾将此视为重大的承诺），也曾受到同样的诱惑的摧残，最终才得到了雕刻在大理石上的凝视。但这是彼得·沃尔什一点儿都不想为自己争取的，尽管他能尊重别人的凝视。他能尊重小伙子们凝视的目光。他们还不懂得肉欲的烦恼，当那些行进的年轻人沿着河滨街的方向逐渐消失的时候他想——没有经历过我所经历的一切，他想，一面穿过马路来到戈登雕像下，他在孩提时代曾崇拜过的戈登；戈登孤独地站着，一腿抬起，双臂抱肩，——可怜的戈登，他想。

正因为除了克拉丽莎以外还没有人知道他来伦敦，而且在乘船旅行之后陆地对他来说仍像个岛屿，他为自己活着但不为人所知并且在十一点半钟独自站在特拉法尔加广场这一奇特的处境而激动不已。这是怎么回事？我是在哪儿？你究竟为什么要这样做呢？他想，离婚的事好像是极其愚蠢而又不现实的。

---

① 纳尔逊（1758—1805），英国著名海军统帅，受人爱戴的民族英雄。

② 戈登（1833—1885），英国将军，因镇压中国太平军和守卫喀土穆时被苏丹起义者杀死而出名。

③ 哈夫洛克（1795—1857），英国将军。

他的心沉下去并扩展开来，像一片沼泽；有三种激烈的情感征服了他，那就是理解、博大的仁爱，最后是一种不可抑制的极度的快乐，后者似乎是前两者的结果；仿佛在他的脑子里有另一只手拉动了绳索，打开了百叶窗，而他虽与此无关，却仍站在许多无尽头的街道的起点处，如果他愿意的话可以沿着它们漫步下去。他多年来从未感觉过这么年轻。

他已经逃脱了！他完全自由了——这种情况在习惯势力衰败的时候经常发生，人的心像一个没有灯罩保护的火苗前后摇曳，似乎马上要从灯台上迸出去。我多年来没有感觉过这么年轻啦！彼得想，他正在逃离现在的他（当然才一个小时左右），他感觉自己像个跑到外面的孩子，一边跑一边看见老保姆在一个并非正对着他的窗口招手。可是她格外漂亮，他想，就在他穿过特拉法尔加广场向干草市场街方向走去的时候，迎面过来一个年轻女人，她走过戈登雕像时仿佛在摘掉一层又一层面纱，彼得·沃尔什想（因为他极易动感情），最后她变成了他一直放在心上的那个女人，年轻而庄重，愉快而谨慎，黝黑而动人。

他挺直身子，暗自摸着口袋里的折刀，跟了上去，尾随这个女人，追寻这种激情；似乎这激情即使在背向他时仍会射出光芒照亮他，把他们两人联系在一起，使他突出，仿佛那车流的任意的喧嚣声已经通过拢在一起的双手轻声喊着他的名字，不是喊彼得，而是喊他在想心事时自己对自己的秘密称呼。“你”，她说，只有一个“你”字，她带着白手套拢着双肩喊道。然后在她走过科克斯波街的丹特商店时，她那薄薄的长斗篷被风掀动飘了起来，传达出一种铺天盖地的慈爱，一种哀伤的柔情，宛如一双手臂，会张开去拥抱那疲倦的——

然而她是个未婚女人，她年轻，很年轻，彼得想，早在她穿过特拉法尔加广场时他就看见她戴着一朵红色康乃馨，现在这红花又一次在他眼里燃烧，使她的嘴唇变得通红。但是她在人行道的石沿上等待。她身上有一种尊严。她不像克拉丽莎那么世俗，也不像克拉丽莎那么富有。她是否人品端正呢，当她又开始走的时候他想。她谈吐机智，口舌之快如同壁虎，他想（因为你必须想象，必须允许自己有一点点消遣），是个能冷静等待的有才智的人，一个有敏锐才智的人，而且从不喧嚷。

她向前走去，穿过马路，他跟着她。他最不愿使她尴尬。然而假如她停下来的话，他会说："过来吃个冰激凌吧。"而她会非常简单地回答："好吧。"

但是街上的行人走到了他们两人中间，挡住了他，遮住了她。他追赶着；她变幻着。她面颊绯红，眼神嘲讽；他是个冒险家，他想，鲁莽、敏捷、大胆，的确是个浪漫的海盗（他确实是昨天晚上从印度来此登陆的），他毫不关心所有这些该死的礼仪规范，这些展示在商店橱窗里的黄色晨服、烟斗、钓鱼竿，毫不关心名誉、地位、晚会和那些在西服背心里穿着白色套衫的整洁的老先生们。他是个海盗。那女人继续前行，穿过皮卡德利广场，走上摄政街，走在他的前面，她的斗篷、她的手套、她的肩膀，连同橱窗里展示的带穗花边、饰带和羽毛围巾构成了一种既华贵艳丽又光怪陆离的精神，它越变越小，从那些商店飘到人行道上,正如夜间一盏灯的光芒颤悠悠地散射到黑暗中的灌木篱上。

她兴奋地笑着,已经穿过牛津街和大波特兰街,拐进一条小马路,现在,就是现在,伟大的时刻正在到来,因为现在她放慢了脚步,打开手提包,朝他的方向瞥了一眼,但不是看他;她以这告别的一瞥总结了整个形势,并得意扬扬地将它永远置之脑后;她已插入钥匙,打开大门,不见了!克拉丽莎说"别忘了我的晚会,别忘了我的晚会"的声音在他的耳边回响,这所房子是那些门前挂着花篮的红色平房中的一所,似非正经之地。这一幕到此结束。

哈,我已从中得到了快乐,得到了快乐,他想,一面抬头注视那些摇曳着的浅色天竺葵花篮。然而他的快乐立刻被击得粉碎,因为它有一半是假想出来的,他知道得非常清楚,这一跟踪姑娘的恶作剧是虚构出来的,是假想出来的,正如一个人常常假想生活中较好的部分,他想——假想自己,也假想她,创造一种极度的兴奋以及更多的感受。但奇怪的是,这一切从来不能与他人分享,确实如此——它已被击得粉碎。

他转过身,走上大街,想找个地方坐坐,一直坐到该去林肯律师协会——去胡珀-格雷特利事务所的时候。他现在究竟去哪儿呢?无所谓。就沿着这条大街走吧,去摄政公园。他的皮靴在人行道上敲击出"无所谓"的节奏,因为时间还早,还很早呢。

今天上午又是那样晴朗。生命直接敲击着条条街道,像一个健全的心脏在搏动。没有一点儿失误,没有一点儿犹豫。此时此刻，一辆汽车疾驰而来，急转弯后准确地、适时地、无声地停在门口。一个姑娘走下车来，她穿着高筒丝袜、戴着羽毛头饰，很快就消失了，但这姑娘对他并没有什么吸引力（因为他刚刚恣情放纵过）。彼得通过敞开的大门看见那些令人羡慕的男管家、黄褐色的乔乔狗、镶嵌着黑白菱形图案并飘着白窗帘的大厅，他对这一切表示赞同。其本身不失为一种辉煌的成就，伦敦，夏季，文明。事实上，他出身于一个有声望的久居印度的英国人家庭，他家至少有三代人参与管理一片大陆的事务（很奇怪，他想，我对此竟有如此感情，尽管他不喜欢印度，不喜欢帝国，不喜欢军队）。由于他的家庭背景，他有时在刹那间会觉得文明（即使是这种形式的文明）似乎像一件私人财产那样宝贵；他有时在刹那间会为英格兰，为管家们，为乔乔狗和过着安逸生活的姑娘们感到自豪。这够可笑的，但这种感觉确实存在，他想。那些医生、商人、干练的女人四处奔忙，遵守时间，机敏而健壮；在他看来他们是完全值得钦佩的，他们都是好人，你会把自己的生命托付给他们，他们都是生活艺术中的伴侣，会帮助你渡过难关。由于这样那样的原因，他刚才见到的那一炫耀的场面的确是可以容忍的；他想坐到树荫下抽烟。

摄政公园到了。是啊。他小时候就在摄政公园散步——真奇怪，他想，童年的往事不断涌上心头——也许是见到了克拉丽莎的结果，因为女人通常比我们更加怀旧，他想。她们对地方有感情，对她们的父亲有感情——女人总是为自己的父亲感到骄傲。伯尔顿是个好地方，非常好的地方，但是我和那个老头儿一向合不来，他想。有一天晚上曾发生过争吵——争论什么事情，具体是什么他记不起来了。大概与政治有关。

是啊，他记得摄政公园，那长长的笔直的小路，左面是人们常去买气球的小屋，什么地方还有座刻着碑文的可笑的雕像。他在寻找空座位。他不想被问询钟点的人们打扰（他真的感觉有些困了）。一个头发灰白的年长保姆，还有一个在童车里熟睡的婴儿——这是他的最佳选择，就挨着这位保姆坐在长椅的另一头吧。

她是个长相古怪的女孩，他想，突然回忆起刚才伊丽莎白进屋后站在她母亲身边的样子。她长大了，成熟多了，不大漂亮，可以说很健美，而且最多不过十八岁。大概她和克拉丽莎相处得不好。"我的伊丽莎白来啦"——诸如此类的事——为什么不简单地说"伊丽莎白来啦"？——想掩盖事情的本来面貌，像大多数母亲那样。她过于相信自己的魅力，他想。她做得太过分了。

浓烈宜人的雪茄烟雾旋转着进入他的喉咙，带来一丝凉意；他又将烟吐了出来，一个个烟圈刹那间勇敢地推开周围的空气，蓝色，圆形——今天晚上我要设法和伊丽莎白单独谈一谈，他想——那烟雾开始游移着转化成古代计时沙漏的形状，然后逐渐消失；它们的形状真怪，他想。他突然闭上眼睛，吃力地抬起一只手，扔掉雪茄烟的粗头。一把巨大的刷子平稳地掠过他的心头，横扫过去，移开树枝、孩子们的说话声、沙沙的脚步声，移开过往的行人、嗡嗡的车流、此起彼伏的车流。他往下陷啊陷啊，陷进了睡眠的羽毛堆里，最后什么声音都听不见了。

彼得·沃尔什坐在被晒热的椅子上开始打鼾的时候，他旁边的头发灰白的保姆又开始织毛衣了。她穿着灰色衣裙，双手不知疲倦地但无声地移动着，活像一个保护睡觉者权利的卫士，活像黄昏时分从树林中升起的那种由天空和树枝构成的幽灵。那孤独的旅人，即那出没于小径之间、拨乱蕨草丛、破坏巨大的毒芹丛的人，突然抬起头来，看见这一巨大的人形出现在旅途的尽头。

大概由于他是个无神论者，他在体验到瞬间的狂喜时总是大吃一惊。在我们自身以外不存在别的，只存在一种心态，他想；那是一种愿望，寻求慰藉，寻求解脱，寻求存在于这些可怜的芸芸众生，这些懦弱、丑陋、胆怯的男人女人之外的某种力量。但是如果他能想象出那种力量，那么她就在某种程度上存在，他想；而当他一面沿着小路前行一面望着天空和树枝的时候，他总是迅速地赋予它们以女人的特性，惊喜地看到它们变得多么严肃，看到它们在微风吹拂时是如何以树叶神秘的摇动将慈爱、理解和宽恕庄重地赐予人们，而后它们突然高高扬起，以狂饮的姿态颠覆自己虔诚的表面形象。

这些都是幻象，它们向孤独的旅人献上盛满水果的巨大羊角，或像跳跃于碧海琼涛之上的海妖在他耳边窃窃私语，或像一束束玫瑰花直抛到他的脸上，或像渔民们在洪水中挣扎时力图拥抱的那些惨白的面孔一样浮上海面。

这些都是幻象，它们不断漂浮上来，在现实存在的事物旁边徘徊，并将自己的面孔伸到它的前面；它们经常控制孤独的旅人，剥夺他对大地的感觉和回归的希望，相反却给予他一种普通的平和的心境，似乎（他沿着森林小径向前骑行时心里这样想）所有这些生活的狂热其实非常简单，似乎无数的事物都汇合于一体，似乎这个其实是由天空和树枝构成的人形从汹涌的海面升起（他年纪大了，已五十出头），犹如某种人形有可能被吸出海涛，以便用她神奇的双手泼洒同情、理解和宽恕。因此，他想，但愿我永远不再回到那灯光里去，永远不再回到那客厅里去，永远不读完我的书，永远不磕尽我的烟斗，永远不按铃叫特纳太太来收拾餐具；我情愿一直走向这巨大的人形，她将会抬抬头，让我登上她那狭长的旗幡，让我和其他人一起随风飘向虚无。

这些都是幻象。孤独的旅人很快走出了树林；在那边，一个上了年纪的女人走到门口，举着手遮在眼睛上方，白色的围裙随风飘荡，可能是在企盼他回家；她好像（这个衰弱的人是如此强有力）要穿过沙漠去寻找一个失散的儿子，去寻觅一个被害的骑者；她仿佛是一个母亲的形象，她的儿子们都已在世界的多次战斗中阵亡。因此，当孤独的旅人走在那个村庄的街道上，看到女人们站着编织而男人们在庭院里锄地的时候，这个傍晚似乎预兆着不祥；那些人一动不动，仿佛威严的命运（他们都熟悉它并无畏地等着它）马上就要将他们扫荡殆尽。

在室内，在餐具橱、桌子、摆放着天竺葵的窗台等普通的东西之间，那女房东弯身撤台布的轮廓在灯光下突然变得柔和了；

这是一个可爱慕的象征,我们只是因为回忆起往日冰冷的人际关系才无法接受它。她拿起柑橘酱,把它放进餐具橱。

“先生,今天晚上没有别的事儿了吧?”

可是孤独的旅人该对谁做出回答呢?

那位年长的保姆就是这样在摄政公园里一面照看熟睡的婴儿一面织毛衣。彼得·沃尔什就是这样鼾睡着。他突然醒来,自言自语道:“灵魂之死。”

“上帝啊,上帝!”他大声对自己说,伸着懒腰,用力睁大眼睛。“灵魂之死”,这几个字与他刚才梦见的某个场面、某个房间、某件过去的事相关联。现在那个场面、那个房间、那件过去的事变得更加清晰了。

那事发生在伯尔顿,在九十年代的那个夏天,当时他是那么忘情地热恋着克拉丽莎。有许多人在那里说说笑笑,他们吃过午茶后仍围坐在桌旁,整个房间沐浴在金色的阳光里,弥漫着香烟的烟雾。他们在谈论一个娶了自家女仆为妻的人,是邻近的一位乡绅,他已忘记那人的姓名。那人和女仆结了婚,曾带她来伯尔顿做客——那次访问简直糟透了。她打扮得过分妖艳,“像个澳大利亚鹦鹉,”克拉丽莎曾说,一面模仿着她,再有那女人说起话来喋喋不休。她说呀,说呀,说呀,说呀。克拉丽莎模仿着她。然后不知是谁说——是萨莉·西顿——你要是知道她在和他结婚前就生过一个孩子,这对你的感情有什么真正的影响吗?(在那个年代,当男女宾客在一起的时候,说这种话是很冒失的。)他现在还能想见克拉丽莎当时的样子,她的脸涨得通红,莫名其妙地扭曲了,并说:“哎呀,我今后没法再跟她说话了!”于是所有围坐在茶桌旁的人好像都摇晃起来。真让人受不了。

他并没有因为她在乎这件事而责怪她,要知道在那个年代,一个像她这样教养出来的女孩子什么都不懂,但是她的态度使他恼火,她怯懦、无情、傲慢、过分拘谨。“灵魂之死。”他当时本能地说出了这句话,像往常那样给那一时刻冠以名称——她的灵魂之死。

每一个人都在摇晃,每一个人在她说话时似乎都在弯腰低头,然后站起身来姿态各异。他还能想见萨莉·西顿的样子,她像个刚刚捣过乱的孩子,身体前倾,面颊绯红,想要说话,但又害怕;克拉丽莎确实能吓唬人。(她是克拉丽莎最要好的朋友,常出入她家,是个动人的姑娘,健美,肤色较暗,当时以敢说敢为而闻名;他常给她雪茄烟,她就在自己的卧室里抽;她是和某人订了婚或是和家人吵了架;老帕里对他们两人都不喜欢,这倒使他俩亲近起来。)随后克拉丽莎仍带着怨恨大家的神情站起身来,找了个借口,独自走开了。她开门的时候,那只用来驱赶羊群的大长毛狗正在往里跑,她立刻扑向那只狗,欣喜若狂。她仿佛是在对彼得说——他明白这是冲着他来的——“我知道刚才关于那女人的事你认为我很荒谬,可是现在看看我多么有同情心吧,看看我多么爱小狗罗伯吧!”

他们两人之间一向有这种奇特的能力,不用说话就能沟通。

她能直接明白他在批评她。然后她会做些非常明显的事来为自己辩护,例如这次对小狗的故作姿态——可是这从来瞒不过他,他总能看穿克拉丽莎。当然,他什么话都不说,只是坐在那里怏怏不乐。他们之间的争吵往往是这样开始的。

她关上了门。他立刻变得十分沮丧。一切似乎都是徒劳无益的——继续恋爱,继续吵架,继续和好,于是他独自一人到外面的棚舍和马厩之间闲逛,观看那些马匹。(那个地方很简陋,虽然帕里一家从来没有很富裕过,但那里总有仆人和马夫出入——克拉丽莎喜欢骑马——还有一个年老的马车夫——他叫什么名字来着?——还有个老保姆,叫老穆迪,或老古迪,反正他们喊她类似的名字,人们会被带到一间小屋去见她,屋里有很多照片,很多鸟笼。)

那是个极不愉快的夜晚!他越来越忧郁,不仅仅是因为那一件事,而是因为所有的事。他见不到她,不能向她解释,不能把问题谈开。周围总是有许多人——她会继续干她的事,好像什么事情都没有发生过。那是她邪恶的一面——这种冷漠、这种拘谨,是她内心深处的东西,他今天上午和她谈话时又一次感受到了,那是一种让人捉摸不透的东西。然而老天爷知道他在爱着她。她有某种奇特的力量,能弹拨一个人的神经,把它们变作小提琴的琴弦,确实如此。

他很晚才去就餐,那是出于想引起人们注意的某种愚蠢念头,他坐下来,挨着老帕里女士,即海伦娜姑妈、老帕里先生的姐姐,她应是宴会的主人。她坐在那里,披着用克什米尔羊毛线织成的白色披巾，头靠着窗户——一个可敬畏的老妇人，但对他很慈祥，因为他曾帮她找到一种罕见的花卉，而她是个有名的植物学家，常常穿着厚厚的靴子上路，双肩背着铝制的黑色采集箱。他在她身边坐下，说不出一句话。一切仿佛从他身边匆匆而过；他只是坐在那里吃饭。后来晚餐吃到一半的时候，他第一次强迫自己看了看坐在餐桌另一边的克拉丽莎。她正在与她右边的一个小伙子聊天。他突然得到一个启示。“她会嫁给那个男人的。”他对自己说。当时他连那人的姓名都不知道。

因为肯定是在那天下午，就在那天下午，那个达洛维来了；克拉丽莎叫他“威克姆”；于是一切就开始了。不知是谁把他带来的；克拉丽莎听错了他的姓氏。她向大家介绍他叫威克姆。最后他自己说：“我叫达洛维！”——那是他对理查德的第一个印象——一个皮肤白皙的小伙子，有些局促不安，坐在帆布椅上，突然脱口说出：“我叫达洛维！”萨莉抓住了这一点，此后她总喊他“我叫达洛维！”

那时他常被各种各样的启示所困扰。这一个启示——她会嫁给达洛维的——使他失去了判断力，使他在那一瞬间感到无能为力。在她对他的态度中有一种——他该怎样形容呢？——有一种轻松随意，有一种母性，有一种温柔。他们在谈论政治。整个晚餐过程中他都在努力倾听他们谈些什么。

他记得自己后来在客厅里站到老帕里女士的座椅旁。克拉丽莎走了过来，彬彬有礼，像个真正的女主人，而且要把他介绍给某人——她说话的口气就像他们两人以前从不认识似的，这使他勃然大怒。然而即便在那个时候他仍为此而钦佩她。他钦佩她的勇气、她的社交本能，他钦佩她把事情做到底的能力。“完美的女主人。”他对她说，一听这话她全身立刻微微颤抖起来。但他是故意让她有这种感觉的。看见她和达洛维在一起以后，他简直想用一切办法伤害她的感情。于是她离开了他。他觉得所有这些人聚集在一起是为了阴谋反对他——在他背后又是嘲笑又是议论。他站在老帕里女士的座椅旁，活像个木雕的人，谈论着野生花卉。他还从来没有，从来没有经历过这种地狱般可怕的痛苦！他当时一定是连假装倾听谈话都忘记了；最后他清醒过来；他看见帕里女士露出几分焦虑、几分气愤，她那双突出的眼球一动不动。他差一点儿脱口说出他无法集中精神，因为他心在地狱！人们开始走出客厅。他听见他们说要去取斗篷，还说水面很冷，云云。他们要趁着月色去湖中划船——这是萨莉出的疯主意之一。他能听见她在描述月亮。他们都出去了。他独自留了下来。

“你不想和他们一起去吗？”海伦娜姑妈说——这个老太太！——她已经猜到了。他转过身去，又见到了克拉丽莎。她是回来叫他的。他深深地感动了，为她的宽宏大量——她的美德。

“来吧，”她说，“他们都在等着呢。”

整个一生中他还从来没有感觉过这样幸福！他们不说一句话就和好了。他俩向河边走去。他享受了二十分钟完完全全的幸福。她的说话声、她的笑声、她的衣裙（轻飘飘的、白色、深红色)、她的勇气、她的冒险精神;她说服他们都下船去游览那个小岛;她吓跑了一只母鸡;她大笑;她唱歌。在这整个过程中他一直知道得十分清楚,达洛维在爱上她,她也在爱上达洛维,但这似乎没有什么关系。一切都无所谓。他们坐在地上谈天——他和克拉丽莎。他们之间不用费力便可出入对方的心田。后来在一刹那一切都结束了。他们重新登上小船时,他对自己说:"她会嫁给那个男人的。"说得很平淡,毫无怨尤;可那是很明显的事。达洛维会娶克拉丽莎的。

达洛维划着船把他们送回来。他没有说一句话。可是不知怎的,当他们目送他上路的时候,看着他跳上自行车准备穿过树林骑行二十英里的时候,看着他摇摇晃晃地沿庭院小路远去,招了招手便消失了的时候,他确实本能地、充分地、强烈地感受到了那一切;那个夜晚、那段浪漫史、克拉丽莎。他理应得到她。

至于他自己则是荒谬的。他对克拉丽莎提出的许多要求是荒谬的(他现在能看出这一点了)。他总是要求难以得到的东西。他曾大吵大闹。她那时也许还会接纳他,如果他不是那么过分荒谬的话。萨莉也这样认为。她在那年的整个夏天给他写了许多长信;她们是如何评论他的,她是如何称赞他的,克拉丽莎是如何突然大哭的!那是个不平常的夏天——全是信件、吵闹、电报——凌晨到达伯尔顿,四处游逛,直到仆人们起了床;早餐时与老帕里先生的密谈令人震惊;海伦娜姑妈令人生畏但心地善良;萨莉风风火火地拉他到菜园里谈话;克拉丽莎因头痛而卧床。

那最后一次争吵,那次激烈的争吵,发生在酷热的一天下午三点钟,他相信这比他整个一生中的任何事情都重要(这样说可能有些夸张——但是现在看来似乎确实如此)。争吵是由一件小事引起的——午饭时萨莉谈起达洛维,把他叫做"我叫达洛维";克拉丽莎一听便激动起来,脸涨得通红,像她经常表现的那样,突然尖刻地说:"这个无聊的玩笑我们已经听够了。"就这么一句话;但是在他看来,她似乎是说:"我不过是跟你玩玩而已;我和理查德·达洛维已经达成了理解。"他对此耿耿于怀。他夜夜难眠。"横竖得吹灯。"他告诉自己。他让萨莉给她送去一张便条,约她三点钟在喷泉边会面。他在便条末尾潦草地写着:"出了一件大事。"

那个喷泉位于一个小灌木丛中央,离她家很远,四周全是灌木和树丛。她来了,比预定的时间还提前了,然后他们站到喷泉两边,那喷嘴(已损坏)不停地滴着水。眼见的景象竟会在心里留下不可磨灭的印象!例如,那鲜绿的苔藓。

她一动不动。"你告诉我实话。告诉我实话。"他不停地说。他感觉自己的头好像要裂开。她则似乎缩小了,变成了石头。她一动不动。"告诉我实话。"他重复道。突然间那个布赖特普夫老先生探出头来,手里拿着《泰晤士报》,他瞪着他们,惊愕地张大了嘴,然后走开了。他们两人都没有动。"告诉我实话。"他又重复一遍。他觉得自己是在研磨一种质地坚硬的东西;她丝毫不让步。她像铁,像燧石,直到脊柱都是僵硬的。当她说"没用了,没用了,到此为止吧"的时候——在他淌着泪水絮絮叨叨地讲了大概有几个小时之后——这就像她打了他一记耳光。她转过身去，离开他，走远了。

“克拉丽莎！”他喊道，“克拉丽莎！”可是她再也没有回来。一切都完了。他当天夜里就走了。他再也没有见她。

真糟糕，他喊道，糟透了，糟透了！

然而，阳光依然炎热。人依然渡过了难关。生活依然日复一日地运转。他想着，一面打着哈欠并开始注意到——摄政公园依然没有多少变化，跟他儿时所见差不多，除了那些松鼠之外——大概损失依然会得到补偿——突然间，一直在捡卵石的小埃莉斯·米切尔（她准备扩充她和哥哥放在保育室壁炉架上的收藏）把一捧石子猛地倒在那保姆的膝上，又飞快地跑开了，不料撞到一个妇人的腿上。彼得·沃尔什大笑起来。

然而柳克利西娅·沃伦·史密斯正在自言自语，真倒霉，我为什么就该受罪？她沿着宽路走去，一面问着自己。不行，我再也忍受不下去了，她说道；她刚才暂时离开了塞普蒂莫斯，让他独自坐在那边的椅子上，他已不是过去的塞普蒂莫斯了，总是说些无情的、残酷的、邪恶的话，总是自言自语，总是对一个死人说话；此时那个小女孩飞跑着撞上了她，跌倒在地，大哭起来。

这倒起了宽慰的作用。她扶起小女孩，掸掉她衣裙上的土，亲吻了她。

但是从她来讲，她并没有做过什么错事；她曾爱过塞普蒂莫斯；她曾很幸福；她曾有过一个漂亮的家，至今她的姐妹们还住在那里，还在做帽子。为什么单单**她**就得受苦呢？

那个女孩一直跑回保姆身边；利西娅看见那孩子先是受到责备继而受到安慰，最后那保姆放下手中的毛线活儿把她抱了起来，而那个面孔慈祥的男人把自己的手表递给女孩让她打开，以此安慰她——可是**她自己**为什么没有人保护呢？当时她为什么不留在米兰呢？她为什么受到折磨呢？为什么？

由于眼泪的作用，那宽路、保姆、灰衣男人、童车变得有些模糊，在她眼前时起时伏。她命中注定要被这个可恶的折磨人者摇来晃去。可究竟是为什么呢？她像一只小鸟，躲在一片树叶形成的薄薄空间里，当这片树叶摇动时她对着阳光眨眼睛，而当一根干枝断裂时她又大吃一惊。她得不到任何保护；她被巨大的树木和大片的云朵所环绕，四周是一个冷漠的世界，她得不到任何保护；她受着折磨；但她为什么就该受苦呢？为什么？

她皱了皱眉头，跺了跺脚。她必须回到塞普蒂莫斯身边去，因为时间快到了，他们该动身去威廉·布拉德肖爵士家了。她必须过去告诉他，回到他的身边去，这时他仍坐在那棵树下的绿椅子上自言自语，或者对那个死鬼埃文斯说话，那人她只在商店里匆匆见过一面。埃文斯倒像个文静的好人，是塞普蒂莫斯的密友，在大战中阵亡了。然而类似的事每个人都有所经历。每个人都有朋友死于大战。每个人结婚时都要放弃些什么东西。她就放弃了自己的家。她来到了这里，居住在这个讨厌的城市。可是塞普蒂莫斯却放任自己胡思乱想各种可怕的事，这她也能做到，如果她努力的话。他现在变得越来越怪。他说有人在他卧室的墙后面谈话。菲尔默太太认为这实在离奇。他还能看见很多东西——他曾看见一个老妇人的头长在一根蕨草的中段。然而如果他愿意,他也能快活。一次他们去汉普顿宫廷花园,坐在公共汽车上层,简直开心极了。草丛里开满红黄色的小花,他说像飘浮的灯笼,他谈笑风生,编了许多故事。突然间他说:"现在我们要自杀了。"当时他俩正站在河边,他望着河水,那眼神她曾见过,是在一列火车或许是一辆公共汽车驶过的时候——那是一种好像着了迷的眼神;她感觉他要离开她,于是抓住了他的胳膊。可是在回家的路上他却十分平静——十分通情达理。他愿意和她争论自杀的事,还给她解释人们是多么邪恶,以及他如何能在街上的行人走过时看出他们在编造谎言。他说他知道他们都在想些什么;他什么事情都知道。他说他知道这个世界的意义。

后来他们到家时他几乎走不动了。他躺在沙发上非叫她握紧他的手,别让他跌呀,跌呀,跌进火焰里去!他喊道;他看见四面墙上有许多张脸在嘲笑他,用可怕的、令人作呕的话骂他,还有许多手指头在屏风周围对他指指点点。其实屋子里只有他们两个人。可是他开始大声说话,回答别人的问题,争论,大笑大闹,激动异常,还非让她做记录。完全是一派胡言,关于死亡,关于伊莎贝尔·波尔小姐。她再也忍受不下去了。她要回娘家。

现在她离他很近,能看见他在瞪着天空喃喃自语,还拍着手。可是霍姆斯医生却说他没有病。那么看看都发生了什么事吧——他为什么每况愈下,她挨着他坐下时他为什么吓了一跳,对她皱眉，躲到一边，并指着她的手，拉过去惊恐地看呢？

是不是因为她摘掉了结婚戒指？“我的手变细了。”她说，“我把戒指放进手提包了。”她告诉他。

他放开她的手。他们的婚姻结束了，他想，既痛苦，又轻松。绳索已经切断；他登鞍上了马；他自由了，因为上苍有令说他，塞普蒂莫斯，人类的君主，应该得到自由；只他一个人（因为他的妻子已经扔掉了结婚戒指，因为她已经离开了他）先于大众被召去聆听真理，去了解意义；这真理和意义在经过了所有为文明付出的辛劳之后——希腊人、罗马人、莎士比亚、达尔文，现在是他自己——即将完整地揭示给……“揭示给谁呢？”他大声问道，“揭示给首相。”他头部上方窸窸窣窣的声音回答道。这个最高的秘密必须告诉内阁；首先，树木都活着；其次，不存在罪恶；再其次，爱，普天之下的爱；他喃喃自语，喘着气，发着抖，痛苦地拉着长声道出这些真理，它们是如此深刻如此困难，需要费很大的力气才能说出来，但是它们彻底改变了整个世界。

不存在罪恶；爱；他重复道，一面摸索着找卡片和铅笔。突然一只斯开猎犬过来闻闻他的裤子，他吓了一跳，充满恐惧的痛苦。那狗正在变成人！他不能看着这等事情发生！看着狗变人，可怕，太可怕了！那条狗马上快步跑开了。

老天无比宽容，无限慈悲。它解除了他的灾难，宽恕了他的弱点。可是怎样用科学来解释呢（因为人首先必须讲科学）？他为什么能看穿肉体，为什么能看到未来，看出狗类将变成人类呢？大概是由于热浪的缘故，热浪对进化了几千年而变得敏感的大脑起了作用。科学地讲,肌肉会被化解并从世界上消失。他的肉体会被浸烂,直到只剩下一根根神经纤维。它会像面纱一样铺在一块岩石上。

他向后靠在椅背上,非常疲倦,但仍硬挺着。他半躺着休息,他在等待,准备再一次痛苦地努力向人类做出解释。他躺得非常高,躺在世界的脊梁上。大地在他下面震颤。许多红花长入他的肉体,那些僵挺的叶片在他的头颈旁边刷刷作响。音乐当啷啷响起来,碰撞着这上面的岩石。那是从下面的街道传来的汽车鸣笛声,他自语道;但是它在这上面猛力地敲击着一块块岩石,四散开去,又汇合在由许多光滑的圆柱此起彼伏构成的声音的震波中(音乐竟有形可见,这是一大发现),然后变成一曲圣歌;现在这圣歌声被一个牧童的笛声所缭绕(那是一位老人在一家酒店旁边吹着六孔小笛,他自语道),那牧童站着不动,乐声从他的笛子里翻滚而出,然后,当他登高时,笛子又发出美妙的如泣如诉的声音,与此同时车辆在下面驶过。那个牧童的悲歌是在车流的喧嚣声中演奏的,塞普蒂莫斯想。现在他缩进雪堆里,周围悬吊着许多玫瑰花——就是长在我卧室墙上的那些浓密的红玫瑰,他想起来了。那乐声中止了。他得到了一个便士,又走向另一家酒店,塞普蒂莫斯思索着得出结论。

然而他自己仍躺在那块高高的岩石上,像一个溺水的海员躺在岩石上。我是趴在小船边上掉进水中的,他想。我沉入了海底。我死过去,现在又活过来了,可是让我再休息一会儿吧,他乞求道(他又在自言自语——可怕,太可怕了!)正如一个熟睡的人在醒来之前，由于百鸟啁啾和车轮轧轧的奇特和谐之音越来越响而感到自己正在接近生活的海岸，他也感到自己正在接近生活，阳光变得更热，喊声变得更响，重大的事情即将发生。

他只需睁开眼睛去看；然而有一种重量压在他身上，是一种恐惧感。他紧张起来，他用力去推，他睁开眼，他看见眼前的摄政公园。阳光的条条长丝带在他脚下跳跃。树木都在得意扬扬地招手。这个世界仿佛在说，我们欢迎，我们接受，我们创造。美，这个世界仿佛在说。似乎为了证明这一点（科学地证明），无论他朝哪边看，无论是看那些房子，还是那些栏杆，还是那些从围栏里探出头来的羚羊，美都立即涌现出来。观察一片叶子在一股气流中颤动给人以巨大的快乐。高空之中，一群燕子猝然低飞，急速转弯，冲出冲入，转来转去，但它们总能很好地控制自己，就像有许多橡皮筋在拴着它们；无数苍蝇飞起飞落；太阳开玩笑地一会儿照亮这片叶子，一会儿照亮那片叶子，完全出于好心用自己柔和的金光使其闪亮；某种钟声（可能是汽车的笛声吧）在无数草梗上美妙地响起——所有这一切虽然是宁静而合乎情理的，虽然是由普通事物组成的，但它们就是现时的真理；美，就是现时的真理。美无所不在。

“时间到了。”利西娅说。

“时间”这个词撕开自己的外壳，把财富倾泻到他的身上；于是许许多多的词语，难懂的、白色的、不朽的词语，自动地从他的嘴唇里飞落下来，像无数贝壳，像无数刨花，用不着他安排就自动地飞到应在的位置，组成了一曲时间的颂歌；那是一曲不朽的时间颂歌。他唱了起来。埃文斯在那棵大树后面应答着。死者都在色萨利①，躺在幽兰花丛里，埃文斯唱道。他们在那里等待大战结束，而现在那些死者，现在埃文斯自己——

“看在上帝的分上，你别过来！”塞普蒂莫斯喊出声来。因为他无法直视那些死者。

但是树枝被分开了，一个穿灰衣的男人真的向他走来。那是埃文斯！可是他的身上没有泥土，也没有伤痕；他一点儿都没有变。我必须告诉全世界，塞普蒂莫斯喊，一面举起一只手（当那个灰衣死者走得更近些时），他举起一只手，酷似一个巨人；这巨人多年来独自在沙漠里哀叹人类的命运，双手捂着前额，双颊布满绝望的皱纹，而今他在沙漠的边缘见到了光明，在光照之下那个铁青色的人形变得宽大明亮（塞普蒂莫斯从椅子上欠起身来），而且巨人身后有无数男人俯身致敬，一刹那哀伤的巨人脸上的表情显示他接受了这整个的——

“可我总是那么不快活，塞普蒂莫斯。”利西娅说，同时用力按他坐下。

那几百万人在哀悼；他们已经悲伤多年。他要转过身去，几秒钟后，仅仅再过几秒钟，他就要对他们讲述这种轻松的感觉，这种兴奋的感觉，这一令人惊讶的启示——

“时间，塞普蒂莫斯，”利西娅重复道，“现在是什么时间啦？”

---

① 色萨利系希腊北部的一个地区。

他在说话，他惊恐地跳起来，这个男人一定注意到了。他正在注视着他们。

“我会告诉你时间的。”塞普蒂莫斯非常缓慢地、非常困倦地说，同时对那个灰衣死者神秘地笑了笑。正当他坐着微笑的时候，报时钟声敲响了——差一刻十二点。

那就是年轻人的特点，彼得·沃尔什经过他们身边时这样想。吵吵闹闹——那个可怜的姑娘看上去完全绝望了——在上午才过了一半的时候。但他们在争吵什么呢，他真不明白；那个穿大衣的小伙子到底说了些什么才使她如此绝望呢？他们两人究竟陷入了怎样严重的困境，才会在这样美好的夏日上午显得如此绝望呢？离开五年后再回到英国，他发现最有意思的是一切事物都那么显眼，好像以前从来没有见过似的，至少头几天里是这样；恋人们在树下为琐事争吵；人们举家到公园里消闲。他还从来没有见过伦敦如此妩媚迷人——那社会差别的和缓、那富裕、那绿化、那文明，特别是在印度生活过之后感触很深，他一面漫步穿过草坪一面想。

这种好动感情的特点一向是导致他失败的原因，这是毫无疑问的。当他还在这个小伙子的年龄时，他的情绪就变化无常，简直像个小孩；有的日子情绪好，有的日子情绪坏，没有任何理由，见到一张漂亮的脸就高兴，见到一个穿着平俗的女人又非常难过。当然啦，从印度回来之后你会爱上你所见到的每一个女人。她们的身上有一种青春活力；就连那些穿得最差的女人也肯定比五年前穿得好；在他看来，时装从来没有这么合身过；那长长的黑斗篷，那苗条的身材，那高雅的风度，还有那宜人悦目的而且显然已普及了的化妆面部的习惯。每一个女人，就连最有身份的女人，面颊都像玻璃罩下盛开的玫瑰；嘴唇像用小刀雕刻过一样；鬈发是用印度染发剂染过的；到处都是设计，到处都是艺术；毫无疑问，确实发生了某种变化。年轻人对此看法如何呢？彼得·沃尔什问自己。

一九一八年到一九二三年那五年在某种意义上非常重要，他猜想。人们的模样变了。报纸似乎也变了。比如说，现在有人在一家有声望的周报上公开发表文章谈论厕所。十年前你绝不会这样做的——不会在有声望的周报上公开谈论厕所。还有，你也不会拿出口红或粉扑在大庭广众之下化妆。他回来时乘的轮船上有许多青年男女——他特别记得贝蒂和伯提——他们非常公开地亲热；那位上了年纪的母亲坐在那里一边织毛衣一边看着他们，竟然十分冷静。那姑娘常常停下来当着众人往鼻子上抹粉。再说他们两人并没有订婚，只不过在一起玩玩；双方的感情都没有受到伤害。她像钉子一样坚硬——那个叫贝蒂什么的——可她完全是个好人。三十岁上她会成为一个很好的妻子——她会在她认为合适的时候结婚；会嫁给一个有钱人并住进曼彻斯特市附近的一所大公馆。

是谁已经这样做了？彼得·沃尔什问自己，同时拐弯走入宽路——嫁给一个有钱人并住进曼彻斯特附近的大公馆？是那个不久前给他写过一封感情洋溢的长信的人，信中谈到“蓝色绣球花”。她是因为看见蓝绣球花才想起了他和过去的时光——是萨莉·西顿,没错!是萨莉·西顿——世界上你最想不到会嫁给有钱人并住进曼彻斯特附近的大公馆的人,那个放肆、大胆、浪漫的萨莉!

但是在所有的老相识当中,即克拉丽莎的朋友——惠特布雷德夫妇、金德斯利夫妇、坎宁安夫妇、金洛克·琼斯夫妇——当中,萨莉大概是最好的人。不管怎么说,她能恰如其分地把握事物。不管怎么说,她看穿了休·惠特布雷德——那可爱慕的休——就在克拉丽莎和其他人还拜倒在他脚下的时候。

"惠特布雷德夫妇?"他现在还能听见她说,"惠特布雷德夫妇是什么人?是煤炭商。体面的商人。"

她讨厌休是有原因的。他对什么事都不关心,只关心自己的仪表,她说。他本来应该当个公爵。那他肯定会娶一个王室的公主。当然啦,在他遇见的所有人当中,休对英国贵族怀有一种最非凡的、最自然的、最崇高的敬意。就连克拉丽莎都不得不承认这一点。啊,可他是那么可爱的人,那么不自私,他放弃了射击运动以取悦老母亲——总记得他的姑妈姨妈们的生日,等等。

说句公道话,萨莉把这一切都看透了。他记得最清楚的一件事是一个星期天上午在伯尔顿进行的关于女权的争论(那个已经过时的论题),当时萨莉突然大发雷霆,火冒三丈,她告诉休他代表英国中产阶级生活中最令人厌恶的一切。她说她认为他对"皮卡德利街上的穷姑娘们"的境况负有责任——休,那完美的绅士,可怜的休!——还从来没有一个男人像他那样显得如此恐惧！她是故意的，她后来承认（因为那时他们常在菜园里交换意见）。“他什么都不读，什么都不想，什么都没感觉到。”他仍能听见她用一种刻意强调的声音这样说，这声音传达的意思远远超出她的本意。她说那些马夫比休更有活力。她说他是私立学校培养出来的十全十美的典型。除了英国以外没有别的国家能培养出他这样的人。她确实看不起他，因为某种原因，她对他怀有怨恨。曾经发生过一件事——他想不起是什么——就在吸烟室里。他侮辱了她——亲吻了她？简直难以置信！当然，谁都不相信说休不好的话。谁能相信呢？他在吸烟室里亲吻了萨莉！如果是某个有贵族身份的尊敬的伊迪斯或瓦奥莱特小姐的话，这倒有可能；但不可能是那个衣衫褴褛的萨莉，她的名下没有一分钱，父亲或母亲又不在蒙特卡罗城赌博。因为在他见过的所有的人当中休是最势利眼的人——最卑躬屈节的人——不对，他并非完全卑躬屈节。他是个自视甚高的人，不会如此下贱。把他比做第一流的仆人显然十分恰当——那种跟在后面提皮箱的人，能委派去发电报的人——女主人们不可缺少的人。他找到了职业——与尊敬的伊夫琳结了婚；他在宫中得到一个小职位，照管国王的酒窖，打磨王室成员的鞋扣，穿着过膝的短裤和带金线的褶边衬衫进进出出。生活是多么无情啊！宫廷里的小职务！

他娶了这位贵族小姐——尊敬的伊夫琳，他们就住在这附近，他这样想（一面看着那些俯视摄政公园的显赫的房子），因为有一次他曾到一所那样的房子里吃过午饭，那房子像休的所有财产一样，有着其他房子所不可能有的东西——大概是那些盛亚麻制品的柜子吧。你不得不去参观那些东西——你总是不得不费很多时间去欣赏房间里的东西，不管是什么——那些亚麻柜、枕头套、橡木家具、油画，都是休偶然买到的便宜货。但休夫人有时却把这些展品送给别人。她是那种不起眼的、瘦小如鼠的女人，爱慕身材高大的男人。她几乎被人忽视。然后她会突然说些出人意料的话——非常尖刻的话。她大概仍保留着一点她家族的高贵举止。烧锅炉用的煤对她来说气味有些过于刺激——它使空气浓烈。他们就是这样在那里生活，连同他们那些亚麻柜、那些老管家、那些饰有真正金边的枕头套，年收入可能有五千到一万英镑，而比休大两岁的他却仍在托人找工作。

他在五十三岁还不得不到这里来请求他们把他安插进某个秘书的办公室，或帮他找个男校助教的职位，去教小男孩拉丁语，并在办公室里听从某个自以为是的人调遣，总之找一个每年能挣五百英镑的工作；因为如果他和黛西结了婚，就是算上他的退休金，他们至少还需要五百英镑才能维持生活。也许惠特布雷德能帮助他；或者是达洛维。他倒不怵头求达洛维办事。他可是个十足的好人；权力有限，头脑不大灵活，这是事实，但他绝对是个好人。他无论承诺了什么事都会以同样客观明智的方式去完成，不掺杂任何想象，也不使用任何心计，只是用他这类人特有的难以解释的好心去处理。他本该当个乡绅——搞政治浪费了他的才能。他最大的本事在户外，在跟马和狗打交道的时候——例如，他表现得多么好啊，当克拉丽莎那只长毛大狗跌进陷阱并有一只爪子被撅掉一半的时候，克拉丽莎吓晕了，达洛维包揽了一切；给狗缠绷带，上夹板；还劝克拉丽莎别犯傻。那也许就是她喜欢他的原因——那正是她所需要的。“嗨，我亲爱的，别犯傻啦。拿着这个——去取那个。”同时他一直在和那条狗说话，仿佛它是个人。

但是她怎么能容忍那些关于诗歌的谈话呢？她怎么能听任他喋喋不休地大谈莎士比亚呢？理查德·达洛维严肃地、郑重地站起来说，任何一个正经的男人都不应该读莎士比亚的十四行诗，因为读它们就像通过门上的钥匙孔去偷听（再说，那种人际关系是他所不赞同的）。任何一个正经的男人都不应该允许他的妻子去看望一个亡妇的姐妹。真难以理解！唯一能做的事是拿起糖粘杏仁向他扔过去——那是在吃正餐的时候。但是克拉丽莎竟把这些都听进去了；她认为他是那么诚实，那么有独立见解；老天知道她是否认为达洛维是她所遇到的最有创见的人！

那是把他和萨莉联系在一起的纽带之一。那时他们经常去花园散步，那个地方四面都有围墙，种着许多玫瑰花和大花椰菜——他还能记得萨莉摘下一朵玫瑰花，并停下来赞叹月光下的卷心菜叶子是多么美丽（真奇怪，这一切都生动地回到他的记忆里，那些他多年没有想起过的事），同时她还请求他，当然是半开玩笑地，请求他把克拉丽莎抢走，以保护她免受休和达洛维以及其他“完美的绅士”的影响，他们会“窒息她的灵魂”（在那些日子里萨莉写了许多诗歌），他们会把她变成单纯的女主人，会鼓励她的世俗欲望。但是你必须公正地评价克拉丽莎。

她并不打算嫁给休。她完全清楚自己的意愿。她的情绪都是表面的东西。在内心深处,她是非常精明的——例如她判断人的性格比萨莉要准确得多,但尽管如此,她仍具有纯女性的特质;她有一种非凡的天才,一种女人的天才,即无论到哪里她都能创造自己的天地。她走进一个房间;她站在门口,周围有许许多多的人,正如他经常所见。但是你能记住的却是克拉丽莎。并不是因为她长得出众,她一点儿都不漂亮,身上也没有任何不寻常的地方;她从来没有说过特别聪明的话;然而她却很显眼,十分显眼。

不对,不对,不对!他已不再爱她!他只是觉得,在今天早上见到她拿着剪刀和丝绸为晚会做准备之后,他无法不想念她;她一再回到他的记忆里,好似火车车厢里一个熟睡的人不时地碰撞他;当然,这绝非恋爱;他是在思念她,批评她,然后重新开始努力去解释她,在过了三十年之后。对她明显的评语是:她很世俗,过分热衷于地位、上流社会和向上爬——从某种意义上讲这是事实;她向他承认过这一点。(你如果费一点力气的话总是能让她承认的;她很诚实。)她会说她讨厌穿着过时的女人、因循守旧的人、无所作为的人,也许包括他自己;她认为人们没有权利袖手闲逛,他们必须干点什么,成就点什么;而那些大人物、那些公爵夫人、那些在她家客厅里见到的头发花白的伯爵夫人们,在他看来微不足道,远非什么重要人物,而在她看来则代表着一种真正的成就。她有一次说贝克斯伯拉夫人身板直挺(克拉丽莎自己也是同样;她无论是坐还是站从不懒散地倚着靠着；她总是像飞镖一样直挺，事实上还有一点儿僵硬）。她说她们有一种勇气，对此她随着年龄的增长钦佩有加。在这些看法中自然不乏达洛维先生的见解，不乏那种热心公益的、大英帝国的、主张税制改革的统治阶级的精神，这种精神已进入她的思想，正如经常发生的那样。虽然她的天资比理查德高两倍，但她却不得不通过他的眼睛去看待事物——这是婚姻生活的悲剧之一。虽然她有自己的思想，但她却必须永远引用理查德的话——仿佛一个人读了早晨的《晨邮报》后仍一点儿都不明白理查德的观点似的！例如，这些晚会都是为他而举行的，或者说是为她认为他应如何社交而举行的（公道地讲，理查德如果在诺福克郡务农会快乐得多）。她把自家的客厅变成了类似会议室的地方；她在这方面很有天才。他曾不止一次看见她拉过一个不谙世事的年轻人，激发他，规劝他，使他觉醒，让他行动。无数枯燥乏味的人聚集在她的周围，这是必然的。但是出人意料的奇怪客人也会出现，有时是个艺术家，有时是个作家，总之是与那里的气氛不协调的怪人。在这一切的背后是一个网络，其组成部分包括登门造访、留下名片、善待客人、捧着一束束鲜花和小礼物东奔西跑；某某人要去法国——需要一个气垫；这等事费尽了她的心思；街上的车辆川流不息是因为有她这类女人频频出行；然而她是真心实意地做着这些事，出于一种本能。

奇怪极了，她是他所遇见的最彻底的宗教怀疑论者之一，她可能（这是他过去编造出来以解释她的行为的一个理论，在某些方面是那么明白易懂，在其他方面又是那么难以理解），她很可能对自己说：由于我们是注定要灭亡的民族，被锁在一艘正在下沉的轮船上（她年轻时最喜欢读赫胥黎①和廷德耳②的书，他们两位都喜欢使用航海的比喻），由于这一切是个拙劣的玩笑，那无论如何让我们尽自己的努力吧，减轻我们狱友的痛苦（又是赫胥黎的比喻），用鲜花和气垫装饰我们的囚室，尽我们所能活得体面。绝不允许众神恶棍们为所欲为——她认为众神总是不失时机地伤害、攻击和毁灭人类的生命，然而如果你像贵妇人一样行事的话，他们就真的被赶走了。这一思想阶段直接始于希尔维娅之死那一恐怖事件发生之后。亲眼看见你自己的妹妹（一个也将走向生活的女孩、她们中间最有天分的一个）被一棵倒下的大树活活砸死（这都是贾斯廷·帕里的过错——都怪他粗心大意），足以使人怨恨尘世，克拉丽莎常说。后来她大概不再那么乐观了。她认为众神根本不存在，不应埋怨任何人；她因而逐渐发展到信仰这一无神论的准则：为了拥有美德而行善。

诚然，她充分享受着生活的乐趣。享受乐趣是她的本性（尽管，老天爷才知道，她有含蓄的一面；他常觉得，就连他在这么多年之后也只能描绘出克拉丽莎的轮廓）。不管怎么说，她并没有怨恨，丝毫没有好女人的那种令人生厌的道德感。她几乎从任何事物中都能得到乐趣。如果你和她一起去海德公园散

---

① 赫胥黎（1825—1895），英国生物学家、作家，公开支持达尔文的进化论思想，并发明了“不可知论者”一词，用来指对上帝存在与否没有把握的人。

② 廷德耳（1820—1893），英国物理学家。

步，一会儿是一花坛郁金香，一会儿是童车里的小孩，一会儿是她即兴编出的荒唐小故事，都能使她快乐。（她很可能会跟刚才那对恋人说话，如果她知道他们不快乐的话。）她有一种真正敏锐的喜剧感，可是她需要很多人，总是需要很多人将它引发出来，其必然的结果是：她浪费了许多时间去参加午餐会，参加宴会，举办这些无休止的晚会，谈些毫无意义的事，说些言不由衷的话，降低了自己的思维能力，丧失了辨别是非的能力。她常坐在餐桌一头的主座上费尽心机招待一个也许会对达洛维有用的老家伙——他们认识全欧洲最令人憎恶的人——要不就是伊丽莎白走进来，然后一切都必须让位于**她**。他上次来访时伊丽莎白还是个高中生，处于不善言谈的阶段，她是个眼睛圆圆、面色苍白的女孩，没有一处像她的母亲，沉默寡言而不易激动。她对这一切习以为常，听任她的母亲小题大做地谈论她，然后问道："现在我可以走了吗？"像个四岁小孩。她要去打曲棍球，克拉丽莎解释道，口气中流露出似乎是被达洛维本人唤起的兴奋和骄傲。现在伊丽莎白大概就算"初入社会"了；她把他看做因循守旧的人；她嘲笑她母亲的朋友们。没关系，随她去吧。彼得·沃尔什拿着帽子走出摄政公园时想，人虽然逐渐变老，但还是得到了报偿；这报偿是：尽管激情依旧，他却得到了——终于得到了！——给生活增添极大美味的能力，也就是说他有能力抓住生活的体验并在光亮中慢慢地审视它。

他有一种想法，说出来不大好（他重新戴上帽子），那就是：现在，人到了五十三岁，已经不再需要别人了。生活本身，它的每一瞬间、每一点滴、此地、此刻、现在、在阳光里、在摄政公园，就足够了。确实是太多了。整个人生太短暂了，即便一个人取得了品味人生的能力，也无法尝出它的全部滋味，无法从中摄取每一盎司的快乐和每一层次的意义；这快乐和意义比过去要充实得多，个人色彩也要少得多。他今后不会再受痛苦的折磨了，不会像克拉丽莎曾使他痛苦那样。有一段时间他一连几个小时（祈求上帝保佑，你说这些事时不被别人听见！），他一连几小时甚至几天没想过黛西。

他是不是因为回忆起往日的痛苦、折磨和那不寻常的激情才与黛西相恋的呢？这段恋情与过去的完全不同，它要快乐得多，因为实情是**她**爱上了**他**，这是毋庸置疑的。可能就是那种想法使他在轮船真的开航时感到特别轻松，使他什么都不想干只想独处，使他在发现舱房里有她派人送来的小礼品——雪茄烟、便笺、旅途用的毯子——时感到恼火。每个人如果诚实的话都会说同样的话：一个人过了五十岁就不再需要别人了，不想再告诉女人她们很漂亮；大多数五十岁以上的男人都会这样说的，如果他们诚实的话，彼得·沃尔什想。

然而这些令人惊奇的感情宣泄——今天早晨的痛哭流涕，究竟是为了什么呢？当时克拉丽莎会怎样想他呢？大概认为他是傻瓜，肯定不是第一次了。说到底那是由于嫉妒引起的，嫉妒比人类的任何其他情感都要持久，彼得·沃尔什想，同时握住小刀伸直胳膊。黛西在最近的一封信中说，她一直和奥德少校约会；他明白，她是故意这样说的，目的是让他嫉妒；他能想见她写信时皱着眉头的样子，她在思索着能说些什么话来伤害他；然而这起不了什么作用；他气愤极了！ 他专程回到英国又忙着拜访律师，他做这一切不是为了和她结婚，而是为了不让她嫁给任何别的人。那就是折磨着他的情感，那就是当他看到克拉丽莎如此镇静、如此冷漠、如此专心地缝补衣裙之类东西时突然袭来的情感，他意识到她本来是可以不伤害他的，也意识到她已把他贬低为什么样的人——一个呜咽泣诉的老傻瓜。但是女人不懂得什么是激情，他一面合上折刀一面想，她们不知道激情对男人意味着什么。克拉丽莎像冰柱一样冷漠。她常和他并肩坐在沙发上，任他握她的手，她会吻一下他的面颊——此时他已来到十字路口。

一个声音扰乱了他的思绪；那是一个微弱颤抖的声音，一个人的歌声，它突突地冒了出来，没有方向，没有活力，没有开头也没有终结，它无力地但刺耳地流淌着，丝毫不含人类能理解的任何意义：

义 安 发 安 叟

伏 绥 图 印 乌……

这声音没有年龄和性别的特征，它是古老的泉水喷出地面的声音；它来自摄政公园地铁车站正对面的一个高高的、微微颤抖的形体，像个漏斗，像个生锈的曲柄抽水机，又像一棵饱经风霜、永远不长叶子的树，它听凭风儿出入它的枝桠并唱道：

义 安 发 安 叟

伏 绥 图 印 乌，

它在永不停息的微风中摇曳，碰撞，呻吟。

经过了所有的年代——当这片人行道还是草地的时候，当它还是沼泽的时候，经过了长牙野象出没的年代，经过了寂静日出的年代，那个饱经风霜的女人（因为她穿着一条裙子），右手张开，左手叉腰，站在那里歌唱爱情，那已经延续了一百万年的爱情，战胜一切的爱情；她轻声唱道，几百万年前，她的恋人（他在许多世纪前就已死去）曾经在五月里和她一起散步；但是她还记得，在像夏日般漫长的岁月里，在只有红色紫菀花发出火一样的光芒的岁月里，他已经去了；死神的巨大镰刀已经横扫过那些高大的山峦，当她终于把自己长满华发的、非常衰老的头靠在大地（现已变为冰的焦土）上的时候，她请求众神在她身边放上一束紫色石南花，就放在埋葬她的地方，那受到最后的太阳的最后光线照耀的高岗上，因为到那时宇宙的万象将不复存在。

正当这支古老的歌曲在摄政公园地铁车站对面突突响起之时，大地似乎依然郁郁葱葱、花团锦簇；尽管这歌声出自那么粗俗之口，出自大地上的一个空洞，沾满泥土，交织着根的纤维和成团的野草，这支古老的汩汩突突的歌曲，这支浸透了远古年代的无数盘根、骷髅和宝藏的歌曲，依然分成细流不断地流淌在人行道上，流过整条玛丽乐彭路，流向尤斯顿路，肥沃了这些地方，留下了潮湿的痕迹。

那个生锈的曲柄抽水机，即那个一手伸出索要铜板、一手叉着腰部的饱经风霜的老妇人，仍然记得在某个久远年代的五月里和恋人一起散步的情景；一千万年之后她仍然会站在那里，仍然会记得她在五月里散步的情景（那个地方现已成了海洋），跟谁在一起散步并不重要——他是个男人，啊，是啊，一个爱过她的男人。但是随着年代的流逝，那个古老的五月天已不再清晰；艳丽的花朵已染上银白色的寒霜；当她请求他（正如她现在很清晰地唱着）“用您那美妙的眼睛，注意看看我”时，她再也看不见，再也看不见那双褐色的眼睛、黑色的络腮胡子和被阳光晒黑的面庞，只能看见一个隐约出现的形体、一个黝黑的身影，但她仍以高龄老人特有的像小鸟般活泼的神态喋喋不休地唱：“向我伸出你的手吧，让我轻轻摸。”（彼得·沃尔什情不自禁地给了可怜的老妇人一枚硬币，然后上了出租车。）“若被人看见，那又有何妨？”①她继续唱着诘问；她用拳头不时捶着腰，微笑着把那一先令硬币放进衣袋，此时所有那些凝视探察的目光似乎都被抹掉了，那一代又一代的过客——人行道上挤满了匆忙赶路的中产阶级——都消失了，像无数的树叶被踩在脚下，并被浸湿，泡透，变成腐叶土，被那永恒的泉水——

义 安 发 安 叟
伏 绥 图 印 乌。

“可怜的老妇人。”利西娅·沃伦·史密斯说。

---

① 老妇人唱的歌曲是《万灵节》，由奥地利诗人赫尔曼·封·格尔姆（1812—1864）作词，德国作曲家理查·施特劳斯（1864—1949）作曲。万灵节是纪念所有忠于信仰的死者的宗教节日。

哎，可怜的不幸的人！她说，一面等着过马路。

假设这是个雨夜呢？假设你的父亲或了解你过去生活富裕情况的人恰巧路过此地，看见你站在路旁的雨水沟里，会怎么想呢？还有，她夜里究竟在什么地方睡觉呢？

这微弱的、不可战胜的歌声愉快地、甚至是兴奋地旋转着飘入空中，犹如从一座农舍的烟囱里冒出的轻烟，它旋转着飘上洁净的山毛榉树丛，然后变成一缕蓝烟，从树冠顶部飞了出来。"若被人看见，那又有何妨？"

由于利西娅已连续许多个星期那么不快活，她认为发生的一切事情都是有一定用意的，她有时几乎觉得她必须拦住街上的行人，如果他们像慈祥的好人的话，目的只是对他们说："我很不快活"；而这个在街上唱"若被人看见，那又有何妨？"的老妇人使她突然相信一切都会好起来的。他们要去见威廉·布拉德肖爵士；她认为他的名字听着挺不错；他会马上治好塞普蒂莫斯的病。这时一辆酿酒厂的马车过来了，那些灰马的尾巴上沾满直立的麦秸；还有许多报纸广告牌。感觉不快活实在是非常非常愚蠢的梦幻。

于是他们——塞普蒂莫斯·沃伦·史密斯先生和太太——穿过马路，那么他们身上有什么能引起别人注意的地方吗？有什么能使过路人想到这里有个年轻男子负责传播世界上最伟大的信息，因而是世界上最幸福也是最痛苦的人吗？也许他们比别的人走得慢一些，而且这男子走路的姿态有些犹豫，有些拖拉，但是对于一个多年没有在工作日里的这个时辰光顾伦敦西区的小职员来说，不时望望天空，看看这看看那，不是最自然的事吗？他东顾西盼，仿佛波特兰波拉斯街是一间屋子，他来访时恰逢主人举家外出，只见大吊灯包在粗亚麻布袋里，那位看管房子的女仆掀起拖地窗帘的一角，让一缕缕长长的、充满尘土的光线照亮那些久未使用的、式样怪异的安乐椅，同时向客人们解释这个地方有多么好；多么好啊，可又是多么奇怪啊，他想。

从外表看，他倒有可能是个小职员，不过是较好的那种职员，因为他穿着棕色的靴子，有着受过教育的人所特有的手，还有他的侧面轮廓——有棱角、大鼻子、聪慧、敏感——也是受过教育的人所特有的；但他的嘴唇却不尽如此，因为它们不受约束；他的眼睛（人的眼睛一般如此）仅仅是眼睛而已，淡褐色的、大大的；因此总的来讲他是个边缘人物，既不属于这类也不属于那类；他最终有可能在帕利拥有一所房子和一辆汽车，也可能一辈子继续租用坐落在小街上的公寓；他是受过一些教育又自学成才的人们中的一员，他们从公共图书馆借来书籍，在工作之余利用晚间阅读，并通过书信得到著名作者的指教，他们都是这样完成学业的。

至于其他的经历，那些孤独的经历，即人们在卧室、在办公室、在田间或伦敦街头单独经历的事情，他都经历过。他少年时代就离开了家，是因为他的母亲说了谎，是因为他第五十次没有洗手就下楼吃茶点，是因为他觉得诗人在斯特劳德镇没有前途，因此他悄悄地和小妹告了别便离开家来到伦敦，只给家人留下一张荒谬的便条，类似许多伟人曾写过的并在他们的斗争史出名后全世界都读到过的那种便条。

伦敦已经容纳了好几百万姓史密斯的年轻人;它根本看不上这些人的父母为使他们成名而为他们取的教名,例如塞普蒂莫斯。他寄宿在离尤斯顿路不远的地方,经历了许许多多的事,例如在两年之内他那红润、天真、椭圆形的脸变得又瘦又小而且充满敌意。对于所有这些变化,朋友当中那最富于观察力的一位又能说什么呢? 他只能借用园丁在清晨打开暖房门发现一株植物开新花时常说的一句话:它开花了;这花是从虚荣心、雄心壮志、理想主义、激情、孤独、勇气、懒惰中生长出来的,它们都是常见的种子,它们混杂在一起(在离尤斯顿路不远的一间屋子里),使他羞怯、口吃,使他急于完善自己,使他爱上了伊莎贝尔·波尔小姐,她当时在滑铁卢街学校讲莎士比亚的作品。

他不是很像济慈①吗? 她问道,并思量着如何让他品味一下《安东尼和克莉奥佩特拉》②及其他作品;她借给他许多书,用纸片给他写了许多信,并在他心中点燃了一生中只燃烧一次的火,这火没有热量,闪烁着金红色的火焰,它无限轻妙而虚幻,映照在波尔小姐身上;《安东尼和克莉奥佩特拉》,还有滑铁卢街学校。他认为她非常美丽,相信她绝对聪慧,他梦见她,写诗献给她,而她却毫不理睬诗的内容,一律用红墨水批改;那是一个夏日的晚上,他看见她穿着绿衣裙在广场散步。"花开了。"那

① 济慈(1795—1821),英国诗人,被认为是浪漫主义运动中最伟大的人物之一。

② 《安东尼和克莉奥佩特拉》,莎士比亚写的一部悲剧。

园丁可能会这样说，如果他打开门的话；也就是说，如果园丁在任何一天夜里的这个时辰走进来，会发现他在写作，发现他在撕手稿，发现他在凌晨三点完成了一篇杰作并跑到街上踱步，去教堂礼拜，今天禁食明天酗酒，贪婪地阅读莎士比亚、达尔文①的著作，还有《文明史》和萧伯纳②的作品。

一定出什么事了，布鲁尔先生心里明白；布鲁尔先生在专门从事拍卖、估价及房地产经纪的西布利斯和阿罗史密斯公司里担任负责管理的职员；一定出什么事了，他想，而且由于他对年轻雇员有一种父亲般的感情，由于他高度评价史密斯的能力并预言十到十五年后他会坐到里间屋天窗下的皮椅上，周围摆满装契约的小箱子，他说："如果他能保持健康的话。"而这正是危险之处——史密斯看上去弱不禁风；他劝史密斯踢足球，请他吃晚饭并表示愿意推荐给他加薪，但突然间出了一件大事，把布鲁尔先生的许多打算抛到九霄云外，还拉走了他那些最得力的年轻雇员，最后，由于欧洲战争的魔爪是如此喜好触动隐私并具有如此隐秘的破坏力，它们打碎了谷类女神刻瑞斯的石膏复制像，在天竺葵花坛里刨了一个大坑，还彻底摧垮了厨师的神经，这些都发生在马斯韦尔山上布鲁尔的家里。

塞普蒂莫斯是首批志愿兵的一员。他到法国去保卫英国，而这个英国几乎完全是由莎士比亚戏剧和穿绿衣信步广场的伊

---

① 达尔文(1809—1882)，英国自然博物学家，提出了以自然选择为基础的进化论。

② 萧伯纳(1856—1950)，爱尔兰籍剧作家、小说家、音乐和文学评论家。

莎贝尔·波尔小姐组成的。在那边的战壕里，布鲁尔先生当年劝他踢足球时就期望看到的变化立时发生了，他变得很有男子气，他得到了晋升，引起了名叫埃文斯的军官的注意，实际上是得到了他的钟爱。这就像两只狗在壁炉前的地毯上玩耍，一只正在玩引火用的纸捻。龇着牙大声吼叫，并不时揪揪老狗的耳朵；另一只则躺着发困，对着炉火眨眼睛，并抬起一只爪子，转过头去和善地低声叫。他们两个必须在一起，共享甘苦，相互打架，相互吵嘴。但是当埃文斯（利西娅只见过他一面，说他是“文静的人”；他身体强壮，头发棕红，在有女人的场合感情不外露）于停战前夕在意大利阵亡时，塞普蒂莫斯却无动于衷，对这段友谊的终结没有丝毫表示，相反他庆幸自己不为感情所动。战争教育了他。战争是崇高的。他已经历了整个过程：友谊、欧洲战争、死亡，他得到了晋升，他还不到三十岁，肯定能活下来。他当时就在现场。最后的炮弹没有击中他。他漠然地看着炮弹爆炸。

和平来临的时候，他正在米兰，随部队借宿在一个旅店老板家里；房前有一个小院，圆盆里种着鲜花，还摆着几张小桌子，店主的女儿们在做帽子；他和小女儿柳克利西娅订了婚，那是在一天晚上他因自己变得麻木不仁而惊慌失措的时候。

因为现在一切都已结束，停战协定已签订，死者已被安葬，在这种情况下，特别是那天晚上，他突然经历了像阵阵雷鸣般的恐惧。他变得麻木不仁了。当他推开房门时，那几个意大利姑娘正在做帽子，他能看见她们，能听见她们说话，她们在盛着彩色珠子的小盘子里磨着铁丝，她们把硬衬布折来折去；桌上摆满了羽毛、光片、丝绸、装饰带；剪刀在桌子上轻轻碰撞；但是他失去了什么东西，他失去了感知的能力。尽管如此，剪刀在轻轻敲击，姑娘们在说笑，帽子在制作之中，这一切保护了他，使他确实感到安全；他有了一个庇护所。但是他不可能整夜坐在那里。凌晨时分总有醒来的时候。床在跌落，他也在跌落。啊，为了那剪刀、灯光和不同形状的硬衬布！他请求两姐妹中年纪较小的柳克利西娅嫁给他，她既快乐又风流，长着艺术家的纤细的手指，她常翘起手指说，“都是它们的功劳。”它们给丝绸、羽毛及其他东西带来了生命。

“帽子是最重要的。”他们一起到外面散步的时候她常常这样说。他们在路上见到的每一顶帽子她都要仔细观察，还有斗篷、衣裙以及女人优雅的姿态。她批评不讲究穿着的人和过于讲究穿着的人，但并不粗鲁，只是不耐烦地挥着两手，就像一位画家不耐烦地挥着手拿开某件明显的赝品，尽管制作者显然并非出于恶意。然后她会豁达地但总是挑剔地赞赏一个尽其所有而装扮入时的女售货员，或以一种热情的和内行的理解力去衷心称赞一个正走下马车的法国贵妇人，这女人穿着绒鼠皮衣和长袍，戴着珍珠首饰。

“美极了！”她会小声说，同时碰碰塞普蒂莫斯，让他也看。但是美似乎隔着一层玻璃。就连美味（利西娅喜欢吃冰激凌、巧克力、甜食）对他都没有吸引力。他把茶杯放到大理石小桌上。他看着外面的人们；他们似乎很快乐，聚集在大街当中，叫着，笑着，无缘无故地争吵着。但是他品不出滋味，他失去了感觉的能力。在那个茶馆里，在许多小桌子和闲聊的侍者中间，可怕的恐惧向他袭来——他变得麻木不仁了。他能够论理，他能够很轻松地阅读例如但丁①的作品（“塞普蒂莫斯，把书放下。”利西娅说着轻轻地合上《地狱篇》），他能够计算账单；他的脑子是完好的；那么他的麻木不仁一定是这个世界的过错了。

“英国人是那么少言寡语。”利西娅说。她说她喜欢这一点。她尊敬这些英国男人，她想看看伦敦，想看看英国马，还有裁剪合体的西装，她还记得听一个嫁到伦敦并定居索霍区的姨妈说过那里的商店有多么好。

他们离开纽黑文市时，塞普蒂莫斯一面望着火车车窗外的英国大地一面想，这个世界本身大概没有任何意义。

在办公室里，他被提升到一个相当负责的职位。同事们为他感到自豪；他曾荣获过十字勋章。“你已尽了你的职责，我们决定——”布鲁尔先生开始讲，但未能讲完，他的情绪是那么兴奋。他和利西娅在离托特纳姆科特路不远的地方租了一套令人羡慕的寓所。

在这里他又一次打开莎士比亚的书。那家伙在《安东尼和克莉奥佩特拉》里所使用的语言已经完全失去了魅力。莎士比亚是多么厌恶人类啊——穿衣服，生孩子，嘴和肚子同样肮脏！

现在这一点已向塞普蒂莫斯揭示出来，这一信息隐藏在优

---

① 但丁（1265—1321），意大利诗人，著有《神曲》。

美文字当中。一代人传给下一代人的经过伪装的信号是：厌恶、仇恨、绝望。但丁的作品也是如此。埃斯库罗斯①的（翻译过来的）作品也是如此。利西娅坐在那边的桌子旁修饰帽子。她一连几个小时为菲尔默太太的朋友们修饰帽子。她看上去脸色苍白，显得神秘，像朵睡莲被淹没在水中，他想。

“英国人是那么严肃。”她常说，一面搂着塞普蒂莫斯，把脸贴在他的脸上。

男女之间的情爱在莎士比亚看来是令人厌恶的。性交的事在他看来早就是肮脏的。但是利西娅说她必须要孩子。他们结婚已经有五年了。

他们一起去参观伦敦塔，去参观维多利亚和阿尔伯特博物馆；他们一起站在人群中观看国王主持议会开幕式。还有许多店铺——帽子店、衣裙店、橱窗里展示着真皮手提包的商店，她常站在这些店铺前睁大眼睛好奇地观看。但是她必须有个儿子。

她必须有个长得像塞普蒂莫斯的儿子，她说。可是没有一个人能像塞普蒂莫斯；他是那么温柔，那么严肃，那么聪明。她难道不能也读读莎士比亚的书吗？莎士比亚是个难懂的作家吗？她问道。

你不能把孩子带到这样的世界上来。你不能让苦难延续下去，

---

① 埃斯库罗斯（公元前525—前456），古希腊戏剧家，被称为希腊悲剧之父。

也不能更多地繁育这些充满情欲的动物，他们没有始终如一的情感，有的只是冲动和虚荣心，驱使着他们一会儿朝东一会儿朝西。

他看着她剪裁、成型，犹如一个人看着一只小鸟在草地上蹦跳、轻飞，却不敢动一动手指头。因为事实是（她看不到就算了）人类既没有仁慈，又没有信念，也没有怜悯之心，只知道增加一时的快乐。他们成群结队狩猎。他们的队伍扫荡沙漠，然后尖叫着消失在荒原里。他们抛弃了倒下的同伴。他们的脸上满是痛苦的神情。布鲁尔先生坐在办公室里，他有抹过蜡的胡子，戴着珊瑚领带夹，穿着白色套衫，他的情绪使人感到愉快——然而他的内心却完全是冷冰冰黏糊糊的——他的天竺葵毁于大战之中——他的厨师精神崩溃；或者那个叫阿米利娅什么的，每天五点钟准时给大家送茶点——是个爱送秋波的世俗风骚的小妖精；还有那些叫汤姆呀波梯呀的仆人们，穿着浆过前襟的衬衣，渗出一滴滴浓浓的坏水。他们从未看见过他在笔记本上给他们画的像，在画里他们赤身裸体做着滑稽愚蠢的动作。在大街上，小货车吼叫着从他身边开过；公告牌上醒目地记载着暴力事件：男人们被困在矿井里，女人们被活活烧死。有一次一队残疾精神病患者被当众训练、展示，以供公众取笑（人们哈哈大笑）；那些人懒散地迈着步子，点着头，咧嘴笑着走过他的身边，在托特纳姆科特路上，每个人都是半抱歉地又非常得意地把失望的痛苦强加于他。那么**他自己**会发疯吗？

喝午茶时，利西娅告诉他，菲尔默太太的女儿快生孩子了。**她自己**年龄越来越大也不能没有孩子呀！她很孤独，她很不幸！

他们结婚以来她第一次哭了起来。他听得见她在抽泣，声音离得很远；他听得真真切切，看得清清楚楚；他把这哭声比做活塞起落的砰砰声。但是他无动于衷。

他的妻子在哭泣，而他却无动于衷；只是她如此强烈、无言、绝望地每哭一次，他就向深渊迈下一步。

最后，他机械地做出一种夸张的姿态，把头埋进双手里，但他完全清楚这是在装模作样。现在他已经投降了；现在别的人必须帮助他。必须叫人来。他让步了。

什么都不能使他打起精神。利西娅让他上了床。她派人去请医生，去请菲尔默太太的霍姆斯医生。霍姆斯医生为他作了检查，说他什么病也没有。啊，可松了一口气！他是个多么慈祥、多么好的人啊！利西娅想。霍姆斯医生说，他自己的情绪像这样坏的时候，他就去音乐厅。他休了一天假陪他的妻子打高尔夫球。不妨试试把两片溴化钾镇静剂溶解在一杯水里睡前服用。霍姆斯医生敲了敲墙壁说，这些布卢姆斯伯里区的老式房子通常有很好的护墙板，可那些房东净做傻事，用壁纸把它们都糊上了。就在前两天他去探访过一个病人，是某某爵士，住在贝德福德广场——

这么说没有任何借口了，什么病都没有，只有那罪恶——他的麻木不仁，为此人性已判处他死刑。埃文斯遇难时他无动于衷，那是最糟糕的事；但是所有其他的罪恶也纷纷抬起头来，在凌晨时分从床栏上方摇晃着手指，挖苦嘲笑那个软弱无力的躯体；这个躯体躺在那里反省自己的堕落：他是如何娶了妻子但并不爱她，如何对她说了谎，如何玷污了她，如何激怒了伊莎贝尔·波尔小姐；他身上散布着那么多邪恶的疤痕，使得女人们在街上见到他就瑟瑟发抖。人性对这样一个坏蛋的宣判是死刑。

霍姆斯医生又来了。他身材高大、面色红润、英俊潇洒，他掸了掸靴子，照了照镜子，他认为头痛、失眠、恐惧、梦呓等都不要紧，不过是些神经症状，没有别的，他说。如果霍姆斯医生发现自己的体重比十一斯通①零六磅下降了哪怕半磅，他也要在早餐时让妻子多给他一盘麦片粥。（利西娅将要学会煮麦片粥。）但是，他继续说，健康在很大程度上是我们自己可以控制的。让你自己对外界的事情产生兴趣，培养某种业余爱好。他翻开了莎士比亚的剧本《安东尼和克莉奥佩特拉》，然后又将莎士比亚的书推到一边。某种业余爱好，霍姆斯医生说，因为他之所以有这样好的身体（要知道他像伦敦的任何男人一样拼命工作）不就是因为他能从注意病人转向注意旧家具吗？啊，沃伦·史密斯太太头上戴的小梳子是多么漂亮啊，如果允许他评论的话。

这个可恶的傻瓜再来的时候，塞普蒂莫斯拒绝见他。他真的不想见我？霍姆斯医生愉快地笑着问。说真的，他必须友善地推开那位娇小美丽的史密斯夫人才得以进入她丈夫的卧室。

"这么说你很害怕。"他愉快地说着，在病人身边坐下。他真的对他的妻子说过要自杀吗？她还是个年轻姑娘，并且是个外国人，对吧？这难道不会使她对英国丈夫们产生奇怪的看法

① 斯通为英制重量单位，一斯通相当于十四磅。

吗？难道一个人对他的妻子不负有什么责任吗？起来干点什么不是要比躺在床上好吗？因为霍姆斯医生已有四十年的经验，塞普蒂莫斯可以相信他的话——他什么病都没有。霍姆斯医生希望下次再来时会看见史密斯已经下了床，不会再让他那美丽的小妻子为他担心了。

一句话，人性对他发起了攻击——那可恶的野兽，长着血红色的鼻孔。霍姆斯在攻击他。霍姆斯医生几乎每天都来。你一旦要跌倒，人性就来攻击你，塞普蒂莫斯在一张明信片的背面写道。霍姆斯在攻击你。他们唯一的办法是逃跑，不让霍姆斯知道；逃到意大利去，逃到哪里都行，哪里都行，远远地躲开霍姆斯医生。

但是利西娅不能理解他。霍姆斯医生是这么慈祥的人。他对塞普蒂莫斯是那么关心。他说他只是想帮助他。他有四个孩子，他已经邀请她去吃茶点了，她告诉塞普蒂莫斯。

这么说他被遗弃了。整个世界都在大声疾呼：你自杀吧，你自杀吧，为了我们。但是他为什么要为他们而自杀呢？食物使人愉悦，阳光依旧炎热；而自杀，人怎样自杀呢，用餐刀，惨不忍睹，血流遍地，那么吸煤气管怎么样？他太懦弱，他连手都抬不起来。再说，既然他现在是孤身一人，受人谴责，被人遗弃，与那些垂死的人同样孤独，那么在这种孤独中便有一种难得的享受，一种完全崇高的孤立，一种亲人们永远不能理解的自由。霍姆斯当然占了上风；那长着血红鼻孔的野兽占了上风。但就是霍姆斯本人也不能碰一碰这个躲在世界边缘的最后的遗人，这个被抛弃了的人,他回过头去凝望着那些有人居住的地区,像溺水的海员躺在世界的海岸上。

正是在这一瞬间(利西娅已去购物)他突然领悟到一个伟大的真理。屏风后面传来说话声。那是埃文斯在说话。那些死者和他在一起。

“埃文斯,埃文斯!”他喊道。

史密斯先生在大声跟自己说话,女仆阿格妮斯对厨房里的菲尔默太太喊道。她端着托盘进去时他在喊:“埃文斯,埃文斯!”她当时跳了起来,真的跳了起来。她仓皇逃到楼下。

利西娅进来了,她捧着鲜花穿过房间,把玫瑰花放进一个花瓶里,阳光直射到花瓶上,她笑着,跳着,在屋子里转着圈子。

利西娅说,她不得不从街上一个穷苦的男人那里买下这些玫瑰。但是这些花都已经快死了,她一面摆弄着玫瑰花一面说。

这么说外边有个男人,也许是埃文斯吧;利西娅提到的那些半死的玫瑰花就是他从希腊的田野里采来的。与人沟通就是健康,与人沟通就是幸福,沟通,他自语道。

“塞普蒂莫斯,你说什么?”利西娅问,她害怕极了,因为他在自言自语。

她让阿格妮斯赶紧去请霍姆斯医生。她说她的丈夫发疯了,几乎不认识她了。

“你这头野兽!你这头野兽!”当塞普蒂莫斯看见人性(即霍姆斯医生)走进屋时喊道。

“这都是怎么回事呀,”霍姆斯医生用世界上最和蔼的态度问道，"你怎么净说胡话吓唬你的妻子呢？"然而他要给他点什么药让他睡觉。可是如果他们很有钱的话，霍姆斯医生一面讽刺地环顾着房间一面说，那就让他们去哈利街求医吧，如果他们不相信他的话，霍姆斯医生说到这里显得不那么和善了。

现在是十二点整，大本钟报时十二点整，那钟声随风飘荡在伦敦北部上空，与其他钟声汇合在一起，轻飘飘地融入云彩和缕缕烟雾之中，最后消逝在天上的鸥群里——十二点的钟声响起时，克拉丽莎·达洛维把她的绿色衣裙放到床上；而沃伦·史密斯夫妇正走在哈利街上。十二点是他们预约的时间。利西娅想，那座门前停有灰汽车的房子大概就是威廉·布拉德肖的家。（那深沉的音波逐渐消逝在空中。）

那辆汽车确实是布拉德肖爵士的，车身矮，功率大，灰颜色，侧面漆着交织在一起的两个字母，是他的名和姓的起首字母，很朴素，似乎因为此人是提供精神帮助的人和传播科学的权威，所以不宜在车身漆炫耀贵族地位的盾形纹徽；由于那辆汽车是灰色的，为了与它朴素雅致的风格相匹配，里面堆满了灰色的皮毛，那银灰色的暖毯是为尊敬的爵士夫人等在车里时保暖用的。因为威廉爵士经常坐车去六十英里外或更远的乡下探访有钱的、受痛苦折磨的病人，他们有能力支付他非常恰当地索要的极其昂贵的出诊费。爵士夫人要在车里等上一个小时或更长时间，她腿上盖着毯子，身体向后靠着，有时想想病人，有时想想那座用金子筑成的墙，这完全有道理，就在她等候的同时，金墙每分钟都在增高；金墙不断地增长，把他们与所有的变故和焦虑（她已勇敢地承受了它们；他们两人曾经艰苦奋斗过）分隔开来，直到她感觉自己被挤入一个平静的海洋，那里只有带馨香料味的风儿吹过；她受人尊敬，被人爱慕，被人嫉妒，简直没有什么再可奢望的了，尽管她为自己的肥胖而感到遗憾；每星期四晚上为医务界人士举办大型宴会，偶尔需要主持慈善义卖开幕式，还要去欢迎王室成员；天啊，她和丈夫在一起的时间太少了，而他的工作也越来越多；她有一个儿子就读于伊顿公学，成绩不错；她也曾希望能生个女儿；然而她有多方面的兴趣：儿童福利、癫痫病人出院后的护理以及摄影；因此在她等待丈夫的过程中，如果当地有教堂，或颓败的教堂建筑，她总要贿赂教堂司事，拿过钥匙进去拍照，这些照片与专业摄影师的作品相差无几。

威廉爵士本人已不再年轻。他一直拼命地工作；他取得现在的地位完全凭自己的能力（他是个店主的儿子）；他热爱自己的职业；他已成为各种仪式上优秀的头面人物，擅长讲演——到了他被授予爵位时，他所作的上述一切努力已使他显得那么笨重、那么疲乏（他的病人川流不息；他的职业赋予他的责任和特权是那么繁多），这种疲惫的样子再加上他的灰白头发，使他无论走到哪里都格外引人注目，而且使他不仅以诊断技术快捷惊人和准确无误著称，而且以富于同情心、处世圆通和理解人的灵魂而闻名（这种声望对于诊治精神病人最为重要）。他们刚刚进屋（他们叫沃伦·史密斯夫妇）他就看出来了，他一见那个男人就敢肯定他是个极其严重的病人。那是精神彻底崩溃的病例——身体和神经的彻底崩溃，具有晚期的各种症状，他在两三分钟内就确诊了（同时记下他们对他的谨慎小声提问做出的回答，写在一张粉红色的卡片上）。

霍姆斯医生给他看病有多长时间啦？

六个星期。

开了一点镇静剂？说没有什么病？啊，是啊（那些家庭医生！威廉爵士想。他得花费一半的时间去纠正他们的错误。有些错误是无法补救的）。

“你参加过大战并获得很高的荣誉是吗？”

病人疑问地重复着“大战”一词。

他给词语加上象征性的意义。一个严重的症状，应记在卡片上。

“大战？”病人问。欧洲战争——那个小学男生们用火药搞的小小喧嚣吗？他参过战得到过荣誉吗？他还真想不起来了。他就是在大战中失败的。

“是啊，他参过战还得到过最高的荣誉，”利西娅肯定地告诉医生，“他得到了晋升。”

“你们办公室的人对你评价很高是吗？”威廉爵士瞟了一眼布鲁尔先生写的充满溢美之词的信，小声问道，“那么说你没有什么可担心的事，没有经济方面的忧虑，什么问题都没有啦？”

他犯过一个可怕的罪，已被人性判处死刑。

“我曾经……我曾经，”他开始说，“犯了一个罪……”

“他没做过任何错事。”利西娅肯定地告诉医生。威廉爵士说，如果史密斯先生愿意等一等的话，他要带史密斯太太到隔壁房间去单独谈一谈。她的丈夫病情非常严重，威廉爵士说，他是不是要挟过要自杀？

对，他是这么说过，她哭了。可他不是真心的，她说。当然不是。只是个休息的问题，威廉爵士说，是休息、休息、休息的问题，长期卧床休息。乡下有一个宜人的疗养所，她的丈夫在那里会受到最好的照料。要离开她吗？她问。很遗憾，是要离开她；我们生病的时候，我们最亲近的人就不适合照顾我们了。可是他没有疯，对吗？威廉爵士说他从来不用“疯”字，他把这叫做失去均衡感。可是她的丈夫不喜欢医生，他不会同意到那儿去的。威廉爵士和善地向她简单解释了病情。他已经说过要自杀了。没有别的办法。这是个法律问题。他将到乡下那所漂亮的房子里卧床休养。那里的护士们是值得称赞的，威廉爵士将每星期去看他一次。如果沃伦·史密斯太太没有别的问题要问的话——他从不催促他的病人——他们就回到她丈夫那边去。她没有什么要问的了——没有什么要问威廉爵士的。

于是他们回到那个全人类中地位最显赫的人身边，那面对法官的罪犯，那袒露在高原上的受害者，那逃亡者，那溺水的海员，那创作了不朽的时间颂歌的诗人，那出生入死的上帝；他们回到塞普蒂莫斯身边，他坐在天窗下的安乐椅上凝视着布拉德肖夫人身穿宫廷礼服的照片，念念有词地谈论着对美的看法。

“我们已经谈完了。”威廉爵士说。

“他说你的病很重，非常严重。”利西娅哭着说。

“我们一直在做安排，让你进一个疗养所。”威廉爵士说。

“去霍姆斯的疗养所吗？”塞普蒂莫斯轻蔑地说。

这个家伙给人极不愉快的印象。因为威廉爵士（他的父亲是商人）很自然地尊重教养和穿着，而破衣烂衫激怒了这种情感；还有更深刻的一方面，威廉爵士一向没有时间读书，因而从内心深处嫉恨某些温文尔雅的人，他们走进他的房间并暗示医生不算受过教育的人，而实际上医生的职业要求所有最高级的官能处于持续紧张的状态。

“是去**我办的**一个疗养所，沃伦·史密斯先生，”他说，“在那里我们将叫你休息。”

还有一件事。

他敢肯定沃伦·史密斯先生在身体好的时候绝不会吓唬他的妻子。但是他已经说过要自杀了。

“我们都有情绪低落的时候。”威廉爵士说。

你一旦跌倒，人性就来攻击你，塞普蒂莫斯对自己重复道。霍姆斯和布拉德肖在攻击你。他们扫荡沙漠。他们尖叫着跑进荒原。扯肢刑架和拇指夹等刑具都用上了。人性丝毫没有同情心。

“他有时会突然冲动吗？”威廉爵士问，他的铅笔停留在粉红色的卡片上。

那是他私人的事，塞普蒂莫斯说。

“谁都不是只为自己活着。”威廉爵士说着瞟了一眼他夫人身穿宫廷服装的照片。

“你有光明的前程。”威廉爵士说。布鲁尔先生的信就在桌子上。“极其光明的前程。”

可是如果他坦白呢？如果他把自己的想法说出来呢？霍姆斯、布拉德肖他们会放过他吗？

“我……我……”他结结巴巴地说。

可是他到底犯了什么罪呢？他想不起来了。

“说呀。”威廉爵士鼓励他。（可是天已经晚了。）

爱情、树木、没有罪恶——他想说的是什么呢？

他想不起来了。

“我……我……”塞普蒂莫斯结结巴巴地说。

“尽可能少想你自己。”威廉爵士和气地说。说真的，他不适合到处乱跑。

他们还有什么问题想问他吗？威廉爵士会安排一切的（他小声对利西娅说），他将在当天傍晚五点到六点之间通知她。

“把一切都交给我吧。”他说，然后把他们打发走了。

利西娅一生中还从来没有，从来没有这么痛苦过。她是来请求帮助的，却遭到了背弃！他辜负了他们的期望！威廉·布拉德肖爵士不是好人。

光是保养那辆汽车他就得花不少钱，他们走到外面大街上时塞普蒂莫斯说。

她紧紧地挽着他的手臂。他们遭到了背弃。

可是她还想再要求什么呢？

对他的病人，威廉爵士已经奉献了三刻钟的时间；再说医疗是颇费精力的科学，毕竟关系到我们不懂的东西，如神经系统、人脑。那么如果医生失去了均衡感，那他作为医生就一事无成。健康是我们必须拥有的，而健康就意味着均衡；因此如果有人走进你的房间说他就是耶稣基督（这是一种普遍的幻觉），说他有信息要传达（这类人通常都有信息要传达），并且威胁说要自杀（正如他们常做的那样），你就必须调动均衡感；命令他们卧床休息，隔离休息，默默地休息，不准会见朋友，不准看书，不准传达信息；要休息六个月，直到入院时体重为七点六斯通的人出院时增加到十二斯通。

均衡，神圣的均衡，是威廉爵士的女神，是他在巡视医院、捕捞鲑鱼、与布拉德肖夫人在哈利街生养儿子的过程中得到的。布拉德肖夫人也常捕捞鲑鱼，还摄影，她的照片与专业摄影师的作品相差无几。威廉爵士靠崇拜均衡不仅自己发家致富，而且使英国繁荣昌盛，他隔离了英国的精神病人，禁止他们生育，宣布绝望也算犯罪，不让病人宣扬自己的观点，直到他们也获得了他的均衡感——如果病人是男人，得到的就是他的均衡感，如果病人是女人，得到的就是布拉德肖夫人的均衡感（她刺绣，织毛衣，每周七天里有四天晚上待在家里陪伴儿子），因此不仅他的同事们敬重他，他的下级惧怕他，而且他的病人的亲朋好友最深切地感激他，因为他坚持让这些预言世界末日或上帝降临的男女耶稣们在床上喝牛奶，按照威廉爵士的命令；威廉爵士有三十年治疗这类病人的经验，还有准确无误的直觉（这个属于疯狂，那个属于理智），即他的均衡感。

但是均衡还有个妹妹，更不爱笑，更加可怕，这个女神如今仍奔忙在印度的酷暑和沙漠中，在非洲的泥潭和沼泽中，在伦敦内外，总之在气候或魔鬼引诱人们背叛真正信仰（即她自己的信仰）的一切地方；她如今仍在忙着掀翻祭坛，击碎偶像，以她自己威严的面容取而代之。她的名字叫劝皈，她吞噬弱者的意志，喜欢留下印记，喜欢强加于人，把自己的面容烙在公众的脸上并洋洋自得。在海德公园的“讲演者之角”，她站在木箱上发表演说；她全身裹着白衣，乔装成博爱，以忏悔的姿态走过许许多多的工厂和议会；她主动提供帮助，但又渴望权力；她把阻碍她前进的持异议者或心怀不满的人统统野蛮地消灭掉；她祝福那些仰望她的眼睛并服帖地从中看见自己光明的人们。这个女神也在威廉爵士心中占有一席之地（利西娅·沃伦·史密斯领悟到这一点），尽管多数情况下她隐藏在某些冠冕堂皇的伪装之下，在某个值得崇敬的名称之下，如爱情、责任、自我牺牲。他是如何地不辞劳苦——四处奔波去募集资金，宣传改革，发起成立慈善机构！但是劝皈，这个贪婪的女神，爱鲜血胜过爱砖瓦，她用最微妙的方法吞噬人类的意志。例如布拉德肖夫人。十五年前她就被征服了。你弄不清是什么原因，当时没有争执，没有吵闹，只是她的意志慢慢下沉，陷入水中，逐渐沉入他的意志之中。她的微笑是甜美的，她的归顺是迅速的；在哈利街寓所举行的宴会上，有八九道菜，有十几个从事专业工作的客人，宴会进行得相当顺利，客人们个个温文尔雅。只是到了后来，她表现出些许迟钝，也许是不安，肌肉紧张地抽动了一下，她胡乱摸索，不断说错话,思路不清,这些迹象表明这位可怜的贵妇人说了谎——这是令人痛心的。很久以前,她曾自由自在地捕捞鲑鱼,可现在为了迅速帮助丈夫实现对于统治和权力的热望(这种热望使他的眼睛放射出狡黠的光芒),她克制,压挤,削减,剔除,退缩,窥视;结果那个夜晚变得极不愉快,尽管人们不清楚是什么缘故,并在人们的头脑里造成这么大的压力(这不妨归咎于关于医学的谈话或一个伟大医生的劳累,用布拉德肖夫人的话来说,他的生命"不属于自己而属于病人"),总之,晚宴极不愉快,因此当客人们在十点的钟声响起时呼吸到哈利街上的空气后甚至狂喜起来;然而这种轻松感他的病人却无法得到。

在那间挂着油画、陈设着贵重家具的灰暗房间里,在那嵌有磨砂玻璃的天窗下,他的病人们了解到自己在多大程度上逾越了规范;他们蜷缩在安乐椅里,观看他为他们而做的一种奇怪的双臂操练,他快速伸出双臂,然后直接收回臀部,目的在于证明(如果病人顽固的话)威廉爵士能够控制自己的行为,而病人却不能。在那里一些意志薄弱者崩溃了,抽泣了,屈服了;另一些人出于一种老天爷才知道的极度的疯狂当面骂威廉爵士是该死的骗子;他们更加邪恶地质问生活本身。他们诘问:为什么要活着?威廉爵士回答:生活是美好的。是啊,布拉德肖夫人穿着饰有鸵鸟毛的服装的照片就挂在壁炉架上方,至于他的收入,每年足有一万二千英镑。但是生活对我们却没有那么慷慨,他们争辩道。他默认了。他们缺乏均衡感。也许根本就没有上帝吧?他耸了耸肩。简而言之,这个活与不活的问题是我们自己的事吧？但是他们想错了。威廉爵士有一个朋友在萨里郡，他们在那里教病人培养均衡感，他坦率地承认那是一门困难的艺术。除此之外，还有家庭亲情、勇气和光辉的事业。威廉爵士是上述这一切的坚强卫士。如果他们失败了，还有警察和社会的善举作他的后盾；在萨里郡，警察和社会善举会很快行动起来，使这些主要由于出身卑贱而形成的不合社会规范的冲动得到控制，他非常平静地说。然后那位劝皈女神便从藏身之地悄然而至，登上她的宝座；她强烈的欲望是压制反对派，将自己的形象不可磨灭地打印在别人的圣殿里。那些疲惫不堪的人们，那些无亲无故的人们，赤身裸体，赤手空拳，他们接受了威廉爵士意志的烙印。他猝然攻击，他贪婪吞食。他把人们囚禁起来。正是这种决断与人性的结合使威廉爵士得到受害者的亲属们的青睐。

但是利西娅·沃伦·史密斯在沿着哈利街回去的路上大声地说她不喜欢那个人。

哈利街的许多时钟在蚕食着这个六月天，把它切成丝，削成片，分割了再分割；它们劝告人们服从，它们维护权威，并以合奏的方式指出均衡感的高度优越性，直到成堆的时间消逝了那么多，一个广告钟宣告现在已是一点半了；这个广告钟悬挂在牛津街一家商店上方，它和蔼地、友善地报时，仿佛免费提供时间信息对里格比-朗兹商店来说是一件快乐的事。

抬起头来可见广告钟上嵌有里格比（Rigby）和朗兹（Lowndes）这两个姓氏的十二个字母，每个字母代表一点钟；你会下意识地感谢里格比和朗兹先生为自己提供了格林尼治天文台认可的时间;而这种感激之情(休·惠特布雷德在橱窗前闲逛,反复思索着)后来很自然地以购买里格比-朗兹商店的鞋袜体现出来。他如此思索着。这是他的习惯。他想得并不太深。他仅仅涉及表面:那些失去生命力的语言,那些活着的人,在君士坦丁堡、巴黎和罗马的生活,曾经骑马、射击、打网球。对他怀有敌意的人断言他目前在白金汉宫担任卫士,穿着长丝袜和齐膝短裤,至于看守什么就不得而知了。但是他的卫士工作干得极其有效率。他漂浮在英国社会的精华之上已有五十五年了。他认识几届的首相。他对他们的深情是一致公认的。如果说他的确没有参加过当代任何一个伟大的运动也没担任过要职的话,他却对一两个小小的改革立下过汗马功劳,改善公共防雨棚是其一,保护诺福克郡的猫头鹰是其二;年轻的女仆们有理由感激他;还有他给《泰晤士报》写了许多信,要求经费,呼吁公众保护和维护环境、清除垃圾、呼吁减少烟尘、消灭公园里的不道德行为,等等,他在这些信函末尾的签名值得人们尊敬。

他的外表也相当引人注目,他此时驻足片刻(在半点报时的钟声消逝时),以批评的、权威的眼光看着那些短袜和鞋子,无可挑剔,十分结实,仿佛他站在某个高度俯瞰世界,并且穿着与之相称的服装;但他意识到,能力、财富和健康带来了许多义务,因而他即便在不十分必要的时候仍一丝不苟地遵守各种小小的礼节,参加各种过时的仪式,因为这些礼仪能给他的举止增色，使人们能模仿他记住他；比如他和布鲁顿夫人已相识二十年了，他每次去参加她的午餐会时总不会忘记伸出手臂献上一束康乃馨，而且不会忘记向布鲁顿夫人的秘书布拉什女士问候她在南非的弟弟。尽管布拉什女士在各方面都缺少女人的魅力，她却出于某种原因非常讨厌他的问候，她说："谢谢你，他在南非干得不错。"而事实上她的弟弟六年来一直在朴次茅斯市干得不怎么样。

布鲁顿夫人本人更喜欢理查德·达洛维。他和休同时到达，他们两人确实是在门前台阶上相遇的。

布鲁顿夫人有理由喜欢理查德·达洛维。他是用更好的材料制成的。但是她不会允许别人贬低她亲爱的休。她永远不会忘记他的慷慨帮助——他确实一直都特别慷慨——她记不起是在什么具体场合。但他确实特别慷慨。不管怎么说，一个人与另一个人并没有多大的差别。她从来不明白贬低别人有什么意思，像克拉丽莎·达洛维那样先贬低别人然后再抚慰他们；反正一个人在六十二岁上是不会那样做的。她接过休送的康乃馨，带棱角的脸上露出一丝威严的笑容。她说没有别的客人了。她托词请他们来是为了让他们帮助解决一个难题——

"咱们还是先吃饭吧。"她说。

于是穿着围裙、戴着白帽的女仆们开始无声地优美地穿梭往来于弹簧门之间，她们倒不一定是贴身女仆，但都是梅费尔区的女主人们在一点半到两点之间导演的神秘剧或大骗局中熟练的演员。通常在那段时间里，挥手之间所有的车辆都停了下来，代之而升起的是这一奥秘的幻觉，首先是关于食品的——吃饭不用花钱；然后餐桌自动地摆满了玻璃杯、银餐具、小衬垫、带有红色水果图案的小碟；再摆上浇着棕色奶油汁的鲆鱼，鸡块在瓷焙盘里游动，普通家庭少见的彩色火焰在燃烧；由于酒和咖啡(都不用花钱)的作用，各种愉快的幻象升起在客人眼前，那些深思的眼睛、悄悄推测的眼睛、看见生活充满音乐和神秘的眼睛，还有被激发起来和善地观察艳美红花的眼睛；那些红色康乃馨已被布鲁顿夫人(她的动作总是带棱带角)放在盘边；于是休·惠特布雷德感到自己与整个宇宙十分和谐并完全确信自己的地位，他放下叉子说：

“这些花衬着你衣服的金边不是会更美吗?”

布拉什女士十分讨厌这种过分亲昵的话。她心想他是个缺乏教养的人。她使布鲁顿夫人大笑起来。

布鲁顿夫人拿起康乃馨，捧着一动不动，与她身后画像中的将军手捧一卷奖状的姿态一模一样；她仍然不动，两眼出神。那么她是那位将军的曾孙女呢，还是玄孙女呢？到底是哪一个呢？理查德·达洛维思量着。罗德里克爵士、迈尔斯爵士、塔尔博特爵士——那就对了。那个家族的面貌特征在女性成员中一直遗传下来，真是太不寻常了。她本人也应是个重骑兵将军。那么理查德就会愉快地服务于她的麾下；他对她最为敬重；他对富有的名门望族老妇人素来持有这样浪漫的看法；他本来会把他结识的一些鲁莽的年轻人带来与她共进午餐，好像她这种类型的人可以从和气的喝茶积极分子当中培养出来似的！他了解她的家乡。他了解她的家族。那里有一棵葡萄藤,至今依然结果,洛夫莱斯①或赫里克②曾在藤下坐过——她自己从未读过一句诗,但传说是这样的。最好是等一会儿再向他们提出那个一直困扰着她的问题(关于向公众呼吁的事;如果写的话,怎样措辞,等等),最好是等他们喝完咖啡,布鲁顿夫人想;于是她把康乃馨放在盘边。

"克拉丽莎好吗?"她突兀地问。

克拉丽莎总说布鲁顿夫人不喜欢她。的确,布鲁顿夫人的名声是众所周知的,她关心政治胜于关心人,说起话来像男人,曾参与策划十九世纪八十年代某个臭名昭著的阴谋,这一事件已开始在回忆录中提及。她的客厅里肯定有一个凹室,里边有一张桌子,上面摆着已故的将军塔尔博特·穆尔的照片;将军曾在那里(在八十年代的一天晚上)当着布鲁顿夫人的面,在她的注视下,也许在她的建议下,起草过一份电报,命令英国军队在某个历史关头向前挺进。(她保存着这支笔并讲述这段往事。)因此,当她信口说出"克拉丽莎好吗?"的时候,丈夫们很难说服他们的妻子相信她竟会对那些常做丈夫绊脚石的女人感兴趣,那些女人常阻挠丈夫接受海外任职,在会议进行中不得不因患流行性感冒被送到海滨去疗养;丈夫们自己无论对她多么忠心也确实暗自怀疑这一点。然而女人们会准确无误地认为她的

---

① 洛夫莱斯(1618—1657),英国诗人、军人、狂热的保王分子。

② 赫里克(1591—1674),英国牧师、诗人,有保王倾向。

“克拉丽莎好吗?”是一个信号,来自一个好心的人,一个几乎沉默的伴侣,她的话(这种话她一生中只说过六七次)标志着对某种女性之间的同志情谊的认同,这种认同深入到男性客人出席的午餐会里并将布鲁顿夫人和达洛维太太(她俩很少见面,见了面都很冷淡,甚至露出敌意)奇特地联结在一起。

“今天早上我在圣詹姆斯公园遇见了克拉丽莎。”休·惠特布雷德说(一面迫不及待地吃焙盘里的菜,急于犒劳自己),因为他只要来一趟伦敦就能同时见到所有的朋友。可是他真贪吃,是她所见过的最贪吃的人之一,米莉·布拉什想,她以一种无畏的坦诚观察男人,并能长期保持忠心,特别是对女性,尽管她脸上有疙瘩和疤痕,棱角突出,全然没有女人的魅力。

“你们知道谁进城了吗?”布鲁顿夫人想到克拉丽莎时突然说,“我们的老朋友彼得·沃尔什。”

他们都微笑了。彼得·沃尔什!达洛维先生是真正的高兴,而惠特布雷德先生一心只想着他的鸡块,米莉·布拉什想。

彼得·沃尔什!布鲁顿夫人、休·惠特布雷德和理查德·达洛维三个人回忆起同一件事——彼得曾经怎样热恋,怎样被拒绝,怎样去了印度,怎样栽了跟头,搞得很糟;而理查德·达洛维倒还很喜欢这个亲爱的老家伙。米莉·布拉什看出来了。她从他的棕色眼睛里看出一种深度,看出他在犹豫,在思考,这引起了她的兴趣(达洛维先生总能引起她的兴趣),因为她想知道他对彼得·沃尔什是怎么想的。

他在想,彼得·沃尔什曾与克拉丽莎相恋过,自己午饭后要直接回去找克拉丽莎,他要用那么多话对她说他爱她。是的,他会这样说的。

米莉·布拉什大概几乎爱上过这些沉默的时刻;而达洛维先生总是那么可靠,还那么有绅士风度。米莉·布拉什现年四十岁了,因此只要布鲁顿夫人点点头或突然扭头,她就能心领神会,无论她如何沉湎于这些想法之中;她以冷静超脱的精神和未受腐蚀的心灵来沉思冥想,不会受生活的欺骗,因为生活没有给予她丝毫有价值的装饰物,没有鬈发,没有微笑,也没有好看的嘴唇、面颊和鼻子,什么都没有;只要布鲁顿夫人点点头,她就会吩咐帕金斯快点送咖啡来。

"是啊,彼得·沃尔什回来了。"布鲁顿夫人说。这使他们所有的人暗自庆幸。他遍体鳞伤,一事无成,又回到他们安全的海岸上。但是,他们想,很难给他帮忙,他的性格有某种缺点。休·惠特布雷德说当然可以向某某人提提他的名字。随后,他故作忧伤地皱起眉头,想着他将给政府各部门的负责人写的那些信,关于"我的老朋友彼得·沃尔什"云云。但是那起不了任何作用,不会有什么根本性的结果,因为他的性格。

"他跟一个女人闹了点儿麻烦。"布鲁顿夫人说。他们早已猜到**那**就是问题的症结所在。

"不过,"布鲁顿夫人说,她急于结束这个话题,"我们要听听彼得本人讲讲整个经过。"

(咖啡迟迟没有端上来。)

"他的地址呢?"休·惠特布雷德低声问道;于是一个微波

立时出现在仆人服务的灰色浪潮之中，这浪潮日复一日地在布鲁顿夫人周围激荡，聚敛着，阻隔着，用一种能解除震惊和缓解干扰的薄膜包裹她，并将一张细网覆盖在这幢坐落在布鲁克街的房子四周；网上嵌着各种各样的东西，花白头发的帕金斯能立刻准确地把它们挑拣出来。帕金斯近三十年来一直跟随布鲁顿夫人，他现在写下那个地址，递给惠特布雷德先生；惠特布雷德掏出笔记本，抬抬眼眉，把它塞进那些最为重要的文件中去，并说要让伊夫琳请彼得吃午饭。

（他们要等惠特布雷德先生收拾好了才送咖啡。）

休的动作很慢，布鲁顿夫人想。她注意到他发胖了。理查德总是保持着良好的身体状况。她逐渐不耐烦起来；她的全身心开始积极地、明确地、专横地排除所有这些不必要的琐事（彼得·沃尔什及其恋爱事件），以便突出她十分关注的话题；那话题不仅占据了她的注意力，还占据了能激发她的灵魂之火的那种特质，即她身上最本质的部分，没有这部分她就不是米莉森特·布鲁顿了。这个话题就是：让出身于有声望家庭的青年男女移居加拿大并为其提供良好发展前景的计划。她夸夸其谈起来。她大概已失去了均衡感。对别人来讲，“移民”并不是个显而易见的解决办法，并不是非常好的创意。对他们（休、理查德，甚至包括忠心耿耿的布拉什女士）来讲，“移民”绝非释放聚集已久的自我主义的好办法；这种自我主义在一个强健、勇武、营养好、出身高贵的女人胸中涌动，她有直接的冲动和直率的情感，但缺乏内省的能力（心宽而单纯——为什么不能每个人都心宽而单纯呢？她问)，青春一旦逝去，她就必须把这种自我主义喷射到某个目标上去——也许是“移民”，也许是“解放”；但不管是什么，她的灵魂每天分泌出精华缠绕着这个目标，使它自然而然地变得五彩缤纷、光彩照人，一半似镜子，一半似宝石；它一会儿小心隐藏起来怕被人嘲笑，一会儿又骄傲地显示自己。总而言之，“移民”已在很大程度上变成了布鲁顿夫人的生命。

但是她必须写信。她常对布拉什女士说，给《泰晤士报》写一封信比组织一次南非远征(她在大战期间曾组织过)还要费力。经过一上午写了开头又撕掉重写的战斗，她常感到自己作为女人的无能，但在任何其他场合她都没有这种感觉，于是她会感激地想起休·惠特布雷德，他精通给《泰晤士报》写信的技巧，没有人能怀疑这一点。

休与她自己禀赋截然不同，他对语言掌握得如此熟练，他能按编辑们的喜好写文章，他有着不能简单称之为贪婪的激情。布鲁顿夫人通常不轻易对男人做出判断，因为她尊重一种神秘的共识：是男人，而不是女人，坚信宇宙的规律，知道怎样书写表达，理解别人说的话；因此如果理查德给她出主意，休给她代笔的话，她肯定能占几分理。所以她让休先吃蛋奶酥，还问候可怜的伊夫琳，等到他们两人都抽上了烟才说：

“米莉，把文件拿来好吗？”

布拉什女士出去又进来，把文件放在桌子上；休掏出自来水笔，他的银质自来水笔；他一面拧开笔帽一面说，这支笔已经为他服务了二十年。这笔依然完好，他曾拿去给制笔工匠们看过，他们说这支笔没有理由磨损；这话在某种程度上是称赞休的，也是称赞他的笔所表达过的那些意见（理查德·达洛维觉得如此）。这时休开始用心地在纸页边缘写着大写字母并在周围画上圆圈，于是他神奇地把布鲁顿夫人的繁乱思绪变成了意义，变成了语法；布鲁顿夫人在观察着这一巨大的变化时感到，这意义和语法是《泰晤士报》的编辑们必须尊重的。休的动作很慢。休很执拗。理查德说，人必须敢冒风险。休则建议作些小小的改动以尊重人们的情感；当理查德大笑时休尖刻地说"必须考虑"人们的情感，随后朗读道："所以，我们的意见是时机已经成熟……我们持续增长的人口中那些富余的青年人……我们感谢那些死者给了我们……"理查德认为这些都是废话蠢话，但也无伤大雅，这是肯定的；休继续按字母表的顺序起草着最崇高的意见，他掸掸西服背心上的雪茄烟灰，不时小结一下他们已取得的进展，最后朗读这封信的初稿，布鲁顿夫人敢肯定这是一篇杰作。她自己的意思听起来能那么好吗？

休不能保证报社编辑一定刊登这封信，但是他将在午餐会上见见某人。

由于这一成果，布鲁顿夫人（她难得干一件优雅得体的事）把休送的康乃馨都插在衣裙前胸，甩出双手叫他："我的首相！"她简直不知道假如没有他们两人她该怎么办。他们站起身来。理查德·达洛维像往常一样慢慢走开，去欣赏那幅将军的画像，因为他有意利用点滴闲暇时间撰写布鲁顿夫人的家史。

米莉森特·布鲁顿为自己的家族感到无比自豪。但是他们能够等待，他们能够等待，她望着画像说；她的意思是她家族里的那些军人、行政官员、海军将官们都是付诸行动的人，他们已尽了自己的职责，而理查德首先要对国家尽责，但他的打算是令人鼓舞的，她说；所有的文件都在奥德米克斯顿为他准备好了，时机到来就可以使用，她指的是将来工党上台的时候。“唉，那些来自印度的消息！”她喊道。

后来，当他们站在门厅里从放在孔雀石桌上的盘子里取出黄手套的时候，休以完全不必要的礼节送给布拉什女士一张没人要的戏票或其他小礼物，而布拉什女士从内心深处讨厌这些，她的脸变成砖红色。理查德手里拿着帽子转向布鲁顿夫人说：

“今天晚上您会光临我家的晚会吧？”布鲁顿夫人一听这话立刻恢复了平日尊贵的神态，那神态曾被写信的事驱散得无影无踪。她可能去，也可能不去。克拉丽莎精力真充沛。晚会使布鲁顿夫人望而生畏。不过，她的年龄是越来越大了。她就是这样站在门口对他们说着心里话，仪容高贵，身板直挺；与此同时，她的中国种狗卧在她的身后，而布拉什女士则捧着文件消失在背景中。

布鲁顿夫人若有所思地、姿态优雅地走回楼上她的房间里，然后躺到长沙发上，一只胳膊伸展开去，她叹了口气，发出呼噜噜的声音，但她没有睡着，只是感觉又困又累，又困又累，犹如这六月天里阳光照耀下的一片苜蓿地，有许多蜜蜂穿梭其间，还有许多黄蝴蝶。她的思绪总会回到德文郡的田野里，她曾在那里骑着小马帕蒂，跟她的兄弟莫蒂默和汤姆一起，跃过一条条小溪。那里有很多狗，有很多老鼠；她父母坐在树荫下的草坪上，茶具都摆在外面，周围是花坛，种着大丽花，以及蜀葵、蒲苇草；他们这些小淘气总是想方设法捣乱！他们穿过灌木丛偷跑回家，以免让人看见，由于恶作剧把全身弄得湿乎乎脏兮兮的。老保姆总是抱怨她弄脏了衣裙！

哎呀，她记起来了——今天是星期三，她是在布鲁克街。理查德·达洛维和休·惠特布雷德两位善良的好人已经在这炎热的白天沿着大街走远了，她仍躺在沙发上，街上的隆隆声传到她的耳边。她有权力，有地位，有收入。她曾生活在她那个时代的最前沿。她有过好朋友，认识那个时代最能干的男人们。低声细语的伦敦向着她滚滚而来，她靠在沙发背上，一只手握住一根想象中的权杖，犹如她的祖先有可能握过的那种，仿佛在举着权杖指挥几个军团挺进加拿大，尽管她又困又累；此时那两个好心人正穿越伦敦，穿越他们的领土，穿越像块小地毯的梅费尔区。

他们离她越来越远，靠一条细线与她相连（因为他们刚才曾与她共进午餐），他们穿过伦敦城时，这条线会逐渐拉长，越来越细；仿佛你的朋友们和你一起吃过午饭后就被一条细线拴到你的身上，这条线（当她在那里打盹的时候）随着报时的钟声和教堂仪式的钟声，变得朦胧起来，正如一线蛛丝被雨点溅湿后为其重量所坠而垂了下去。她就是这样睡着了。

就在米莉森特·布鲁顿躺在沙发上听凭这条细线拉断并打着鼾的时候，理查德·达洛维和休·惠特布雷德正在喷泉街的拐角处迟疑停步。街角上刮过来两股逆风。他们两人注视着一个商店的橱窗；他们既不想买东西又不想谈话，只想分手，他们之所以暂时停下脚步仅仅是因为街角上刮过两股逆风，因为身体里的潮汐出现了某种懈怠，那是由于上午和下午两股势力在旋涡中相会所致。某家报纸的广告牌贸然飞上天空，起初像只风筝，后来停顿片刻，猝然下飞，飘飘摇摇，像一块女人的面纱挂在空中。黄色的遮阳篷在抖动。上午的车流速度减慢了，不时有单人两轮马车漫不经心地沿着空了一半的街道嘎嘎驶过。理查德朦胧地想起，在诺福克郡，一股柔和的暖风把花瓣吹向花心，掀动了水面，吹皱了鲜花盛开的草原。打草的人在上午劳作之后已躺在灌木篱下准备休息，他们扒开绿色草叶构成的帘子，拨开一团团抖动的欧芹仰望天空，那蓝色的、不变的、灿烂的夏日天空。

理查德虽然意识到自己在看着一个詹姆斯一世时代的双柄银酒杯，也意识到休·惠特布雷德正在以鉴赏家的神态有些得意地观赏着一串西班牙项链（想问问价钱，也许伊夫琳会喜欢），但他还是感到木然，既不能思维也不能走动。生活竟然把这些陈年遗物又翻腾出来了；橱窗里充斥着五颜六色的人造宝石，而他竟站着往里面看，像个老年人，由于倦怠而一动不动，由于僵化而拘谨呆板。伊夫琳·惠特布雷德有可能想买这串西班牙项链，很有可能。他得打个哈欠。休走进这家商店。

"行，进去看看！"理查德说，也跟着进了商店。

老天爷知道他并不想跟休一起进去买项链。但是人体里有不同的潮汐。上午总是与下午汇合。犹如一叶扁舟漂浮在深深

的洪水之中,布鲁顿夫人的曾祖父与他的回忆录以及他在北美洲的政治运动曾遭灭顶之灾,沉了下去。米莉森特·布鲁顿也如此。她沉了下去。理查德一点儿都不关心移民运动会有什么结果,不关心那封信,也不关心《泰晤士报》的编辑是否刊登那封信。那串项链在休的令人羡慕的手指间下垂伸展。让他把项链送给一个姑娘吧,如果他必须买珠宝的话——给任何一个姑娘,街上的任何一个姑娘。因为理查德强烈地意识到这种生活是毫无意义的——给伊夫琳买很多项链。假如他有个男孩的话,他就会对他说:工作,工作。但是他只有伊丽莎白,他钟爱他的伊丽莎白。

“我要见杜波奈先生。”休以他简慢的世俗的方式说。看来这位杜波奈先生有惠特布雷德夫人颈围的尺寸,或者,更奇怪的是,他了解她对西班牙首饰的看法以及她有多少这样的首饰(这些休都不记得)。所有这些在理查德·达洛维看来都非常奇怪。因为他从来没给克拉丽莎买过礼物,除了两三年前送过一个手镯以外,而这个礼物却没起作用。她从来不戴。一想起她从来不戴那个手镯,他就感到痛苦。像一根蛛丝在东摇西摆之后搭在一片树叶的尖端,理查德那从倦怠状态恢复过来的心,现在集中到他妻子克拉丽莎身上,彼得曾经那么热恋她;理查德突然幻想看见她就在午餐会上,看见自己和克拉丽莎,看见他们一起的生活;他把那盘旧首饰拉过来,先拿起这个胸针,又拿起那个戒指,“那个多少钱?”他问,但是又怀疑自己的鉴赏力。他真想打开客厅的门进去,手里举着一样东西,一件送给克拉丽莎的礼物。那么送什么好呢？可是休又往前走了。他有一种说不出的傲慢。是啊，在这个店里买过三十五年东西之后，他不能容忍一个不懂业务的小男孩敷衍他。因为杜波奈好像外出了，所以休要等杜波奈先生决意留在店里的时候再来买东西；听到这话那年轻人脸红了，并正经地鞠了一个躬。他的动作十分合乎礼仪规范。然而理查德绝不会说这样的话来保全自己的面子！他不明白这些人为什么竟能容忍那种可恶的怠慢态度。休正在变成一个不能容人的傻瓜。理查德·达洛维和他在一起不能超过一小时，否则就受不了。理查德挥着礼帽告了别，然后在喷泉街的转角处拐了弯，他急切地，是的，非常急切地想沿着那条连结他和克拉丽莎的蛛丝前进，他要直接回到她的身边，回到威斯敏斯特去。

但是他想在进屋时手里拿点东西。拿鲜花好吧？对了，鲜花，因为他不相信自己对金首饰的鉴赏力；多少鲜花都行，玫瑰也好，兰花也好，作为庆祝某件事，你可以随心所欲地设想；庆祝他对她的感情，那感情是在午餐会上谈起彼得·沃尔什的时候油然而生的。他和克拉丽莎从来没有谈过这种感情，多年来他们从未谈过；这是世界上最大的错误，他想，同时捧起刚买的红玫瑰和白玫瑰（裹在薄纸里的一大束花）。每当时机到来的时候，话却突然说不出口了，因为过分害羞而说不出口，他想，一面把刚找回来的六便士或两便士零钱放进口袋，然后紧紧地抱着那一大束花出发去威斯敏斯特，准备献上鲜花并直截了当地用许多话说："我爱你。"（不管她会怎样理解他。）为什么不说呢？

这确实是个奇迹;如果想想大战,想想千千万万可怜的年轻人,他们还有许多岁月没有度过便被铲到了一起,快要被人遗忘了,与此相比,他目前的情况是个奇迹。他在这里穿过伦敦,为了用那么多的话对克拉丽莎说他爱她。你从来没有说过这句话,他想,一是因为懒惰,二是因为羞怯。克拉丽莎——很难想起她;除非在某些突然的瞬间,例如在午餐会上,他很清晰地看见了她,看见了他们的全部生活。他在路口停了下来——他生性单纯,有高尚的道德,因为他曾徒步旅行过也射击过;他固执己见,坚忍不拔,一直在下议院里维护受压迫人民的利益,并按自己的本能办事;他一直保持着单纯,但又变得少言寡语,态度僵硬——他重复道:这是个奇迹;他娶了克拉丽莎,这是个奇迹;他的一生都是奇迹,他想,欲过马路又停下。但是当他看见几个五六岁的小孩自己穿过皮卡德利街时,热血确实沸腾起来。警察应该立刻让车辆停下来。他对伦敦的警察不抱幻想。实际上,他正在搜集他们渎职行为的证据;还有那些卖蔬菜水果的小贩,警察不允许他们把手推车停在街上;还有妓女们,上帝啊,过错不在她们,也不在年轻的男人们,而在我们讨厌的社会制度及其他方面;所有这些他都想到了,可以看出他在思考,他头发灰白,他顽强、整齐、干净,就在他穿过圣詹姆斯公园去告诉妻子他爱她的时候。

他进屋时将用很多的话去表达这个意思。因为从来不表达自己的感情是一千个遗憾,他穿过格林公园时想,同时高兴地观察着许多贫穷的游客全家人一起随便地坐卧在树阴下的情景;

孩子们在向上踢腿，在吸吮乳汁；纸袋扔得到处都是，那些穿制服的胖胖的男人中的任何一个人本来是可以轻而易举地把它们收拾起来的（如果人们提出抗议的话）；因为他主张每个公园和每个广场在夏季时应对儿童开放（公园里的草时而闪亮时而幽暗，映照着威斯敏斯特的穷苦母亲们和满地爬的婴儿们，仿佛有一盏黄灯在他们下面移动）。但是他不知道能为女流浪者们做些什么，比如那个用胳膊肘撑地趴着的可怜的人（她似乎已扑到大地上，割断了一切联系，以便好奇地观察，大胆地推测，思考事物的原因；她粗鲁无礼，嘴唇张开，并且幽默）。理查德·达洛维捧着鲜花，像举着一件武器，他走近那个女人，全神贯注地从她身边经过；但仍有一刹那他们两人之间燃起火花——她见到他时笑了笑，他也和善地微笑并思考着有关女流浪者的问题；但这并不意味着他们会互相说话。可是他要告诉克拉丽莎他爱她，用很多很多的话。他过去曾嫉妒过彼得·沃尔什，嫉妒他和克拉丽莎。但是她常对他说她没有和彼得·沃尔什结婚是对的；这话显然是真心的，他了解克拉丽莎，她需要有人支持。并不是说她很懦弱，但她需要支持。

至于白金汉宫（像一个年老的歌剧女主角穿着一身白衣面对观众），你不能不允许它享有某种尊严，他想，你也不能蔑视它，因为它在千百万人的心目中毕竟是个象征（一小群人正在王宫门前等候国王坐车出来），尽管这很荒唐；一个小孩子用一盒积木搭的房子可能比它还好，他想，一面注视着维多女王纪念雕像（他还记得维多利亚女王戴着牛角边眼镜乘车驶过肯辛顿街），注视着雕像的白色基座，以及那衣裙飘拂的母亲形象；可是他喜欢接受霍萨的后代①的统治；他喜欢连续性，喜欢把过去的传统传下去的感觉。那是他曾生活过的伟大时代。的确，他的生活是个奇迹；他千万要清楚这一点；他正处于生命的最佳时期，正在走向去威斯敏斯特的路上，要回家去告诉克拉丽莎他爱他。这就是幸福，他想。

这就是幸福，他说着，同时走进迪安斯亚德路。大本钟开始敲响了，先是前奏，旋律优美；然后报时，铿锵有力。午餐会总要浪费一整个下午，他想，这时他已离家门不远了。

大本钟的声音涌进克拉丽莎的客厅，她坐在写字台前，心烦意乱，忧虑，恼火。她确实没有邀请埃莉·亨德森参加晚会，但她是故意这样做的。现在马香太太在信中说，她已告诉埃莉·亨德森她会问克拉丽莎的——埃莉是多么想参加啊。

但是她为什么就应该邀请全伦敦城的无聊的女人都来参加她的晚会呢？马香太太为什么要多此一举呢？还有伊丽莎白整天跟多丽丝·基尔曼关在屋里。她简直想象不出比这更令人作呕的事了，在这个钟点和那样的女人一起祈祷。大本钟以它忧伤的声浪淹没了这个房间；声浪退去，然后又积聚力量涌了进来，这时她突然听见一种声音，分散了她的注意力，那是一种摸索抓门的声音。在这个钟点会是谁呢？三点钟，老天爷啊！已

① 霍萨与其兄亨吉斯特曾率领朱特人侵入英国，建立了肯特王国。霍萨于公元455年阵亡。英国维多利亚女王的家族系肯特国王的后裔。

经三点钟啦！大钟以它那铺天盖地的直率与尊严敲了三响；她没有听见别的声音；可是门把手转动了，理查德进来了！多么令人吃惊啊！理查德进来了，双手前伸，举着鲜花，有一次她没能使他满足，那是在君士坦丁堡；而布鲁顿夫人（据说她的午餐会总是极富情趣）没有请她去出席。他举着鲜花——是玫瑰花，红玫瑰和白玫瑰。（但是他无法让自己说出爱她的话；无法用很多话表达自己的感情。）

这些花多么可爱呀，她说着接过了他手中的鲜花。她理解；他不说话她也能理解；他的克拉丽莎。她把鲜花放进壁炉架上的花瓶里。花儿看上去多可爱呀！她说。午餐会有意思吗？她问。布鲁顿夫人问起她了吗？彼得·沃尔什回来了。马香太太来了信。她必须请埃莉·亨德森吗？基尔曼那女人正在楼上。

“让我们坐下来待五分钟吧。”理查德说。

屋里显得空空荡荡。所有的椅子都靠墙放着。他们刚才在干什么呢？啊，那是为晚会做准备；没有，他没有忘记晚会。彼得·沃尔什回来了。啊，是啊，她刚接待了他。他正准备离婚；他爱上了印度那边的一个女人。他一点儿都没有变。她正在那里缝着裙子……

“想起了伯尔顿儿。”她说。

“休刚才也去吃午饭了。”理查德说。她也碰见了他！是啊，他变得叫人无法容忍。总是给伊夫琳买项链；比以前更胖了；一个叫人无法容忍的傻瓜。

“当时我突然想到，‘我本来是有可能嫁给你的，’”她说，想着彼得戴着蝴蝶领结坐在那边的情景，他手里拿着折刀，一会儿打开，一会儿合上，“他就跟从前一样，你知道吗。”

他们在午餐会上也谈到了他，理查德说。（但是他却无法告诉她他爱她。他握着她的手。这就是幸福，他想。）他们刚才在替米莉森特·布鲁顿给《泰晤士报》写信。休只适合干这类事。

“我们亲爱的基尔曼女士呢？”他问。克拉丽莎认为那些玫瑰花非常可爱；起初是聚拢的，现在自动散开了。

“我们刚吃完午饭基尔曼就来了，”她说，“伊丽莎白脸红了。她们两人关在屋子里，我猜她们是在祈祷。”

上帝啊！他不喜欢这个；但是这种事你如果不计较也就过去了。

“她穿着防水布上衣，带着雨伞。”克拉丽莎说。

他还没说“我爱你”呢；但是他握着她的手，这就是幸福，这就是幸福，他想。

“可是我为什么就该请全伦敦的无聊女人都来参加晚会呢？”克拉丽莎说。如果马香太太举行晚会，她是不是**自己**决定邀请哪些客人呢？

“可怜的埃莉·亨德森。”理查德说——真是怪事，克拉丽莎竟会对她的这些晚会如此上心，他想。

但是理查德连一间屋子应该布置成什么样都不知道。然而——他打算说什么？

她若是为这些晚会过分操心的话，他以后就不让她举办晚会了。她是否希望她当初嫁给了彼得呢？但是他该走了。

他该走了，他站起来说。但他又停了一会儿，好像要说什么。她也在寻思他究竟要说什么？为什么？这里有玫瑰花。

“去委员会吗？”他开门时她问。

“亚美尼亚人的事。”他说；或许是“阿尔巴尼亚人”吧。

人都有一种尊严、一种独处的愿望，就是在夫妻之间也存在一道鸿沟；你必须尊重它，克拉丽莎想，眼看着他开了门；因为如果你放弃了它，或违背丈夫的意愿把它从他手里拿过来，那么你就失去了自己的独立和尊严——那毕竟是十分珍贵的东西啊。

他返回来了，抱着枕头和被子。

“午饭后你要彻底休息一小时。”他说。然后他走了。

多么像他平时的样子！他会不断地说“午饭后你要彻底休息一小时”，直到时间终止，因为有一位医生曾这样吩咐过。他平时对医生的话总是句句照办，这是他那可爱的、美好的单纯特质的一个组成部分，没有别人会单纯到如此程度；这种单纯使他去办实事，而她和彼得却为无谓的小事争吵。他已经走在去下议院的半路上了，去找他的亚美尼亚人，他的阿尔巴尼亚人，就在他把她安置在沙发上观看他送的玫瑰之后。人们会说：“克拉丽莎·达洛维被惯坏了。”她关心她的玫瑰胜于关心那些亚美尼亚人。他们是暴行和非正义行为的受害者，受到驱逐，无法生活，惨遭残害，受冻挨饿（她曾听理查德说过不止一次）——不管他们，她对那些阿尔巴尼亚人没有感情，或许是亚美尼亚人吧？但是她爱她的玫瑰花（这难道不能帮助那些亚美尼亚人吗?)——玫瑰是她能忍心见到被剪下的唯一花卉。但是理查德已经到了下议院,正在他的委员会开会,在他解决了她所有的难题之后。可是不对;哎呀,事实并非如此。他并不明白她反对请埃莉·亨德森的理由。她当然会按他的意思邀请她的。既然他拿来了枕头,她就躺下吧……但是——但是——她为什么突然无缘无故地感觉非常烦恼呢?就像一个人不慎将一粒珍珠或宝石掉在草丛里,于是异常小心地分开长长的草叶,一会儿这边,一会儿那边,左找没有,右找没有,最后突然在草根周围看见了,她就是这样细细地审视着一件又一件事;不对,不是因为萨莉·西顿说理查德的脑子是二流的因此永远进不了内阁(她想起了这件事);跟伊丽莎白和多丽丝·基尔曼也没有关系;那些都是事实。也许是因为今天早些时候的一种感觉,某种不愉快的感觉;是彼得说的什么话,再加上她自己的抑郁感,在卧室里摘下帽子的时候;理查德的话又加深了这种感觉,可他说了什么呢?这里有他的玫瑰。是她的晚会!她想起来了!她的晚会!他们两人都很不公正地批评了她,很不公正地嘲笑了她,就因为她的那些晚会。就是这个原因!就是这个原因!

那么,她准备怎样为自己辩护呢?现在她知道了原因,她感到十分快乐。他们认为,或至少彼得认为,她喜欢引人注目,喜欢和名人在一起,喜欢大人物,一句话,她简直就是个势利小人。唔,彼得可能这样想。理查德只是认为她很愚蠢,明知道激动对她的心脏不好,可还是喜欢激动的场面。太孩子气了,他想。他们两个人都错了。她所喜欢的不过是生活本身。

“那就是我举办晚会的原因。”她大声地对生活说。

由于此时她躺在沙发上，像隐居在修道院里，无须承担任何责任，她明显地感受到的“生活”这种东西变成了可触摸的具体的存在，伴随着从充满阳光的街上传来的笼罩一切的声音，伴随着一面低语一面把窗帘吹起来的热风。但是假如彼得对她说，“是啊，是啊，可是你的那些晚会——你的那些晚会究竟有什么意义呢？”她只能说（她不期望任何人明白）：它们是一种奉献；这话听起来极其含混。可是彼得有什么资格总是假设生活会一帆风顺呢？——彼得怎么总是恋爱，总是跟不合适的女人恋爱呢？你的爱情到底是什么？她可能这样问他。她知道他会怎样回答：爱情是世界上最重要的东西，没有一个女人能理解它。好极了。可是又有哪一个男人能理解她的意思呢？关于生活的意义。她不能想象彼得或理查德会无缘无故地费事举办晚会。

但是往深处想，在她的心目中，在人们所说的这些话的下面（这些判断是多么肤浅，多么支离破碎啊！），她称之为生活的东西对她意味着什么呢？啊，很奇怪。某某人在南肯辛顿区；另一个人在贝斯沃特区；另一个人比如说在梅费尔区。她不断地感觉到他们的存在；她觉得那是多大的浪费啊，是多大的遗憾啊，她觉得若能把他们都聚集到一起该有多么好啊；所以她就这样做了。这是一种奉献；去联合，去创造；但这是对谁的奉献呢？

也许是为了奉献而奉献吧。不管怎么说，这是她的天赋。除此以外，她再没有丝毫有用的才能了；她不会思考，不会写作，甚至不会弹钢琴。她分不清亚美尼亚人和土耳其人；她喜欢成功；她憎恨困苦；她必须被人喜欢；她海阔天空地讲废话；时至今日问她赤道是什么，她都不知道。

然而，日子一天一天在流逝：星期三，星期四，星期五，星期六；她仍在早晨醒来，仰望天空，去公园散步，碰见休·惠特布雷德，然后彼得突然来了，然后是这些玫瑰花；这就足够了。在这之后，死亡是多么令人难以相信呀！——难以相信生命必须完结，难以相信全世界将没有一个人知道她曾多么热爱这一切，多么热爱这每分每秒……

门开了。伊丽莎白知道她母亲在休息。她轻轻地走进来。她静静地站着。是不是曾有蒙古人因翻了船而来到诺福克郡沿岸（正如希尔伯里太太所说），后来与达洛维家的女人通了婚，也许是在一百年前吧？因为达洛维家的人一般是黄头发蓝眼睛，而伊丽莎白则相反，她头发偏黑，白净的脸上有一双中国人的眼睛，带有东方人的神秘色彩；她温柔、沉静、体贴人。她小的时候很有幽默感，可是现在十七岁了，她为什么变得非常严肃，克拉丽莎一点儿都不明白；她像一棵包在光亮的绿叶之中的风信子，花苞刚刚露出一点儿颜色，像一棵未经阳光照射的风信子。

她一动不动地站着，看着她的母亲；但门是敞着的，克拉丽莎知道，基尔曼女士就在门外，基尔曼女士穿着防水布上衣，正在听她们说话。

是的，基尔曼女士确实站在半楼梯的驻脚台上，确实穿着防水布上衣；可是她有她的道理。首先，防水布便宜；其次，她已四十出头，她穿衣服毕竟不是为了讨人喜欢。再说她又很穷，穷得潦倒。否则，她不会给达洛维夫妇这样的人干活，不会给有钱人干活，这些人喜欢对人发善心。公正地讲，达洛维先生一直很友善。可是达洛维太太不同。她只是持恩赐态度。她来自所有阶级中最没出息的阶级——富人，而且缺乏文化修养。她家到处都是昂贵的东西：画像、地毯，还有成群的仆人。基尔曼认为她完全有权利接受达洛维一家对她所做的一切。

她曾受过骗。是的，这话并不夸张，因为一个姑娘肯定有权利得到某种幸福吧？可她从来没有幸福过，因为她长得那么笨拙而且又那么贫穷。后来，正当她有可能在多尔比女士的学校里得到发展机会的时候，大战爆发了；再说她又从来不会说谎。多尔比女士认为，基尔曼跟那些对德国人的看法与她相同的人在一起会更快活。她不得不离开学校。她家的祖先是德国人，这是事实；她的姓氏 Kilman（基尔曼）在十八世纪时拼写成 Kiehlman；但是她的哥哥还是被杀害了。他们开除了她，因为她不愿意假装承认德国人都是坏人——她有一些德国朋友，她一生中最幸福的时光是在德国度过的！然而她毕竟能阅读历史。她只好找到什么工作就干什么工作。达洛维先生在她为基督教的教友会工作时遇见了她。他让她教自己的女儿历史（他确实很慷慨）。她还在大学的补习部教一点儿课，等等。后来我们的上帝来到她心里（讲到此处她总要低下头去）。她在两年零三个月前就见到了上帝的灵光。现在她不嫉妒像克拉丽莎·达洛维这样的女人了，她可怜她们。

她从内心深处可怜她们，鄙视她们，此时她站在柔软的地毯上望着那古老的雕版画，上面是个抱着手笼的小女孩。在这一切豪华奢侈仍在不断继续的情况下，还有什么希望能让事态变得好些呢？她不应该躺在沙发上——“我的妈妈在休息。”伊丽莎白刚才说。——她应该在工厂，在工作台后面，达洛维太太以及所有那些贵妇人们！

由于痛苦和极度的愤怒，基尔曼女士在两年零三个月前走进一座教堂。她聆听爱德华·惠特克牧师布道，倾听男孩子们唱赞美诗，看见庄严的光华降临；不知是因为那音乐，还是因为那歌声和布道声（她本人在晚间独自一人时常拉小提琴解闷，可是那声音非常难听；她缺乏辨音能力），当她坐在那里时，在她胸中翻滚涌动的那些激愤难耐的情感逐渐平静下来；她号啕大哭，然后去肯辛顿街惠特克先生家拜访。他说，那是上帝的手。上帝已经给她指出了道路。所以现在每当那些激愤痛苦的情感，如这种对于达洛维太太的仇恨、这种对于世界的怨恨，在她心中翻滚时，她就想想上帝。她就想想惠特克先生。于是愤怒就被平静取代了。一种美妙的感觉充满她的血管，她的嘴唇张开了；她穿着防水布上衣站在驻脚台上，令人望而生畏，她以持续的、带有几分邪恶的平静注视着跟女儿一起走出来的达洛维太太。

伊丽莎白说她忘拿手套了。那是因为基尔曼女士和她的母亲宿怨很深。她看见她们在一起就受不了。她跑上楼去找手套。

但是基尔曼女士不恨达洛维太太了。基尔曼女士把醋栗绿色的大眼睛转向克拉丽莎，观察着她那粉红的小脸、柔弱的身体、精力充沛和打扮入时的样子，心里想：傻瓜！笨蛋！你这个既不懂悲伤又不懂快乐的人，你这个随随便便浪费自己生命的人！她心里油然生出一种征服的欲望，要战胜她，要撕破她的假面。如果她早能把她打倒在地，她早就安心了。但她想降服的，想置于自己统治之下的不是她的身体，而是她的灵魂及其假象。如果她能让她哭，让她破产，羞辱她，让她跪下喊：你是正确的，那该多好！可这是上帝的旨意，而不是基尔曼女士的意志。这应该是宗教的胜利。她就是这样瞪大眼睛怒目注视着。

克拉丽莎确实震惊了。这个女人是个基督教徒！这个女人抢走了她的女儿！她跟一些不可见的神灵有联系！她虽然笨拙、丑陋、平庸，既不和善又不优雅，但她却懂得生活的意义！

“你要带伊丽莎白去百货商店吗？”达洛维太太问。

基尔曼女士说是要去。她们两人站在那里。基尔曼女士并不打算表现得很随和。她一向自食其力。她对现代史的了解极其深刻。她确实从微薄的收入中拿出那么多钱去支持她所信仰的事业，而这个女人什么都不干，什么都不信仰，养育了女儿——啊，伊丽莎白来了，气喘吁吁的，这个美丽的姑娘。

那么说她们要去陆海军百货商店。真奇怪，就在基尔曼女士站在那里的时候（她确实站着，显示出远古战争中身披甲胄的史前怪物所特有的力量和无言的沉默），心中的基尔曼的形象一秒钟一秒钟在消失，仇恨（是恨思想而不是恨人）崩溃了，她失去了恶意和巨大的身形，一秒钟一秒钟地变成了基尔曼女士本人，穿着防水布上衣；对于她本人，老天爷知道克拉丽莎本来是愿意帮助的。

克拉丽莎对着这个正在逐渐缩小的怪物大笑。她笑着说再见。

基尔曼女士和伊丽莎白一起下楼去了。

克拉丽莎突然冲动起来，感到一种强烈的痛苦，因为这个女人正在夺走她的女儿，于是她伏在楼梯栏杆上喊道："别忘了晚会！别忘了我们今天的晚会！"

可是伊丽莎白已经开了前门；一辆小货车正驶过门口；她没有回答。

爱情和宗教！克拉丽莎想着走回客厅，全身感到轻微的刺痛。它们是多么可恶，多么可恶呀！由于基尔曼女士的身躯已不在她眼前，她心中的基尔曼的形象便制服了她。爱情和宗教是世界上最残酷的东西，她想，看见它们笨拙、激动、专横、虚伪、偷听、嫉妒、无限残酷、极不道德、随便地穿着防水布上衣、站在驻脚台上；爱情和宗教。她自己劝皈过任何人吗？她不是希望每个人都保持自己的个性吗？她从窗口望出去看见对过楼里的那位老妇人在上楼梯。她想上楼就让她上吧；让她停一下；然后，正如克拉丽莎经常见到的那样，让她去她的卧室，拉开窗帘，再消失在背景中。不知为什么，她总是敬仰那种景象——那个老妇人望着窗外，丝毫没有意识到别人在看她。那景象里有一种庄严肃穆的东西——可是爱情和宗教会不管不顾地毁掉它，毁掉灵魂的私密性。可恶的基尔曼会毁灭它。然而这却是一种使她想哭的景象。

爱情也有毁灭性。一切美好的东西,一切真实的东西都会消亡。不妨以彼得·沃尔什为例。这里有一个男人,有魅力,有才智,对什么事情都有自己的见解。如果你想了解蒲柏或艾迪生①,或者只是闲聊天,谈人们的长相啦,某些事物的意义啦,彼得比别人知道得都多。正是彼得曾经帮助过她;是彼得曾经借给她许多的书。可是看看他爱的那些女人吧——粗俗、委琐、平庸。想想恋爱中的彼得吧——他过了这么多年来看她,可谈的是什么呢?是他自己。可怕的激情!她想。使人堕落的激情!她想,同时想到基尔曼和她的伊丽莎白正在走向陆海军商店。

大本钟敲响了半点钟。

看着那个老妇人(她们已是那么多年的邻居了)离开窗口是多么不寻常啊,多么新奇,是啊,多么动人,仿佛她与那钟声,与那细线有着千丝万缕的联系。尽管钟身宏大,可与她有联系。那手指下垂,下垂,最后落入平凡的事物中间,使这一瞬间变得庄严肃穆。克拉丽莎想象,那钟声迫使老妇人挪动,迫使她行走——但是走向哪儿呢?当她转过身去并消失之时,克拉丽莎仍用目光尽量跟踪着她,仍能看见她的白帽子在卧室的后边移动。她仍在房间的另一头踱来踱去。克拉丽莎想,为什么还要信条、祈祷词和防水布衣服呢?既然那就是奇迹,那就是奥秘;

① 艾迪生(1672—1719),英国散文家、诗人、剧作家和政治家。

她指的是那老妇人，她仍能看见她从五屉柜走向梳妆台。她仍能看见她。基尔曼会说她已解开了这个至高无上的奥秘，或者彼得会说他已解开了，但克拉丽莎相信他们两人一点儿都不知道怎样解开它；其实那奥秘很简单，不过是：这边是一间屋子；那边是一间屋子。宗教解开它了吗？爱情解开它了吗？

爱情——但是这里的另一个时钟，那个总比大本钟晚两分报时的时钟，用衣服下摆兜着零七八碎的东西蹒跚走来，然后把它们全都倒在地上；仿佛大本钟因为有国王陛下制定法律而运转完全正常，是那么庄严，那么公正，但她却还得记住各种零星小事——马香太太、埃莉·亨德森、盛冰块的玻璃杯——各类零星小事跟随着那庄严的一响竞相蹦跳着涌了进来，那一响钟声就像一道金色平铺在海面上。马香太太、埃莉·亨德森、盛冰块的玻璃杯。她现在必须立即打电话。

那个报时晚的时钟唠唠叨叨烦躁不安地跟在大本钟后面响着，用衣服兜着各种零星杂物。袭来的马车、野蛮的小货车、无数急忙前行的鲁莽的男人和爱炫耀的女人、办公楼和医院的圆顶和尖顶等不断冲撞着衣兜里的零星杂物，把它们打得粉碎，它们的最后的遗物犹如无力的浪花拍打在基尔曼女士身上，而那时她刚好在街上静静地停了一会儿，喃喃自语地说："这是肉体的问题。"

正是这肉体她必须加以控制。克拉丽莎·达洛维侮辱了她。对此她早有思想准备。但是她还没有赢得胜利；她还没有控制住自己的肉体。克拉丽莎曾嘲笑她丑陋、笨拙，曾重新引起她的肉体的欲望，因为她站在克拉丽莎身旁时总是很在乎自己的长相。她也不能像她那样讲话。但是为什么要像她呢？为什么？她从心底里看不起达洛维太太。她不严肃，也不和善。她的生活好似虚荣和欺骗的交织物。然而，多丽丝·基尔曼曾失去过自制。事实上，当克拉丽莎·达洛维嘲笑她的时候，她差一点儿掉下眼泪。"这是肉体的问题。这是肉体的问题。"她沿维多利亚街走去时喃喃地说（她习惯于说出声来），竭力压制这种激烈痛苦的情感。她向上帝祈祷。她对自己的丑陋无可奈何；她买不起漂亮的衣裳。克拉丽莎·达洛维嘲笑过她——可是她在到达邮筒之前要把心思集中到别的事情上。无论如何她现在有了伊丽莎白。但到达邮筒之前，她要想些别的事，她要想想俄罗斯。

她说，如果能住在乡下，正如惠特克先生劝告的那样，在那里与自己对这个世界的强烈怨恨进行斗争该有多么好；这个世界鄙视她，讥讽她，抛弃了她，首先给了她这种耻辱——把这个人们目不忍睹的可憎的身体强加于她。无论她怎样梳理头发，她的前额总像个鸡蛋，光秃秃的，白白的。无论什么样的衣服都不适合她穿。她买哪件都一样。对于一个女人来说，那当然意味着从来不与异性约会。她与任何人竞争都不会得第一。近来她有时觉得，似乎除了伊丽莎白之外吃饭就是她全部的生活目标，她的舒适的生活条件、她的正餐、她的午茶、她夜里用的暖水袋。但是一个人必须斗争，必须征服，必须信仰上帝。惠特克先生曾说她来到世界上是为了某个目的。可是谁都不了解这种痛苦！他指着圣像十字架说：上帝了解。可是她为什么就得受苦，而别的女人，例如克拉丽莎·达洛维，就能逃脱呢？知识来自苦难，惠特克先生说。

她已走过了那个邮筒，伊丽莎白也已转身进了陆海军百货商店内棕色凉爽的烟草部，这都发生在她仍念叨着惠特克先生关于知识来自苦难的话以及她关于肉体的思考的时候。“肉体。”她喃喃地说。

她想去哪个柜台？伊丽莎白打断了她。

“衬裙部。”她突兀地说，大踏步直奔电梯走去。

她们来到楼上。伊丽莎白领着她往这儿往那儿，在她心不在焉的情况下领着她走，仿佛她是个大孩子，是一艘笨重的战舰。这些是衬裙，棕色的、典雅的、条纹的、轻浮的、结实的、薄透的；她心不在焉地很傲慢地挑选着，女售货员心想她一定是疯了。

在她们包装衬裙时，伊丽莎白不明白基尔曼女士到底在想什么。她们得吃茶点了，基尔曼女士说，她此时如梦初醒，打起了精神。她们去吃茶点。

伊丽莎白心想基尔曼女士真饿了吗？她吃东西的姿态就是这样，使劲地吃，然后盯着邻桌盘子里的甜蛋糕，看了又看；后来一个妇人和一个孩子坐下了，那孩子拿起蛋糕时，基尔曼女士会在意吗？是的，她确实在意。她原想要那块蛋糕的——那块粉红色蛋糕。吃东西的乐趣大概是她仅存的一点儿纯粹的乐趣，然而就连这点乐趣她都很难得到！

她曾对伊丽莎白说过，人们在过得好的时候都有所储备，以便日后使用，而她则像个没有车胎的车轮（她喜欢使用这种比喻），一个小石头子就能使它颠簸震颤——她常这样说，她课后没有马上走，就站在壁炉旁，拿着一提袋书，就是她所谓的“书包”，在星期二上午，下课以后。她也谈到了世界大战。毕竟有人认为英国人绝非一贯正确。有许多的书。有许多的会议。有许多其他的观点。伊丽莎白愿意跟她一起去听某某（一个仪表堂堂的老人）讲话吗？然后基尔曼女士带她去肯辛顿的一个教堂，和一位牧师一起吃茶点。她曾借给她很多书看。法律、医学、政治，所有的职业都对你们这一代妇女敞开了大门，基尔曼女士说。可是就她自己来说，她的事业完全被毁掉了，这是她的过错吗？天啊，不是，伊丽莎白说。

她母亲会进来告诉她从伯尔顿送来一大篮子东西，并问：基尔曼女士想要鲜花吗？虽然她对基尔曼女士总是非常非常和善，可是基尔曼女士却把那成把的鲜花捏得粉碎，也不与她寒暄；所有基尔曼女士感兴趣的事她母亲都厌烦，她们两人在一起总是别别扭扭的；基尔曼女士秉性傲慢，相貌平庸，但聪明得惊人。伊丽莎白过去从来没有想到过穷人。她家要什么有什么——她母亲每天在床上吃早餐，由露西给送上楼；她喜欢老妇人，因为她们都是公爵夫人，是某个勋爵的后裔。但基尔曼女士说（在某个星期二上午下课之后），“我祖父过去在肯辛顿有一个油画颜料商店。”基尔曼女士和她所认识的人都不一样，她让你感到自己是那么渺小。

基尔曼又喝了一杯茶。伊丽莎白笔直地坐着，举止像东方人，带有不可思议的神秘色彩；不要，她什么也不要了。她在找她的手套——那副白手套。它们在桌子底下。啊，但是她不能走！基尔曼女士不能让她走！这个年轻人，是那么漂亮；这个姑娘，她真心喜欢她！她的一只大手在桌子上一张一合。

可是伊丽莎白不知怎的似乎觉得有点儿乏味。她真的想走。

但是基尔曼女士说："我还没喝完呢。"

当然，伊丽莎白会等她的。但是屋里实在闷得慌。

"你今晚去参加晚会吗？"基尔曼女士问。伊丽莎白说她想去；她母亲希望她去。她不应该让晚会耗费她的精力，基尔曼女士说，手里捏着一块手指形巧克力小酥饼剩余的两英寸饼根。

她不大喜欢聚会，伊丽莎白说。基尔曼女士张开嘴，微微向前探探下巴，把那点剩余的巧克力酥饼吞了下去，然后擦了擦手指头，把杯子里的茶晃了晃。

她觉得她快要粉身碎骨了。太痛苦了。如果她能抓住她，如果她能紧紧抱住她，如果她能绝对地、永远地拥有她，然后再死，那该多好；那是她最大的愿望。但是坐在这里，想不出什么好说的，眼看着伊丽莎白转而反对自己，就连她都讨厌自己了——这太过分了，她受不了。她那粗壮的手指握在一起。

"我从来不参加晚会，"基尔曼女士说，目的只是不让伊丽莎白走，"人们从来不邀请我参加晚会。"——说这话的时候她知道这种自负正是使她失败的原因；惠特克先生曾警告过她；但是她无法控制自己。她遭了那么多的罪。“他们为什么要请我呢?”她说，“我长相一般，我又不快乐。”她知道这是傻话。然而是所有那些过路的行人——那些拿着大包小包的瞧不起她的人们——使她不得不这样说。不过，她毕竟是多丽丝·基尔曼。她有学位证书。她是在这个世界上已经有所作为的女人。她那丰富的近代史知识非常令人敬佩。

“我并不可怜自己，”她说，“我可怜”——她想说“你的母亲”，但是不行，她不能说，不能对伊丽莎白说这话。“我可怜别人胜过可怜自己。”

伊丽莎白·达洛维静静地坐着，像一头不会说话的牲口，不知为什么被带到大门口，站在那里急切地要冲出去。基尔曼女士还打算接着说下去吗?

“别把我给忘了。”多丽丝·基尔曼说；她的声音在颤抖。那头不会说话的牲口，惊恐万状地跑向田野尽头。

那只大手张开又合上。

伊丽莎白转过头去。女侍者过来了。伊丽莎白说，她得到收银台去付账，于是走开了，基尔曼女士觉得她这一走似乎把自己的内脏给拉了出来，她在穿过房间的时候把它们拉得很长，最后她转过身来，然后很有礼貌地点了点头就离开了。

她走了。基尔曼女士坐在摆满巧克力酥饼的大理石桌子旁，忍受着痛苦的撞击，一下，两下，三下。她走了。达洛维太太胜利了。伊丽莎白走了。美人走了；青春走了。

她就这样坐了一会儿。她站起身来，在小桌子中间笨拙地走着，身体轻微地左右摇摆，有个人拿着她买的衬裙追了过来；她迷了路，走进了一堆准备发往印度的衣箱中间，后来又走进产妇用品和婴儿床单中间；她摇摇摆摆地走过世界各国生产的商品，有易腐烂的，有能永久保存的，火腿、药品、鲜花、文具，散发着各种不同的气味，一会儿是香味，一会儿是酸味。她从一面大镜子里看见自己歪戴着帽子摇晃走路的形象，脸色通红，从头到脚都映在镜子里；她终于走出商店来到大街上。

威斯敏斯特天主教堂的钟楼耸立在她面前，那是上帝的住所。在这繁忙的车流之中，竟有上帝的住所。她拿着包裹顽强地走向另一个庇护所，即威斯敏斯特教堂，进去后她用双手在脸上搭起凉棚，挨着那些像她一样不得不进来寻求庇护的人们坐下；那些形形色色的朝圣者们现在已失去了社会地位的差别，几乎分不清是男是女，因为他们用双手在脸上搭起了凉棚；可是他们一旦把手放下，立即就成了虔诚的英国中产阶级的男士女士，他们中有些人很想参观那些蜡像。

但基尔曼女士的手还搭在脸上。一会儿人们离她而去；一会儿又有人来与她做伴。新的朝圣者从街上进来取代了那些闲逛者；当人们向四周凝望并拖着脚步走过无名武士墓时，她仍然用手指挡住双眼，努力在这双重的黑暗中（因为教堂里只有虚幻的灵光）寻求那超越虚荣、欲望和商品的理想，消除自身的恨与爱。她的手不由自主地抽动着。她似乎在挣扎。然而，对别人来说上帝是能够接近的，而且通向他的道路是平坦的。曾在财政部工作现已退休的弗莱彻先生、著名的王室法律顾问的遗孀戈勒姆太太都轻而易举地接近了上帝，他们祈祷过后便靠在椅背上欣赏音乐（管风琴高奏出甜美的乐曲）；他们看见坐在同一排边上的基尔曼女士在祷告呀祷告，他们因为自己仍徘徊在阴间的门口，所以很同情她，认为她也是经常出没于同一地域的灵魂，是个用非物质材料剪裁而成的灵魂，不是个女人，而是个灵魂。

但是弗莱彻先生得走了。他不得不从她身边经过，由于自己衣着整洁、容光焕发，他不禁感到有些沮丧，因为这个可怜的女人衣冠不整，披头散发，包裹就放在地上。她没有立即给他让路。但当他站在那里环顾四周，凝视着那白色的大理石、灰色的玻璃窗和那多年积聚起来的宝贵文物的时候（要知道他为这教堂格外感到自豪），他看到她坐在那里不时地挪动膝盖（她接近上帝的道路是如此坎坷——她的世俗欲望是如此顽强），她那粗大健壮的身材和内在的力量给他留下深刻的印象，正如她曾给达洛维太太（她那天下午无法使自己忘掉她）、爱德华·惠特克牧师和伊丽莎白也留下深刻的印象一样。

伊丽莎白在维多利亚街等候公共汽车。来到户外多么好啊。她想也许不必现在就回家。来到露天地里多么好啊。因此她要乘公共汽车。就在她穿着剪裁得体的衣服站在那里的时候，那一套正在开始……人们开始把她比做白杨树，比做黎明，比做风信子花，比做幼鹿，比做流水，比做庭院里的百合花；这使她的生活成了她的负担，因为她是那么喜欢待在乡下，不受干扰,想干什么就干什么,可他们总是把她比做百合花,她不得不去参加各种聚会;比起她和父亲及小狗在乡下的宁静生活,伦敦又是那样沉闷乏味。

公共汽车一辆辆飞快驶来,停下,又开走——色彩异常鲜艳的车队,闪耀着红色和黄色的光泽。可是她应该上哪一辆呢?上哪一辆都无所谓。当然啦,她是不会往车上挤的。她趋向于被动。虽然她所需要的是表情,但她的眼睛很好看,是中国式的东方人眼睛,而且,正如她母亲所说,她有那么健美的双肩,而且身板挺得那么直,看上去总是那么有魅力;近来,特别是在晚上,当她有兴致的时候(因为她似乎从来没有激动过),她看上去几乎是美丽的,非常庄重,非常安详。她可能在想些什么呢?每一个男人都爱上了她,而她确实感到非常厌烦。因为那一套正在开始。她母亲看得出来——那些赞美之词开始了。她对这类事没有太大的兴趣,例如她不讲究穿着,这虽然有时使克拉丽莎担忧,但这种担忧也许就跟担忧那些小狗和荷兰猪都要患瘟病没有什么两样,而且还使她具有魅力。还有她和基尔曼女士的奇怪的友谊。是啊,这证明她还是有感情的,克拉丽莎在凌晨三点因睡不着觉而读马博特男爵的书时这样想。

突然间,伊丽莎白向前迈步,很利索地登上了公共汽车,赶在所有人的前面。她在上层找了个座位坐下。那鲁莽的家伙——那海盗船——启动前行,不停地跳跃;她不得不拉住扶手以保持平衡,因为它是一只海盗船,鲁莽、肆无忌惮,毫不留情地逼近,冒着危险躲闪,无礼地抓起一个乘客,或根本不理会一个乘客，高傲地像鳗鱼一样在空隙中挤来挤去，然后鼓起所有的风帆目空一切地沿白厅街冲去。伊丽莎白这会儿是否想到可怜的基尔曼女士了呢（基尔曼女士毫无嫉妒之心地爱着她，把她看做旷野里的小鹿，林间空地上空的月亮）？她很高兴今天这样自由自在。清新的空气是那么宜人。刚才在陆海军商店里闷得难受。现在就像骑着马沿白厅街跑去。这个穿着小鹿皮色外套的美丽身躯随着汽车的每一下颠簸自然地晃动，好似骑手，好似船头上的木雕破浪女神，因为微风稍稍吹乱了她的头发；热气使她的面颊变得苍白，好似涂了白漆的木头的颜色；她那双美丽的眼睛因为没有别人的眼睛可对视而凝望着前方，茫然而明亮，具有雕像特有的那种凝神注视和令人难以置信的天真。

基尔曼女士总是谈论自己所受的痛苦，这使她如此难以相处。那么她说得对吗？如果说参加委员会的工作，每天牺牲几个小时（她很少在伦敦见到他）就算帮助穷人的话，她的父亲就是这样做的，天知道——那是不是基尔曼女士所说的"当基督徒"的意义；但是那很难说。啊，她还想再走远一点儿。去河滨街站要加一便士吗？那给你一便士。她要去河滨街。

她喜欢生病的人。各种专业性的职业都对你们这一代妇女开放了，基尔曼女士说。所以她有可能成为医生。她有可能成为农场主。动物常常生病。她有可能拥有一千英亩土地，手下有很多人。她将到他们住的小房子里去看他们。这里是萨默塞特宫。她有可能成为非常好的农场主——说来奇怪，这个想法虽然跟基尔曼女士的话有点儿关系，但几乎完全得益于萨默塞特大厦。它看上去是那么辉煌，那么庄严，那座灰色的宫殿。她喜欢人们工作时的感觉，她喜欢那些教堂，像各种形状的灰色纸片，抵挡着河滨街上的车流。这里和威斯敏斯特不一样，她想，一面在法院街下了车。这条街是那么严肃，那么繁忙。一句话，她想从事专业性的工作。她会成为医生，成为农场主，如果她认为必要的话，有可能进议会，她产生这些想法都是因为来到了河滨街。

那些人四处奔走，忙于各种活动，他们的手在垒着一块块石头，心里想的不是无谓的闲谈（把女人比做白杨——这当然激动人心，但非常愚蠢），而永远是轮船、商务、法律、行政管理；这里的一切是那么庄严（她在圣殿里）①，那么欢快（有泰晤士河），那么虔诚（有圣殿教堂），使她下定决心要当农场主或医生，不管母亲会怎么说。可是当然啦，她很懒惰。

这事最好对谁也别提。它似乎很愚蠢。这种情况有时的确会发生，在你一个人的时候——那些没有建筑师署名的大楼，那些从城里回来的人群，比肯辛顿区的单个牧师更有力量，比基尔曼女士借给她的任何一本书更有力量，能激发躺在流沙般的心底里沉睡的笨拙而羞怯的东西，能破开表层，犹如一个小孩突然

① 圣殿系伦敦“金融城”内的一组古建筑，伦敦的四大律师学院就坐落在那里。

伸直胳膊;正是那种东西,也许是一声叹息、双臂的伸出、一种冲动、一种启示,产生出永恒的效果,然后又回落到流沙般的心底里。她必须回家。她必须换装参加晚宴,可是现在几点啦?——哪里有钟表?

她望着舰队街。她朝着圣保罗大教堂走了一小段路,她感到羞怯,像一个人在夜间手持蜡烛踮起脚尖深入探索一幢陌生的房子,心情非常紧张,害怕房东会突然推开卧室的门问她是干什么的;她也不敢贸然走进古怪的小巷和诱人的小街,如同一个人在一所陌生的房子里不敢贸然开启屋门,那可能是卧室门、客厅门,也可能直通食物储藏室。因为达洛维家没有一个人每天都来河滨街;她是个开拓者、流浪者,敢于冒险,易于轻信别人。

她母亲觉得,她在很多方面极不成熟,仍像个孩子,离不开玩具娃娃,喜欢穿旧拖鞋,是个十足的婴儿;这倒很有魅力。可是当然啦,达洛维家族一向有为公众服务的传统。这个家族的女成员中,出过很多女修道院院长、学院院长、女校的校长、高级官员等——她们当中没有一个人非常聪明,但都很有魅力。她朝着圣保罗大教堂的方向又走了一小段路。她喜欢这喧哗声里传出的善意、姐妹之情、母爱之情和兄弟之情。她觉得这声音似乎很不错。嘈杂的声响非常之大;突然间,在喧哗声中又传来小号的高声齐鸣,急促刺耳(是失业者们);那是军乐,仿佛人们在齐步前进;然而假如他们濒临死亡——假如某个女人刚刚咽了气,刚刚完成了那一极其尊严的举动,而守护着她的人,不管是谁,只要打开那个房间的窗户俯视舰队街,那喧嚣声、那军乐声就会洋洋得意地向着他扑面而来,既表示安慰,又表示冷漠。

那声响并无意识。它并不表示对一个人的运气或命运的认可;正因为如此,就是对于那些想从死者脸上寻觅最后一丝意识而又感到茫然的人们,它仍然带来了慰藉。

人们的健忘可能有伤害作用,人们的忘恩负义可能有腐蚀作用,但是这年复一年无休止涌进来的声音会把任何东西都带走的,无论是这个誓言、这辆小货车、这条生命,还是这个游行队伍,会把它们统统包裹起来带走,犹如在冰川的汹涌水流中冰块裹挟着一块白骨、一个蓝色花瓣、几棵橡树顺流滚滚而下。

但是现在的时间比她想的要晚。她母亲不喜欢她这样独自在外面闲逛。她转身沿河滨街向回走。

一阵风(尽管天很热,风还是不小)将一块薄薄的黑纱吹盖到太阳上,吹临河滨街上空。因为虽然那些云彩像白色的山峦,使人想象能用斧头砍下坚硬的碎片,而且两边有辽阔的金色山坡,是天堂乐园的草坪,酷似因众神集会议事而聚集到一起的居所群落,但是云彩之间仍然存在着一种永不停息的运动。仿佛为了完成某个既定的计划,一会儿一个云峰变小了,一会儿一整块静止的金字塔大小的云彩原封不动地移到中天,或庄重地带队来到新的停泊地,这时各种征兆相互转换了。虽然那些云彩似乎空前一致地坚守岗位,一动不动,但是那雪白的或金光闪烁的表层则比什么都显得清新、自由、灵敏;有可能立刻变化,移动,并使那庄严的居所群落解体;尽管那些云彩庄重地固守岗位,尽管它们积聚得坚实无缝,但仍给大地一会儿带来光明,一会儿带来黑暗。

伊丽莎白·达洛维平静地、利索地登上了开往威斯敏斯特的公共汽车。

那光和影忽而把墙壁变成灰色，忽而把香蕉变成鲜黄色，忽而把河滨街变成灰色，忽而又把公共汽车变成鲜黄色；现在那光和影似乎来来去去，在招手示意，这是塞普蒂莫斯·沃伦·史密斯的感觉，他正躺在客厅里的沙发上，观察着那似水的金光在壁纸上不断地闪亮而后暗淡，犹如停留在玫瑰花丛中的某个生灵那样敏感得惊人。在室外，树木拖着无数的叶子通过空间的深处，像拖着许多张网；房间里可以听到水声，透过波浪传来阵阵鸟儿的歌声。每一种力量都将自己的宝藏倾倒在他的头上，他的一只手放在沙发背上，酷似他在海里游泳时见到自己的手的样子，漂浮在波浪之上，与此同时他听见遥远的岸上有几只狗在叫，叫声越来越远。无须再怕，身体里的心儿在说；无需再怕。

他并不害怕。每一个瞬间，“大自然”都用某种带有笑意的征兆，如那个在墙上旋转的金色光点来暗示——注意，注意，注意——她表达自己旨意的决心，通过挥动她的羽毛，摇动她的长发，向两边舞动她的披风，很美妙，总是很美妙，并站得很近，用拱起的双手低声说出莎士比亚的诗句，表达她的意思。

利西娅坐在桌旁一面折着手中的帽子一面观察着他，看见他在微笑。这么说，他很快活。但是她看见他微笑就受不了。这不是正常的夫妻关系；为人夫者不应该是那副怪样子，他总是惊跳起来，哈哈大笑，或一连几小时坐着沉默不语，或拽住她让她代笔写东西。这桌子的抽屉里装满了那些作品，关于战争，关于莎士比亚，关于许多伟大的发现，以及如何没有死亡。最近他常无缘无故地突然激动起来（霍姆斯医生和威廉·布拉德肖爵士都说激动对他来讲是最糟糕的事），而且挥着两手大喊他明白了真理！他什么都明白！他说，那个男人，他那已阵亡的朋友埃文斯来了。埃文斯就在屏风后面唱歌。她记录下他的原话。有些东西写得很美，其他的不过是一派胡言。他总是半截停下，改变思路，想加上点什么，听见了新的信息，举起一只手倾听。可是她什么都听不见。

有一次他们发现打扫客厅的年轻女仆在读这些作品，发出阵阵笑声。这是个可怕的遗憾。因为那使塞普蒂莫斯大声慨叹人类的残酷——他们无情地相互攻击。他说，他们把战败者彻底毁灭。“霍姆斯在向我进攻。”他常说，他还时常编造有关霍姆斯的故事：霍姆斯喝麦片粥，霍姆斯读莎士比亚——逗得自己哈哈大笑或使自己勃然大怒，因为在他看来霍姆斯似乎代表着一种可怕的东西。他把霍姆斯叫做“人性”。此外还有许多幻象。他常说他溺水了，躺在悬崖上，鸥群在上方尖叫。他时常从沙发边上往下看，是在看海。有时他听见了音乐声。实际上只不过是转筒风琴声或街上某个男人的喊声。可是他总说：“多美啊！”然后眼泪就顺着面颊流了下来；这在她看来是最最可怕的事，看着一个像塞普蒂莫斯这样参过战、表现勇敢的男人痛哭流涕。他常躺着倾听，然后会突然惊叫说他在跌落，跌进火焰里去！她真的会环顾四周寻找火焰，因为他说得那么煞有介事。

可是什么都找不到。屋子里只有他们两人。她会告诉他那是个梦，终于使他安静下来，但有时她自己也被吓坏了。她缝着帽子，叹了口气。

她的叹气声轻柔而愉悦，好似晚间外面树林里的风。她一会儿放下剪刀，一会儿转身从桌上拿起什么。就在她坐着缝纫之时，随着轻微的移动、轻微的窸窣声、轻微的拍打声，桌子上就出现了做出的东西。他透过眼睫毛可以看见她那模糊的轮廓，那娇小黝黑的身体、她的脸和手，还可以看见她在桌旁转身的动作，那是她在拿起一轴线或是在寻找丝绸（她总是丢三落四的）。她在为菲尔默太太已出嫁的女儿做一顶帽子，那女儿的名字是——他已经忘记了。

“菲尔默太太那结了婚的女儿叫什么名字？”他问道。

“叫彼得斯太太。”利西娅说。她恐怕帽子做得太小了，她举着帽子说。彼得斯太太个子高大，但她不喜欢她。只是因为菲尔默太太一直对他们那么好——“今天早上她给了我很多葡萄。”她说——所以利西娅才想做点儿什么来表示他们的感激之情。前天晚上她走进屋来发现彼得斯太太（她以为他们出去了）在使用留声机。

“是真的吗？”他问。她在用留声机？是啊，她当时曾告诉过他；她曾发现彼得斯太太在用留声机。

他开始小心翼翼地睁开眼睛，想看看那里是否真有一台留声机。但是真实的东西——真实的东西让人过分激动。他必须十分小心。他不想发疯。他先看看架子底层的时装图样，然后逐渐地把目光移到带有绿色喇叭的留声机上。没有什么能比这再真切的了。于是他鼓起勇气看看餐具橱，看看那碟香蕉，看看维多利亚女王及其丈夫的雕版像，就在壁炉架上，和那瓶玫瑰在一起。这些东西都没有动。它们都是静止的；它们都是真实的。

“她是个爱用恶语伤人的女人。”利西娅说。

“彼得斯先生干什么工作？”塞普蒂莫斯问。

“唔。”利西娅说，她在努力回忆。她记得菲尔默太太说过他为某个公司外出办事。“目前他在霍尔市。”她说。

“目前！”她说这个词时带有意大利口音。那是她亲口说的。他用手遮住眼睛，这样每次只能看见她脸上的一部分，先是下巴，再是鼻子，然后是前额，以防她的脸万一长得畸形或有可怕的疤痕。可是没有，她就在那里，十分自然，缝着帽子，像别的女人一样噘着嘴唇，一副缝纫的姿态，表情忧伤。可是她的脸上并没有什么可怕的东西，他一次又一次看她的脸和手并肯定地对自己说，因为她在大白天坐着缝纫的时候能有什么让人害怕或讨厌的呢？彼得斯太太爱恶语伤人。彼得斯先生在霍尔市。那自己为什么要生气，为什么要预言呢？为什么要逃跑，受苦，又被世人遗弃呢？为什么让云彩吓得浑身发抖并哭泣呢？在利西娅坐着往衣裙前襟插大头针的时候，在彼得斯先生在霍尔的时候，自己为什么要追求真理并传达信息呢？奇迹、痛苦、孤独感都掉进了大海，掉呀，掉呀，掉进了火焰里，一切都被烧毁了，因为当他看着利西娅修整那顶给彼得斯太太做的草帽时感觉像一块点缀着花朵的床罩。

"这帽子给彼得斯太太戴太小了。"塞普蒂莫斯说。

多少日子以来他这是第一次像往常那样说话！确实太小——小得可笑，她说。可那是彼得斯太太自己定的尺寸。

他从她手中拿过帽子。他说这帽子只能给转筒风琴演奏者的小猴子戴。

这让她多么高兴啊！已经有好几个星期了，他们没有这样一起放声大笑过，没有像结了婚的人那样私下开玩笑。她是说，如果菲尔默太太这时走进来，或彼得斯太太或别的什么人这时走进来，她们不会明白她和塞普蒂莫斯在笑什么。

"看呀。"她说，把一朵玫瑰花插在帽子的一边。她从来没有这么幸福过！一生当中从来没有过！

可是那样更可笑，塞普蒂莫斯说。现在那可怜的女人会像展览会上的一头猪。（还从来没有一个人像塞普蒂莫斯这样逗她发笑。）

她的针线盒里都有什么呢？她有许多丝带和珠子、流苏和假花。她把这些东西一股脑儿地倒在桌子上。他开始把颜色不协调的装饰物放在一起——要知道他虽然手笨，连包裹都包不上，但他有很好的眼光，而且常常看得很准，当然有时也荒谬，但有时确实看得非常准。

"她将会有一顶漂亮的帽子！"他低声说，拿起这个，又拿起那个，利西娅跪在他的身边，从他肩上望过去。现在完成了——就是说设计完成了；她必须缝到一起。但是她必须非常非常小心，他说，要保持他原来设计的样子。

她就按他的要求缝了起来。他想,她缝帽子的时候,有一种像水壶在炉架上发出的声音;像冒泡声,像低语声,她又小又尖的手指头很有劲,总是忙着捏呀捅呀,她的针不停地闪闪发光。尽管阳光忽隐忽现,照在流苏上,照在壁纸上,但是他愿意等待,他想,一面伸出双脚,看着沙发另一头自己脚上的带环纹的短袜;他愿意等待,在这个温暖的地方,在这个静止的气潭中;晚上你有时会在树林边缘遇到这种现象,因为地面的突降或树木的分布格局(人必须首先讲究科学,要讲科学)使暖气滞留不散,而且空气像鸟的翅膀扑面而来。

"做好了,"利西娅说,一面用手指尖挑着彼得斯太太的帽子不停地旋转,"暂时就这样吧。过一会儿……"她的话淙淙流淌,滴滴答答,像一个开着的水龙头,心满意足地淌着水。

太好了。他还从来没有做过使他感到那么自豪的事。彼得斯太太的帽子是那么真实,那么实在。

"看看这帽子吧。"他说。

是啊,看见那帽子她总会感到高兴的。他又恢复了先前的样子,他刚才笑了。他们刚才一直单独在一起。她会永远喜欢这顶帽子。

他让她试试帽子。

"我一定显得很怪!"她喊道,同时跑到镜子前面,先看看这边,再看看那边。然后她很快地把帽子摘下来,因为有人敲门。会是威廉·布拉德肖爵士吗?难道他已经派人来了吗?

不是他!是那个小女孩,来送晚报。

他们生活中一向发生的事,即每天晚上都发生的事,又发生了。那个小女孩站在门口,吸着大拇指;利西娅跪下来,哄着她,亲着她;利西娅从桌子的抽屉里拿出一包糖果。因为一向都是这样的。先做一件事,再做另一件。她就是这样一步一步地构筑生活,先做一件事,再做另一件。她和小女孩在屋子里转着圈跑,又蹦又跳。他拿过报纸。他读道:萨里队大败。热浪滚滚来。利西娅重复着:萨里队大败。热浪滚滚来。她把这话编进游戏里,跟菲尔默太太的外孙女一起玩,两个人边说边笑。他很累了。他很快活。他要睡觉了。他闭上眼睛。于是他立刻什么都看不见了,游戏的声音越来越轻,越来越怪,好似人们的喊叫声,他们在寻找什么但没有找到,越走越远,越走越远。他们把他给丢了!

他惊恐地跳了起来。他看见什么了?看见了餐具橱上的那盘香蕉。屋里没有别人(利西娅送小女孩到她妈妈那里去了;已到睡觉时间)。就是如此:永远孤独。这就是他悲惨的命运,他在米兰走进那间屋子看见她们把硬麻布剪裁成各种形状时,他的命运就注定是永远孤独。

他独自一人,身边是餐具橱和香蕉。他独自一人,袒露在这荒凉的高地上,全身挺直——但不是在小山顶上,也不是在峭壁上,而是在菲尔默太太的客厅里的沙发上。那些幻象、那些面孔、那些死者的声音都到哪里去了呢?他的面前有一扇屏风,上面画着黑色的香蒲和蓝色的燕子。在他看见过高山的地方,在他看见过面孔的地方,在他看见过美景的地方,现在只有一扇屏风。

“埃文斯！”他喊道。没有回答。一只老鼠刚吱吱叫过，或许是一扇窗帘沙沙响过。那些都是死者的声音。那屏风、那煤箱、那餐具橱是给他留下来的。那就让他面对屏风、煤箱、餐具橱吧……但是利西娅跑进屋来，口中念念有词。

来了一封信。大家的计划都得变。菲尔默太太竟然不能去布赖顿市了。来不及通知威廉斯太太了，利西娅确实认为这事非常非常使人恼火；突然间她看见了那顶帽子，她想……也许……她……可以做一点……她那心满意足的动听的声音逐渐消逝了。

“哎呀，见鬼！”她喊（她说粗话是他们两人之间的一种玩笑）；缝衣针断了。帽子、孩子、布赖顿、缝衣针。她一步一步地构筑生活；先做一件事，再做另一件，她缝着帽子，一步一步地构筑生活。

她想让他评论她挪动了玫瑰花的位置以后帽子是不是更漂亮了，她在沙发边上坐下。

他们现在十分幸福，她突然放下手中的帽子说。因为现在她能对他无话不谈了。她想什么就能说什么。这大概是那天晚上在小饭店里她对他的第一个感觉，当他和他的英国朋友进来的时候。他走进来，表情羞涩，向四处张望，挂帽子的时候帽子还掉了。这事她还记得。她知道他是英国人，尽管不是她姐姐爱慕的那种身材高大的英国人，要知道他总是很瘦；但是他的肤色漂亮清润，他的大鼻子、他那双明亮的眼睛，还有他那微微驼背的坐态使她联想起年轻的鹰(她常对他说起此事),就在她见到他的头一个晚上,当时他们在玩多米诺骨牌,他走了进来——使她想起年轻的鹰;但是他和她在一起的时候总是非常温柔。她从来没见过他胡闹或酩酊大醉,只见过他有时因那场可怕的战争而感到痛苦,但即便如此,在她进来时,他总会把那一切抛开。她对他无话不谈:世界上的一切事情、她工作中的一切小问题以及她突然想起要说的一切,她都要告诉他,而他立刻就能理解。连她自己的家人也做不到这一点。由于他比她年长而且是那么聪明——他是多么认真啊,想让她读莎士比亚的著作,可她连英文的儿童故事还读不懂呢!——由于他是那么见多识广,他能帮助她。当然她也能帮助他。

可是现在这顶帽子。还有(天色已晚)那个威廉·布拉德肖爵士。

她把双手放在头上,等着他说是否喜欢这顶帽子;就在她坐着等待并向下看的时候,他能感触到她的思绪,像小鸟似的从一根树枝落到另一根树枝,总是飞落得十分准确;他能跟踪她的思绪,当她坐在那里很自然地做出一种无拘无束、漫不经心的姿态时;而且只要他一说话,她就立刻报以微笑,犹如一只小鸟飞落下来,用所有的爪子牢牢地抓住树枝。

可是他想起来了。布拉德肖曾说:“我们生病的时候,我们最喜爱的人就不适合照顾我们了。”布拉德肖说,他必须教他如何休息。布拉德肖说,他们夫妻必须分开。

“必须”,“必须”,为什么“必须”呢?布拉德肖有什么权利管他？“布拉德肖有什么权利对我说‘必须’？”他诘问道。

“那是因为你说过要自杀。”利西娅说。（老天发慈悲，她现在对塞普蒂莫斯什么都能讲了。）

这么说他已经在他们的控制之下了！霍姆斯和布拉德肖在向他进攻！那头野兽把血红的鼻孔伸进每一个秘密的地方！它竟说“必须”！咦，他的文件到哪儿去了？他写的那些东西呢？

她取来了他的文件，他写的东西、她替他写的东西。她把它们一股脑儿地倒在沙发上。他们两人一起查看这些东西。图表、图案，一些小个子男人和女人挥动着棍棒当武器，背上还长着翅膀——是翅膀吧？绕着一先令硬币和六便士硬币画出来的许多圆圈——是太阳和星星；犬牙交错的悬崖，活像刀叉，有登山队员用绳子系在一起向上攀登；一片片的海，有许多小脸在笑，可能是从海浪里冒出来的，那是世界地图。他喊：把它们烧掉！现在看看他写的作品吧：死者如何在石楠花丛后面唱歌，时间赞歌，与莎士比亚的谈话；还有埃文斯，埃文斯，埃文斯——他从死者那里捎来的信息：不要砍树，要告诉首相。博爱：世界之意义。他喊：把它们烧掉！

可是利西娅用手按住了它们。有的写得很美，她想。她要用一块绸子把它们捆上（因为她没有信封）。

即便他们把他带走，她也会跟着去的。他们不能违背他们两人的意愿把他们分开，她说。

她把那些文件叠好并沿边理齐，然后，连看也不看一眼就捆上了；她就坐在他的身边，挨得很近，他想，似乎她全身上下花瓣绽开。她是一棵开花的树;从她的树枝中间露出一张立法者的脸,她已经到了一个庇护所,在那里她谁都不用怕了,不怕霍姆斯,不怕布拉德肖;这是一个奇迹,一个胜利,是最后的也是最伟大的胜利。他看见她踉踉跄跄地登上那可怕的楼梯,背负着霍姆斯和布拉德肖;那两个男人的体重从来不少于十一斯通零六磅,他们把他们的妻子送上法庭,他们每年赚一万英镑却侈谈均衡,他们虽然做出不同的判决(因为霍姆斯一个说法,布拉德肖又一个说法),但他们都是法官,他们把幻象与餐具柜混为一谈,而且什么都不明白,却在统治人迫害人。她战胜了他们。

"好了!"她说。文件捆好了。谁也别想把它们拿走。她要收藏起来。

还有,她说,什么都不能把他们两人分开。她在他身边坐下,叫他鹰或乌鸦;由于那种鸟极具恶意又大肆毁坏庄稼,跟他倒是颇为相像。谁都不能把他们分开,她说。

然后她站起来要到卧室去收拾东西,但是听见楼下有说话声,于是想到霍姆斯医生大概来了,她跑下去想阻止他上楼。

塞普蒂莫斯能听见她在楼梯上跟霍姆斯说话。

"我亲爱的夫人,我是作为朋友来的。"霍姆斯说。

"不行。我不允许你见我的丈夫。"她说。

他能看见她,像只小母鸡,张着翅膀挡着他的路。可是霍姆斯非要上楼。

"我亲爱的夫人,请允许我……"霍姆斯说着把她推到一边(霍姆斯是个身体强健的人)。

霍姆斯正在上楼。霍姆斯会突然打开房门。霍姆斯会说："你害怕得要命，是不是？"霍姆斯会抓住他的。可是不行，不要霍姆斯，不要布拉德肖。他摇摇晃晃地站起身来，实际上是单腿轮换着往前跳，他考虑用菲尔默太太那把干净漂亮的切面包的刀子，刀把上刻着"面包"字样。唉，谁也不应该玷污它。用煤气点火？可是现在太晚了。霍姆斯正在走来。他本来是可以用剃须刀的，但利西娅把它们都收拾起来了，她总是干这类事情。只剩下了窗户，那布鲁姆斯伯里区公寓的大窗户；只有打开窗户纵身一跳，那是件令人生厌、使人忧愁又颇有通俗喜剧意味的事。他们却认为是悲剧，但他和利西娅不这样看（因为她同意他的意见）。霍姆斯和布拉德肖喜欢这种事（他坐到了窗台上）。但是他要等到最后一分钟。他不想死。生活是美好的。阳光是火热的。只有人类吗？对面楼里有一位老先生正在下楼，停住脚看了他一眼。霍姆斯已经来到门口。"给你吧！"他喊，然后猛地纵身一跳，落在菲尔默太太院落的围栏上。

"胆小鬼！"霍姆斯医生喊道，猛然推开房门。利西娅跑到窗前，她看见了，她明白了。霍姆斯医生和菲尔默太太撞了个满怀。菲尔默太太拉下围裙，让利西娅蒙上眼睛待在卧室里。楼梯上有很多人跑上跑下。霍姆斯医生进来了——脸像纸一样苍白，全身颤抖，手里拿着一个玻璃杯。她必须勇敢，必须喝点什么，他说（喝什么？喝点甜的东西），要知道她丈夫伤势很重，惨不忍睹，恢复不了知觉，不能让她看，尽可能不让她掺和，不过她得接受询问，可怜的少妇。谁想到会出这种事呢？一时的冲动，谁也不能责怪(他对菲尔默太太说)。他这死鬼为什么要跳下去呢,霍姆斯医生想不通。

她喝下那甜甜的东西时,感觉似乎在打开长长的落地窗,迈进一个花园。可这是什么地方呢?时钟正在敲响,一下、两下、三下;和那些砰砰的重击声和低低的耳语声相比,这声音是多么敏感,就像塞普蒂莫斯本人。她正在入睡。但是钟声继续响着,四下、五下、六下;菲尔默太太挥动着围裙的情景(他们不会把尸体抬到这里来吧,对吗?)好像是那花园的一个景致,或者是一面国旗。她在威尼斯市住在姨妈家时就曾见过一面国旗在桅杆上缓缓飘荡。人们就是以这种方式向在战斗中牺牲的人表示敬意,而塞普蒂莫斯是经历过大战的。她的回忆多数是幸福的。

她戴上帽子,在玉米地里奔跑——可能是在什么地方呢?——直跑上一个小山岗,离海不远,因为那里有轮船、海鸥、蝴蝶;他们坐在一个悬崖上。在伦敦也是如此,他们坐在那里,处于半梦幻状态,许多声音从卧室门口传到她的耳边:落雨声、耳语声、干玉米秆晃动的沙沙声,她还似乎听见大海爱抚地把他们卷进拱形浪花里,还对被冲上海岸的她低声耳语,她觉得自己被撒落在各处,犹如抛洒在某座坟墓上的花朵。

"他死了。"她说,一面向看护她的那位可怜的老妇人微笑,老妇人那双诚实的浅蓝色的眼睛一直盯着房门。"他们不会把他抬到这儿来吧,对吗?"可是菲尔默太太对此不以为然。嗨,不会的,不会的!他们正在把他抬走。难道不应该告诉她吗?

结发夫妻本应该在一起的，菲尔默太太想。可是他们必须执行医嘱。

“让她睡吧。”霍姆斯医生摸着她的脉搏说。她看见他那宽大身体的轮廓在窗前显得黝黑。这么说那就是霍姆斯医生。

人类文明的一个胜利，彼得·沃尔什想。这是人类文明的一个胜利，当一辆救护车的铃声轻飘尖利地响起时他这样想。那辆救护车快捷地、利索地向着医院疾驰而去，它刚刚本着人道主义精神迅速救上某个可怜鬼，某个或是被击伤头部、或是被疾病摧垮、或是一两分钟前在一个这样的路口被撞倒的人，这种事有可能发生在自己身上。这就是文明。由于他刚从东方回来，因此对伦敦的办事效率、组织工作和公共服务精神印象极深。每一辆二轮马车或四轮马车都自动地驶到路边让那辆救护车通过。他们对救护车和里面的伤病员表现出的尊重也许有些病态，或者不如说是令人伤感——忙碌的男人们正在匆忙赶路回家，然而当救护车开过时他们立即想起某人的妻子，或许会很容易地假定车里装的就是自己，躺在担架上，身边有医生和护士……唉，可是你一开始想象医生和死尸，思想就变得病态、感伤了；从那视觉印象中得到的一丝快感，也就是一种情欲，警告他不要继续想那种事了——它会毁灭艺术，毁灭友谊的。的确如此。然而，彼得·沃尔什想，（此时那辆救护车在街角处拐了弯，但是它不断响着铃穿过了托特纳姆科特街之后，它那轻飘尖利的铃声仍在下一条街或更远的地方回响），然而那是孤独的好处;你在独处时可以随心所欲。如果没有人看见,你可以哭泣。这种易受外界事物影响的气质,一直是他失败的原因,特别是在久居印度的英国人的社群里;他不会在适当的时候哭,也不会在适当的时候笑。他站在邮筒旁边,心想:我心里有一种东西,现在就能溶解在泪水里。为什么呢?只有老天知道。也许是因为某种美,也许是因为这一整天的压力(这一天以拜访克拉丽莎开始,又热又紧张,已使他精疲力竭),还因为各种印象一个接一个滴答、滴答地流入那心灵的地下室,它们在那里常驻,深邃,幽暗,永远不会为人知晓。生活的隐秘性是完整不可侵犯的,在一定程度上由于那个原因,他已经发现生活像一个陌生的花园,曲折迂回,令人惊讶,的确如此;它确实使你激动得透不过气来,这些瞬间;他在不列颠博物馆对面的邮筒旁就经历了这样的瞬间,在这一瞬间里所有的事物都汇集到一起,这辆救护车,还有生与死。他仿佛被涌上心头的感情吸到一个很高的屋顶,而他身上的其他一切则像布满贝壳的沙滩,暴露无遗。这种易受外界事物影响的气质,一直是使他在久居印度的英国人的社群里失败的原因。

有一次,克拉丽莎跟他一起乘公共汽车去一个地方,坐在上层;克拉丽莎至少是在表面上那么易于激动,一会儿绝望,一会儿又兴高采烈,那时候她常激动得全身发抖,是个很不错的伴侣;她会从汽车上层往外看,观察沿途的奇怪小景、名称和行人,要知道他俩过去经常漫游伦敦并从卡里多尼亚商场带回整袋整袋的宝物——那时候克拉丽莎有一个理论——他们有成堆的理论，总是有很多的理论，像今天的年轻人这样。那是为了解释他们的不满足感；他们不了解别人，也不被别人了解。因为他们怎么可能相互了解呢？你们每天见面；然后过上半年或几年才能再见面。这不能令人满意，他们都有同感，对别人了解得太少了。但是坐在车上沿着沙夫特斯伯里街驶去的时候，她说她觉得自己无处不在；不是"在这里、在这里、在这里"，她用手敲着座椅的靠背说，而是在所有的地方。汽车经过沙夫特斯伯里街的一路上她都在挥手。她就是这一切。所以要想了解她或是任何人，你必须找出那些成就了这个人的人，甚至成就了这个人的地方。她与那些她从未交谈过的人，街上的某个女人、柜台后的某个男人，有很多奇怪的相通之处——甚至与树木、谷仓也有相通之处。她因而得出一个超验的理论；由于她惧怕死亡，这个理论使她相信，或者说她自己相信（尽管她有怀疑心理）：我们的外表，即显露在外的部分，与我们广为存在的部分，即不可见的部分相比，是那么稍纵即逝，因此那不可见的部分在我们死后可能依然存在，它会以某种方式附着在这个人或那个人身上，甚至出没于某些地方。也许——也许是吧。

回顾长达近三十年之久的友谊，她的理论竟然产生了如此的效果。虽然他们之间实际的会面是短暂的、断断续续的，甚至是痛苦的，那是由于他经常外出，还由于某些干扰（例如今天上午正当他要和克拉丽莎深谈的时候，伊丽莎白进来了，像个长腿小马驹，漂亮而寡言），但是这些次会面对他一生的影响则是不可估量的。这其中颇有神秘色彩。你得到了一颗尖利的、尖锐的、令人难受的谷粒——那实际的会面，它经常是极其痛苦的，然而在没有机会见面的时候，在一些最想象不到的地方，它会长出花苞，盛开怒放，散出幽香，让你抚摸，让你品尝，让你环顾自己，让你完整地感觉它并理解它，在它被遗失多年之后。她就曾这样回到他的心间，在轮船上，在喜马拉雅山间，由于受到某些最奇怪的东西的暗示（萨莉·西顿，那个慷慨热情的傻姑娘，就是因为看见蓝绣球花而想起**他**的）。克拉丽莎比他认识的任何别的人对他影响都大。她总是不等他想便这样来到他的面前，很冷静，非常有教养，持批判态度；或者是妩媚，浪漫，使人想起田野或英国人的收成。他看见她多半是在乡下，而不是在伦敦。是伯尔顿的一幕幕往事……

他来到了下榻的旅馆。他穿过前厅，厅里放着一大堆发红的椅子和沙发，还有看上去已经枯萎的针叶植物。他从钩子上取下钥匙。年轻的小姐递给他几封信。他上了楼——他看见她多半是在伯尔顿，在暮夏时节，他常在那里住上一个星期，甚至两个星期，那时人们通常是这样的。先是看见她站在一座小山顶上，用手按着头发，斗篷被风吹起，指着下面对他们大喊——她看见了塞万河。或者她在树林里，用水壶烧水——她的手指头很不听使唤；袅袅轻烟在行着屈膝礼，直扑到他们脸上；她那粉红色的小脸从烟雾中显露出来；他们向一座木屋里的老妇人讨水，老妇人走到门口目送他们离去。他们总是步行，其他的人则坐汽车。她坐汽车坐腻了，她讨厌所有的动物，除了那只狗以外。他们沿着大路步行旅游过许多英里。她常停下来凭借指南针辨别方向，引导着他穿过乡野往回走；整个过程中他们都在争论，讨论诗歌，讨论人，讨论政治（她那时是个激进派）；他们沿途什么都顾不上看，除非她停下来，因看到一种景象或一棵树木而大叫起来，并让他也一起看；然后又继续往前走，穿过收割后留有残株的麦田，她走在前面，手里拿着给她的姑妈摘的一朵花，尽管她很娇小，但从来不厌倦走路；黄昏时分来到伯尔顿她就倒下了。饭后，老布赖特科普夫打开钢琴唱歌，嗓子很糟糕，而他们半躺在安乐椅上，尽量想法子不笑，但总是控制不住，终于笑出声来，大笑——无缘无故地大笑。他们以为布赖特科普夫看不见。然后到了早上她就在房前跳来跳去，活像一只鹡鸰……

啊，是她来的信！这蓝色的信封；那是她的字体。他得读这封信。这又是一次往常那种相会，注定是痛苦的！读她的信要费点儿力气。“她见到他是多么高兴啊。她必须把这告诉他。”仅此而已。

然而这使他沮丧。这使他恼火。她还不如没写这封信。在他思绪万千之时，这封信的到来就像有人用胳膊肘捅了他的肋骨一样。她为什么不能让他安静一会儿呢？她毕竟已经嫁给了达洛维，而且这么多年来一起生活得很幸福。

这种旅馆绝不是给人以安慰的地方。远远不是。很多人都曾把帽子挂在那些帽钩上。甚至连苍蝇也曾在别人的鼻子上停留过，如果你想到这点的话。至于那令他震惊的清洁，与其说是清洁，不如说是空荡、刻板；只能如此。一个无聊的女总管每日黎明时分到各处检查，这里闻闻，那里看看，吩咐那些清教徒式的年轻女仆刷刷洗洗，好像下一个来客是一大块肉，需要盛在十分清洁的大托盘里端上来似的。要睡觉，有一张床；要坐下，有一把安乐椅；要刷牙刮脸，有一个牙缸，一面镜子。书籍、信件和睡衣狼藉散落在冷漠的马鬃床上，像是粗鲁无礼的人干的事，与整洁的环境极不协调。是克拉丽莎的信使他看到了这一切。“见到你太高兴了。她必须这样说！”他叠起那张信纸；把它推到一边；他无论如何绝不再读了。

为了在六点钟以前把这封信送来，她一定在他刚离开时就坐下来写信，然后贴上邮票，派人把信投出去。正如人们所说，这是她的做派。他的来访使她沮丧。她有很多感触：她在吻他的手时曾一度感到后悔，甚至嫉妒他，或许记起了（因为他从她的表情看出来了）他曾说过的什么话——也许是如果她嫁给他的话，他们会怎样去改变世界；另一方面，正是这一点，正是中年人的年纪，正是平庸，当时迫使她以不可战胜的活力把那一切置之度外，因为她身上有一根生命之线，给了她坚忍、忍耐和克服一切障碍的力量，使她战胜困难取得胜利；这么强的生命力他还从未见别人有过。是啊，但是他一离开房间她就会做出反应。她会为他感到特别遗憾；她会想她究竟能做些什么来使他快乐（这正是他一向缺乏的）。他能想象她泪流满面地走向写字台，奋笔疾书那一行字，就是后来映入他眼帘的那行字……“见到你太高兴了！”她说的是真心话。

彼得·沃尔什已解开皮靴的带子。

可是如果他们当初结了婚的话，也不可能过得好。他的另一桩恋事毕竟来得更自然些。

这很奇怪，又很真实；许多人都有同感。彼得·沃尔什表现得很体面，平日的工作完成得很好，因此受人喜欢，但是有人认为他有点儿古怪，爱摆架子——特别是在他的头发已经灰白的时候，**他**竟然显得心满意足，一派心有余力的样子，这太奇怪了。正是这一点使得他对女人有吸引力，她们感觉他并非只有男子汉气概，她们正是喜欢这一点。在他身上或在他的内心深处有一种不寻常的东西。也许是因为他是个书呆子——他每次来看你都要拿起桌上的书（他现在正在看书，皮靴带子拖在地上）；或者因为他是个绅士，他的绅士风度表现在磕烟斗灰的姿态，当然也表现在对待女人的彬彬有礼。因为某个什么都不懂的年轻姑娘竟能如此轻易地摆弄他，实在非常迷人又很可笑。但是这姑娘是在冒险。也就是说，虽然他总是很随和，而且因为他性格开朗、教养良好，确实让人喜欢接近，但那是有一定限度的。她说了个什么事——不行，不行；他已把那事儿看透了。他不能容忍那个——不能，不能。然后他能因一个笑话跟别的男人一起捧腹大笑，笑得前仰后合。在印度他是最好的烹调鉴赏家。他是个男人，但不是那种你不得不尊敬的男人——谢天谢地；例如，他不像西蒙斯上校，一点儿都不像，黛西这样认为，尽管她已有了两个小孩，她还总是拿他们两人作比较。

他脱下靴子。他把所有衣袋掏空。和折刀一起掏出来的是一张黛西在阳台上的照片；黛西全身穿着白衣，膝头有一只猎狐短毛犬;她非常迷人,肤色黝黑;这是他所见过的她的照片中最好的一张。要知道照片里她的样子是那么自然,比克拉丽莎要自然得多。没有大惊小怪。没有焦虑烦恼。不拘泥小节,也不烦躁不安。一切顺顺当当。阳台上的那个肤色黝黑令人爱慕的漂亮姑娘感叹地说(他能听见她的声音):当然啦,她当然愿意把一切都给他!她喊道(她没有谨慎的意识):他要什么就给他什么!她叫喊着,跑上去迎接他,不管有谁在看着他们。她只有二十四岁。她还有两个孩子。哎呀呀!

唉,说真的,他在这个年龄上已经把自己弄得一团糟了。夜里醒来时这个想法很强烈地困扰着他。假设他们真的结了婚呢?对他来说固然非常好,可是对她呢?伯吉斯太太是个好人而且不是个话匣子,他曾对她坦言过自己的心事;伯吉斯太太认为他这次离开印度回英国,说是去见律师,倒可以让黛西重新考虑这件事,想一想与他结婚意味着什么。这是她的处境问题,伯吉斯太太说,涉及社会障碍,还有放弃她的孩子。说不定哪一天她就会成为曾结过婚的寡妇,在郊区流浪,满身泥水,或者更有可能胡作非为(你知道吗,她说,这样的女人会变成什么样子,浓妆艳抹的)。但彼得·沃尔什对所有这些话付之一笑。他还没想过死呢。不管怎么说,她必须自己做出决定,自己做出判断,他想,一面穿着短袜在屋子里踱来踱去,并抚平他的礼服衬衫,因为他可能去参加克拉丽莎的晚会,也可能去一个音乐厅,或者待在屋里阅读一本很吸引人的书,那是他过去在牛津大学认识的一个熟人写的。如果他真的退了休,他想干的事就是写书。他会去牛津大学，到伯德利图书馆里东查西找。那个肤色黝黑、招人喜爱的漂亮姑娘跑到台地尽头都无济于事，她招手也没有用，她叫喊着说她一点儿都不在乎别人怎么说还是没有用。他——她日思夜想的男人，那完美的绅士，那迷人的、高贵的人（他的年龄在她看来无所谓）就在这里，在布鲁姆斯伯里区的一所旅馆的房间里踱步，刮脸，洗漱，当他拿起香水喷雾罐、放下剃须刀的时候，继续在伯德利图书馆神游，查找资料，并弄清楚他感兴趣的一两件事的真相。他会跟他可能遇到的任何人聊天，因此越来越忽略开午饭的准确钟点，会错过约会的时间；当黛西像往常那样要求他吻她，要求和他亲热的时候，他没能表现得像她所期望的那样好（尽管他真正忠诚于她）——简单一句话，正如伯吉斯太太所言，黛西忘掉他也许会更快活，或者只记得他在一九二二年八月时的样子，像一个人影于黄昏时分站在十字路口，当她坐的双轮小马车飞速离去时，他变得越来越远，而她尽管两臂前伸，却牢牢地坐在有挡板的后座上；当她看见那人影越变越小以致消失时，她还在喊，她愿意做世界上的任何事，任何事，任何事，任何事……

他从来都不知道人们是怎么想的。他越来越难以集中精力。他还是变得专心起来，只忙于思考自己的事；一会儿抑郁，一会儿高兴；他依赖于女人，心不在焉，情绪时好时坏，越来越不能理解（他一面刮脸一面想）克拉丽莎为什么不能痛痛快快地给他们找个住处并对黛西表示友好，把她介绍给大家。然后他就能——就能干什么呢？就能像鹰一样出没，盘旋（实际上此刻他正在清理各种钥匙和文件)，猛扑，品尝，独来独往，一句话，自己想干什么就干什么；然而毋庸置疑，他比任何人都更依赖别人(他扣上西服背心的扣子)；这一直是他失败的原因。他不能不进吸烟室，他喜欢上校牌雪茄烟，喜欢打高尔夫球，喜欢玩桥牌，他尤其喜欢与女人交往，喜欢她们那美好的友情，还有她们的忠诚、大胆、高尚的爱，这种爱尽管有不足之处，但在他看来(那肤色黝黑、令人爱慕的漂亮姑娘的脸庞就叠印在那摞信封上面)是那么全然令人仰慕，是开在人类生命顶峰的一朵那么光彩夺目的鲜花，然而他无法达到人们的期望，因为他总是能够看透事物(克拉丽莎已经彻底削弱了他身上的某种东西)，他极容易厌倦那种无言的忠诚，并渴望爱情丰富多彩，尽管如果黛西爱上别人会把他气疯！因为他生性嫉妒，嫉妒得不能自已。他受尽了折磨！可是他的折刀、手表、图章、皮夹、那封他不愿再读但喜欢想起的克拉丽莎的来信以及黛西的照片都在什么地方呢？现在该去吃饭了。

他们正在吃饭。

他们坐在中间摆放着花瓶的一个个小桌旁，有的人穿得很正式，有的人穿得很随便，他们的披肩和手提包就放在身旁；他们的神态是故作镇静的，因为他们不习惯正餐吃这么多道菜；可他们又表现得充满自信，因为他们付得起钱；他们还显得非常疲惫，因为他们已经在伦敦购物游览了一整天；他们还显示出一种自然的好奇心，因为他们在这位面容友善、戴着牛角框眼镜的绅士走进来时纷纷扭头抬头看他；他们表现出性情善良，因为他们本来会高兴地给别人帮一点儿小忙，如借阅时刻表或告知有用的信息；他们显示出一种愿望，这愿望像脉搏在他们身上跳动，暗中不时地拉扯着他们，他们希望通过某种方式与别人建立联系，哪怕只因为出生地相同（例如利物浦市）或朋友的名字相同；他们偷偷地看看别人，有时沉默得让人费解，有时又突然和自己的家人开玩笑而不理别人，就在他们坐着吃饭的时候，沃尔什先生走了进来，在靠近窗帘的一张小桌旁坐下。

他赢得了他们的尊敬，不是因为他说了什么话，他是一个人来的，只能对侍者说话，而是因为他看菜谱的样子、用食指点着一种酒的样子、把身子移近桌边的样子、郑重而专注地吃饭但不贪吃的样子。在晚餐大部分时间里，这种尊敬之情得不到机会表达，现在它在莫里斯一家围坐的餐桌边突然表现出来，那是在他们听见沃尔什先生最后说“要巴特莱特梨”的时候。他说话为什么竟然能如此适度而坚决，神态像个行使建立在法制基础上的权力的训导者呢，无论是小查尔斯·莫里斯还是老查尔斯，无论是伊莱恩小姐还是莫里斯太太都不明白。可是当他独自坐在桌旁说“巴特莱特梨”时，他们觉得他在提出某种合法的要求，指望得到他们的支持，他是一项事业的捍卫者，而这项事业顷刻间成了他们自己的事业，因此他们用同情的眼光看着他的眼睛。当他们几个人同时走进吸烟室的时候便自然而然地攀谈起来。

他们谈得并不深入——大意无非是伦敦太拥挤，三十年来变化很大；莫里斯先生喜欢利物浦；莫里斯太太去参观了威斯敏斯特的花展，而且他们全家都见到了威尔士亲王，等等。是啊，彼得·沃尔什想，世界上没有一个家庭能与莫里斯一家相比，无论在哪一方面都不能；他们之间的关系是完美的，他们对上层阶级一点儿都看不上，他们有自己的喜好，伊莱恩正在接受培训准备继承家业，那个男孩获得了里兹大学的奖学金，那个老妇人（她的年龄与他自己相仿）家里还有三个孩子；他们有两辆汽车，但莫里斯先生每星期天仍然自己补靴子。太棒了，绝对棒，彼得·沃尔什想，他手里拿着酒杯在那些毛茸茸的红椅子和烟灰缸中间前后轻轻摇摆，为自己而高兴，因为莫里斯一家喜欢他。是啊，他们喜欢一个说“巴特莱特梨”的男人。他们喜欢他，他能感觉出来。

他要去参加克拉丽莎的晚会。（莫里斯一家走开了，但他们还会再见的。）他要去参加克拉丽莎的晚会，因为他想问问理查德那些人——那些保守党的傻瓜们究竟在印度干些什么。正在采取什么行动？还有音乐……啊，对了，还有纯粹的闲聊。

因为这是关于我们的灵魂的真理，即关于我们的自我的真理，他想，我们的自我像鱼儿栖息在深海，在无人知晓的水域中游来荡去，她穿行于一棵棵巨大的水草之间，游过片片闪烁着阳光的水面，然后继续游啊，游啊，游进冰冷、深邃、神秘莫测的幽暗之中；突然间她快速冲上海面，嬉戏于被风吹皱的波浪之上；也就是说，我们的自我确实需要刷洗、刮净、激发自己，通过闲聊。政府打算怎样处理印度的局势呢？理查德·达洛维会知道的。

由于夜晚非常炎热，而且报童挂着用红色大字宣告有热浪的广告牌频频路过，旅馆的台阶上摆了许多藤椅，冷漠的男士们坐在那里啜着饮料，抽着香烟。彼得·沃尔什也坐在那里。你可以想象，这一天，伦敦的一天才刚刚开始。就像一个刚脱掉印花衣裙和白围裙并准备穿蓝衣戴珍珠首饰的女人，白天发生变化，推迟了要做的事，拿起薄纱，变成傍晚；随着兴奋的叹息声（就像女人把衬裙扔到地板上时发出的声音），白天也卸下了尘土、热量和色彩；街上的车辆稀少了；当唧作响、嗖嗖驶过的小汽车取代了艰难行进的小货车；在几个广场的浓密绿荫之中，分散悬挂着一盏盏极亮的路灯。我辞职，傍晚仿佛在说，当她在旅馆、公寓楼和商业街区的雉堞墙和高耸的圆顶和尖顶上空逐渐黯淡失色的时候，她说，我隐退，我消失，但是伦敦无论如何不允许这种情况发生，于是迅速向空中伸出多把刺刀，将傍晚定住，强迫她成为狂欢中的伙伴。

因为在彼得·沃尔什上次回英国之后发生了威利特先生①的夏时制大革命。傍晚被延长了，这对他来说很是新鲜，或者说很令人振奋。因为当那些年轻人（他们为有此闲暇而兴奋，为踏上这著名的街道而默默自豪）带着公文箱从身边走过时，一种欢乐，可以说是廉价的、华而不实的，但仍是发自内心的狂喜，把他们的脸染得通红。他们穿得也很讲究，穿着粉红色的长袜和漂亮的鞋子。他们现在将要花两个小时去看电影。夜晚黄蓝色的光线使他们轮廓鲜明，更为文雅；这光线照耀着广场里的树

---

① 威廉·威利特（1856—1915），倡导在英国实行夏时制，每年夏季月份里要把钟表向前拨一小时。在他去世后的1916年，英国正式实行夏时制。

叶,忽而艳丽,忽而青紫——它们看上去仿佛在海水中浸过——像海中城市的树叶。这一美景使他惊讶,也鼓舞了他,因为当一些回国的久居印度的英国人理所当然地坐在东方俱乐部里(他认识很多这类人)愤怒地总结世界所遭受的破坏时,他却在这里,像以往一样年轻;他羡慕年轻人享有的夏季时光及其一切,并从一个姑娘的话里、从一个女仆的笑声里——这些都是你触摸不着的东西——更有把握地猜测他年轻时看来不可动摇的整个金字塔形堆积物已经发生了变化。这个金字塔曾压在他们头上,把他们压扁,特别是对妇女们,就像克拉丽莎的海伦娜姑妈过去经常制作的花卉标本,她在晚饭后坐在灯下,把花夹在几层吸墨纸里,用利特雷编的大辞典压上。她已经去世了。他曾听说她有一只眼睛失明,是听克拉丽莎说的。老帕里女士竟用玻璃眼球,这似乎很恰当,是大自然的杰作之一。她会像一只寒霜里的小鸟,死去时仍用力抓住树枝。她属于另一个时代,但是由于她是那么完整、那么完美,她会永远站立在地平线上,像石头一般洁白,非常突出,像一座灯塔,标志着过去的某个阶段,在这漫长又漫长的冒险航程中,在这没有终极的——(他摸出一个铜板准备买一张报纸,好读读有关萨里郡队和约克郡队的消息;他伸出手臂递铜板已经有几百万次了——萨里队又大败了)——在这没有终极的人生里。但是板球不仅仅是个运动项目。板球非常之重要。他总是情不自禁地阅读有关板球的事。他先看最后消息中的板球赛比分,再看天气有多热,然后读有关一桩谋杀案的报道。做事做了几百万次之后会使这些事情充实，尽管可以说去掉了其表面的光泽。过去使人充实，经验也是如此；由于曾经关心照顾过一两个人因而获得了年轻人所缺乏的一种能力，即能够突然中断所做的事情，去做自己喜欢做的事，一点儿都不在意别人说什么，来来去去不抱过高的期望（他把报纸放在桌子上，然后走开），然而（他在找帽子和上衣）说不抱过高的期望并不完全真实，今天晚上就不是，因为他要从这里出发去参加晚会，在他这个年龄，他相信自己即将取得一种新的经验。可究竟是什么呢？

无论如何，是一种美。不是肉眼所见的粗糙的美。不是单纯的简单的美——贝德福德波拉斯街直通向拉塞尔广场。它当然是笔直的、空旷的，像对称的走廊，但它又是灯火通明的窗口，一架钢琴、一个留声机发出音响，一种故意隐藏起来但又不时涌现出来的愉悦感；你通过那没有窗帘遮挡也没有关闭的窗口看见人们三五成群坐在一个个餐桌旁，年轻人在缓慢旋转起舞，男人们和女人们在谈天，女仆们悠闲地向外张望（这是她们评价别人的一种奇特方式，在干完活之后），晾晒在窗户上方晾衣架上的袜子、一只鹦鹉、几盆花草，此时那种愉悦感会油然而生。这种生活是吸引人的、神秘的、无限丰富的。在硕大的拉塞尔广场，出租车奔驰并急转弯；一对对恋人在散步，在调情，在拥抱，隐入一棵大树的树荫里；那景象令人感动；那么宁静，那么全神贯注，因此你走过时要小心谨慎，仿佛在参加某个神圣的仪式，任何干扰行为都是不虔敬的。真有意思。他想着想着走进了闪烁的和炫目的光彩之中。

他的薄大衣被风吹开，他以一种难以描述的特有的姿势往前走着，上身略向前倾，双手背在身后，两只眼睛仍有点儿像鹰眼。他轻快地穿过伦敦，朝威斯敏斯特走去，一面观察着沿途的景物。

那么，是不是大家都要出去吃饭呢？在这里，男仆打开大门，让出来一位步态庄重的老妇人，穿着带扣鞋子，头上装饰着三根紫色鸵鸟毛。又一扇门打开了，出来几个贵妇人，身子紧裹在印着鲜艳花朵的披巾里，活像木乃伊，贵妇人出门竟然不戴帽子。在带灰泥装饰柱的高级住宅，女士们（她们刚刚跑到楼上看过孩子）穿过房前的小花园走出来，穿得很单薄，头上插着小梳子；男士们在等她们，他们的上衣被风吹开，汽车的引擎已经发动了。人人都在出门。由于这些大门都在打开，由于人们走下来开始出发，似乎全伦敦的人都在上船，登上那些停泊在岸边的在水中摇晃的小船，似乎整个伦敦城都在漂浮前行去欢度狂欢节。白厅街上好似有无数蜘蛛在滑冰，尽管它像一片银箔；而弧光路灯周围似乎聚集着许多蚊虫；天气是那么热，人们都懒散地站着聊天。在威斯敏斯特这里，有一个已退休的法官，他大概正端坐在自家门前，穿着一身白衣。大概是个曾经久居印度的英国人。

这里有女人吵架的喧哗声，是喝得醉醺醺的女人；这边只有一个警察，还有轮廓模糊的房屋，高耸的房屋、圆顶的房屋、教堂、议会，还有河上一艘汽船的汽笛声、像空旷的不清晰的叫喊声。但这是她的街道，克拉丽莎的街道；出租车在急速转过街角,像桥墩周围的流水,聚集到一起,在他看来如此,因为这些车运送着去她家参加晚会的人们,克拉丽莎的晚会。

现在这些视觉印象如同冰冷的流水离他而去,似乎眼睛是个满得溢水的杯子,听任多余的水沿着瓷杯壁往下流淌而不留痕迹。现在脑子必须清醒。身体必须紧张起来,走进那座房子,那座灯火通明的房子;那里大门洞开,许多汽车停在门前,光彩照人的女宾们走下车来;灵魂必须鼓起勇气去忍耐。他打开了折刀的大刀刃。

露西从楼上飞跑下来,她刚才急匆匆进客厅去抚平一个椅套,摆正一把椅子,还稍微停留片刻,心里想:不论是谁进来,一定会想这房子是多么干净,多么明亮,收拾得多么漂亮啊,当他们看见这些美丽的银器、黄铜壁炉架、新的椅套,还有那些黄色印花窗帘的时候;她鉴赏着每一件东西,听见一阵喧哗声;人们已经吃完正餐上楼来了;她必须快跑!

首相要来,阿格妮斯说,她是在餐厅里听他们说的,她端着一托盘酒杯进来时说。首相来与不来要紧吗?究竟要紧吗?已经是夜里这个时辰了,对沃克太太来说这无关紧要。沃克太太站在盘子、煮锅、滤锅、煎锅、鸡冻、冰激凌冷冻箱、切下的面包皮、柠檬、汤罐和布丁盘子中间;不管他们在厨房旁的盥洗室里如何费力洗刷,沃克太太眼前的布丁盘子总不见少,厨房的桌子椅子上都摆满了;与此同时炉火在熊熊燃烧,发出轰轰的响声,几盏电灯射出炫目的光芒,还有夜宵也需要摆上餐桌。阿格妮斯只是觉得，多一个首相还是少一个首相对沃克太太来说实在是无关紧要。

女士们已经在上楼了，露西说；女士们一个接一个地上楼，达洛维太太走在最后，而且几乎总是让人捎话给厨房："向沃克太太致意。"有一天晚上就是这么说的。第二天早上他们会议论这些饭菜——那汤、那鲑鱼；沃克太太知道这些鲑鱼像往常一样做得过嫩，因为她总是紧张，怕布丁做不好，就把鲑鱼交给珍妮去做，因此出现了这种情况，鲑鱼总是做得过嫩。但是露西说，一个黄头发戴银首饰的女士谈到那道主菜时问：这菜真是自家做的吗？但最让沃克太太担心的是鲑鱼，她旋转着一个个盘子并把壁炉上的节气阀推进又拉出；这时从餐厅里传来一阵笑声、一个人的说话声，然后又是一阵笑声——女士们退席之后，男士们很开心。要托考伊葡萄酒，露西跑进来说。达洛维太太让拿托考伊酒，皇帝酒窖酿造的，皇家托考伊酒。

女主人要的酒经过厨房端了出去。露西回过头来说，伊丽莎白显得多么可爱呀，穿着粉红色衣裙，戴着达洛维先生送的项链，她的目光简直没法离开她。珍妮可别忘了那只狗，伊丽莎白小姐的猎狐长毛狗，由于它咬人不得不把它关起来，伊丽莎白认为它可能该吃点什么了。珍妮可别忘了喂狗。然而珍妮不打算当着这么多客人上楼。门口已经传来了汽车引擎声！门铃响了——可男士们还在餐厅里，喝着托考伊酒呢！

啊，他们上楼了；那是第一批，人们会越来越快地到达，因此帕金森太太（她专门受雇为晚会服务）会把前厅的大门半敞着，前厅里会有满屋子的男士在等候(他们站在那里等候,梳理着头发),与此同时女士们在过道旁的一间屋子里脱下斗篷,巴尼特太太在那里帮助她们,老埃伦·巴尼特,她在达洛维家干了四十年,每年夏天都要来帮助这些女士们,她还记得现在做了母亲的女宾们出嫁前的事情;她虽然不想引人注意但仍与客人们握手,很尊敬地说“我的贵夫人”,然而她态度幽默,看着那些年轻女士,而且总是很娴熟地帮助洛夫乔伊夫人,因为她系紧身底衣有困难。洛夫乔伊夫人和艾丽丝小姐都自然而然地感觉她们在梳头方面得到了特别的关照,因为她们认识巴尼特太太已经有——“三十年了,我的贵夫人”,巴尼特太太替她们说。年轻女士过去不搽口红,洛夫乔伊夫人说,过去她们在伯尔顿小住的时候。艾丽丝小姐用不着搽口红,巴尼特太太慈爱地看着她说。巴尼特太太会坐在衣帽间里,理顺那些大衣上的皮毛,抚平那些西班牙披巾,整理梳妆台,她很清楚哪些女士是好人哪些不是,尽管她们都穿皮衣和绣花衣裳。亲爱的老妇人,克拉丽莎的老保姆,洛夫乔伊夫人上楼时说。

而后洛夫乔伊夫人挺了挺身子。“洛夫乔伊夫人和洛夫乔伊小姐。”她告诉威尔金斯先生(他专门受雇为晚会服务)。他的举止令人敬慕,他弓身又直身,弓身又直身,一视同仁地宣布:“洛夫乔伊夫人和洛夫乔伊小姐……约翰爵士和尼达姆夫人……韦尔德小姐……沃尔什先生。”他的举止令人敬慕,他的家庭生活一定是无可指责的,但这样一个嘴唇发青、脸刮得很干净的人竟会自寻烦恼生养了几个孩子,真令人难以置信。

“见到你真是太高兴了!”克拉丽莎说。她对每一个人都说这句话。见到你真是太高兴了!她正处在她最差的状态——过分动感情,一点儿都不真诚。到这里来是个绝大的错误。彼得·沃尔什想,他真应该待在家里读书,他真应该去音乐厅;他真应该待在家里,因为这里的客人他一个都不认识。

哎呀,这晚会开不好,会彻底失败的,克拉丽莎从骨子里感到这一点,此时亲爱的莱克斯海姆老勋爵正站在那里为自己的妻子未能前来而表示歉意,因为她在白金汉宫的游园会上得了感冒。克拉丽莎用眼角的余光看见彼得·沃尔什在批评她,就在那边,在那个角落里。她究竟为什么要做这些事呢?她为什么要追求达到顶峰然后淹没在火海里呢?不管怎样,但愿这火把她烧尽!把她烧成灰!无论什么结局,就是挥舞你的火炬扔到地上,都比像埃莉·亨德森那样逐渐消瘦萎缩要好!仅仅由于彼得来了并站在角落里就使她产生了这些思绪,真是太不寻常了。他使她看清了自己,她在虚张声势。这是愚蠢的。但是他为什么要来呢,只是为了来批评她吗?为什么总是索取而从不奉献呢?为什么不能牺牲自己的一个小小的观点呢?他现在要转到别处去了,她必须和他谈谈。可是她没有机会。生活就是这样——屈辱、克制。莱克斯海姆勋爵说他的妻子在游园会上不肯穿皮大衣,因为“我亲爱的,你们女士们都一样”——莱克斯海姆夫人至少有七十五岁了!他们老两口那相亲相爱的样子真是甜蜜极了。她确实喜欢莱克斯海姆老勋爵。她确实认为她的晚会很重要;当她知道晚会要出问题,不能达到预想的效果时感到不好受。任何事情,任何爆炸,任何恐怖景象都比客人现在的状况强,他们无目的地转来转去,三五成群站在角落里,像埃莉·亨德森那样,甚至不注意挺直腰板。

印着天堂鸟图案的黄色窗帘被风吹了起来,房间里似乎有许多翅膀在飞翔,窗帘被吹起来后又被吸了回去。(因为窗户都开着。)有穿堂风吧?埃莉·亨德森想。她很容易着凉。但是她并不在乎自己明天会打喷嚏病倒,她是为那些袒露着肩膀的姑娘们着想,因为她从小就受到父亲的教育要关心别人,她的父亲体弱多病,是伯尔顿从前的牧师,现已过世;而她虽容易着凉却从来没有影响过胸肺,从来没有。她完全是替那些姑娘着想,那些袒露着肩膀的年轻姑娘,因为她自己一向纤弱瘦小,头发稀疏,并不引人注目;可是现在她已年过五十,身上开始发射出一种微光,那微光被多年的自我克制所净化后变得与众不同,但又由于她那令人沮丧的高贵出身和突如其来的恐惧感而变得永远黯淡;她的恐惧感来自她每年三百英镑的收入和无奈的处境(她连一个便士都挣不来),这使她变得怯懦,而且一年年地越来越没有条件会见衣着讲究的人,那些人在这个季节每天晚上都在做着类似参加晚会的事,只需告诉女仆一声“我要穿什么什么衣服”就行了,而埃莉·亨德森则紧张地跑出去,买来粉红色的花朵,一共六枝,然后匆匆忙忙把一条披巾披在她的黑色旧衣裙上。因为克拉丽莎晚会的请帖是最后一刻才到的。她对此不大高兴。她有一种感觉:克拉丽莎今年并非真心邀请她。

她为什么就应该请她呢?实在没有理由,不过是因为她们两人一向认识。她们确实是表姐妹。可是由于克拉丽莎被那么多人追求,她们两人自然宁愿疏远。参加晚会对她来说是件大事。光是看看那些可爱的服装就是个享受。那不是伊丽莎白吗?长大了,梳着时髦的发型,穿着粉红色的裙子?然而她顶多才十七岁。她非常非常健美。可是姑娘们第一次在社交场合露面时似乎不像以往那样穿白色衣裙了(她必须记住这一切,回去好告诉伊迪丝)。姑娘们穿的是直筒衣裙,完全是紧身的,裙长远远不及脚腕。很不得体,她想。

于是,视力不好的埃莉·亨德森伸长了脖子,她倒不在乎没有人说话(这里的人她几乎都不认识),因为她觉得他们都是那么有意思,光看看他们就够了,他们大概是政治家,理查德·达洛维的朋友;倒是理查德自己感到他不能让这个可怜的人独自在那里站一个晚上。

"嘿,埃莉,这个世界对**你**怎么样?"他像往常那样友善地说,而埃莉·亨德森却紧张起来,脸涨得通红,觉得他特别好,能过来和她说话,她说很多人真的感觉热而不感觉冷。

"是啊,他们感觉热,"理查德·达洛维说,"是啊。"

可是还说什么呢?

"你好啊,理查德。"一个人说着拉住他的胳膊肘,上帝啊,老朋友彼得来啦,老彼得·沃尔什。他很高兴见到他——他总是那么高兴见到他!他一点儿都没有变。他们两人立刻一起穿过房间,互相拍打着;他们仿佛有很长时间没有见面了,埃莉·亨德森看着他们走开时想,她肯定见过那个人的脸。个子高高的男人,是个中年人,眼睛漂亮,肤色较暗,戴着眼镜,有点儿像约翰·伯罗斯。伊迪丝一定会知道他是谁。

那个印有飞翔的天堂鸟图案的窗帘又被风吹起来了。克拉丽莎看见——她看见拉尔夫·莱昂把窗帘拍了回去又接着聊天。那么说晚会毕竟没有办砸!它会顺利进行下去的——她的晚会。它已经开始了。它已经开始了。但它的结局仍不可确知。她目前必须站在那里。客人仿佛蜂拥而至。

加罗德上校和夫人……休·惠特布雷德先生……鲍利先生……希尔伯里太太……玛丽·马多克斯夫人……奎因先生……威尔金斯拉长声音报着名字。克拉丽莎对每个客人说了六七个字,然后他们就继续向前走,进了屋子;进入了有意义的地方,而不是虚空之中,因为拉尔夫·莱昂已经把窗帘拍了回去。

然而就她扮演女主人角色来说,实在太费精力了。她并没有感到快乐。这简直就像——就像她成了没有个性的"任何人",站在那里;任何人都能这样做;然而她还真有点儿爱慕这个"任何人",她不禁觉得无论如何是她本人促成了这次晚会,它标志着一个阶段,她感到自己变成了一根木桩,因为很奇怪,她已完全忘掉自己的模样,只感觉自己是根木桩,钉在楼梯之上。每次她举办晚会都感觉失去了自己的个性,还觉得每个人一方面不真实,另一方面又要真实得多。她想,一个原因是他们的服装,另一个原因是他们不得不改变平时的仪态,再一个原因是整个背景;你可以说在任何其他场合不能说的话,可以谈需要费点儿力气才能谈出的事;你有可能比平时谈得深入得多。但她不能这样，至少现在还不能。

“见到你多么高兴啊！”她说。亲爱的老哈里爵士！他会认识大家的。

令人感到那么奇怪的是当客人们一个接一个上楼时你所得到的感觉，芒特太太和西莉亚，赫伯特·安斯蒂，戴克斯太太——啊，还有布鲁顿夫人！

“您能光临真是太荣幸了！”她说，这是她的真心话——很奇怪，你站在那里感觉他们在走啊，走啊，有的人年纪较大，有的人……

叫**什么**名字？罗塞特夫人？这个罗塞特夫人究竟是谁呢？“克拉丽莎！”那个声音！是萨莉·西顿！萨莉·西顿！过了这么多年之后！她在薄雾中显现出来。因为她过去不是**这副模样**，萨莉·西顿，在当年克拉丽莎抓起暖水袋的时候。想着她就在这个屋顶下面，就在这个屋顶下面！那时她绝不是这副模样！

千言万语一齐涌了出来，既窘困，又夹杂着笑声——我正路过伦敦，从克拉拉·海登那里听说的，正是个见你的好机会！所以我冒昧地来了——没有请帖……

你有可能很镇静地放下暖水袋。她已经失去了昔日的光彩。然而再见到她确实不寻常，她老多了，更快活了，不那么可爱了。她们互相亲吻，先吻这边脸，再吻那边脸，在客厅的门旁，然后克拉丽莎握着萨莉的手转过身去，看着房间里高朋满座，听着鼎沸的人声，看着那些烛台、那些被风吹起的窗帘和理查德送给她的玫瑰花。

“我有五个大儿子啦。”萨莉说。

她有着最纯朴的自负，总有想拔尖的最公开的愿望，克拉丽莎欣喜地看到她还是这样。“我简直不能相信！”她喊道，一想起过去，快乐的感觉就在她的全身燃烧。

可是哎呀，威尔金斯；威尔金斯请她过去；威尔金斯正在用一种最高权威的声音说话，似乎所有在场的人必须受到训诫，而女主人则必须停止放纵，改邪归正，他在报着一个人的名字：

“是首相。”彼得·沃尔什说。

首相？是真的吗？埃莉·亨德森很感惊奇。这可是大事，必须告诉伊迪丝！

你不能笑话他。他显得那么普通。你本来可能把他安置到柜台后面，从他那里买饼干的——可怜的家伙，全身上下都镶着金边。公正地说，当他先由克拉丽莎陪同再由理查德陪同到各屋寒暄的时候，他表现得十分得体。他努力使自己像个大人物。观察这个场面很有意思。谁都不看他。他们只管继续谈话，然而心里十分清楚，他们都知道并从骨髓里感觉到这位大权在握的人从身边走过；这个人象征着他们所有的人所代表的英国社会。布鲁顿老夫人看上去身体也很健康，穿着带金边的衣服显得忠诚而坚定，她翩翩然走过来，于是他们进了一间小屋，小屋立刻受到监视和警戒，一种骚动声和沙沙声像水面的涟漪一样公开地传到每一个人耳边：是首相！

上帝啊，上帝，英国人真趋炎附势！彼得·沃尔什站在角落里想。他们多么喜欢穿镶金边的礼服，多么喜欢顶礼膜拜呀！

看！那人一定是——哎呀那就是——休·惠特布雷德，他在伟人圈里东跑西颠，比以前胖多了，头发白多了，那个可爱慕的休！

他看上去总像在执行公务，彼得想，他是个有特权但很隐秘的人，收集了许多他会誓死保守的机密，尽管那不过是一个宫廷看门人无意中说的闲话而且第二天所有报纸都会刊登出来。他平时喋喋不休谈论的、想方设法显示的就是这些东西；他在把玩这些东西的过程中变得头发花白，接近老年，得到有幸结识这类英国私立学校毕业生的所有人的尊敬和爱戴。你会很自然地编造出这类关于休的故事；那就是他的风格，也是他写的那些令人敬慕的信件的风格；彼得曾在几千英里之遥的海外从《泰晤士报》上读到过这些信，并为自己逃离了那种邪恶的喧嚣而感谢上帝，即便他在海外只能听见狒狒尖叫和苦力们殴打妻子的吵闹声，他仍为之感到庆幸。从一所大学来的一个有橄榄色皮肤的男青年逢迎地站在他旁边。休一定会资助他，启发他，教他如何取得成功。因为他最喜欢做的莫过于小小的好事，例如让老夫人们因为还有人惦记自己而高兴得心跳加快，她们上了年纪，境遇不佳，觉得被人遗忘了，然而亲爱的休驾车去看她们，坐上个把小时谈谈过去，回忆许多鸡毛蒜皮的小事，称赞她们家里自制的蛋糕，尽管休一生中可能每天都陪一位公爵夫人吃蛋糕，而且，只要看看他那副样子就知道他可能确实花费了很多时间来从事这个愉快的职业。那评判一切人、宽恕一切人的上帝也许能原谅他。彼得·沃尔什则不能宽恕他。世上一定有坏人，而且，上帝知道，那些因为在火车里把一个姑娘的脑浆打飞而被处以绞刑的流氓们所造成的危害，总的来讲还不如休·惠特布雷德和他的善心造成的危害大！看看他现在的样子吧，首相和布鲁顿夫人出现的时候，他踮起脚尖，迈着舞步往前走，点着头哈着腰，暗示让全世界都看看他有特权和布鲁顿夫人说话，谈论某件私事，在她经过的时候。她停了下来，摇了摇苍老、优雅的头。她大概正在为他的某个卑躬的行为而表示感谢。她有一群谄媚奉迎的追随者，他们是政府各办公室的小官员，他们四处奔波，代表她去完成一些小任务，她则请他们吃午饭作为回报。但是她遵循的是十八世纪的传统规范。她是无可指责的。

现在克拉丽莎陪同她的首相走进这间屋子，她昂首阔步，精神焕发，她那灰白的头发给人以庄重的感觉。她戴着耳环，穿着银绿色美人鱼式衣裙。她仿佛在海浪上跳跃，编结着长发，她仍保持着那种天赋：活着，存在着，在她经过的一瞬间内总揽全局；她转过身去，她的围巾挂到了某个女宾的衣裙上，她取下围巾，哈哈大笑，这一切她做得轻松自如，神态怡然自得，活像一条在水中浮游的鱼儿。可是岁月没有放过她；即便是个美人鱼也会在一个非常晴朗的傍晚从镜子里看见海浪上空的夕阳。她身上有了一丝温柔；她的严厉、她的谨慎、她的拘束现在都被暖透了；当她与那个身穿宽金边制服的、竭力显示自己十分重要的人（祝他交好运吧）说再见的时候，表现出一种不可言状的尊严、一种极度的诚挚；好像她是在祝愿全世界健康，而且由于她处在一切事物的边缘，她现在倒是必须告辞了。她使他产生了这些想法。（但他并非在恋爱。）

克拉丽莎想，首相能赏光出席晚会实在太好了。而且，自己陪同首相走过整个房间，萨莉在场，彼得也在场，理查德非常高兴，所有的客人可能都会羡慕她，因此她感受到了那一瞬间的极度兴奋，感受到心脏里的神经在扩张，直到心脏似乎颤抖起来，它已被浸透并直立向上；——确实如此，但那毕竟是别人都有的感觉；因为虽然她喜欢这一刻极度的兴奋，感觉它在刺激自己，但是这些炫耀，这些成功（例如，亲爱的老彼得认为她是那么光彩照人），仍然包含着一种空虚；它们距她有一臂之遥，并不在她心里；可能是因为她年龄大了，它们不再像过去那样令她满足；突然间，就在她目送首相下楼的时候，她看见了乔舒亚爵士画的拿皮手笼的小女孩的画，那圆形镀金画框一下子把基尔曼带回她的心中；她的敌人基尔曼。那才能令人满足；那才是真实的。啊，她多么恨她啊——暴躁、虚伪、腐败，竟有那种诱人的力量，是她勾引了伊丽莎白，她是个悄悄溜进来偷盗和亵渎的女人（理查德会说：全是胡说八道！）。她恨她，她爱她。你需要的是敌人，而不是朋友——不是杜兰特太太和克拉拉，不是威廉爵士和布拉德肖夫人，不是特鲁洛克女士和埃莉诺·吉布森（她看见他们在上楼）。如果他们需要她，他们必须找到她。她是整个晚会的主持人！

她的老朋友哈里爵士来了。

“亲爱的哈里爵士！”她说着走到这位健康的老家伙面前；他创作了很多坏作品，比整个圣约翰伍德学院的其他会员中任何两个人的坏作品加起来还要多（他的作品里总是有牛，或站在夕阳映照的水潭里喝水，或跷起一条前腿摇着双角以示意“陌生人来了”，因为他创造了一整套象征性的姿势——他的一切活动，在饭店吃饭也好，看赛马也好，都是以描绘牛群站在夕阳映照的水潭里喝水为基础的）。

“你们笑什么呢？”她问他。因为威利·蒂特科姆、亨利爵士和赫伯特·安斯蒂都在笑。可是不行。哈里爵士不能给克拉丽莎讲那些音乐厅舞台的事（虽然他很喜欢她，认为她是同类女人中最完美的一个，并扬言要画她）。他友好地拿这个晚会和她开玩笑。可惜这里没有他喜欢喝的那种白兰地酒。他说，这些圈子里的人都比他层次高。可是他喜欢她，尊敬她，尽管她那上层阶级的优雅姿态既可恶又难对付，使他无法叫她坐到他的大腿上。希尔伯里老太太走过来了，像飘忽不定的鬼火，像闪烁不定的磷光，她随着他的笑声（他们在谈论公爵和夫人）伸出双手；她在房间的另一头听见这笑声时，似乎感到宽心多了，因为她在早晨醒得很早又不想召唤女仆送茶来的时候常为一个想法而烦恼，那想法就是：我们必定要死，这是毫无疑问的。

“他们不肯告诉我们刚才讲的是什么。”克拉丽莎说。

“亲爱的克拉丽莎！”希尔伯里太太喊道。克拉丽莎今天晚上是那么像她的母亲，她说，就像她第一次看见她母亲戴着灰帽子在一个花园里散步的样子。

克拉丽莎真的热泪盈眶了。她的母亲，在花园里散步！可是哎呀，她必须走了。

因为布赖尔利教授在那边，他专门讲授弥尔顿的作品，现在正跟小吉姆·赫顿说话(吉姆·赫顿来参加这样的晚会既不系领带又不穿西服背心,也没把头发理顺);即便离得这么远,她仍能看出他们是在争吵。因为布赖尔利教授是个怪人。他的性格中有一些古怪的成分:渊博的学识和胆怯懦弱、缺乏友情温暖的冰冷魅力、掺杂着势利言行的单纯;与那些拙劣的作家相比,他拥有各种学位证书、荣誉证书和讲师职位,因此他能立刻觉察出对他的古怪性格不利的氛围;如果他从一个妇人蓬乱的头发、一个小伙子的皮靴意识到存在着一个由反叛者、狂热青年和自诩天才的人组成的邪恶社会(这本领值得称道,毫无疑问),他总是微微颤抖,轻轻甩一下头,吸一口气——哼!——以此向人们暗示保持克制有多么重要,以及为了欣赏弥尔顿①的作品先学习一点儿古希腊罗马典籍有多么重要。布赖尔利教授跟小吉姆·赫顿(后者穿着红袜子,因为他的黑袜子还在洗衣房呢)谈弥尔顿谈得很不投机(克拉丽莎看得出来)。她打断了他们的谈话。

她说她爱好巴赫②的音乐。赫顿也喜欢巴赫的音乐。那是联结他们的纽带,而且赫顿(一个很蹩脚的诗人)总是感觉达洛维太太是对艺术有兴趣的了不起的女士中最最优秀的。很奇怪她是那么严格注意礼节。谈起音乐她完全持客观态度。她倒是个一本正经的人。可是看上去多么迷人啊!她把家里的气氛搞

① 弥尔顿(1608—1674),英国伟大的诗人,地位仅次于莎士比亚。

② 巴赫(1685—1750),音乐史上最伟大的德国作曲家之一。

得那么温馨,要是没有那些教授们在这儿就好了。克拉丽莎倒是有心拉他出来,让他在后屋的钢琴旁边坐下。因为他钢琴弹得很美。

“可是屋里太吵了!”她说,“太吵了!”

“这是晚会成功的标志。”布赖尔利教授有礼貌地点点头,步履轻缓地走到一边。

“全世界有关弥尔顿的事他都了解。”克拉丽莎说。

“是吗?”赫顿说,他会在全汉普斯特德区模仿这位教授,这位研究弥尔顿的教授、主张保持克制的教授、步履轻缓地走开的教授。

可是她必须和那一对夫妇说说话,克拉丽莎说,他们是盖顿勋爵和南希·布洛。

不要认为**他们两人**明显地增加了晚会的喧闹。他们并肩站在黄窗帘旁边,(显而易见)没有谈话。他们很快就要到别处去,一起行动;他们在任何情况下都没有多少话可说。他们只是观看而已。那就足够了。他们显得那么整洁,那么健康,她脸上搽着脂粉像杏花开放;而他非常干净利索,眼睛像鸟眼,因而没有一个球他打不着,也没有一次击球能使他惊奇。他击球,他跳起,准确,快捷。他一拉缰绳,小马的嘴就微微抖动。他有各种荣誉,有祖先的纪念碑,家乡的教堂里悬挂着他家族的旗帜。他有自己的公务、自己的佃户,还有母亲和姐妹;他已在洛德板球场玩了一整天,那正是达洛维太太走过来时他们谈论的话题——板球、堂兄弟姐妹、电影。盖顿勋爵特别喜欢达洛维太太。布洛小姐也有同感。她的姿态总是那么优雅。

“你们能光临真是太赏光了,太荣幸了!”她说。她喜欢洛德板球场;她喜欢青春活力,此时南希站在那里,穿着巴黎最伟大的艺术家设计制作的极其昂贵的衣服,看上去仿佛从她身上自动长出了绿色的褶边。

“我本来打算开舞会的。”克拉丽莎说。

因为那些年轻人不会谈话。他们为什么要谈话呢?他们大喊,拥抱,摇摆,黎明时起床,给马驹送食糖,亲吻抚摸可爱的乔乔狗的鼻子;然后,所有的人都跃跃欲试,一个接一个跳进水中游泳。但是英国语言的巨大资源他们却用不上,他们毕竟缺乏这种语言赋予人们的交流感情的能力(她和彼得在他们的年龄会彻夜争论不休)。他们在很年轻的时候就会定型。他们对待庄园里的人会好得不得了,可是单独出来时就可能相当乏味。

“多遗憾呀!”她说,“我本来想开舞会的。”

他们能来真是太好了!可是还说舞会呢!几间屋子都挤满了人。

老海伦娜姑妈围着披巾来了。哎呀,她必须离开他们——盖顿勋爵和南希·布洛。老帕里女士,她的姑妈来了。

要知道海伦娜·帕里女士没有死,帕里女士还健在。她有八十多岁了。她拄着拐杖慢慢走上楼梯。她被让到椅子上(理查德事先关照过的)。那些了解缅甸七十年代情况的人总会被带到她的面前。彼得到哪儿去了?他们两人过去曾是那么好的朋友。因为只要一提印度,甚至锡兰,她的两只眼睛(只有一只是玻璃的)就慢慢变得深邃了,变成了蓝颜色,它们看见的不是人类——她对总督们、将军们,以及军队哗变没有任何温情的回忆,也没有自豪的幻想——她看见的是兰花、山间的通路以及自己在六十年代被苦力们抬着翻越渺无人迹的山峰或下山拔兰花的情景(那些兰花很不寻常,以前从没有见过),她把这些花画进了水彩画;她是一个无所畏惧的英国女人,如果她在深思兰花或自己六十年代在印度旅行的形象时受到战争的打扰,比如说一颗炸弹就落在她家门前,她一定会着急生气的——可是彼得来了。

“过来给海伦娜姑妈讲讲缅甸的情况吧。”克拉丽莎说。

然而整个晚上他还没能和她说上一句话呢!

“咱们过一会儿再谈。”她把他领到围着白披巾、拿着拐杖的海伦娜姑妈面前。

“这是彼得·沃尔什。”克拉丽莎说。

这话没引起任何反应。

克拉丽莎邀请她来。晚会很累人,很喧闹;可是克拉丽莎请她参加。所以她就来了。可惜他们住在伦敦——理查德和克拉丽莎。如果只为克拉丽莎的健康着想的话,住在乡下要好得多。但是克拉丽莎一向喜欢社交。

“他去过缅甸。”克拉丽莎说。

啊!她不禁回忆起查尔斯·达尔文①对她那本关于缅甸兰花的小册子的评语。

---

① 查尔斯·达尔文(1809—1882),英国博物学家、进化论的奠基人。

（克拉丽莎必须去和布鲁顿夫人说话。）

毫无疑问，那书已被遗忘了，她的关于缅甸兰花的书，可是在一八七〇年前那本书已出了三版，她告诉彼得。现在她记起彼得了。他在伯尔顿待过（那天晚上他在客厅里没有告别就离开了她，彼得·沃尔什还记得，就在克拉丽莎叫他去划船的时候）。

“理查德是那么欣赏那天的午餐会。”克拉丽莎对布鲁顿夫人说。

“理查德最能帮忙啦，”布鲁顿夫人回答，“他帮我写了一封信。你身体好吗？”

“啊，好极了。”克拉丽莎说。（布鲁顿夫人讨厌政治家的妻子有病。）

“哎，彼得·沃尔什来了！”布鲁顿夫人说（因为她总是想不出跟克拉丽莎说什么好，尽管她喜欢她。她有很多好的品质；可是她们之间丝毫没有共同之处——她和克拉丽莎。如果理查德当初娶一个不那么妩媚的女人就好了，那样的女人会帮他做更多的工作。他已经失去了进内阁的机会）。“彼得·沃尔什来了！”她说，一面和那个令人愉快的罪人握手，那个本来应该出名可是没有出名的能干的家伙（他总是和女人闹麻烦），当然啦，她也和老帕里女士握手。了不起的老夫人！

布鲁顿夫人站在帕里女士的椅子旁边，像个披着黑纱的手榴弹兵幽灵，邀请彼得·沃尔什共进午餐；她很诚挚友好，可是不会寒暄，她对印度的动植物一点儿都想不起来了。她当然去过印度，曾经在三届总督家住过；她认为有些印度平民是非同一般的好人，可是印度的状况①简直是太惨了！首相刚才一直在给她讲（老帕里女士缩在披巾里，并不关心首相一直在给她讲些什么）；布鲁顿夫人想听听彼得的意见，正好他刚从那个中心地区回来，而且她要让桑普森爵士会见他，因为作为士兵的女儿，印度局势的荒唐，或者说是邪恶，确实使她彻夜难眠。她已经老了，干不了什么大事。但是她的房子、她的仆人们、她的好朋友米莉·布拉什——他还记得她吗？——都在那里要求效劳，如果——一句话，如果他们能派得上用场的话。要知道她虽然从来不提英格兰，但是这个养育着众生的岛屿，这片亲爱又亲爱的土地已溶进她的血液之中（尽管她没读过莎士比亚）②；如果有史以来有一个女人能戴头盔射利箭，能领兵出征，能用不可抗拒的正义去统治野蛮的部族，并成为一具没有鼻子的尸首躺在教堂的盾形坟墓之中，或变成某个古老山坡上被青草覆盖的小土堆，那个女人就是米莉森特·布鲁顿。尽管她受到性别的限制，又缺乏逻辑思维能力（她感到给《泰晤士报》写封信很困难），但她仍时时想着大英帝国，并且通过与那个全副武装的战争女神相联系得到了像步枪捅弹杆的身姿和粗犷的举止，因此不能想象她即便死后能与大地分离，也不能想象她会以某种精灵的形象游荡于那些已不再悬挂英国国旗的地区。要她不当英

① 指第一次世界大战后印度人民在以圣雄甘地为领袖的国大党领导下进行的全国性不合作运动，旨在迫使英国殖民当局同意印度自治。

② 句中赞扬英格兰的话模仿莎士比亚历史剧《理查二世的悲剧》第二幕第一场的台词。

国人,即便在死人中间——不行,不行!绝对不行!

可那是布鲁顿夫人吗?(她过去认识她。)彼得·沃尔什难道头发花白了吗?罗塞特夫人问自己(她过去叫萨莉·西顿)。那位肯定是老帕里女士——她在伯尔顿小住时遇到的那位很爱生气的老姑妈。她永远忘不了自己赤身裸体跑过走廊,后来被帕里女士叫去训斥的事!克拉丽莎!哎,克拉丽莎!萨莉拉住她的胳膊。

克拉丽莎在他们身边停了下来。

"可是我待不住,"她说,"我会回来的,等一等吧。"她看着彼得和萨莉说。她的意思是,他们一定要等到所有的客人离开以后。

"我会回来的。"她说,注视着她的老朋友萨莉和彼得,他们两人正在握手,而萨莉在大笑,无疑是回忆起了往事。

但是她的声音已失去了过去那令人陶醉的圆润,她的眼睛也不再像以前那样炯炯有神;那时她吸着雪茄烟,那时她曾一丝不挂地跑过走廊去取她的海绵包,为此受到埃伦·阿特金斯质问:如果让男士们撞见了怎么办?可是大家都原谅了她。她到食品储藏室偷着拿了一只鸡,因为她夜里饿了;她在卧室里吸雪茄烟;她把一本价值不可估量的书忘在小船里。可是大家都非常喜爱她(大概除了爸爸以外)。那是因为她的热情和她的活力——她要画画,她要写作。伯尔顿村的老妇人直到如今还忘不了问候"你那位穿红斗篷的、样子很快活的朋友"。在所有的人当中,她唯独指责休·惠特布雷德(他就在那边,她的老朋友休,正在和葡萄牙大使说话)在吸烟室里吻她,作为对她的惩罚,因为她说妇女应该有选举权。庸俗的男人才干这种事,她说。克拉丽莎记得曾不得不劝说她不要在全家祈祷时谴责他——萨莉能做出这种事来,因为她大胆、鲁莽,喜欢煞有介事地成为一切的中心并喜欢大吵大闹,而那肯定会以某种可怕的悲剧收场:她或者死去,或者殉难,克拉丽莎过去常这样想;然而与此相反,萨莉非常出人意料地嫁给了一个秃顶的、能听她唠叨的男人,据说他在曼彻斯特市拥有几座棉纺织厂。而且她竟生养了五个儿子!

她和彼得已经一起坐下。他们在谈话:这情景似乎很熟悉——他们应该在谈话。他们会谈起往事。她和这两个人有许多共同的经历(甚至比她和理查德的共同经历还要多):那个花园、那些树、老约瑟夫·布赖特科普夫嗓子不好还唱勃拉姆斯的歌曲、那客厅的壁纸、那些铺地垫子的气味。萨莉肯定永远是这一切的一个组成部分;彼得也是。可是她必须离开他们。布拉德肖夫妇来了;她不喜欢他们。

她必须过去见布拉德肖夫人(夫人一面穿着灰色和银色服装,像只海狮在水池边表演平衡,一面吵着让人邀请她,要见公爵夫人们,她是典型的成功男人的妻子),她必须过去见布拉德肖夫人并说……

可是布拉德肖夫人先声夺人。

"我们来得实在太晚了,亲爱的达洛维太太;我们简直不敢进来了。"她说。

威廉爵士头发花白，眼睛湛蓝，显得很有身份；他说：是啊；他们抵制不住晚会的诱惑。他大概在和理查德谈议案的事，他们想让下议院通过那个议案。她为什么一看见他（正在和理查德说话）就讨厌呢？他的样子没有什么特殊的，就是名医的样子。一个十足的医学界带头人的样子，非常权威，相当疲惫。想想都是什么样的人到他那里看病吧——陷入悲惨深渊的人们、处于精神崩溃边缘的人们、丈夫们和妻子们。他不得不决定许多非常棘手的问题。然而——她感觉，任何人都不喜欢让威廉爵士看出自己不快活。不行，不能让那个人看出来。

"你的儿子在伊顿公学怎么样？"她问布拉德肖夫人。

他没能参加板球队，布拉德肖夫人说，因为得了腮腺炎。他的父亲比他本人还在乎这事，她这样认为，"因为他自己不过是个大孩子而已。"她说。

克拉丽莎看了看威廉爵士，他还在和理查德说话。他哪里像个孩子——一点儿都不像。

她有一次曾陪一个什么人去请教他。他说的做的完全正确，特别明智。可是老天爷啊——她重新回到大街上的时候觉得多么轻松啊！她还记得，有个可怜的人在候诊室里哭泣。但是她不知道威廉爵士有什么问题，不知道自己到底不喜欢他哪一点。只有理查德同意她的看法，"不喜欢他的情趣，不喜欢他的气味。"可是他异常能干。他们正在讨论这个议案。威廉爵士正提到某个病人，他压低了声音。这跟他正谈着的弹震症的延缓效果有关。议案里必须包括有关的条款。

布拉德肖夫人(可怜的傻瓜——你并不讨厌她)突然压低声音,把达洛维太太拉到一边,好像把她拉到防空洞里,这防空洞由共同的女性特点和对丈夫们的杰出品格以及工作狂的可悲倾向的共同自豪感构成;她小声说:“就在我们动身要来的时候,我丈夫接到了电话,是个非常悲惨的病例。一个年轻男子自杀了(那就是威廉爵士正在告诉理查德的事)。他曾在陆军服役。”天呀! 克拉丽莎想,我的晚会才开到一半,死讯就来了。

她继续往前走,进了那间小屋,就是首相和布鲁顿夫人进过的那间。也许屋里有人。可是一个人都没有。椅子上仍留有首相和布鲁顿夫人坐过的印记:布鲁顿夫人恭敬地转过身去,首相则以权威的姿态稳稳地坐着。他们曾一直谈着印度的局势。现在一个人都没有了。晚会的光辉消失了,她穿着华贵的衣服独自走进来感觉那么怪。

布拉德肖夫妇有什么权利在她的晚会上谈论死亡? 一个男青年自杀了。他们在她的晚会上谈论这件事——布拉德肖夫妇谈论死亡。他自杀了——可怎么死的呢? 每当她头一次突然听说个什么事故,她的身体总要去体验它;她的衣裙着起火,她的身体被烧伤。他是从窗口跳出去的。地面很快一闪;那些生锈的围栏尖头错误地刺穿他的身体,弄得他遍体鳞伤。他躺在那里,脑子里啪啪啪地响,然后一派黑暗使他窒息。这情景她都看见了。但是他为什么要自杀呢? 而布拉德肖夫妇竟在她的晚会上谈论这种事!

她有一次曾把一先令硬币扔进蛇形湖里,以后再没有抛弃过别的东西。但是他把自己的生命抛弃了。他们这些人继续活着(她得回去;那些屋子里仍挤满了人;客人还在不断地来)。他们(一整天她都想着伯尔顿,想着彼得,想着萨莉),他们会变老的。有一种东西是重要的;这种东西被闲聊所环绕、外观被损坏,在她的生活中很少见,人们每天都在腐败、谎言和闲聊中将它一点一滴地丢掉。这种东西他却保留了。死亡就是反抗。死亡就是一种与人交流的努力,因为人们感觉要到达中心是不可能的,这中心神奇地躲着他们;亲近的分离了;狂喜消退了;你孤身一人。死亡之中有拥抱。

但是这个自杀的青年——他是不是抱着他最宝贵的东西跳下去的呢?“如果现在就死去,现在就是最幸福。”她有一次曾这样对自己说,是在走下楼梯的时候,穿着白色衣裙。

或许诗人和思想家们也有同感。假设这个青年曾有过那种激情,并去见过威廉·布拉德肖爵士;威廉爵士是个名医,然而在她看来有一种不易察觉的邪恶,他没有性感或情欲,对女人特别有礼貌,但是他能做出某种难以形容的暴行——给你的灵魂施加压力,对了,就是这个;如果这个年轻人到他那里去过,而且威廉爵士用自己的权势对他施加那样的压力,年轻人是否可能说(她现在真切地感到这一点):生活真让人受不了;他们——像威廉爵士那样的人——把生活搞得让人无法忍受?

再说(她只是今天早晨才感到这一点的)还有那种恐怖感,那种强烈的无能为力的感觉,因为父母把这条生命交到你手里的时候期望你活到老,期望你宁静地与其同行,而你却不能;在她心灵深处有一种极度的恐惧感。即使是现在，如果理查德不是经常在那里阅读《泰晤士报》，从而使她能像小鸟一样蹲伏着逐渐恢复活力，把那不可估量的快乐大吼出来，擦过一个个柴枝，用一种东西摩擦另一种东西的话，她一定早就死了。她逃避了死亡。可是那个年轻人却自杀了。

在某种意义上，这是她的灾难——她的耻辱。她看见这里一个男人、那里一个女人陷入这深邃的黑暗并消失了，而她却穿着晚礼服勉强站在这里，这是对她的惩罚。她曾使过诡计，她曾偷过小东西。她从来就不是完美的令人爱慕的人。她曾希望成功，像贝克斯伯拉夫人那样拥有一切。而昔日她曾在伯尔顿的台地上散步。

真奇怪，真难以置信，她还从来没有这么幸福过。什么都不够缓慢，什么都延续得不够长。她早已告别了青春的成功，一直埋头于生活的进程，突然间她又惊喜地找到了幸福，在太阳升起的时候，在白昼逝去的时候，因此没有任何快乐能与这种幸福相比，她想，一面整理着椅子，把一本书推进书架里。在伯尔顿时她曾不只一次在大家谈话的时候走出去瞭望天空，或在晚餐时从人们的肩膀之间看着天空；在伦敦，她睡不着觉的时候也要看看天空。她走向窗口。

这郊外的天空，这威斯敏斯特的天空，包容着她自己的某种东西，尽管这想法很愚蠢。她打开窗帘，向外张望。哎呀，可是多么令人惊奇啊！——在对面楼房的房间里，那位老妇人正在和她对望！她正准备上床睡觉。还有这天空。她曾预料，天空会把美丽的脸庞转向后面，它将是肃穆的、昏暗的。可是看看它吧——像灰一样苍白，有大片的带状云彩飞速穿越其间。这在她看来非常新鲜。风一定是刮起来了。在对面的房间里，她要上床了。观察那位老妇人在屋子里走动，穿过房间来到窗口，真是太有意思了。她能看得见她吗？正当客人们仍在客厅里说说笑笑的时候，观察那位老妇人很安静地独自上床真是太有意思了。现在她拉下百叶窗。时钟敲起来了。那个年轻人自杀了，但是她并不可怜他；由于钟声在报时，一下、两下、三下，由于这一切仍在继续，她不可怜他。看！那老妇人已经熄灯了！现在整个房间一片黑暗，而这一切还在继续，她重复道，然后几个字自动来到她的嘴边：无需再怕骄阳酷暑。她必须回到他们那边去。但这是个多么不寻常的夜晚啊！她不知为什么觉得自己非常像他——那个自杀的年轻人。她为他的离去感到高兴，他抛弃了自己的生命，与此同时他们还在继续生活。时钟正在敲响。那深沉的音波逐渐消逝在空中。可是她必须回去。她必须和客人们在一起。她必须找到萨莉和彼得。于是她从小屋进到客厅。

"可是克拉丽莎在哪呢？"彼得说。他和萨莉一起坐在沙发上。（这么多年之后他实在无法叫她"罗塞特夫人"。）"那女人到哪去了？"他问，"克拉丽莎到哪去啦？"

萨莉猜想，彼得也同样猜想，一定是来了一些重要人物，政治家们，他们两个都不认识，除非在报纸上看见过照片，克拉丽莎不得不招待他们，和他们说话。她正跟他们在一起。然而理查德不是内阁成员。他干得不好吧？萨莉猜想。她自己很少看报。她有时看见报上提到他的名字。可是后来——是啊，她过着一种非常孤独的生活，在荒野里，克拉丽莎会说，在大商人中间，在大工厂主中间，总而言之，在务实的男人中间。其实她也干了不少事！

“我有五个儿子！”她告诉他。

上帝啊，上帝，她的变化多大呀！那母性的温柔，还有那母性的自我吹嘘！彼得还记得，他们最后一次见面是在月光下的花椰菜丛中，那些叶片像“粗糙的青铜”，她曾这样说，用她的文学表达方法；她还摘下一朵玫瑰。她曾强迫他走过来又走过去，就在那个可怕的夜晚，在喷泉旁的那一幕发生之后；他那时准备赶午夜的火车。老天爷啊，他曾号啕大哭！

那是他的故技，打开随身带的折刀，萨莉想，他激动的时候总是开关折刀。他们两人曾经非常非常亲近，她和彼得·沃尔什，在他和克拉丽莎恋爱的时候；还有午餐时那场关于理查德·达洛维的荒唐可笑的争吵。她曾叫理查德“威克姆”。为什么不叫他“威克姆”呢？克拉丽莎大发雷霆！而且她们两人从那以后确实没有再见面，她和克拉丽莎，在最近十年里也许最多只见过六次。彼得·沃尔什后来去了印度，她曾隐约听说他的婚姻不幸福，她不知道他有没有孩子，她也不便问，因为他已经变了。她觉得，他样子憔悴，但是比以前更友善了，她对他有一种真正亲切的感情，因为他是和她的青春联系在一起的，她仍保存着他送的一本艾米莉·勃朗蒂的小书,而且他肯定是想写作的吧?那时候他的确是准备写作的。

“你写什么书了吗?”她问他,同时把一只手,她那结实的、形状很美的手,放到膝头,跟他记得的一模一样。

“一个字都没写!”彼得·沃尔什说,她哈哈大笑。

她仍旧很动人,仍旧引人注目,萨莉·西顿。可是这位罗塞特是个什么样的人呢?他在婚礼那天戴了两朵山茶花——关于他的情况彼得就知道这么多。“他们有很多仆人,有绵延几英里的暖房。”克拉丽莎信中说,大意如此。萨莉高声大笑着承认了这一点。

“是啊,我一年收入一万英镑。”——不知是交税前还是交税后,她记不清了,因为这些事都是她丈夫替她做的,“你应该见见他。”她说,“你会喜欢他的。”她说。

萨莉过去可是衣衫褴褛。为了来伯尔顿,她曾典当了她曾祖父的戒指,那是玛丽·安特瓦尼特赠送的——他这消息没错吧?

啊,是啊,萨莉想起来了,她仍然保存着那枚戒指,玛丽·安特瓦尼特送给她曾祖父的红宝石戒指。那时候她名下没有分文,去伯尔顿总是意味着她得使劲勒紧裤腰带。但是去伯尔顿对她很有意义——使她精神免于崩溃,她相信,因为她在家里很不愉快。但那都是过去的事了,一切都过去了,她说。帕里先生已经去世,而帕里女士还活着。他一生中从来没有这样震惊过,彼得说。他曾确信她已辞世。那婚姻一直是成功的吧?萨莉琢磨着。那个很漂亮、很自信的姑娘是伊丽莎白，就在那边，在窗帘旁边，穿着红衣服。

（她像一棵白杨，她像一条小河，她像一朵风信子花，威利·蒂特科姆在想。啊，若是在乡下，她想干什么就干什么该多好！伊丽莎白确信她能听见她那可怜的小狗在叫。）她一点儿都不像克拉丽莎，彼得·沃尔什说。

“啊，克拉丽莎！”萨莉说。

这就是萨莉的感觉，很简单。她欠克拉丽莎许许多多的情。她俩曾是朋友，不是一般的熟人，而是朋友，她仍能看见克拉丽莎身穿白衣手捧鲜花在房子里走来走去——时至今日烟草植物仍能使她想起伯尔顿。但是——彼得明白吗？——她缺少点什么。缺少什么呢？她有魅力，她有非同寻常的魅力。但坦率地说（她感觉彼得是个老朋友，一个真正的朋友——他有一个时期不在英国，这有关系吗？相距遥远有关系吗？她常常想给他写信，可是写了又撕掉，然而她觉得他能理解，因为人们无须把事情都说出来便能理解，有如一个人意识到自己年岁已老；她老了，当天下午刚去伊顿公学看过她的儿子们，他们患了腮腺炎），十分坦率地说，克拉丽莎怎么能那样做呢？——怎么能嫁给理查德·达洛维呢？那人是个体育爱好者，一个只喜欢狗的人，说真的，他一进屋就散发出一股马厩的气味。然后生活就变成了这个样子？她摆了摆手。

那是休·惠特布雷德，悠闲自在地走了过去，穿着白色西服背心，迟钝、肥胖、视而不见，他对一切都不留意，只注意自尊和安逸。

“他不打算认**咱们**。”萨莉说，说实在话她也没有那个勇气去——这么说，那就是休！那个令人爱慕的休！

“他做什么工作？”她问彼得。

他给国王擦皮靴，或在温莎宫里数酒瓶子，彼得告诉她，彼得的舌头还是那么尖刻！可是萨莉必须说老实话，彼得说。讲讲那次休亲吻她的事。

吻在嘴唇上，她肯定地告诉他，那是一天晚上在吸烟室里。她当时生气极了，立即去找克拉丽莎。休不会干那种事！克拉丽莎说，那令人爱慕的休！休的短袜无一例外，总是她所见过的最漂亮的——现在他穿的晚礼服也无可挑剔！他有孩子吗？

“这屋子里的每个人都有六个儿子上伊顿公学。”彼得告诉她，除了他自己以外。感谢上帝，他一个孩子都没有。没有儿子，没有女儿，也没有妻子。唉，他好像并不在意，萨莉说。他比他们所有的人都显得年轻，她想。

可是那样的婚姻从很多方面来说都是愚蠢的，彼得说；“她是个十足的傻瓜。”他说，但是，他又说：“我们曾度过一段美好的时光。”但是那怎么可能呢？萨莉想不通；他的话是什么意思呢？认识他却一点儿都不了解他的情况，多么奇怪啊。他这样说是出于自尊吗？很可能，因为那桩婚事一定使他恼怒（尽管他是个怪人，是个精灵式的人物，绝不是普通的人），在他这个年龄，没有家，没有去处，一定很孤独。但是他应该到她家去住上几个星期。当然啦，他会去的；他愿意到她家小住；他们就这样商量定了。这么多年来达洛维夫妇一直没有到她家去过。他们一次次邀请他们夫妇。克拉丽莎(当然是克拉丽莎)不愿意去。因为,萨莉说,克拉丽莎在内心深处是个势利眼——谁都得承认她是个势利眼。她相信,正是这一点使得她们之间有隔阂。克拉丽莎认为她下嫁给了地位比她低的人,因为她丈夫是个矿工的儿子——她为此而自豪。他们拥有的每一分钱都是他挣来的。他很小的时候(她的声音颤抖了)就能扛很大的货包了。

(彼得觉得,她会这样讲下去,一个小时一个小时地讲下去:那个矿工的儿子,人们会认为她下嫁了地位比她低的人,她的五个儿子,还有一件什么事来着——是植物,绣球花、丁香花,还有非常非常罕见的木槿,在苏伊士运河以北地区从来不生长,但是她在曼彻斯特郊区只雇了一个园丁就种植了许多,有整整几花坛呢!所有这些辛苦克拉丽莎都逃避了,因为她一向缺乏母性。)

她是势利眼吗?是的,表现在很多方面。这么长的时间她到哪儿去了呢?时间越来越晚了。

"可是,当我听说克拉丽莎要开晚会的时候,我觉得我不能不来——我必须再见见她(我就住在维多利亚街,差不多就在隔壁),"萨莉说。所以我就不请自到了。"可是,"她小声说,"告诉我,请告诉我,这个人是谁?"

那是希尔伯里太太,她正在寻找大门。因为天已经那么晚啦!还有,她小声说,在夜越来越深、人们已经离去的时候,你找到了老朋友,找到了安静隐蔽的角落和最可爱的景致。她问,他们知道自己的周围有个迷人的花园吗?照明灯、树木、波光粼粼的湖水和那天空。克拉丽莎·达洛维刚才说,后花园里只不过有几盏彩灯罢了!可她是个魔术师!那简直就是个公园……她不知道他们的姓名,但她知道他们是朋友,不知姓名的朋友、没有歌词的歌总是最好的。但这里有那么多的门,那么多意想不到的地方,她找不着路了。

"是希尔伯里老太太。"彼得说;可那个人是谁呢?那个妇人一晚上都站在窗帘旁边,一言不发。他看她有些面熟,便把她和伯尔顿联系在一起。她过去一定是常在窗子里的大桌子上裁剪内衣吧?戴维森,是她的名字吧?

"啊,那是埃莉·亨德森。"萨莉说。克拉丽莎对她很苛刻。她是个表亲,很穷。克拉丽莎对人**实在**很苛刻。

她是够苛刻的,彼得说。然而,萨莉像往常那样充满感情、热情洋溢地说(她的这种热情彼得过去很欣赏而现在又有点儿惧怕,因为她可能变得过分感情用事),克拉丽莎对她的朋友们是多么慷慨啊!那是多么难得的品质啊,而且有时她在夜间或在圣诞节历数自己的幸事时总要把那段友谊放在第一位。她们都很年轻,这是原因之一。克拉丽莎心地纯洁,这是原因之二。彼得会认为她感情用事。她确实如此。因为她已逐渐认识到惟一值得说的是自己的感情。耍小聪明是愚蠢的。人必须直言自己的感受。

"可是我不知道自己感受到了什么。"彼得·沃尔什说。

可怜的彼得,萨莉想。克拉丽莎为什么不过来和他们说话呢？那正是他渴望的事。她是知道的。他一直只想着克拉丽莎,并不停地摆弄着折刀。

他发现生活并不简单,彼得说。他和克拉丽莎的关系并不那么简单。这关系已经毁了他的一生,他说。(他们曾经那么亲近——他和萨莉·西顿,他不对她直言倒是荒谬了。)一个人不能恋爱两次,他说。她能说什么呢？然而恋爱过总比没恋爱过要好(可是他会认为她感情用事——他过去是那么尖刻)。他应该去曼彻斯特到她家小住。那些都是实话,他说。都是实话。他很愿意到她家去做客,他在伦敦办完事以后马上就去。

克拉丽莎喜欢他胜过喜欢理查德,萨莉敢肯定。

"不对,不对,不对!"彼得说(萨莉不该这么说——她太过分了)。那个好人——他就在房间的另一头滔滔不绝地说话,跟以往一样,亲爱的理查德。跟他谈话的是个什么人呢？萨莉问,那个看上去很有身份的男人是谁呢？由于她的确生活在荒原里,她有一种难以满足的好奇心想了解别人。可是彼得不认识那个人。他不喜欢那人的外貌,他说,也许是个内阁部长吧。他说,他认为理查德在所有那些人当中是最好的人,最公正无私。

"可是他都干了什么工作呢?"萨莉问。是公共管理工作吧,她猜想。那么他们在一起过得幸福吗？萨莉问(她自己是特别幸福的);要知道,她承认,她对他们一点儿都不了解,只是匆匆得出结论，正如人们常做的那样，因为就是对每天和你一起生活的人你又能了解多少呢？她问。我们难道不都是囚徒吗？她读过一部很有意思的剧本，描写一个囚犯抓囚室的墙壁，她觉得剧本反映了生活的真实——人们总是在抓墙壁。由于她对人际关系感到绝望（人们是那么难以相处），她常常走进自己的花园，在鲜花丛中得到一种任何人不能给予她的平和的心境。可是不行，他不喜欢卷心菜；他喜欢的是人，彼得说。是啊，年轻人是美丽的，萨莉说，一面看着伊丽莎白穿过房间。克拉丽莎在她这个年龄可不是这个样子！他能从伊丽莎白的样子看出她的情况吗？她本人是不会开口的。看不出多少，现在还看不出，彼得承认。她像朵百合花，萨莉说，像池塘边的百合。可是彼得不同意说我们什么都不了解。我们什么都了解，他说；起码他自己什么都了解。

但是这两个人，萨莉小声说，这两个正走过来的人（她真得走了，如果克拉丽莎不快过来的话），这个显得很有身份的男人和他那相貌平常的妻子，他们曾一直和理查德谈话——对这样的人又能了解什么呢？

“我知道他们是可恶的骗子。”彼得说，冷冷地看了他们一眼。他引得萨莉哈哈大笑。

但是威廉·布拉德肖爵士在门口停下看一张画。他在画的角落里寻找雕版者的姓名。他的妻子也在看。威廉·布拉德肖爵士对艺术是那么有兴趣。

彼得说，他在年轻时总是过于急切而无法了解别人。现在他老了，确切地说五十二岁了（萨莉说，她五十五岁了，那是指的身体，但她的心还像二十岁姑娘的一样）；现在他成熟了，彼得说，那么他就能观察，就能理解，也不失感觉的能力，他说。是的，确实这样，萨莉说，她感受得更深，更有激情，年年如此。他说，哎呀，也许吧，感受的能力在增长，但是你应该为此而高兴——这种能力在他的经历中不断增长。在印度有一个人。他愿意对萨莉谈谈她的事。他愿意让萨莉与她相识。她已经结过婚，他说。她有两个很小的小孩。他们应该一起来曼彻斯特，萨莉说——在他们分手之前他必须答应她。

"伊丽莎白来了，"他说，"我们感受到的事情她连一半也感受不到，目前还感受不到。""可是，"萨莉说，看着伊丽莎白走向她的父亲，"可以看得出来他们之间关系很亲密。"她从伊丽莎白向她父亲走去的样子可以感觉出来。

要知道她的父亲一直在看着她，当他站着和布拉德肖夫妇谈话的时候心里就想：那个可爱的姑娘是谁呢？突然间他看出来那就是他的伊丽莎白，而他刚才却没认出来，她穿着粉红斗篷多可爱呀！伊丽莎白在和威廉·蒂特科姆谈话时也感觉到他在看她。所以她就走了过来，父女俩站在一起；由于现在晚会已接近尾声，他们看着客人离开，看着房间变得越来越空，地板上零乱地散落着一些东西。就连埃莉·亨德森也要走了，她几乎是最后一个，尽管没有人和她说话，她本来就打算来多看看，回去好讲给伊迪丝听的。晚会结束了，理查德和伊丽莎白都非常高兴，但理查德是为自己的女儿感到自豪。他本来不想对她说，但还是情不自禁地告诉了她。他说，他当时看着她，心里纳闷，那个可爱的姑娘是谁呢？那正是他的女儿！这真叫她高兴。可是她那可怜的小狗叫起来了。

“理查德有进步。你说得对，”萨莉说，“我要过去跟他谈谈。我要道一声晚安。和心灵相比，脑子又有什么重要呢？”罗塞特夫人站起来说。

“我会来的。”彼得说，但他又在那里坐了一会儿。为什么会恐惧呢？为什么会狂喜呢？他暗自想。是什么让我异常激动呢？

是克拉丽莎，他说。

因为她来了。

译后记

长篇小说《达洛维太太》是英国著名女作家弗吉尼亚·吴尔夫的成名作，也是西方现代主义意识流小说的最初尝试之一。文学评论家丹尼斯·普帕德指出，吴尔夫认为传统的欧洲叙事形式已经变得过于造作，对作家束缚过多，使他们难以用富于诗意的、印象主义的方式表现生活。他说："吴尔夫相信，表现人物的似无联系但令人感悟的瞬间印象，是对小说形式的极大改进。吴尔夫争辩说，这种瞬间印象（如果放在一起统观的话）可以满足读者的好奇心，同时也符合她的思想，即人的个性不能只靠语言来表达。"①《达洛维太太》就是吴尔夫将上述思想付诸实践的成果。该书体现了现代主义作品的反传统倾向和"极端化""片断化""非连续性"的特点。《达洛维太太》在题材、风格和写作方法上都有许多创新，本文仅就其塑造人物形象的方法加以论述。

---

① 丹尼斯·普帕德（Dennis Poupard）《二十世纪文学批评》1986 年版第 20 卷第 390 页，引文自译。

一

在创作《达洛维太太》的初始阶段,吴尔夫曾在日记里谈到她的构思:“在这本书里,我大概有太多的想法,我想表现生与死、精神健全与精神错乱;我想批评这个社会制度,展示它是如何运转的,展示它最强烈的方面。”①为了达到这一目的,吴尔夫摈弃了传统的刻画人物性格的方法,大胆地试验了新的手段。正如英国文学评论家安德烈·桑德斯所言:“她的小说试图‘消解’人物,同时又在一个美学的形态或‘形式’范围内重新建构人类的经验。她寻求表现瞬间感觉的本质,或者说是有意识的和无意识的心理活动的本质,然后将其向外扩展,达到对模式和节奏的更广泛的认识。瞬间的反应、即逝的情感、短暂的刺激、游离的思绪,都被有效地‘卷曲’成一种连贯的、有结构的文体关系。”②

吴尔夫采取的最主要手段是描写人物的意识流,包括他们的一系列感觉、想法、回忆、联想和反思。这样做是为了从人物本身的视角出发,去展现他们的内心世界,以及他们之间的关系。小说的直接背景是一九二三年六月的伦敦,主要情节非常简单,仅描写英国下议院议员的太太克拉丽莎·达洛维从早晨

---

① 同第223页注①。

② 安德鲁·桑德斯(Andoew Sanders)《牛津英国文学史》1996年版第515页,引文自译。

上街买花到午夜家庭晚会结束这十几个小时里的所见所闻和所感所想。然而从小说一开篇,作者就带领我们直接进入主人公的意识之中,随着她的意识流,我们逐渐了解到她从十八岁到五十二岁这三十四年间的生活经历和感情纠葛。此外,我们也了解到另外两个主要人物彼得和塞普蒂莫斯的心理与感情历程。小说重点展现了英国中上层阶级的人物的精神风貌,揭示了第一次世界大战后人们心中的惶惑、焦虑、恐惧和渴求,同时也间接地反映了大战结束后五年间英国社会的变迁,如战争的影响、传统观念的衰败、社会差别的缓和、社会气氛的宽松、海外殖民统治的动摇,等等。可以说,意识流不仅是这部小说的写作手法,而且构成了小说的题材。

为了描写人物的意识流,吴尔夫使用了内心独白的方法,记录人物在意识层面上的内在感情历程。内心独白有直接和间接两种,吴尔夫在这里使用的主要是间接内心独白,即用第三人称来叙述人物的心理活动。小说开头的第三段是个典型的例子:

> 多有意思!多么痛快!因为她过去总有这样的感觉,每当随着合页吱扭一声——她现在还能听见那合页的轻微声响——她猛地推开伯尔顿村住宅的落地窗置身于户外的时候。早晨的空气多么清新,多么宁静,当然比现在要沉寂些;像微浪拍岸,像浮波轻吻,清凉刺肤然而(对于当时的她,一个十八岁的姑娘来说)又有几分庄严肃穆;当时她站在敞开的落地窗前,预感到有某种可怕的事就要发生;她观赏着鲜花,观赏着烟雾缭绕的树丛和上下翻飞的乌鸦;她站

着，看着，直到彼得·沃尔什说："对着蔬菜想什么心事呢？"——是那么说的吧？——"我感兴趣的是人，不是花椰菜。"——是那么说的吧？这一定是他在那天吃早餐的时候说的，在她走到屋外的台地之后——彼得·沃尔什。他过些天就要从印度回来了，是六月还是七月，她记不清了，因为他的来信总是那么枯燥无味；倒是他常说的几句话让人忘不掉；她记得他的眼睛、他的折叠小刀、他的微笑、他的坏脾气，还有，在忘掉了成千上万件事情之后，还记得他说过的关于卷心菜的诸如此类的话——多奇怪呀！

作者就是这样把我们带进克拉丽莎·达洛维的意识之中。克拉丽莎清晨来到户外，从自己的感受联想起年轻时的往事，又想起过去的恋人彼得·沃尔什，记起他将要从印度回来。短短的一段不仅介绍了两个主要人物，而且把小说的时间跨度一下子拉回到三十多年之前，把过去与现在自然地联系在一起。"当时她站在敞开的落地窗前，预感到有某种可怕的事就要发生"，一句话点出了克拉丽莎性格的重要特点——恐惧心理。更有意义的是，克拉丽莎的意识流里充满对自己的审视和评价，使我们得以较深刻地了解她的内心世界。例如，她走在大街上，看着过往的车辆，触景生情，思绪万千：

现在她不愿意对世界上的任何人评头品足。她觉得自己非常年轻，与此同时又不可言状地衰老。她像一把锋利的刀穿入一切事物的内部，与此同时又在外部观望。每当

> 她观看那些过往的出租车时，总有只身在外、漂泊海上的感觉；她总觉得日子难挨，危机四伏。这并不是因为她自作聪明或自恃出众。她究竟是如何靠丹尼尔斯小姐传授的那点支离破碎的知识度过这半生的，连自己也不明白。她什么都不懂，不懂语言，不懂历史；她现在很少读书，除了在床上读些回忆录；然而对她来说，这里的一切，那些过往的出租车，绝对有吸引力；她不愿对彼得评头品足，也不愿对自己说三道四。

通过这段直白我们了解到，克拉丽莎虽然有钱有地位，但生活并不幸福。她的内心充满危机感和恐惧感。有时她甚至想到了死："那么这要紧吗？走向邦德街时她问着自己，她的生命必须不可避免地终止，这要紧吗？所有这一切在没有她的情况下必须继续存在，她对此生气吗？相信死亡绝对是个终结难道不令人感到欣慰吗？"这段内心独白为以后情节的发展作了铺垫。

在上述两例中，吴尔夫都再现了主人公的自由心理联想过程。她还用同样的方法描写退伍军人、精神病患者塞普蒂莫斯的意识流，逼真地再现了他的狂想和恐惧。塞普蒂莫斯参加过世界大战，残酷的战争使他对战友的阵亡麻木不仁，并使他得了"弹震症"。退伍后他时时被负罪感所困扰，导致精神失常。小说里有多处展现他的自由心理联想。例如，一次他坐在公园里冥想，突然跑来一只狗，他受到惊吓，恐惧感倍增，觉得狗正在变成人，进而思索自己能看出狗变人是因为热浪的缘故，而热浪将会化解自己的遗体，最后只剩下一根根神经。小说里还有很多类似的冥想,表现了这个人物对生活的恐惧与绝望,也为他后来跳楼自杀埋下了伏笔。

在许多情况下,人物的某些深层次的情感很难用语言表达,因此就需要使用意象来代替语言,让读者从中体会人物的情感。下面一段克拉丽莎缝补衣裙时的意识流就含有十分耐人寻味的意象:

> 宁静降临到她的身上,平静,安详,此时她手里的针顺利地穿入丝绸,轻柔地停顿一下,然后将那些绿色的褶子聚敛在一起,轻轻地缝到裙腰上。于是在一个夏日里海浪聚拢起来,失去平衡,然后跌落;聚拢又跌落;整个世界似乎越来越阴沉地说:"完结了。"直到躺在海滩上晒太阳的躯体里的心脏也说"完结了"。无需再怕,那颗心脏说。无需再怕,那颗心脏说,同时将自己的重负交给某个大海,那大海为所有人的忧伤发出哀叹,然后更新,开始,聚拢,任意跌落。那个躯体则孤零零地倾听着过往蜜蜂的嗡嗡声;海浪在拍打;小狗在吠叫,在很远的地方吠叫,吠叫。

此处的大海意象一方面反映了克拉丽莎对手中缝着的绿衣裙的印象,另一方面也暗示她的心情极不平静,仍在考虑着死亡问题。她那些无法用语言表达的思绪尽在这意象之中,十分耐人寻味。

从这部小说可以看出,意识流是吴尔夫塑造人物形象的主要方法,具有很大的魅力,它能使读者洞悉人物的内心世界,觉得他们真实可信,这是传统的叙事方法难以做到的。

二

由于一个人物的主观视角有一定的局限性,吴尔夫又借助了其他人物的视角。这种多元视角的方法可以丰富人物形象,也有助于展示人物之间的相互关系。例如作者在塑造克拉丽莎形象时,除了使用克拉丽莎本人坦诚自省的视角以外,还使用了其他人物的视角。这些人物包括她过去的恋人彼得·沃尔什、她过去的亲密女友萨莉·西顿、她女儿的家庭教师基尔曼等,甚至包括一个从未引起她注意的斯克罗普·派维斯。他们的意识流从不同的方面提供了对克拉丽莎的看法,从而使她的形象立体化。例如,斯克罗普从旁观者的角度描述了克拉丽莎的外在形象:她是个“有魅力的女人”,“有几分像小鸟”,“体态轻盈,充满活力”。基尔曼和萨莉很了解克拉丽莎,因此提供了较为深入的看法。基尔曼认为克拉丽莎“缺乏文化修养”,是个“既不懂悲伤又不懂快乐的女人”,是个“随随便便浪费自己生命的人”。萨莉说克拉丽莎“心地纯洁”,对朋友“慷慨”,但“在内心深处是个势利眼”。

彼得·沃尔什的视角更为重要,因为他曾是克拉丽莎的恋人,又一直生活在他们夫妇圈子的边缘,处于观察和了解他们的有利地位。彼得受过西方民主思想的教育,刚从生活工作多年的印度回国,因此能用新的眼光回顾过去的恋情,能较冷静地审视克拉丽莎一家及其上层社会的朋友，并对他们做出批判性的评价。例如，彼得回伦敦看望克拉丽莎后，边走边思考克拉丽莎为人处世的态度：

……对她明显的评语是：她很世俗，过分热衷于地位、上流社会和向上爬——从某种意义上讲这是事实；她向他承认过这一点（你如果费一点儿力气的话总是能让她承认的；她很诚实）。她会说她讨厌穿着过时的女人、因循守旧的人、无所作为的人，也许包括他自己；她认为人们没有权利袖手闲逛，他们必须干点儿什么，成就点儿什么；而那些大人物、那些公爵夫人、那些在她家客厅里见到的头发花白的伯爵夫人们，在他看来微不足道，这非什么重要人物，而在她看来则代表着一种真正的成就。她有一次说贝克斯伯拉夫人身板挺直（克拉丽莎自己也是同样；她无论是坐还是站从不懒散地倚着靠着；她总是像飞镖一样直挺，事实上还有一点僵硬）。她说她们有一种勇气，对此她随着年龄的增长钦佩有加。在这些看法中自然不乏达洛维先生的见解，不乏那种热心公益的、大英帝国的、主张税制改革的统治阶级的精神，这种精神已进入她的思想，正如经常发生的那样。虽然她的天资比理查德高两倍，但她却不得不通过他的眼睛去看待事物——这是婚姻生活的悲剧之一……

彼得的这番评价基于他对克拉丽莎的深刻了解，因此能一针见血地揭示她精神空虚和趋炎附势的特点。总之，从多元视角出发去审视人物,更符合现代人观察事物的方法,因而使人物显得更加真实可信,便于读者认同。

三

为了使人物形象更加丰满,吴尔夫还采取了一种措施。她设置了两条平行发展的叙事线索,一条表现克拉丽莎,另一条表现塞普蒂莫斯。这两个人物从来没有见过面,只是在小说即将结尾时,克拉丽莎才听精神病医生布拉德肖爵士谈起塞普蒂莫斯自杀的事。吴尔夫曾说过,她塑造塞普蒂莫斯的目的是让他作为克拉丽莎的“替身”(double),以便“使达洛维太太的形象完满”。塞普蒂莫斯与克拉丽莎是互相映衬、互为补充的。克拉丽莎属于上层阶级,且精神健全;塞普蒂莫斯则属于平民阶级,并患有精神病。从表面上看,他们似乎没有什么共同之处,但实质上并非如此。从宏观上讲,这两个人物生活在同一个时间和空间。从微观上讲,他们的心理状态极其相似——都被孤独感和恐惧感所困扰,都常常想到死亡,都相信人死后仍有灵魂存在。正因为如此,塞普蒂莫斯的死讯才会在克拉丽莎的心里引起强烈的反响。克拉丽莎不禁深思:

> 她有一次曾把一先令硬币扔进蛇形湖里,以后再没有抛弃过别的东西。但是他把自己的生命抛弃了。他们继续活着(她得回去;那些屋子里仍挤满了人;客人还在不断地来)。他们(一整天她都想着伯尔顿,想着彼得,想着萨

莉),他们会变老的。有一种东西是重要的;这种东西被闲聊所环绕,外观被损坏,在她的生活中很少见,人们每天都在腐败、谎言和闲聊中将它一点一滴地丢掉。这种东西他却保留了。死亡就是反抗。死亡就是一种与人交流的努力,因为人们感觉要到达中心是不可能的,这中心神奇地躲着他们;亲近的分离了,狂喜消退了,只剩下孤单的一个人。死亡之中有拥抱。

克拉丽莎正是从塞普蒂莫斯自杀一事得到了启示,认识了个人与外部世界的关系。她认识到,塞普蒂莫斯自杀是为了维护人格的尊严,对比之下,自己缺乏的正是这种精神。从这个意义上讲,塞普蒂莫斯帮助她重新认识了自己。可以说,这是她觉醒的开始。我们可以看到,克拉丽莎一生中完全遵循上流社会的道德规范,就连婚姻也是为了满足向上爬的需要,她的社会地位和安逸生活是以牺牲个人的尊严和爱情为代价的,也给她带来了困惑和痛苦。克拉丽莎和塞普蒂莫斯对于生死问题的看法是互为补充的,从不同的角度反映出第一次世界大战给人们的心理造成的影响。吴尔夫让这两个背景迥异的人物互为映衬,从各自的角度探讨他们所共同关心的生死问题,真可谓有异曲同工之妙。

四

在这部小说里,吴尔夫还使用了讽刺手法来传达她对英国社会制度的批评。她讽刺的对象主要是上层阶级中那些非常保守的、坚决维护大英帝国殖民统治的人。这些人永远生活在过去,死死抱住殖民主义不放,无法跟上时代前进的步伐。布鲁顿勋爵夫人就是一个典型的例子,她对印度人民要求摆脱英国统治的斗争做出了如下反应:

……布鲁顿夫人想听听彼得的意见,正好他刚从那个中心地区回来,而且她要让桑普森爵士会见他,因为作为士兵的女儿,印度局势的荒唐,或者说是邪恶,确实使她彻夜难眠。她已经老了,干不了什么大事。但是她的房子、她的仆人们、她的好朋友米莉·布拉什——他还记得她吗?——都在那里要求效劳,如果——一句话,如果他们能派得上用场的话。要知道她虽然从来不提英格兰,但是这个养育着众生的岛屿,这片亲爱又亲爱的土地已溶进她的血液之中(尽管她没读过莎士比亚);如果有史以来有一个女人能戴头盔射利箭,能领兵出征,能用不可抗拒的正义去统治野蛮的部族,并成为一具没有鼻子的尸首躺在教堂的盾形坟墓之中,或变成某个古老山坡上被青草覆盖的小土堆,那个女人就是米莉森特·布鲁顿。尽管她受到性别的限制,又缺乏逻辑思维能力(她感到给《泰晤士报》写封信很困难),但她仍时时想着大英帝国,并且通过与那个全副武装的战争女神相联系得到了像步枪捅弹杆的身姿和粗犷的举止,因此不能想象她即便死后能与大地分离。也不能想象她会以某种精灵的形象游荡于那些已不再悬挂英国国旗的地区。要她不当英国人,即便在死人中间——不行，不行！绝对不行！

这段意识流惟妙惟肖地刻画出一个维护殖民统治的“爱国者”形象。此外，彼得对老帕里女士的评价“她会像一只寒霜里的小鸟，死去时仍用力抓住树枝”也生动地勾画出这类人物的本质。

吴尔夫还讽刺了其他一些人物。例如休·惠特布雷德在王宫担任卑职，极尽阿谀奉承之能事；精神病医生威廉·布拉德肖爵士靠着“均衡感”隔离压制病人，“不仅自己发家致富，而且使英国繁荣昌盛”。作者还借彼得之口谴责了战争给青年人带来的灾难：“丰富多彩的、不甘寂寞的生命则被放到满是纪念碑和花圈的人行道底下，并被纪律麻醉成一具虽僵挺但仍在凝视的尸首。”

讽刺手法的使用，不仅有助于刻画人物形象，而且深化了作品的主题，它给小说增添了社会批判意义，而这正是这部作品的价值所在。

吴尔夫使用意识流、多元视角、人物的映衬和互补、讽刺四种方法塑造出了栩栩如生的人物形象，使读者接触到人物的内心世界，较深刻地体会到人物的思想感情，这是《达洛维太太》成功的一个重要原因。不仅如此，作品还给读者留下了想象的余地。由于作者打破了按时间顺序叙事的格局，让人物的意识流倾泻而出，作品似乎给人以“杂乱无章”的感觉。然而正是这种叙事方法才使读者摆脱了被动阅读的地位。他们必须细心阅读，努力从“杂乱”之中找出“章法”，理顺事件的始末，弄清人物之间的关系,从而发现人物性格并理解作品主题。这种方法虽然增加了阅读的难度,但能促使读者发挥主动性,积极解读书中的含义,可以收到较好的阅读效果。

谷启楠

二〇〇二年九月